El amor de
la señora Rothschild

El amor de
la señora Rothschild

Sara Aharoni

Traducción del hebreo de
Roser Lluch i Oms
y
Ayeleth Nirpaz

Lumen
narrativa

El amor de la señora Rothschild

Título original: *Mrs. Rothschild's Love*

Primera edición: julio, 2018

D. R. © 2018, Sara Aharoni
Publicado mediante acuerdo con
The Institute for the Translation of Hebrew Literature

D. R. © 2018, derechos de edición mundiales en lengua castellana:
Penguin Random House Grupo Editorial, S. A. de C. V.
Blvd. Miguel de Cervantes Saavedra núm. 301, 1er piso,
colonia Granada, delegación Miguel Hidalgo, C. P. 11520,
Ciudad de México

www.megustaleer.mx

D. R. © 2018, Sara Aharoni, por la traducción

ISBN: 978-607-316-826-7

Impreso en México – *Printed in Mexico*

El papel utilizado para la impresión de este libro ha sido fabricado a partir de madera procedente
de bosques y plantaciones gestionadas con los más altos estándares ambientales, garantizando
una explotación de los recursos sostenible con el medio ambiente y beneficiosa para las personas.

Penguin
Random House
Grupo Editorial

El espíritu del hombre es la fuerza motriz.

TALES DE MILETO

Notas de las traductoras

1. En esta obra abundan las citas de textos del acervo cultural judío, que la protagonista intercala al tratar de escribir en un estilo cuidado y florido.

   Por consiguiente, figuran en negrita todos los fragmentos extraídos de textos bíblicos (Pentateuco, Profetas, Salmos, Proverbios, Cantar de los Cantares, Eclesiastés, etc.) y rabínicos (del Talmud y la Agadá). A título de ejemplo: **Me levantaré ahora e iré por las calles buscando al que ama mi alma** (Cantar de los Cantares 3:2)

2. Nombres propios de personas y lugares: hemos tratado, en la medida de lo posible, de transliterar los nombres de los miembros de la familia, ciudades y países, manteniendo la forma en que Gútel Rothschild los habría pronunciado y como aparecen en la versión original del libro. Por tanto y a título de ejemplo, hemos conservado el nombre hebreo del fundador de la dinastía (Meir y no Mayer) y llamado, como lo hacía ella, Enguiland a Inglaterra y London a Londres.

CUADERNO 1

Frankfurt del Main, martes, 13 de iyar de 5530 [8-5-1770]

Todo empezó en la ventana de nuestra casa.

Me gustan las ventanas. Por la tarde paso gran parte del tiempo pegada a la ventana.

Observo a las personas que pasan por la Judengasse, la calle de los judíos, y nunca me sacio de mirarlas. Ni a las mujeres que llevan sobre los hombros un balancín con cubos de agua, ni a los *kínder,* los niños, corriendo entre las carretas cargadas de mercancías, ni a los vendedores y compradores, ni a los mozos que regresan de la *yeshivá,* la academia talmúdica.

Y héteme aquí que un buen día, mientras contemplaba las figuras que iban y venían por debajo de mi ventana, mi mirada quedó atrapada en él. Alto, con el gorro cónico judío en la cabeza, una cartera en la mano y caminando con prisa hacia su casa.

¿Podría ser Meir Amschel Rothschild? En esta única calle del gueto todos nos conocemos. Si ya lo había visto otras veces, ¿cómo podía ser que no me hubiera fijado en él ni en su estatura, que de pronto parecía haberse elevado? ¿Por qué clavaba la vista en su rápido andar hasta que desapareció en la curva de la calle rumbo a su casa? ¿Qué significaban mi súbita respiración entrecortada y los ligeros pellizcos que me cosquilleaban el estómago?

Al día siguiente, de pie en el punto de observación de siempre, mis ojos buscaban aquella figura apresurada. Apoyé en el alféizar los codos cubiertos por mangas largas, eché un vistazo impaciente hacia el incesante movimiento de la calle bulliciosa y me preparé a absorber el nuevo panorama. Mi mirada revoloteó por los hombros que sostenían el balancín con los cubos de agua y por los *kínder,* que unos a otros se gritaban «tregua» para dejar paso a las madres, y seguían atentos e impacientes sus pasos lentos y pesados para reanudar el juego justo donde lo habían interrumpido.

Y entonces, detrás de una carreta cargada de enseres del hogar usados que avanzaba pesadamente, apareció de pronto el gorro cónico que adelantó a la carreta, a los cubos de agua y a los *kínder.* Mi corazón apenas alcanzó a alegrarse de haber visto el gorro y la figura a la que estaba unido cuando ya habían desaparecido por la curva que lleva a la puerta norte de la Judengasse, la Bockenheimer, junto a la cual vivía Meir Amschel.

A partir de aquel momento, las vistas habituales de mi Judengasse se hicieron menos importantes. Toda mi atención se concentró en capturar la única imagen que motivaba mi presencia en ese lugar.

Guardé el secreto en mi corazón. Nadie compartió la tormenta desatada en mí.

Los días siguen pasando repletos de ilusiones, días de búsqueda y esperanza, a cuyo término la nada trae esperanzas renovadas para mañana. De pie, junto a la ventana de nuestra casa, espero.

Estoy muy unida a esa ventana. Toda la *familie* se ha acostumbrado ya a esa locura mía; incluso mi recatada y devota madre ha dejado de reprochármelo y sonríe indulgente a mis espaldas cada vez que me asomo apoyándome en el alféizar. No tengo que girar la cabeza hacia ella para ver esa sonrisa suya. Se detiene, se queda quieta un momento, y la sonrisa la acompaña mientras sigue con lo suyo, llevando en la mano el paño omnipresente para recoger las motas de polvo antes de que se posen sobre un mueble. Así es mi madre: sonríe y limpia. Limpia y perdona.

Si yo no tuviera otros quehaceres en casa, me pasaría el día mirando, con el cuerpo apoyado en el alféizar. Así es como me siento unida al mundo. Nuestra ventana da a la calle, abarca las partes más concurridas y me permite seguir el movimiento de la vida en nuestro mundo.

Un mundo que es un callejón estrecho, sombrío y sucio, llamado Judengasse. No hay lugar para carruajes, no tiene árboles ni flores, pero una multitud de personas pasa por él todos los días de labor y lo llena de vida; eso merece ser valorado.

Me gusta nuestra calle, donde la gente vive hacinada y amontonada en casas pequeñas y unidas unas a otras como eslabones en una cadena.

La nuestra es una de las casas de la calle. En la fachada hay una placa con la figura de un búho, y por ella yo me llamo a mí misma «buhita». Suelo mirar los ojos del búho que, como en las personas, están en la parte frontal de la cabeza, y observar su largo cuello que, como se sabe, es flexible y le permite recorrer con la mirada un círculo casi completo.

Con mis ojos de buhita persigo la vida trepidante de la calle. Más o menos cada dos casas, en la primera planta y por encima del sótano de piedra, hay cosas en venta: objetos diversos, artículos de mercería, prendas de vestir, calzado, carne, pollo y pescado, hogazas de pan y unos panecillos que se llaman *shtutin, jalá* y *jamín* para el *shabat,* el día santo de reposo. Hay un carnicero, un zapatero y un sastre, y una gran cantidad de talismanes para la salud, la buena suerte y el éxito, en muy diversas formas: para llevar al cuello, usar como anillo en el pulgar o colgar en una pared de la casa.

Cuando algo nuevo llega al vecindario sé quién lo compró primero y por cuánto, porque quien compra algo nuevo tiene el andar lento de una tortuga ufana. Y si con eso no bastara, también detiene a la gente que va por la calle para mostrar lo adquirido sin disimular su satisfacción por la compra: cuánto le pidieron al principio, cómo negociaron, por cuántos táleros se acordó el apretón de manos y cuán conveniente ha sido la transacción. Sólo entonces deja ir a su interlocutor, cuyo único papel en la conversación ha sido asentir con la cabeza, primero ligeramente y luego cada vez con más energía.

Y a mí, en mi papel de observadora, lo único que me queda es sonreír con indulgencia y afecto hacia esas personas que son parte inseparable de mi vida.

Nuestra calle despierta por la mañana en una mezcolanza de comercio y estudio de la Torá. A mí me despierta el trabajo del día, que incluye ayudar a mamá en las tareas del hogar y a papá en las de la oficina; solamente me detengo unos segundos cerca de la ventana abierta para echar un vistazo a los estudiantes que van a acogerse al amparo de la Torá. Los más pequeños van al *talmud torá* o al *jéder* de la sinagoga, acompañados por sus padres o por un hermano mayor, que lleva en la mano un libro de oraciones o los textos de las Escrituras. Los adolescentes fluyen en grupos hacia la *yeshivá* primaria y los mayores hacia la de estudios superiores. Maestros y rabinos se pavonean rumbo al mismo destino, acarreando bajo el brazo libros sagrados y volúmenes de la Mishná y del Talmud. El maestro lleva un puntero para señalar una letra o una palabra. Pequeños y mayores se acercan a la lengua sagrada y al Creador del mundo que extiende sus alas sobre nosotros aquí, en la Judengasse, y nos protege. Las madres agitan las sábanas en las ventanas y sacuden los edredones, mientras las hermanas mayores se pasean con bebés llorando en los brazos, meciéndolos para apaciguarlos.

Una tarde, ya acabadas las labores del día, disfruté de unos largos momentos de observación. En las horas que siguen al término de las clases, se unen al estrépito de la calle los grupos de *kínder* corriendo entre la gente y las carretas. A veces se caen, incluso se lastiman, pero se levantan y vuelven a correr como si nada hubiera sucedido.

Cuando entre ellos estalla una pelea, yo sé quién pegó primero, y más de una vez miran hacia mi ventana y esperan de mí que juzgue quién es el culpable y quién el inocente.

Todas estas escenas veo desde mi ventana. Lástima que nuestra casa tenga una sola.

Cuando era pequeña, mamá me contó que hacía muchos años, antes de que yo naciera y antes de su nacimiento y el de la abuela, bendita sea su memoria, la casa estaba rodeada de ventanas. Tenía por lo menos cuatro. Desde el gueto se podía observar la vida de Frankfurt y ver cómo se movía el mundo. Pero los que deciden y gobiernan en Frankfurt decretaron que los residentes en la Judengasse debían cerrar con maderos y tapiar todas las ventanas que daban a su calle. A los judíos les está prohibido mirar a la gente de extramuros. Sólo se les permite abrir las ventanas que dejan ver a la gente de la Judengasse y la cloaca hedionda abierta a lo largo de la calle. Así es como nacieron las habitaciones ciegas, sin ventanas.

Recuerdo haberle preguntado: «*Mame*, ¿por qué está prohibido mirarlos?» A lo que mamá tartamudeó, como siempre que se le hace una pregunta difícil, y al final me explicó que era porque la gente de Frankfurt tenía miedo del mal de ojo. No lo entendí. ¿Acaso eran cobardes? ¿Qué era eso del «mal de ojo»? Hubiera querido preguntar más, pero mamá ya había pasado a hablar rápidamente de otras cosas que no tenían nada que ver. Tenía otras preguntas; por ejemplo: ¿por qué los niños de la Judengasse no podían jugar con los de afuera? ¿Sería cierto lo que decía la gente, que los niños de afuera tenían un terreno para jugar? ¿Por qué mis amigas eran únicamente niñas del gueto? Pero en lugar de preguntar, apagué las preguntas que me quemaban porque no quería que mamá volviera a tartamudear, a cambiar de tema y a hablar rápido, casi tan veloz como yo cuando leo Salmos, una habilidad que adquirí gracias a las competiciones con mi amiga Mati.

Incluso hoy, cuando me estoy acercando a pasos agigantados a los diecisiete años, de vez en cuando surgen preguntas parecidas, pero las dejo de lado y paso a otro tema. Exactamente como mamá.

Desde entonces me pego a la ventana en cuanto puedo, tras terminar mis tareas en casa.

Un día volvía de visitar como de costumbre a mi amiga Mati. Llevaba en la mano una aguja de tejer, un ovillo de lana y el comienzo prometedor de la bufanda que había empezado en su casa.

De pronto di un traspié. Tropecé en uno de los baches que había a lo largo de nuestra calle, el ovillo se me cayó de la mano y rodó por el suelo inmundo. Iba a recogerlo cuando de pronto una mano me lo tendía mientras otra le quitaba la suciedad que se le había pegado. Levanté la cabeza y vi que las amables manos estaban unidas al joven alto, al objeto del cuadro que se reflejaba en mi ventana. Se inclinó hacia mí y un par de brillantes ojos azules atraparon los míos. Sentí como si me hubiera golpeado un rayo. Su rostro estaba muy cerca del mío. Quedé paralizada, a medias inclinada, y el gentil caballero se vio también obligado a seguir agachado, aún tendiéndome el ovillo.

«Aquí lo tiene», me sonrió el resplandor de sus ojos.

Quise decir «gracias», pero la palabra se evaporó al salir, y todo lo que pude hacer fue carraspear, tomar la lana de su mano paciente, asentir agradecida y volver a erguirme.

«*Shalom*, Gútale», siguió golpeándome el rayo mientras su mano ya sostenía el gorro que se había quitado.

«*Sha... lom*», tartamudeé.

«Es un placer verla caminando por la calle, como también lo es verla mirando por la ventana», añadió, hablándome de usted.

Su voz me deleitaba con un montón de palabras encantadoras, mientras que yo… lo único que quería era escaparme de aquella presencia majestuosa que me cortaba el paso, huir de la alta frente que me sonreía con afecto, del cabello negro que coronaba su hermoso rostro, de los pómulos pronunciados, los ojos penetrantes, los labios que sonreían irradiando una bondad que me desarmaba, llegar a casa y apaciguar la tormenta que había estallado en mí.

La revelación me dejó paralizada. El apuesto Meir Amschel, el que llenaba toda mi visión y me estremecía por dentro con un hormigueo nuevo y maravilloso, confesaba haberme visto todos los días asomada a la ventana. Me sentí halagada y avergonzada a la vez. ¿Acaso mi secreto había sido descubierto y él me había pillado observándolo día tras día? No recuerdo que nuestras miradas se hubieran cruzado alguna vez. Si ese azul radiante se hubiera clavado en mí, seguro que me acordaría.

Me quedé frente a él un rato más, bien erguida, pero sin aliento y sin fuerzas para hablar. Al cabo de un largo momento sellé mi mudez con una pequeña reverencia, apreté el ovillo de lana contra el pecho y salí corriendo.

Ese mismo día, al crepúsculo, mi hora habitual en la ventana, me peiné y me sujeté el pelo con peinetas. Busqué con la mirada su figura prominente entre los que iban y venían por nuestra calle. Aquel nuevo hormigueo interior acompañaba el vaivén de mis pupilas.

Y helo aquí.

Se detuvo, miró hacia mi ventana y me hizo unas pequeñas reverencias, como si retribuyera al gesto estúpido que tuve antes de escaparme de él. Cogió el gorro con la mano y el fulgor de sus ojos se clavó directamente en los míos. Su sonrisa contagiosa hizo que le respondiera con una sonrisa gemela. Mi mirada eludió la suya para fijarse en su cabello bien cortado antes de que volviera a ponerse el gorro.

Se quedó un buen rato frente a mi ventana sin prestar atención al movimiento incesante de la gente; sus labios se movían sin pausa, pero sin proferir sonido. Mientras trataba de descifrar lo que me decía, observaba su aspecto atractivo y cordial. La barba negra estaba bien cuidada y parecía alguien gozoso de estar en el mundo del Señor, bendito sea. Esbocé una sonrisa intentando dominar la pasión que sentía y le hice una seña con los dedos a modo de despedida.

A partir de ese momento, cada vez que Meir Amschel Rothschild pasaba por nuestra calle, se detenía delante de mi ventana y llenaba de júbilo mi corazón.

Al cabo de unas semanas fue a ver a mis padres para pedirles mi mano. Ellos se la negaron, y yo sigo esperando.

• • •

No tengo a quién contárselo. Ni a mis amigas charlatanas y mezquinas, ni por supuesto a mi padre, que se interpone como una muralla fortificada entre el intruso y yo, ni a *mame,* que, en este asunto y muy a pesar mío, se ha puesto del lado de papá.

Hasta que recordé a mi buen amigo, el único al que puedo contárselo todo.

Desperté al cuaderno de su largo sueño, lo saqué de su escondite, lo puse en el trozo del suelo aprisionado entre las camas, y heme aquí reanudando mi relación con él.

Ya ha pasado un año desde que escribí por última vez. Siento como si hubiera traicionado a mi mejor amigo.

Ahora vuelvo con la pluma y el tintero, aparto un poco el candelero y descargo en sus páginas lo que me está ocurriendo, esos borboteos y estremecimientos de los que no conviene hablar.

• • •

Hoy la tarde ha transcurrido como en los últimos días. Me he puesto dos peinetas en el cabello, una de cada lado. Con la costumbre que ya he adoptado, apoyé los pies descalzos en el inmaculado suelo de madera de nuestra casa y los codos «enmangados» sobre el alféizar. A mamá le gusta escuchar las palabras que invento; dice que son un suplemento revitalizador de nuestro *judendeutsch*. Como muchos otros de nuestra calle, también en casa tendemos a recurrir a palabras del hebreo, idioma reservado a todo lo que es sagrado o festivo, y mezclarlas en la lengua que utilizamos en lo cotidiano, el «alemán de los judíos» que llamamos *judendeutsch*.

Apoyé la cara entre las manos y me puse en posición de observación. Esta hora intermedia, en que el día se va desvaneciendo y la noche insinúa que no tardará en caernos encima con su negrura, me invita a jugar a las adivinanzas en el lugar de siempre, en el alféizar de la ventana: ¿vendrá?, ¿no vendrá?

Ahora el sol desciende y se escabulle por detrás de la muralla. La gente acelera el paso hacia sus casas, se apresura a llegar antes de que oscurezca. En nuestra calle nadie guarda silencio. Se dice que muchos de los vecinos, al llegar a casa, musitan loas al Señor por haber logrado sobrevivir otro día, le agradecen por el preciado pan que les ha dado en Su bondad y le piden seguir viviendo también al día siguiente. Pero no todos encuentran dificultad en librarse del círculo de la pobreza. A algunos, el Señor, alabado sea Su nombre, los ha bendecido con buenos ingresos, y donan generosamente al fondo de beneficencia. Nosotros estamos en el medio. No entre los indigentes, pero muy lejos de la posición de los más opulentos, de los que se dice que son «ricos como Creso». Oigo a mamá dando gracias al Altísimo por el sustento que papá proporciona a sus hijos, y sé que no tiene que preocuparse por el mañana, pues las arcas de papá nunca están vacías; incluso separan parte de las monedas para obras de caridad.

Si bien el Señor no da por igual a todos —ricos, pobres y los del medio—, vivimos juntos en armonía y en paz, cada uno está satisfecho con lo suyo y confía en que el Creador del mundo no nos abandone en la hora de necesidad.

Pronto se cerrarán las tres puertas del gueto y entonces no habrá quien entre ni quien salga. Dentro de poco el cielo se cubrirá de estrellas, mamá prenderá la vela, cenaremos y nos apresuraremos hacia nuestras camas para el sueño nocturno, antes de que se apague la última vela del día.

Cuento el número de vigas de madera que se han caído de la casa de la familia Goldner y ruedan por el suelo de la calle. Me parece que esa casa será la próxima en derrumbarse, que la misericordia del Altísimo no lo permita. Hoy han caído dos vigas más. Cada vez se desprenden y caen de toda clase de casas viejas, como se caen los cabellos de la cabeza, hasta que algunos padres se reúnen, recogen las vigas y las vuelven a colocar en su lugar, o las cambian por otras nuevas. A veces no llegan a tiempo para repararlas, la casa se derrumba, todos dicen «qué desastre, qué calamidad», y vuelven a construir la casa.

Cuando nuestra calle se vacía de gente y del bullicio de los niños, queda expuesta una nueva capa de basura que se acopla a la antigua, ya permanente en el lugar. Perros y gatos hurgan en ella, especialmente en la que se amontona junto a carnicerías y panaderías.

Pero cuando Meir Amschel Rothschild llega, el panorama que se ve desde la única ventana de nuestra casa se transmuta, su figura llena el lugar ocupado por los cuadros habituales. La calle se torna más alegre, desaparecen el hedor y la fealdad, y se convierte en la más bella del mundo. Es cierto que no conozco otras calles aparte de mi Judengasse, pero sé cómo me siento, y eso es lo que cuenta.

Un momento. Debo ser más precisa. Sí, también conozco el abarrotado mercado judío de extramuros, así como el corto camino que lleva a él. De vez en cuando salgo del gueto y acompaño a mamá a hacer las compras. Mientras las mujeres cristianas de Frankfurt no hayan terminado las suyas, nos está prohibido a nosotras, las judías, acercarnos a los puestos de venta. Mamá es muy estricta en no infringir esta prohibición, como lo es en lo referente a toda la larga lista de interdicciones y edictos que pesan sobre nosotros, los residentes de la Judengasse, como por ejemplo el de vestir prendas de seda o llevar joyas (excepto el sábado, cuando tenemos permiso para engalanarnos. Me he fijado en que mamá, que da tanta importancia a su aspecto como al cuidado de su casa y de sus hijos, goza aprovechándose de este permiso y solamente se quita los adornos permitidos cuando termina el sábado, antes de retirarse a su lecho). Gracias a su rigor, nunca hemos tenido que pagar multas por desobedecer, de manera que ahorramos muchos táleros.

Así es como he tenido la fortuna de ver algo de lo que existe fuera de la Judengasse. A veces despierta en mí el deseo de echar un vistazo de cerca a los parques públicos de los francforteses, incluso de pasear por ellos de verdad y experimentar la sensación de los pies pisando aceras y senderos limpios, y la de los ojos mirando sin empacho la delicia de los árboles, las flores y las alfombras de césped. Una vez le confié este deseo a mamá, pero ella me miró aterrada y tartamudeó hasta que pudo rescatar una frase firme y definitiva:

«Quítate esa idea insensata de la cabeza y no te atrevas a mencionarla nunca más».

En cuanto a mí, mis labios están sellados, pero la idea no se ha disipado. Mamá no entiende que un ser humano no pueda controlar sus pensamientos. Ni siquiera el Sacro Imperio Romano Germánico, que nos gobierna de forma arrogante y despótica, imponiéndonos edictos humillantes como si fuéramos una raza maldita. Nos llama *Schutzjuden,* «judíos protegidos», nos grava con un impuesto anual, como el que mi padre tiene que pagar por la pretendida protección de nuestras vidas y nuestros bienes, y con un arancel personal para pasar con la carga por la puerta de la ciudad; pero ni siquiera él puede controlar nuestros pensamientos. Por otro lado, podemos mantener a raya lo que decimos y decidir si hablamos o no, de modo que ya no menciono más ese tema y no revelo a mamá ni a nadie mis deseos secretos y descabellados.

Mamá nos ha llamado a cenar. Los rayos del sol se han apagado y la noche ha empezado a enseñorearse del lugar.

Hoy tampoco ha venido. Eché un último vistazo a la calle que se preparaba para la noche. Me aparté de la ventana estéril y me senté a la mesa. También mañana me aposentaré allí. En cada nuevo día anida una nueva esperanza.

Mi único propósito era escribir sobre Meir Amschel Rothschild, pero mis pensamientos se han desviado también hacia otros días y otras descripciones.

Antes de cenar, mamá ha prendido la vela del candelabro del techo. Cuando han ido a acostarse, me he levantado de la cama sin hacer ruido, de la hornacina de la pared de nuestra habitación he tomado la palmatoria con la vela apagada y la he encendido con la llama moribunda de la vela del candelabro.

Ahora pondré la pluma sobre la cómoda y me preocuparé de cerrar mi tintero favorito, hecho de porcelana y decorado con unos querubines con las alas desplegadas. Esconderé cuidadosamente el cuaderno debajo del colchón y apagaré los restos de la vela cuya cera ha cubierto la palmatoria con un manto transparente.

Una y otra vez, a nosotros, los niños, nos alertan contra el fuego. Las casas de la Judengasse están hechas de madera, la madera arde, y aquí las desgracias han sido más que suficientes.

Domingo, 17 de siván de 5530 [10-6-1770]

Mi regreso al cuaderno ha sido una señal. No me cabe ninguna duda. Volver a escribir me ha traído suerte; de lo contrario, ¿cómo se explica el giro inesperado del día de hoy?

Sigo sin aliento. No consigo apaciguarme. Hago una pausa y vuelvo a escribir.

Los acontecimientos de los últimos días se han colado en mi cabeza y no se van. Siento que lo que hoy me ha sucedido es el inicio de una nueva etapa en la historia de mi vida. Suena cómico escribir unas palabras tan importantes, «la historia de mi vida». Ni que fuera la emperatriz María Teresa. A fin de cuentas no soy más que Gútel (a quien todos llaman Gútale), hija de Wolf Shlomo Schnapper, cambista judío de la Judengasse, proveedor de la corte del pequeño principado de Sachsen-Meiningen. ¿Pero a quién podría importarle? Este cuaderno es sólo mío y en él puedo escribir lo que me venga en gana.

Qué bien que papá me lo haya dado.

Me viene a la memoria lo que ocurrió hace dos años, cuando tenía quince, mientras ayudaba a papá, como siempre, a poner orden en su caótico escritorio y a quitar el polvo que allí se había acumulado desde la semana anterior. Papá es una eminencia por la agilidad con que logra imponer el desorden allí donde mete las manos, y mi tarea es restaurar el orden una y otra vez. Esta misión la heredé hace siglos de las manos cansadas de mi madre Bela, quien, conocedora de mi obsesión por el orden y la limpieza, anunció que había llegado el momento de quitarse de encima esa responsabilidad agotadora de la lista de sus tareas domésticas, y entregármela.

Así pues, o como decimos nosotros, *also,* ordené los papeles que estaban esparcidos sobre el escritorio como después de una violenta tempestad. Y he aquí que, junto al viejo y ajado cuaderno de cuentas, donde se apelotonaban líneas de palabras y números en la caligrafía pavorosamente ilegible de papá, apareció en todo su esplendor otro cuaderno, nuevo y voluminoso, como un manantial de agua dulce junto a una cloaca apestosa. Lo cogí, hojeé sus páginas limpias, aspiré su aroma y me lo acerqué al pecho.

Papá, que acababa de contar los ingresos del día y guardaba las monedas en el pesado arcón de madera, me preguntó de pronto, con una sonrisa cariñosa: «¿Lo quieres?» Yo asentí y me lo pegué al pecho. Por la noche le dije susurrando, no fuera a despertar a mis hermanos menores que dormían en nuestra habitación, atestada de camas y de suaves suspiros: «Te elijo para que seas mi íntimo amigo y a ti te lo contaré todo». Lo puse tiernamente debajo del colchón. De vez en cuando, ya entrada la noche, lo sacaba, me tendía en el suelo como lo hago ahora, y vertía en sus páginas los acontecimientos del día. Siendo la responsable de hacer las camas, no hay motivo para temer que mi secreto se descubra.

Hace cuatro semanas, y tras un periodo relativamente largo sin hacerlo, decidí volver a escribir en el cuaderno. Lo abrí, pero aun antes de sumergir la pluma en el tintero sentí el impulso de fisgonear en lo que ya había escrito. Con la perspectiva del tiempo puedo decir de mí misma que era muy infantil. Me reía de todo, sin ningún motivo especial, como hacían mis amigas. Ahora me siento adulta. Ya no me tienta reírme con Mati de las migas en la barba del cojo Efraím, que vive en la casa que está por desplomarse, ni de la peluca del señor Stern, que la lleva torcida y por ello el polvo se le esparce sobre los hombros. Él sigue con su costumbre de empolvarse las patillas, a pesar de que mamá se preocupa por lo que podría pasarle, puesto que transgrede el decreto que lo prohíbe a los judíos. No, ya no encuentro ningún motivo para reírme de las rasgaduras que asoman entre los remiendos deshilachados de las camisas de los niños del barrio.

Trato de escribir en el cuaderno de mis recuerdos en un estilo bello e impecable, porque el lenguaje escrito es más importante y especial que el hablado. La palabra escrita merece respeto. Es cierto, no se trata de escribir versículos de nuestra Sagrada Biblia ni leyendas de los sabios, textos a los que amo mucho y que en parte he memorizado. Sin embargo, todo texto escrito tiene su propia dignidad. Puesto que me cobijo en mis recuerdos sin compartir con nadie la existencia del cuaderno secreto, no hay quien vaya a burlarse de mí por el estilo florido con el que quizás embellezca las páginas de la historia de mi vida. He vuelto a escribir «la historia de mi vida», ¿qué me pasa? Parece que la respuesta tiene que ver con mi *aufregung,* mi agitación, y es que tengo un motivo muy especial para emocionarme.

Empezaré por el principio. Lo primero es lo primero y lo último es lo último.

Estoy asomada a la ventana abierta, como cada día. Mis ojos buscan recelosos la figura de Meir Amschel Rothschild emergiendo de las neblinas crepusculares. Desde la segunda negativa de papá al desposorio, no se le ha visto en nuestra calle. Ocho largas semanas han transcurrido desde el día en que volvió a nuestra casa. De pie, con toda su imponente estatura, pidió hablar con papá, se sonrió disculpándose (¡qué sonrisa seductora!) por presentarse como casamentero y pretendiente a la vez, dijo que su madre y su padre, que descansen en paz, estarían felices con su elección, proclamó que amaba a Gútale (¡a mí!) y prometió que en su casa a ella (¡a mí!) nunca le faltaría nada. Pero papá echó un vistazo a su abrigo desteñido, dudó un momento y, para mi gran pesar y desaliento, volvió a rechazarlo. Meir Amschel Rothschild salió de nuestra casa y no volvió a aparecer.

Estuve a punto de hablar con los vecinos para averiguar si sabían algo —tal vez había decidido volver a estudiar en la *yeshivá,* o quizá lo habían vuelto a llamar para trabajar en el banco de Oppenheimer, en la lejana Hanovir— y, en cualquier caso, cuándo tenía la intención de volver. Pero temía que mi interés revelara mis sentimientos por él, así que cerré los labios a cal y canto.

Me levantaré ahora e iré por las calles buscando al que ama mi alma.

Un día los pies me arrastraron calle abajo en dirección a la puerta norte, la llamada Bockenheimer, una de las tres que hay en el gueto. Cerca de ella, al final del camino, se encuentra su casa. Mis zapatos chapoteaban en el lodo, allí donde termina la parte empedrada y la calle se vuelve más fangosa y pegajosa a medida que uno se acerca a la Hinterpfanne, el patio trasero de las casas que se ha aprovechado para construir las viviendas adicionales que necesita nuestra comunidad. Me detuve tensa y alerta junto a su casa de paredes enmohecidas, cuyo patio está plagado de montones de basura. En la fachada de la vivienda trasera número 188, indiferente a la presencia de las inmundicias en el suelo, lucía una placa nueva, redonda y colorida, con brillantes letras de oro:

M. A. Rothschild
Proveedor autorizado de la corte
de Su Alteza el Landgrave Wilhelm de Hanau-Hesse

A ambos lados de la placa estaban los blasones de los principados de Hanau y de Hesse.

Una ola de tibieza inundó mi vientre. Meir Rothschild, uno de los nuestros, había sido reconocido ante la corte del príncipe heredero Wilhelm. Como papá, también él era proveedor de la corte, sólo que Meir Amschel Rothschild era un joven que no tenía más de veintiséis años. Y si bien Hanau era pequeño, Kassel era la capital del gran principado de Hesse.

Also, Meir Amschel no había vuelto a estudiar en la *yeshivá.*

Me acerqué pausadamente al vestíbulo de la planta baja, donde se encontraba el sombrío *kontor* de él y de sus dos hermanos, Moshe y Kalman. A lo largo de las paredes y en los estantes se apilaban en desorden artículos de segunda mano y algunas arcas de madera. Moshe, el hermano menor de Meir, y Kalman, tullido, el más joven de los tres, se inclinaban sobre la mercancía y servían a los clientes. Moshe me vio y alzó las cejas en un gesto de interrogación. Carraspeé y señalé con el dedo un pañuelo bordado que sobresalía de un arca. Lo sacó de un tirón, me lo puso en la mano y masculló: «Dos florines». Tomé con la mano izquierda el pañuelo, que tenía un pequeño desgarrón en un lado, mientras con la derecha sacaba dos florines del bolsillo. Los puse en la palma de su mano extendida y salí corriendo hacia casa con la respiración entrecortada. Había dejado atrás otra expedición infructuosa.

¿Y si Meir Amschel hubiera encontrado un buen partido fuera de la Judengasse, tal vez en Hanovir? Allí seguro que aprecian lo que hace. Me sentí perdida. Cuán ridículo de mi parte era esperar que apareciera como siempre frente a mi ventana, me mirara, se quitara el sombrero y me hiciera sus reverencias como si nada hubiera pasado. Supongo que, después de poner la placa en la fachada de la casa trasera con el escudo nobiliario de los Hanau-Hesse, no volverá a pedir mi mano. Dios, ¿qué haré si le ha entregado su corazón a otra, mientras el mío es prisionero de su hechizo?

Los ojos se me llenaron de lágrimas, que empañaron la figura que avanzaba hacia mí. Con la vista en el abanico que se movía de un lado a otro me dejé llevar por olas de autocompasión. Cuán desafortunada soy. ¿Por qué me pasa esto? ¿Qué pecado he cometido para merecer tal castigo? Lo anhelo. Mi único deseo es verlo y seguir con la mirada su mudo lenguaje. Él también está interesado en mí, o más exactamente, estaba. Pensar que ya no suspira por mí me duele y me atormenta.

Me pasé la punta de los dedos por los ojos para secar las lágrimas. Miré como de paso hacia el abanico y, para mi asombro, me di cuenta de que no era un abanico, en absoluto, sino el gorro que Meir Rothschild movía con la mano de un lado a otro. Clavé los ojos en su gorro sin disimular mi sorpresa, y al darse él cuenta de que yo había salido de mi ensimismamiento, volvió a hacerme una reverencia, sus labios dibujaron una sonrisa, y su corta barba negra acompañó el gesto. Turbada, bajé la mirada y me aferré a mis uñas, dándome cuenta entonces de que debía limpiarlas de la capa de especias que había instalado en ellas su residencia temporal. Mis entrañas daban brincos de alegría, pero mi rostro mantenía su reserva a más no poder. Al cabo de unos instantes reuní el coraje para desentenderme de las uñas y levantar poco a poco la cabeza hacia él.

Pero la calle estaba desierta.

Se había evaporado. Un auténtico misterio. ¿Había estado realmente aquí o había sido un espejismo, fruto de mi imaginación febril? Estaba dispuesta a jurar que no me había equivocado. Me asomé a la ventana tratando de perseguir la imagen que se alejaba, pero nada. Ahogué un grito. Qué tonta fui, ¿cómo había dejado escapar la oportunidad? Me paso los días junto a la ventana esperando perseverante ver el fulgor de sus ojos, su sonrisa cordial, y cuando por fin llega, le rehúyo y me pongo a mirarme las uñas. ¿Cómo se me había ocurrido concentrarme en las malditas uñas hasta perder por su culpa al amado de mi alma?

Me puse a dar vueltas por la pequeña habitación; pensar que había dejado pasar la última oportunidad me atormentaba. Tenía que rezar.

Con el rabillo del ojo vi que mis *Geschwister,* mis hermanos menores, me miraban ir y venir. He sido bendecida con tres hermanas —Bela, de quince años, que supuestamente ahora está fuera de casa con sus amigas; Bréinele, de once, y la pequeña Véndele, de cuatro— y dos hermanos —Meir Wolf, que hace poco ha celebrado su *Bar mitzvá,* y Amschel Wolf, de seis años—. Desvié la mirada y ellos volvieron inmediatamente a sus ocupaciones habituales, que se caracterizan por hacer mucho ruido persiguiéndose unos a otros, peleas entre Bréinele y Véndele por unos palos cubiertos de tela —cada una pretende ser la dueña exclusiva de la «muñeca»—, cabalgatas de Amschel Wolf sobre la espalda de Meir Wolf agitando las manos y gritando risueños y traviesos. Me hundí en la desdicha. Dejé que los pies me llevaran de una pared a otra de nuestra pequeña habitación.

Cuando me di cuenta de que mi hermanita Véndele me seguía sigilosamente, llegaron a mis oídos unos sonidos nuevos, distintos de los habituales en casa. Dejé inmediatamente de andar sin objeto. «Silencio», acallé a mis hermanos. Cesaron en sus locuras, enmudecieron obedientes y siguieron atentos mis instrucciones. Incluso la pequeña Véndele los imitó. Me puse un dedo en los labios y ellos asintieron. Me acerqué calladamente a la puerta y la entreabrí. Aproximé el oído sin retirar el dedo amonestador de los labios.

No soñaba: estaba aquí. Era él. No había perdido la esperanza. No se había comprometido con otra. Papá, no lo rechaces. Por favor, mi buen papá, por favor.

Véndele percibió mi tensión y se pegó a mí pidiendo que le diera la mano. Oprimí la manita que me buscaba y cerré los ojos en una plegaria. Cuando los abrí, vi que Véndele también los había cerrado, al igual que Meir y Bréinele. Solamente el pequeño y travieso Amschel abría y cerraba alternativamente una rendija inquisitiva para echar un vistazo alrededor.

«¡Gútale!», oí que papá me llamaba.

Di un brinco y me tapé la boca reprimiendo un grito. Mis hermanos y hermanas abrieron los ojos, todos a la vez, y me observaron boquiabiertos y asombrados. Habían comprendido que algo estaba a punto de suceder.

Me giré hacia ellos, volví a poner el dedo en los labios, me alisé el vestido, pasé la mano por la peineta del cabello, cerré sin hacer ruido la puerta detrás de mí y con los puños apretados me fui de puntillas a la habitación contigua.

Papá y mamá estaban sentados en sus sillas. Frente a ellos estaba plantado Meir Rothschild. Alto, con los hombros estrechos inclinados hacia ellos, sosteniendo su gorro con la mano derecha mientras la izquierda reposaba negligentemente (con encanto) en su cadera. Volvió la cabeza hacia mí, sus ojos se encontraron con los míos y en su boca se insinuaba una sonrisa contenida de triunfo. Apenas podía mantenerme en pie frente a los firmes rasgos de su rostro. Me lanzó una mirada azul y juguetona, y se pasó la mano por la barba. Yo solamente esperaba alcanzar de una vez la pared y apoyarme en ella para frenar el temblor de mis rodillas.

Miércoles, 20 de siván de 5530 [13-6-1770]

Anduvimos durante horas a lo largo del callejón de nuestro barrio. Los efluvios de las inmundicias se habían esfumado, o en todo caso habían decidido pasar por alto mi nariz. Ni siquiera veía el lodo pegajoso a ambos lados del camino. La penumbra constante que cubría como un manto la Judengasse amurallada había sido reemplazada por una luz brillante, el fulgor de sus ojos que irradiaba sobre mi corazón. Únicamente Meir Rothschild y yo, como suspendidos en el aire, pasábamos por delante de la gente que ante nosotros abría los labios esbozando una sonrisa, se hacía a un lado y nos miraba como si hubiéramos cobrado altura. Él caminaba con las manos a la espalda; las mías se balanceaban lentamente a los lados del cuerpo al ritmo de nuestro paso. Desde el mediodía habíamos medido con los pies el callejón de sur a norte y de norte a sur, una y otra vez, y no bastó con que llegara la hora del crepúsculo para insinuarnos que por hoy ya era suficiente.

Cuántos días y cuántas noches había tejido en mi imaginación aquellos momentos, volviendo a ellos una y otra vez, pidiendo y rogando que se materializaran. Hoy se han transformado en una realidad que colma de gozo todas las fibras de mi cuerpo, sin saciarme. Para mí, la combinación de los sentimientos con las sensaciones del cuerpo era nueva y me parecía prodigiosa. ¿Es así el amor?

Su risa ligera me arrastraba y arrancaba de mí sonidos joviales. «Se multiplicarán y crecerán», repitió por enésima vez con la mirada en el horizonte lejano.

Han pasado tres días desde que papá le dio su consentimiento al joven obstinado, con una nota de estimación tanto por su perseverancia en la elección de la mujer de su vida como por su excepcional integración en el mundo de los negocios, o tal vez en orden inverso, porque al fin y al cabo el mundo material es la fuente de nuestra existencia. Papá repitió que «no se debe subestimar el título honorífico que la corte imperial le ha otorgado al caballero. Este cambio pone al candidato bajo una luz nueva, e incluso el propietario de la Hinterpfanne ha accedido finalmente a la petición de Meir y de sus dos hermanos y les ha vendido una cuarta parte de la casa». Por eso esta vez papá ha consentido y aceptado concederle mi mano, la mano de su hija mayor.

¡Aleluya! ¡Estoy comprometida! Ayer por la noche celebramos el compromiso en la intimidad de la casa de mis padres, y hoy paseamos juntos y damos rienda suelta al centelleo encendido entre nosotros.

Durante la celebración, y sin que papá se diera cuenta, Meir consiguió cosquillear a mi oído la frase: «Se multiplicarán y crecerán». Y hace unas horas, con la mirada ardiente, me lo explicó.

«Cuanto más tu padre me torturaba el alma y me rechazaba, más se fortalecía mi empeño. No solamente eso, con cada rechazo yo hacía crecer la cuota de nuestra esperada felicidad. En mi primera visita a tu padre, estaba decidido a casarme contigo. Tras su negativa, decidí que me casaría contigo y traería al mundo cinco hijos. Después del segundo rechazo, tomé la decisión de casarme contigo y traer al mundo diez hijos, cinco niños y cinco niñas, de dos en dos. Si esta vez también me hubiera rechazado, habría duplicado el número de nuestros descendientes. Como he dicho: se multiplicarán y crecerán.»

¡Qué impresionante! ¿De dónde había sacado tanto valor, o tal vez debería llamarse arrogancia? ¿De dónde le había surgido esa idea extraordinaria de «se multiplicarán y crecerán»? No debo preguntarlo.

Tengo que contenerme. En realidad, me basta con que me haya elegido a mí, entre todas las jóvenes de la Judengasse. Lo miré en silencio, y dentro del torbellino que se desataba en mí, intentaba digerir los acontecimientos nuevos en cuanto a nuestro futuro bendecido.

Pareció haber leído mis pensamientos, porque entonces empezó a explicármelo:

«Esta frase me hostiga desde hace mucho tiempo. Mira, Gútale, observa a tu alrededor.» Sujetó tiernamente el índice de mi mano derecha y lo movió de un lado a otro a lo largo de la Judengasse. «¿Ves esta calle?»

Yo no veía nada. Estaba entregada a la magia de sentir el contacto de su mano.

«La calle…», intentó repetir.

Asentí. Pero sin haber entendido lo que decía. Me soltó el dedo y pasó a utilizar las manos para ilustrar la explicación.

«Ya lo dice el libro del Éxodo: **Cuanto más los oprimían, más se multiplicaban y más rápidamente crecían**», gritó, agitando las manos a derecha y a izquierda. «Todo lo que ven tus ojos es la opresión. Cuando trajeron aquí a las once primeras familias judías, hace trescientos años, por decreto de Friedrich II, la opresión era pequeña, sólo se trataba de separar a los judíos —a los que se tildaba de "enemigos de la Cruz y de Jesús"— de los gentiles. Supongo que aquellos ciento dos judíos no se marcharon "bailando al son de los panderos", puesto que se les había denegado el derecho a seguir viviendo con los demás. Aun así su situación no era terrible, porque a pesar del aislamiento disponían de un amplio espacio donde disfrutaban de libertad de acción y podían vivir observando sus preceptos y sin ser molestados. Pero a partir del año 5202 [1442] y hasta ahora el lugar sigue siendo el mismo, mientras que nosotros nos hemos multiplicado. En un espacio destinado a albergar trescientas almas viven hoy tres mil judíos hacinados en doscientas viviendas. Todo el espacio se ha llenado de paredes, habitaciones y casas amontonadas. Como puedes ver, se ha transformado en un lugar muy abarrotado.»

Meir me lanzó una mirada concentrada que luego dirigió hacia el horizonte. Yo seguía cada gesto y cada mirada suya. No tenía la intención de perderme nada. Sentí que ante mí desplegaba un camino hacia su mundo. ¡Oh! ¡Cuánto deseaba ser parte de él! Muchas preguntas estallaban dentro de mí y se precipitaban a mis labios. Pero debo controlarme, poner trabas a mi lengua, como corresponde a una muchacha decente y educada. Miré hacia el mismo horizonte al que él dirigía la mirada y traté de comprenderlo. Era evidente que estaba contento por la curiosidad que en mí había despertado.

«¿Sabes, Gútale? Mi padre, que descanse en paz, se empeñó en sacarme de las murallas del gueto y enviarme a seguir los estudios en el seminario rabínico de Fiurda, cerca de Nuremberg. Allí adquirí un gran conocimiento de la Torá y del Talmud, y también aprendí tres idiomas: alemán y hebreo, como lenguas de comunicación oral, y arameo, para la comprensión de los textos. Él esperaba que yo fuera rabino. Después mis padres fallecieron, y mi tío me mandó a Hanovir. Esos dos cauces me abrieron los ojos para ver desde allí cosas que desde aquí no podía. En Hanovir me especialicé durante seis años en el comercio, trabajando en el banco judío de Wolf Jacob Oppenheimer. Me sentía rico como Creso, no precisamente en dinero sino en conocimientos. Y entonces decidí volver a casa, como primogénito, a mis hermanos menores, al lugar donde había crecido, y dirigir mis negocios en la gran Frankfurt. Sólo que a mi regreso, acarreando orgulloso el bagaje que había acumulado en mi mente, me topé con una pandilla de vagos e irresponsables que me desafiaban y exigían que cumpliera mis deberes como judío. «*Jude, mach Mores!*, ¡cuida tus modales, judío!", me gritaban. Mi deber, pensé, sería presentar mis respetos a cada uno con un par de bofetones. Evidentemente, ellos esperaban otro tipo de respeto, de manera que no pude sino abrirles paso, sacarme el sombrero y hacer una reverencia.»

Se detuvo. Su mirada atrapó la mía.

«Tenía que quitarme el sombrero y rendir pleitesía a esos canallas. ¿Te imaginas la magnitud de la tortura? Pero con eso no bastaba. Después de haberles proporcionado la diversión, llego a la puerta del gueto, a las cadenas de hierro y a las pesadas y abominables puertas de madera, y allí, en la entrada, tengo que esperar como un mendigo hasta que los guardias se dignen a dejarme entrar en mi barrio, en mi casa. Debes saber que todo eso no existe en Hanovir. Esta actitud que nos subleva —cerrarnos las puertas del gueto sólo por ser judíos— es propiedad exclusiva de Frankfurt.

»Pero con esto tampoco se terminaba. Cuando finalmente me acerqué a la casa, mi vecino me gritó "*Shalom,* Rothschild", lo que me recordó que hacía muchos años nos habían quitado a nosotros, los judíos, el derecho a tener un apellido. Me llaman así por el color del escudo que está en la fachada de la casa de mis padres, Roth-Schild, el escudo rojo. Se me niegan mis derechos de muchas formas. Mientras sigo mi camino y llego a mi casa veo a mis hermanos, Moshe y Kalman, rodeados de cajas llenas de trastos viejos porque tienen prohibido vender objetos de valor. Los gentiles gozan del derecho de vender lo que sea y de ejercer cualquier oficio. Pero a nosotros, los judíos, los gremios nos tienen vedadas muchas ocupaciones. No nos queda sino comerciar con objetos y utensilios usados, con trapos, o ser cambistas.»

Recordé el pañuelo con el desgarrón que su hermano Moshe rescató para mí.

Meir miró a su alrededor y soltó un suspiro.

«Nos echan a la podredumbre y nos ordenan no movernos de allí, para luego insultarnos y alegar que olemos como el demonio. ¿Te das cuenta de lo absurdo que es?»

Él no esperaba que yo dijera nada. Y yo estaba como muda. ¿Qué podía decirle? Pertenecemos a la misma calle, pero a diferencia de mis ojos, de alcance limitado, los suyos ven lejos. Me sentía cautiva de la sabiduría de su discurso. Nunca había pensado así de la vida en el gueto. Es evidente que su salida de aquí lo llevó a mirar hacia dentro bajo una luz diferente.

De pronto, sus ojos volvieron a brillar.

«Así pues, llegué a una conclusión contundente.» Una sonrisa alegre adornaba su rostro y con la mano se acariciaba la barba negra. «Ven, siéntate aquí; te revelaré el secreto.»

Muy rápidamente recogió algunos troncos de madera esparcidos a nuestro alrededor, los limpió con sus manos grandes, los ordenó unos junto a otros y me invitó a sentarme encima de ellos. Lo hice con celeridad, para no interrumpir su discurso, y lo miré atenta. Él se sentó a mi lado, su hombro rozó sin querer el mío, se separó un poco disculpándose por ello y siguió hablando con convicción.

«Cuanto más los opriman, más se multiplicarán y crecerán. Creceremos y aumentaremos nuestras familias, y al mismo tiempo haremos crecer nuestro capital. Nuestra fuerza estará en nuestras riquezas. Un pobre no vale más que un muerto, pero el dinero es respetado, y tengo la intención de conseguir para nosotros mucho respeto. El respeto es poder, y con ese poder derribaremos las murallas del gueto y saldremos a un mundo libre. Ésta será nuestra venganza, la venganza del judío, a cuenta de todas las generaciones.»

Alcé los ojos asombrada y me quedé con la boca abierta. Sin poderme aguantar me eché a reír. No podía reprimir los estallidos de risa.

«¿Derribar las murallas? ¿Salir del gueto? Has perdido el juicio, Meir Amschel Rothschild.» Mi cabeza se movía de un lado a otro.

«Sé que parece una idea descabellada, pero haré lo posible por convertirla en realidad. Tampoco Dios lo creó todo en un solo día. Hace falta mucho tiempo para generar grandes cambios. El respeto acabará por llegar, y también el final de la vida en el gueto llegará. Saldremos del gueto. Todos saldrán del gueto.»

Así habló con pasmosa resolución y señaló con el dedo todo el barrio para concluir con profunda convicción: «Entonces veremos quién es el loco».

No dije nada, pero mi cabeza, como si hubiera asumido sola el control, siguió oscilando como un péndulo, negándose a participar en la ilusión.

Me echó un rápido vistazo y volvió a mirar hacia el horizonte. De pronto se puso a hablar tan lenta y pausadamente que su discurso parecía salirle de las profundidades del vientre.

«Gútale, ya has visto cómo tu padre ha cambiado su actitud hacia mí cuando he tenido un poco de dinero. De la misma manera me apreciarán los gentiles, y entonces veremos si se atreven a ordenarme *Jude, mach Mores!* Verás cómo llegará el día en que saldremos del gueto. Sucederá. Si no en nuestra generación, será en la de nuestros hijos.»

Sentí que el aire entre nosotros se llenaba de dulzura. Un hada buena me conducía al interior del cuento.

«Sé que lo que más necesito es libertad. Me hace falta libertad para tomar iniciativas, para tener la oportunidad de competir. Planificando correctamente los pasos, e incorporando trabajo duro, diligencia y las habilidades que he adquirido, no me cabe ninguna duda de que podré llegar lejos. Si el éxito económico es lo que determina nuestra posición social, entonces tenemos la obligación de hacer que, pese a nuestro origen judío, lleguemos a ocupar un lugar de honor en la sociedad.»

Me asió las manos y me ayudó a levantarme. Me quedé de pie frente a él, sometida a sus designios. Me sujetó livianamente por la cintura y me hizo dar una vuelta; me puse a reír, y él conmigo, hasta que levanté la cabeza y mis ojos se clavaron en las ventanas. Le pedí que me soltara, y cuando lo hizo le susurré al oído con la respiración entrecortada: «Nos están observando».

Él echó un vistazo hacia arriba y percibió las cabezas que atisbaban desde las ventanas. Cuando se dieron cuenta de que las habíamos visto, se retiraron una tras otra, y detrás de ellas se cerraron las ventanas. En el rostro de él apareció una sonrisa juguetona, y yo escondí la mirada en el suelo. Aun sabiendo que no es bien visto que un joven lleve de la mano a su prometida, por no hablar de la cintura, ¿cómo podía negarme al contacto?

«Gútale», me respondió en un susurro, «cuando salgamos del gueto podremos pasear por cualquier lugar sin que nos fisgoneen. Ahora te acompañaré a casa, antes de que tu padre se preocupe demasiado y lamente haber accedido a mi petición de casarme contigo».

· · ·

Estaba tendida en la cama, inmóvil. Con los ojos cerrados y el corazón despierto, acelerando los latidos. El susurro de la respiración de mis hermanos se absorbe en el tumulto ensordecedor de mi cabeza; tan atiborrada la tengo. Pronto me casaré con el amado de mi alma. Todavía siento sus manos rozando mi cintura. El cosquilleo de su aliento en mi oído. La cálida proximidad física, pura, se arremolina en mis entrañas. No consigo controlar mi respiración galopante.

Una sensación excitante de comienzo me envuelve, me arroja a la fuerza del amor, de la pasión. Empiezo a conocer la feminidad que fluye en mí. Suspiro por su mirada penetrante. Añoro el contacto de su mano y el cosquilleo de sus labios. Anhelo su voz.

Él no es como los demás jóvenes del barrio. En él hay algo diferente, es superior a todos. Intento comprender qué es lo que lo hace tan distinto. Parece ser una combinación de varias cosas. Una mezcla excelente adherida a un hombre único, a Meir Amschel Rothschild. En primer lugar, su aspecto seductor. Su cuerpo fuerte y alto, sus ojos brillantes, su rostro luminoso. Y además de todo esto, su roce con el gran mundo y la forma en que enlaza lo que ha aprendido en la Torá y en los negocios con sus sólidas opiniones. Y los sueños que teje, la seguridad que irradia, la determinación, el entusiasmo y la energía, y en contraposición, la ternura y la delicadeza, la profunda mirada azul, el susurro titilante; todo ello me encanta. Hace poco rato que nos hemos separado, pero ya suspiro por volver a encontrarme con él.

Siento que, a medida que nos vamos conociendo, él se desprende de las capas exteriores y me muestra lo que se oculta debajo de ellas. Este pensamiento me halaga. Intento comprenderlo. A él. A su mundo. Su vida. Sus ideas.

Me parece que el principio que ha adoptado, «cuanto más los opriman, más se multiplicarán y crecerán», nació por el hecho de haber quedado huérfano a una edad temprana, y esta adversidad no sólo no ha degradado su espíritu, sino que lo ha templado y preparado para una vida independiente. De algo estoy segura: me zambullo en una existencia nueva con la clara conciencia de que la vida con él no será rutinaria. Meir Amschel Rothschild es un enigma que irá resolviéndose paso a paso, y yo estoy preparada para un futuro particularmente aventurero. Mirando dentro de mí descubro lo estrecho que es mi mundo en comparación con el suyo, estrecho como nuestra calle, la Judengasse. Estoy segura de que gracias a él podré aprender mucho de la vida que hay fuera de las murallas del gueto.

De pequeña, mamá me contaba cuentos y yo imaginaba que todos tenían lugar extramuros. Cuando papá nos relataba historias de la Torá, éstas acontecían en lugares mucho más allá de las murallas, a unas distancias enormes. Ahora estoy ansiosa por salir impetuosamente hacia una nueva vida.

Diez hijos, me ha dicho. Pongo una mano encima del corazón. La otra encima de mi vientre plano. Tendremos diez hijos. Lo ha dicho con firmeza, con convicción, sin pestañear, como si bastara con decirlo para que suceda. Y creo que así será. Soy la única colaboradora de sus planes. Soy parte inseparable del futuro que él teje para nosotros. No hay ninguna duda de que Meir Amschel Rothschild será un gran hombre. Y yo seré la esposa del gran hombre. Su fuerza y su energía resplandecerán en nuestros hijos.

Papá, gracias por haber dado el consentimiento antes de que fuera demasiado tarde.

Dejo escapar un bostezo. Hace horas que sigo notando el contacto de su mano en mi cintura y me cuesta desviar de él mi atención. La aurora está por irrumpir y el trabajo es mucho. Me entrego a los filamentos del sueño y me envuelvo en ellos. Un instante antes de rendirme finalmente vuelve a aparecer la sonrisa acariciadora de Meir y el contacto de su mano queda grabado en mi ensueño.

Por la mañana me despedí de las profundidades del sueño por el contacto de una manita en mi mejilla y por las voces apresuradas de la casa despierta. Abrí un poco los ojos, como si corriera una cortina. La figura de mi hermanita aparecía nublada frente a mí. Me froté los ojos y prolongué la melodía de un bostezo placentero. Estiré los brazos, me tapé la cabeza con la manta e inmediatamente la retiré. Me di la vuelta hacia Véndele y percibí su rostro, que no apartaba de mí y en el que había una sombra de preocupación. La abracé y le di besitos en las mejillas.

«Buenos días, Véndele. Hoy te me has adelantado.» Intenté dar levedad a mi voz, haciendo caso omiso, a sabiendas, de su inquietud.

«Todos se han levantado ya, Gútale. ¿Estás enferma?», preguntó con su voz tierna y examinándome consternada.

«No, para nada. Me encuentro muy bien.» Su pregunta había ahuyentado los restos del sueño. Me senté rápidamente en la cama.

«Entonces, ¿por qué no te has levantado?»

«Porque me he ido a dormir muy tarde.»

«¿A causa de Meir?»

«Sí, Véndele», dije en voz baja. «A causa de Meir. No se lo digas a nadie.» Véndele se calló. Volví a observar su rostro. Le faltaba la sonrisa encantadora. «¿Qué pasa, Véndele? ¿Por qué estás triste?»

«Odio a Meir Rothschild.»

Sentí que me ahogaba.

«¿Por qué, querida?», pregunté como si nada, para disimular.

«Porque mamá me ha dicho que después de la boda te irás a vivir a su casa. No quiero que nos abandones. ¿Por qué no viene él a vivir a la nuestra?»

«No te preocupes, linda», le dije ya más calmada. «No tenemos hacia dónde alejarnos. Nos quedaremos aquí, en la Judengasse. Vendré a verte, y tú vendrás a nuestra casa cuando quieras. ¿Creías que podría renunciar a ti?» Abracé sus pequeños hombros. «Meir te amará. Es un hombre bueno y le gustan los niños.»

«¿Estás segura de que le gustan los niños?»

«Sí, lo estoy.» Me di la vuelta para evitar que viera que se me humedecían los ojos y que un nudo me obstruía la garganta.

«Siendo así, yo también lo amo.»

Con esto selló su opinión y se fue corriendo tras el travieso Amschel, que, como todas las mañanas, le tiraba del cabello para provocarla.

Después de un desayuno apresurado, mamá me cogió de la mano y me llevó a la alcoba conyugal. Nos detuvimos junto al arcón cerrado y me dio la llave. Lo abrí y mamá fue sacando cosas, una tras otra: sábanas, edredones y toallas, un servicio de té, un mantel y un juego de servilletas, camisas y ropa con encajes. Batí palmas encantada. «¡Qué bonito, mamá! ¿Cuándo has preparado todo esto?»

«Desde que naciste, hija. Cada vez añadía alguna cosa al ajuar.» Entonces sacó dos libros antiguos, los acarició y me los entregó con un respeto casi reverencial. Ya los conocía. Desde que yo era pequeña, y durante los años siguientes, mamá acostumbraba leerlos casi cada tarde, y a veces nos leía algunas líneas en voz alta. Los tomé con devoción. Dos libros de moral; el título de uno era *Brent Spiegel*, del rabino Moshe Altschuler, y el del otro, *Lev tov*, del rabino Isaac Ben Eliakum.

«Léelos siempre que puedas.»

«Pero son tuyos, mamá. Te llenan las tardes.»

«Ya los he leído bastante, hija. Recuerdo de memoria todas las líneas y letras. A partir de ahora son tuyos.»

«Gracias, mamá. Así lo haré. Exactamente como tú.»

Mamá se agachó y sacó del fondo del arcón un paquete envuelto en tela. «Aquí hay dos mil cuatrocientos florines; os ayudarán en el comienzo de vuestra vida en común. Te deseo una vida feliz junto a Meir. Será un buen marido para ti.»

Cerró los ojos al tiempo que pronunciaba una oración en silencio. Luego me miró fijamente y me acarició el rostro. Apoyé la cabeza en su hombro y prorrumpí en llanto.

«Llora, hija mía. Éstas son lágrimas buenas; no sólo te limpian los ojos, sino también la malicia de los que te envidian. Emprendes un nuevo camino y Dios irá contigo», dijo pasándome la mano por la cabeza.

Entre sollozos y sin poder contenerme, dije: «Mamá, lo quiero. Amo a Meir Rothschild».

«Seguro, hija mía. Él también te quiere; fíjate cómo luchó por ti. Venga, ya basta de llantos por hoy; tienes trabajo.»

Me dio una palmadita en el hombro, intentando apaciguarnos a ambas a la vez. Me tendió las servilletas y yo las cogí cuidadosamente.

«Bórdalas», me dijo mamá con ternura mientras sacaba el costurero de la cómoda.

Le rodeé el cuello con los brazos y le di un beso ruidoso en la mejilla. Bordar es un trabajo que me gusta en especial. Todos los edredones de casa, que mamá rellenó con plumas de ganso, están decorados con flores que yo he bordado con orgullo.

«Siéntate aquí», me aconsejó mamá, «de lo contrario los pequeños no te dejarán trabajar».

Dejé las servilletas en la mesita de mamá, enhebré una aguja y cogí una servilleta. Sosteniéndola por una esquina, bordé las iniciales M. A. R.

Reflexioné sobre lo que me había dicho Meir en cuanto al apellido Rothschild. Mis padres habían conocido a los suyos, Amschel Moshe Rothschild y su esposa Sheinshe, que en paz descansen; aquí todos nos conocemos. Pero esto no había sido suficiente, sino que se tomaron la molestia de investigar a la familia e intercambiaron datos e impresiones, sin prestar atención a que mis ávidos oídos escuchaban sus conversaciones. En el cementerio hay una placa en la que está grabado el nombre del primero de la familia Rothschild, Isaac Eljanán Rothschild, que murió en el año 5345 [1585]. Haciendo una cuenta rápida, desde entonces han transcurrido ciento ochenta y cinco años. El escudo rojo adornaba la puerta de entrada de la vivienda de Isaac Eljanán, situada en el extremo sur de la Judengasse, no lejos de nuestra casa. Cuando Naftalí Hertz, nieto de Isaac Eljanán, se vio en aprietos económicos y tuvo que trasladarse a la Hinterpfanne, que está en el extremo norte, se llevó el escudo rojo de la fachada. Desde entonces la familia vive aquí, y adoptó el nombre del escudo rojo como apellido.

Amschel Moshe, el padre de mi Meir Amschel, falleció cuando yo tenía solamente cuatro años, por lo que no recuerdo cómo era. Pero papá y mamá lo conocieron bien, y cuando hablaban de él valoraban su denuedo, sus actos caritativos y la hospitalidad que siempre tenía cuidado en demostrar. Sin embargo, mis atentos oídos captaban también la ligera reserva por parte de papá sobre la posición económica de Amschel Moshe, que no había alcanzado la de él. Por mi parte no había ninguna reticencia. *Kontraro,* al contrario, el hecho de que Amschel Moshe tratara con sedas a pesar de la prohibición impuesta a los judíos de comerciar con artículos suntuarios, de que también fuera cambista y de que poco antes de su muerte empezara a hacer negocios de banca, despertaba en mí cierta admiración por el difunto padre de Meir Rothschild. Mira, pensé, el hijo es como el padre, osado e intrépido.

Contemplé la servilleta bordada. Las letras M. A. R. me llevaron a pensar en la placa nueva que había puesto en la fachada de su casa. Cerré los ojos e imaginé la corte del Landgrave Wilhelm, que gobernaba el principado de Hanau. Meir Rothschild, de la oscura Judengasse, sigue los pasos de su padre y, cuando llegue el momento, saldrá de las tinieblas a la luz. Será un gran hombre. Ya está en camino. Lo sé, exactamente como sé que la sangre fluye ahora por mis venas.

Sábado por la noche, 30 de siván de 5530 [23-6-1770]

También hoy me he quedado junto a la ventana. Han pasado cuatro días desde que salí a pasear con Meir por el callejón. Por los rumores que circulan, parece que hemos insuflado nueva vida al pequeño barrio y contribuido significativamente a los cotilleos en el entorno, donde la gente vive en estrecha proximidad y se alimenta de cualquier migaja de cambio en cada una de las partes que constituyen nuestro mundo. Nuestros nombres están en boca de la gente, y Meir Rothschild recibe elogios y alabanzas por haber visto recompensada su terquedad. Dicen que ha vuelto a demostrar que nada puede contra su voluntad. Tanto en el comercio como en lo personal, calcula sus pasos hasta el último detalle. También el nombre de mi padre, Wolf Shlomo Schnapper, anda de boca en boca con una pizca de estimación, y le palmean el hombro por haber dado su consentimiento a Meir. Todos están de acuerdo en que lo que inclinó la balanza fue su ascenso económico, lo cual deslumbró a papá, que también es un próspero comerciante.

Digan lo que digan, a mí solamente me interesa una cosa: voy a casarme con el amor de mi alma. En mi opinión, Meir Rothschild es el mundo entero.

Cada día, al anochecer, cuando se terminan las labores del hogar, me quedo junto a la ventana, con la esperanza de que llegue para salir a pasear y escuchar el sonido de su voz cuando se exalta. Tengo una enormidad de preguntas, pero sé hasta qué punto él está ocupado en sus negocios, y entiendo que le resulta difícil disponer del tiempo necesario. Pese a ello, yo sigo en mi lugar de siempre, aceptando amorosamente que se alarguen las horas que allí paso y aferrándome a la idea de que cada día trae consigo una nueva esperanza.

He terminado el bordado totalmente satisfecha; las servilletas bien dobladas ya están en el arcón. Véndele no se aleja de mí, como si quisiera extraer hasta la última gota de mi compañía antes de que nos separemos. Se subió a la silla que arrastró hasta mi lugar junto a la ventana, y se puso encima de rodillas, moviendo los pies en el aire, mientras miraba y esperaba como yo. De pronto empezó a gritar: «Ahí está, ahí está, Gútale, ha venido, ha venido», señalando con el dedo al apuesto joven que caminaba hacia nosotras con una amplia sonrisa iluminándole el rostro.

Yo le frotaba la espalda con la mano intentando tranquilizarla, y sobre todo a mi corazón, que se había puesto a latir con fuerza, compitiendo con la excitación de los sonidos que la niña profería. Meir se acercó a la ventana, agitando hacia nosotras el gorro, y Véndele lo saludó con la mano. Me hizo una seña para que bajara, y yo le respondí con una sonrisa disimulada y asintiendo con la cabeza, sin palabras.

Me puse los zapatos y ya me disponía a salir cuando Véndele me tiró del vestido. «Yo también quiero ir. Por favor, llévame contigo.»

La miré un poco inquieta. Aquella posibilidad no se me había ocurrido. Por supuesto que Meir sale conmigo a la calle porque en nuestra pequeña vivienda colmada de niños no es posible tener ni pizca de intimidad. Si él había creído conveniente postergar sus importantes ocupaciones para estar conmigo, no era el momento de incluir a Véndele en el tiempo que había dispuesto para nosotros. ¿Cómo reaccionaría al ver a la pequeña siguiendo mis pasos y pegada a mí?

Me lanzó una mirada suplicante. No tuve el coraje de rechazar a mi querida y sensible hermanita.

Me incliné hacia ella y le di la mano. «Dejaré que vengas con nosotros solamente esta vez, y una parte del tiempo. Después te acompañaremos de vuelta a casa. ¿De acuerdo?»

«De acuerdo. Gracias, Gútale; eres muy buena», dijo la pequeña muy contenta.

«¿Me prometes no volver a pedírmelo?»

Ella vaciló un momento y yo la miré fijamente, hasta que se apresuró a responder: «Te prometo no volver a pedírtelo».

«Yo saldré primero, tú te pondrás los zapatos y esperarás junto a la ventana; te haré una señal cuando puedas venir.»

Corrió a buscar los zapatos y yo salí a la calle, besando la *mezuzá* con demasiada prisa, sin darle tiempo a mi corazón para serenarse.

Puse a Meir al corriente del deseo de mi hermana de acompañarnos. Temía su reacción, pero en un abrir y cerrar de ojos apartó de mí toda duda. En vez de responderme, miró hacia la ventana y le hizo señales a Véndele para que viniera. Me tranquilicé.

Cuando llegó, la levantó muy alto y ella se rio entre asustada y divertida. Luego la soltó y le propuso alegremente: «¿Hacemos una carrera?», indicando con la mano la línea de llegada, junto a la casa que hoy se había derrumbado, y donde un grupo de gente ya estaba trabajando para reconstruirla.

Véndele asintió con la cabeza y me ordenó que diera la señal de salida. Los dos corrían. Véndele hacía trabajar sus piernitas tanto como podía, Meir se sostenía el gorro para que no se le cayera y trataba de otorgarle una ventaja razonable.

Avancé hacia ellos. Me esperaban al final de la carrera, cogidos de la mano. Meir me recibió con cara de derrotado, e informó de la forma más convincente posible que no estaba habituado a perder carreras, pero que esta vez había perdido contra una señorita joven y guapa llamada Véndele, y por tanto lo apropiado sería darle un trofeo por su victoria. Nos llevó por el sendero que va hacia la casa trasera. Un grupo de niños, que a lo largo del camino se hizo más numeroso, nos seguía. De un montón de chatarra Meir sacó una muñeca de trapo. Los ojos de Véndele se iluminaron. Tras alisar el vestido de la muñeca con las manos, llevó a Véndele hasta la placa y anunció a la multitud que se había reunido para ver qué hacía el joven con la niña radiante: «Meir Amschel Rothschild, proveedor de la corte de Su Majestad el Landgrave Wilhelm, gobernador de Hanau y príncipe heredero de Hesse-Kassel, por la presente otorga el trofeo a la señorita Véndele por su victoria en la carrera».

Le tendió la muñeca, se quitó el gorro y le hizo una reverencia. La multitud aplaudió y Véndele bajó la mirada, abochornada. Miró primero a la muñeca y después a mí. Asentí moviendo la cabeza enérgicamente, y ella cogió la muñeca, se la pegó al pecho, dirigió a Meir el asomo de una tímida sonrisa y volvió a clavar los ojos en el camino fangoso. Mirándolos, juraría que estaba dispuesta a casarme allí y ahora con el hombre maravilloso a quien tanto le gustan los niños.

Hicimos el camino de regreso por la calle serpenteante. Véndele nos precedía dando brincos, como lo hacían sus cabellos recogidos en la nuca, y llevaba la muñeca en brazos. Cuando estábamos cerca de casa, se separó de nosotros dando unos saltitos de alegría que cesaron en cuanto entró, y yo agradecí mentalmente la forma en la que mi héroe había asegurado nuestra intimidad de ahora en adelante.

Al fin solos. Cogí el chal a rayas azules y negras por sus extremos, lo extendí y lo miré divertida.

«¿Qué pasa?», preguntó él.

«Si tuviera un sombrero, me lo sacaría ante ti, Meir Amschel Rothschild.»

Al instante se quitó el gorro y me lo puso en la cabeza, invitándome con la palma de la mano a hacerlo.

Me reí. Me saqué el gorro y le hice una profunda reverencia, casi tocando el suelo mugriento con la frente.

«La sabiduría y la sensibilidad no siempre van juntas, pero en ti parece que todo es posible.» Las palabras brotaron de mi boca sin consultarme y sin considerar que, estando recién comprometida, cabía esperar de ellas un poco de moderación.

Él me acercó la boca al oído. «Puedo jurarte que, si estuviéramos solos, sin las miradas de las personas que se apretujan a nuestro alrededor desde las ventanas, te llamaría en voz alta "amada mía" y me pondría a bailar contigo ahora mismo.»

Una ola de calor me invadió. Esta declaración de amor, hecha como de paso, había sido expuesta con toda intención. ¿Qué hacer con ella? ¿Cómo se supone que debo tomarme esta dulce confesión? Estrujé los extremos del chal, levanté la mirada al cielo estrecho, buscando un refugio donde ocultar las palpitaciones del alma, pero me topé con las cabezas inclinadas en las ventanas. Lo cómico de la situación aflojó los nudos de mi cuerpo hecho un ovillo. Me puse la mano en la boca para ahogar la carcajada que amenazaba con escapar. La presencia de Meir Rothschild conseguía provocarme unas explosiones de risa que había creído en vías de desaparecer al hacerme mayor. Según parece, también los adultos tienen depósitos de risa que quieren vaciarse. Le devolví el gorro, puse la mano en su brazo solícito y me alegré de ser guiada por él a lo largo del camino. Por un momento se me ocurrió que tal vez estaba alimentando las habladurías, pero me sorprendió comprobar que la idea no me molestaba. Al contrario, reforzaba la sensación de gozo que me envolvía.

«No soy tan especial», me dijo con seriedad. Mientras con una mano volvía a ponerse el gorro, el otro brazo me servía de apoyo y con el pie eliminaba los obstáculos en mi camino. «Cualquiera que tenga hermanos, especialmente quien haya perdido a los padres y se haya quedado solo con los hermanos, no puede dejar de crear relaciones con los niños ni de entenderlos.»

«¿Cómo están tus hermanos?», me acordé de preguntar por ellos, acomodándome a su tono serio, mientras seguía por el camino que me marcaba dando un rodeo para no pisar un montículo de basura.

«*Also,* veamos. Mis hermanas Belje y Gútelje están contentas con la *familie* que cada una ha formado. Todos los años me anuncian que mi valor como tío ha vuelto a crecer con la llegada de otro bebé a la parentela. Creo que ésta es la parte más gratificante del informe. Mi hermano Kalman no está en su mejor momento. Ser tullido le pesa y me destroza el corazón, a pesar de que él acepta sus limitaciones, no se queja y sigue haciendo todo lo que puede como cambista. Incluso le he dado recientemente monedas, medallas, alhajas, piedras preciosas y antigüedades para vender. Lamentablemente, no me parece que vaya a aguantar mucho más tiempo. Sólo un milagro puede salvarlo. A veces la vida se ensaña con quien no lo merece.»

Suelo ver a Kalman de vez en cuando en nuestra calle; pero, salvo un sentimiento pasajero de compasión ante su cuerpo débil, no me despierta ninguna otra sensación. Ahora, junto a su hermano, el rostro de Kalman adquiere una dimensión nueva y sorprendente. Desearía conocerlo de cerca y apreciar su sólida personalidad, anclada en un cuerpo frágil.

«En cuanto a mi hermano Moshe», siguió Meir Rothschild enumerando los nombres y actos de sus hermanos, «de él, como adulto y solamente un año menor que yo, hubiera esperado más».

«¿Qué es lo que no va bien con Moshe? Veo que trabaja mucho en la venta de artículos de segunda mano.» Como por ejemplo, el pañuelo, hubiera querido decir, pero me contuve inmediatamente.

«De eso se trata. Invierte toda la energía en un negocio cuyos ingresos apenas bastan para un mínimo sustento. Acaba de casarse, pocas semanas después de haber cumplido veinticinco años, y tiene la obligación de mantener a una familia.»

«Según parece no tiene más remedio. Tú mismo has dicho que los judíos tenemos posibilidades limitadas en el comercio.»

«Cierto. Pero tenemos que derribar esos límites. Así es imposible seguir. El gueto se nos cierra cada vez más, y si no rompemos el cerco nos ahogaremos. Mira, Gútale, salimos de nuestra pequeña vivienda para respirar el aire fresco y ¿qué encontramos? Una atmósfera insoportablemente sofocante.»

«Es el aire que hay y con eso nos las arreglamos, no entiendo qué tiene de malo.»

En el rostro de Meir apareció aquella mirada distante. Parece que empiezo a acostumbrarme a ella. Como consecuencia, aprendo siempre alguna cosa sobre su vida o sobre la vida en general. Permaneció callado unos momentos. Ya está, ya está llegando. ¿Qué me enseñará ahora?

Esta vez fue pausado. «Gútale, es el aire de la Judengasse. En otros lugares es distinto. Es un aire que no huele a moho ni a cloaca. Un aire que te invita a ensanchar los pulmones y a respirar como es debido.»

«Háblame de aquellos lugares.»

«¡Pobrecita! Tengo que encontrar la manera de sacarte de aquí para que veas con tus propios ojos lo que pasa más allá de la muralla y de Frankfurt. No puede ser que solamente a los hombres se les dé el derecho a salir para hacer negocios fuera de la ciudad, mientras las mujeres y los niños siguen sepultados dentro.»

Me estremecí. «Yo no me siento sepultada. Estoy viva, respiro y paseo a tu lado libremente.»

Movió la cabeza de lado a lado. «Cuando una persona está encerrada entre cuatro paredes, no puede ni siquiera imaginar lo que hay fuera. Nosotros, los judíos, somos criaturas versátiles. Nos adaptamos a cualquier situación. ¿Quieres saber lo que hay allí? Mientras a nosotros nos han confinado en un pequeño gueto, a cincuenta codos de aquí se abre un mundo ancho donde hay casas amplias y estables, no como las nuestras, pequeñas, destartaladas y amontonadas. En el mundo exterior, las calles son anchas e iluminadas por la luz del sol, no se resumen en un único callejón estrecho y sombrío. Allí, la gente se engalana y pasea por la calle a diario y a la hora que desea, no está encerrada como en una jaula. Sus pies delicados caminan por aceras enlosadas, mientras que nosotros, los judíos, que somos afortunados si podemos llegar a su mundo cada día hasta la puesta del sol, salvo los domingos y festivos, chapoteamos por el camino fangoso que compartimos con las carretas. Nuestros pies son toscos como sus ruedas. Además, ellos pueden dedicarse a lo que quieran, sin restricciones. ¿Lo entiendes? Ellos tienen luz, aire y libertad. Por eso tienen el rostro saturado del color de la vida. No son pálidos como los judíos del gueto. No puedes imaginarte hasta qué punto es pálido tu rostro en comparación con la tez de esas mujeres elegantes que bajan del carruaje llevando un abrigo de piel en los hombros y guantes en sus delicadas manos, para gozar del paseo por las aceras pavimentadas.»

Me dejé atrapar por las reflexiones sobre el amplio mundo que había tendido frente a mí. Y decidí que ese mundo no me gustaba. Las casas grandes, las calles anchas y las mujeres elegantes… Nada de todo eso me atraía. Se encumbraban por encima de mi Judengasse y la oprimían entre cuatro paredes.

Me llevé la mano a la cara. Nunca me había fijado en la palidez de mi rostro. Me irritaba pensar que, comparada con las mujeres de Frankfurt, yo le parecía sin vida.

«Y aquellas mujeres… elegantes… con color en las mejillas, seguro que son bellísimas», me atreví a decir en voz baja, dentro de las cuatro paredes de la Judengasse, pero enseguida lo lamenté. Esperaba que no me hubiera oído.

Pero Meir tiene oídos de gato. Tendré que recordarlo de ahora en adelante.

«¿Bellas?», Meir se rio a carcajadas. «Gútale, mi querida Gútale, todo el color en los rostros de aquellas mujeres elegantes —tanto el natural como el de los cosméticos artificiales con los que se acicalan— no les servirá para competir con la belleza de las mujeres de la Judengasse. Las mujeres hermosas son las nuestras.»

Recuperé el ánimo. Soy consciente de que la belleza no es mi cualidad más notable, pero me reconforta saber que aquellas gentiles que se exponen ante la mirada de Meir no son más hermosas. Y yo, aunque pálida, tengo un cuerpo fuerte, y jamás permitiré que la palidez del rostro domine mi cuerpo.

«¿En qué querrías que trabajara tu hermano?», pregunté, volviendo al tema con una sensación de alivio.

«Me haría feliz que Moshe se incorporara a mi actividad comercial y la mejorara. En la tienda de objetos de segunda mano abrí una *Wechselstube,* una oficina de cambio, donde comerciamos con monedas antiguas. Como te he dicho, Kalman coopera conmigo y me ayuda en las transacciones.»

«¿Quién compra esas cosas? A mí me parece que la gente necesita objetos útiles. ¿Qué van a hacer con las monedas antiguas?»

Otra vez me había dejado arrastrar por la lengua. Aunque constantemente me recuerde que debo ser delicada y no meter mi narizota en sus negocios, que no son asunto mío para nada, lo que ocurre de hecho es que mi devastadora curiosidad, combinada con las ideas desenfrenadas que repentinamente me surgen, no me permite adoptar una posición pasiva y conformarme con sólo escuchar.

Afortunadamente, mis palabras no habían molestado a Meir. Al contrario, se las tomó en serio. Más que yo. «Tienes razón si partes del punto de vista de quien vive aquí. Es evidente que no podré vender monedas antiguas a la gente de la Judengasse. Hace seis años, cuando iba a las ferias y mercados de Frankfurt, ofrecía telas, vino y pieles. Pero a la vez hacía negocios de cambio. Para empezar no está nada mal. Reuní dinero. Pero aprendí que no se obtienen ganancias importantes con el comercio normal y corriente, sino tratando con artículos de lujo, como las monedas antiguas. ¿Por qué grandes beneficios? Porque te los proporcionan las personas importantes que tienen bolsillos profundos y grandes como sacos. La gente que vive en casas espléndidas, en castillos o en palacios, es la que se interesa por las monedas.»

Sacó un papel doblado del bolsillo y lo desplegó con cuidado. «Éste es el catálogo que he preparado.»

Lo así con respeto. Frente a mis ojos centelleaban unas líneas rectas escritas en una caligrafía cuidada y agradable, y con unas ornamentaciones espléndidas alrededor. «¿Lo has hecho tú?»

Asintió con la cabeza. «¿Sabes quién ha tenido en sus manos este catálogo?»

Me encogí de hombros.

«El Landgrave Wilhelm en persona.»

«Meir, espero que no estés de broma. ¿Cómo llegaste a él? ¿Cómo te permitieron entrar en su *palast,* en su palacio?» Y para mis adentros añadí: eres muy joven, tienes muchos años de diferencia con mi padre. Y además eres judío, no nos olvidemos de ese detalle.

Sus ojos refulgieron a modo de respuesta. «Bueno, es obvio que no fui a su casa, llamé a la puerta y dije: "Buenas, soy Meir Amschel Rothschild de la Judengasse y vengo a ver a mi amigo Wilhelm"».

Esta vez ni siquiera intenté reprimir la carcajada. Además de inteligente y sensible, mi prometido es ocurrente. Un interlocutor fascinante y divertido.

Pero él no se rio, sino que su expresión revistió profunda seriedad. Su discurso se parecía a las explicaciones que da un adulto versado en las leyes del mundo a una niña inexperta. Además, sabía que no presumía ante mí como los francforteses engreídos. Simplemente intentaba acercar su forma de pensar a la mía, y que yo entrara en conocimiento de los mecanismos de su mente.

«La historia es larga e implica un trabajo de preparación prolongado y bien planificado», dijo. «Cada paso me lleva al siguiente. Es como una torre que construyes nivel a nivel: no hay que apresurarse ni saltarse ninguna etapa, no vaya a derrumbarse todo.»

«Tenemos tiempo. Y yo, mucha curiosidad», me apresuré a decir con los ojos clavados en las arrugas que se amontonaban en su frente. Cuando habla en serio, la frente se le arruga y yo entro en el estado de atenta escucha.

«Te lo voy a contar, pero cuando te fatigues no dudes en hacerme callar. Te lo advierto: cuando hablo puedo olvidarme de mí mismo.»

«De acuerdo, lo recordaré», prometí. ¡Dios, qué delicado y considerado es!

Él asintió satisfecho. «Tengo una gran deuda con Hanovir. Allí inicié mi trayectoria. Allí brotaron la sobriedad y el entendimiento. En Hanovir trabajé como aprendiz en el banco judío de la familia Oppenheimer. Los primeros años fueron bastante humillantes porque trataban a los aprendices como a vasallos y esclavos. Pero no me molestaba. No perdía de vista las posibilidades que encerraba mi estancia en un banco comercial con clientes de la aristocracia. Cumplía con dedicación todas las tareas insignificantes que me encargaban y esperaba pacientemente el futuro. Así, paulatinamente, me fui incorporando a actividades cada vez más significativas que justificaban mi paciencia y respondían a mis expectativas. Para mí, esta experiencia fue una magnífica escuela de negocios. Llegué a la conclusión de que solamente prospera el que se atreve. Me dije: si el judío Oppenheimer lo ha logrado, también yo, Meir Rothschild, soy capaz. A partir de ese momento empecé a construir un marco de reglas que me señalan la ruta hacia el éxito. Una de ellas es cultivar los contactos.»

«¿Contactos?»

«Sí, los contactos son como hilos que, bien encauzados, pueden llevarte al objetivo deseado. Pero antes debía identificar los que valían la pena. Para descubrirlos hay que desarrollar el sentido del olfato.»

«¿El sentido del olfato?»

«El olfato es un sentido especial que puede desarrollarse incesantemente. Olfatear me ayuda a ponerme al día en todo lo que sucede y a utilizar este conocimiento a mi favor. A veces huelo problemas y a veces percibo aromas de riqueza. Te pondré un ejemplo. En Hanovir llevé a cabo misiones al servicio del general Von Estorff, uno de los más prominentes coleccionistas de monedas antiguas y raras. Me ocupé de sus asuntos con dedicación y profesionalidad. Utilizando el olfato descubrí que el general Von Estorff está adscrito a la corte del Landgrave Wilhelm de Hanau y que le sirve de asesor. ¿Qué hice? Seguí cultivando la relación con el general incluso después de marcharme de Hanovir. Fui a hacerle una visita amistosa y, como esperaba, estuvo muy contento de verme y quiso que trabara conocimiento con sus amigos. Así es como tuve también la oportunidad de presentar a mis "amigas": monedas antiguas de Rusia, de Palestina, de Baviera, además de medallas y otras antigüedades transmitidas en herencia de generación en generación. Les elogiaba mi mercancía especial. Desde luego, no estaba habituado a hablar en el estilo de ellos, soy fiel al que traigo conmigo del gueto, pero les demostré, tanto a ellos como a mí mismo, que eso no era ningún problema. Si yo no veo ningún impedimento en mi lenguaje ni en mi estilo, también ellos pueden ser conducidos a aceptarme como soy. Prestaron atención a mis palabras y mi estilo, nos miraron, a mi catálogo y a mí, volvieron a escuchar y a mirar, y… compraron.» Meir batió palmas y declaró: «¡Primer logro!»

Lo escucho y analizo en mi mente, con una rapidez a la que no estoy habituada, el relato de las hazañas y llego a conclusiones. Mi inteligente Meir no permite que la barrera del idioma le corte el paso y no duda en hablar como un hombre sencillo. Parece que también eso es una fórmula triunfadora. Con la combinación de su alemán embrollado, el *judendeutsch* y el pesado acento de la Judengasse, los seduce a todos, desde la gente distinguida hasta la del pueblo. ¿De dónde había sacado esa confianza en sí mismo?

En efecto, su narración es larga. Una mirada alrededor me hace descubrir que el día se desvanece y el anochecer arremete paulatinamente, como tratando de confirmar primero que el campo está libre. Sentí que cada detalle de su historia se iba convirtiendo en parte de mí misma. Sabía que a nadie le había sido concedida esa confesión suya. Estaba reservada únicamente a mí. Ansiaba seguir escuchando.

Continuó, y yo tuve buen cuidado de no interrumpirle. «Un éxito lleva a otro, me repetía a mí mismo, así que no debía dormirme en los laureles, tenía que seguir avanzando.» Meir hablaba y yo me esforzaba por no rendirme a los sentimientos que en mí despertaban sus labios y su voz, y concentrarme en sus palabras. Todo lo que salía de su boca merecía reflexión.

«Me puse a preparar con esmero otros catálogos. Mandé más de doscientos a príncipes y duques cercanos, lejanos y más lejanos.

De manera que el círculo de mis contactos fue ampliándose. Pero mi objetivo codiciado era el Landgrave Wilhelm de Hanau, puesto que a través de él se me podían abrir otras puertas. Moví los hilos con el general Von Estorff, y con él llegué al despacho del Landgrave en el momento más oportuno, cuando estaba jugando al ajedrez, que a mí tanto me gusta. Eché una ojeada a las sesenta y cuatro casillas en blanco y negro, y a las pocas piezas que quedaban en el tablero, y le sugerí al Landgrave una jugada que le llevaría a anunciar "jaque mate". Se regocijó como un niño pequeño. Aprovechando que el Landgrave estaba feliz con su victoria, me apresuré a presentarle la colección más selecta de monedas y condecoraciones raras. No podía haber aspirado a un camino más fácil para llegar a la firma del primer acuerdo con el Landgrave más influyente. De aquí a mi petición de ser aceptado como proveedor de la corte, el camino fue llano, sin obstáculos especiales, aunque implicara ligeros retrasos; pero quién soy yo para retroceder ante una postergación, sea la que fuere. Lo principal lo había logrado, ya que había llegado al momento soñado de poner la placa en la fachada de casa.»

«Suena como un cuento de hadas.»

«¿Cuento de hadas? Tal vez sí, y, como todos los cuentos, éste empieza hace muchos, muchos años.»

Súbitamente calló, miró hacia lo alto y en sus labios apareció una sonrisa infantil. Seguro que está pensando en el cuento, me dije. De pronto me miró y me dijo con resolución: «Me parece que por hoy ya he derramado sobre ti suficientes detalles. Lo dejaremos para nuestro próximo encuentro».

Asentí con la cabeza. De hecho, ya era tarde, hora de volver a casa.

Me acompañó hasta el umbral. Hizo una profunda reverencia y me lanzó un beso al aire. Le dediqué una tímida sonrisa y le agradecí con los ojos.

Miércoles, 4 de tamuz de 5530 [27-6-1770]

No creo que mis pies hayan medido nunca la calle como lo hacen estos días en compañía de Meir Rothschild, pero estoy segura de no haber caminado por ella tan centrada y atenta como lo hago ahora, absorbiendo tantas partículas de conocimiento que me dan la sensación de estar renaciendo.

Antes de encontrarnos me pellizqué las mejillas para darles el color de la vida, y la manera en la que él me recibió, observando sorprendido mi rostro, alegró mi espíritu y me proporcionó la justificación para adoptar esa costumbre.

Al cabo de un largo trecho, durante el cual nos pusimos al corriente de lo que nos había sucedido últimamente y yo me sorprendí de la intensa actividad de sus días, de pronto dijo: «*Also,* querida mía, te debo el cuento que hace unos días te prometí».

Cerré los ojos. Me gustaban mucho los cuentos que mamá me narraba y que desde hace unos años yo relato a mis hermanos y hermanas. Escuché la voz de Meir y empecé a vagar por el mundo de las leyendas.

«Tenía diez años. Sucedió poco antes de que mi padre me mandara a la *yeshivá* de Fiurda. Como tenía por costumbre, rondaba con algunos amigos alrededor de la puerta norte cercana a nuestra casa. Seguíamos a los transeúntes, a las carretas y a los caballos, con la esperanza de que alguien necesitara nuestros servicios como mensajeros o portadores. Generalmente volvíamos a casa con algunas monedas en retribución del trabajo. De pronto me atrapó la visión de un carruaje espléndido tirado por tres caballos; me quedé contemplándolo, dispuesto a seguirlo con la vista mientras pasaba por delante de nosotros pero, para mi gran sorpresa, se detuvo justo a nuestro lado, y uno de los caballos casi me derribó. Con la agilidad del último instante me escabullí de su pata aterradora. Todavía estaba tratando de tranquilizarme a raíz del accidente del que acababa de salvarme, cuando oí a mis amigos gritar entusiasmados: "¡El Landgrave! ¡El Landgrave!". Levanté la cabeza y también yo pude distinguir el atavío elegante de un niño de nuestra edad. Llevaba una capa de terciopelo con adornos de plata. A su lado iba un anciano de aspecto distinguido.

»El anciano se excusó ante mí por el incidente y nos escrutó como si fuéramos animales enjaulados destinados a la venta. Pero luego nos habló con cordialidad y simpatía: "Tenéis razón, niños; a mi lado está el príncipe heredero de Hesse. Yo soy su preceptor. Seguro que no conocéis ese lejano principado ni Kassel, su capital. Puesto que hemos llegado a Frankfurt, nos ha surgido la curiosidad de ver y conocer el gueto judío de la gran ciudad".

»Se detuvo y volvió a mirarnos; yo también observé fijamente su aspecto, y el del Landgrave, que permanecía sentado, callado y observando asombrado nuestros andrajos. El anciano prosiguió amablemente: "Dado que se acerca vuestra festividad de *Pésaj,* el Landgrave, en su bondad, os hará la gracia de obsequiaros unas monedas en honor a la fiesta".

»No transcurrió ni un segundo antes de que el joven Landgrave nos lanzara una lluvia de monedas. Estaba de pie sobre el carruaje y parecía divertirse con el espectáculo. Me estremecí al ver a mis amigos arrodillarse para recoger la limosna.

»Les exigí que me entregaran todo lo que tenían en las manos, me acerqué al anciano y le devolví las monedas. "No necesitamos limosnas", le dije.

»El anciano nos miró asombrado, a mí y a mis amigos, pero aceptó las monedas y me pidió que los acompañara a recorrer el lugar y los guiara por los recovecos de la calle.

»Aproveché la primera oportunidad que se me presentaba para servir de guía. Le expliqué que, siendo la calle tan estrecha, debían dejar el carruaje fuera del portón. Los llevé a pie a lo largo de la calle y entre las callejuelas, las casas y las tiendas; los conduje a la sinagoga, a la casa de baños, al *talmud torá*, a la *yeshivá*, a la casa de huéspedes y al asilo para menesterosos, a la vez que les explicaba la función de cada uno de los edificios, como si estuviera habituado a hacer de guía. Con el pecho hinchado y dándome importancia, puntualicé que para consultar a nuestros grandes rabinos venían visitantes de fuera, algunos de ellos jóvenes que habían elegido estudiar en nuestra *yeshivá* superior, y otros que venían a hacerles preguntas sobre la *Halajá* —el código de preceptos y rituales— a las que no encontraban respuesta en sus respectivos lugares.

»Ambos me dieron las gracias por el recorrido fascinante y por las explicaciones detalladas, y me dijeron que les habían impresionado nuestros estudios, nuestras oraciones, nuestros hábitos de higiene y de purificación, los esfuerzos que invertíamos para ganarnos el sustento y la costumbre de practicar la caridad. Estaban a punto de subir al carruaje cuando les tendí la mano.

»"Me parece que olvidan algo", les dije.

»"¿Qué?", se sorprendió el preceptor. "Antes no quisiste aceptar las monedas que te ofrecimos."

»"No queremos limosnas. Pero aceptaré de buen grado los honorarios por la visita guiada."

»El Landgrave hundió la mano en el bolsillo, sacó un puñado de monedas y las puso en mis palmas abiertas. "Hasta la vista, Meir Amschel Rothschild", dijo mi nombre completo como lo había aprendido a lo largo del recorrido, después de preguntármelo. "Yo, Wilhelm, Landgrave del principado de Hesse, te prometo no olvidar este día tan especial ni tu magnífico trabajo como guía. Si alguna vez necesitas mi ayuda, ten la bondad de venir a verme a palacio. Mi puerta estará abierta para ti y te la ofreceré con placer."»

«¡Qué historia!», dije conmovida. «¡Y qué final maravilloso! ¡De leyenda!»

«No, Gútale, ése no es el final de la historia.»

Me le quedé mirando, arqueando las cejas.

«Di las gracias al Landgrave por su generosidad», siguió contando satisfecho. «Y sellé la entrevista respondiéndole: "También yo, Meir Amschel Rothschild, le ofreceré con placer mis servicios cuando llegue el momento".

»El joven Landgrave asintió con la cabeza, subió al carruaje y se acomodó en el elevado asiento. En cuanto se oyó el tintineo del címbalo, el carruaje se alejó. Y yo me dirigí a casa, con mi bolsillo tintineando y las promesas recíprocas escritas en mi mente.»

Cada vez voy conociendo un poco más a esta persona que no deja de sorprenderme. Un hombre de principios que no recoge la limosna despreciable arrojada a sus pies, pero que en la misma medida exige lo que le corresponde por sus méritos, no por caridad. Un hombre de visión y coraje. ¡Y tenía tan sólo diez años! Me quedé mirándolo, a ese hombre ilustre que estaba a mi lado. No hizo falta que dijera nada.

Meir me devolvió una mirada prolongada, consciente de la profunda impresión que su relato había dejado en mí.

«Y en efecto, ambos cumplisteis las mutuas promesas», dije finalmente. «¿Te reconoció cuando fuiste a su palacio? ¿Le recordaste el pasado?»

«No, Gútale. Ni él se acordaba ni yo se lo recordé. Blandiré esta última arma cuando sea necesario.»

«¿Por qué?»

«Porque tengo otras herramientas para la guerra.»

Miré alrededor. El crepúsculo teñía la calle de gris. Alcé la cabeza. Por encima de nosotros se tendía un dosel estrecho de cielo salpicado de estrellas. No es decoroso que una señorita pasee con un joven en la oscuridad.

Se dio cuenta de lo que yo había visto y se apresuró a decir: «Todavía no he terminado de ponerte al corriente de las metas que empecé a detallarte en nuestro encuentro anterior. Pero tengo que decirte que el paso siguiente fue la conquista del objetivo más soñado».

«Es tarde. Me parece que nos harán falta algunos paseos más para que puedas ponerme al día de todos tus proyectos», dije, a pesar de que en mis adentros deseaba que no cesara. Hubiera estado dispuesta a pasar toda la noche con él en la calle, aun a sabiendas de que la furia que papá desataría sobre mí sería mil veces peor que la que cabía esperar de mamá.

«¡Oh! Ya estás completamente al día. Mi objetivo más soñado se llama Gútale.»

«¿Yo estaba en la lista de tus objetivos?»

«Hay que ser preciso, querida. Tú eres la primera de la lista. Incluso entre los motivos de la petición que enumeré en mi carta a Wilhelm para que me designara proveedor de la corte, figurabas tú. Le escribí: "Su Alteza real el Landgrave: Deposito en su dignísima persona toda mi confianza y esperanza en que, en su sublime bondad y generosidad, se digne a acceder a mi petición y me conceda el honroso y anhelado título, gracias al cual podré promover mis actividades comerciales y hacer realidad mis otros planes personales. En ello se resume mi felicidad en la ciudad de Frankfurt". Como es claro, mis planes personales se referían a ti, mi bella señorita.»

Yo, la pequeña Gútel, aparezco en una carta dirigida al Landgrave Wilhelm. Debo tomar nota de ese dato fulgurante en mis recuerdos.

¿Cómo pudo estar tan seguro de que papá accedería finalmente a sus súplicas? Aun antes de que yo pudiera recuperarme de ese detalle sorprendente ni responder nada de nada, me disparó la siguiente frase: «Y ahora te pregunto, querida Gútale, si uno de estos días me harás el honor de casarte conmigo conforme a la ley mosaica».

Sentí que la cara me ardía. Agradecí en secreto la penumbra que se había infiltrado en la calle y disimulaba el rubor que seguro había cubierto mi rostro. «Sí, pero… ¿por qué tanta prisa?», se me escapó esa frase necia.

¿Qué había hecho? ¿Qué significaba aquello de tanta prisa? ¡Pero si mi mayor deseo era casarme con el hombre que me había conquistado con amor!

Como de costumbre, Meir me contestó muy serio, enumerando los motivos con que respondía a la insensata pregunta que había salido de mi boca. «Gútale, ¿hasta cuándo seguiremos yendo y viniendo a lo largo de la misma calle, cuando la única techumbre sobre nuestras cabezas son las miradas curiosas de los vecinos? Necesitamos una morada como corresponde, ¿no es así? Yo te descubro todos mis secretos. Cabe esperar que no haya más testigos de estas revelaciones, ¿no es así? Tenemos planes de traer diez hijos al mundo, así que debemos darles tiempo para ser creados, ¿no es así? Pero lo más importante es que deseo tenerte a mi lado porque te quiero. ¿Me lo merezco? ¿Nos lo merecemos?»

Deseaba responder «sí» a todos sus motivos. Una sonrisa vacilante apareció en mis labios, pero súbitamente se esfumó. Me quedé paralizada. Un serio temor penetró en el sueño codiciado que se encontraba a mi lado con la mejor proposición de mi vida.

«¿Estás seguro?», terminé preguntando.

«¿Seguro de qué?», reaccionó desconcertado.

«De la proposición de matrimonio. ¿Estás seguro de que soy digna de ti? Tú lo sabes todo y lo puedes todo; en cambio yo… Yo soy una tontita.»

Me tomó las manos y me dijo: «Mírame a los ojos, Gútale».

Lo obedecí, sumisa. Si digo tonterías es porque estoy enamorada, pensé. En la penumbra del anochecer sus ojos se iluminaron como luciérnagas.

«Jamás vuelvas a cometer el error de llamarte tonta. No lo eres; al contrario, eres la jovencita más inteligente y más lista de toda la Judengasse. Para empezar, te quiero, Gútale, y eso debería ser suficiente. Pero, siguiendo mi usual forma de obrar, he aplicado el olfato y descubierto, sin ningún esfuerzo, tus tres cualidades maravillosas: calidez, comprensión y laboriosidad. Te quiero y deseo construir contigo mi hogar, mi familia, desde el principio hasta el final. No en vano pienso en diez hijos. Contigo será posible. Tú serás la piedra angular, el apoyo y el refuerzo. Te necesito. Casarme contigo es mi mejor negocio. **¡Qué bella eres, amada mía, qué bella eres! ¡Tus ojos son como palomas!**», me recitó.

¡Qué hermoso eres, amado mío, dulce bien!, le respondí para mis adentros.

¡Me he casado! ¡Alabado sea el Señor! ¡Estoy casada! Me llamo Gútel Rothschild, y a partir de ahora me llamarán *Frau* Gútel Rothschild, esposa de Meir Amschel Rothschild, proveedor de la corte de Su Alteza el Landgrave Wilhelm, gobernador de Hanau y heredero del principado de Hesse-Kassel, residente en la Judengasse.

Sucedió hace cuatro días, una fecha que quedará grabada para siempre en mi corazón, el 8 de elul de 5530 [29-08-1770], seis días después de haber cumplido diecisiete años.

Una vez calculados los días de mi impureza por la menstruación, y tras haber comprobado que estábamos dentro del cupo de doce matrimonios anuales permitido por el Sacro Imperio Romano Germánico en la ley referida a los habitantes de la Judengasse, y también que Meir tenía la edad mínima para casarse conforme a la citada ley —puesto que ya había cumplido veinticinco años, y uno más por si cupiera alguna duda—, fijamos la fecha de la boda.

Durante la celebración de la víspera del sábado anterior a la boda, mis labios asumieron el control, estirados en una sonrisa perpetua, sobre todo porque sabía que debía contenerme y comportarme con prudencia y modestia. Mamá abrió los ojos asustada y me hizo señas de moderar la sonrisa, pero ni siquiera eso logró atenuarla. Simplemente no quería apartarse de mi cara. También Meir Amschel sonreía. Las sonrisas son contagiosas. Sus ojos bondadosos irradiaban satisfacción.

La víspera de la boda, mamá me acompañó a la *mikve* para el baño ritual de purificación. Yo ya había comprobado el fin del ciclo menstrual y contado siete días sin pérdidas, las dos condiciones a las que llamamos, respectivamente, *hefsek tehorá* y *shivá nekiím*. Cuando emergí del baño, mamá me tomó de las manos y me susurró: «Gútale, naciste una vez al salir de mi vientre y ahora has vuelto a nacer —pura, limpia e inmaculada— para la relación conyugal».

El día de la boda se multiplicaron los preparativos. Por primera vez en mi vida me sentí hermosa. Una enagua ajustada cubría el corpiño; llevaba un vestido blanco y liso, con un encaje delicado en la parte superior; el borde caía sobre los zapatos relucientes. El corpiño me ceñía el talle y yo sentía como que flotaba por la habitación, tratando de asimilar que aquél era mi cuerpo, merecedor de los cumplidos. Las mujeres me rodeaban y hacían que la habitación fuera aún más sofocante, sin dejar de derramar sobre mí elogios y consejos. El parloteo, unido al bullicio de los habitantes de la casa, redoblaba el estruendo que sentía dentro de mí. Ya llega el momento, pensé. Hoy me convertiré en *Frau* Rothschild.

Me erguí en la silla, frente al espejo, me pellizqué las mejillas, me pasé la borla de polvo facial por la cara y el cuello, pensando en el color que llevan en el rostro las mujeres de Frankfurt. Ese pensamiento no sólo no me molestaba sino que me iluminó con una luz femenina que el espejo reflejaba y me ensanchaba el corazón. Las había vencido a todas. Meir, en el que se da una magnífica mezcla de joven bueno, especial, próspero, inteligente, honesto, guapo y amado (y aún no he enumerado todas sus virtudes), me había elegido a mí para ser su esposa. Me puse un poco de los polvos en el cabello recogido con peinetas. Con mucho cuidado apliqué el carmín en los labios y me pinté delicadamente las mejillas.

Mamá me urgió a que terminara. Me dio un beso apresurado en la nuca y me puso el collar de perlas. Por un breve instante vi sus ojos en el espejo y distinguí el asomo de una lágrima. La buena de mamá también estaba emocionada en mi gran día. Reprimí una sonrisa al ver la profusión de collares que llevaba y los brazaletes con piedras preciosas que le adornaban las muñecas. No vacila en exprimir al máximo la oportunidad que le da la ley de mostrar sus alhajas, todas a la vez. Mis queridos hermanos y hermanas permanecían obedientes, ellos ahogándose con los corbatines y ellas muy orondas con sus vestidos deslumbrantes. Sólo la dulce Véndele, vestida de fiesta, giraba sobre sí misma como un carrusel, tropezaba, se caía, se levantaba y vuelta a empezar.

Salí de casa del brazo de mamá, a un lado, y del de Belje, la hermana de Meir, al otro. Cada una tenía en la otra mano una vela encendida. Me llevaron calle abajo hasta la gran sinagoga, mientras yo observaba la Judengasse, también ataviada para la fiesta.

Una multitud rebasaba los lados del camino, ocultando con sus cuerpos los cúmulos de suciedad y los trozos de vigas que tenían detrás, después de haber asegurado de antemano la limpieza del trayecto a la sinagoga. Por todos lados se oían bendiciones y buenos deseos, a los que yo respondía con un movimiento de cabeza y una sonrisa luminosa. Mi corazón podía contener amor para todos: para el público que compartía mi felicidad; para mamá y papá, gracias a los cuales iba a casarme con el amor de mi alma; para mis hermanos y hermanas, y todavía quedaba un gran espacio para mi amado Meir, el único. Sentí curiosidad por ver su rostro y el esplendor de su atavío.

Un chelista y dos violinistas, contratados en la cercana ciudad de Offenbach, comenzaron de repente a tocar con brío. Yo desfilaba como una princesa ante los allí reunidos que aplaudían, sólo faltaba que me pusieran un cetro en la mano. El cortejo que nos seguía acompañaba a los músicos cantando, bailando y batiendo palmas. Cuanto más me acercaba a los ventanales de la sinagoga, más crecía el gentío que venía detrás.

Suelo ir a la sinagoga en las festividades. Siempre que voy, lo observo todo alrededor para absorber su magnificencia y su santidad, y cuando abren el libro de la Torá, me concentro exultante de gozo en la preciosa corona sobre la cual se yergue la majestuosa granada.

Alrededor del patio de la sinagoga hay velas encendidas. Encima del estrado, hecho con tablones de madera, percibo a mi apuesto novio, de pie debajo de la *jupá,* el palio nupcial tendido entre cuatro varas que sostienen cuatro estudiantes de la *yeshivá.* ¿A quién espera el majestuoso joven? ¿Acaso es a mí? ¿Estaré soñando y al despertar desaparecerá la magia?

Me esforcé por contener las lágrimas, no fueran a estropearme el carmín. Él esperaba erguido; a su izquierda, sus dos hermanos, Moshe y Kalman, y papá. Elegantemente ataviado, cubre su traje el *kítel* blanco, una especie de túnica que le llega hasta más abajo de las rodillas; lleva la barba negra bien recortada y el solideo, la *kipá,* en la cabeza. Sonríe embelesado y sus ojos brillantes acarician los míos.

Me detuve. Me pareció escuchar los latidos de mi corazón. Mamá y Belje subieron al estrado, y Meir bajó a buscarme. Su presencia tan cercana me embriagaba. Contuve a la fuerza el impulso de apoyar la cabeza en su hombro. Delicadamente me cubrió el rostro con el velo. Me sentía protegida debajo del tul que conseguía disimular el fuego que ardía en mí.

Juntos nos dirigimos a la *jupá.* Recuerdo confusamente la ceremonia, como si hubiera estado ebria. Belje y Gútelje me cogieron de las manos y juntas dimos las siete vueltas alrededor del novio. Sorbimos el vino; el rabino y los notables de la comunidad pronunciaron las siete bendiciones, y Meir me consagró como su esposa con una valiosa alianza que pesaba una onza entera. Se leyó la *ketubá,* el contrato matrimonial, Meir rompió el vaso para recordarnos la destrucción del Templo de Jerusalén, los músicos arremetieron con alegres melodías y se formaron dos círculos, uno de hombres y otro de mujeres. Yo, regocijada, me dejé llevar por los dictados de mi cuerpo y me lancé a bailar en el centro de la ronda sin querer detenerme. Puesto que ya había terminado la ceremonia, Meir probó una pequeña porción de *salit*, el pastel que se ofrece en el banquete de bodas, se me acercó y me puso un cálido trocito en la boca. Degusté el pastel y grabé en mi memoria la sensación de que esta vez sabía mejor que nunca gracias al contacto de los dedos de Meir en mi lengua. Me repetía que aquél era el día más dichoso de mi vida, que no había nadie más feliz que yo en el mundo, pero enseguida me corregí: al menos en toda la Judengasse.

Meir fijó la vista por un momento en los pobres de nuestra calle que compartían la alegría de nuestra boda. También yo observé cómo disfrutaban con la opípara comida y con los *komfektorin*, los pastelitos dulces, bebían vino en abundancia y jugueteaban con la moneda que habían encontrado como obsequio junto a cada plato. Pensé en la hermosa costumbre que tenemos en nuestra calle hacia los indigentes que no han sido favorecidos por el destino, y heme aquí participando ahora de ese gesto.

· · ·

Una vez consumado el matrimonio en casa de Meir, que es la nuestra a partir de ahora, permanecí despierta junto a mi esposo, cuya respiración rítmica era prueba de calma y serenidad. Me había tratado con ternura. Había apartado de mí los temores que me provocaba el lecho nupcial. Hacer el amor me abrió una puerta secreta a una intensa tempestad de emociones, portadora de un deseo carnal puro, una puerta ahora abierta de par en par. Conocí un mundo misterioso. La sensualidad compartida nos pertenecía únicamente a nosotros, era la última atadura del lazo que nos había unido. Soy afortunada, he tratado de resumir la noche, de sucumbir al cansancio y de unirme a mi amado, que duerme a mi lado.

Una ligera picazón en la boca del estómago perturbó mi descanso. Me pregunté a qué podría deberse. ¿Qué podía preocuparme, si hoy había sido el día más feliz de mi vida? Mientras pensaba, me sorprendió descubrir el eco de una frase de mi amado. En el umbral de la puerta me había cogido la mano y susurrado al oído: «Esta noche he hecho el mejor negocio de mi vida». ¿Acaso no soy el amor de su vida sino el mejor negocio? Incluso después de nuestra unión, cuando mis oídos trataban de captar la declaración de amor que yo necesitaba, me abrazó, pero solamente soltó un suspiro de alivio, y yo estaba segura de que aun en ese momento sólo veía en mí un artículo, una mercadería conveniente puesto que algunas de sus ventajas la convierten en el mejor negocio de su vida.

Había resuelto el enigma. Puesto que había llegado a la raíz del problema, el dolor creció y se agudizó, el sueño se desvió de su curso y se transformó en una vigilia absoluta. Aquel pensamiento se había enseñoreado de mi noche de bodas, sin que pudiera oponerle resistencia.

A pesar de no tener ninguna duda sobre la sinceridad de su amor, necesitaba sus palabras cálidas en la primera noche que pasaba fuera de la casa de mis padres. Esa calidez me era mucho más necesaria que la fastuosa ceremonia que nos habían preparado.

Las lágrimas cubrieron la almohada que tenía debajo de la cabeza, y siguieron fluyendo un rato más, hasta que estiré el borde de la manta hasta el cuello y me hundí en las tinieblas del sueño.

Soñé que estaba sentada en un patio. Ante mí había diez niños pequeños, cinco niños y cinco niñas, todos de la misma edad, sentados y agarrados de la mano. Meir sostenía una vara y les predicaba el sermón del día. Yo quería captar sus palabras, pero lo único que oía era «negocio». Me acerqué a él, pero seguía blandiendo ante mí la vara para que no interrumpiera su discurso, a la vez que gritaba: «Negocio, negocio, negocio». Los gritos salían de su boca monstruosa y retumbaban alrededor. Quería protegerme la cara con las manos, pero éstas no me obedecían y se quedaron flojas a los lados del cuerpo. Quería gritar, pero la voz me traicionó negándose a salir. Me desperté muy asustada. En la habitación resonaba mi jadeo.

Meir me atrajo hacia él y me estrechó contra su pecho.

«He tenido… un sueño…» Conseguí unir las palabras en su hombro.

«Ya lo dijo Zacarías, **los sueños dicen cosas falsas y consuelan en vano**», me dijo.

Dejé que me abrazara. Su tierna voz fue atenuando las vívidas imágenes.

Lentamente me aparté y me senté en el borde de la cama. Le sonreí débilmente. Sus ojos bondadosos, en los que se había filtrado un asomo de preocupación, me buscaban. ¿Cómo había podido atreverme a imaginarlo como un monstruo? Me besó en la mejilla y en los labios, y yo le respondí deseosa de expurgar aquella pesadilla.

«Lamento haberme despertado tan tarde.»

«Yo no lo lamento en absoluto, mi encantadora esposa. Me has dado tiempo de prepararme como es debido. Mira la carta que ha recibido Su Majestad *Frau* Gútel Rothschild», me dijo señalando con el dedo la cómoda, encima de la cual había un sobre.

«¿Es para mí?»

«¿Te parece que hay otra *Frau* Gútel Rothschild en esta habitación?», respondió con una pregunta y mirando por todas partes alrededor, como queriendo corroborar que no saldría ninguna otra *Frau* Gútel Rothschild.

Me hizo sonreír. Aspiré por la nariz, abrí el sobre con cuidado y saqué la carta. Inmediatamente reconocí su letra y los magníficos ornamentos.

Distinguida *Frau* Gútel Rothschild:

Me habéis hecho un enorme y especial honor accediendo a mi petición de compartir conmigo el resto de mi vida. Os advierto que no es tarea fácil vivir bajo la sombra de mi tejado, porque vuestro esposo no es de los que andan con calma. Dentro de mí arde un fuego que sólo se avivará y podrá manifestarse con la total cooperación de una persona de vuestro carácter. Así pues, siete veces sea bendecido vuestro gracioso consentimiento; yo os aseguro que estoy dispuesto a agotar todas mis fuerzas y energías para que sea justificado. Será un honor y un placer para mí hacer cuanto pueda para satisfacer vuestros deseos todos los días y todas las noches.

Amada mía, más preciosa que todas las gemas y perlas, tenéis el poder de ayudarme a construir los cimientos de nuestra casa. En vuestra mano depositaré los pilares y los refuerzos del edificio de nuestro futuro común. Mi seguridad emana de reconocer que, al hacerlo así, cumpliremos la elevada y sublime tarea de criar a nuestros diez hijos, derramando sobre ellos calidez y amor, e impartiéndoles la educación más apropiada. Y si tenemos la sabiduría de poner nuestro dinero también al servicio de nuestros hermanos judíos, que viven con nosotros, llevaremos más paz y tranquilidad a nuestras conciencias.

Si mis prolongadas horas de trabajo no me dejan tiempo para recordaros cada día lo mucho que os amo, por la presente declaro de antemano mi gran amor por vos, a partir de hoy y durante todos los días que vengan para bien. Recordadlo cada vez que vuestra alma desee palabras de amor y yo no esté a vuestro lado.

Vuestro para siempre,

Meir Rothschild,
el más feliz de los hombres.

Terminé de leer la carta. Me quedé mirándola largo rato. Volví a leerla. Sorbo a sorbo, degustando cada palabra. Dejé la carta sobre la cómoda y me cubrí la cara con las manos.

El llanto salió menudo, de a poquito, entrecortado y ahogado. El manantial crecía por momentos. Meir me atrajo hacia él. Apoyé la cabeza en su hombro y le mojé la camisa.

«Mi mujercita sentimental, querida mía», me cosquilleó al oído.

«Yo… Yo no te merezco.» Conseguí pronunciar la frase sin soltarle el hombro, la cara metida en el círculo de humedad que seguía creciendo.

Me tomó de los hombros con las manos y puso mi rostro lloroso frente al suyo. «Gútale Rothschild, nunca digas eso. Yo espero ser digno de ti. Yo, con todos mis defectos, no podía desear una esposa mejor que tú. El Dios bendito me ha hecho el regalo de ti, y por ello le estaré agradecido hasta el fin de mis días.»

«Meir, tú no sabes qué pensamientos han pasado esta noche por mi cabeza.»

«Lo sé, querida, lo sé.»

«Debo pedirte perdón; he pensado de ti cosas que no son ni buenas ni apropiadas.»

«También mientras duermo no dejo de olfatear. Aun durmiendo he notado tu desasosiego, y he tenido toda la noche para secarte las lágrimas, con cuidado a fin de no despertarte, para meterme luego en tu cabeza e intentar sacar de allí lo que te molestaba. Supongo que mi burda declaración cuando entramos en casa es lo que te ha hecho sentir mal.» Calló un momento y prosiguió: «Si escuchas atentamente, oirás la voz de mi conciencia. Me está dejando sordo».

Le sonreí sin hablar.

«Para reparar los errores», siguió diciendo, «tomé papel y a la luz de la vela te escribí la carta desde el fondo de mi corazón. Toda la noche has estado dando vueltas, las tribulaciones se veían en tu rostro. Me enfadé conmigo mismo por habértelas causado, y más aún en nuestra noche de bodas. Cuando has despertado aterrada me reproché el haberte provocado esa angustia. Perdóname, querida esposa mía. Te prometo que en el futuro seré más considerado. **Toda tú eres hermosa, amada mía**. Toda la fortuna del mundo no es comparable a mi amor por ti».

«Eres… tan especial. No dejas de sorprenderme. Eres…, eres… sobrehumano, Meir.»

«"Sobrehumano." Me gusta. Y ahora, *Frau* Gútel Rothschild, ¿vienes a desayunar conmigo?»

Sigo escribiendo en mi cuaderno, que tuve buen cuidado de traer conmigo a mi nueva casa.

¡Estoy embarazada! Las molestas náuseas matutinas se han ido atenuando hasta desaparecer completamente. Disimulo mi barriga prominente debajo de los vestidos de algodón que me llegan a los tobillos. Para coserlos elegí el material de la selección de rollos de tela de Meir Rothschild. Estoy orgullosa de llevar en mi seno al primer vástago de nuestra incipiente familia. Siento que el embarazo me hace bien y me otorga un atractivo que antes no quería nada conmigo. Por primera vez en mi vida tengo la sensación de ser bella y espero que me acompañe por mucho tiempo. Me hace gracia pensar que tal vez hasta ahora me había juzgado muy severamente y que en realidad mis facciones no son tan feas como pensaba. Al fin y al cabo, las dos líneas blancas de los dientes siempre han estado en mi boca. Tampoco mi cutis terso es consecuencia del embarazo. La frente lisa y la cara radiante también se unen a la celebración. He hecho un delicioso descubrimiento: ¡soy bonita!

Ahora se extienden bajo mi piel unos hilillos azules; me pregunto si desaparecerán después del parto. Estoy dispuesta a hacer un trato: que los hilillos se queden con tal de que la belleza no se vaya.

Por otra parte, las miradas de la gente sobre mi vientre me incomodan; es casi como si estuviera desnuda a la vista de todos. Me esfuerzo por disimular su volumen. Es interesante que las miradas más directas y prolongadas sean precisamente las de las mujeres. Aun así, eso no me agrada.

Me cubro la cabeza con una cofia. Mi elevada posición social como mujer casada es doblemente apreciada por ser la esposa de Meir Rothschild. Me ato los extremos de la cofia alrededor del cuello. Acostumbro dejar al descubierto las puntas del cabello que caen sobre la frente, asomando por debajo de la cofia y reduciendo la superficie desnuda de mi alta frente. Véndele me aconsejó seguir haciéndolo porque me queda mucho mejor, y yo acepto sumisa su recomendación.

Dentro de un rato Véndele vendrá a hacerme compañía. Mi hermanita tiene buen cuidado de llenar el vacío que deja Meir, ausente de la mañana a la noche, y a veces dos, tres o cuatro días seguidos.

La forma de vida de la mujer es quedarse en casa y la del hombre es ir al mercado y aprender del prójimo.

Al amanecer él abre los ojos a un nuevo día.

«¿Por qué no duermes un ratito más?», le pregunto.

«Mira, Gútale», dice, quitándose el gorro de dormir. «Mientras duermo, la suerte está despierta y me cuida. Si durmiera mucho, también mi suerte se iría a dormir.»

He decidido cuidar de mi suerte también y mantenerla despierta para los dos. De nada le han servido a Meir sus recomendaciones ni sus súplicas de no levantarme para él, de seguir acurrucada en el lecho y hacer acopio de fuerzas para el resto del día. Mientras se pone las filacterias para rezar, yo acaricio la sábana que todavía mantiene el calor de su cuerpo. Luego cojo la moneda que me ha dejado al lado de la almohada, la sujeto un momento en la palma de la mano y la deposito en una sencilla caja de madera que tengo debajo de la cama. Es la forma que tiene Meir de darme los buenos días. Puesto que en nuestro entorno no hay flores, él hace florecer para mí una moneda cada mañana. «La moneda que cada día recibes», me dijo, «es en primer lugar testimonio de mi amor por ti, pero al mismo tiempo sirve para recordarnos, a ti y a mí, que estamos en el camino correcto para hacer que nos respeten».

Cuando Meir sale para asistir a la plegaria de la mañana en la sinagoga, me voy a la cocina, vierto en un cuenco un poco de agua del cubo que he llenado en el pozo, hago el té, dispongo el desayuno y le preparo las vituallas para el camino: pan, agua, unas porciones de queso y algunas tajadas del *kugelhopf* que he horneado por la noche, antes de irme a la cama. Meir suele decirme: «Todas las mujeres de la Judengasse saben hacer *kugelhopf*, pero el tuyo los supera a todos, en sabor y en altura».

Meir es muy estricto en el cumplimiento de las *mitzvot,* los preceptos de nuestra religión, y yo debo ayudarlo preparándole comida *kósher,* porque en los días que debe pasar fuera de casa se abstiene de comer alimentos cocidos y se contenta con pan y verduras, que no son suficientes para nutrir a un hombre que trabaja.

Después de despedirnos me acerco a la ventana para apropiarme de unos momentos más de dulzura contemplando su figura alta y gallarda que atraviesa el umbral y el brillo de sus ojos al detenerse por un instante frente a la placa. A medida que se aleja, me cubro la cara para resguardar el ramillete de besos que me ha plantado en mejillas, nariz, labios y mentón. Me acaricio el vientre para retener el calor de sus manos suaves. Con ello pongo fin a los momentos de tranquilidad de la mañana que me cargan de fuerzas para el nuevo día, la jornada que enlaza la rutina de las tareas domésticas con las labores de costura en preparación del nacimiento y el deber de lidiar con las personas que hay en la casa.

En primer lugar, voy a la alcoba y pongo las sábanas y edredones a ventilar en la ventana. Hasta el día de hoy, me debato pensando si valdrá la pena hacerlo, puesto que por una parte es necesario eliminar de las camas los olores del sueño, pero por la otra absorben en el alféizar el hedor de la calle. La solución intermedia que he elegido es la de dejar la ropa de cama en la ventana poco rato, convenciéndome de que es suficiente para eliminar los olores del sudor y el aliento, y evitar a la vez que se impregnen de la fetidez de fuera. He adoptado la costumbre de mamá de perfumar las almohadas y la ropa de cama, pero lo que me gusta más que todos los perfumes es el aroma de la ropa que ha sido lavada. Tenderla cada seis semanas en los campos abiertos elimina los olores desagradables. ¡Qué bien que se pueda lavar y tender sobre la hierba, en el campo abierto, fuera del gueto!

Durante los últimos cuatro meses no he puesto al día el cuaderno que papá me dio. Tengo las manos llenas de trabajo. Además, no quiero que ninguno de los que viven en la casa llegue aquí y lo descubra. Hasta hoy, nadie está al corriente del secreto de la escritura, ni siquiera Meir.

Compartimos esta casa tan pequeña con Moshe, su esposa y su bebé, además del pobre Kalman, que se ha quedado soltero por ser tullido. Por suerte para mí, en su momento, Meir tuvo la previsión de entregar una considerable suma de dinero a los otros parientes lejanos que vivían con él a cambio de que accedieran a mudarse. Así es que se fueron a vivir con otros familiares, con quienes compartieron el dinero. A pesar de esto, seguimos viviendo muy apretados. Quiero mucho a Kalman, para mí es como un hermano. Tal vez porque está impedido. Me conmueven los esfuerzos que hace para llevar a cabo las tareas cotidianas sin pedir ayuda, y me cuesta mantenerme al margen de sus evidentes dificultades y no avergonzarlo ofreciéndole mi asistencia.

Pero Dios me libre del resto de todos ellos.

Aquí el desorden reina por todas partes. A diferencia de la casa de mis padres, donde el caos es propiedad exclusiva de papá, aquí son varios los socios que parecen competir entre sí por la cantidad y originalidad del desorden que consiguen imponer. Yo, frenética, voy en pos de las huellas que dejan a su paso, me abro camino entre los muebles y recojo las prendas que se han quitado y dejan olvidadas en el suelo de la cocina, llevo los platos sucios al fregadero y limpio el suelo, incapaz de entender qué necesidad tienen de salpicarlo con el agua del barril que está permanentemente en la cocina. ¿Cuándo aprenderán a limpiarse el barro de los zapatos antes de quitárselos al entrar en casa? El hacinamiento se vuelve insoportable por los hábitos que han adoptado.

La tranquilidad es otra necesidad muy buscada y no lo bastante accesible.

Es imposible saber cuánto tiempo tendremos que seguir compartiendo el mismo espacio. En la Judengasse no hay viviendas en venta ni en alquiler, a pesar de los exorbitantes precios que piden por un tugurio infame que se desocupa cada tantos años y capturan los más veloces.

Siento que la vida en común me afecta y penetra en mi espacio personal. Todos se meten en todo. Yente, la esposa de Moshe, que tiene precedencia en esta casa en virtud de haberse casado antes, cada mañana me escudriña para ver si nos hemos peleado con Meir. Mis ahogados sollozos en la primera mañana de nuestra boda despertaron su curiosidad y le crearon una falsa impresión que no se borra. A pesar de mi abultado vientre cubierto por el vestido ancho, que es prueba irrefutable de nuestro amor, y a pesar de la cálida actitud que Meir me demuestra delante de todos, ella sigue tratando de encontrar indicios condenatorios. Pues que lo disfrute; no permitiré que la rencilla pase a mayores. **No respondas al necio según su necedad, no sea que te vuelvas como él.**

En pocas palabras, ¿qué puedo añadir? Meir no es consciente de las sospechas de su cuñada. No pasa mucho tiempo en casa con la parentela. Además, como es norma general entre los hombres, no tiene idea de los asuntos de mujeres. Sólo una mujer puede entender el corazón (o bien la maldad) de otra, para bien o para mal. No comparto con Meir esas naderías. Está ocupado en cosas importantes y decisivas, y no voy a meter un comadreo baladí en el tiempo que pasamos juntos.

Me siento orgullosa de ser la cómplice secreta de las maniobras y estratagemas comerciales de mi esposo. Si bien nuestro hogar está provisto de muchos pares de oídos, algunos de los cuales cobran energías cuando él habla, en especial los de sus dos hermanos y socios, Moshe y Kalman, sus palabras se dirigen únicamente a mí.

Aun cuando tengamos que compartir el reducido espacio con otros, hago todo lo posible para mantener contacto visual y auditivo con mi Meir. Hay veces que este esfuerzo cae vencido por el peso del desmesurado entremetimiento de nuestra extensa y energética familia, y Meir me indica que suba a nuestra minúscula alcoba. En las ocasiones en que la suerte nos sonríe, no está infestada de huéspedes indeseables.

Ya allí, no olvidamos correr la pesada cortina marrón que rodea nuestra cama, y una vez solos, ocultos a las miradas inquisidoras, se saca del bolsillo alguna golosina y me la pone en la boca, porque durante el embarazo me vuelven loca los dulces. Mientras saboreo esas dulzuras conteniendo los suspiros de deleite, acerca la boca a mi oído como preludio de un diálogo susurrante. Siento el cosquilleo de su aliento y lo aparto un poco de mí para poder verle los labios, que se mueven con un fervor de niño mientras despliega ante mí el mapa de su sinuoso camino, y contemplar el brillo de sus ojos azules. Cierro los ojos para sentir el contacto de sus manos, y enseguida siento cómo mi cuerpo corre hacia él. Ruego que esta magia nunca se desvanezca.

Me sorprende la sed de mi cuerpo durante la gestación. ¿No debería ser más moderada? Parece que a Meir esta cuestión no le preocupa para nada, pues él también despierta con sed, se mece dentro de mí con ternura y nos unimos hasta saciarnos mutuamente.

Sé que me ama, aun cuando quisiera que me lo dijese con más frecuencia. Pero en nuestras conversaciones él me habla en el lenguaje de los negocios y mi papel es estar concentrada y no hacerle perder el hilo. Así pues, escucho, a pesar de que mi pensamiento se deshilacha y por dentro ardo en deseo de sus labios que no dejan de moverse, y de su cuerpo que me llama, anhelando que llegue la noche, con nuestras piernas entrelazadas en la cama estrecha, hasta que me recupero y me concentro, y las puntadas vuelven a unirse antes de deshilacharse otra vez. Algunas de sus palabras penetran y se asimilan, otras se alejan volando pero sin llegar a oídos ajenos, un detalle muy importante.

Me gusta pensar en la parte que ocupo y en mi papel en su mundo. Aunque independiente y original en su forma de pensar y de obrar, él se nutre de la cálida atmósfera hogareña que se ha creado entre nosotros. Él lleva las riendas y yo lo acompaño en su maravillosa senda. No tengo que darle consejos en materia de negociaciones. Le basta mi profunda convicción para extraer lo mejor de sí mismo. Al respecto, me dijo:

«Gútale, yo sólo necesito una mirada y un oído atentos, y la gente no tiende a ceder ninguno de los dos.» Pero yo sí estoy dispuesta a entregarle mis ojos, mis oídos y mi corazón.

Mirándolo fijamente, le pregunté por el motivo de los honores que me rendía. A lo que él respondió inmediatamente con las sabias palabras de la Guemará:

Jamás seas avaro en honrar a tu esposa, porque no hay otra bendición en el hogar de un hombre que la que él otorga a su esposa.

También hoy Meir ha ido a Hanau, al palacio del Landgrave Wilhelm, llevando unas monedas raras para Karl Friedrich Buderus, el principal agente financiero del Landgrave. Me incomoda pensar en los arrebatos del príncipe. Recuerdo cómo me impresionó oír la historia de su vida. Constantemente aprendo cosas nuevas sobre lo que sucede fuera de las murallas y en los alrededores de Frankfurt. Me divierte especialmente escuchar cómo se pasean los aristócratas y cómo se adornan sus mujeres con joyas de diamantes y perlas, diademas relucientes y vestidos elegantes con cuellos de pieles.

Pero el estilo de vida desenfrenado del Landgrave es un hecho particularmente excepcional que me deja perpleja. No entiendo cómo es posible que un hombre de posición elevada como él, formalmente casado y con hijos de su esposa legítima, tenga concubinas y traiga al mundo multitud de descendientes. Algunos son el fruto de las relaciones prohibidas con su amante *Frau* Von Ritter-Lindelthal, que fácilmente se entregó a un hombre casado por su riqueza y encumbramiento social.

Meir encontró las vías al corazón de Buderus, y sus relaciones son cada vez más estrechas. Por el hecho de ser el principal agente financiero del libertino Landgrave, me desagrada la amistad que se está forjando entre él y Meir, pero puesto que no voy a entrometerme en la forma como Meir lleva sus negocios, he optado por callarme.

Aun así, Meir no necesita olfatear demasiado para descubrir que estoy preocupada.

«Entiéndeme, querida Gútale», empezó a decir como ya le es habitual, respondiendo a mi pregunta antes de que la formule, «no soy responsable de la manera de vivir de los demás, sólo de mí mismo y de mi moral. La vida licenciosa del Landgrave me interesa tanto como el polvo que tú quitas de la estantería. Yo elijo mis amistades según mi voluntad o la de mi bolsillo. Mis verdaderos amigos son los que elige el corazón, y ellos son personas rectas. Los otros están para darme una mano en los negocios, y si tienen el brazo suficientemente largo para aferrarme a él y seguir adelante. Ya lo dice el Talmud: **Una persona debe saber siempre con quién se sienta, con quién está, con quién comparte su comida, con quién conversa y con quién firma sus documentos».**

Lo miré, tratando de digerir sus palabras. Pensé en la ética judía frente a la indignidad de los gentiles.

Meir volvió a leer mis pensamientos. «No olvides que nuestro rey Salomón no se quedaba de brazos cruzados. Al contrario, el harén de Salomón era diez veces mayor que el del Landgrave, así que no presumas de nuestros judíos virtuosos.»

Me eché a reír. «No hace falta que diga nada. Tú ves lo que está oculto.» ¿Llegaré a acostumbrarme a vivir con un hombre tan extraordinario?

«No, Gútale, no me pongas una corona que pertenece únicamente al Altísimo. A mí sólo me ha dado algunas gemas, como la del sentido del olfato.»

No discutí. No quiero desperdiciar palabras. Si me callo, él habla, y mientras él habla, yo aprendo.

«Te diré otra cosa. Cada persona tiene su punto débil. Todo lo que tengo que hacer es olfatear bien, llegar a ese punto y aprovecharlo. La debilidad que me interesa es la afición a las monedas antiguas del Landgrave, de Buderus y de la gente con bolsillos profundos que vive en espléndidos palacios.» Acercó su rostro al mío. «Y ahora, aprende otra norma», me cosquilleó en la oreja girando la cabeza a derecha e izquierda para cerciorarse de que no hubiera oídos junto a la tela gruesa que nos separaba de los otros residentes de la vivienda. «Guarda los secretos. Cuanto menos hables, más difícil le será al enemigo descubrir el truco. El secreto es el arma más importante.»

«¿Por qué hablas de enemigos y de armas?», dije sorprendida pero adoptando el tono de los susurros. «Al fin y al cabo se trata de negocios, no de campos de batalla.»

«Querida, el mundo de los negocios es una guerra sin cuartel. Sus reglas no son distintas de las leyes de la guerra. En primer lugar, uno siempre va a la conquista de objetivos. En segundo lugar, en los negocios hay competidores, y ellos son los peores enemigos. Están dispuestos a derribarte como sea, sólo para que no te interpongas. En tercer lugar, el camino a la prosperidad está sembrado de víctimas. Para sobrevivir es imprescindible identificar a tiempo a los más fuertes y pasarte a su bando. ¿Lo entiendes? Se trata de una guerra.»

Reconocí en su discurso el ardor naciente. Pensé que mi papel era cuidar que ese fuego no se apagara nunca.

«Cada transacción debe ser examinada cuidadosamente», siguió diciéndome Meir. «Hay que penetrar hondo e identificar las trampas. "Un zorro caminaba a orillas de un río. Vio unos peces que en grupo se movían rápidamente de un lugar a otro y les dijo: '¿De qué estáis huyendo?' Le respondieron: 'De las redes y las trampas que nos ponen los humanos'. El zorro les dijo: '¿Por qué no salís a tierra firme y vivimos juntos, vosotros y yo, como lo hicieron vuestros antepasados y los míos?' Le dijeron: '¿Tú eres aquel del que dicen que es el más sagaz de los animales? ¡Pero si eres un tonto! ¡Si en el lugar en el que vivimos somos temerosos, qué no será en el lugar en el que morimos!"»

Meir se dio cuenta de que la parábola me gustaba. Me encantan las historias y las fábulas. Inmediatamente me ofreció otra.

«No hay que dejarse llevar por la primera impresión. El negocio debe examinarse desde todos sus ángulos. "Una osa estaba en el mercado, adornada con piedras preciosas y perlas. Dijeron: 'El que salte sobre ella se quedará con lo que lleva'. Allí había un hombre listo que les dijo: 'Vosotros miráis lo que lleva colgado y yo le miro los dientes.»

«Eres muy osado, Meir Amschel Rothschild», le dije, halagadora. «¿No tiene límites esa osadía tuya?»

Meir me respondió con su hermosa sonrisa.

Hoy volverá a Hanau, a Buderus; le entregará las monedas y se apoyará en su largo brazo. Me ha dicho que Buderus es el agente favorito del Landgrave y el más astuto. Su «plan de ganancias de la leche» ha cautivado a su señor, porque éste codicia el dinero más que a las mujeres. Lo grande de la idea está en su simplicidad. Buderus le propuso eliminar la práctica de redondear las cuentas descontando los céntimos y como por milagro los ingresos de sus lecherías crecieron de forma asombrosa. El Landgrave se emocionó con la ingeniosa idea que le permitía llenarse los bolsillos con dinero contante y sonante, y decidió hacer al talentoso agente financiero responsable de la contabilidad de su enorme riqueza.

La simpatía de Buderus por Meir no tiene nada de sorprendente; quién si no yo es capaz de comprenderla. Y cuando a este afecto se une la adicción a coleccionar monedas especiales, hasta yo, sin ser experta en asuntos comerciales, puedo con toda facilidad deducir la conclusión evidente: la floreciente relación entre Meir y Buderus puede ser sumamente provechosa.

Oigo la voz de Véndele y cierro rápidamente el cuaderno. Ni siquiera ella conoce el secreto. Su voz me agrada más que todas las otras de la casa. Incluso el ser que está en mi vientre se alegra de oírla y da pataditas de júbilo.

Miércoles, 24 de tishrei de 5532 [2-10-1771]

¡Soy madre! ¡Aleluya! ¿Existe mayor felicidad? Meir no cabe en sí. Ya ha cancelado algunas reuniones de negocios: no está dispuesto a soltar el pequeño tesoro envuelto en las delicadas telas que él mismo ha elegido cuidadosamente entre la selección que tenía para la venta. La dulce pequeña que he traído al mundo con la ayuda de Olek, la gentil y considerada comadrona, ha hecho germinar en mí sentimientos nuevos que en parte tenía hasta ahora reservados para mi hermanita Véndele, y a ellos se ha añadido otro matiz que no sé cómo explicar.

No me canso de mirarla. Ya sea que se mueva, bostece, sonría con los labios, tienda las manitas, llore o duerma tranquila, todo despierta en mí el instinto maternal. Si hace un año pensaba hasta qué punto había madurado, eso no era nada comparado con la sensación de madurez que ahora me envuelve. Estoy dispuesta a sacrificarme toda yo por esa diminuta criatura.

También Meir trata de habituarse a sus sentimientos paternales. Reacciona con exclamaciones a cada pequeño movimiento de ella. Por fuera parecemos dos niños encantados con un nuevo juguete, pero en el fondo somos serios y adultos en lo que concierne a la personita que ha entrado en nuestras vidas.

El día del nacimiento fue el 10 de elul [20 de agosto], tres días antes de cumplir yo dieciocho años, y nueve antes de nuestro aniversario de boda. En nuestra casa, el mes de elul está lleno de alegrías. El anhelado sonido de su primer llanto me arrancó un suspiro de alegría y eliminó todos mis temores. La amamanté, y con cada succión de ella sentía cómo me vencía el cansancio y se consumían las fuerzas que me quedaban. Cerré los ojos y me relajé. Me hundí en un sueño profundo y tranquilo. Al despertar tenía ante mí al feliz papá sosteniendo con sus grandes brazos a la pequeña envuelta en las mantas, y temí que se cayera de sus torpes manos. Con un impulso repentino tendí los brazos para cogerla y me apresuré a sonreírle a Meir tratando de suavizar el miedo que demostraba. «Buenos días, querida», me dijo, «he aquí la primera golondrina de la casa Rothschild». Y la depositó cuidadosamente en mis brazos extendidos. «Ahora está en buenas manos», añadió, guiñándome el ojo.

Divido mis horas de sueño y las de vigilia según el orden del día que establece nuestra hija, que se llamará Sheinshe.

Decidimos ponerle el nombre de la madre de Meir, que descanse en paz. ¿Acaso mi dulce pequeña sabe lo que ha conseguido hacer en nuestra casa y en nuestros corazones? ¿Acaso sabe que es el pimpollo que marca el inicio del florecimiento de nuestra familia?

Los vecinos vienen a visitarnos y nos dicen: **una niña primero es un bonito anuncio de que le seguirán varones.**

Dos son las estaciones que me gustan: la primavera y el otoño. Leo en los libros cómo florecen las plantas en primavera, y no sé si reírme o llorar porque aquí, en la Judengasse, no hay plantas. Entre nosotros sólo florecen las personas, cada niño es una flor que se abre. Hace una semana fui de compras a Frankfurt y dirigí mi mirada anhelante a las copas reverdecidas de los árboles que se elevaban del parque público plantado sobre los viejos terraplenes. Sabía que al otro lado paseaban tranquilos los francforteses, hombres y mujeres. Aparentemente me quedé allí demasiado tiempo, porque de pronto oí una voz que detrás de mí gritaba: «*Jüdin!*, ¡judía!», y me alejé apresurada del lugar prohibido sin mirar atrás.

Tengo que ocultar lo ocurrido, no vaya a enterarse mamá. Más aún, debo poner cuidado en cumplir las leyes y ser más responsable ahora que soy madre.

Es primavera; me gusta esta época del año. Y eso porque mi Meir, brillante y floreciente todo el año, disfruta más en esta temporada en que tiene lugar la Feria de Frankfurt, mientras que nosotras, mi dulce Sheinshe y yo, gozamos de él por partida doble. A lo largo del año, a excepción de los días en que se celebran las ferias de primavera y otoño, Meir sale de Frankfurt en viajes de negocios: a las regiones más cercanas de Darmstadt, Mainz y Wiesbaden, así como a las capitales de principados más lejanos, que requieren largos días de travesía en carreta. No podemos esperar que a sus distinguidos clientes se les ocurra enlodarse el costoso calzado con la mugre de nuestro patio ni entrar en nuestra miserable vivienda para encontrar

Schätze, tesoros, en la mezcolanza de mercancías de segunda mano. No queda otro remedio que hacer el fatigoso viaje en carreta hasta las suntuosas mansiones de los ricos.

Viajar en carreta no es nada cómodo. Las sacudidas son muy agobiantes, las nalgas se golpean en los asientos de madera, pero Meir no se queja, sino que bendice su posición como proveedor de la corte, que le autoriza a viajar con diferentes destinos, y emprende el camino con una chispa perpetua en la mirada. El destello es siete veces más intenso cuando vuelve a casa.

Pero en la temporada de ferias no tiene que viajar. Noche a noche regresa de la gran Feria de Frankfurt y en su bolsa hay un gratificante surtido de ducados, florines, carolinos y otras monedas que pasan de mano en mano entre los comerciantes. Tras depositar la preciada carga en la *Wechselstube* que ha establecido en casa, se dirige a nuestra pequeña habitación y derrama sobre nosotras encantadoras semillitas de amor de una variedad muy especial cuya inconfundible señal distintiva son risas y sonrisas. Al principio las cosquillas que le hace a Sheinshe parecen molestarla y la alejan de él, pero pronto ella vuelve a la carga mirándolo en ardiente espera de la próxima andanada, que no tarda en llegar, y entonces él la agarra de pies y manos, le hace dar volteretas y saltar muy alto, a lo que ella responde con aullidos de susto y pidiendo «otra vez».

No cabe duda de que el éxito financiero de las ferias es como abono para su estado de ánimo. En las subastas, a las que acuden los principales coleccionistas de todas partes de Alemania y también de fuera, él pone a la venta una cantidad respetable de sus colecciones de monedas y medallas más selectas. Es curioso que gente seria se tome la molestia de venir a Frankfurt especialmente y se desprenda con tanta facilidad de cuantiosas sumas a cambio de objetos suntuarios sin utilidad aparente.

Me parece que Meir, que a todas luces es un hombre serio y prudente, también se deja llevar por esos lujos, y de vez en cuando le cuesta separarse del encanto de un artículo singular que, según dice, vale una fortuna, y decide dejarlo en su poder. Tengo la impresión de que la afición a las colecciones se está convirtiendo en una significativa característica de su personalidad.

Suele pasar revista a sus piezas ordenándolas en el espacio libre que queda en el suelo de la habitación: monedas griegas y romanas de oro y de plata, ejemplares raros de Alemania, Rusia, Francia y Schwidin, como nosotros llamamos a Suecia, dispuestos como soldados en filas rectas, y detrás los regimientos de medallas e impresos. Las contempla repitiendo sus nombres para luego apartar su mirada incansable y fijarla en el horizonte. Es entonces cuando esparce para mí fragmentos de información sobre historia y arte, que escucho con atención, aunque concentrándome sobre todo en su voz ardorosa, en sus labios que se mueven y disparan perlas, en sus cejas que suben y bajan, en su cuerpo que se mueve mientras habla, como en una danza o en una oración. No obstante, no deja de asombrarme la suma de conocimientos que renueva sin descanso en su esforzada mente. Al final, recoge a sus soldados en el arcón con el dolor de la despedida, puesto que mañana o dentro de una semana serán conducidos a campos lejanos y dejarán su lugar a las tropas que vengan.

Personalmente, no encuentro en esas piezas ningún interés ni les veo ninguna utilidad, excepto el hecho de que generan los fondos que depositamos en el arcón para nuestro sustento y para adquirir nuevas colecciones destinadas a la venta. Por otra parte, no desdeño lo que no entiendo, pues es posible que su interés y utilidad me sean desconocidos. Exactamente como lo enseñaba el Rabí Yosi en la parábola del ciego y la antorcha para explicar el versículo del Deuteronomio:

Siempre me había intrigado este texto: «Y en pleno mediodía andarás como un ciego en las tinieblas», y me preguntaba ¿qué le importará al ciego si está oscuro o si hay luz? Hasta que la realidad vino a mí. Caminaba yo una noche oscura cuando vi venir a un ciego con una antorcha en la mano y le pregunté: «Hijo mío, ¿para qué quieres la antorcha?» Y me respondió: «Mientras lleve la antorcha en la mano, la gente me verá a mí y me protegerá contra los hoyos, las espinas y los cardos».

Ahorramos parte del dinero en una caja separada, forrada de terciopelo. Llegará el día en que tendremos nuestra propia casa, sin compartirla con nadie. Es verdad que no somos ciudadanos de pleno derecho como los distinguidos francforteses, y que por ser *Schutzjuden* se nos prohíbe adquirir tierras, pero la casa sí podremos comprarla. Aguardo la llegada del día en el que no tenga la constante necesidad de andar con cuidado. Mi vida íntima sería mucho más plena sin el molesto temor de que los sonidos del amor atraviesen la cortina y sean percibidos por oídos ajenos. ¡Ay de mí, qué vergüenza! ¡Cómo me mortifica la sola idea que pasa por mi mente y que tiene el poder de perturbar el placer y convertir la pureza del acto en un sucio pecado!

Anhelo el día de ser independiente para decidir cómo llevar mi casa, sin que alguien que comparte la vivienda conmigo murmure a mis espaldas «severa» y me ponga otros apodos, que prefiero no escribir porque me afligen. No quiero mostrarme débil frente a la familia numerosa con la que me ha tocado vivir. Por eso me contengo y proyecto hacia fuera satisfacción y serenidad, tratando con afabilidad a todos, incluidos quienes no lo merecen. Cuando la irritación acumulada amenaza con inundarme, me retiro a la ventana a contemplar lo que ocurre en el exterior y dejo que se disipe la ira.

Me gusta la ventana de nuestra casa, aunque no pueda compararse con la del hogar de mis padres. Puesto que vivimos en la parte de atrás, la ventana no da a la calle y todo lo que se puede ver es la vereda inmunda rodeada por un revoltijo de viviendas. Aun así, mirar por ella me abstrae de lo que sucede en la casa y me inspira buenos pensamientos.

Ahora llego a la buena noticia. Estoy embarazada otra vez. El bebé ya patea. Le hablo a Sheinshe del hermanito que está creciendo en mi vientre, lo acariciamos y él responde a nuestras caricias dando unas paταditas más enérgicas, distintas de las que daba Sheinshe cuando estaba dentro de mí. Son más fuertes, hasta un poco violentas. Me parece que Sheinshe está tan impaciente como yo por verlo, pero le explico: «Tenemos que esperar algunos meses, y cuanto más lo esperemos y lo cuidemos, mejor madurará y llegará a nosotros *gezund unt munter,* sano e íntegro».

¿Será realmente así? Espero que lo sea. La mortalidad infantil en la Judengasse me preocupa. No comparto con Meir mis temores. Para mí es importante que esté contento día a día. Bastante tiene con su duro trabajo, con los largos viajes y los barquinazos de la carreta. No debo agobiarlo con dudas y preocupaciones inútiles.

Sé que esta vez espera que sea un varón. Me acaricia la barriga, pega el oído para oír los arrullos de mi vientre y se lanza a hablarle de las transacciones que ha logrado cerrar en su último viaje, como si se las estuviera contando a un socio de sus negocios.

¡Señor del Universo, no permitas que se decepcione y dale a mi Meir un hijo sano!

Hoy vino a visitarme Mati, la preferida entre todas mis amigas, pese a que no encuentro la disponibilidad mental necesaria para pensar en ella, por la frecuencia de los acontecimientos en mi vida y las obligaciones cotidianas.

Corrí brincando a su encuentro, nos abrazamos largo rato y dejé que me embargara dulcemente la añoranza que despertaba en mí. Después me ocupé de preparar el té, que bebimos a sorbitos, acompañado por las galletas de mantequilla que Mati había preparado.

«Esto es para ti y para el bebé hambriento que está en tu vientre», declaró después de soltar mi cuerpo robusto en el que se hundía su delgada figura, y de sacar la caja de galletas de la bolsa de tela que había dejado a sus pies.

Fuimos completando juntas, entre sorbo y sorbo, el cuadro de nuestras vidas. Me informó del carácter de su prometido Isaac, al que por el hecho de vivir junto a la Hinterpfanne veo bastante a menudo cuando va a trabajar en la tienda de talismanes, con el saco lleno sobre el hombro, o cuando regresa a casa con el saco ya vacío y doblado bajo el brazo. En efecto, últimamente se los ve, a Mati y a Isaac, midiendo con sus pasos la Judengasse, mientras las ventanas se van abriendo en un seguimiento parlanchín que me provoca una sonrisa evocadora.

«Es muy trabajador, pero bastante tacaño», me susurra Mati.

«¿Y qué hay de malo en eso?», traté de apaciguarla. «¿Te ama?»

«Me ama, se ruboriza cuando me ve, pero su tartamudeo habitual es más agudo en los primeros minutos del encuentro.»

«Es buena señal, Mati. Está enamorado de ti; eres afortunada», le expliqué como mujer con experiencia, y sentí como si nos separara una diferencia de varios años, pese a que nacimos el mismo año y en el mismo buen mes de elul.

«Y a ti, ¿te gusta?», le pregunté, viéndola ruborizarse.

«¿Quieres saber cuánto?», le brillaron los ojos y apretó los labios en una sonrisa de confidencia.

Se inclinó para sacar de la bolsa un diario que puso sobre la mesa. «Eres la primera a quien se lo muestro», me confió. «Leí el diario de Elkeliti y el de Hendiljen y decidí que yo también quería hacer lo mismo.»

Tragué saliva. Los nombres de nuestras amigas Elkeliti y Hendiljen, pronunciados como si nada por Mati, me sonaban como un vago recuerdo de una vieja historia.

Mati, absorta en su entusiasmo, no me prestó atención. Acarició el delgado diario adornado con grandes flores multicolores mientras a mí me venía a la mente la encuadernación de adultos del mío, que se contenta con el trazado de unas rayas negras sobre fondo blanco.

«Gútale, mira lo que he escrito», dijo, abriéndolo y empezando a leer. «¿Habré encontrado al amor de mi alma? Algunas veces mi respuesta es afirmativa y otras no tengo respuesta…»

Escuché sus descripciones, sus titubeos, sus coqueterías. Intenté seguir el hilo de sus dudas y de su firme determinación, que se alternaban de una línea a la siguiente, y sentí que me iba hundiendo en la confusión, hasta que el llanto de Sheinshe, que acababa de despertarse, me rescató del naufragio total.

Nos separamos con el propósito de volver a vernos, y cuando Mati salió de casa llevando en la mano la bolsa con su diario, pensé en la alegre levedad de su juventud frente a la madurez y la seriedad de mi vida. Sonreí satisfecha del encuentro revitalizador, y mientras acariciaba a la niña en mi regazo y meditaba, me di cuenta de que mis amigas escribían para presentar su obra a sus amistades. Pero yo escribo sólo para mí, y el único que comparte mis secretos es el cuaderno, que ya ha pasado a ser parte integrante del reverso del colchón. Cuando me acuesto siento su presencia debajo y le mando saludos desde arriba.

Domingo, 5 de jeshván de 5533 [1-11-1772]

Esta noche me acerco al cuaderno con manos temblorosas. Qué voy a decir, con qué palabras. Lo que temía me ha sucedido.

Mis premoniciones resultaron acertadas y se han cobrado el dolor en toda su intensidad. Mis sentimientos de madre han sido cruelmente golpeados. Mi hijo, al que me sentía unida por lazos de amor con cada patadita que me daba en las paredes del vientre, no alcanzó a ver la luz del día.

Me empeñé en verlo, pero Olek, la comadrona, lo cubrió inmediatamente y lo apartó de mi vista.

«Gútale», me dijo tiernamente, carraspeando para disimular el temblor de la voz, «cierra los ojos y reposa. Dios te ayudará. Ya darás a luz a otros muchos niños y niñas».

Pero yo quería verlo. «Déjame ver a mi niño», supliqué, agotada.

Tomó mi mano tendida y trató de calmarme con vino agridulce de manzana, pero yo rechacé la bebida y seguí implorando, ya casi sin voz.

«Es mi hijo», lloré, sintiendo que me desvanecía. «Tengo derecho de verlo. ¡Mi hijo! Déjame verlo un instante.»

Yo sabía que era un varón, hijo mío, desventurado.

Desató la envoltura de tela; estaba acurrucado en posición fetal, con los ojos cerrados. Duerme, me dije. ¿Y si se despierta en unos momentos? Tal vez lo haga y yo me reiré como loca y le diré: «Nos hemos equivocado, hijo mío, estás vivo, sólo has querido dormir un poco más».

«Vives», exclamé, reí y lloré, prisionera en el ovillo de dolor y angustia que se enredaba dentro de mí.

Olek se apresuró a envolverlo nuevamente en su mortaja y yo me asusté:

«¡No, la cabeza no! ¡Tiene que respirar, déjalo respirar, no lo encierres!»

Entonces me desplomé. No recuerdo nada más.

• • •

Me desperté al día siguiente. Todos me rodeaban y me miraban. Meir, mamá, papá y Véndele. Todos a los que amaba. Se esforzaron por sonreírme; yo los miré a los ojos y vi en ellos la pesadumbre escondida. Cuando estallé en llanto, se unieron a mí en un lamento uniforme. Pobrecitos, pensé, con lo que se han esforzado en ser fuertes para mí, y yo les he echado a perder el esfuerzo. Ni siquiera Meir conseguía controlar las lágrimas traicioneras, dolorosas, ardientes, amantes, que le caían sin pudor alguno y perturbaban la calma que trataba de demostrar. También él ha perdido un hijo, pensé. Tengo que ser fuerte para él. Es mi deber enjugar sus lágrimas.

Se inclinó hacia mí, me dio un beso y enjugó mi llanto, mientras yo me refugiaba en su cara bondadosa, frotando la mejilla en su barba y mezclando mis lágrimas con las suyas.

«El Señor no dejó que padeciera en este mundo, se lo llevó consigo sin sufrimiento», me dijo con palabras entrecortadas antes de hacerse a un lado y dejar lugar a mis otros seres queridos.

Véndele sollozaba, agitando los brazos y buscando arrebujarse conmigo en el lecho. La idea horrorizó a mamá, que la separó de mí, y papá aprovechó la confusión para aproximarse y susurrarme: «Gútale, no eres diferente de otras mujeres, ni siquiera de tu madre.

También ellas perdieron frutos de sus vientres, pero no las esperanzas, y trajeron más niños al mundo. Tú eres más fuerte que todas ellas. Estoy seguro de que te sobrepondrás».

Mamá se acercó. «La herida está abierta, niña mía. Cicatrizará cuando venga el próximo bebé. Tú cicatrizaste la mía. Acuérdate de esto.»

Mamá nunca me había hablado de la pérdida de su primogénito. Yo fui la cicatriz de la herida. Por tanto, no soy la primogénita. Tuve un hermano mayor. Murió. Me sorprendió oírlo.

Mi niño muerto no llegó a tener edad. Si no hay edad, no se observa el periodo de siete días de duelo, que llamamos *shivá*.

Durante los días que siguieron me aferré a mi pequeña Sheinshe. La apretaba contra mi pecho doliente y proseguía con las rutinas de la vida sin mostrar señales de debilidad. Envié a Meir a sus viajes haciendo gala de mi fortaleza. Nadie sabe lo que ocurre en mi interior. No me consuela el doloroso hecho de que la muerte acecha también a otros bebés desdichados. Yo he perdido al mío. Tenía una cuenta que saldar con el Altísimo, ¡bendito sea! Quería saber cuántas páginas tiene que hojear para decidir con quién va a ensañarse esta vez. ¿Cuántos golpes despiadados a la puerta de la vida de inocentes encomienda al ángel de la destrucción? ¿Acaso somos piezas de un juego en sus manos?

Cuando estaba sola dejaba que mi corazón derramara las lágrimas sin contenerlas, pero las ponía a secar en cuanto Meir llegaba a casa.

Pese a mis esfuerzos por sobreponerme a la pesada desgracia que nos ha tocado, no he sido capaz de controlar la repetida aparición de la imagen de mi niño perdido, que vuelve a presentarse ante mí con sus facciones tranquilas y los ojos cerrados, una figura que cava y lacera en lo más hondo de la herida sangrante de mi corazón. Una imagen que me pertenece sólo a mí. Doquiera que mire se me aparece. ¡Cuánta razón tenía Olek en querer impedirme que le viera la cara! La experimentada comadrona tenía buenas intenciones, pero mi insistencia fue más fuerte que ella, y por eso he sido castigada.

No dejan de intrigarme los misteriosos designios del Señor.

Tengo un hijo sano. También la felicidad de Meir llega hasta el trozo de cielo que se vislumbra a lo alto de nuestra calle. Este niño, Amschel Meir, que goce de larga vida, es la cicatriz de la herida que me dejó su hermano muerto al nacer.

Mis alaridos a la hora del parto ahuyentaron los prolongados temores y pesadillas. Desde el instante en que mi hijo salió a la luz, me concentré totalmente en escuchar su llanto.

«¿Por qué no llora?», exclamé. «¿Está bien? Dime que está bien, no le envuelvas la cabeza…»

Olek estaba atareada atendiendo al bebé y sólo me aseguró: «Está muy bien, esta vez no lo envolveremos».

Finalmente lloró, al cabo de un rato que me pareció una eternidad, y yo lloré con él.

Mi madre, que no se había apartado de mí en todo lo que duró el alumbramiento, asumió el mando, me tomó de las manos y declaró: «Gútale, escúchame», y yo me callé, obediente. «Tienes un bebé que es como un ángel. Él es tu cicatriz. Míralo. Te está limpiando todas las pesadillas. Lo malo ya ha pasado, ha desaparecido; a partir de ahora todo será bueno. Míralo y verás cuánta razón tengo, mira qué maravilloso niño has traído al mundo.»

Mamá tenía razón. Contemplo a mi hijo, que viva una eternidad, a mi pequeño Amschel Meir, y algo ocurre en la vía que va del vientre a la garganta. A eso se le llama felicidad. Una pequeña cicatriz no enturbia la magnitud de la dicha.

Bendito sea, Amschel Meir ha sido circuncidado. Celebramos la ceremonia de *Brit milá* con todos los honores, y cuatro días después volví a meterme en la cocina.

Mi corazón parece haberse ensanchado para acoger al nuevo amor, que lloriquea e incluso ya me sonríe. ¿Acaso en él cabrán diez amores como éste? Creo que habrá espacio incluso para más.

¡Oh, cómo se preocupa el Señor compasivo y misericordioso por llenar el vacío dejado por lo que se llevó!

Martes, 14 de av de 5536 [30-7-1776]

Pese a las dificultades que se apilan en nuestro camino y a las pruebas a que nos somete de tanto en tanto nuestro Dios, que es grande
y terrible, para enseñarnos que no todo se consigue fácilmente en
la vida, nuestra familia sigue creciendo. He aquí un nuevo vástago,
que tenga larga vida, un hermano para Sheinshe y Amschel Meir.
Shlomo Meir se llama nuestro pequeño, como mi padre, y pronto
cumplirá dos años.

También el crecimiento de nuestros bienes es satisfactorio, y ya
percibo el aleteo del respeto. «El dinero implica honor y respeto», me
había dicho Meir hace más de seis años. En efecto, el honor de Meir,
tanto entre la gente de la Judengasse como en el seno de su distinguida clientela de Frankfurt y más allá, va creciendo en proporción
directa de la cantidad de monedas de oro que posee, aunque nadie
sepa exactamente a cuánto asciende esa cantidad.

Meir camina por la Judengasse como un gran señor, pese a seguir
llevando su abrigo gastado, ¡pero sumamente limpio! Y también los
pantalones viejos. Si bien suele codearse con personas ataviadas según
la moda que se lleva en los suntuosos palacios —chaquetas elegantes
de cuello alto y lujosas túnicas con flecos dorados, prendas cosidas
por los sastres más famosos de Francia y España—, él se niega rotundamente a probarse esos trajes. La única costumbre que ha adoptado es la de llevar una peluca blanca, sólo que sin empolvarla como
lo hacen ellos, puesto que a los judíos les está prohibido hacerlo.

Es verdad que no somos tan ricos como otras familias que han
prosperado hace años en nuestra modesta calle —me cuesta creer

que lleguemos alguna vez al nivel económico de las familias Speyer, Reis y Eliassen; incluso al de los Schuster, los Hass y los Goldschmidt—, pero yo estoy muy orgullosa de mi Meir, que sólo con sus dos manos, sus dos pies y su cerebro único y singular está generando un cambio tan significativo en nuestra posición financiera. Además, si tenemos en cuenta su entusiasmo, cabe esperar que su plan de otorgar honor y respeto a nuestra familia llegue a concretarse. Por mi parte estoy dispuesta a ver que se ha realizado ya en la situación actual, pero cuando miro a Meir recuerdo el refrán que dice que no basta con un bocado para saciar al león.

Como estamos habituados desde siempre, no derrochamos en artículos inútiles el dinero obtenido con tanto trabajo. No aumento el volumen de las compras sino en función de las necesidades que impone el crecimiento de mi *familie*. No me visto con ropas costosas aunque en casa dispongamos de telas en abundancia, puesto que una parte importante de nuestros negocios es la venta de tejidos. La mayor parte del tiempo llevo vestidos amplios de algodón, apropiados a mis medidas de mujer casi siempre embarazada. Ahorro escrupulosamente y respeto el valor de cada moneda, aunque haya muchas.

Pese a que vivimos muy modestamente, en nuestra calle se sabe todo, por lo cual el desfile de mendigos que acuden a la puerta de casa es un espectáculo habitual. Meir nunca les niega su ayuda; quien llega hambriento sale saciado, pero a cada uno le pide en confidencia no hacer público lo que ha recibido, declarando que «la verdadera caridad debe practicarse en secreto» y citando las palabras de la *Agadá:* «Rabí Yanay vio que un hombre daba una moneda de plata a un pobre en público y le dijo: "Hubiera sido mejor que no le dieras nada a que le hayas dado y le hayas avergonzado"».

Tengo que destacar que esto coincide también con su voluntad de mantener en secreto nuestro estado financiero. «El secreto es la clave de la prosperidad», suele decir. Teniendo en cuenta la gran cantidad de aforismos que él va acumulando, sería más exacto si dijera que el secreto es una de las claves de la prosperidad.

Quiero comentar que una *gueshtin,* una mendiga, me ha cautivado especialmente, tal vez porque va envuelta en trapos. Hemos fijado las fechas de sus visitas, y sale de nuestra casa llevando comida, una moneda y un corte de tela en las manos, y citas de nuestra Torá sagrada en sus atentos oídos para que sus sueños se refuercen y no se derrumben.

Como regla general, durante el día no escribo en el cuaderno. El ambiente volcánico que reina en casa no ofrece condiciones adecuadas para la escritura en privado.

Una vez me dejé tentar y lo hice, y como cabía esperar, tuve que dejar de escribir. Shlomo, mi hijito menor, volvió a tropezar con uno de los sacos que están en el rincón de la habitación. Primero hizo una mueca, pero luego calculó que el llanto sería una forma más efectiva de lograr que su madre dejara lo que estaba haciendo, lo cogiera en brazos y le hiciera pasar el dolor, de modo que estalló en agudos sollozos. El estruendoso llanto me hizo saltar de la silla, con tan mala suerte que hice tambalear el tintero. Con la agilidad de un artista lo atrapé por el borde y conseguí evitar que la tinta se volcara. Sosteniendo a mi pequeño Shlomo de un brazo, le puse un trapo en la rodilla como si tuviera una herida sangrante. Dejó de llorar. Le encantan las vendas. No hay como ellas para despertar compasión. Para él, estoy dispuesta a hacer de curandera ocasional.

Así son las cosas, nuestra casa se va haciendo cada vez más estrecha. En el vestíbulo ya no cabe nada más. Es demasiado pequeño para contener las mercancías que llenan el edificio hasta los topes. El suelo está cubierto de cajones colocados a lo largo de las paredes, los más grandes abajo y los más pequeños arriba. En las hornacinas se amontonan pilas de sacos sin espacio entre ellos. Suele ocurrir que alguno mal colocado se cae y los niños se golpean contra él.

Meir y yo jugamos con la esperanza de salir de aquí para pasar a una vivienda más amplia, tanto por la necesidad de almacenar mercancía como por la rigidez de mi cuerpo en las noches de amor. Cuando despierta su deseo y yo respondo, dispuesta a dejarme llevar por el fuego que centellea entre nosotros, tenemos buen cuidado de mantener un silencio absoluto. Esa vigilancia le manda a mi cuerpo señales de advertencia incompatibles con la pasión, que unas veces la debilitan y otras la apagan completamente. Una noche, al encenderse el anhelo de unirnos, sus manos emprendieron el arrebatador viaje sobre mi cuerpo. Yo cerré los ojos, totalmente entregada al goce y, en el abandono de la mente, olvidé por un momento la vigilancia, a tal punto que se me escapó un suspiro de ardiente deseo que atravesó la cortina y voló directamente a los oídos de Yente. Como quien siente que han invadido su terreno, saltó de la cama y nos increpó desde el otro lado del cortinaje: «Exijo respeto. No toleraré el libertinaje en mi casa». El fuego se apagó instantáneamente, se me cortó la respiración y rogué que la tierra me tragara. Le di la espalda a Meir y escondí la cara en el edredón, sumida en el oprobio. Al día siguiente rehuí la mirada de Yente, moviéndome lo menos posible dentro de la casa y comportándome como alguien que ha perdido algo en el suelo. Desde entonces, cada vez que nos acercamos, mi cuerpo se tensa, pero Meir me conduce lentamente a la relajación y luego a una voluptuosidad muy controlada.

El anhelo de tener una casa anida en nuestros corazones, pero nos damos de bruces con la realidad. La cantidad de aspirantes a alquilar o comprar viviendas no coincide con la de casas que se desocupan. Cuando una queda libre, muchos son los interesados en comprarla antes de que el precio se ponga por las nubes. De hecho ya hace varios años que no tenemos noticias de casas que se desocupen y se ofrezcan en alquiler o en venta. Los matrimonios jóvenes, muy a pesar suyo, se ven obligados a seguir viviendo con los padres hasta que por milagro aparezca una morada para ellos.

Dada la situación, Meir tomó la iniciativa y presentó al Sacro Imperio Romano Germánico en Frankfurt la demanda de aliviar el padecimiento de los residentes del gueto y ensanchar la superficie. Alegó ante los funcionarios que en ninguna otra ciudad tratan así a los judíos. No sólo limitan a doce las bodas permitidas por año; tampoco hacen nada para que la docena de nuevas parejas tengan una vivienda, por no hablar de los precios astronómicos de las pequeñas casas que se desocupan a intervalos de varios años.

Pese a la rotunda negativa, acompañada por la observación sobre la «desenfrenada soberbia de la nación judía», mi esposo no cesa, y como lo conozco, no tengo ninguna duda de que seguirá luchando en nombre de los atribulados matrimonios.

Meir fue a mirar la casa de los padres de Johann Wolfgang Goethe en la calle Grosser Hirschgraben de Frankfurt. «¿Nosotros somos una nación soberbia?», me dijo al volver de allí. «¿Qué es lo que he pedido? Ni una mansión ni un jardín. Sólo una pequeña vivienda para las familias jóvenes. ¿A eso llaman soberbia? **Tienen ojos y no ven.**»

No es la primera vez que Meir se detiene un rato junto a la casa de la familia Goethe. Johann Wolfgang Goethe es un escritor, poeta y pensador. La mansión familiar, con sus veinte cuartos lujosos y el espacioso patio, se compró por un precio equivalente al de una modesta vivienda de la Judengasse de tres habitaciones pequeñas y oscuras, sin patio ni ventanas. Y aun así, es imposible conseguir una vivienda como ésa en nuestra calle.

En lo que a mí concierne, no envidio a la familia Goethe, ni su monstruosa mansión, ni su ostentosa forma de vida, ni el hecho de que sean francforteses distinguidos. Tampoco su cuarto de baño privado. Aun si llegara la Era Mesiánica, y en la Judengasse apareciera de pronto el Mesías hijo de David en persona, montado en su asno, y nos anunciara que podríamos salir del gueto y que a mí me permitirían vivir en la mansión de Goethe, yo me comportaría con mucho respeto y le agradecería al Justo Mesías sus atenciones con nosotros, los habitantes de la Judengasse, pero le diría de manera inequívoca, sin que le quedara ninguna duda, que yo, *Frau* Gútel Rothschild, no viviría nunca en ninguna mansión.

Hasta ahora he parido cinco veces, dos de los niños fueron arrebatados del mundo y tres sobrevivieron: Sheinshe, Amschel Meir y Shlomo Meir. Al hijo que perdí primero ya le he dedicado dolientes palabras en este cuaderno. Mi segundo bebé desventurado, que nació hace unas tres lunas, alcanzó a hacer el esfuerzo de llorar débilmente y con eso se extinguió su vida en este mundo. Yo lavé con lágrimas mi dolor, alisé las arrugas, me erguí y salí a la vida como cualquier otra persona. Ya tengo experiencia, y sé que el dolor se repara con el nacimiento del hijo siguiente. Lo aguardo para cuando venga.

A pesar de la falta de espacio y de las penas con las que Dios me pone a prueba, miro la vida de frente y veo que me ha brindado generosas raciones de felicidad. Soy dichosa con mi esposo y estoy contenta de mis hijos.

Las numerosas tareas del hogar nunca se acaban, puesto que en cuanto tengo las manos libres por un momento me pongo a coser aprovechando restos de tejidos, a los que nosotros llamamos *Rückstand*. Pero no por ello dejo de dedicar tiempo a la educación de los niños. Sheinshe tiene oídos muy atentos y le interesan mucho los cuentos. Amschel es un niño que se preocupa mucho y frecuentemente está pensativo y ceñudo, lo que no es señal de tranquilidad. Se diría que desde el momento en que salió de mi vientre le inquieta el mundo en el que se encontró. Ni siquiera se permitió el placer de mamar; fruncía la boca y cerraba con fuerza los párpados, de modo que en pocos meses mis pechos se secaron. Tengo que enseñarle a sonreír, y le haría bien estar más con otros niños. En comparación, el pequeño Shlomo sonríe sin ningún esfuerzo al mundo entero en su reducido entorno, y ya ha conquistado el puesto de favorito del barrio. En la víspera de *shabat,* cuando vuelven del baño en la *mikve,* los niños se ponen ropa limpia y acompañan a su padre a la sinagoga. Una fila de hombres, vestidos para el sábado y con las bolsas de los *talitot,* los mantos de oración, bajo el brazo, rodeados de un alegre cortejo de niños, se dirigen a la oración comunitaria del sábado. Las calles están más limpias que durante el resto de la semana.

Al regresar a casa de la sinagoga, Meir me bendice poniéndome las manos en la cabeza y recita un versículo de los Proverbios: **Mujer virtuosa, ¿quién la hallará?** Los niños se colocan en fila, de la mayor al menor, y cada uno inclina la cabeza ante su padre para recibir la bendición. Después Meir va a lavarse las manos y se dirige callado a la mesa cubierta con un níveo mantel en la que ya arden dos velas sobre candelabros de plata. Meir guarda silencio mientras vierte el vino, levanta la copa de plata llena hasta el borde y bendice: **Y el sexto día fueron acabados los cielos y la tierra...**

Contemplo el rostro luminoso de Meir, recorro con la mirada las facciones de mis niños y recuerdo las palabras: **La luz del rostro del hombre en los días de la semana no es como la del sábado.**

Meir bebe un largo sorbo y la copa pasa a Moshe y a Kalman, y de ellos a las mujeres y a los niños. Cuando se ha vaciado hasta la última gota, comienza a entonar las melodías del sábado y a él nos unimos todos. Luego parte con las manos los dos panes dulces llamados *jalot* y pronuncia la bendición del pan, *Hamotsí,* en honor de **Aquel que extrae el pan de la tierra**. Los platos se van llenando entonces con el *cholent* tradicional, de cuya preparación me siento orgullosa. No acostumbro encargar mi *cholent* a la famosa cocinera de la Judengasse, como hacen muchas de mis vecinas, sino que tengo buen cuidado en alimentar a mi familia con platos caseros preparados por mí y que satisfacen el apetito de todos los comensales. Terminamos lo que queda al día siguiente, en la segunda comida de *shabat.*

El sábado por la noche vienen a casa para la *havdalá,* la ceremonia que anuncia el comienzo de una nueva semana, los invitados por Meir después de la oración del atardecer en la sinagoga. Prodigiosamente, hay siempre lugar para todos.

El sábado es el día en que los niños permanecen junto a su padre. Les cuenta, a ellos y a sus primitos, las historias de la Torá, y les trae del vestíbulo trozos de tela con los que los niños se disfrazan y juegan a ser Eva, Adán y la serpiente, mientras Meir se sube a una silla y con voz atronadora hace el papel de Dios, una y otra vez, hasta caer agotados. Después se pone serio y les hace preguntas, como por ejemplo: «¿Quién sabe por qué se compara a la Torá con la higuera?» Ellos se acercan y se ponen al alcance de su mano, su brazo y su cadera, y lo miran con sus grandes ojos inquisitivos, esperando que les explique sonriente: «En todas las frutas hay desechos: los dátiles tienen huesos, las uvas tienen pepitas, las granadas tienen cáscara, pero del higo se come todo. Así son las palabras de la Torá: no tienen desperdicio».

Siempre delicado, Meir no olvida mi debilidad por la magia de las palabras de amor, y sus labios cosquillean en mis oídos: **¡Qué bella eres, amada mía, qué bella eres!** No escatima las palabras seductoras que nos llevan a gozar al máximo del placer sabático, siempre que podamos unirnos lejos de las miradas de los que comparten la casa con nosotros, que también se multiplican de tanto en tanto. Me ayuda a relajar mi cuerpo tenso asegurándome que nadie nos oye y entonces me ama con una pasión no menor que la que lo acompaña en sus negocios. Mantengo los labios apretados, y al final del acto de amor presto oídos un rato más para acallar mi conciencia y comprobar que ha quedado entre nosotros.

En los días de la semana en que no sale de viaje, Meir aprovecha todas las horas de luz para trabajar, y a veces continúa iluminado por velas hasta la madrugada. Rodeado de los otros ocupantes de la casa que observan los movimientos de sus hábiles manos, se inclina sobre la mesa, coge la pluma, el tintero y el papel, y prepara el envío postal de los catálogos a los principados cercanos y lejanos de toda Alemania. En sus páginas ofrece monedas sueltas y colecciones completas, gemas y estatuillas antiguas, esculturas raras de piedra y cuadros con marcos adornados de diamantes. Es seguro que las gemas arrancarían de mamá exclamaciones de admiración capaces de alegrar a Meir. Le pediré que le regale algunas.

No conozco bien la lengua alemana, e incluso Meir comete hasta hoy errores al construir oraciones en ese idioma. Pero eso no debilita su confianza en sí mismo, que en ningún momento baja del séptimo cielo. En ocasiones va aún más allá y adjunta cartas personales escritas, como él mismo dice, en un idioma horripilante. «Las faltas de ortografía les pasarán inadvertidas», me explica, «porque en cada principado escriben las palabras de forma diferente y arbitraria en la que no encuentro ninguna lógica ni explicación. En cuanto a los errores de estilo, los digerirán fácilmente cuando pongan la mirada en la mercancía que les ofrezco».

A mí, que respeto la lengua escrita, se me ponen los pelos de punta cada vez que lo veo sonreír ante una frase que sabe perfectamente que está muy mal redactada. Pero a la vez soy presa de la admiración que me despierta su valor para obrar de esa forma.

Frente a la deficiente redacción de los textos, Meir invierte ingentes esfuerzos en la presentación de los catálogos. Los encuaderna en costosa piel con atractivas letras doradas. A veces ofrece la mercancía a precios muy bajos, algunos de ellos deficitarios. La primera vez que lo hizo, se dio cuenta de que yo levantaba una ceja y me explicó con un guiño: «Hoy pierdo con uno, dos o tres clientes, y mañana me recupero de las pérdidas con decenas de clientes nuevos cuya confianza me he ganado, y que me pagarán sumas respetables».

Cuando propuso enviar por correo los artículos encargados por el cliente, prometiendo que si no estaban conformes podrían devolverlos por la misma vía y él pagaría el envío, ya no levanté la ceja. Ahora sé que calcula sus tácticas de guerra hasta el más mínimo detalle.

Los astutos ardides de Meir no infringen las normas de la moral y la honradez. Siendo honesto y generoso, además de amable y paciente, obtiene acceso al gran mundo de los negocios. Muchos de sus clientes vuelven a requerir sus servicios y lo recomiendan a sus amigos de bolsillos profundos.

La honestidad de Meir me inspira una gran serenidad, y su senda sembrada de rosas me da fuerzas para seguir manteniendo la casa con sus espacios cada vez más estrechos.

Miércoles, 9 de kislev de 5537 [20-11-1776]

Durante todos estos años he tratado de no interferir en los negocios de Meir. He comprobado que la vida transcurre con calma mientras no me entrometa en sus asuntos.

Esta vez he roto la costumbre, y como consecuencia hemos tenido un serio altercado. Por primera vez en nuestras vidas la casa se ha sacudido. También en el corazón sentí los sacudones. Todo eso ocurrió después de enterarme de las viles tácticas del Landgrave Wilhelm, y de ver en mi esposo un cómplice.

Recientemente, Meir se ha metido más hondo en transacciones de banca, descontando letras de cambio. Para mantener la continuidad de la rutina de trabajo con sus clientes, cuando se va de viaje deposita la supervisión del negocio en las leales manos de su hermano Kalman. Así los clientes reciben una atención leal y constante, y no perciben su ausencia. Meir me ha explicado el complicado tema del negocio del cambio, hasta que también yo pude entenderlo.

«Para darte un ejemplo», me dijo, «un hombre tiene en sus manos un pagaré de una casa real o de una firma comercial, con fecha de vencimiento en un futuro más o menos próximo. ¿Qué pasa si necesita dinero de forma inmediata? Pues acude al banquero, le entrega el pagaré y obtiene el valor de éste, menos la comisión por el servicio. Al llegar la fecha del vencimiento, el banquero presenta el pagaré a la casa real o a la firma comercial que lo ha emitido y recibe a cambio el total.»

Los banqueros que se dedican a descontar documentos gozan de buena reputación y sus opulentos clientes tienen bolsillos profundos.

La competencia con ellos, que parecería una batalla perdida, ha incitado a Meir a actuar. Los ojos le brillaban frente al objetivo que tenía delante, y decidió conquistarlo a toda costa. A tal fin utilizó la variedad de armas de que disponía, empezando por aprovechar su relación con Buderus, y terminando por bajar el precio de la comisión a tasas nunca vistas. Así consiguió penetrar la gruesa coraza y llegar a los tenedores de los pagarés, con lo cual despertó la ira de los banqueros veteranos.

Uno de los tenedores más gordos no es otro que Wilhelm, el ilustre Landgrave. Wilhelm accedió a colaborar con Meir, siempre y cuando recibiera su oro a cambio de desprenderse de una cantidad de dinero poco elevada. Es verdad que el Landgrave sigue utilizando los servicios de sus cambistas veteranos, y que en manos de Meir deposita únicamente pagarés de poca cuantía, pero él no se desalienta, y detrás de la cortina me ha susurrado: «Después de haber esquivado el obstáculo más grande, todo el resto seguirá su curso. Sólo tengo que armarme de paciencia».

La paciencia, que por naturaleza es amarga, dio sus dulces frutos, y el Landgrave le pidió a Meir que le redimiera una letra de cambio por una suma que nunca me hubiera imaginado que podría existir en el comercio entre personas. Las exclamaciones de júbilo se escaparon esta vez de nuestro control, atravesaron la cortina de la cama y las paredes de madera de la alcoba, y pusieron en acción labios charlatanes y oídos atentos, tanto los de casa como los de fuera.

Tan pronto como nos apartamos de nuestra costumbre de guardar el secreto, llegó a mí como un eco un nuevo hecho muy significativo.

Uno de los vecinos, cambista en pequeña escala, vino a mi puerta a chismorrear a mis oídos: «El pagaré del Landgrave le fue dado por el gobierno de Su Majestad George III, rey de Enguiland», es decir, Inglaterra. «¿Y en pago de qué?», preguntó y respondió inmediatamente.

No pude tolerar la respuesta que el cambista me arrojó a la cara. Sentí cómo se me cerraban con fuerza las mandíbulas. Veía ante mí la figura del Landgrave colaborando en un acto inhumano y enviando una unidad de mercenarios, que en la Judengasse llamamos *Rik,* a servir de carne de cañón en la guerra de su primo, George III, contra los colonos rebeldes en América.

De ese horrendo cuadro penetró en mi conciencia la terrible idea de que Meir, por medio de los pagarés, estaba contribuyendo a esa barbaridad.

Le cerré la puerta en las narices al cambista chismoso y quedé como petrificada. No sé cuánto tiempo permanecí detrás de la puerta, cuando súbitamente sentí unas manos en el hombro. No les presté atención. Tenía las piernas clavadas en el suelo y miraba la puerta cerrada.

Meir me tomó de la mano y me llevó a nuestra habitación. En mi mirada de piedra lograron infiltrarse los ojos triunfantes de Yente, que nos venía siguiendo. Por supuesto, en el incidente había visto la confirmación de sus sospechas en cuanto a la relación entre nosotros.

Meir me hizo sentar en la cama y exigió que todos abandonaran la habitación. Cerró la cortina. Nos quedamos solos. Yo y ese que ayuda a reclutar mercenarios. Mi mirada revivió y lo miré con rencor.

«Cuéntame qué pasó, Gútale.»

«Tú…, tú… estás reclutando mercenarios», respondí haciendo una mueca. «Carne de cañón», añadí para sellar mis palabras.

Vi que sus labios se movían pero mis oídos no se abrieron a las palabras. No sé cuánto tiempo habló. Estaba absorta en mis pensamientos, que me fatigaban. Creo que me dormí.

Abrí los ojos. El manto negro de la noche no me dejaba ver nada, pero sentí a Meir despierto a mi lado. Entonces empezó a hablarme, sin tocarme, y esta vez mis oídos accedieron a escuchar. «Gútel», por primera vez me llamaba por mi nombre original y no por el diminutivo al que me había acostumbrado, Gútale. «Hoy me has causado un profundo pesar.»

Calló por un momento, como quien quiere hacer una pausa para respirar, y siguió. «En un momento me has convertido en el ejecutor de los decretos reales. Te agradezco que me hayas elevado a la grandeza y nombrado ministro de las leyes del rey inglés. Gracias, pero no lo necesito. ¿Cuándo aprenderás que no soy responsable de cómo viven los aristócratas y gobernantes y que no me incumben sus asuntos? ¿Quién soy yo, Meir Amschel Rothschild, el judío apestoso de la Judengasse de Frankfurt, que vale menos que un mosquito, desgraciadamente capaz de clavar el aguijón y salir huyendo, para decirles algo al Landgrave Wilhelm o al rey de Enguiland acerca de sus actos? ¿Quién soy yo para decirles: "No es bueno lo que habéis hecho"? Si me hago cargo de los pagarés que el Landgrave recibió del rey George, o no, da igual. En cualquier caso el rey acogerá en sus filas a los mercenarios. El intermediario que se ocupa de las letras de cambio es insignificante en lo que atañe al juicio de valores sobre la matanza de inocentes. La decisión se tomó y pasó por los henchidos canales del poder político. Wilhelm, al igual que su padre, ha convertido la horrenda venta de soldados en su principal actividad comercial. Me duelen en el alma todos esos desgraciados labriegos reclutados a la fuerza, así como los desertores a los que atrapan y flagelan decenas de veces. Ellos sufren aún más que nosotros, los judíos.

»No te ocultaré los duros datos. Por cada recluta pagan cincuenta y un táleros. Por cada herido se pagan recargos. Y por cada muerto el recargo puede llegar a triplicarse. Pero ¿quién soy yo para cambiar las cosas? Yo me ocupo únicamente de una transacción comercial que se centra en cambiar un pagaré por dinero al contado. Y ése es todo mi papel. No tengo nada que ver con el trasiego de personas ni soy responsable de sus lesiones o su muerte. El dinero que recibiré por ello no está manchado de sangre. El dinero es el dinero y no importa por cuántas manos ha pasado. No nos cuenta de dónde viene ni adónde va, sólo pasa de mano en mano. Soy inocente. Me has convertido en algo que no soy. Y toda la vida seguiré siendo lo que soy. A mi alrededor hay gente que se comporta de manera despreciable, pero yo sigo mi camino limpio de toda culpa.»

Mis ojos abiertos durante sus palabras trataban de desgarrar la oscuridad. Poquito a poco empecé a vislumbrar detalles nebulosos. Percibí sus manos cruzadas sobre el pecho sin que cambiara la posición de su cuerpo inmóvil. Lo miré a la cara. No se le movía ni un solo músculo, a excepción de los labios, que proferían las palabras que me laceraban los oídos. Palabras desnudas, sin ornamentos ni tapujos artificiales. Él y la verdad de su vida. Su honradez llana, íntegra, inquebrantable.

Unas hebras de miedo empezaron a enrollarse alrededor de mi garganta. Heme aquí perdiendo a mi Meir. Las amargas palabras: «Hoy me has causado un profundo pesar» se parapetaron en mi mente, lanzándome puñaladas al vientre. Imaginé que veía la pena que inundaba sus ojos. ¿Me perdonará por haberle causado ese dolor? ¿Por haberlo convertido en lo que no es? No me cabe duda de su inocencia, de la pureza de su carácter. Pero ¿cómo podré volver atrás y hacerle olvidar lo que ocurrió hoy? ¿Por qué no habré seguido ocupándome de mis asuntos, dejando que él se ocupe de los suyos, como lo he hecho siempre? Todo eso podría haberse evitado si hubiera dominado mi espíritu.

Me inundó una amarga oleada de arrepentimiento. ¿Adónde voy?

Me hice un ovillo en el borde de la cama, presa de remordimiento. Tengo que derretir el hielo que se ha formado entre nosotros, pero ¿cómo? No sabía qué hacer, más aún porque mis objeciones no habían desaparecido. Meir habló muy bien, de forma lógica y coherente, pero todavía no estoy conforme con ese negocio, aunque él no sea partícipe. Pese a tener las manos limpias, al final Meir recibirá el dinero. Basta con saber de dónde viene para que enturbie mi espíritu. Y sé también adónde irá: a mí. No lo quiero. ¿Cómo decírselo? No sé cómo complacerlo ni cómo atreverme a seguir insistiendo en el asunto. Pobre de mí si hablo, y pobre de mí si callo. Señor del Universo, ¿por qué la vida no deja de imponernos dificultades?

Mi mente era un caos. Una amarga angustia comenzó en el pecho, ascendió a la garganta y destiló en mí versículos ahogados.

Estrujé las puntas del edredón. Movía los labios en silencio: **Compadécete de mí, oh, Eterno, porque languidezco. Sáname, oh, Eterno, porque mis huesos se estremecen. También mi alma se estremece. Estoy agotada de tanto gemir. Mis lágrimas empapan mi lecho.**

* * *

De pronto sentí en la cara una mano grande y suave que enjugaba mis lágrimas. Cerré los ojos y me dejé llevar. Que no se detenga, supliqué. Y no se detuvo; siguió acariciándome la cara, la cabeza y el cuello en silencio. De pronto me di cuenta de que en ninguno de los momentos o las horas en que le causé ese gran pesar Meir se había enfadado conmigo. Ni me había levantado la voz. Abrí los ojos y lo miré. Su rostro estaba junto al mío.

Me habló en voz muy baja. «Gútale, no te tortures por lo ocurrido. Tu corazón bondadoso y tu fogosa humanidad te han llevado a ese estallido. Estabas exaltada, pero también tenías razón desde el punto de vista de quien vive siempre de forma recta y honesta. No puedes soportar que alguien como Wilhelm se permita segar la vida de gente inocente. Eso no va con los dictados de tu conciencia. Aun así, sólo te voy a pedir una cosa: nunca vuelvas a dudar de mi rectitud. Es real, y nunca se apartará de mí. Si tuvieras la mínima duda al respecto, me volvería loco. No quiero tener que asumir otra vez la defensa de mi proceder. En cuanto al dinero, no tendrás que verlo, puesto que antes de que llegue a mí ya habrá pasado a otras manos.»

Atesoré esa frase: «Nunca vuelvas a dudar de mi rectitud». Sabía que respetaría ese deseo suyo por siempre jamás.

El caos dentro de mí se apaciguó lentamente. No dije nada. Él habló por mí y para mí, haciendo crecer en mi seno una nueva tranquilidad. Otra vez me comprendía sin que tuviera que decirle nada. Así es mi hombre: ve lo que está oculto, conoce de sabiduría y moral, entiende los argumentos de la razón. Debo habituarme a esta certeza extraordinaria y alentadora. Cómo amo la maravillosa combinación de la ternura de su alma con la intensidad de su presencia.

«Que se mueran esos perversos, el rey de Enguiland y el Landgrave; su merecida muerte será buena para el mundo», dije, rompiendo mi silencio.

Meir sonrió y respondió con una cita:

No debe el hombre rogar que desaparezcan los malvados del mundo. Si el Señor hubiera hecho desaparecer al idólatra Téraj, Abraham no habría nacido.

Cuánta razón tenía al decir esa verdad. «Quédate tranquilo como me has tranquilizado a mí», murmuré y me arrimé a él.

Sin palabras se buscaron nuestras manos, entrelazamos los dedos y nuestros cuerpos se fundieron en un sublime placer.

Meir emprendió un viaje planeado para varias jornadas, pero de pronto regresó el mismo día de la partida. Cuando terminamos la cena me dijo gravemente y en susurros: «He regresado a ti antes de lo planeado. Te ruego que dejes ahora tus tareas; nos espera una larga conversación.»

Me sobresalté. ¿Qué pasa esta vez? La palabra «conversación» suena dura y distante. Lo miré, tratando de descubrir en su expresión algún indicio. Pero aparte de la seriedad abismal en sus ojos, no vi nada más. No es posible que haya regresado para volver a hablar conmigo de los mercenarios, puesto que ya hemos agotado el tema. Entonces, ¿de qué se tratará?

Mandé a los niños a la cama sin prestarles mucha atención. Sheinshe, tesoro de mi alma, obedeció con la adulta perfección de sus cinco años, llevándose a su hermano Amschel Meir, e incluso arropándolo con la cálida manta de lana. Acosté al pequeño Shlomo Meir, de dos años, en la cuna, al lado de sus hermanos, y le pedí a Sheinshe que le cantara una nana. Ella saltó ágilmente de su cama, se acercó a él y entonó, con su voz suave y delicada: «*Schlaf, Kinder, schlaf*», mientras le frotaba tiernamente la espalda como suelo hacerlo yo. Me despedí de los niños y me dirigí a nuestra alcoba, consciente de que la bondad de mi hija mitigaba un poco la tormenta desatada en mí.

Al otro lado de la cortina Meir me esperaba sentado en el borde de la cama. Me quedé mirándolo.

«Gútale, tienes el aspecto de alguien que espera un duro inter- cambio de palabras. No es así. Nuestra conversación tiene por objeto que tú y yo nos aclaremos qué hacer con nuestras vidas.»

Respiré hondo y me apresuré a sentarme a su lado, con la frente apoyada en su hombro. Me besó la cabeza cubierta por la cofia y luego me hizo girar para que nos quedáramos cara a cara.

«Mira, Gútale. Tras el incidente de la corte del rey George», ini- ció su discurso, y yo pensé: *bonito nombre le ha dado al altercado que tuvimos, "el incidente de la corte del rey George"*: «he cavilado mucho, Gútale, en todos estos días, sobre el modo de vida que he escogido para mí y que tú, aunque no por propia voluntad, compartes».

Respiró hondo y yo fui toda oídos, como complemento a mis ojos, que no cesaban de explorar la expresión de su rostro.

«Cuando examino mis actos, sé con toda seguridad que el Eterno está conmigo. No me cabe duda de que es la mano divina la que guía y orienta mis pasos. No es voluntad de Dios que nos quedemos de brazos cruzados y lloremos por nuestra impotencia. Tenemos que obrar. Nuestra misión es trabajar duro, con diligencia, perse- verancia, laboriosidad, planificación y reflexión, yendo siempre en pos de la prosperidad. Nuestro éxito está en alcanzar la meta, un objetivo al que acompaña la bendición de Dios. Cuanto más nos esforcemos, más nos recompensará en Su benevolencia. Bien lo dice el libro de los Proverbios: **¿Ves a un hombre diligente en sus ocu- paciones? Se presentará ante reyes.** Hay que estimular al que eje- cuta rápidamente su tarea, al ágil y talentoso, hasta que se presente ante el rey.»

Calló súbitamente y yo aproveché la pausa para preguntarle: «¿Por qué me dices todo esto, Meir?»

«Buena pregunta», asintió. «Es que últimamente me critican mucho.»

«Acepto tus explicaciones; quédate tranquilo», traté de apaciguarlo.

«Todo está bien contigo, en eso ya no tenemos divergencias de opinión. Pero la gente habla. Los hay que chismorrean porque gano dinero, como si el deseo de prosperar económicamente fuera un defecto.»

«¿Quiénes son?»

«Gente de todas partes, a quienes les molesta que sean judíos los que aspiren al éxito económico. Les parece que nosotros, los judíos, sólo debemos ser temerosos de Dios y concentrarnos en la plegaria y en amar al Creador.»

«Pero tu comportamiento en los negocios no contradice, que Dios no lo permita, tu observancia de los preceptos ni tu respeto a nuestra Sagrada Torá.»

«Tienes razón, pero para ellos centrarse en lo material es censurable. Recientemente se publicó en la prensa una crítica contra los judíos ricos.»

«¿Y qué piensas tú de todo eso?»

«Yo soy fiel a mis principios. Creo que todo lo que hacemos es para bien. No somos perezosos. Trabajamos duro. No hay duda de que Dios nos contempla satisfecho. Él aprecia a la gente que realiza cualquier tipo de labor, ya sea cultivar la tierra, comerciar o ejercer un oficio. El principio importante es que actuemos de acuerdo con las pautas que nos fija la Torá. Nuestro camino es recto. Además, sin haberlo convenido entre nosotros, hemos elegido vivir modestamente. El dinero no se nos ha subido a la cabeza ni ha cambiado nuestro modo de vida.»

«Si tú estás en paz contigo mismo, ¿por qué te preocupa lo que diga la gente?» Me costaba ver la aflicción en su rostro.

«Porque desde siempre hemos sufrido, como judíos, por cómo nos ven los gentiles. Ya sea que estemos hambrientos o que nos hagamos ricos. Siempre encontrarán un pretexto para odiarnos. Mientras yo prospero económicamente, y pienso seguir haciéndolo, les estoy dando excusas a los que nos quieren mal. Es decir, estoy atizando el odio no sólo contra mí sino contra nuestro pueblo.»

Nos quedamos callados, pensativos. La idea de que los actos de una persona afectan a todos me desasosegaba, particularmente si se trataba de mi Meir.

Volvió a mirarme. «Es ridículo pensar en mi influencia negativa sobre todo un pueblo. Pero en el camino que he escogido y en los objetivos que me he propuesto alcanzar debo ser consciente de los riesgos que comportan, ya que podría mancillar el buen nombre de nuestro pueblo, porque al respeto y al honor que quiero traerle se suma también la furia de los gentiles por mis éxitos.»

«Ahora sí que no entiendo nada. Todo lo que deseas es enriquecerte para traer honor y respeto a tu familia y a nuestro pueblo. Y ahora resulta que te preocupa la posibilidad de deshonrar a todos los judíos. La contradicción es evidente. ¿Honor o deshonra?»

Meir se rio como si hubiera oído un gracioso epigrama. Presté oídos a la habitación de los niños, para cerciorarme de que dormían. El silencio me satisfizo. Meir se llenó los pulmones de aire, que soltó con un suave silbido.

«El camino ascendente está sembrado de espinas. Por naturaleza, las espinas pinchan, pero no son lo bastante fuertes para frenar la ascensión. La voluntad de mancillarnos seguirá acompañándome por dondequiera que vaya, pero en cada etapa se izará el estandarte con la inscripción "**honor y respeto**".»

«Es decir que al final el honor y el respeto vencerán», resumí, contenta como una niña pequeña que ha logrado resolver una compleja adivinanza.

«Sí, pero eso no es el final, porque un éxito sigue a otro, y el respeto y el honor continuarán creciendo indefinidamente. En el ascenso hay sólo etapas intermedias. Es nuestra voluntad y la voluntad de Dios. Por ello veo en el modo de vida que he elegido, en mi ocupación, el cumplimiento de una misión.»

«Esa misión es la razón de ser de tu existencia, de nuestra existencia», dije calladamente, tratando de asimilar qué relación había entre la elección de su modo de vida, la bendición de Dios y la misión.

«En efecto. Puesto que ésa es Su voluntad, nos entrega las herramientas: la energía para trabajar duro, la diligencia, la laboriosidad y…», me miró largamente y concluyó: «y por eso nos ha elegido, a sabiendas de que somos la pareja justa para cumplir la misión».

¿Acaso las palizas que golpean a un hombre, una tras otra, acaban forjando su carácter?

No me parece que ésa sea una máxima afortunada, aunque se haya dicho con una seriedad insondable y con buena voluntad, como si fuera una verdad divina.

Yo, por mi parte, prefiero la sentencia de mi Meir y la añado a su colección de sabios aforismos: «Cuando un golpe se abate sobre dos a la vez, se reparte entre ellos, y cada uno pretende aliviar a su prójimo, con lo cual le abre de par en par la puerta medio cerrada y le revela el maravilloso mundo que lo espera fuera».

El maravilloso mundo que a mí me esperaba me concedió dos hijos más: Natán Meir, que ahora tiene cuatro años y medio, e Isabella, de uno y medio.

Entre el nacimiento de Natán Meir y el de Isabella tuve que pasar por otra prueba de Dios y despedirme con sufrimientos de una criatura cuya vida se extinguió antes de tener un nombre. Yo no soy como los piadosos que dicen que todo aquel que se alegra de sus sufrimientos trae la redención al mundo. Sin embargo, volví a lavar mi dolor, a alisar la arruga y a erguirme, y con Meir dándome la mano, dijimos: **El Señor ha dado, el Señor ha quitado. Bendito sea Su nombre**. Y trajimos al mundo una pequeña encantadora, la quinta de nuestros hijos vivos.

Ahora, toda yo soy para mis hijos, que Dios les dé larga vida.

El corazón de una madre se divide en compartimentos para sus hijos, y cada uno es un mundo mágico. Mis hijos son distintos, cada uno tiene su manera particular de derretir el corazón y cosechar aplausos. Natán, el cuarto, es completamente diferente de sus hermanos. Desde que tuvo uso de razón resultó evidente que sólo ambiciona una cosa: derrotar a sus hermanos en lo que sea. Su inteligencia asoma en las perlas de sus frases, que no avergüenzan a las de las citas de Johann Wolfgang Goethe, el célebre escritor y poeta. Frente a la colección de dichos de Meir, estoy empezando a acumular un repertorio de perlas de este pequeño. He aquí un ejemplo: «Papá regresa y la alegría no cesa», que no sólo es cierto sino que también rima. ¿Alguien ha visto alguna vez una combinación así en un niño que todavía no cumple cinco años? La gracia de la frase radica en el trazado de la ruta hacia el corazón de su padre.

En pocas palabras, le ha conquistado el corazón, y ahora, cuando Meir vuelve a casa, Natán es el primero al que saluda.

El encanto de Natán no pasa inadvertido a un visitante frecuente en nuestra casa, Karl Friedrich Buderus, de Hanau, el principal agente financiero del Landgrave Wilhelm. Buderus es el único cliente cristiano que nos visita, cada vez con más frecuencia y sin mostrar signos de aversión a la vista de la calle ni ante el terrible hacinamiento de la casa en general y de la sala de ventas en particular. Por el barrio circula un rumor sobre la reacción que tuvo Johann Wolfgang Goethe, que llegó casualmente a nuestra calle y la observó desde el lado norte, el que está cerca de casa, la zona que contiene la mayor cantidad de basura y que peor huele. El delicado poeta quedó azorado, tuvo náuseas y se vio obligado a taparse la nariz y salir huyendo. Una vez fuera del gueto vomitó, redimiendo así sus torturadas tripas.

En cambio, Buderus se siente como uno más de la casa, y con su forma de ser abierta y natural infunde una sensación de parentesco que despierta simpatía. No creció en medio del lujo ni en un palacio de veinte habitaciones. También él chapoteó de niño en las cloacas, por eso no tiene que escapar de aquí a evacuar su estómago delicado. Con un toque de humor nos habla de su vida de niño de suburbio; nos reímos con él, y yo, en un lugar oculto de mi corazón, derramo dos lágrimas: una por él y su familia; la otra por nosotros y por nuestra gente de la Judengasse.

El hombre apuesto, imponente, de apariencia robusta y aspecto elegante y cordial a la vez, tiene cuidado de venir a nuestra casa los días de trabajo y respeta los sábados y los días festivos, en los cuales Meir se abstiene de hablar de negocios. Aun cuando tiene algún tema urgente, Buderus se arma de paciencia porque sabe que debe esperar hasta después de la festividad.

Cuando llega se quita la chaqueta, dejando ver su traje con bordados de plata y su pañuelo de color claro, sujeto alrededor del cuello y que le cuelga hasta el chaleco del mismo color, ajustado a los lados del cuerpo. Tiene los hombros muy anchos, como si hubieran sido destinados a soportar la carga del palacio de su amo. Antes de abordar el propósito de su visita, que es puramente comercial, se dirige a los niños, quienes se amontonan y parlotean a su alrededor desde que llega, escrutando su aspecto y su atuendo con curiosidad y regocijo. Al instante se transforma en un niño travieso que salta como un macho cabrío, maúlla como un gato y saca la lengua como un perro sediento. Les embrolla el cabello, arquea las cejas, pone los ojos en blanco, les lanza puñetazos imaginarios y los amenaza con perseguirlos y atraparlos. Los niños sueltan gritos de terror, salvajes y vigorosos, y hacen lo posible para que los persiga afuera; pero entonces da un brinco hacia ellos, los alcanza fácilmente entre las paredes de nuestra casa y al fin los pesca, amenaza con devorar su presa y los deja libres después de hacerles prometer que no entrarán con él en la *cabine,* el despacho de su padre.

Buderus palmea el hombro de Amschel, que tiene nueve años, por estar al lado de su padre y por su evidente deseo de aprender el trabajo y emularlo, y le aconseja que siempre siga así. Pero ya lejos del alcance de sus oídos le susurra a Meir que será justamente Natán quien nos sorprenderá cuando se haga mayor. A veces se queda un rato con Natán y lo inunda con complejas preguntas de aritmética, a las que el niño, sediento de conocimientos y también arrogante, responde con una precisión y una confianza en sí mismo que provocan asombro.

Tiendo a estar de acuerdo con la profecía de Buderus en lo que concierne a mi Natán. Su inteligencia excepcional no me ha pasado inadvertida. Al mismo tiempo, no dudo que cada uno de mis hijos triunfe a su manera. Creo que a cada persona le espera un objetivo a su medida y que sólo tiene que apuntar en su dirección.

Una vez que Buderus ha sacudido las partículas de polvo blanco que se le han caído de la peluca y dispersado por su camisa, y tras alisar el traje desarreglado, finalmente entra en la *cabine* de Meir y cierra la puerta. Al otro lado, los niños están al acecho, escuchando lo que ocurre dentro y engullendo lo que se dice. Meir lo sabe, pero no les pide que se marchen. Al contrario, sale por un momento de la habitación, asiente con la cabeza para hacerles saber que se ha percatado de su presencia y que son bienvenidos, y muchas veces, cuando se ha terminado la conversación de negocios, les asigna distintas tareas que ellos aceptan con una alegría manifiesta, como quien acaba de recibir un puñado de golosinas.

Cada día Meir habitúa a sus hijos al pensamiento y a la acción de su negocio. Ha adquirido la costumbre de llevarlos, cuando se levantan por la mañana, a la puerta de la casa y los hace fijar la mirada en la placa que adorna la fachada. Cada mañana, salvo los días que Meir no está, los niños siguen obedientes sus pasos, alguno bostezando, otro quitándose las lagañas del sueño, otro ansioso por echar fuera la orina acumulada durante la noche.

«Mira, Gútale», me dijo una noche, cuando estábamos en nuestro lecho y mis párpados luchaban con los aleteos del sueño, «nuestros hijos serán mis continuadores. El negocio se está expandiendo y no tengo ningún interés en asociarme con extraños. Los únicos socios serán mis hijos. Los secretos de la profesión deben quedarse dentro de la *familie,* de lo contrario todo se perderá».

«Aún falta mucho», le respondí medio dormida, «tienen que crecer, y algunos todavía no han nacido».

«Tienes razón. Si lo digo es porque me preocupa el estado de Kalman. Hasta ahora mi hermano me ha ayudado, pero esa situación no durará mucho. Debo prepararme para lo que venga.»

Pensé en el pobre Kalman. Su estado empeora y es preocupante que esté cada vez más impedido. Seguía entregada a esas tristes reflexiones cuando el sueño se abatió sobre mí con toda su intensidad y me hizo caer en su regazo.

Domingo, 26 de av de 5543 [24-8-1783]

Kalman, descanse en paz, nos ha dejado. Dios lo ha liberado de su perpetuo sufrimiento.

Un silencio opresivo grita desde todas partes. El bueno de Kalman, querido por todos nosotros, ya no está. Ni siquiera los niños hacen sus habituales travesuras. Isabella busca estar cerca de mí, aferrándose a mi cuerpo, y no hace gorgoritos como de costumbre.

¿Cómo lidiar con la sensación de perder a un ser cercano?, pensé dolorida. Incluso las tareas cotidianas me exigen un esfuerzo especial. Debo encontrar la manera de sobreponerme al duelo. Cuando un bebé muere dentro de mí, otro ocupa su lugar. ¿Quién reemplazará al pobre Kalman?

Como siempre, Meir tenía la respuesta. «Tú ocuparás su lugar en la *cabine*», dijo, examinando el efecto de sus palabras en mi rostro.

Se me encogió el corazón. Busqué en sus ojos cuánta seriedad había en sus palabras descabelladas. Su expresión indicaba que lo decía en serio. No bromeaba. No obstante, ¿cómo podría yo ocupar el lugar del difunto Kalman? No encuentro en nuestro *judendeutsch* palabras para describir este sentimiento escalofriante. No, no podré sustituir a nuestro querido Kalman.

Además, ¿dónde encontraría tiempo para ocuparme de ello cuando mis manos rebosan de tareas domésticas y con nuestros planes de traer más hijos al mundo? Fruncí los labios y callé.

«Haz la prueba y verás», me dijo Meir. «Últimamente lo has ayudado y has aprendido la contabilidad; piensa que todavía estás a su lado. Él te mirará desde allí arriba y lo apreciará. Entre todos, él te habría elegido a ti para reemplazarlo. Sé que tu tiempo es muy escaso, pero tú serás quien fije el horario en la *cabine*. No tienes que quedarte allí más tiempo del que te sea posible.»

Respiré hondo. Se diría que en los últimos minutos me había olvidado de respirar. No tengo fuerzas para enfrentarme al poder de persuasión de Meir. Sus palabras penetran en el corazón, pasan al cerebro y hacen en ambos lo que haga falta. Recordé la conversación que sostuvimos cerca de la fecha del fallecimiento de Kalman, cuando Meir declaró rotundamente que sus hijos se incorporarían al negocio. Todavía son pequeños. Es preciso que mientras tanto yo ocupe su lugar, más aún porque ya he ayudado a papá con la contabilidad, y últimamente a Kalman.

Me acerqué a tientas al escritorio. Me senté, sobrecogida. Miré alrededor. Héteme aquí empezando un nuevo camino en mi vida. Ya no soy el ama de casa de la familia Rothschild. Soy la contable de la empresa M. A. Rothschild. Trabajo y me gano la vida. Si bien mi contribución financiera es insignificante en comparación con los lingotes de oro, las monedas y los billetes que pasan por las manos de Meir, se me ha reservado una función muy digna: ocuparme directamente de los registros contables de mi marido.

Abrí el cuaderno de cuentas y me acordé del mío. Hay cuadernos abiertos y los hay ocultos. El que está en el escritorio es de los abiertos y documenta lo que ocurre con las transacciones financieras, pero de forma bastante parcial. Hace tiempo que Meir maneja dos cuadernos. El segundo es secreto, se guarda en un arcón oculto y contiene únicamente las anotaciones exactas, distintas de las que se describen en el cuaderno abierto.

«No queda otro remedio», respondió ante mi sorpresa. «El gobierno nos pone trabas por ser judíos y nos obliga a soslayarlas para lograr nuestros objetivos. No olvides que me propongo traer a nuestra casa mucho honor y respeto, cualidades que en nuestro mundo se basan en el dinero. Gracias a ellas se beneficiarán también algunos perseguidos de nuestro pueblo.»

La explicación suena razonable; sin embargo, ¿es correcto presentar a las autoridades un panorama únicamente parcial de la situación financiera? Al fin y al cabo, a toda su trayectoria comercial la acompaña la rectitud; pero he aquí que frente a las autoridades fiscales Meir se aparta de su costumbre y está en paz consigo mismo y con la oportunidad que se le presenta de luchar contra los decretos que nos imponen a los judíos, con lo que reivindica en parte las injusticias de muchos años.

En este asunto sigo teniendo mis reservas, pero ¿quién soy yo para dictar medidas que no me incumben? Meir lamenta mis objeciones y opta por callar. Pero su silencio resulta ensordecedor a mis oídos.

Mientras tanto, no cesa de dirigirse a las autoridades del Sacro Imperio Romano pidiéndoles abolir edictos y permitir la ampliación de nuestra calle y la salida de los judíos del gueto.

Al cabo de algunos días de trabajo con la contabilidad, siento que he adquirido experiencia. Estoy mejor, pero cada día mantengo un diálogo mudo con el difunto Kalman antes de posar mis redondas nalgas en su silla. Cuando Meir está ausente de casa por sus viajes de negocios y ferias, yo me ocupo de cobrar las deudas, de los pagos y del correo. Creo que pronto podré hacer participar también a Sheinshe, mi hija mayor, en el trabajo de oficina. Por el momento, esta niña de doce años, diligente y ordenada, me ayuda con las tareas domésticas y cuidando de sus hermanos menores, que escuchan atentamente sus cuentos. Me recuerda cómo era yo y cómo me ocupaba de mis hermanos. Mientras tanto, mi hermana Véndele se ha casado y tiene un bebé de un año. Vive con su familia en casa de mis padres y espera, como muchos otros, tener una vivienda.

• • •

Meir ha pasado muchas noches inquieto en la cama. Le preocupa el anatema decretado por los rabinos del gueto contra la traducción de la Torá de Moses Mendelssohn. Encabezados por el gran rabino y director de la *yeshivá* superior, nuestro maestro y rabino Pinjás Horowitz, se pronunciaron vehementemente contra el pensador judío y dictaminaron que la traducción de las Escrituras al alemán, aunque se imprima en caracteres hebreos al lado del original, es herética y pone en ridículo las palabras de nuestros sabios. Parece que, más que eso, lo que les preocupa es su propia dignidad, pues desde hace siglos en el gueto se estudia de forma organizada en el *jéder* de los niños y en la *yeshivá* de los mayores. Su orgullo es el florecimiento de la educación y la transformación del gueto en un imán para los que buscan respuestas a cuestiones relacionadas con los preceptos religiosos. Y he aquí que aparece un tal Moses Mendelssohn, traduce la lengua hebrea del Antiguo Testamento al alemán y amenaza con trastornar todo el cuadro.

Cuarenta y siete judíos de la Judengasse ya han encargado el primer tomo, pero Meir titubea. En la sinagoga y en las tiendas se ha desatado la tormenta y toda la calle se ha transformado en una tribuna de apasionadas discusiones.

En la víspera del primer día del mes de tamuz del año pasado [junio de 1782], el Rabí Pinjás Horowitz lanzó contra Mendelssohn y su obra una dura crítica, que luego se imprimió con el título de «Diatriba de moralidad» y cuyos ecos siguen resonando en nuestra calle.

Por la noche, antes de acostarnos, el tema ha vuelto a surgir. Como es habitual, Meir habla y yo básicamente escucho:

«No estoy dispuesto a ofender el honor y el respeto de los rabinos, del Rabí Horowitz, del *shojet*, del *jazán*, del *shamash* ni del guardián del cementerio, todos ellos unidos en una única opinión. Me pidieron que me adhiriera al anatema, alegando que es importante preservar el buen nombre del gueto como centro de estudio de la Torá. Alegan que cualquier cambio puede acarrear daños.

«Seguramente tienen razón. No encuentro ningún defecto en lo que los niños estudian. ¿Por qué cambiar?»

«No podemos quedarnos estancados. Tanto en el estudio como en el comercio es necesario renovarse. Si hubiera seguido vendiendo mercancías de segunda mano, no habría llegado lejos. Piensa en Moses Mendelssohn. Ese hombre brillante trata de inculcar el frescor del progreso, de iluminar nuestra Torá, y ésta es una oportunidad de oro para introducir una nueva luz en la oscuridad del gueto. Y nosotros le respondemos: "Señor, lo lamentamos, pero en nuestro estrecho gueto no hay lugar para una luz como ésta. Nosotros seguiremos con la lengua sagrada y con el *judendeutsch*. No nos interesa el alemán". ¿Entiendes lo absurdo que es? Por una parte luchamos por la igualdad de derechos y por la otra, cuando Josef II en persona actúa en nuestro favor emitiendo desde Viena un edicto imperial de tolerancia, en el que declara que "los judíos son seres humanos como nosotros", ¿qué hacemos? Con nuestras propias manos apagamos la luz que nos ha mandado y le decimos: "Seguiremos en las tinieblas. No deseamos ningún cambio".»

Me inclinaba a aceptar la explicación. Pensé en lo extraño que era sentir en nuestra cama el soplo de la Ilustración. «¿Qué piensas hacer?»

«Estoy dividido en dos. Por un lado está la voluntad de dejar las cosas como son y no provocar luchas fratricidas, y por el otro siento el deseo de innovar, de abrir los ojos, de evolucionar e integrarnos en el entorno.»

«¿Y entonces?»

«Mientras tanto esperaremos y veremos qué sucede.»

«Esta espera es dura.»

«Por supuesto. Soy un hombre de acción, no de espera. Pero debo tener en cuenta la sensibilidad de las personas que dan forma a este lugar.»

Pensé: ¿por qué metemos la cabeza entre dos montañas grandes?

Al final, Meir sucumbió al sentimiento de compasión por los rabinos y, a pesar de desearlo, no compró el libro de Mendelssohn.

Debo reconocer que cada vez tenía más curiosidad de leerlo, aun sabiendo que no entendería nada porque estaba escrito en letras hebreas, pero en lengua alemana. Moses Mendelssohn nos llama a liberarnos del *judendeutsch* y adherirnos al alemán. Una dificultad que únicamente los de la joven generación podrán vencer.

¡Oh, Natán, Natán! ¡Cuánto esfuerzo se requiere para refrenar a un niño con cabeza de capitán y una arrogancia no menor que su cabeza! ¡Cuántos sentimientos encontrados se debaten dentro de mí! Pero debe prevalecer una obligación, y la mía es tratar de que sus hermanos sufran menos por sus desplantes.

Sólo he salido para llevar una gallina al matarife y he vuelto con ella sacrificada de acuerdo a los preceptos, pero apenas me estaba acercando a casa cuando llegó a mis oídos el eco de gritos y llantos. Supuse que Natán era el responsable y apresuré el paso.

Antes de ponerme a desplumar el ave, separé a los contendientes y le dije a Natán que viniera conmigo a la cocina:

«Léeme tus lecciones mientras yo me ocupo de la gallina.»

Natán cogió el comentario del Pentateuco y vino conmigo a la cocina. Frunció el ceño hacia la pared; parecía una pelota que hubieran pateado a un lado y abandonado a su suerte.

«Deja de poner cara de enojado. No es correcto llevar a Najmánides en una mano y poner cara agria a la vez. Quiero aprender de ti algunas interpretaciones.»

Jugó con sus gestos, luchó contra las arrugas del enfado, sonrió con esfuerzo, pero su rostro ruboroso parecía bastante compungido.

«Deja ya de poner caras. ¿Qué me enseñarás hoy, hijo mío?»

Hojeó el libro y me leyó un texto de las *Novellae* de Najmánides sobre el tratado *Moed Katán* de la Mishná.

Natán se concentró en sus estudios y yo metí la mano en las entrañas del ave para extraer las vísceras, con los oídos atentos a Natán y a los otros ruidos y vicisitudes de la casa.

Al cabo de un rato los ánimos se calmaron y Natán pidió permiso para irse. Le di mi consentimiento y pasé a dedicarme a Isabella. Canté con ella canciones de Janucá mientras seleccionaba las prendas para remendar del montón de ropa que había vuelto del lavado, enhebraba la aguja y zurcía al ritmo de la melodía. Isabella se interesa en el movimiento de mis dedos y quiere hacer la prueba de coser. Me parece que dentro de poco aprenderá a remendar.

Doy gracias al Altísimo por haberme dado la fuerza, la sabiduría y la intuición para conducirme correctamente con mis hijos. Sin embargo, no niego cuánto me alivia ver a mamá y papá asumiendo parte de mis responsabilidades; son una verdadera salvación.

Cada vez que vienen el abuelo y la abuela, la casa se llena de voces de alegría y en los rostros de todos aparecen sonrisas de felicidad. Mis hijos se reúnen alrededor de la abuela, y a ellos se suman los primos, hijos de Moshe y Yente, que consideran a mis padres como abuelos de ocasión. Los niños fijan la mirada en el paquete que mamá tiene en la mano y abren la boca de par en par esperando que desate el nudo, extraiga las golosinas, una tras otra, y las deposite en la abundancia de manos tendidas con ansia.

Yo observo a la pandilla de niños habituados a las peleas, tanto entre hermanos como con los primos que comparten la vida con nosotros, y pienso hasta qué punto esos dulces les encantan a todos y cuánto poder tienen para hacerles olvidar por un rato los momentos de conflicto y discordia.

Con las bocas llenas de placer, algunos con las babas que les caen por la comisura de los labios, bajan por la barbilla y gotean en las camisas, se acercan a papá, que ya está sentado en la silla, y se tumban en el suelo a su alrededor, dispuestos a escuchar sus historias.

Yo me voy a la cocina con mamá y le pongo en la mano dos gemas que Meir me ha dejado para ella.

«Gútale, qué bonitas son; pero de ninguna manera las puedo aceptar», dice mamá sujetándolas contra el pecho.

Miro sus ojos brillantes y descubro de pronto lo mucho que se parecen los ojos de mi hija Sheinshe a los de mamá, y los míos se llenan de lágrimas. Ahora brillan como los de ella, pienso. Si hay algo en este mundo que haga relucir los ojos de mamá son las gemas y las perlas.

«Mamá, Meir me ha pedido que te las diera.»

«¡Qué caballeresco de su parte! En lugar de venderlas por un buen precio me las regala. ¿Cómo podré retribuírselo?»

«¡Oh, mamá! La retribución se la diste desde el momento en que nací. Si yo no hubiera nacido, él no habría tenido que insistir en la petición de mi mano.»

Mamá acaricia las piedras y las pone encantada en la bolsa. De aquí pasamos, como de costumbre, a intercambiar secretos sobre Yente, Natán, mi trabajo de contable y mi mundo. Yo escucho sus opiniones y consejos, refuto sus críticas a los muchos esfuerzos que hago, huelo el aroma de su amor, lo absorbo en mi interior, y luego la dejo volver al lugar del tumulto y de la vida, y a que se entretenga con la pequeña Isabella.

Y mientras mis padres abrazan a sus nietos, torno a las tareas que me están reclamando, siempre listas para encontrarme dondequiera que vaya.

Es temprano. La débil luz matinal de la calle busca a tientas su camino a nuestra casa, sin atreverse a alterar la calma de los durmientes. Todos están todavía sumidos en sus sueños. Meir ha emprendido otro de sus viajes. Cuando no encuentro la «moneda de los buenos días», despierto a un día de añoranza. ¿Cuándo regresará, hoy o mañana? Cuanto más tiempo esté fuera, más impulsará sus negocios, y cuanto antes llegue, más pronto curará mis anhelos.

También me falta como padre de sus hijos. Siento que nuestros niños necesitan una figura paterna más accesible. Cuando estoy con Véndele, mi querida hermana, y ella me habla de su esposo, que al atardecer comparte con ella el tiempo que pasan con sus dos niños, que Dios les dé larga vida, la felicito por ello y estoy muy contenta por su suerte, pero al mismo tiempo siento un leve pellizco en el corazón. Me parece que nunca se puede llegar a la perfección. El hecho de que Meir prospere y avance en su trabajo más que cualquier otro en nuestro medio, exige a cambio que a sus hijos les roben el padre a plena luz del día. Es un robo cotidiano, a excepción de los sábados, las fiestas y algunas otras ocasiones en que tenemos la suerte de verlo antes de que se vayan a dormir. Bendita sea nuestra sagrada religión por promover la unión de la familia para las celebraciones y la dedicación de tiempo a los niños.

¡Son tantos los acontecimientos que se suceden sin pausa que no encuentro el momento de sentarme y ponerlos por escrito! He pasado mucho tiempo sin relatarlos en mi cuaderno.

Y ahora, ¿por dónde empezar? Por supuesto, por el crecimiento de la *familie*. Hace dos años iluminó nuestro hogar un nuevo retoño de la casa Rothschild, nuestra Babette, que Dios le dé larga vida. La atención de todos se concentró en ella, como tenemos por costumbre cuando un nuevo bebé se incorpora a nuestras vidas. Con cada alumbramiento, mi barriga se encoge por un tiempo limitado y deja lugar al corazón que se ensancha para recibir al nuevo vástago. Me maravilla la flexibilidad del corazón, capaz de ensancharse con cada nacimiento y crear otro compartimento mágico, que se abre paso y se apiña con los anteriores. Nuestra Babette nos divierte con su risa contagiosa y sus correteos por todos los rincones de la casa. Ha tenido suerte, porque el espacio en ésta y en el pequeño jardín le permite aprovechar al máximo sus carreras.

Also, he aquí la noticia más sorprendente: ¡nos hemos mudado!

En efecto, hemos cambiado la casa del escudo rojo por la del escudo verde. Pero a pesar de tener un escudo verde en el nuevo hogar, nuestro apellido seguirá siendo por siempre Roth-schild, o sea, «el escudo rojo».

Soy feliz. Es verdad que la felicidad me ha colmado antes muchas veces, pero ese sentimiento puede presentarse de numerosas maneras, y estas oleadas de contento me gustan muy especialmente; es la alegría de una persona que vive bajo su propio techo.

¡Y heme aquí en mi hogar! ¡Soy la señora de mi casa! Todo lo que hay en ella me pertenece, y yo decido cómo se vivirá aquí. **Cada uno es rey en su casa**. ¿Entiendes, querido cuaderno mío, lo que eso significa? Pues que soy feliz. No necesito más habitaciones. No me hace falta un suntuoso palacio. He recibido lo que quería, y por ello doy gracias a Dios y a mi Meir por haberme traído hasta aquí. **Que el Eterno os dé paz, cada cual en casa de su marido, y de aquí que la mujer sólo puede estar satisfecha en casa de su marido.**

¿Cómo sucedió?

Also, después de una larga espera, hace un año, en el frío mes de kislev [noviembre], el ojo avizor de Meir descubrió una casa que se ofrecía en venta. Por primera vez rompió su costumbre de comerciante y sin negociación alguna depositó en manos del vendedor los once mil florines que pedía, un precio que se paga por un palacio en la distinguida ciudad de Frankfurt. Explicó su conducta excepcional con convincente simplicidad: «No podía darle tiempo para arrepentirse».

Meir dice que es el doble de lo que pagaron los padres de Goethe por su mansión. Sin embargo, se pavonea como quien ha hecho el negocio de su vida, y no cesa de medir con sus pasos nuestra casa a lo largo y a lo ancho. Vendió nuestra parte de la vivienda de la Hinterpfanne a su hermano Moshe por tres mil trescientos florines, y hace tres meses nos fuimos a vivir a la casa nueva, sin olvidarnos de bendecir al Eterno que nos dio la vida.

Ya estaba hastiada de vivir en la misma casa con mi concuña. No sólo no podía soportar su modo de vida, sino que debía simular que su compañía me era cómoda y agradable. No es por tanto sorprendente que ahora, al cabo de tantos años de contenerme, en estos mismos momentos, cuando mi mano sujeta la querida pluma y escribo sobre mi casa, me cosquilleen menudas ondas de placer.

Nos llevamos nuestros enseres —las cacerolas y los sartenes, los utensilios y los barriles, las camas, los edredones y todo lo demás— y los instalamos en nuestra nueva residencia.

Me divierte rememorar la celebración del acuerdo de compraventa, cómo la adquisición de la casa se convirtió en un gran acontecimiento en nuestra calle. El primero en anunciarlo fue el *shamash* de la sinagoga, luego salió el pregonero a difundir la noticia entre los residentes. Asomada a la ventana de nuestra antigua vivienda, no podía creer lo que oía. El nombre de Meir Amschel Rothschild reverberaba una y otra vez como un toque de trompeta, y se me erizaba la piel respondiendo a mi corazón desbordante. Y por si eso no bastara, me enteré de otra sorpresa: el rabino en persona asistió a la firma del contrato, sosteniendo en la mano una vela encendida en señal de bendición. Es lo que acostumbra hacer en las grandes ocasiones, y he aquí que considera la compra de nuestra casa como un suceso extremadamente festivo. Las bendiciones que recibimos por este acontecimiento superaron a todas las que nos brindaron por los nacimientos de nuestros hijos. La actitud de los residentes de la Judengasse añadió unas capas más de cosquilleos al tumulto desatado en mí.

Esta casa es mía en otro sentido: he participado activamente en la compra. Saqué de su escondite las cajas de las «monedas de los buenos días», que gota a gota se habían llenado; las puse a los pies de Meir y declaré solemnemente: «Ésta es mi parte en la compra de la casa».

Me miró y su rostro se ensombreció. «¿Por qué, Gútale? Esas monedas son tuyas. Guárdalas para momentos de necesidad. No te preocupes por el dinero. Dios ha cuidado de concederme bastante.»

«Para momentos de necesidad ahorro otras monedas. Éstas son para los buenos tiempos, y no hay otro mejor que éste.»

Meir se quedó mirándome, luego asintió comprensivo y la cara se le iluminó. «Esta casa es tuya, Gútale. Las monedas que pagas por tu hogar son las de mayor valor porque son las del amor. Esta casa nuestra estará envuelta en amor.»

Cogió una de las cajas de terciopelo y la abrió. «Me impones una dura tarea, *Frau* Gútel Rothschild. No tienes compasión. ¿Puedes imaginarte cuánto tiempo me llevará contar todas las monedas de estas seis cajas?»

Le sonreí y saqué una caja vacía de debajo de la cama. La puse al lado de una caja llena y acomodé mis posaderas en el suelo. Le hice un gesto a Meir para que se sentara junto a mí. Recogí un puñado de monedas y empecé a contarlas en voz alta. Las pasé a la caja vacía y le dije: «Cada céntimo se añade a la suma total».

Meir frotó cómicamente las nalgas contra el suelo, cogió un puñado de monedas, las contó y me dijo también: «Cada céntimo se añade a la suma total». Así seguimos contando el dinero de nuestro amor en la primera caja, y en la segunda, y en la tercera, con nuestros hombros rozándose, nuestras manos tocándose, y los niños alrededor, observando atentos los montículos de monedas que pasaban de una caja a la otra.

Also, la casa es mía en todo sentido imaginable. En otra caja de terciopelo pongo las nuevas «monedas de los buenos días» que llegan a mi cama y me pregunto cuál será el sueño que me ayudarán a realizar después de haberse concretado el de la casa.

Este nuevo y bello hogar nuestro se encuentra en medio de la Judengasse, frente al puente que conduce a la ciudad de Frankfurt. Está en el lado oriental, a una distancia de ocho casas de la sinagoga central. La fachada da a la calle justo donde ésta se ensancha. La casa tiene cuatro (¡cuatro!) ventanas, que dejan entrar un poco de luz a algunas habitaciones. Ya no es la asfixiante vivienda de la parte trasera, con el sendero plagado de basura, donde residí durante los primeros dieciséis años de nuestro matrimonio. Es una casa en la que se puede vivir, aunque algunos cuartos sean pequeños y oscuros.

Tiene una altura de cuatro plantas minúsculas. Las paredes y el suelo son de ladrillo, madera y pizarra. Sobre la puerta de entrada cuelga una campanilla que suena cada vez que llega una visita, y Meir, o alguno de los niños, baja por las escaleras a darle la bienvenida.

La planta baja es el vestíbulo y allí está la bomba de agua. Es una de las maravillas de esta casa. Ya no tengo que hacer el trayecto con los cubos llenos de agua desde el pozo. Son pocos los residentes de la Judengasse que gozan de lujos como éste, y todavía me siento un poco cohibida por las comodidades que me han tocado en suerte.

Unos escalones de piedra conducen del vestíbulo a la segunda planta. La puerta de la derecha es la entrada a la pequeña y dulce alcoba que compartimos Meir y yo. En esta habitación logramos encajar nuestra cama, cubierta por almohadas y edredones limpios de finísimo lino. En las hornacinas de los muros se encuentra, perfectamente apilada, la ropa de cama que satisface las necesidades de toda la familia entre un lavado y el siguiente, a intervalos de seis a ocho semanas. Sobre la pared lisa que está entre las hornacinas cuelga una Estrella de David igual a la que se halla en la *cabine,* para protegernos contra todo mal y darnos fuerzas a fin de llevar la pesada carga de la vida y prosperar en los senderos por los que andamos.

La puerta de la izquierda de la segunda planta lleva a un balcón al aire libre, también pequeño. Es el broche de oro. Los jardines prohibidos de Frankfurt confluyen ahora en un minúsculo cuadrilátero abierto, un jardín diminuto que es todo mío. He cubierto la barandilla con macetas de distintos tamaños. Riego las tiernas plantas, muy lentamente, para que no se ahoguen, que Dios no lo permita, como si fueran bebés. Gota a gota cae el agua de la boquilla de la regadera, y mis retoños florecen como niños bien alimentados y seguros de que su mamá no se olvidará de ellos. Me reciben con sus humildes flores de colores, bajo la cobertura verde de las ramas del pino.

Este balcón es la respuesta a mis sueños de visitar los jardines de Frankfurt, sueños antiguos que vuelven de tanto en tanto. Me acurruco en mi rincón encantador, imaginando que estoy en un verde bosquecillo. Sólo me entristece que mire hacia el patio trasero, que no es un espectáculo muy agradable, y que esté bloqueado por la muralla que circunda la Judengasse para proteger a los francforteses de nuestra curiosidad. Un antiguo edicto nos prohíbe observar la vida encubierta de los habitantes de la ciudad y, por tanto, sus casas, jardines y campos abiertos permanecen ocultos a nuestras malévolas miradas. Pero tengo que agradecer que mi florido balcón goce de luz natural, no como las habitaciones, siempre sumidas en una semipenumbra. Día a día mi balcón recibe una pizca de modestos y cansados rayos de sol, y a eso debo decir: «Ya es bastante». He tenido suerte. En un lugar en el que hasta los grandes y magníficos rayos del sol se han confabulado con la gente de Frankfurt, decidiendo hacer caso omiso de la Judengasse para mantener la segregación, yo tengo luz.

La familia pasa ratos en el balcón, sobre todo el sábado, y a veces entre semana por la tarde. Aquí Meir juega con los niños o les lee textos sagrados con comentarios y explicaciones. Yo les llevo frutas y los observo complacida, pero durante la semana aprovecho la luz natural que nos sonríe desde el estrecho pedazo visible de cielo para coser, bordar, remendar y tejer prendas invernales para Meir y los niños. Las voces alegres han pasado, en parte, de las habitaciones al balcón abierto, y los ecos del bullicio se dispersan por el aire. Celebramos *Sucot,* la fiesta de las cabañas, en el balcón, donde las ramas del pino nos cubren como un techo, y algunas estrellas apresadas entre las hojas nos espían y nos saludan con toques de luz en honor de la festividad.

¡Qué lástima que Meir pase tanto tiempo en sus viajes, y que los momentos que puede dedicar a los niños sean cada vez más escasos! Por otra parte, qué bueno es que tengamos el sábado para descansar y compensar los vacíos del resto de la semana.

La tercera puerta de la segunda planta se abre a la habitación de atrás, que es la *cabine*. Su contenido la hace diferente del resto de la casa y le confiere el carácter de oficina. En la pared cuelga una talla en madera de la Estrella de David, como talismán para la prosperidad. Cuando Meir no sale de viaje, trabaja en su escritorio, de pie o sentado en el taburete alto que está a su lado. La mayor parte del tiempo permanece de pie, para compensar las jornadas que pasa sentado en los largos viajes. Cuando Meir está fuera de casa, el taburete queda libre para mis posaderas, delgadas o robustas, pues varían a menudo según el estado de mis embarazos.

Últimamente, también Sheinshe participa en el trabajo. Llega a la oficina radiante, con el vestido nuevo que le regalamos al incorporarse a las tareas del negocio. Tiene la suerte de haber heredado los bellos rasgos de su padre, los cuales, junto a su agraciada figura femenina, hacen de ella una hermosa muchacha. No es sorprendente que ya haya empezado el desfile de pretendientes; pero no hay prisa: sólo tiene quince años. Mis ojos de buhita ya se han percatado de la presencia de un joven muy tenaz, Benedict Moshe Vermus, que nos visita a menudo con el pretexto de hacer otra compra, mientras tiene la cabeza ocupada en algo totalmente diferente, representado por mi primogénita, alrededor de la cual gira sin apartar la mirada de su rostro. Conozco ese ardor, pero cada cosa a su tiempo.

En esta habitación se encuentran la *Wechselstube*, la tienda de artículos de segunda mano y la mercería. En el gran armario de madera adosado a la pared se guardan los libros y cuadernos de las cuentas, y a su lado, papeles perfectamente apilados. En un rincón hay una caja de hierro grande y pesada que contiene pagarés y monedas, y sobre ella cuelga un candado impresionante. El candado y el cerrojo, otro ardid de Meir, son únicamente para la vista. Sólo los que están al tanto del secreto saben que la caja se abre levantando la tapa de atrás.

Ni siquiera eso basta. Meir se ha encargado de organizar la seguridad de la casa y, de hecho, de la caja. Es un artefacto engañoso y a la vez ingenioso por ser aparentemente inocente, de modo que no despierta sospechas. La mayor parte de los pagarés, así como los cuadernos con las cuentas al día, los documentos y los contratos importantes, se encuentran en anaqueles disimulados dentro de los muros de la *cabine,* y algunos están escondidos en un sótano secreto —entre barriles de vino, sacos de legumbres, especias y embutidos— al que se accede por una puerta clandestina colocada en una pared falsa, que Meir ideó y construyó con sus propias manos.

Tampoco eso es suficiente. Un túnel subterráneo comunica el sótano secreto con el de nuestro vecino Schiff, que vive en el lado derecho del edificio. En caso de apuro será posible escapar de los esbirros del mal que se creen representantes de la ley, pasar a casa del vecino y de allí ponernos a salvo.

Nuestro amable vecino Schiff, que nos dio la bienvenida compartiendo con nosotros el pan y la sal, vive en un «arca». Encima de la puerta de su casa han tallado un barco. De hecho, nuestra casa y la de Schiff son dos mitades del mismo edificio.

Debo señalar que, además del sótano secreto, tenemos otro, al que llegamos por una trampilla disimulada en el suelo del vestíbulo.

Basta ya de clandestinidad. Voy a la tercera planta, donde está la sala.

Aquí pasamos la mayor parte del tiempo compartido y también recibimos a las visitas. Estoy orgullosa de su aspecto y la mantengo limpia todo el tiempo. Entre nuestros invitados habituales mencionaré a mis padres, que vienen a la cena de la víspera del sábado con mi querida hermana Véndele, su esposo Pinjás, que trae la compota para el postre, su hijo mayor, Jacob, y la pequeña Frumit, que se llevan muy bien con los nuestros, como si fueran hermanos. El rabino de la sinagoga viene el sábado por la noche con otros convidados, después de las oraciones, para la ceremonia de la *havdalá*.

Otro de los visitantes que viene de vez en cuando es, por supuesto, Buderus, quien no deja de alabar nuestra nueva residencia y de elogiar a Meir tanto por el traslado en sí como por la forma en que se ha ocupado de llenar todos los recovecos de la casa. Ha cubierto las paredes con decenas de hornacinas totalmente colmadas. «Se diría que vuestra vivienda está construida con armarios. Si algún día necesito un escondite, sabré dónde buscarlo», dice en tono de broma. Me reí para mis adentros de su burda humorada, porque quién si no él sabe que nosotros, los judíos, vivimos en el temor constante de recibir amenazas y golpes, ya sea con insultos y despojos en los casos leves, o con pogromos en los graves. El gran principado de Hesse-Kassel, donde hace poco se han instalado el Landgrave y su corte a raíz del fallecimiento de su padre, es ciertamente uno de los más inexpugnables del Sacro Imperio Romano Germánico, si no el más invulnerable. ¿Acaso irá el león a esconderse en casa del ratón?

La gran ventaja de nuestra sala es que tiene cuatro ventanas altas y estrechas que dan a la calle. Es verdad que no tengo mucho tiempo para disfrutar de ellas, pero están allí, a mi alcance, y me invitan a acercarme cada vez que paso a su lado. Cuando estoy con los niños pongo la silla al lado de una ventana, meciendo en mis rodillas a alguno de mis amados pequeños, y disfruto de los dos mundos: de estar en compañía de mi familia y de mantener contacto con el exterior.

Del techo cuelga una lámpara de metal, en cuya base cóncava hay una vela que encendemos al atardecer. En la víspera del sábado colocamos seis candelabros sobre la mesa dispuesta en el ángulo de la habitación, tres de cada lado, con velas encendidas que dan un toque de fiesta a la velada. Las sillas que están alrededor de la mesa tienen el respaldo alto.

El diván y los sillones, en el centro de la sala, están tapizados con una tela aterciopelada de color verde, mi favorito porque me recuerda la vegetación que le han negado a nuestra calle. En la estantería adosada a la pared se encuentran abrazados entre sí los textos sagrados, que Meir suele leer a los niños, y los dos libros de moral que recibí de mi madre, *Brent Spiegel* y *Lev tov,* que hojeo a menudo. En el rincón de la sala hay una cómoda redondeada de madera sobre la cual está el ramo de nuestra boda, que conoció buenos tiempos de floración y ahora es un adorno permanente que encierra los días de austeridad y las esperanzas, y que en todas las etapas de nuestro camino nos muestra el punto de partida.

En la cuarta planta hay dos dormitorios, pequeños y oscuros, y a lo largo de las paredes se hallan las camas que miran hacia la calle. Dado que los dormitorios son demasiado estrechos para contener armarios, Meir los ha instalado debajo de las escaleras y, aprovechando los huecos de las paredes, debajo del techo y en el desván. Así es que cada parte de nuestra casa tiene su función. La distribución de los dormitorios entre niños y niñas les permite mudarse de ropa sin que sea necesario apartar la mirada. Cada noche voy a las dos habitaciones, me inclino sobre cada uno de mis encantadores retoños, siento su aliento en mi rostro y rezo para mis adentros pidiendo que la dulce serenidad que se refleja en sus facciones, la de quienes confían en nuestro mundo bueno, los siga acompañando toda la vida. Luego vuelvo a la sala, cojo el *Brent Spiegel* o el *Lev tov* y purifico mi alma con sus iluminadas letras.

Y ahora, lo mejor de mis dominios: la cocina.

La ubicación de la pequeña cocina al lado de la bomba de agua es la más bendita de las virtudes de mi reino. La cocina y el agua son una combinación perfecta. En la parte trasera está el hogar, donde coloco la cacerola. En un brasero metálico hay siempre carbón encendido, cuya función es cuidar que no se apague el fuego del hogar. Al otro lado de la cocina se encuentra el aparador para los platos y las tazas, y sobre el muro del frente cuelgan con todo su peso cacerolas y sartenes, mis leales instrumentos de trabajo.

En la cocina, impregnada del aroma de los guisos, paso gran parte del día que me ha sido asignado en este mundo. Aquí sólo mando yo. Si Meir es el que lleva y trae en el reino de los negocios, la cocina es el sitio en el que yo, *Frau* Gútel Rothschild, decido y ejecuto.

Mi presencia en la cocina no se reduce únicamente a la preparación de la comida. Dedico la mayor parte del tiempo a reflexionar, planificar y conversar con alguno de los niños o con varios. Con el entrechocar de ollas y sartenes, mientras mis manos amasan, mondan, pican, moldean, lavan y limpian, mi mente se mantiene atareada en una actividad constante y muy diversa.

Es tiempo de meditar. Aclarar. Hacerse preguntas. Y por encima de todo, de prestar toda mi atención a cómo están los niños. Mis hijos queridos, algunos como pimpollos en mi regazo, otros ya andando inseguros e investigando la maravilla de su existencia, y otros ya adolescentes, reflexionando con el ceño fruncido y encendidos de vida.

Su crecimiento y el acceso a la madurez exigen cada vez más atención. Alimentarlos no es suficiente. Es preciso pensar en cómo mejorar su aprendizaje, y más aún, invertir esfuerzos en su mantenimiento espiritual. Llegan a casa tras una agotadora jornada de estudio, y sus ojos me piden que les haga preguntas, los escuche y los aconseje. No sólo en cuestiones escolares, sino sobre todo en asuntos sociales. Donde hay gente se crean tensiones, y donde hay niños, los conflictos sin resolver pueden conducir a estallidos que dejan el alma en situación vulnerable. Trato de ver y oír también aquello que no se dice. Sus ojos hablan, y yo hago todo lo que puedo para que mis hijos vivan con alegría en la mirada.

El que más me preocupa es Amschel Meir, el mayor de los varones. Ser tan reservado lo perjudica, y mi deber es despertarlo y extraerle las preocupaciones. Que no le faltan. Pese a haber terminado las lecciones asignadas y contestado a cada una de las preguntas, y a pesar de las exclamaciones de contento del preceptor por sus respuestas completas y sus deducciones, él sigue escarbando, hurgando, removiendo e interrogándose, no sea que todavía le falte algo para llegar a la perfección. Su imaginación vagabundea hacia imágenes cuyo único propósito es encogerse en una lasca de aflicción. ¿Por qué un niño como éste, sobre el cual la vida todavía no ha caído con todo su peso, tiene que llevar una carga tan grande de angustia y frustración? Si bien estar cerca de su padre le da tranquilidad y seguridad, y eso me hace suspirar con alivio, también suscita una pregunta muy inquietante: ¿qué hará cuando llegue el día de despedirse de la mano que lo sostiene y tenga que llevar solo la carga de la vida sobre sus hombros?

Espero que el tiempo, además de mis cuidados a su tierna alma de niño, lo ayude a desprenderse de sus preocupaciones y a curtirse en la medida necesaria, ajustada a la realidad que se nos impone.

Entre los muros de nuestra casa llena de vida, risas, palabras y bromas, textos de la Torá, sabiduría y agudezas —como dice la máxima de los rabinos: «Haz de tu hogar un lugar de reunión para los sabios»—, hay también peleas y reyertas, acompañadas de palabras ofensivas e insultos en un lenguaje ajeno a las líneas de los textos de estudio. Por supuesto que mi obligación es improvisar métodos adecuados para que vuelva a reinar la paz.

El que siembra la discordia es Natán. Pese a ser el cuarto hijo y el tercer varón de la familia, está centrado en dominar sin trabas a sus hermanos y se obstina en que todo se haga según su voluntad, con lo cual el resto de los gallos de pelea se subleva contra él, particularmente los mayores. No sólo es quien genera el alboroto, sino que consigue salir vencedor de todas las riñas. Tiene la fuerza en la boca, y todavía no ha nacido el niño que pueda oponerse a su labia mordaz y a sus rápidas respuestas. Cuando hierve de ira, su lengua dispara saetas de fuego contra sus hermanos, como si fueran ignorantes y estúpidos, lo que, obviamente, no es cierto. Cada uno de mis hijos es inteligente e instruido a su manera.

Ni siquiera en nimiedades está dispuesto a transigir. Por ejemplo, lo que sucedió ayer. Sobre la mesa en que comemos, que sirve además para preparar las lecciones, se habían amontonado utensilios y vajilla, todo lavado y pulido por dos pares de manos, las mías y las de Sheinshe, que me ayuda. Natán examinó descontento la mesa abarrotada y se fue a hacer sus tareas a nuestra alcoba, junto al pequeño y atestado escritorio que está en el rincón. Al ir a buscar un trapo, pasé al lado de la alcoba y le eché un vistazo a Natán, que estaba inclinado sobre el escritorio y absorto en sus estudios. Mientras se ocupe de lo suyo, la paz y la tranquilidad reinarán alrededor. Al volver con el trapo en la mano vi que Amschel entraba en la habitación tan deseada y colocaba sus libros como quien no quiere la cosa en el borde del estante. Natán apartó la mirada de su cuaderno para dirigirla primero a los volúmenes que habían invadido su territorio y luego a su hermano, hasta que la dejó fija en él.

«¿Qué es esto?», farfulló entre dientes y frunciendo la nariz con repugnancia, expresión que habitualmente anuncia una trifulca.

«¡Ah! Son dos libros nuevos», respondió Amschel en tono despreocupado. «Los pongo al lado del escritorio hasta que hayas terminado. Puedes seguir estudiando, hermanito.»

Natán hizo una mueca y soltó un gruñido de desdén. «¿Cómo te atreves?», protestó. «Que hayas nacido antes que yo no te otorga ningún privilegio, excepto uno: que también morirás antes, y cuanto antes te vayas de este mundo, mejor.»

El contenido de sus palabras y la furia que las había acompañado no me hicieron ninguna gracia, por supuesto. Sabía con seguridad que la disputa sólo podría terminar de una manera, que no era la que yo deseaba. No obstante, no intervine por el momento. Pasé el trapo por los muebles para quitar el polvo mientras miraba de reojo lo que ocurría.

Amschel estaba por responderle a su hermano pero cambió de opinión, le dio la espalda y se dispuso a salir de la habitación.

«¿Adónde crees que vas?»

No recibió respuesta.

Natán arrojó de un manotazo los libros, que cayeron muy ofendidos al suelo con gran estrépito.

Amschel giró la cabeza; echaba chispas por los ojos hacia los pobres libros y alzó el puño en dirección a su hermano. Sólo que Natán fue más ágil, esquivó el golpe y le pegó a su hermano en el vientre. Amschel se retorció de dolor, yo corrí en su ayuda y reprendí a Natán. Amschel me rechazó y reprimió sus gemidos. Recogió los libros, se fue al dormitorio y se tumbó sobre su cama. Ya allí me permitió examinarle el vientre, y después de acariciarlo preocupada y de cerciorarme de que el dolor se había aliviado, volví sobre mis pasos y me dirigí a Natán, que seguía en su sitio junto al escritorio con la mirada perdida en el cuaderno.

«Tu conducta es vergonzosa», lo reñí.

Natán no apartó la mirada del cuaderno.

«Tienes que pedirle disculpas a tu hermano», insistí, todavía ofuscada tanto por el dolor de Amschel, el físico y el de la humillación, como porque en ese momento hubiera querido ver a su padre interponiéndose entre ellos, pero, como de costumbre, estaba de viaje.

«Ha sido Amschel quien colocó los libros sobre el estante y quien ha querido golpearme. Yo simplemente me he defendido. O él o yo. Uno de los dos iba a recibir el golpe, y no estoy dispuesto a ofrecerme como voluntario. Él ha cometido dos errores.»

Una explicación argumentada, cada cosa en su lugar.

«¿Y tú no tienes participación en lo ocurrido?»

«Lo que he hecho ha sido defenderme.»

«¿Y un poco de generosidad de tu parte? Si lo hubieras dejado poner allí sus libros, todo esto se habría evitado.»

«No lo pidió. Sólo los colocó, como dando por sentado que le estaba permitido.»

«Y si lo hubiera pedido, ¿lo habrías dejado?»

«Tal vez.»

Por lo menos me dijo la verdad —menudo consuelo para acallar mi enojo—; aun así le dirigí una mirada de reproche. «Un poco de bondad no te haría daño, Natán. Ve a preguntarle cómo está y dile que no has tenido intención de llegar a tal punto», resumí y salí a reflexionar cómo es que Natán es siempre el que hace daño y el que siempre tiene la respuesta para echarle la culpa a otro, y a mí me queda el amargo sabor de no ser lo bastante elocuente para rebatir sus argumentos.

¡Oh! ¡Cuánto necesito a Meir en casa! En momentos como éste la solución rápida que viene a mi mente es hacerles notar a los contendientes la presencia de su padre. Entonces se disipan las protestas y los gritos, las manos alzadas caen a los lados del cuerpo, y los ojos miran inocentes hacia un lado, tratando de no encontrar la mirada amenazadora en la puerta de la casa.

Consciente de que mis hijos, exactamente al igual que su padre, gozan de recursos inagotables de energía, he descubierto que el modo más eficaz de apagar los incendios es redirigir esas energías a la ejecución de tareas. Les gusta hacerse cargo de ellas, aunque a veces esa situación puede desatar una batalla competitiva que a mí me agota. Para prevenir esos casos extenuantes es preciso encomendar a cada niño una misión a su medida. Muy pronto me di cuenta de que las tareas más buscadas son las que tienen que ver con los negocios. Por ello acostumbro últimamente mandar a los varones a la oficina de la contabilidad, y Meir, que capta con sus sentidos la razón y la finalidad de formar un coro de niños a su alrededor, les confía paquetes y sobres para enviar por el correo, según lo que cada uno es capaz de cargar.

Creo que no hay mal que por bien no venga, y que no está lejos el día en que mis hijos den sus primeros pasos asumiendo tareas comerciales más significativas. Meir ya está preparando el terreno, y tengo muy claro que no hay mejor aprendizaje que el que se hace junto a una persona con pruebas evidentes de éxito.

· · ·

Mis tres hijos —Amschel, Shlomo y Natán— son muy buenos alumnos. Meir y yo estamos muy contentos con sus progresos en todos los temas de estudio: lectura, escritura, Torá, oraciones o los comentarios de Rashi al Pentateuco. Amschel ya ha empezado a estudiar la Guemará, y el año que viene irá a la *yeshivá* primaria. Mis hijos saben citar de memoria versículos y capítulos de las Escrituras, memorizan complejos párrafos de exégesis y entienden hebreo y arameo tanto como el *judendeutsch*.

En efecto, son muy inteligentes y sus estudios dan frutos, pero la verdad es que sus ojos «bizquean» en dirección a los negocios de su padre. El fenómeno se agrava con los años, aunque debo destacar que Meir acoge con amor y orgullo esa deficiencia ocular. Mientras se sumergen en los textos y sus labios musitan frases sagradas que a menudo los aburren, sus ojos miran de soslayo hacia las transacciones profanas, y Meir me guiña y me cosquillea al oído:

«Me hacen muy feliz sus estudios, pero más aún que bizqueen.»

«¿Y no desearías que alguno de ellos llegara a ser el rabino Rothschild, e hiciera así realidad el sueño de tu padre, que descanse en paz?»

«Mmm...» musita y luego responde: «Digamos que siento un gran respeto por los eruditos y una enorme veneración por los rabinos. En lo que a mis hijos concierne, quiero que sean ilustres rabinos en asuntos de banca, en el sentido del refrán "de tal palo, tal astilla"».

Por mi parte, desearía que, a pesar de ello, el sueño de su padre se hiciera realidad en uno de mis hijos.

Llega una nueva noche y sigo escribiendo sin parar, pidiendo al reloj que detenga su rápido avance y me permita agotar el caudal de palabras que me salen del corazón, directamente al papel a través de la pluma y la tinta.

Hablando de las celebraciones de nuestro nuevo hogar, tenemos que ocuparnos de una más. Durante años, desde que fue nombrado proveedor de la corte, Meir ha luchado asiduamente para obtener un salvoconducto. Su petición había sido denegada repetidamente, sin ninguna razón ni explicación. Estaba terminantemente prohibido transitar en las horas de la noche y los domingos, y parecía que así sería para siempre.

Al final, sus esfuerzos dieron fruto. El magistrado de Frankfurt le concedió el permiso tan deseado. Sólo ahora me he dado cuenta de lo que significa recibir ese documento, porque los negocios de Meir progresan más libremente y porque él está exento de la serie de humillaciones y prohibiciones por las que tenía que pasar a la puerta de nuestra Judengasse.

Mi aprecio por este logro de Meir fue siete veces más grande ante el rumor del fracaso del afamado Goethe en el mismo asunto. Goethe, que había sido nombrado consejero privado del duque de Saxe-Weimar, trató de usar su influencia para que su protegido, el judío Loeb Reiss, proveedor de la corte del ducado de Saxe-Weimar, recibiera un salvoconducto. Goethe fracasó y su protegido no consiguió el documento. Me compadecí de ese judío nuestro que no recibió lo que pedía, pero debo admitir que al mismo tiempo me encantaba que mi Meir hubiera triunfado donde Goethe había fallado. Una mansión de veinte habitaciones no garantiza el éxito ante las autoridades.

Meir considera el salvoconducto como un mandato divino que le ordena no detenerse ni un momento. Expande el alcance de sus negocios y sus viajes, y yo espero y deseo que pueda soportarlos. Las sacudidas de la carreta y los duros asientos de madera no son buenos para las hemorroides que lo afligen, y los dolores son incesantes.

A veces ocurre que, en medio de las negociaciones con uno de sus clientes de bolsillos profundos, su trasero lo apremia para que concluya el trato inmediatamente, bramando sin voz y con señales afiladas como una navaja. Meir trata de disimular los retortijones, gira sobre sí mismo como quien encuentra el momento de hacerse el gracioso, se pone la mano en la frente como si pensara dando vueltas y nota la humedad sanguinolenta en los calzones. Sólo entonces, para el gran asombro de su interlocutor, interrumpe repentinamente la negociación y fija el precio mínimo propuesto para el acuerdo. Pone las monedas antiguas sobre la mesa, toma la bolsa con el dinero sin contarlo, hace una reverencia de despedida y se apresura hacia la puerta, siempre de cara al cliente. De allí sale corriendo como si danzara, para gran satisfacción del cliente, al que acaban de tocarle en suerte un negocio ganador y una negociación de lo más divertida.

Trato de aconsejarlo: «No estés tanto rato sentado, es malo para las almorranas», pero no sirve de nada. Afortunadamente, nuestro Dios ha fijado los días de reposo que limitan la serie de sus ausencias y lo obligan a tomarse un descanso. Los viernes le preparo un cuenco con agua caliente para que haga un largo baño de asiento y después se frota la parte enrojecida y dolorida del trasero con aceite de oliva, esperando que el alivio lo acompañe por unos días.

«Pobre», le digo compasiva, «tu vientre acumula y acumula, tú estás siempre sentado y no sale nada».

«¿Por qué es tan obstinado?», me pregunta, aferrándose al tema médico que le preocupa.

«Tu ano es muy terco. Guarda la bazofia y no la deja salir.»

Meir reflexiona y, aún sumido en sus dolores, de pronto suelta una carcajada: «¿Has dicho "bazofia"? No estarás hablando de la caricatura, ¿eh?»

Por un momento lo miré sin comprender, pero enseguida me volvió el recuerdo a la mente y me contagié de la risa de Meir.

Hace una semana, Meir trajo un periódico alemán y me lo puso enfrente. Yo no sé leer en alemán, ¿qué voy a hacer con el periódico?

«Ábrelo en la página siguiente», me ordenó como quien está al tanto de algo.

Lo abrí. En medio de la segunda página me acometió el retrato de Meir, con el rostro deformado y haciendo sus necesidades en cuclillas, pero en lugar de desechos le salían del trasero billetes de banco.

«¿Sabes lo que dice aquí?», me preguntó Meir, señalando con el dedo el titular; respondió rápidamente, enfatizando la palabra: «ba-zo-fia».

Ésa es la manera que tienen de criticar al judío próspero y burlarse de él. Les molesta su riqueza. Para esa gente, el judío debe dedicarse a la Torá sin dirigir la mirada al dinero, y todos los medios son válidos para expresar su descontento, especialmente a través de la prensa a la que tienen acceso, conscientes de que gozan de inmunidad.

En efecto, nosotros no tenemos ningún medio para responder.

• • •

Las ausencias de Meir tienen dos caras.

Mentiría si no tomara en cuenta que poseen un valor adicional. Me permiten llenar las deficiencias maternales con los niños y estar con ellos sin que me remuerda la conciencia por prestarles atención a cuenta de su padre. Puedo cortar los momentos de los que dispongo en rebanadas de tiempo para cada uno, para algunos más finas, para otros más gruesas, según sea necesario.

Pero de esto no hay que deducir que ya no añoro a mi Meir. Al contrario, soy rica en añoranzas, las acumulo en abundancia, las escondo en las bolsitas de mi corazón, a cambio de las monedas del amor, es decir, de las «monedas de los buenos días» escondidas en el arcón. Es sabido que **la mujer echa de menos a su marido cuando éste está de viaje.** A medida que pasan los días, el nivel del anhelo se eleva, y si el corazón se desborda, una siente que se ahoga. Después de las tareas del día, lo único que quiero es acurrucarme en nuestra cama, pegarme a su cuerpo y sorber momentos de paz y consuelo con el sonido de su voz, con sus caricias y su calidez, hasta sumirme en un dulce sueño. A pesar de ser fuerte, capaz de mover montañas, dirigir mi vida y satisfacer las necesidades de mis hijos, grandes y pequeños, antes de separarme del día y de rendirme al sueño, necesito a Meir a mi lado, como si yo misma fuera un bebé.

Pero sé que vendrá, si no mañana, pasado mañana, como máximo al terminar la semana; saberlo refrena mis sentimientos y me estimula a enfrentarme a las dificultades de la espera.

Aun antes de que él llegue a casa me entero porque los niños me gritan desde la calle: «¡Papá viene, papá viene!», o en la versión de los vecinos: «¡Gútale, ve a la ventana! ¡Mira quién viene de visita!» Y yo corro a la ventana quitándome el delantal, metiéndome descuidadamente el pelo rebelde debajo de la cofia y pellizcándome las mejillas como una jovencita que va al encuentro de su amado. Meir llega a casa dando grandes zancadas y saluda a los que salen a su encuentro; cuando está ya cerca, mira hacia la ventana, se quita el gorro, hace sus típicas reverencias y muestra su encantadora sonrisa que me despierta el deseo de llenarla de besos.

Ver el amanecer en sus ojos a pesar del cansancio y el sufrimiento por el traqueteo del viaje, la belleza de su rostro, envolverme en sus brazos, esperar con anticipación estremecedora nuestra noche de amor; éste es el regalo que espero impaciente cuando él vuelve de cada viaje.

· · ·

Entre los que solicitan los servicios de Meir se encuentra un aristócrata llamado Karl Anselm, príncipe de Thurn und Taxis. Las relaciones con él contribuyen a dar un impulso extraordinario a nuestras actividades comerciales. Meir me dijo que, hace muchos años, la familia italiana de Anselm había empezado a dirigir en Roma el servicio de postas del Sacro Imperio Romano. Karl Anselm, su descendiente, había heredado el privilegio de dirigirlo, y trasladó el centro de actividades a Frankfurt, como hacen muchos que desean progresar en sus negocios, alejándose de la periferia y acercándose al centro vital. Al parecer Frankfurt ofrece las condiciones necesarias para el éxito.

Tenemos la suerte de vivir en esta ciudad central, Frankfurt, y de que Meir esté involucrado en sus asuntos comerciales. Meir me habla de la vida fuera del gueto. Si no fuera por él, yo ni me habría imaginado lo dinámica que es. Hay un movimiento constante de personas, carros y caballos, vendedores y compradores, civiles y militares, sirvientes y cargadores, comerciantes cristianos y judíos, cambistas, cocheros, huéspedes cercanos y visitantes lejanos, con los bolsillos hondos o planos; todos se mueven y se rozan en la ciudad portuaria a orillas del río Main.

Entre todos ellos Meir hace su camino. Habla apasionadamente de su mercancía, ofrece, persuade, firma transacciones comerciales con clientes antiguos o fortuitos, y cada vez consigue más clientes potenciales.

La demanda de los servicios postales aumenta constantemente, y las manos de Anselm están repletas de trabajo y letras de cambio. Anselm solicita regularmente a Meir que le descuente pagarés y pone en sus manos préstamos a corto plazo. Con su afabilidad habitual y el espíritu de sacrificio con que cumple sus funciones, Meir ha conseguido conquistar incluso el corazón de Anselm. Por supuesto que, dada la magnitud de sus actividades, Anselm acude a la asistencia de otros banqueros, pero aun así pone en manos de Meir una parte considerable de los pagarés.

No obstante, alguien como Meir no se conforma con eso. Él tiene la mirada puesta más lejos, en una actividad constante; halla nuevas ideas y las pone en práctica.

La rapidez de su pensamiento y la profundidad de su olfato lo han llevado esta vez a otro canal del servicio de envíos de Anselm, el «servicio de noticias», como lo llama él. Una de las claves del éxito de Meir es la de obtener información. «El conocimiento es poder», dice, y enseguida añade: «El primero en saber es el primero en actuar».

Una fuente inagotable de información se encuentra profundamente oculta en algunos sobres de correo. Lo único que hace falta es saber olfatearlos para elegir los correctos, y antes de que lleguen a su destino ser el primero en abrirlos. Después de grabarse los datos en la mente hay que cerrar el sobre de modo que nadie sepa que se ha abierto, y hacer uso inmediato de la nueva información.

El febril cerebro de Meir captó el modo de actuar de Anselm, que no tiene escrúpulos en obrar de ese modo para transmitir información al emperador y recibir a cambio sumas nada desdeñables.

«Si Anselm lo hace, ¿por qué no yo?», dijo Meir, resumiendo en una frase su decisión. Me acordé de otra decisión suya frente al éxito de Oppenheimer, el banquero judío de Hanovir.

Y a pesar de eso, me atreví a decir: «¿Es ético abrir el correo de otros?»

Meir respondió con una pregunta: «¿Es ético y justo que abran el nuestro?» Después dijo, muy serio: «Gútale, éstas son las reglas de la guerra. Mientras no haya quién dicte desde arriba unas reglas del comercio claras y justas, la gente trabajará en todo momento y lugar para su beneficio y a partir de sus propios criterios. Todos los medios son válidos para alcanzar el objetivo, siempre y cuando no contravengan las leyes vigentes. Por supuesto que hay que tener cuidado en no transgredir los preceptos que nos ordena nuestra sagrada Torá».

Con el fin de establecer los hechos sobre el terreno, Meir le pidió permiso a Anselm para tener acceso a las cartas. El escrutinio dio algunos frutos de valor, recogidos entre las líneas escritas, que Meir presentó al sorprendido Anselm. De ahí a consolidar totalmente la cooperación entre los dos, el camino fue tan corto como la acción de empuñar el abrecartas.

No apruebo esa forma de actuar de Meir. ¿No tiene algo de aberrante?, pregunta mi corazón, pero mantengo la boca cerrada. No soy experta en todas las reglas y, si faltan algunas, hay quien se encargará de dictarlas. Aun así, pienso que tal vez tenga razón, porque él se encuentra en una competición constante y debe hacer cuanto esté a su alcance para ganar. Quizás está justificado aducir que, si alguien abre las cartas de los judíos, no hay motivo para que nosotros, los judíos, no abramos las de los competidores gentiles. Sólo triunfa el que se atreve.

Estoy segura de que Dios quiere que nuestro trabajo nos dé el triunfo.

• • •

Preparé las camas de los niños y los acosté. A Babette le canté una canción de cuna. A Isabella le conté un cuento por primera y segunda vez, hasta que sus largas pestañas se quedaron pegadas, y volví a contarlo una tercera para Natán, que me exigió que lo repitiera sólo para él. Me quedé un rato al lado de cada uno de mis queridos hijos, escuchando cómo respiraban suavemente. Cuando duermen son como ángeles inocentes. Relajados y tranquilos, se abandonan a las delicias del sueño. Cuando duermen se cargan de nuevas energías que pondrán de manifiesto al despertar.

Me encanta la vitalidad de mis hijos, pero eso no me impide ansiar un poco de paz y tranquilidad. También ellos, que crecen ante mis ojos y llenan mi corazón hasta más no poder, también ellos lo necesitan.

Ahora trataré de completar lo que he dejado de relatar en los últimos años.

Unos meses después de haber trasladado nuestras pertenencias a la casa nueva, el Landgrave Wilhelm se fue de Hanau. Sus sirvientes y ayudantes embalaron sus muebles y enseres, y junto con su esposa e hijos, amantes y bastardos, criados, caballos y carruajes, se marchó de Hanau por el camino del valle y pasó por Fulda, hasta llegar al principado de Hesse-Kassel, donde gobernó su padre, Friedrich II, quien al morir le legó el gran reino.

Me es importante mencionar este acontecimiento del Landgrave por el impacto significativo que tuvo en nuestras vidas.

Meir estaba muy preocupado por el futuro de sus negocios. El Landgrave, que le había otorgado el título de proveedor de la corte, se había alejado de nosotros, y quien está lejos de la vista, también lo está del corazón, del bolsillo y de los negocios. Precisamente cuando se había creado un progreso palpable entre Meir y el Landgrave, éste abandona de pronto Hanau para irse a Kassel, la capital del gran estado de Hesse. Kassel no es tan accesible como Hanau, que está a una hora de distancia de Frankfurt con el zarandeo de la carreta. Para llegar a Kassel es preciso soportar los traqueteos durante días. Parece que toda la inversión se malogrará y que nosotros llegaremos a un callejón sin salida en uno de los canales de mayor influencia para el progreso de nuestros negocios.

Recordé la anécdota de la infancia de Meir, cuando éste tenía diez años, y la promesa del joven Landgrave de que nunca olvidaría aquel día especial en la Judengasse y de que, si alguna vez necesitaba su ayuda, su puerta estaría abierta para él.

¿Habría llegado el momento de recordárselo? Y si así era, ¿de qué serviría? Porque la distancia no podría acortarse.

Las arrugas en la frente de Meir se hicieron más profundas. Impedí todos los intentos de los niños de acercarse a él. Papá está maniatado por los grilletes de sus pensamientos, dejémoslo tranquilo y démosle tiempo para llegar, en nombre del Dios de Israel, a las conclusiones apropiadas.

Cada día Meir añadía artículo por artículo. Prestando atención, con esfuerzos continuados, exámenes meticulosos, acortando las horas de sueño, aplazando tareas de rutina y posponiendo parte de los viajes. Sin pausa ni reposo, hasta que tuvo en las manos una colección impresionante de piezas raras: monedas, medallas, perlas, piedras preciosas y objetos artísticos de gran valor. Los puso uno a uno dentro de una caja acolchada que luego cogió con mucho cuidado, como si llevara un recién nacido. Al final, con el tesoro bien escondido en un compartimento secreto de la carreta, emprendió un viaje de treinta y cinco leguas hacia el norte, hacia Kassel.

Con los ojos húmedos me despedí de mi esposo y de las expectativas que había alimentado, volví corriendo a nuestra alcoba, cogí la Estrella de David que cuelga de la pared y elevé una plegaria.

El Landgrave no ocultó el resplandor de sus ojos ante el contenido de la caja, ansioso por aceptar sin demora el trato con el precio tan bajo que se le ofrecía.

El plan parecía tener éxito; las pérdidas de Meir por ese bajo precio se compensarían en los pasos siguientes que él había calculado. Bastaría con que el tesoro que había caído en manos del Landgrave le recordara la participación de Meir en algunas de sus transacciones.

Pero por desgracia y sorpresivamente, el ilustre aristócrata, preocupado por regir la enorme fortuna que había recibido (los rumores hablan de cien millones de florines, o tal vez más), poseído por la embriaguez que solamente el dinero y el capital pueden provocar, volvió a sus muy importantes ocupaciones dejando a Meir solo, con los brazos en el aire, desconcertado y mirando al espacio vacío.

Al cabo de un rato, alguien que estaba detrás de él le cogió los brazos y volvió a ponérselos en su posición habitual, a los lados del cuerpo. Meir recuperó la compostura, se dio la vuelta, y sus ojos preocupados se toparon con el rostro afable de Buderus. «No desesperes, amigo mío», le susurró poniéndole la mano en el hombro. «Hay agua que fluye directamente hacia su destino, y la hay que debe pasar a través de piedras y hondonadas para llegar al estanque. Lo importante es no detenerse, sino allanar la hondonada y atravesarla.» Meir asintió con aprobación y le agradeció débilmente.

Estrechó la mano de Buderus, el buen amigo que recientemente se había convertido en su cliente más fiel, y cuyos negocios en expansión necesitaban la intervención de Meir en la gestión de las inversiones en letras de cambio y propiedades inmobiliarias.

Hace tiempo que Meir olfatea las operaciones comerciales de Wilhelm. Siente como un latigazo en el vientre cada vez que se encuentra a uno de los grandes banqueros ocupándose de otro descuento de pagarés o de otro empréstito para el Landgrave. La rivalidad con los competidores es una cima difícil de escalar, ya que se trata de banqueros experimentados que durante decenios se habían ocupado de los asuntos del padre, Friedrich II, y naturalmente siguen ocupándose de los del hijo. Los viejos banqueros son duros como costras, y sus nombres, como los pronuncia Meir, me enfurecen: «Los hermanos Bethmann», «Preye y Jordis», «Rüppel y Harnier»; incluso el nombre del único judío, Feidel David, no me suena agradable. Me los imagino a todos de pie, formando una fila y apuntando con sus cañones de cara a mi Meir. Detesto a los ladrones hartos de contento que se hacen con todo el pastel sin dejar ni una migaja para otros.

El apetito de Meir por el éxito económico es incontrolable. Si lo dejaran, demostraría que sus servicios son más eficientes que los de todos los banqueros bien forrados juntos. Su mirada se dirige al horizonte y teje planes. Confío en él y sé que, aunque se abra una ancha grieta en su camino, él sabrá cómo sellarla con el material adecuado, y que al final llegará a destino.

No tengo tiempo para escribir. Sin embargo, debo dejar constancia de algo hasta que pueda dar más detalles.

Meir ha vuelto a casa de uno de sus viajes. Me besó vigorosamente y me sacudió los hombros.

«Gútale, toma nota de tres palabras que son más preciadas que el oro: "*Liberté, égalité, fraternité*"».

«¿Qué dices?» Me reí y traté de adivinar el motivo de su emoción.

«Es en francés.»

«¿Francés? ¿Qué tienes que ver tú con el francés?»

«Nada. Pero tenemos la suerte de vivir en un periodo histórico de gran trascendencia para la humanidad.»

Lo miré sin entender.

«Mira, Gútale», suspiró como si le acabaran de anunciar el nacimiento de un hijo. «En Francia han hecho una declaración sobre los derechos del hombre: *Liberté, égalité, fraternité*, que significa: "Libertad, igualdad, fraternidad".»

«¿*Also*?»

«¿No lo entiendes?»

«¿Qué tiene que ver eso con nosotros, los judíos?»

«Somos seres humanos, ¿no?»

«¿Desde cuándo se nos considera como tales? ¿Y qué tenemos que ver con los franceses, con todo respeto por esa impresionante declaración?»

Meir me clavó una mirada indulgente, como diciendo: no dejaré que me estropees la alegría.

«Significa que en Francia los judíos también tendrán derechos, y de allí hasta aquí el camino está allanado.»

De verdad, no tenía ninguna intención de estropearle la alegría. Sin embargo, no podía aceptar su infundado regocijo pueril. Tenía algunas palabras desalentadoras en la punta de la lengua. Opté por callarme.

Meir se alejó, ofendido por mí y por mi silencio.

Dios nuestro y de nuestros antepasados, renueva para nosotros esta luna para bien y bendición. Para el regocijo y la alegría, la redención y el consuelo, el sustento, la vida buena y la paz. Para el perdón de las ofensas y transgresiones. Que este inicio de mes ponga fin a todas nuestras penas.

Gloria a Dios, las caídas de nuestras vidas conducen cuesta arriba.

Como de costumbre, empezaré por las noticias de madre. En nuestro hogar corretean dos nuevos retoños de la familia Rothschild: Kalman, que tiene casi dos años, y Julie, que cumplirá seis meses.

No me extenderé acerca de la niña que perdimos hace tres años, antes de la llegada de Kalman, ni mencionaré su nombre, porque la herida aún está abierta y seguirá sangrando, porque ningún nuevo bebé puede reparar la pérdida de otro que había llegado a tener nombre, a vivir brevemente en este mundo y a meterse en mi corazón, cuando de pronto su diminuto cuerpo se retorció en mis brazos, ardiendo de fiebre, y de nada sirvieron las compresas, los baños tibios ni las pociones recetadas por el médico. Sus ojos, que me miraban muy abiertos y suplicantes, se fueron apagando y se cerraron lentamente. Yo acompañaba su pesada respiración, tratando de aportarle fuerzas para que siguiera respirando, pero ella se alejaba y se extinguía lenta y dolorosamente, hasta que de pronto se relajó y se fue del mundo, dejando atrás su infortunio y yaciendo quieta y escondida en el fondo de mi corazón.

En su desaparición se incorporan las de todos mis hijos perdidos. Ella ha abierto en mi corazón un compartimento para las añoranzas y sé con certeza que nunca cesarán. Añoranzas por el dulce olor y la ternura de su cuerpo, por los movimientos de sus manos pequeñitas, por las pataditas de sus pies diminutos, por su sonrisa, su llanto, sus gorgoteos, por amamantarla, por mecerla en mis brazos, por el calor de su cuerpo en el mío, por su respiración rítmica, por cada parte de su rostro y de su cuerpo, por cómo cerraba los ojos al escuchar una canción de cuna, por cómo gozaba durante el baño con agua caliente y jabón.

Mein liebe kind, mi querida niña. El dolor tiene mil caras y formas. A veces apuñala y a veces viene reptando. A veces pellizca y a veces agobia. A veces gime y a veces grita. A veces se calla y a veces trata de hablar. Ahora sube arrastrándose por mi vientre y yo intento descifrar sus palabras.

Me ha dolido lo que no alcancé a tener con ella durante el breve capítulo que le tocó vivir. El cabello no le creció bastante para peinarla y ponerle una cinta. No llegué a engalanar su cuerpecito con los vestidos de Babette, que antes habían llevado Isabella y Sheinshe, y que esperaban doblados dentro de la hornacina. No llegué a contarle cuentos ni a enseñarle a cocinar, coser, leer y escribir, ni a guiarla por los secretos de la vida.

Dicen que cuando un niño viene al mundo lo acompaña un ángel que vela por él. ¿Dónde estaba el ángel esa vez?

Durante un tiempo, Meir y yo permanecimos en el frío regazo de nuestro infortunio. No consuela saber que la muerte visita muchos hogares. El dolor, que nos ha golpeado sin piedad, es sólo nuestro. ¿Acaso el llanto arrebatará nuestra tristeza? **¿No eres Tú, oh, Dios, quien nos ha abandonado?**

Hablábamos muy poco. ¡Cuán frágiles eran las palabras!

Juntos vivimos los momentos de esperanza y juntos sentimos su engañoso final. Cuando la crisis llamó a nuestra puerta, nuestras emociones se mezclaron en una permanente confluencia. Sus lágrimas caen de mis ojos y se mezclan con las mías.

¿Por qué? ¿Por qué?, nos preguntamos, sin obtener respuesta. Los designios del Señor son inescrutables.

Sorprendentemente, con el paso de los días sentí cómo del abrazo del dolor surgía un hilo muy fuerte que ajustaba aún más el potente vínculo que nos une. Meir también lo sintió, y la forma en que me abrazó y era abrazado dentro de mí fue más vigorosa que cualquier declaración. Pusimos el bálsamo del amor en nuestra herida.

Poco después me apoyé en la fuerza de nuestra unión y decidí que había llegado la hora de dejar de arrastrarnos hacia la infelicidad. Frente a la sensación de ruina y destrucción que iba ocupando nuestros corazones e imponiendo un desánimo sin freno en nuestro entorno, sentí que mi hogar me gritaba reclamándome su derecho a la reconstrucción. Tomé la lúcida decisión de sacar a Meir de las profundidades del duelo y enviarlo a reanudar sus viajes. Su éxito puede reconfortarlo, equilibrar su estado de ánimo y hacer remontar también el mío, aun si no consigo desterrar de mi corazón el sudario de la tristeza, y **mi alma llorará en secreto**. La tristeza apaga la luz, y yo quiero que la luz brille sin cesar en mi familia.

Guardo dentro de mí las virutas de nuestro duelo, las estrujo profundamente en el interior de un compartimento desolado, subordino mi voluntad a la santidad de mi familia y dirijo la casa hacia los sonidos de la vida y la visión de la luz que de pronto reluce en los rostros de mis seres queridos, como un sol escondido detrás de las nubes que vuelve a aparecer cuando éstas se dispersan.

Fortalecida por reconocer que tengo en mis manos el pincel y la paleta de colores, y que soy quien debe decidir qué color utilizar, he optado por recubrir todas las paredes grises con colores claros y brillantes.

Así es como avanzo, a veces con los ojos llorosos y el corazón feliz, a veces con la mirada sonriente y el corazón llorando. Intento animarme y convencer a mi mente de que no vale la pena entristecernos.

¿Para qué prolongar el tema? Ya basta. Había decidido no hablar demasiado de ello. La tinta llora, y el papel ya se ha manchado con sus lágrimas. Relego lo ocurrido a lo más hondo de la memoria. Aunque insista en tratar de salir a la superficie, le doy la espalda a esta fuerte caída, y esta vez me dispongo con determinación a dedicar mis palabras al camino ascendente. Debo dar las gracias por todo lo que tengo.

• • •

Los compartimentos de mi corazón se golpean entre sí en un bullicioso estrépito vital. Frente a los momentos de preocupación, ya sea por la enfermedad de uno de los niños o por los altibajos en el ánimo de otro, que requieren comprensión y refuerzo, hay instantes cuya única finalidad es brindarnos satisfacción, orgullo, esperanza y gratitud.

Mis dos hijos mayores, Amschel, de diecisiete años, y Shlomo, de dieciséis, ya con el asomo de una barba rojiza, han alcanzado la cima de sus deseos y se han incorporado recientemente a las ocupaciones de su padre. Trabajan juntos desde la mañana temprano, a lo largo del día y hasta el anochecer. Los talentos comerciales, resultado de las imágenes y de los colores que absorbieron de la *Wechselstube* que está en casa, despiertan ahora con todo su esplendor. Meir los mira con benevolencia y suspira contento al ver su entusiasmo y el hecho de ser una fuente inagotable de actividad, respaldada por el pensamiento y el ingenio. No duda en encomendarles tareas normalmente destinadas a veteranos y personas con experiencia. Ya no misiones de poca importancia. Conocen su profesión: ésta es la segunda vez que participan en la feria de Frankfurt. Durante la cena informan gozosos de los márgenes de ganancia que han obtenido en el comercio, comprando un producto a bajo precio y vendiéndolo caro, y buscan la aprobación en los ojos de su padre. El bullicio de las conversaciones alrededor de la mesa es cada vez más intenso.

La Revolución francesa y la caída de la Bastilla dejan su huella en las ferias de Frankfurt. Meir está al tanto de las fluctuaciones en el mercado francfortés y se prepara con antelación. Los artículos suntuarios, que hasta ahora se exponían en los mostradores, han sido sustituidos por bienes de consumo, cuya demanda va en aumento, y los precios han subido considerablemente. Desde el punto de vista del comercio, esos cambios producen maravillas, y Meir no deja de generar ideas para aprovechar la situación en beneficio de sus negocios, de manera que se ha convertido en el mayor de los mercaderes de lana, telas de algodón y harina, a la vez que disfruta de la muy necesaria ayuda de sus hijos mayores.

Meir hace uso cotidiano de su salvoconducto y sale de la Judengasse cuando le conviene. Ni siquiera fueron un obstáculo las puertas del gueto cerradas a causa de la coronación de Leopold II como emperador del Sacro Imperio Romano después de la muerte de Josef II. Salió sin ser molestado. Sonrió pensando que por primera vez él, el judío, podía acercarse a la catedral y ver la procesión de la coronación, pero como lo obligaban a quedarse escondido detrás de una de las casas, decidió que tenía prisa, y mientras el cortejo avanzaba por las calles de la ciudad frente a la multitud de pie en los umbrales, y los cañones tronaban en su honor, él le dio la espalda y siguió su camino.

Es obvio que nuestra pequeña casa ya no puede contener la cantidad de mercancías que crece a un ritmo vertiginoso. Meir ha conseguido alquilar fuera del gueto unos espacios de almacenamiento, e incluso éstos se multiplican constantemente.

Las palabras «espacios de almacenamiento fuera del gueto» me suenan como de cuento de hadas. ¿Nosotros, la gente de la Judengasse, tenemos mercancías almacenadas fuera del gueto? ¿Alguien ha oído cosa semejante? Las maravillas que Meir genera parecen inconcebibles, pero una vez que las ha logrado las damos por sentadas. Y yo me pregunto: ¿qué hubiéramos hecho sin ellas?

La ruta ascendente que sigue la actividad comercial de Meir no deja ver las dificultades en la vía que conduce al Landgrave Wilhelm. De vez en cuando Meir llega a Kassel, la capital de Hesse, y salvo sus exultantes descripciones de la hermosa y elegante capital, de los muchos jardines que la adornan y del espléndido e incomparable palacio de Wilhelmshöhe, no cuenta realmente nada. Buderus hace ingentes esfuerzos por elevar el prestigio de Meir a los ojos de Wilhelm. No deja de hablarle de las virtudes de Meir, de su integridad y su modestia, de sus excelentes y extraordinarios servicios, y concluye ensalzando su energía y su sabiduría, sin parangón entre los grandes banqueros.

Meir deposita grandes esperanzas en la influencia de su amigo sobre el Landgrave. Últimamente, a Buderus lo han ascendido en la administración de la contabilidad del noble señor. El ascenso fue el fruto de otro ardid financiero propuesto por él. Considerando que el número de hijos ilegítimos de Wilhelm crece sin parar, Buderus propuso aumentar el precio de la sal en un kreutzer por cada nacimiento ilegítimo. Wilhelm calculó cuánto ganaría. En su codiciosa mente nunca se le había ocurrido que sus hijos podrían convertirse en parte de su floreciente negocio y llenarle los bolsillos con miles de táleros. Al mismo tiempo que calculaba las ganancias, le anunció a Buderus su nuevo rango en el sistema financiero.

Buderus no dejó de apresurarse a aprovechar el buen estado de ánimo de su señor, y cuando el Landgrave abrió los ojos, repleto de placer por sus delirios, le puso en la mano la carta que Meir había preparado de antemano y que dice así:

Nobilísimo y benevolente Landgrave de Hesse y de su capital Kassel:

Por la presente me dirijo con toda obediencia y sumisión a Su Alteza ilustrísima, recordándole el dedicado servicio que le he prestado cuando era Landgrave de Hanau.

Agradezco por segunda, tercera y cuarta ocasión su gran generosidad y el honor concedido al otorgarme el título de proveedor de la corte.

No tengo ninguna duda de que, gracias a nuestras mutuas y apreciadas relaciones, el título de proveedor de la corte sigue siendo válido ahora, siendo usted el nobilísimo y benevolente Landgrave de Hesse-Kassel.

Teniendo en cuenta la relación forjada entre nosotros, y apreciando su honestidad y amabilidad, me atrevo a dirigirme a Su Alteza y ofrecerle la continuidad de mis servicios como en el pasado, y aún más, basándome en el hecho, bien conocido por Su Alteza y por el Departamento de Finanzas del Estado, de que todo lo que he pagado hasta ahora ha pasado por la prueba de una puntualidad ejemplar.

Le ofrezco mis servicios para negociar las letras de cambio y prometo lealmente abonar por los pagarés de Su Excelencia el precio más alto de todos los que hasta ahora le hayan ofrecido todos sus banqueros juntos.

Siempre a su servicio,
Meir Amschel Rothschild
proveedor de la corte

El Landgrave exultaba de satisfacción por aquellas palabras aduladoras que le dirigían, y a sus ojos asomó un ápice de interés. Buderus no perdió el tiempo, se aferró a la migaja de la expresión y elogió al autor de la carta, prometiendo proporcionar datos sobre los activos financieros de Meir Rothschild.

Salió y preparó una lista preliminar titulada «Meir Rothschild»; éste es el resumen de su contenido, tal como se la pasó a Meir:

El volumen de los activos es muy impresionante (haciendo caso omiso de que en la contabilidad de la comunidad judía del gueto figura un capital de sólo dos mil florines, y de que no hay rastro de ninguna propiedad a su nombre puesto que su dueño mantiene en secreto sus ingresos), su honestidad está probada, es puntual en el pago de sus deudas (lo que le da ventaja en la obtención de crédito), es siempre el que paga más que nadie en todo lo concerniente a letras de cambio, y el que presta un servicio rápido, fiable y leal.

A continuación le pidieron a Meir que proporcionara números. Es evidente que el rigor de Meir por mantener en secreto los datos sobre sus ingresos le causa dificultades a Buderus, sobre todo porque nuestro modesto estilo de vida no vale como testimonio de una gran fortuna. Por esa razón, Meir, de manera excepcional y única, accedió a darle a su amigo un informe de sus cuentas ocultas, después de extraerle la promesa de guardarlo en lo más recóndito de la residencia de Wilhelm y de no sacarlo nunca a la luz.

Los frutos de esos últimos esfuerzos están todavía inmaduros en comparación con los volúmenes del crédito que no deja de fluir hacia sus competidores. No obstante, Meir sigue armándose de paciencia. El exiguo primer crédito de ochocientas libras esterlinas le provocó un espasmo en el estómago. No escapó a su olfato ni a su envidia que al mismo tiempo le habían encomendado al proveedor de la corte Feidel David un crédito de veinticinco mil libras esterlinas.

«Es como poner un obstáculo en la pista de un corredor mientras sus contendientes siguen adelante por una vía totalmente despejada», gruñó ante mí en la alcoba cerrada. Pero en público su rostro transmite una templanza y una mesura ejemplares, hasta el punto de agradecerle a su benefactor la confianza que depositó en él.

Después de contenerse durante varios meses, Meir presentó una segunda petición al Landgrave para ocuparse de un crédito de diez mil libras esterlinas. En esa ocasión, el Landgrave se contentó con aprobar una suma de dos mil. Escondí la humillación en mi vientre hinchado, y al lado de mi Meir puse la cara de tranquilidad de quien sabe que tiene un futuro por delante.

No es fácil ser la esposa de un hombre que hace todo lo que está en sus manos para traer honor y respeto a su *familie*.

Pero al mismo tiempo no hay honor más grande que éste.

Domingo, 11 de tamuz de 5552 [1-7-1792]

¡Tenemos un *minyán* de hijos! Cinco niños y cinco niñas.

Pese a las duras pruebas por las que nos ha hecho pasar, Dios se ha asegurado de que completáramos el *minyán,* la decena que deseábamos. Sheinshe, la primogénita, y detrás de ella Amschel Meir, Shlomo Meir, Natán Meir, Isabella, Babette, Kalman Meir, Julie, Henriette, a quien Dios le dé larga vida y que ha cumplido dos años, y Jacob Meir, que viva muchos años, que todavía es un bebé y que nació felizmente hace mes y medio, el 23 de iyar [15 de mayo].

Miro a mi Sheinshe. Su aspecto mejora con los años. Su rostro es hermoso, a pesar de la palidez, y su fina silueta se redondea allí donde hace falta. Está enamorada. A menudo me pregunta por mi amor por Meir, y cuando se pronuncia el nombre de Vermus el rubor que inunda sus facciones revitaliza su perpetua palidez. Creo que, puesto que él se ha abierto camino hacia su corazón, está preparada para el matrimonio.

Tengo que dormir. El cielo, apagado hace ya horas, se separará dentro de poco de las estrellas que se van desdibujando para dejar su lugar al sol naciente, y yo todavía no he cerrado los ojos.

Martes, 14 de jeshván de 5553 [30-10-1792]

El camino de mi vida y de mi familia está sembrado de sinuosos y misteriosos signos de interrogación, y cuando algunos interrogantes encuentran respuesta, aparecen otros. Esos enigmas hacen que mis días sean interesantes y fascinantes, complejos y llenos de actividad, un tejido dinámico y siempre cambiante, y sólo por falta de tiempo no consigo documentar de forma exhaustiva el desarrollo de los acontecimientos en mi cuaderno de recuerdos, ni siquiera lo más importante. Sin embargo, de vez en cuando consigo arrebatar un pedazo de tiempo para satisfacer esa necesidad, que me trae alivio y consuelo.

Dos acontecimientos importantes tuvieron lugar este año en Frankfurt. El primero, la coronación de Franz II como emperador del Sacro Imperio Romano, tras el fallecimiento de Leopold II, coronado dos años antes. Por supuesto que nosotros, los judíos, no asistimos a la ceremonia por la explícita prohibición que nos impusieron hace mucho tiempo. También en esta ocasión Meir renunció al dudoso honor concedido de permitirle llegar al lugar y observar la procesión a través de una ventana; prefirió invertir su tiempo en los negocios.

Menciono el tema de la coronación porque en nuestra calle se habla mucho del nebuloso futuro del Sacro Imperio Romano. Y esto porque el segundo de los acontecimientos, ocurrido hace ocho días, el 6 de jeshván [22-10-1792], hizo temblar los cimientos de Frankfurt en general y los de nuestro gueto en particular. Los rumores sobre la rebelión de los franceses y la toma de la Bastilla, el 20 de tamuz de 5549 [14-07-1789], se propagaron hasta llegar a nosotros.

Seguimos atentamente los acontecimientos en torno al arresto del monarca francés Louis XVI y de su esposa, la reina Marie Antoinette, hija de Franz I, emperador del Sacro Imperio Romano, y de la poderosa emperatriz Maria Theresia.

La reina Marie Antoinette ha despertado mi interés. Desde el día en que Meir y mis hijos la mencionaron durante la comida, les hago preguntas sobre ella, y como son expertos en obtener información fiable de lo que sucede en Europa, me brindan gustosos detalles de los chismorreos, condimentados con los escándalos de la casa real francesa. En las páginas de los periódicos aparece un retrato de ella.

Miro esa imagen de sus buenos tiempos. Lleva un suntuoso vestido ajustado en la cintura y con la falda muy ancha, y un sombrero con plumas y flores; luce joyas muy valiosas y tiene una sonrisa agradable. Se la ve muy atractiva y majestuosa. Seguro que mientras posaba para el pintor no imaginaba que su vida estaba a punto de cambiar por completo. Considerando su actual situación, una no puede dejar de pensar hasta qué punto la vida está llena de vicisitudes. Nunca se puede saber qué nos traerá el nuevo día. Hoy eres rey y mañana víctima del estallido de la frustración popular.

En cuanto a la reina, no sé qué pensar. Por un lado, entiendo que es compasiva, que se preocupa por los pobres de Francia. Me emocionó la descripción del trágico acontecimiento que tuvo lugar el día de su boda, cuando los fuegos artificiales provocaron un incendio y centenares de personas murieron aplastadas en la estampida. ¿Quién si no nosotros, residentes de la Judengasse, puede entender lo que significa un incendio? Y ella, Marie Antoinette, no sólo se preocupó por atender a las familias de las víctimas, sino que incluso les donó el dinero de sus ingresos mensuales. Dicen que aconsejó a su marido, el rey, que gravara con un impuesto a los nobles, pero éstos protestaron. El comportamiento de la reina me parece muy digno.

Por otro lado, su forma de conducirse y expresarse libremente en la corte no es del agrado del pueblo francés. Su estilo de vida fastuoso, su ostentación y su derroche insaciable provocan la furia del pueblo. Critican sus vestidos y su costoso calzado, afirmando que los ha sacado de sus bocas hambrientas.

Quién si no nosotros, que hemos crecido en nuestra Judengasse, puede comprender la sensibilidad de la gente del pueblo.

También la acusan por sus costumbres relajadas, llamándola «buscona» y «voluptuosa». Esta reina atrae el fuego.

Es verdad que tiene que vivir en un palacio y llevar una vida cortesana; también es sabido que, desde su matrimonio, a esta austriaca le han exigido comportarse como una francesa en todos los sentidos. Pero ¿no podría haber sido más modesta y cambiarse los trajes con los que se presenta en público con menos frecuencia, aunque sólo fuera por consideración al pueblo que implora desesperadamente un pedazo de pan?

Hablando del pan, se rumorea que el pueblo francés atribuye a la reina la frase: «Si no tienen pan, que coman pasteles». Meir está seguro de que la desafortunada frase no salió de la boca de Marie Antoinette, sino de la de su hermana, Marie Karolina, reina de Nápoles. «Cualquiera que haga un pequeño esfuerzo y abra el libro de Jean-Jacques Rousseau del año 5526 [1766], podrá encontrarla», dice con seguridad, y añade: «Marie Antoinette era una niña de diez años, le faltaban cuatro para casarse con Louis y entonces no podía imaginar que se convertiría en reina de Francia».

Trato de entender la ira de la gente. Mientras el pueblo pueda vivir sin temer por su sustento, no le buscará defectos a la casa real. Pero en cuanto se le priva de su pan, dirige la mirada hacia arriba y escudriña lo que ocurre en la torre de marfil. Si lo que ve no le gusta, juzga sin piedad a los traidores en los que había confiado, y valida cada pequeño rumor que le llega como prueba de culpabilidad. Basta con que Louis y Marie Antoinette no respondan a sus expectativas para añadir más y más acusaciones a esa prueba y hacerlas pasar de uno al otro como fuego ardiendo entre dos casas de madera.

Pero principalmente quería hablar de cómo vimos a los soldados franceses que irrumpieron por la puerta abierta de nuestro gueto y de la polémica que generaron entre nosotros.

Durante semanas seguimos la campaña de conquista de los soldados franceses al mando del brillante general Philippe de Custine. Los residentes en la Judengasse pronunciaban su nombre moviendo la cabeza en un gesto que significaba «Cuidado con él». Cuando los soldados de «Cuidado con él» conquistaron Speyer, Worms y Mainz, le llegó el turno a Frankfurt. Los soldados, embriagados por la victoria y deseosos de batalla, se dirigieron hacia Frankfurt, y el consejo municipal convocó una reunión de emergencia. Era evidente que también ella caería en manos de los franceses. El consejo tomó una rápida decisión, y hace ocho días se abrieron las puertas de la ciudad ante los invasores con el fin de evitar su destrucción. Sobre el tejado del arsenal, situado fuera de la puerta Bockenheimer, en el lado norte de nuestro gueto, los vencedores franceses izaron la bandera de la revolución.

Me senté con Meir y mis hijos junto a una ventana de la sala, sin perder detalle del nuevo movimiento en nuestra calle. En el resto de las ventanas de la Judengasse se veía el mismo cuadro humano encogido. Nuestra habitación estaba impregnada de tensión y expectativas que acallaron la casa y a todos sus ocupantes. Estreché en mi regazo al pequeño Jacob, de pie mirando por la ventana. Abracé a mi bebé de siete meses y contemplé la extraña unidad de soldados que desfilaba por nuestra calle enarbolando las tres palabras de la Revolución francesa: «*Liberté, égalité, fraternité*».

El pequeño Jacob seguía muy atento a los soldados que avanzaban por la calle. Su cuerpo, recién habituado a gatear, estaba ahora estirado; sus piernas pensaban en erguirse sobre mis rodillas, sus pequeños puños golpeaban el aire con una vitalidad especial. Su mirada iba de los puños a mí alternativamente, y en su rostro brillaba un rayo de luz. Balbuceaba excitado, como si quisiera decir algo.

Hasta ese momento yo creía ingenuamente que las tropas conquistadoras tendrían un aura triunfal. Que irradiarían vigor y poder. Que su uniforme estaría planchado y su calzado perfectamente lustrado. Que en el hombro llevarían insignias resplandecientes. Que sus armas amenazadoras se alzarían imperiosas.

Para mi sorpresa, el glorioso ejército del general «Cuidado con él» no tenía ni una de esas cualidades. Sus soldados parecían un mal chiste. Si no hubieran sido enemigos, les habría ofrecido una selección de telas de M. A. Rothschild para que mejoraran su lastimoso aspecto. Las ropas andrajosas, desgarradas y sucias que llevaban habrían avergonzado a los más indigentes de la Judengasse.

Recordé lo de la carne de cañón del Landgrave Wilhelm. Los mercenarios eran unos pobres diablos, enviados por la fuerza a los campos de batalla para enriquecer las arcas del príncipe. No tenían ninguna motivación para luchar. Lo único que deseaban era volver sanos y salvos a casa, y era muy dudoso que pudieran lograrlo. En comparación, los soldados que desfilaban ante nosotros llegaron aquí creyendo en el objetivo para el cual los habían mandado. Es verdad que su aspecto exterior asombra y da pena, pero el brillo de sus ojos refleja la fuerza interior que los impulsa a marchar. Parece que la visión es lo que los anima. Las palabras «*Liberté, égalité, fraternité*» tienen un encanto especial, que ellos tratan de inculcar incluso fuera de las fronteras de su país.

Siendo así, ¿cómo recibirlos? ¿Como invasores a los que hay que expulsar? ¿Como salvadores y redentores que de la misma manera que otorgaron la igualdad de derechos a nuestros hermanos judíos en Francia nos sacarían a nosotros del gueto de la Judengasse de Frankfurt?

¿Estamos con ellos o en su contra? Le hice la pregunta a Meir. Él salió a olfatear la calle.

La encontró dividida. Las opiniones son divergentes, vuelan como el viento, sacuden, amenazan, angustian, confunden. Algunos apoyan lealmente a Frankfurt, otros abogan por expresar su identificación con los invasores franceses.

Meir seguía a su corazón, y éste a la opinión de la mayoría: no hay que apoyar a los franceses.

Uno de esos días locos, cogí el extremo de un hilo para enhebrar una aguja, con el propósito de remendar unos pantalones de Kalman. Esos pantalones, cuyas perneras terminaban debajo de la rodilla, los había estrenado Amschel. De allí pasaron por una serie de despiadadas reencarnaciones en Shlomo y Natán, que con sus juegos desenfrenados rasgaron la tela, hasta que se detuvieron en la parte inferior del cuerpo de Kalman. El tejido, sometido a la tortura de traseros traviesos, se fue desgastando y hubo que remendarlo una y otra vez. Cabe suponer que éste será el parche que pondrá punto final a los padecimientos del hilo, la aguja y los pantalones todos juntos.

Meir se sentó a mi lado y empezó a explicarme, mientras mi mano enrollaba nerviosa el extremo del hilo que amenazaba con caerse.

«Mira, Gútale, todos entienden que en estos acontecimientos hay cierta oportunidad para nosotros. Pero, si se nos escapa, nos veremos en un gran aprieto.»

Yo no lo miraba. Estaba empeñada en fijar la vista en el extremo del hilo cuando dije: «Si los franceses les han dado libertad a los judíos de su país, ¿cómo vamos a darles la espalda?»

«De acuerdo, Gútale, pensemos por un momento como tú. Supongamos que recibimos a los soldados con flores (suponiendo que las tengamos…). Si los franceses consiguieran influir en nuestro destino y sacarnos de aquí, sería bueno para nosotros. Pero si son derrotados y los expulsan, seremos considerados traidores por el consejo municipal en particular, y por el emperador y el régimen en general. No nos lo perdonarán y nos impondrán un diluvio de edictos y anatemas.»

Estrujé con fuerza el extremo del hilo.

«Gútale, mírame», intentó Meir.

Mi mirada se empeñaba en pegarse al hilo que tenía en la mano.

«Dime, ¿qué quieres que haga?», me pidió.

«Que digas toda la verdad.» Las palabras cayeron pesadamente sobre el remiendo.

«Toda la verdad empieza en que yo quisiera que los franceses dominaran el mundo e impusieran en él su nuevo orden, en concordancia con las bellas ideas», se detuvo dejando que las palabras rodaran en mi dirección.

Levanté la cabeza. Sigue, le pidieron mis ojos.

«Quisiera que mañana saliéramos todos del gueto y fuéramos como los demás, iguales entre iguales.»

Asentí con la cabeza.

«Quisiera seguir gozando de estos hermosos ensueños.»

No aparté la vista.

«Pero tengo que dejar de volar por el aire. Debo mantener los pies bien firmes en el suelo.»

Mi frente se frunció en un gesto de interrogación.

«Entiéndelo, querida, no vivimos en Francia. La nueva concepción del mundo que ha empezado allí quizá pueda llegar aquí, pero esto no sucede en un día ni en un año. No puedes comparar la forma de pensar en París con la de Frankfurt y sus hermanas. La diferencia es abismal. Austria y Prusia no permitirán que esas ideas se materialicen de inmediato. Es preciso dejar que se infiltren gradualmente hasta llenar las capas subterráneas de la cosmovisión en estos lugares.

Me miró a los ojos para cerciorarse de que lo escuchaba.

«Puesto que aquí las nuevas ideas no se aceptarán fácilmente, como tampoco la capitulación, hay que suponer que, más pronto que tarde, los vencidos intentarán recuperar el honor que han perdido, y entonces volveremos a encontrarnos frente a ellos, sin franceses y sin libertad, igualdad ni fraternidad.»

«¿Y qué más?», pregunté con voz cascada cuando él se detuvo con la mirada suspendida en el horizonte.

«Sabes que no me alegra ponerme del lado de los que nos han hecho daño, a nosotros y a nuestros hermanos. Al contrario, jamás podré olvidar ni perdonarles los años de humillación y crueldad. Los desprecio y espero que sean castigados. Pero la realidad me lleva a obrar en contra de mis deseos. En estos momentos debo actuar con sensatez, y el significado práctico de la sensatez es complacer a mis clientes y seguir sonriéndoles cortésmente.»

El hilo se me cayó de la mano.

Meir tenía razón, como la mayoría de los residentes de la Judengasse.

El día 17 de kislev [2 de diciembre] se oyó el estruendo de la batalla que tenía lugar cerca de nosotros, al otro lado de la puerta de Bockenheimer. Nos escondimos en nuestras casas y empezamos una danza implacable de conjeturas cuyo objetivo principal, no declarado, era empañar la sensación de miedo y fragilidad que nos embargaba. Las suposiciones no se prolongaron mucho. Pocas horas después del sonido de la primera explosión, la «noticia» se propagó por toda la calle: los franceses habían sido derrotados por las tropas prusianas.

Meir suspiró aliviado. También la Judengasse, y yo. A duras penas. Por supuesto que no con alivio. El extremo del hilo que sosteníamos se había caído. La liberación, que había estado tan cerca, se alejaba, y quién sabe cuándo volvería, si es que volvía. Yo no participaba de los estribillos de la multitud de la Judengasse: «¡Fuera los franceses! ¡Viva el rey de Prusia!» Para mí se trataba de una adulación exagerada. Parecía como si dijéramos: «Magnífico, que sigan humillándonos y oprimiéndonos».

En nuestra calle resuenan exclamaciones de júbilo, y en mi corazón, la tristeza de la derrota. **Cuando caiga tu enemigo no te regocijes, y cuando tropiece, no se alegre tu corazón.**

Se rumorea que el general «Cuidado con él», cuyo resplandor se había extinguido súbitamente, se lamía las heridas y nos culpaba de la derrota a nosotros, los judíos de Frankfurt, por haber demostrado una actitud hostil hacia sus soldados.

Me daba pena el general francés. Y nuestro pueblo vencido. Y la oportunidad perdida. No me entusiasma la luz que brilla en los ojos de Meir. Él está de parte de los que celebran. Por otro lado, no tengo ninguna intención de apagar esa luz.

Pienso en cómo nos podría haber ido si hubiéramos actuado de otro modo. Puede ser que Meir tenga razón, que eso nos hubiera perjudicado. Nuestros gobernantes victoriosos no habrían vacilado en imponernos duros castigos por haberlos traicionado.

Miro la muralla que nos rodea y trato de consolarme. Es verdad que nos separa y aísla del mundo, pero también nos abraza, como diciéndonos: «Tiernos hijos, haced lo que queráis, seguid con vuestras vidas; yo estoy aquí para protegeros».

Martes, 16 de jeshván de 5554 [22-10-1793]

Estoy anonadada. En el mes de shevat ejecutaron al rey Louis XVI. El populacho observó jubiloso la decapitación.

Y por si no fuera suficiente, tras pasar unos meses en la cárcel, también Marie Antoinette fue ejecutada.

La guillotinaron hace seis días. Dicen que exhibieron su cabeza cortada frente a la turba enardecida.

Se me encogió el corazón partido. Aun comprendiendo que el pueblo hambriento celebre el infortunio de sus opresores, prendí una vela y recé por ella.

¡Cuántas vueltas da la vida!

Me vienen a la memoria los primeros días de nuestro compromiso y aquellos momentos en los cuales me pasó por la mente que con Meir me esperaba una vida interesante y fascinante. Hoy, veinticinco años después de nuestra boda, puedo admitir que no hubiera deseado para mí una vida mejor.

Suelo empezar el relato de mis experiencias con acontecimientos familiares. Esta vez tengo una noticia especial: ¡mi hija mayor, Sheinshe, que Dios le dé larga vida, se ha casado! Por supuesto que no será difícil adivinar quién es el afortunado novio: Benedict Moshe Vermus. Ese paciente muchacho que me recuerda la tenacidad de Meir. Se mantuvo en guardia hasta encontrar el momento oportuno para mandarnos a sus padres con la proposición matrimonial. Y mi Sheinshe, que durante mucho tiempo se escondía de él, y respondía a sus miradas suplicantes con señales tan sutiles e invisibles, empezó de pronto a reaccionar abiertamente a sus atribulados galanteos y el chorro de luz no desaparece de su rostro.

Mi yerno es apuesto, cortés, trabajador, sagaz, talentoso y, lo más importante, ama a mi hija y la trata como a una princesa. Meir está contento, aunque sólo sea porque Moshe Vermus es hijo de un proveedor de la corte. «Daré mi hija a un hombre acorde con su posición», me había susurrado más de una vez. «El consuegro debe ser proveedor de la corte; el honor y el respeto de la familia Rothschild la acompañarán por generaciones.»

Afortunadamente, Moshe Vermus responde a las condiciones fijadas por Meir para la unión matrimonial con familias judías acomodadas, y los esponsales se concretaron. El padre de Vermus, un próspero comerciante ante la corte, expresó su entusiasmo por la unión matrimonial con la familia de su muy floreciente colega, Meir Rothschild. Pensé en mi padre, proveedor de un pequeño principado, que también vio en mi compromiso una forma de realzar el honor y el respeto de su familia. Me parece que estos comerciantes tienen un rasgo en común: se rinden honores el uno al otro y se casan entre sí.

Mi Sheinshe, bonita y delicada, con su hermosa cabeza ahora cubierta con una cofia, anda por la casa con los ojos brillantes y la alegría en el rostro. Cada mañana baja de la pequeña alcoba de ellos a la *cabine* y desempeña meticulosamente su trabajo en la contabilidad. La generosa dote de cinco mil florines que su padre le ha otorgado es la apropiada para ella y para el elegido de su corazón. Además, siguiendo nuestra costumbre, se les ha prometido que podrán seguir viviendo bajo nuestro techo durante los próximos dos años, hasta que se encuentre una vivienda para ellos.

El hacinamiento en casa es mayor que nunca: ahora somos trece. Pero esta nueva adición parece haber añadido otra gozosa chispa de luz a nuestra familia. La joven pareja merece un rincón aislado para su intimidad. Así que hemos construido una pared divisoria en la habitación de las niñas, que les permite cierta privacidad por la noche, con la esperanza de que en la pequeña estancia que da cobijo a la pareja de palomas pronto píe un polluelo.

A pesar de la estima que Meir siente por su joven y dinámico yerno, se niega rotundamente a incorporarlo a los negocios. «Gútale», me dijo, respondiendo a la insinuación de mi descontento. «Recuerda que la clave del éxito es la capacidad de guardar los secretos. Cuando un secreto pasa de boca en boca, deja de serlo. Solamente puedo confiar en mis hijos para estar seguro de que lo mantendrán a buen recaudo.»

Mein lieber eidem, mi querido yerno. Lo miro y me pregunto si también él, como nuestros hijos, está dotado del talento para guardar esta llave de oro. Yo creo que sí, y me parece que también Meir lo cree. Pero un hombre como él no asume riesgos. Y quién soy yo para interponerme en su camino, cuya eficiencia se demuestra a diario.

Mis ojos de buhita captan la vulnerabilidad de Moshe. Me acongojan los esfuerzos que tanto él como Sheinshe hacen para disimular sus sentimientos heridos. Rezo por ellos, pidiendo que el tiempo les cure el dolor y los ayude a adaptarse, y me consuela que Meir busque la manera de apaciguar a su yerno. Cuando nos sentamos a la mesa, hace lo imposible para prestarle la máxima atención.

Mi hijo Natán y mi yerno Moshe Vermus han entablado una relación especial y utilizan un lenguaje común del que no participamos. Sus diálogos suenan como una mezcla de lenguas extranjeras, y mientras yo me esfuerzo por entender lo que dicen, ellos se vuelven locos de risa por sus ingeniosas ocurrencias compartidas y extrañas, o se palmean el hombro como si fueran viejos amigos. Los miro y me pregunto cómo es posible que la diferencia de edad no se interponga entre ellos. Moshe sólo tiene cuatro años más que mi hijo Amschel, pero ninguno de ellos demuestra interés por el otro. Natán tiene ocho años menos que su cuñado, y sin embargo se comportan como gemelos creados en el mismo vientre. Es cierto que desde siempre Natán se ha considerado mayor y más inteligente que sus hermanos, y que ellos se han acostumbrado a esa percepción suya. Pero me sorprende que también un extraño que acaba de unirse a la familia se comporte con él como si fuera el mayor de todos. Me parece que la conexión entre ellos está acelerando la adaptación y la integración de mi yerno en la familia.

Aun así, tengo una ligera objeción. Indudablemente, correspondía a mi hijo mayor entablar una relación con su primer cuñado y ayudarlo a incorporarse a nuestra familia. Pero no debo luchar contra la realidad, pues ésta tiene sus propias reglas, a veces claras y a veces encubiertas. Debo aceptar las diferencias entre mis hijos y apreciar la grandeza de cada uno de ellos. Amschel sigue siendo el angustiado y conservador. Las arrugas de preocupación en su frente alertan contra los riesgos de las transacciones, la disminución de las ganancias en determinada operación, o son el presagio de que mañana decaerán los negocios florecientes de hoy. Al mismo tiempo, tiene una virtud de valor incalculable: el grado de responsabilidad que demuestra a cada paso que da. Esto es muy valioso para una empresa familiar en expansión como la nuestra.

Amschel, Shlomo y Natán cooperan llevando la carga de la empresa y hacen viajes de negocios. La preparación y la instrucción que han recibido a lo largo de los años dan frutos selectos, como corresponde a un árbol de gran calidad. En primer lugar, ayudan a Meir en la expansión de las transacciones con el Landgrave Wilhelm; en segundo, contribuyen al negocio de abastecer al ejército austriaco, y en tercero, le permiten seguir comerciando con tejidos de lino.

· · ·

Un día, Buderus llegó apresuradamente a nuestra *cabine*. Contra su costumbre, hizo caso omiso de la presencia de los pequeños que, en un abrir y cerrar de ojos, percibieron la figura que los eludía y corrieron hacia él gritando con la alegría de los que han echado de menos a alguien. Se dirigió con paso firme a la *cabine,* cerró de golpe la puerta tras él y estuvo allí con Meir más de una hora. Nadie podía entrar. Cuando se marchó, con una expresión de grave seriedad en el rostro, los tres hermanos corrieron a la oficina; los murmullos que oíamos indicaban una planificación febril. Al cabo de una eternidad, se oyó un grito, «¡Gútale!»

Abrí la puerta. Cuatro hombres ansiosos e impacientes me miraron como fieras dispuestas a lanzarse sobre su presa. Mi mirada inquisidora se posó en Meir.

«Gútale, nos vamos de viaje. Prepáranos provisiones.»

Me quedé clavada en el lugar.

«Gútale, ya te lo explicaré todo, pero ahora no hay tiempo. Tenemos que irnos.»

«¿Para cuántos días?»

«Los necesarios», respondió sin aliento mientras recogía los papeles que estaban sobre la mesa y los ponía en la bolsa. Sheinshe, Isabella y Babette, asidas de mi delantal, corrieron conmigo a la cocina y juntas preparamos una cantidad nada despreciable de emparedados, verduras y agua.

Al cabo de cuatro días, con el regreso de la banda secreta, el misterio se resolvió. Mis cuatro héroes se sentaron en la sala con la camaradería de los vencedores, polemizando entre ellos en la intensidad de las pintorescas descripciones que ofrecían acerca de lo ocurrido.

Resultó que, en su insólita visita, Buderus informó a Meir de un asunto relacionado con el Landgrave y lo urgió a actuar sin demora.

Según él, Wilhelm seguía expresando sentimientos contradictorios respecto a la invasión de los soldados franceses. Por un lado, sus negocios lo inclinaban a tomar partido por ellos, pero por el otro el futuro de su corona le mandaba unirse a los opositores de la Francia revolucionaria, entre ellos Austria, Prusia y Enguiland. Su decisión de unirse a éstos venía respaldada por la condición de que los ingleses le otorgaran una recompensa de cien mil libras esterlinas. Su exigencia fue aceptada sin objeciones, y el Landgrave necesitaba urgentemente servicios de banca.

A partir de ese momento la puerta se abrió de par en par para Meir, y las gestiones de descuento de pagarés dieron un significativo salto hacia delante.

El empuje total de la puerta fue precedido por la resuelta acción de mis tres astutos hijos, que se enfrentaron a la barrera y la apartaron mediante una serie de diligencias merecedoras de la admiración de su madre.

Esta vez, el olfateo le tocó a Buderus, quien le presentó a Meir el reconfortante cuadro de las duras divergencias que habían estallado entre el Landgrave y los banqueros-francforteses-inamovibles: los hermanos Bethmann (encabezados por Simon Moritz von Bethmann) y Rüppel y Harnier. Las negociaciones del Landgrave con ellos se encontraban en crisis y los banqueros no sabían qué hacer.

«Es preciso actuar antes de que se restablezca la armonía entre el Landgrave y sus banqueros», aconsejó Buderus en la *cabine* de Meir.

Mis tres hijos se plantaron ante los preocupados Bethmann, se quitaron el sombrero, les hicieron una reverencia y les ofrecieron «servicios de mediación excelentes y de éxito seguro» frente al Landgrave.

Los banqueros-francforteses-inamovibles —y, es necesario añadir, distinguidos— se quedaron mirando desconcertados a aquellos atrevidos muchachos de la Judengasse y, frunciendo la nariz, escucharon el incorrecto alemán que salía de sus bocas. La mirada que les lanzaron era más despreciativa que la de Goliat frente a David. Exasperados, estuvieron a punto de despedir a aquellos jóvenes maleducados que se habían atrevido a dirigirse a ellos con un entusiasmo desenfrenado para plantearles su extraña proposición.

La mirada directa que antes de dictar su sentencia lanzaron los tres hermanos Bethman a los tres Rothschild dejó a éstos helados y mudos. Los francforteses volvieron a examinar el aspecto descuidado de los nativos de la Judengasse, clavaron la mirada en la ropa que les colgaba del cuerpo y que parecía pertenecer a una época un poco primitiva, y examinaron sus rostros llenos de ardor. Bajo el mando de Simon Moritz von Bethmann, amo y señor de los banqueros-francforteses-inamovibles, concluyeron que tal vez fueran precisamente aquellas «bestias» quienes tuvieran éxito donde ellos, los importantes y profesionales, habían fracasado. Volvieron a echarles un vistazo y dijeron: «Su aspecto no representa ninguna amenaza, nunca podrán competir con nosotros».

Les ofrecieron a aquellos tipos estrafalarios unas comisiones mezquinas y los mandaron directamente a la boca del lobo, es decir, al palacio Wilhelmshöhe de Wilhelm.

A mis maravillosos hijos no les hacía falta nada más. Su talento teatral, junto con sus cualidades elementales por ser productos característicos de la Judengasse, parte del tejido vital de su prisión, cerrada y aislada del mundo, todo ello dio el resultado esperado. En efecto, el señuelo atrae al pez y éste queda atrapado en la red.

Meir, que contemplaba entre bastidores la función que tenía lugar ante él, los bendijo por haber sorteado el primer obstáculo y los guio al palacio del Landgrave en Kassel, mientras volvía a practicar con ellos el papel que a continuación representarían en la obra teatral de sus vidas.

En el palacio tampoco decepcionaron a nadie. Su postura de reclutas ante el Landgrave, como si éste fuera su comandante, así como las lisonjas que recordaron citar de boca de su padre, ablandaron el duro corazón del ilustre señor, más aún porque en la sala también estaba presente Buderus, quien se apresuró a añadir unas palabras de refuerzo dirigidas a los oídos sensibles de Wilhelm. Las expresiones «Su Alteza», «omnipotente señor», «como un felpudo a vuestros pies» salían de las bocas del trío como un estribillo y resonaban en el espacio del majestuoso salón.

El resultado esperado llegó rápidamente, y con las bolsas de dinero que pasaron a sus manos, mis tres magníficos se despidieron con un saludo militar y se fueron corriendo a ver a los distinguidos banqueros para propinarles la noticia de su éxito.

Los banqueros-francforteses-inamovibles —y, ahora hay que añadir, atónitos— escucharon una y otra vez lo que les decían, examinaron el contenido de las bolsas que les habían entregado, sacudieron la cabeza para cerciorarse de que estaban despiertos y no soñando, y solamente entonces recuperaron la compostura y empezaron a felicitarse y alabarse por su gran sabiduría y su sagaz ingenio en la excelente elección del trío de intermediarios espantosos-excelentes-inofensivos.

Rápidamente las manos de los eminentes intermediarios se llenaron de trabajo para los banqueros que resplandecían de satisfacción, y el trayecto hacia Kassel se les volvió conocido, frecuente e imprescindible.

Siendo ellos los encargados de las transacciones de mediación con el Landgrave, y habiéndose acostumbrado éste a su presencia, no pasó mucho tiempo antes de que empezaran a desviar el canal de la mediación, y en lugar de representar a los banqueros-francforteses-inamovibles, actuaron en nombre de su padre, el judío Meir Rothschild.

En aquellos días, Denimark, como llamamos a Dinamarca, con sus arcas vacías y deficitarias, necesitaba desesperadamente un préstamo. Wilhelm deseaba ayudar a su tío, el rey danés, pero sabía que un «préstamo» a un pariente podría sufrir una transformación y convertirse rápidamente en un «regalo». Por tanto, se hacía necesario disimular el origen del préstamo. Puesto que se identificaba a los banqueros-francforteses-inamovibles con el Landgrave, la misión les fue encomendada a mis Rothschild.

El provechoso trabajo del equipo de la Judengasse satisfizo al Landgrave. Pero también hubo algunos a quienes este éxito puso furiosos.

Se trataba de los Bethmann. Al principio, a los opulentos hermanos les sorprendió la falta de interés que demostraba el Departamento del Tesoro del reino de Denimark ante su oferta de gestionar los préstamos. La familia real danesa respondió a su curiosidad diciéndoles que ya había quien se ocupara de ellos. Presionaron a los tesoreros para que les revelaran la naturaleza de la institución que estaba a cargo de sus asuntos.

«Es un organismo compuesto por unos hermanos», respondieron.

«Nosotros somos hermanos. ¿De qué hermanos hablan ustedes?»

«De los hermanos que actúan como emisarios de su padre, un hombre bueno y honesto, que irradia sonrisas en todas direcciones.»

Los hermanos Bethmann se cansaron de las adivinanzas y exigieron una aclaración inmediata.

«¿Cómo se llaman esos hermanos?»

«Roth-schild, creo, o algo parecido», respondió el tesorero, impaciente.

Sólo entonces cayeron en la cuenta y se enfurecieron, pero ya no podían restaurar el cuadro a su estado anterior.

Con el incansable estímulo de Buderus, el Landgrave le pidió a Meir que se ocupara del descuento de los pagarés de los ingleses, para el amargo disgusto de los banqueros cuyo poder había sido socavado.

Por naturaleza, las noticias llegan en rachas. Aun antes de haberme calmado tras las pintorescas descripciones que nos habían presentado mis prodigiosos hijos, la vida me hizo un guiño muy significativo y me inundó de sonrisas. ¿De qué se trata?

Also, junto con la buena noticia proveniente del alto árbol del principado de Kassel, nos informaron de una agradable fricción que tiene lugar en árboles más altos, los anclados en los sistemas de relaciones internacionales.

Fue el resultado de los olfateos de Meir y de su decisión de actuar con rapidez y en secreto, antes de que la mano de otros tocara el tesoro que llegaba a su puerta diciendo: «¡Llévame contigo!»

Volví a darme cuenta de que, cuando Dios nos cierra una puerta, nos abre otra. Todo lo que hay que hacer es prestar atención y pasar por ella. Ésa es la sabiduría de Meir.

Frankfurt, que nos hace la vida tan difícil y que por generaciones nos ha cerrado las puertas al ancho mundo, abre súbitamente una que es crucial y acogedora. Como ciudad central del Sacro Imperio Romano, se ha visto arrastrada a la guerra que libran los ejércitos de Enguiland, Prusia y Austria contra el de Francia. La concentración de las tropas aliadas en Fischerfeld, que limita con nuestra Judengasse, llamó la atención de Meir y puso en marcha sus sentidos.

En respuesta a mi silenciosa pregunta, me explicó: «El ejército necesita provisiones. Tengo que adelantarme y ser el primero en ofrecérselas».

«¿Qué les ofrecerás? ¿Qué necesitan?»

«Les hace falta todo. Son personas, así que precisan víveres y uniformes. Tienen caballos, de modo que les hará falta forraje.»

«¿De dónde sacarás todo eso?»

«No lo sé. Primero iré a proponerlo, luego lo conseguiré.»

Me sobresalté. Hasta ahora mi Meir no ha fallado. Sin embargo, esta vez no se trata de un cliente en el sentido estricto de la palabra. No es un encargo habitual de mercancías. ¡Por Dios! Se trata de un ejército que tiene el propósito de contraer un compromiso de abastecimiento inmediato e ininterrumpido para sus miles de soldados. Meir nunca se ha ocupado de suministros de ese tipo, ni en tales cantidades ni con tal frecuencia. ¿De dónde va a sacarlos? ¿Cómo los entregará? Está loco, mi hombre, me dije en voz alta. Pongo mi firma que así es. Y esta locura me preocupa. ¡Oh, Dios! ¡Haz que también esta vez su ingenio pase la prueba! Es su integridad lo que ahora está en juego.

«Que Dios te guarde a la ida y a la vuelta», dije al despedirme de Meir, poniéndole la mano en la cabeza, como lo hago con mis hijos pequeños. Sentí que esta vez tenía que comprometerme a ayudarlo. ¿Cómo podía apoyarlo Gútale Rothschild?

Rezando. Le indiqué a Sheinshe que reuniera a sus hermanas: Isabella, Babette, Julie e incluso la pequeña Henriette, mi simpática niñita de cuatro años. Por un largo rato formamos un círculo femenino puro frente a la Estrella de David que cuelga de la pared de nuestra habitación. Abrí los Salmos, y las niñas se unieron a los cánticos de David.

Meir se dirigió a la entrada de la base militar.

Haciendo gala del orgullo de ser francfortés de nacimiento y veterano hombre de negocios, con la cabeza erguida cruzó por delante de los soldados de distintos rangos, que le abrieron paso a ese hombre que irradiaba energía —y, también hay que decir, a un tipo raro en su atuendo y en su forma de hablar—. Pronto se presentó directamente ante el general Von Weimar, que estaba a cargo de abastecer al ejército austriaco.

El general Von Weimar, que reside permanentemente en Frankfurt y desde aquí se encarga de satisfacer las necesidades de los soldados de todas las unidades desplegadas por el Imperio, recibió a Meir más o menos como nosotros, los judíos, acogeríamos la noticia de la llegada de nuestro Mesías.

Para sorpresa —bien disimulada— de Meir, el general lo invitó a sentarse con él y le ofreció una copa de vino y luego otra. Meir se conformó con una, mientras que el general vació en su garganta muchas más. La bebida hizo su efecto y le franqueó a Meir el acceso al corazón del glorioso general, como si siempre hubiera sido su confidente. Las puertas abiertas condujeron a una larga lista de dificultades que se habían acumulado en las comandancias de todas las provincias alemanas, que en su mayoría se resumían en la demanda de artículos que el general no podía conseguir. «Amigo mío, ya sabe lo que sucede cuando un aliado como Prusia decide súbitamente cambiar de posición frente a los franceses, firmar con ellos el acuerdo de Basilea y dejar que Austria se las arregle sola», así condensó el hombre achispado su desahogo previo.

Meir asintió comprensivo y solidario, como diciendo: «Seguro, son tiempos difíciles, amigo general. Pero no está usted solo. Yo estoy aquí con usted».

Allí mismo se firmó un contrato entre ambas partes.

Se despidieron y Meir se marchó con pasos seguros, irradiando serenidad y satisfacción. Sólo cuando estuvo fuera del alcance de la vista del general y de sus soldados, se lanzó a una frenética carrera, como quien huye de la persecución de una manada de bestias feroces.

Celebró reuniones, preguntó, aprendió, investigó y regateó con la típica perorata rothschildiana y, como en una danza desenfrenada, bailó y firmó contratos de compra de mercancías, cuyo registro incluía una larga secuencia de ceros que en total ascienden a millones de florines. Con uno firmó un contrato de suministro de trigo; rápidamente se dirigió a otro, con el que firmó un acuerdo de venta de víveres; con un tercero negoció uniformes, y después de ellos, caballos de labor, forraje, monturas, tiendas de campaña y otros equipamientos militares. Todos los signatarios conocían a Meir y apreciaban su superioridad en la organización de sus negocios, y ahora, una vez que se conocieron sus relaciones con el ejército austriaco, lo valoraban muchísimo más.

Cuando volvió a casa, subió a nuestra alcoba y yo corrí tras él. Se dejó caer en la cama para recuperar el aliento.

«Mira, Gútale», gritó extasiado y soltó una carcajada.

Esperé a ver qué decía.

Pero la noticia se demoró, porque en ese momento Meir cerró los ojos y se hundió en un mundo lleno de ceros. Tuve que esperar hasta la mañana siguiente para saciar mi curiosidad y escuchar el resto de la frase.

«Hay contratos, Gútale», empezó diciendo en cuanto abrió los ojos. «Muchos contratos. El principal con el general, y subcontratos con los que están comprometidos con él. Gútale, lo hemos conseguido. ¿Lo entiendes? Soy el proveedor principal del ejército austriaco. Estamos en la arena internacional. ¿Te das cuenta? ¡Lo hemos conseguido!»

Lo abracé. «Sí, lo has conseguido, Meir, como siempre. Alabado sea Dios.»

Le atribuí el logro a él, pero sabía que nuestro Dios había hecho el trabajo. No compartí con él toda la verdad, a saber, el hecho de que también las niñas y yo somos parte del éxito, la parte que tiene que ver con la aprobación de la Divina Providencia de sus jugadas geniales.

Se levantó bruscamente. «¿Dónde están los hermanos?»

«Shlomo está en Kassel; Amschel y Natán, en la *cabine*, esperando instrucciones.»

«Sí, tenemos un trabajo enorme. Esta vez no podremos hacerlo todo solos. Necesitamos ayudantes fuertes. Prepara agua para un baño y ropa limpia.»

Me apresuré a calentar agua en el fregadero de la cocina mientras él se ponía las filacterias para rezar.

A pesar de la prisa, Meir no dejó de asistir a las oraciones matutinas en la sinagoga. Cuando volvió, me pidió que sirviera el desayuno en la *cabine*. Amschel y Natán, que habían acompañado a su padre, ya estaban al corriente de los sensacionales acontecimientos. Les serví el desayuno. También Kalman y Jacob se unieron al alboroto que reinaba en el despacho. Meir hablaba con pasión, mientras delineaba las formas de actuar. De pronto advirtió la presencia de los dos pequeños.

«Espero que pasen unos años», les dijo. «Habrá trabajo para todos. Es preciso aprender de los hermanos mayores y ser como ellos.»

Kalman y Jacob se dieron las manos. En sus ojos se encendió una luz. Miraron a sus hermanos mayores y gozaron el dulce sabor del cumplido que acababan de recibir de su padre.

Durante los días siguientes se firmaron contratos adicionales para suministrar víveres y equipos, y otros dos importantes convenios de sociedad, uno con Wolf Loeb Schott y el otro con Beer Nehm Rindskopf, prósperos hombres de negocios que tenían una ventaja más: eran parientes de Meir. Esta asociación ayuda en gran medida a Meir a cumplir sus compromisos.

Para mí hay dos ejércitos amigos: el austriaco y el de los Rothschild. El segundo logra alimentar al primero con buen criterio y trabajo duro y esforzado.

El ejército de Rothschild, quién lo hubiera creído…

Me pregunto si hay alguna manera de que la vida firme un contrato eternamente válido. Yo, por mi parte, estoy dispuesta a seguir viviendo esta situación indefinidamente.

Al mismo tiempo, no dejo de cavilar: ¿es correcto que nuestras ganancias provengan de las guerras? ¡Quién pudiera hacer que los beneficios financieros surgieran de la paz!

He aprendido una lección: en boca cerrada no entran moscas. El demonio acecha en todas partes, esperando que alguien hable demasiado y lo incite a actuar.

Y una cosa más: es mejor ser reservada siempre y en cualquier situación, incluso cuando hablo conmigo misma, sin hacer partícipe a nadie de mis pensamientos. Cuando la vida se porta bien conmigo no debo alegrarme hasta perder el juicio. Tengo que mantener cierta discreción. Refrenar mis instintos.

Siempre me comporto con modestia y austeridad. Mi ropa, mi alimentación, mi hogar y mi conducta, todo es discreto. **¿Has encontrado miel? Come sólo lo suficiente, no sea que te hartes y la vomites.** Ni siquiera comparto las «monedas de los buenos días» con nadie. Únicamente con Meir, al igual que nuestras relaciones íntimas, que son solamente nuestras y seguirán siéndolo siempre.

Pero ahora me remuerde la conciencia. Para mis adentros, he infringido la ley de la modestia y pecado de arrogancia. En un momento de debilidad me he dejado arrastrar y he expresado por escrito el sentir turbulento e infantil que me inspira nuestro progreso.

¡Qué me habré creído! Casi he pretendido dominar a la vida, hacer que firmara un contrato válido para siempre. ¿Quién soy yo para ello? Yo, la pequeña Gútale, prisionera de la Judengasse, me he atrevido a ponerme en el lugar del Creador. No soy así. **No te jactes del mañana porque no sabes qué te deparará el día de hoy.**

Nos ha sobrevenido una catástrofe, la que nos golpea cada dos décadas en promedio. Otro incendio ha estallado en la Judengasse.

Pero esta vez a una escala aterradora. **Toda la Diáspora es como una fogata**.

Estoy rota. Destrozada. Me siento culpable. He pecado y he hecho que otros fueran castigados. Si no me hubiera dejado arrastrar por la arrogancia, podríamos haber continuado la vida desde donde estábamos antes del incendio. Todo habría sido diferente. Todos habrían seguido viviendo en sus casas. Meir seguiría yendo a la sinagoga todos los días para conversar como de costumbre con los eruditos y deleitarse con las palabras de la Torá. En boca cerrada no entran moscas.

Las hostilidades que nos rodeaban fueron el origen de la desgracia. Seguíamos preocupados por los acontecimientos en el plano militar. En el ejército francés había surgido un nuevo nombre; un joven general llamado Napoleón Bonaparte, que infundía miedo y terror a su alrededor. Las historias de sus hazañas corrían entre nosotros con la misma rapidez con que el fuego devora las casas de madera que encuentra en su camino. Napoleón Bonaparte comandaba orgulloso sus fuerzas, y en el mes de iyar [mayo] derrotó a los soldados austriacos apostados en Lodi. De allí su ejército avanzó hacia nosotros, y en el mes de siván [junio] ya estaba en el lado externo de las murallas de Frankfurt. Las tropas austriacas quedaron sitiadas. El consejo municipal propuso la rendición, pero los comandantes rechazaron la sugerencia.

La angustia se apoderó de la Judengasse. La gente caminaba encorvada; en sus oídos resonaban sus propios gritos contra los franceses derrotados hacía cuatro años: «¡Fuera los franceses!», «¡Viva el rey de Prusia!» ¡Con qué rapidez cambian las circunstancias! Esta vez debemos apoyar a Austria, no a Prusia, que hace tiempo está fuera de juego. Ahora los franceses están en posición de ataque, no de retirada. Y nosotros, los judíos, ¿qué debemos hacer?

El 8 de siván [14 de junio], los franceses abrieron fuego de artillería contra la ciudad. Aquí y allá se veían incendios, pero fueron extinguidos. Nuestra ansiedad subió de nivel. Ojalá que no lleguen aquí. Que nos dejen tranquilos y se vayan a lugares mucho más bonitos y atractivos.

Parece que no prestaron atención a nuestros deseos.

Los entendidos iban y venían, explicando a los oídos aterrados que lo único que quería Napoleón era bombardear el arsenal austriaco y, por tanto, no había de qué preocuparse. Nos encontrábamos fuera del área. Esperábamos que estuvieran en lo cierto.

Pero hubo una cosa que no tomaron en cuenta: el error humano. Los soldados enardecidos apuntaron los cañones hacia el arsenal, pero algunos disparos erraron el blanco y los proyectiles cayeron justamente en la zona neutral de la ciudad, la Judengasse.

En medio de la oscuridad nocturna, el cielo iluminó de pronto nuestra calle. Un terrible estruendo rompió el silencio que reinaba en una pausa entre bombardeos. Los cristales de las ventanas vibraron. El gemido de las vigas de madera al quebrarse detuvo las agujas del reloj de nuestras vidas y todo se paralizó. Se oyeron fuertes golpes en nuestra puerta y todos corrimos hacia ella. El vecino ya se alejaba. Bastó con echar un vistazo para comprender que estábamos atrapados en uno de los sucesos más duros que han tenido lugar en nuestra calle. Alzamos la mirada. **Un fuego de Dios ha caído del cielo**. Las llamas se elevaron súbitamente sobre nosotros. Una pavorosa cúpula de fuego alcanzó las casas y rápidamente se extendió de una a otra. Una hilera de viviendas, que había permanecido como un solo bloque durante años, se derrumbó con aterradoras explosiones.

La mirada helada en los rostros de la gente se derritió de inmediato ante las lenguas de fuego, y los alaridos desgarradores fueron engullidos por el estruendo de las explosiones. La gente corría despavorida de un lugar a otro, sin rumbo, sin objetivo, sin sentido. ¿Qué hacer? Meir me gritó: «Coge a los niños. Hay que marcharse, salir del gueto».

Los niños. Los niños. ¿Dónde están? A Jacob lo llevo en brazos, con la cabeza hundida en mi regazo. Henriette y Julie marchan tomadas de la mano de Isabella. Moshe Vermus abraza a Sheinshe y de pronto la levanta en brazos; ella se protege el vientre con una mano, y con la otra se aferra a la cintura de su marido. Durante una fracción de segundo, su mirada se encuentra con la mía. Es una mirada conocida y apremiante; han empezado los dolores del parto. Un espasmo de miedo amenaza con dominar mi cuerpo. Dios, ¿dónde estás? **No te alejes de mí porque el peligro está cerca y no hay quién me ayude.** ¿Dónde está Kalman? Ahí, con Babette, tomados de la mano y con los ojos nublados por el sueño. ¿Qué estará haciendo el gran cuarteto? Los tres hermanos, junto con su padre, corren acarreando unas cajas. «¡Corramos!», grité yo. «¡Corramos!», gritaban todos. «Corramos», una sola palabra, tizón rescatado del fuego en el léxico de la Judengasse. Todas las otras palabras desaparecieron, abrasadas por el incendio.

Las llamas galopan furiosas, alzándose en un arco de colores, naranja, rojo, amarillo, con los bordes pintados de azul y gris. Parece que no tienen intención de alejarse. Al contrario, aceleran pavorosas y a su paso destruyen, con ardientes exhalaciones, los fundamentos de nuestra existencia. Adelante, a cruzar el Mar Rojo. Pero aquí no hay agua, ¿dónde está el agua? Hay que apagar el fuego. ¿Quién lo hará? ¿Dónde están los francforteses? ¿Por qué no vienen? **No me abandones, no me dejes, Dios de mi salvación.** Todos se apresuran, al galope como cabalgaduras sobre sus cascos. Algunos cargan con niños, otros acarrean lo que pueden, los escasos bienes adquiridos con dura labor; huyen a través de la puerta de hierro abierta de par en par. Sin fuerzas. Tenemos que correr. No podemos ceder. Ni mirar hacia atrás, estatua de sal. Adelante, hay que atravesar la puerta. Adelante, hacia el río. Hacia el Main.

A orillas del Main nos tendemos, exhaustos, postrados en el suelo, allí donde el agua lame la arena, y debajo de nosotros sentimos la frescura de la tierra húmeda. Comprobamos que nuestros cuerpos están enteros, los de nuestros hijos, de nuestra familia. Alaridos desgarradores. ¿Dónde está el niño? Está aquí, tranquilízate. Sólo se ha quedado dormido, se ha refugiado en el sueño, pronto despertará. Ya está llorando. Llora, hijo mío, llora también por mí. ¿Qué pasa? Él también llora, como tú. ¿Por qué lloramos todos? Nos hemos salvado, estamos aquí. No hay que llorar. Cierto, nos hemos salvado; pero miremos atrás, la calle sigue ardiendo, envuelta en llamas. Un horror ardiente galopa sin tregua devorando a su paso nuestro mundo, sin prestar atención a ancianos ni bebés. Bebé. Sheinshe. ¿Dónde estás, Sheinshe?

«¡She-in-she!», grité a pleno pulmón, mientras me levantaba para buscarla.

En una porción de terreno se erguía una muralla de mujeres de cuyo centro llegaban gemidos ahogados. Aceleré el paso. Oía gritos por todas partes: «¡Gútel ha llegado! ¡Gútel ha llegado!» Aparté el cordón de manos que se iban separando y me abrí camino hacia el centro del corro de vecinas.

Mi hija Sheinshe yacía sobre una manta, con las piernas muy abiertas, el rostro pálido y demacrado, gimiendo de dolor. Mi hermana Véndele, inclinada a su lado, le pasaba un paño húmedo por la frente y le daba ánimos. Olek, la comadrona, de rodillas frente a ella, le repetía las instrucciones. Sobre una toalla grande tendida a su lado se encontraba todo lo necesario. Ni siquiera en momentos de pánico esta maravillosa mujer se olvidaba de llevar consigo los instrumentos de la vida.

Dando un brinco me tendí al lado de mi hija y le tomé la mano.

«*Gut Zeit*», es un buen momento, suspiró Olek, cuyo rostro atribulado se iluminó de pronto con un destello de esperanza.

«Sheinshe», susurré, esforzándome para que no me temblara la voz, «Sheinshe, querida, haz lo que te dice Olek. ¡Fuerza, hija, fuerza!»

Sheinshe me miró, y a sus ojos se asomó una sensación de impotencia. **Dios es mi roca y mi baluarte**, balbuceé para darnos ánimos a las dos. Pareció que me apretaba débilmente la mano y que luego la soltaba. Olek me hizo una señal de aprobación para que siguiera, y yo le respondí asintiendo con la cabeza. Hubiera querido devolver a mi extenuada hija a mi seno, alimentarla directamente a través del cordón umbilical y transmitirle mi energía y mi sangre para que pudiera completar el trabajo. Reuní todas mis fuerzas para dárselas. Recíbelas, toma mi fuerza, dije para mis adentros, y a ella le dije tiernamente: «Sheinshe, tú puedes. Estoy aquí. Mamá te ayuda. Todo irá bien, ya verás. Haz como te dije. ¿Te acuerdas? Sí, niña buena, así, más, más, un poco más».

Sheinshe me apretó fuerte la mano. «Muy bien, Sheinshe, muy bien, lo haces muy bien; un esfuerzo más y ya estará. Fuerte, sí, más fuerte, sí, así, así, así. **Por favor, Señor, danos la salvación, danos la prosperidad.**»

El recién nacido se deslizó directamente a las manos de Olek. Un débil llanto rompió la muralla de las mujeres. De sus bocas salían gritos de alegría. Mis labios murmuraron unas palabras hacia el cielo: **Te pidió vida y se la has concedido.**

«Ya está, mira, heroína mía, lo has hecho», le susurré, dejando que mi voz temblara. Le besé la frente sudorosa. «Es tu bebé, míralo.

Él también es un héroe. Como su madre. El niño que trae vida a nuestra calle.»

Olek lo envolvió y le acercó la boca al pecho de su madre. A Sheinshe le costaba sostenerlo en brazos. Véndele se acercó a ella para hacerse cargo del diminuto peso. Las primeras succiones del bebé provocaron en Sheinshe un ligero estremecimiento. Me miró fijamente y por primera vez el delgado hilo de una sonrisa cruzó su rostro.

Me acerqué a Olek y le envolví el hombro con mis brazos. «Gracias, nuestro ángel redentor, enviado del cielo», le susurré, y por fin permití que las lágrimas rodaran por mis mejillas y cayeran sobre los hombros de la salvadora que también lloraba.

El enemigo ardiente e implacable tuvo veinticuatro horas a su disposición hasta apagarse y morir sofocado. Detrás de sí dejó unas nubes humeantes y pestilentes que nos acompañaron durante muchos días.

Con pasos vacilantes regresamos a la calle en ruinas, la cual hasta hace poco estaba llena de vida, un espacio ocupado ahora por una tristeza mortal. El fuego moribundo consume los últimos trozos de madera carbonizados. Los ojos se niegan a digerir las imágenes. Los negros gránulos de hollín caen lentamente y se incorporan sin trabas a los fragmentos de las casas, mientras los objetos negruzcos esparcidos por el suelo ya no son reconocibles. Debajo de la capa de humo y neblina que se extiende por la calle se revela la magnitud de la ruina y la destrucción. Nos arden los ojos y respiramos con dificultad, no sólo por el calor y el hollín.

La mitad de las viviendas, más exactamente, ciento diecinueve, se habían reducido a escombros. Veintiuna sufrieron graves daños. La magnífica sinagoga se había transformado en polvo y cenizas. De los tres mil habitantes, dos mil quedaron sin techo. Llorosos vecinos insisten en entrar y hurgar en las ruinas de sus vidas para sacar a la superficie los restos ocultos entre las cenizas.

En vista de la situación, el Senado emitió unas enmiendas de decretos provisionales hasta que pudiéramos regresar a la normalidad. A los que se habían quedado sin vivienda se les permitió residir por un periodo limitado fuera del gueto, hasta que construyeran o rehabilitaran sus casas. Para aquellos cuyas casas sólo se habían dañado parcialmente, siguió rigiendo la prohibición de salir de la calle al anochecer y los domingos.

Pero para todos es evidente que el Senado, sometido ahora a la bandera francesa que ondea en la ciudad, carece de poder y entusiasmo para hacer cumplir tales ordenanzas. Está demasiado ocupado en lamerse las heridas para demostrar mucho interés en la situación de los judíos, ni para bien ni para mal. Así como no ayuda a nuestra rehabilitación, tampoco examina meticulosamente a los que entran y salen.

En cuanto a nosotros, nuestra casa verde ha sufrido ligeros daños. El balcón, el pino, las flores y las plantas han sido totalmente aniquilados, pero las habitaciones siguen en pie, y las paredes cubiertas de hollín ya se han vuelto a revocar. Un proyectil en la fachada es testimonio del bombardeo.

Muchos desdichados se acurrucan junto a las ruinas de la sinagoga, buscando dónde implorar a Dios que nos libre de su ira. Por el momento, nuestra casa está abierta a la comunidad de orantes. Después de desocupar una de las habitaciones, hemos colocado en ella el Arca y el rollo sagrado de la Torá, y aquí reunimos a los diez o más que forman el *minyán,* hasta que se construya la sinagoga.

En cuanto a la pobre gente que ha sido más duramente golpeada, comparto mi tiempo con mis vecinas altruistas y devotas, y cumplo mis turnos de día o de noche en el asilo que se ha salvado de la destrucción y que ahora acoge a enfermos e indigentes —niños y ancianos—, necesitados de ayuda material y asistencia espiritual.

· · ·

Meir aprovechó la oportunidad que le ofrecía el sopor del Senado para ponerse en contacto con Trautwein, el gran comerciante de cuero de la Schnurgasse, en el centro de la ciudad, no lejos del gueto, quien le alquiló algunos almacenes más. Nuestra casa se vació de grandes cantidades de mercancías que ahora están guardadas en locales dispersos y situados a media legua de la muralla del gueto.

Mientras nos lamemos las heridas abiertas, ha circulado entre nosotros la noticia de que los franceses, que celebraban su gran victoria, han decidido imponer multas a los bienes privados de Frankfurt. Las multas tienen tasas diferentes y llegan hasta el dos por ciento. Pregunté a Meir con la mirada y él me dio una respuesta tranquilizadora. Afortunadamente, en los registros oficiales nuestro capital declarado asciende a sesenta mil florines, una suma bastante considerable pero inmensurablemente inferior a la real.

De pronto, los números secretos de los ricos de la calle se hicieron visibles. Según se dice, la fortuna declarada del gran Michael Speyer asciende a un total de cuatrocientos veinte mil florines.

La verdad es que, a pesar de mi trabajo en la contabilidad, no presto atención a la cantidad real de nuestro capital. Tengo otro asunto en mente; se trata de mi gran enfado con los franceses. En lugar de multarnos, hubiera sido mejor que nos compensaran por el desastre que nos han causado. **Si alguien enciende fuego y éste se propaga por zarzales, quemando las mieses, las gavillas o el campo, el causante del incendio pagará los daños**. Ahora me consuela el hecho de que no recaudan toda la multa por nuestro capital.

Por suerte, los números correctos todavía están profundamente sepultados en sus escondrijos, que el incendio no ha dañado.

Estoy furiosa. Me inunda la indignación hacia los distinguidos francforteses. Al ver que el gueto estaba en llamas, hubieran tenido que ofrecer su ayuda y apagar el fuego. No sólo no hicieron nada útil, sino que optaron por difamarnos y por burlarse de nuestra manera de escapar. La madre de Goethe, que se cree una gran experta, habla mal de nosotros porque cuando huimos dejamos las puertas cerradas con llave, por lo que fue imposible entrar en las casas que ardían para apagar el fuego. Me gustaría decirle a Catharina Elisabeth Goethe: «¿Así es como vives? ¿Mofándote de los desgraciados, riéndote de ellos y ridiculizándolos? ¿Es que para ti somos motivo de entretenimiento? ¿No tienes mejores formas de divertirte? Una pregunta más: ¿permitirías que incendiara tu mansión y me quedara mirando cómo abres los cerrojos de tus puertas y apagas con elegancia las llamas que salen de tus costosos muebles?»

Aprovecharía la oportunidad para comentarle la costumbre que tiene su familia de burlarse de los judíos. Igual que su madre, Goethe ha juzgado duramente nuestra lengua ante el público: «El sonido del *judendeutsch* no es agradable al oído». ¡Oh, Goethe, Goethe, cuán delicados y tiernos son tus oídos! Lamento la disonancia grosera y áspera de nuestro idioma.

Se me ocurrió que podría invitar a Catharina a mi cocina para disfrutar de mis refinados platos judíos, y mientras se atragantara con el excelente sabor del *cholent,* sus protestas quedarían ahogadas para siempre.

Tiene mucha suerte la distinguida *Frau* Catharina, pues yo nunca pondría los pies en su mansión. Si no fuera por eso, recibiría en sus ojos y oídos francforteses, de una vez por todas, una respuesta tajante a las tonterías que salen de su boca como estornudos que hay que sofocar inmediatamente, pero que sus amigos hipócritas y aduladores aceptan como si fueran palabras divinas.

· · ·

Es cierto que nosotros, en comparación con muchos otros, hemos salido del incendio con daños menores —y estoy obligada a agradecer a Dios que nos haya favorecido también esta vez—; pero hurgando en mi corazón descubro que la calma se halla lejos de mí. En primer lugar, estuvimos a un paso de la muerte y de perder nuestra casa. Las duras escenas de pánico y fuga, así como las del difícil parto de mi Sheinshe, no se me borran de la memoria. En segundo lugar, la ruina que nos rodea grita aguda y punzante, haciéndome compartir totalmente el dolor y el duelo de los seres queridos de nuestra calle. Incluso cuatro meses después del suceso, la congoja no se ha atenuado y la tristeza de muerte que se abatió sobre nosotros sigue acompañándonos.

Y en tercer lugar, cuando pienso en el terrible acontecimiento, no puedo liberarme de la sensación angustiosa de ser, en cierto modo, culpable. Por el pecado de arrogancia que cometí.

A partir de este momento, dejaré de alardear para mis adentros.

Grandes novedades en mi familia, algunas buenas, otras inquietantes.

Una nueva especie de zozobra me carcome. Mi hijo Amschel se ha casado en el mes de jeshván [noviembre] del año pasado. Suena raro; cabría suponer que la noticia me haría feliz, pero la situación no es tan sencilla, aunque hay quien opina que todavía hay esperanzas.

Lo explicaré todo, cada cosa a su tiempo.

Mi nuera se llama Eva. Eva Hanau. Es opinión general que este matrimonio es un «buen negocio», si utilizo el lenguaje de Meir, el padre feliz, cuya dicha es mayor que la de todos, incluidos los novios. Porque con estas nupcias nos hemos unido a un linaje judío que satisface los requisitos. También Eva, como yo, es hija de un proveedor de la corte; también ella, al igual que yo, se ha casado a los diecisiete años, una excelente edad para empezar. Para la boda, Amschel ha recibido de su padre la considerable suma de treinta mil florines, junto con la buena nueva de su incorporación como primer socio de la empresa familiar. Su esposa Eva se ha hecho cargo de la caja en la oficina, repartiéndose los turnos con Sheinshe y reemplazándola en los primeros meses después del parto. Mi hija, ya recuperada del alumbramiento que ocurrió durante el incendio, acoge ahora en su regazo al primogénito Binyamin y a la pequeña Rivka, que ha cumplido cuatro meses.

La decisión de aceptar a Eva en la oficina, a diferencia del rechazo a nuestro yerno Moshe Vermus, fue explicada sin ambages por Meir: «Los hijos, por ser nuestros confidentes, tienen derecho a incorporarse al negocio paterno, y por ello sus mujeres serán bienvenidas en el trabajo. Las hijas no gozan de ese derecho, y por tanto sus esposos están excluidos de participar en las actividades comerciales de la familia Rothschild. No obstante, no privaré de nada a mis hijas y me ocuparé de otorgarles una asignación digna que asegure su sustento sin que tengan nada que lamentar».

Also, todo parece ir muy bien respecto a Eva, que es una joven doncella, hija de un proveedor de la corte, dos cualidades que deberían contentar a los padres del novio.

A juicio de Meir, es perfecta. En mi opinión, tiene un grave defecto.

Debo confesar que es bonita, y hay quien insistiría en que es una belleza. No voy a discutirlo, si bien he visto jóvenes más hermosas. Al principio me parecía una muñeca sonriente; eso era durante las primeras semanas en que le demostraba abiertamente su afecto a Amschel. Pero ese breve capítulo de su vida en común llegó pronto a su fin, y con él se olvidó el afecto y se borró la sonrisa. Éstos fueron reemplazados por una permanente expresión de tristeza en sus rasgos de muñeca.

Sea como fuere, debo decir que la belleza no puede ocultar el gran defecto. Falta el amor.

Me atormenta el hecho de que Amschel haya desposado a Eva por darle gusto a su padre. Él no la ama, y tampoco ella a él. Un matrimonio sin amor está condenado al fracaso. Algunos dicen que el sentimiento llega con el tiempo, pero yo creo que si el amor no ha llegado a los ocho meses de matrimonio, no llegará nunca.

Hemos invitado a Amschel y Eva a vivir con nosotros hasta que se encuentre una casa para ellos. Puesto que Eva está bajo nuestro amparo durante todo el día, no se me escapa nada, ni el tedio que invade su cara insulsa ni los esfuerzos que hace por apartarse de la vista de su esposo o por guardar distancia de modo que no la toque. Tampoco las miradas seductoras que le lanza a Moshe Vermus, en comparación con la frialdad con la que mira a su marido.

No me alegra que las dos parejas, Sheinshe-Moshe y Amschel-Eva, vivan una al lado de la otra bajo nuestro techo, pese a confiar sin reservas en la fidelidad de mi yerno. De las dos, seguro que éste prefiere a su esposa, fértil como una viña, frente a la sosa concuña que va detrás de él como un ciego que ha perdido el bastón.

Por suerte, Moshe Vermus tiene iniciativa, y tras calcular que en unos meses se agotará el periodo de residencia en nuestra casa, ha dedicado largas horas a buscar vivienda y ya ha anunciado que muy pronto se irán a una de las casas nuevas que rehabilitaron en nuestra calle después del gran incendio. Su dinamismo y su determinación concuerdan con el ritmo de vida de nuestra familia. Sus negocios prosperan, lo que a veces me hace lamentar con cierta amargura que no se haya incorporado a la empresa familiar. También demuestra ser un esposo amante y considerado, además de un padre ejemplar. Pero lo hecho, hecho está. El padre fundador ha establecido las reglas, y éstas serán nuestra guía para siempre.

Tal vez sea mejor así, que no pise el mismo suelo que su concuña. No deseo ver a Eva acercándose demasiado y con demasiada frecuencia a Moshe. Me parece que mi nuera sabe los horarios en que él entra y sale, y se pega a la puerta sonriendo para darle la bienvenida cuando llega y despedirlo cuando se va.

Meir no se da cuenta de lo que ocurre delante de sus narices. En asuntos de mujeres sigue siendo tan inocente como un niño. Mis ojos de mujer ven en una fracción de segundo lo que los de un hombre no son capaces de percibir en horas.

Quizá sea lo mejor, para él y para la paz de la familia. No comparto esto con él porque no sería apropiado molestarlo con cuestiones domésticas, mientras está tan abrumado por los asuntos de fuera. Pero, en lo que a mí concierne, no puedo tomar a la ligera un tema tan serio como el que asoma frente a mis ojos, ni dejarlo de lado, puesto que todo desvío al que no preste atención podría convertir ese brote deforme en un árbol aberrante que ha perdido la oportunidad de recuperarse. Soy la madre buhita que debe abrir bien los ojos y proteger a los polluelos de su nido.

No he querido seguir incubando este propósito. Sabía que debía actuar sin demora. *Also,* frente a los reprobables acontecimientos, cogí las riendas.

Empezó a la hora de la cena, mientras la desabrida miraba a Moshe, ajena al entorno, y solamente el rubor que despuntaba en sus mejillas demostraba cierta vitalidad. Parecía haber olvidado hacia dónde mover el tenedor. La ira subió presurosa por mi garganta, me tembló el labio superior y el sabor de la comida se me esfumó por completo. Recorrí con la mirada su rostro e identifiqué fácilmente la pasión que se había encendido en ella. Con una firmeza irrefrenable decidí que era hora de sentirme libre para defender la vida matrimonial de mi hijo y ahogar esa peligrosa llama desde sus comienzos.

Sujeté el asa de la jarra y llené mi vaso con el vino de manzana. Me lo bebí de un trago, haciendo una mueca por la acidez del vino y la amargura de la situación. Dejando el vaso en su lugar, me apresuré a poner en sus manos desorientadas la compotera con su cucharón, y, en voz alta y esforzándome por despertarla, le dije: «Évale, aquí están los tazones, llénalos y pásalos a los que están a tu lado».

Ella carraspeó. «Sí, sí, por supuesto, sí», reaccionó como si acabara de despertar de un dulce sueño.

Al final de la cena, después de lavar la vajilla, no quedaba nadie más en la cocina. Me acerqué a la desabrida, que seguía despertándose clavada en su silla al lado de la mesa, y musité en su delicado oído: «Te espero en la cocina».

Aparentemente, pensaba que necesitaba su ayuda, pues al entrar se puso un delantal. Eché un vistazo a la olla en la que borboteaba el agua para el baño. Me hervía la sangre. Erguida y firme, desaté bruscamente el lazo de su delantal, lo devolví a sus manos desconcertadas, y mirándola directamente a las pupilas le solté la frase que esperaba impaciente en la punta de mi lengua: «Cuando nos sentamos a la mesa, es mejor que cada una mire lo que tiene en su plato y no lo que hay en el de la vecina».

Me miró titubeante, como tratando de averiguar si hablaba en serio, pero sin más demora y antes de perder la paciencia, le disparé la respuesta: «Oh, sí, lo digo muy en serio. Es mejor que te lo metas bien hondo en la cabeza».

Ahora no le quedaban dudas de la seriedad de mis intenciones, aunque aún no hubiera captado todo su significado. Dio un paso atrás, me observó frunciendo el ceño y yo seguí clavándole la mirada. Ya me había dado cuenta de que la agilidad mental no era una de sus cualidades más notables, por lo cual le dejé el tiempo necesario para que la frase penetrara en ella.

De pronto le sobrevino la comprensión, y con ella el bochorno. Su blanco rostro, del que el rubor ya había desaparecido, palideció todavía más, pero al instante se sonrojó y se cubrió de manchas de vergüenza, mientras sus ojos recorrían las paredes de la cocina, como quien busca una escapatoria. Al ver que era inútil, bajó la cabeza. Al olor de la cocina se unió el de su arrepentimiento. Se quedó sin habla. Carraspeó.

«Perdón», dijo con la voz ahogada. «No sé qué me ha pasado. No volverá a ocurrir. Lo prometo.»

«Ni en la mesa ni en ningún otro lugar», le aclaré.

«Por supuesto», respondió mirándome. Era evidente que quería decir algo más, pero cambió de opinión y cerró la boca. Sus ojos se llenaron de lágrimas, se quedó un momento en la cocina, luego se dio la vuelta y huyó a su alcoba.

La llama ha sido extinguida. A la quemadura seguramente le hará falta un periodo de convalecencia.

La vida, por naturaleza, nos depara de vez en cuando sorpresas desagradables. Junto a los apogeos que nos cargan de energía y nos motivan a actuar, de súbito aparecen obstáculos que detienen por un tiempo la carrera de la vida y perturban su rutina. Cuando parece que todos los problemas acumulados en el camino se han resuelto, la vida se planta ante nosotros, los brazos en jarras, desafiante, y reemplaza los viejos obstáculos, que ya habíamos conseguido superar, por otros nuevos.

Como un enano molesto, el obstáculo acecha en un rincón oscuro, buscando el momento oportuno para actuar. Mira, escudriña, indaga, saca la cabeza, estira el cuello, sacude los hombros y sale a la superficie.

El más irritante de todos es el que nace de su presencia constante en la buena vida. Se acurruca en ella a su antojo, y entonces, bajo su protección, se entromete, aplasta, escarba y pisotea. La abundancia genera soberbia.

Mis palabras parecen acertijos. Debo poner orden en las cosas.

En primer lugar, dejaré claro que se hizo necesario emplear gente para trabajar en la empresa M. A. Rothschild, lo que en sí es bueno y apropiado, porque mientras Meir y sus hijos planifican, van y vienen, venden y compran, otros ejercen las funciones de menor calibre sin las cuales ningún proyecto podría llevarse a cabo. Así que hemos empleado a carreteros, cargadores y otros trabajadores cuyas tareas no acabo de conocer.

Los miembros de nuestra comunidad de la Judengasse respetan y honran a Meir Rothschild, tanto por su posición económica como por sus generosas y discretas contribuciones. Aunque Meir trate de mantenerlas en secreto, tarde o temprano se descubre una parte significativa de ellas. A pesar de la probada capacidad de Meir de guardar silencio y acallar las bocas de su familia, no dispone de los medios ni de la autoridad necesarios para hacer que también callen los extraños. Y éstos no dejan de alabar al filántropo, de manera que cada vez llegan más pedigüeños a su puerta.

«Todavía no he encontrado la manera de dar discretamente y mantener la reserva absoluta por mucho tiempo», me confió.

«Lo principal es que tú das, Meir.»

«Cierto. Observar ese principio es preferible a lo que hacen los hipócritas que sólo hablan de la necesidad de dar. A ésos les digo: "No digas que quieres dar. ¡Venga! ¡Hazlo!" Sólo entonces abren los bolsillos.»

«Una frase inteligente. La añadiré a la lista de tus dichos.» Parece que me he convertido en una obsesiva coleccionista de sus máximas.

«No, Gútale», se apresura a corregirme. «Ésa no es mía. Goethe la acuñó cuando expresó: "Las palabras que no se corresponden con los hechos son insignificantes"».

Me gustó su respuesta, puesto que **quien cita palabras de otro, trae la salvación al mundo**. Le dije a Meir: «Goethe está muy bien. Yo creía que las máximas inteligentes nacían de la experiencia y que sólo las personas que han empezado desde abajo han pasado por las complejas situaciones que producen sabios aforismos. Pero resulta que quien vive en una torre de marfil también puede tener pensamientos razonables».

Meir se rio y me abrazó.

«No entiendo por qué estás tan en contra de Goethe. Es un hombre muy creativo e inteligente. Ya que te gusta coleccionar dichos y aforismos, he aquí algunos más de su autoría: "Me gustan los que anhelan lo imposible", "Una respuesta correcta es como un beso afectuoso", "El conocimiento no es suficiente: hay que aplicarlo; la voluntad no es suficiente: hay que actuar", "En cuanto confías en ti mismo, sabes cómo vivir", "Si quieres saber qué piensa tu prójimo, presta atención a lo que dice"». Me miró satisfecho de sí mismo, como quien acaba de ganar una batalla.

Pensé en esas citas. De hecho, son muy razonables. «No tengo ninguna objeción a que sea creativo y muy inteligente», dije en voz baja, «pero no me gustan los arrogantes».

Meir, tan ajeno a la arrogancia, es respetado y honrado por la gente de la Judengasse. Su buen nombre se ha arraigado de un extremo al otro de la calle.

Rabí Shimón dice: **Hay tres coronas: la corona de la Torá, la corona del sacerdocio y la corona de la realeza. Pero la del buen nombre está por encima de todas ellas.**

Una de las consecuencias de esa actitud de los vecinos de la Judengasse hacia Meir ha sido que decidieran nombrarlo presidente del comité directivo de la comunidad. Es evidente que el cargo para el que lo han elegido en la sinagoga, junto al Arca abierta, es muy honroso. Como parte de su trabajo, Meir se encuentra constantemente con personas que no han tenido suerte y están en la miseria. Su grave situación encuentra eco en los corazones del comité, cuando éste decide que deben recibir asistencia en función de sus necesidades: tratamiento médico gratuito, ayuda monetaria a los indigentes, a las viudas sin medios de subsistencia y a los huérfanos. Una gran satisfacción me inunda cuando pienso en el principio de mutua responsabilidad que se practica en nuestra calle y entre las personas que contribuyen al fondo de beneficencia.

Un incidente inolvidable tuvo lugar con un hombre que nos sedujo como por arte de magia. Un día llegó a casa un judío llamado Hirsch Liebman. Se quedó en la puerta e hizo una profunda reverencia. «Me llamo Hirsch Liebman», dijo, luego besó la *mezuzá* y pidió entrar.

En la *cabine,* el joven imploró a Meir que lo acogiera. «Le serviré a cambio de un salario», pidió. «Por favor, no me despida dándome unas monedas. No pido limosna; pido trabajo. No quiero vivir de la caridad, pero nadie está dispuesto a emplearme. Por favor, acépteme como su fiel servidor y haré todo lo que me pida.»

La angustia del muchacho, junto con su determinación de trabajar y su reiterada negativa a aceptar obsequios, halló eco en el corazón de Meir. Siempre le han gustado los tipos laboriosos. Hirsch Liebman le recordó sus primeros tiempos de aprendiz en el banco Oppenheimer de Hanovir. Accedió a acogerlo.

Hirsch Liebman demostró muy pronto que no hablaba en vano. Ninguna tarea le disgustaba. Acarreaba pesadas bolsas de monedas de oro y plata allí donde le mandaran. Hasta se ofreció a ayudar en la cocina, y demostró ser sorprendentemente experto en lavar la vajilla y vaciar la basura. Como un experimentado prestidigitador, se aposentó entre nosotros hasta convertirse en parte integrante de la casa. De la mañana a la noche se le podía ver subiendo y bajando, limpiando o transportando algo. A la profusión de correteos de los niños, de los visitantes y de los clientes en nuestra casa llena de actividad, él aportaba más movimiento y ruido, y cuando se oían los golpes de la aldaba en la puerta, bajaba a recibir al huésped.

Hirsch Liebman comía a diario con nosotros. Por la noche se iba a la habitación que había alquilado cuando empezó a trabajar, y a la mañana siguiente volvía a plantarse en nuestro portal. Para poder pagar el alto precio del alquiler, compartía el alojamiento con otros cinco.

Si a Meir lo impresionaron la laboriosidad y la determinación del muchacho, a mí me conquistaron su sonrisa tímida, su modestia y su humildad. Nuestro hijo Kalman se pegaba a él después de la escuela, y en lugar de pelear con sus hermanas prefería ayudar al que colaboraba en las labores de la casa y de la *cabine*. Hirsch se inclinaba hacia los paquetes, sacaba una bolsa pequeña y se la daba a Kalman, diciéndole: «Ayúdame, por favor»; el niño se echaba la bolsita a la espalda, en una imitación perfecta de cómo Hirsch cargaba los bultos, y juntos subían a la *cabine*. Cuando ambos dejaban su cargamento en el suelo, Hirsch decía: «¡Me has salvado!», y era como si le hubiera puesto en la mano una golosina de las que le gustaban. Yo me emocionaba tanto que consideré asignarle un compartimento en mi corazón, pero temía que los otros ocupantes, que habían adquirido su parte hacía tiempo, protestaran.

Todo lo que ocurrió a partir de entonces parece una locura cuyos detalles se nos aclararon paulatinamente, con ayuda de las autoridades judiciales a las que se sometió el asunto. Éstas pusieron al descubierto a un hombre avezado y astuto, cuyos actos habían sido premeditados.

Un día, Hirsch se encaminó, como de costumbre, a la *cabine*. Shlomo estaba ocupado atendiendo a unos clientes. En el armario grande había unas bolsitas de dinero que él había traído el día anterior; cada una ellas contenía mil florines. Hirsch se dirigió sin titubear al armario, sacó cinco bolsitas, se las cargó a la espalda y se marchó.

En su casa escondía el producto de los robos en un arcón de madera, debajo de la cama. Durante un año nadie supo de la existencia de ese arcón. Tampoco nosotros sabíamos nada de la desaparición de las bolsas. En casa Hirsch seguía comportándose como si nada.

Me dan náuseas cada vez que recuerdo la compasión y el afecto que despertó en nosotros, así como el esfuerzo que hicimos para brindarle una cálida sensación hogareña, como si fuera uno más de la familia. Después de cenar, mientras las niñas me ayudaban a quitar la mesa y a lavar y secar la vajilla, él iba a la chimenea, miraba el fuego moribundo, cogía la pala de la ceniza, apilaba en ella unos leños y los echaba sobre las brasas ardientes. Luego volvía a la mesa a escuchar, con el resto de los comensales, la bendición de la comida y las historias de la Torá que Meir comparte con los pequeños antes de que se retiren a dormir, y por último los debates de los mayores sobre textos de nuestros sabios. Una vez sorprendió a los oyentes dividiendo los 613 preceptos de la Ley en 248 mandamientos «positivos» y 365 «negativos». Meir tenía un aprecio especial por los estudiosos de nuestros textos.

Alrededor de un año después del robo, a la habitación que Hirsch alquilaba llegó un nuevo inquilino en lugar de otro que se había marchado. Como éste no le gustaba, Hirsch cogió su tesoro y fue a esconderlo en casa de sus padres, en Bockenheim, un poblado del principado de Hesse.

Siendo así, ¿cómo se descubrió la fechoría?

Also, un día Meir oyó que golpeaban a la puerta de casa. En la entrada, un desconocido preguntó por Hirsch Liebman, pero éste acababa de salir para hacer uno de sus recados. «No está», respondió Meir, y cuando el desconocido se marchó, no pensó más en ello y volvió a sus papeles.

Al día siguiente, el sujeto regresó con la misma pregunta y obtuvo la misma respuesta.

Cuando volvió al tercer día, Meir perdió la paciencia y le exigió con firmeza que le dijera qué buscaba y qué relación tenía con Hirsch. El hombre se revolvió, incómodo, tratando de esquivar una respuesta directa. Meir percibió señales e indicios sospechosos en su comportamiento. Miró inquisitivamente al interrogado mientras cruzaba los brazos en posición de espera, y el hombre empezó a hablar.

De sus palabras se desprendió que era un comisionista y que en nombre de Hirsch Liebman había realizado una transacción de compra de pagarés por nueve mil florines.

Al oír la cifra, Meir se quedó con la boca abierta frente al desconocido. ¿Cómo podría un ayudante que cobra dos florines y medio al mes, con los que debe pagar el alquiler, que asciende a un florín, comprar pagarés por una suma cuya cola tiene tres ceros?

«Señor, ¿por qué le sorprenden tanto mis palabras?», preguntó el hombre.

En lugar de responder, Meir le exigió más detalles sobre la naturaleza de la relación entre ellos dos.

El comisionista siguió parloteando frente a los brazos cruzados de Meir y añadió que Hirsch le había ordenado mantener en secreto el asunto de los pagarés, y que si debía explicar la relación que había entre ambos, únicamente dijera que comerciaban juntos con heno.

Meir trasladó el asunto directamente a la justicia, y a partir de entonces vivimos muchos días tensos, tempestuosos y aflictivos.

Ante el juez de instrucción, Meir declaró que no cuestionaba la veracidad de las palabras de Hirsch Liebman respecto a sus transacciones por cuenta propia, puesto que se trataba de la guerra que todos los judíos libraban por sobrevivir, pero que tales transacciones no podían haberlo enriquecido tanto. También dijo a la policía que una revisión parcial de la *cabine* había revelado que faltaban monedas y medallas de oro, anillos de diamantes y otros objetos cuyo valor ascendía a treinta mil florines.

Los investigadores fueron a la casa de los padres de Hirsch y se sorprendieron al descubrir un tesoro considerable que incluía pagarés, monedas, medallas, candelabros y copas, todo de oro, así como servicios de mesa de plata y oro. Nos devolvieron los objetos robados y arrestaron al ladrón.

Meir exigió que la investigación continuara; incluso se encargó personalmente de su progreso. Deseaba firmemente poner al descubierto todo lo que había pasado delante de sus narices y castigar al que había logrado engañarlo fácilmente. **Mi propio amigo, en quien yo confiaba, comió de mi pan y levantó contra mí el calcañar**, protestó para sus adentros con el rostro enrojecido, y luego me dijo entre dientes: «Las personas como él nos difaman ante los gentiles, exactamente como los *beteliuden,* los judíos que no trabajan y vagabundean de un lugar a otro robando a cristianos y judíos, y que, aun siendo una minoría marginal, crean una imagen distorsionada de nuestro pueblo y refuerzan los pretextos para no concedernos derechos civiles».

Amschel, Shlomo y Natán intensificaron su actividad en la firma para que su padre pudiera dedicar parte de las horas de trabajo a la investigación.

Es verdad que se trataba de un gusano insignificante, pero era para volverse loco. Yo esperaba que el juicio terminara pronto. No podía soportar el sufrimiento de Meir. Mi querido esposo, quien ejerce su influencia en los príncipes del país, abastece al ejército austriaco, importa mercancías de la gran Enguiland y trata con las finanzas de la élite de los hombres de negocios, este gran hombre anda permanentemente apesadumbrado a la vez que se esfuerza por ocultar a los extraños la punzante sensación de fracaso que llena su ser, y todo por culpa de un gusano mohoso que ni siquiera merece una mirada. ¡Que la pesadilla termine de una vez!

«El gusano ha emprendido la retirada», le anuncié una noche cuando volvió a casa.

Pareció despertar. «¿El investigador ha estado aquí?»

«Sí. Quería hacerte unas preguntas más. Ve a verlo mañana por la mañana.»

Por la noche Meir daba vueltas en la cama. Pasó unas horas de insomnio, hasta que le acaricié la cabeza y se quedó dormido en mi regazo. Hay momentos en los que incluso las grandes personalidades necesitan una mano que las acaricie.

Por fin la investigación llegó a su término. Quedaron probados todos los cargos. El despreciable ladrón había erigido en su defensa una pila de mentiras que se derrumbaron una tras otra hasta que dejó de resistirse y expuso su plan, su desarrollo y sus consecuencias.

Lo condenaron a muerte. Sus súplicas no sirvieron para mitigar la sentencia. Es evidente que también por transgresiones menores se aplica la pena capital. A mí me parece terrible arrebatar la vida de un hombre. Hubiera sido mejor que permaneciera en la cárcel y que los remordimientos lo atormentaran hasta el fin de sus días.

A pesar de la ejecución de la sentencia, la casa todavía no se ha liberado de la desazón. Meir va y viene por nuestra alcoba con pensamientos contradictorios que se debaten en su mente.

Por un lado, se comporta como quien ha visto pisoteado su honor. «Quién sabe», me repite a puerta cerrada, «tal vez hay otros jóvenes que se han desviado de la buena senda. Tal vez he perdido parte de mi olfato».

Yo le respondo: «Has examinado tus posesiones una y otra vez y estás seguro de que no falta nada. Y en cuanto a tu olfato, no ha caducado ni se ha desvanecido. Tus actos de toda la vida lo demuestran».

«Tal vez, tal vez», suspira cubriendo con una mano cansada su rostro agotado.

Mi corazón llora. A más bienes, más preocupaciones. Esto no es lo que ansiaba. Pero a Meir le digo: «No lloraremos por la leche derramada, y seguro que tampoco por un líquido turbio e inútil».

Meir no se deja convencer. «Precisamente porque es turbio, el daño es doblemente grave. Habría preferido que me engañaran los magnates.»

Por otra parte, es muy amargo su pesar por la forma como actuó con el joven delincuente.

«Hubiera tenido que hacerlo confesar y que se arrepintiera aquí, en privado, no en las instancias de los gentiles. Conspiré con el enemigo contra uno de los nuestros. Yo, que trabajo y actúo a favor de mi pueblo con amor y esfuerzo, he colaborado en mi descontento para sellar el destino de uno de ellos.»

«Parece que la confesión y el remordimiento por sí solos no te habrían sosegado.»

«¿Y la pena de muerte sí?», me responde airado y sé que tiene razón. Se han invertido los papeles. La sentencia, mil veces peor que el repugnante delito, ha hecho que el arrepentido sea el demandante. Sus remordimientos no se borrarán fácilmente.

Le lavo la camisa en el tablón de madera del lavadero. ¡Qué fácil se limpia la ropa y cuán difícil es asear la conciencia!

Sin embargo, mi mente está tranquila; lo nuevo reemplazará a lo viejo, lo de ahora hará olvidar lo de antes. Todavía nos espera una vida llena de contenido, ilusiones y logros. Y lo que es primordial:

confío plenamente en la fuerza espiritual de Meir. Debemos ser pacientes; Dios hará que todo sea para bien.

¡Oh, Dios, escucha mi plegaria!

La festividad de *Purim* es un día de alegría y trabajo intenso.

He preparado el envío tradicional de paquetes con distintos alimentos para los vecinos y los necesitados. La lista de los pobres que esperan recibir el paquete aumenta de año en año. Si en mis palabras se insinúa una queja, habrá que dirigirla al Santo Dios, bendito sea, que es quien debe preocuparse de la paz y el bienestar de sus criaturas. En cuanto a mí, me llena de satisfacción preparar los envíos; solamente temo olvidarme, Dios no lo quiera, de algún hogar que espere recibir el suyo, y pecar así por causarle una amarga decepción en este día festivo.

Nuestra Torá nos prescribe el bonito precepto de *mishlóaj manot*, es decir, «enviar comida y golosinas al prójimo», una costumbre que estrecha los lazos de afecto entre las personas. Maimónides lo puso aún más de relieve cuando dijo que el mandamiento más importante es dar a los desposeídos.

Mis hijos se apresuran a coger los cuencos que he preparado y que llevan alrededor la inscripción del libro de Ester: «En la ciudadela de Susa había un judío llamado Mardoqueo». Están ansiosos por llevarlos de casa en casa siguiendo la lista, y yo les advierto que deben apresurarse y terminar antes de que anochezca, porque el precepto debe observarse al pie de la letra y ejecutarse cuando aún es de día.

En nuestra casa vive una multitud de Rothschild, con la celebrada adición de mis dos nietos, Binyamín y Rivka, los hijos de Sheinshe y Moshe Vermus, quienes derriten los corazones. Aun así, hay mucho espacio, creado como por arte de magia cuando todos los sacos, cajones, montones de telas y otras mercancías se trasladaron a los almacenes alquilados fuera del gueto.

De forma natural se ha establecido una relación entre mis hijos menores y sus sobrinos, hijos de Sheinshe y Vermus, puesto que viven bajo el mismo techo. Mis niños, Jacob, de seis años; Henriette, de siete, y Julie, de ocho, han asumido la protección de Binyamín y de la dulce Rivka, que para ellos es como una encantadora y sonriente muñeca.

No negaré que la proximidad entre los muchos habitantes de la casa es también una abundante fuente de peleas. Entre los pequeños se trata de riñas triviales y efímeras, que caen en el olvido inmediatamente después de la reconciliación. No pueden compararse en absoluto con las controversias que estallan entre los mayores, las cuales, si fueran presenciadas por extraños, parecerían realmente un desfile de representantes de estados enemigos negociando duramente los términos de un armisticio.

Todo empieza justamente de buen modo, y de allí se traslada a los frentes de combate al estilo Rothschild. Me parece haber mencionado el hecho reconfortante de que mis tres hijos, Amschel, Shlomo y Natán, ya son parte integrante de la empresa erigida por su padre. Como a Amschel antes, se le ha informado a Shlomo que es socio de la empresa. Meir no podría arreglarse sin ellos para controlar el reino que ha creado. Trabajan con ahínco e inteligencia y, al igual que su padre, sin reposo. Las ideas se fraguan en sus mentes más o menos con la misma frecuencia con que los ingredientes que pongo a cocer en la cacerola se convierten en un plato comestible, y cristalizan en acciones que engendran resultados de una calidad que promueve la maduración de las ideas siguientes.

Hasta aquí todo es cierto y está muy bien, pero es también aquí donde se oculta la semilla de la discordia.

«Tu propuesta es peligrosa, tiene demasiados interrogantes y pocos signos de exclamación; me opongo absolutamente a ella.» Ése es el lenguaje de Amschel, el angustiado, a la hora del "conciliábulo" de los Rothschild.

«Eres un idiota, no entiendes nada. Piensas demasiado lento. No tengo fuerza para explicártelo. En cualquier caso, no lo entenderías.» Así se expresa Natán, de un carácter entre impaciente y grosero.

Natán es un hombre decidido y poco tolerante con los que no siguen el ritmo de su rápido razonamiento. Antes de expresarse así lanza una mirada de fastidio hacia el techo y emite un resoplido sibilante. Es muy distinto de sus hermanos, tanto por naturaleza como por aspecto. De escasa estatura y cuerpo robusto, es iracundo y quisquilloso, como todos los pelirrojos. Es un trabajador infatigable. Creativo e independiente. Inteligente y ambicioso. Esas últimas cualidades seguro las ha heredado de su padre. El resto, presumiblemente, de sus antepasados.

«Ya basta, los dos. No estamos obligados a elegir un único camino. Hay otras opciones. Sólo hay que decidir qué se hace ahora y qué más adelante.» Éste es Shlomo, el conciliador, el que siempre busca la paz. ¿Qué haría yo sin él?

Cada uno a su manera, todos serían maravillosos si dejaran de pelearse constantemente.

Así sigue la larga serie de disputas, invectivas, griterío, rugidos, resoplidos y gruñidos, en los cuales alguna vez participa su padre, gracias al cual, es necesario decirlo, no llegan a las manos, lo que hasta no hace mucho era una etapa imprescindible de la querella.

A veces ésta se manifiesta fuera de casa, mientras están negociando con terceros. En esos eventos participa el trío completo de mis hijos mayores, pero el que más se destaca, por supuesto, es nuestro Natán, quien en una negociación llega con frecuencia a callejones sin salida. Porfía, al igual que su interlocutor. Defiende su honor denodadamente y no está dispuesto a ceder, pero también el otro se empecina. Natán ya tiene a flor de labios la diatriba insultante. Llegados a este punto, y antes de que el negocio se vaya a pique sin remedio, Meir funge como intermediario, apacigua, mitiga, sonríe, deja su orgullo a un lado y baja el precio hasta sellar el acuerdo.

En la reunión dedicada a extraer conclusiones —la cual tiene lugar en la *cabine*—, Meir recalca ante sus belicosos hijos que es necesario limar asperezas, mostrarse amables, hacer concesiones, ser refinados y generosos, y aplacar los ánimos. Ellos asienten distraídos, y Meir comprende que no tienen ninguna intención de enmendarse y que seguirán contendiendo por los negocios a su manera.

Quién sabe, tal vez necesiten madurar unos años más para serenarse y ablandarse. O tal vez, en la nueva era que se manifiesta ante nosotros, precisamente sea necesario comportarse así. El tiempo lo dirá.

Como sea, me preocupa el comportamiento de Natán, cada vez más radical. Su impaciencia llega a veces a extremos intolerables. Nuestra casa le resulta pequeña. Necesita espacio.

Últimamente pasa mucho tiempo en la cocina.

. . .

Natán me quita el cuchillo de la mano y pela las patatas con sus dedos torpes. Miro las gruesas pieles arrojadas a la basura y se me encoge el corazón al ver el derroche atroz. Sería más útil si pelara a los intermediarios de telas importadas de Enguiland por despellejarnos con los precios que aumentan día a día; así pienso yo. Pero no digo nada, esperando que me abra su corazón.

«Mamá…», me susurra. Yo cojo las patatas peladas y las corto en pequeños dados. Ambos estamos inmersos en la tarea. Tengo los oídos atentos y los ojos como clavados en las manos, pero lo miro de reojo, vigilándolos a él y a sus movimientos.

Él deja escapar un suspiro.

Tengo la boca sellada. Si la abriera tan sólo un poco, algo podría salir mal, Dios no lo quiera. El comienzo de la sabiduría es el silencio. Es mejor callar y aguzar el oído. Soy una experta escuchando. He hecho prácticas intensivas durante toda mi vida al lado de Meir. No en vano Dios me ha equipado con dos oídos y una sola boca. Me encaminó más a escuchar que a hacerme oír.

Natán se mueve inquieto a mi lado. Mientras yo no diga nada, su desasosiego podría engendrar segmentos de discurso. Mi cocina es el incentivo más prometedor para hacerlo hablar.

«Sé que papá me quiere. Sé que piensa por el bien de la empresa, es decir, por el de todos nosotros.»

Una entrada impactante. Mi inteligente hijo sabe cómo se hacen las cosas. No iba a ensuciarse las manos con las patatas sólo para elogiar a su padre. Mi astuto vástago ha elegido la diplomacia para concluir con algo que aparentemente no es diplomático. Y yo tengo paciencia para pasar con él por todas las etapas que necesite hasta llegar a la meta. En eso también tengo práctica. No en vano soy la esposa de Meir.

«Pero él cree ser el único que tiene razón.»

Ya empieza. Yo no digo nada, sólo lo miro. Mi hijo, inteligente como su padre, sabe leer las miradas. No necesita ninguna traducción literal.

«De acuerdo, mamá, tienes razón. Papá ha demostrado su capacidad, él es el fundador. Ha sido él quien ha convertido el negocio en un imperio. Lo felicito por ello. Tengo claro que no podría haber llegado hasta aquí si no hubiera actuado siempre correctamente.»

Qué bien no haber dicho nada. Acaba de ocupar mi lugar. Sin que yo tenga que sermonearlo y explicarle quién es su padre y cuál es su obra, él lo dice todo de la manera más clara posible. Así que lo dejaré continuar. Está a punto de llegar a lo esencial.

«Pero él debe entender que lo que antes era conveniente, hoy no lo es», dice levantando la voz. «Los tiempos cambian, mamá. La gente no se queda estancada. El mundo avanza constantemente, evoluciona; las necesidades son otras y afectan al comportamiento. Así es, tanto en la vida como en los negocios. La carreta tiene que seguir adelante. Si no se mueve, no nos llevará a ninguna parte. Seguramente recordarás lo mucho que tuve que lidiar con papá hasta que consintió en emplear ayuda de fuera. Pensé que estaba hablando con un saco de telas, no con un acaudalado mercader. Me volvía loco. ¿Dónde vive? ¿Por qué no abre los ojos para ver lo que sucede? Hoy no es ayer. Hoy es un paso hacia el mañana. El caso de Hirsch Liebman es excepcional; no todos son traidores y ladrones. Entre ellos hay gente honesta. Mira cómo trabaja Geisenheimer. Es excepcional. Papá me saca de quicio. Estoy harto. No puedo más.»

Un discurso convincente, me dije, aunque yo atenuaría un poco el tono agresivo. Pero tengo en cuenta su borrasca interior; no le hago ningún comentario ni le quito méritos por ello. Tiene razón, aunque no hay nada realmente nuevo en sus palabras, porque ese estado de ánimo es el que últimamente transmite en toda disputa comercial. En lo que atañe a Seligman Geisenheimer, el brillante y joven contable, estoy de acuerdo con él. También Meir piensa así. El contable principal ha puesto orden en la *cabine,* donde Sheinshe y Eva ayudan como cajeras. Fue él quien le recomendó a Meir que contratara al doctor Michael Hess como tutor, a fin de completar la educación general de nuestro Jacob. El profesor, de ideas liberales, ha conseguido inculcar en nuestro hijo de seis años una educación superior a la que recibieron sus hermanos mayores. Sigo esperando la conclusión de Natán. Llegará, es evidente; todo su cuerpo irradia su afán por alcanzarla.

A esta altura habíamos terminado de pelar y cortar las patatas, y yo ya había empezado a cocinarlas. Solté el cucharón, me lavé y sequé las manos, y le tendí la toalla. Me senté en una silla, él arrastró otra y se sentó frente a mí. Empezó a aclararse la garganta. ¿Qué estaría tramando?

Miré su cara tensa. Tenía la mirada clavada en el techo. Su cabeza era una mancha dorada. Resistí el impulso de envolverlo en un abrazo, darle un beso y decirle: «Tranquilízate, hijo, pase lo que pase, estaré contigo». Tenía que morderme la lengua si quería serle útil. Abierta a él, dispuesta a aceptar lo que fuera, asentí con la cabeza para darle ánimos.

«Mira, mamá, tengo que pensar. Aquí me bloquean las ideas. Me siento aprisionado. Quiero libertad. Entiéndelo, la libertad de pensamiento es como el aire para respirar, y yo no tengo suficiente. Siento que me ahogo.»

Seguí asintiendo con la cabeza. Me aguijonean unas gotas de inquietud. Pese a que quería pedirle que dispersara de una vez la niebla y centrara sus miras, me impuse la obligación de mostrarme tranquila.

«No sé cuándo, cómo ni adónde, pero tengo que salir.»

«¿Qué quieres decir con... "salir"?», hice la primera pregunta, lógica, obvia y legítima desde cualquier punto de vista.

Él suspiró y yo quería llorar.

«Mamá, ni yo mismo lo sé todavía, de verdad. Pero tenía que decírtelo, compartirlo contigo y prepararte.»

«Hijo, entiendo que necesites libertad. Pero salir de un lugar conduce a otro. ¿Cuál es el otro lugar? ¿En qué estás pensando?»

«En un destino lejano. Todavía no sé cuál. Por el momento estoy en casa; pronto volveremos a conversar.»

Me dio un beso en la mejilla, acostumbrada a los besos de todos, salvo a los de Natán. Su sonrisa no consiguió alisar las arrugas de preocupación de su frente. Ni las de la mía.

Mi hijo está pensando en irse de casa. Es joven, sólo tiene veintiún años. Todavía no está comprometido. ¿Cómo viajará? ¿Adónde irá?

Esperaba que se tratara de ideas pasajeras, que desaparecerían así como habían venido. Pero en el fondo sabía que mi Natán era un hombre decidido y que detestaba la veleidad. ¿Qué pasará?

Las conversaciones en la cocina con Natán se hicieron más frecuentes. El rubor de sus mejillas aumentaba, rivalizando con su cabeza rojiza. Las primeras ideas que me expuso no sólo no desaparecieron, sino que arraigaron hondo en su esforzada mente, a la vez que se volvieron más nítidas y adquirieron forma.

Cuanto más frecuentes eran las disputas con su padre y sus hermanos, más maduraba el propósito de marcharse. Los enfrentamientos que lo alejaban de Meir lo acercaban a mí. Sus caminos se separaban y la brecha entre ellos crecía.

Soy consciente de la angustia de mi hijo, y no puedo detener su vuelo.

«¡Lo encontré!», me espetó un día mi pequeño Arquímedes, y lo seguí a la cocina. «Enguiland», me centellearon sus ojos y de su boca salieron galopando palabras entusiastas: «¿Por qué tengo que pagar aquí cuando puedo comprar directamente allí? Lo mandaré al diablo y me instalaré allí en su lugar; eso es lo que haré…»

«Espera un momento, *in Gotteis naamein,* por amor de Dios. ¿Adónde vas tan rápido? **Mejor se oyen las palabras sosegadas de los sabios que los gritos de un soberano entre los necios.** Habla despacio para que también yo pueda entenderte. ¿Por qué Enguiland?»

«Porque estoy harto de seguir trabajando frente al engreído representante inglés. Al fin y al cabo, sólo es un agente de textiles, pero se comporta como si toda Europa le perteneciera. Sabes que los productos que importamos de Enguiland son nuestro negocio más importante. Puedes comprobarlo en los libros de Geisenheimer. Y los precios de las mercancías que llegan de Enguiland aumentan sin parar a causa de las altas comisiones que van directamente a manos del despreciable Jeffrey.»

«Está en su derecho; así se gana la vida. Y por amor de Dios, deja de insultar. Yo no quisiera que nuestros clientes nos maldijeran por los precios que les cobramos.»

«Exactamente de eso se trata, mamá. A causa de él, nosotros también nos vemos obligados a aumentar los precios para que nos quede un pequeño margen. Creo que también se enfadan con nosotros por algo de lo que no somos culpables.»

«¿Y en qué ha pensado mi genio?»

«La idea me vino tras una dura contienda con el tal Jeffrey. Le dije que quería ver las últimas muestras de telas que había traído. Parece que no fui especialmente delicado al pedírselo, pues se ofendió y se negó a mostrármelas. Y entonces le lancé una breve frase: "No hace falta: iré yo a Enguiland para ver las muestras". Mamá, ¿te das cuenta de cuán brillante es la idea? Iré a Enguiland, mandaré a papá las mejores telas y no habrá ninguna necesidad de pagar comisiones excesivas.»

Me eché a reír. No pude evitarlo. Me miró, tratando de comprender de qué me reía, pero no podía explicárselo. La risa no paraba.

«Bueno, mamá, lo entiendo. La idea te parece estúpida. Y yo que ingenuamente pensaba que me ayudarías con papá.»

La desilusión reflejada en su rostro me detuvo la risa al instante. Y ésta puede fácilmente transformarse en llanto. ¡Es tan frágil esa transición! Contuve el llanto que empezaba a insinuarse.

«No, no lo entiendes. Lo que me hace reír es que tu designio más brillante haya surgido de algo tan característico tuyo, de una discusión. Mientras peleas con tus hermanos se te ocurren las ideas.»

Al comprenderlo asintió, me abrazó y yo protesté:

«Me falta el aire, Natán. Suelta a tu anciana madre; tiene que respirar».

Me soltó y se quedó mirándome. «Entiendo que la idea te gusta, *mame*.»

«Una idea que aleje a mi hijo de mí no puede gustarme. Especialmente porque entraña muchos riesgos…»

Volvió a poner cara de decepcionado y entonces me apresuré a completar la frase: «Pero puesto que a ti sí te gusta, la acepto sumisamente. Creo que encontrarás la manera de hacerla realidad, con todas sus consecuencias».

«Habla con papá; yo no tengo fuerzas para explicárselo y discutir con él. Dime que estás dispuesta a ocuparte tú», me pidió.

Me callé. Vacilaba en acceder a lo que me pedía, pero al final dije: «Consolida todo el plan y preséntaselo a tu padre. Si es necesario, prometo intervenir en tu favor».

Domingo, 14 de elul de 5558 [26-8-1798]

En apariencia, los días siguientes transcurrieron serenos. Me parece que si la *cabine* fuera capaz de abrir la boca y hablar, soltaría algo así como: «¿Qué pasa aquí? ¿La gente ha cambiado?»

«No sé lo que pasa, hay algo que no es lo mismo que antes.»

No, esto no lo dice la *cabine*. Es algo que Meir plantea asombrado, sin obtener respuesta.

Me callo. Natán también se contiene. Está completamente entregado a la preparación del plan. Comparte el proceso conmigo, y yo me siento orgullosa de su análisis profundo, de los más mínimos detalles que extrae de su mente febril y de las soluciones creativas que propone. En honor a la verdad, el orgullo es aún más fuerte por ser yo la única que comparte el secreto con él. Es un sentimiento cauteloso. No me estoy jactando. Solamente estoy orgullosa. Y es distinto. No hay en mí arrogancia. El orgullo de madre es siempre legítimo.

Preocupado por los preparativos, Natán no tiene tiempo para los altercados de costumbre, con lo que en la *cabine* reinan una paz y una tranquilidad hasta ahora desconocidas.

Pero ésta no es la única explicación de los nuevos vientos que soplan en casa y en la oficina. Miro a Natán y veo en su expresión unos centelleos que atribuyo a dos causas: el hito que está a punto de superar y la despedida de casa.

Mi impresión se confirmó en la cocina.

«Debes saber, mamá, que sentiré añoranzas», me ha confesado, ruboroso y abochornado.

Desde siempre supe que en él se escondía una pizca de sensibilidad humana. Por primera vez esa intuición de madre se afianzó y cobró vigencia. «Nosotros también te echaremos de menos, Natán, y mucho», le dije acariciándole levemente la mejilla.

«Lo sé, pero a la familia le será más fácil. Por estar todos juntos, compartirán la añoranza. Allí yo estaré solo, deberé cargar con todo el anhelo, sin compartirlo con nadie. ¿Lo entiendes? Estaré completamente solo.»

«Puedes cambiar de opinión, Natán. No es tarde para hacerlo.»

«¡Qué dices! Olvídate de eso, querida *mame*. Seguiré adelante con el plan. Y que no se te ocurra impedírmelo.»

Ahora tengo claro que se mantendrá firme en su decisión. No tiene ningún sentido tratar de disuadirlo. «Está bien, hijo, no te importunaré. Solamente me interesa esa añoranza de la que hablas.»

«Sobre todo te extrañaré a ti, mamá. Tu serenidad. Tú ofreces consejos sencillos e inteligentes, pero sin dar la sensación de que te entrometes.»

«Me da la impresión de que te has equivocado al elegir tu profesión. Podrías intentar hacerte "médico del alma".»

«De eso hablaba justamente. Das consejos con sabiduría, sin interferir; sólo preguntas si no debería buscar otro camino. No, gracias, mamá. Ya soñaba con esto cuando, aburrido ante una página de la Guemará, esperaba impaciente los encargos de papá. Lo que hago ahora es exactamente lo que quería hacer.»

«Estaba pensando que, puesto que vas a Enguiland, podrías averiguar sobre los ataques de locura del rey George III.»

No pude evitar el recuerdo de los mercenarios. Traté de mantener una expresión serena.

Natán me clavó una de sus miradas de reproche. «En lo concerniente a la casa real, no temas, mamá. No tengo ninguna intención de inmiscuirme en sus enfermedades. Me parece que me concentraré en lo que sé hacer bien: el comercio.»

«Tienes razón, hijo: el comercio está hecho a tu medida. Desde que eras pequeño sabíamos que así sería. Incluso Buderus lo predijo.»

«Ya está bien, mamá; todavía no he demostrado nada especial. Pero definitivamente me propongo probar suerte allí.»

Calló. Nos miramos.

«Debes saber que no puedo dejar de pensar en papá. Cada vez que emprendo una acción, me hago dos preguntas. La primera: qué haría él en mi lugar. La segunda: qué diría de lo que yo hago.» Se detuvo y sonrió cohibido.

«¿Y también respondes a ellas?», pregunté.

«A veces. Confunde un poco. Mira, papá es un hombre formidable que se ha construido el éxito con sus manos. No ha tenido un abuelo o un padre que prosperaran antes que él. Papá, el niño huérfano, ha hecho todo el camino con sus propias fuerzas, su mente y sus manos, y contra toda lógica. Piénsalo: qué posibilidades nos da este gueto miserable en el que estamos enterrados, con decretos del tiempo de Matusalén, donde ninguna persona ilustrada se atreve a decir: "Puesto que optamos por el progreso, ha llegado el momento de cambiar también la injusticia con los judíos y echar por la borda todas esas prohibiciones y exclusiones inhumanas". Apenas conseguimos sacar la cabeza para respirar un poco ese aire apestoso. ¿Dónde? En Frankfurt. Precisamente en Frankfurt, la urbe avanzada, la ciudad a la que acuden desde toda Europa. ¿Cómo se permite esa conducta con nosotros?»

Se detuvo un momento, resoplando: «Quería hablar de papá y he terminado hablando de todos los judíos. Tal vez porque, a mi modo de ver, papá los representa. Él ha demostrado que incluso desde el fondo de la cloaca se puede encontrar un camino hacia la cumbre.»

Prorrumpió en una carcajada y yo contuve las lágrimas. Mi hijo, que durante mucho tiempo se enfrentó a su padre, me habla ahora de su heroico progenitor y de lo que representa para él. ¿Dónde había estado todo el tiempo? ¿Ha tenido que hacer su equipaje antes de partir hacia Enguiland para despertarse y comprender la magnitud del poder de su padre?

Tan repentinamente como se había reído, se puso serio. «Mira, mamá, Frankfurt es la madre de todos los males. En ella me falta espacio. No quiero ver la cerda de los judíos, la *Judensau,* el icono antisemita de la torre del puente antiguo, cada vez que voy a la ciudad. Por más esfuerzos que hago para no levantar la vista, la cabecera del puente atrae mi mirada y el corazón me dice que hay que romper esa maldad.» Suspiró.

Miré a mi hijo. ¡Cuánto sufrimiento alberga su joven corazón! Estaría dispuesta a quedármelo yo para liberarlo de él.

«Papá ha hecho cosas extraordinarias. No sé de dónde ha sacado esa fuerza. Todos nosotros tenemos la misma pasión por el trabajo que lo caracteriza. Es un patrimonio genuino de los Rothschild, sin el cual no podremos seguir ascendiendo.»

Se apartó un mechón de pelo rojo de la frente, la cual se le va ensanchando en un rápido proceso de calvicie. Tan joven y ya casi calvo. En mi opinión, esto no es más que el resultado del esfuerzo intelectual que hace cotidianamente.

«A veces me digo que papá habría tratado a cierto cliente con guantes de seda, y tal vez en su caso sea lo correcto. Pero yo no soy capaz de ablandarme. Acepto que en ocasiones la paciencia de papá y su capacidad de limar asperezas son necesarias para el éxito de una transacción. Sin embargo, a menudo sucede que pongo a determinado cliente ante un ultimátum, el cliente se apresura a firmar el contrato conmigo y yo me palmeo disimuladamente la panza, pero al mismo tiempo me pregunto qué diría papá, si me daría una palmadita en el hombro o me lanzaría un sermón.»

El resplandor de su rostro cuando habla de su padre me dice que acepta sus críticas de buen grado.

Y espero que también su padre acepte de buen grado y con comprensión la decisión de Natán de irse. Que entienda que su hijo no lo abandona; sólo se aleja un poco y amplía sus horizontes.

Natán decidió que había llegado el momento de anunciar el gran secreto. Fue al término de una cena familiar. Los pequeños estaban en la cama. Sólo los mayores y su padre se habían quedado alrededor de la mesa, como tenían por costumbre, debatiendo textos de la Torá. Rabí Simón dice: **Si tres hombres comieron en una misma mesa, habiendo dicho sobre ella palabras de la Torá, es como si hubieran comido de la mesa del Omnipresente, bendito sea.**

Yo volví de la cocina tras comprobar que la vajilla estaba limpia, los platos de loza guardados en un armario, los vasos en otro, y la cacerola y la sartén colgadas en su lugar en la pared. Como siempre, me senté en el sillón junto a la ventana. El acto habitual de echar un vistazo me permitió ver una calle oscura y vacía. Todos se hallaban a cubierto en sus casas. Me giré hacia los que estaban sentados y escuché atentamente a la vez que movía las agujas con las que tejía una manta para mi nieta Rivka —el invierno ya se acerca—.

«Papá, necesito hablar contigo», dijo Natán dirigiéndose a su padre.

«Yo también tengo que hablar contigo, hijo.»

«Puesto que el mío es un asunto muy importante, será mejor que empieces tú y luego hablo yo», propuso Natán.

«Lo mío también es un asunto muy importante, y tan grande como Enguiland, por así decir. Así que ¿quién de los dos empieza?», soltó Meir esa frase sorprendente.

Las bocas abiertas de par en par alrededor de la mesa jamás habían parecido tan grandes. Y eso que ya habíamos tenido sorpresas en torno de esa mesa redonda.

Todas las miradas estaban pendientes de Meir. En el rostro de Natán se advertían las señales del ataque por sorpresa que acababa de recibir. Su boca entreabierta emitió un sonido estridente: «¿Eh?»

«Querías sorprenderme y te has llevado una sorpresa. ¿No es cierto, querido hijo? Has trabajado diligentemente en el plan, has pensado en cada mínimo detalle, pero en uno solo no has tenido suficiente cuidado.»

En el rostro de Natán se agolparon signos de interrogación. Con la boca paralizada miró a su padre, los ojos pegados a sus labios. Su cuerpo, como una estatua, había perdido la facultad del movimiento.

En mi rostro no había interrogantes. Al contrario, de pronto se me aclaró el panorama de lo que había sucedido en nuestra casa durante la última semana, a lo que lamentablemente no había prestado suficiente atención. Pecado de negligencia. Me dolió pensar que no había actuado como debía para observar, comprender y advertir a tiempo a mi hijo. Sofoqué el deseo de acercarme a él, abrazarlo, acariciarle la cabeza, sacudir la tensión de su cuerpo y mitigarla.

Miré a Meir. Evidentemente, lo que yo captaba quedaba oculto a los ojos de Natán, concentrado simplemente en el viraje y que en esos momentos críticos no estaba emocionalmente disponible para nada más.

Meir me miró, respondiendo con un ligero asentimiento a la mirada suplicante que yo le lanzaba. No seas severo con él, le susurré con los labios sellados. Esquirlas de esperanza se agitaban en mí.

«Mira, Natán», empezó diciendo Meir mientras yo contraía los puños para ahogar la tempestad. «Últimamente, un cuadro nuevo me ha llenado de satisfacción, pero al mismo tiempo me ha sorprendido e impulsado a llevar a cabo una pequeña labor de investigación. No he tenido que esforzarme demasiado porque tú me has facilitado el trabajo. Estabas tan absorto en ti mismo, que no te diste cuenta de que, con tu comportamiento, estabas creando ese cuadro nuevo.»

Hablaba con acertijos. Pero me molestaba el tono reprobador que acompañaba sus palabras. Me compadecía de Natán. ¿Para qué atormentarlo así?

«El nuevo cuadro representa una casa tranquila, llena de sonrisas, engalanada con palabras amables, ornamentada de concordia, sin enfrentamientos ni burlas. Una imagen encantadora, sin lugar a dudas, y ciertamente satisfactoria. Pero no es la de mi hogar. Es una ilusión, me he dicho, a menos que algo esté sucediendo ante mis narices. No me gustan las sorpresas. Hablando conmigo mismo y con todos me dije: "No sé qué pasa; hay algo que no es lo mismo que antes". No obtuve respuesta. Cuando he vuelto a citar mis palabras sin darme cuenta, repitiendo la pregunta de otra manera, tampoco ha habido respuesta. Empecé a husmear por casa y en la *cabine.* Ya desde el principio, los hilos me llevaban a ti, Natán. Vi claramente que quien había cambiado eras tú. ¿Adónde habían ido a parar de pronto el mal humor, las pullas, la mofa, las críticas y los alaridos? ¿Sería posible que de pronto todo, en casa y en la *cabine,* transcurriera sin problemas? ¿Podía ser que todo lo que decidíamos y hacíamos fuera de tu agrado? ¿Cómo podía ser que de tus miradas hacia mí, tu padre, y hacia tus hermanos, se hubieran borrado las arrugas de desprecio que habitualmente aparecen cada vez que nos observas, y que tu frente se viera lisa como la de un bebé inocente?»

Mi corazón se apiadaba de Natán. Sabía que la prolongada introducción de su padre no le hacía ningún bien al nudo que se le había formado dentro. El aire de la habitación se había cargado. La mano de Natán asió el salero y empezó a hacerlo girar distraídamente. Yo ya me había dado cuenta de que Meir no tenía ninguna intención de ser indulgente con su hijo ni de darse prisa por terminar. No renunciará a la oportunidad de darle una lección de vida, especialmente si este hijo quiere emprender un camino nuevo y distante.

«Como iba diciendo», siguió Meir, ufano como alguien a quien se le ha concedido el honor de pronunciar un fogoso discurso ante un gran público desde el estrado de la sinagoga, «no has prestado suficiente atención a un detalle. A la rutina. Si querías sorprenderme, debiste haber observado un comportamiento normal, como el de cada día. Las señales que dejabas a tu alrededor eran muchas, demasiado grandes y muy sospechosas. Como si hubieras encendido todas las velas y desde el centro de la habitación hubieras gritado: "¿Dónde estoy?" Compréndelo: yo no tenía ninguna necesidad de buscarte. Estabas allí. Sólo tenía que mirar. Dondequiera que fueras, yo te seguía; pero, a diferencia de ti, me cuidaba de no dejar huellas. Me obligaba a comportarme como siempre. No te he creado ni sombra de sospecha porque sé que ésta es la manera de guardar un secreto. Actuar con normalidad. No atraer el fuego».

Meir, cuya mirada estuvo siempre enfocada en Natán, ahora se volvió hacia Amschel y Shlomo.

«Todos tenemos que recordarlo. Para no exponernos, debemos comportarnos como siempre. Jamás debemos mostrar debilidad ni dejarnos arrastrar por los sentimientos. El dominio de nosotros mismos es la clave del éxito y es necesario en innumerables situaciones de la vida, incluidas las negociaciones. No perdamos los estribos. Aunque sintamos deseos de torcerle el cuello al extorsionista financiero que tengamos delante, tratémoslo con respeto y afabilidad, y al mismo tiempo preguntémonos si sería conveniente renunciar a la transacción, o si ésta vale la pena y sería un error dejarla pasar. Recordemos que no hay que atenuar las pasiones de los otros, sino refrenar los impulsos de nuestro corazón. Cuidado con las paredes, porque tienen oídos amenazadores. Hay que actuar de manera que ni el mejor de los asediadores sea capaz de hacernos decir nada. El deseo de saber es una tendencia natural del hombre, de cada uno de nosotros. Todo lo que tenemos que hacer, a diferencia de otros, es, por una parte, guardar el conocimiento entre nosotros, y por la otra, utilizarlo como una rápida palanca hacia la riqueza. Si sabemos antes que los demás, nuestro conocimiento podrá transformarse en una herramienta efectiva para la acción.»

Clavé en Meir una mirada de reproche. Había utilizado todas las armas a la vez. Incluso las que no tenían ninguna relación con lo que había pasado con Natán. Eran cosas de sobra conocidas por nuestros hijos desde que empezaron a trabajar, pero nadie como Meir perdería la oportunidad de repetir las reglas, en especial ante un hijo y descendiente que, al parecer, está a punto de lanzarse al campo de batalla.

Meir volvió a mirar a Natán, quien estaba absorto tratando de encontrar la posición correcta del salero, sin dejar de hacerlo girar lentamente con la mano.

Amschel y Shlomo estaban incómodos en sus asientos, se miraban sorprendidos entre sí, luego veían con compasión a Natán, después a su padre, de nuevo entre ellos, y así sucesivamente. En lo que a mí concierne, mis ojos iban de uno a otro.

«Antes de darte mi opinión sobre tu idea, ¿tienes algo que decirme en tu defensa?», preguntó Meir, volviendo al tono inflexible.

Natán lo miró, tratando de adivinar qué se proponía. Apartó la mano del salero y juntó los dedos. «Tenía la intención de decirte algunas cosas», le dijo con una voz ronca, «pero ahora, después de tus prolegómenos, es inútil». Luego añadió, con el tono de quien se recupera: «Sólo te diré que debo corregirte una cosa. Más que pretender sorprenderte, pensé que era mejor preparar el terreno y presentarte un cuadro lo más claro posible para lograr que acogieras favorablemente mi decisión».

«Ese razonamiento es legítimo, aunque me parece que la idea de preparar el terreno le va más a tu madre que a ti.»

«Me declaro culpable. La idea fue de mamá.»

«Debo señalar que la idea no tiene nada de malo, sólo que la ejecución ha sido deficiente, como probablemente ya habrás entendido.»

«Puede ser.»

La impaciencia de Natán comenzaba a emitir señales. Las frases cortas son su marca de identidad. Le habían arrancado las últimas virutas de dominio. Empezaba a temer que, si Meir prolongaba más la velada, podría perderse una oportunidad. Meir lo entendió como yo y actuó en consecuencia.

«Y en cuanto a tu idea… de irte a Enguiland a comerciar y mandarnos las telas...»

Se diría que todos habíamos dejado de respirar, esperando el gran momento. Meir hizo una pausa ante el rostro de Natán, que volvía a parecer el de una estatua.

«Es una buena idea, hijo. Te doy mi bendición.»

El aire que reteníamos se liberó de modo uniforme y coordinado. Meir, comprimido entre los musculosos brazos de Natán, me lanzó una mirada de júbilo que decía: «A ti también te he tenido un poco en ascuas; te lo mereces por tu intento de encubrimiento, evidentemente infructuoso». No sé a ciencia cierta si pretendía decirme todo eso justo en ese momento, pero así lo sentí entonces, cuando estalló en la sala, a altas horas de la noche, la danza alegre y ruidosa que hizo que los durmientes saltaran de sus camas y se presentaran en la habitación, frotándose los ojos ante el extraño espectáculo que los había despertado.

CUADERNO 2

Mi nuevo cuaderno señala un hito importante en la familia. El primero, el que papá me dio a los quince años —¡hace treinta!—, se ha terminado. En mi vida y en la de mi familia ha habido muchos acontecimientos que están documentados y guardados en mi cuaderno, con una escritura legible y ordenada. Volví a escribir en él en la época de mi gran enamoramiento de Meir, un amor que resiste el paso del tiempo y demuestra que los años traen consigo nuevos y hermosos matices que mejoran los viejos y buenos. Ese cuaderno marcó el punto de partida de una nueva vida en compañía de Meir Rothschild.

Hoy empiezo el segundo. Me ocupé de buscar un hermano gemelo, idéntico al que amé, un verdadero amigo a quién contarle todos los secretos de mi corazón, mis preocupaciones y alegrías, mis reflexiones y actos, así como los acontecimientos de mi familia. Mi caligrafía ha cambiado; las letras se han vuelto barrigudas y ocupan una superficie mayor, lo que no es de extrañar, puesto que no veo como antes, pero no puedo sino dar gracias al Altísimo por el privilegio de tener suficiente visión. Sin embargo, debo admitir que las letras grandes no significan que mi escritura sea más legible. Al contrario, no es tan bonita como en el pasado, y a veces tengo que esforzarme para descifrar palabras que he escrito. Sin nadie que me ayude, sería mejor dedicar esos esfuerzos a escribir con más soltura.

Empezaré por la mañana del día siguiente al de la noticia de Natán. Él se afana para terminar los últimos preparativos. Dentro de dos días dejará nuestra casa para irse a Enguiland. Por primera vez un hijo nuestro, sangre de nuestra sangre, está a punto de atravesar las fronteras de casa, las de la ciudad, las de Alemania y las del Sacro Imperio Romano. Por primera vez nuestros negocios cruzan realmente fronteras, hasta Enguiland. Si esto no es un hito, ¿qué lo será?

Natán se prepara para el viaje meticulosa y juiciosamente. Calcula muchos detalles, grandes y pequeños. Meir añade los suyos. En realidad, ninguno de los dos se ocupa de otra cosa que no sea el viaje a Enguiland. Sus cabezas se tocan; el brazo de Meir ciñe el hombro de su hijo mientras con la mano sigue la ruta en el mapa, o traza bocetos en un papel para ayudar a ilustrar las ideas incesantes que se suscitan en sus mentes.

Yo atesoro estas imágenes en mi corazón, porque dentro de muy poco la casa se vaciará de ellas.

En los rostros de Amschel y Shlomo se nota el mal humor. Ellos también desean participar en los preparativos, pero deben contentarse con observar y con que los tengan al tanto parcialmente, entre una carrera y la siguiente de un trabajo que ahora recae excesivamente sobre ellos.

Meir tenía muchas dudas acerca de la elección de un acompañante adecuado, tanto para el viaje como para los primeros tiempos de estancia de nuestro hijo en tierras lejanas. En opinión de todos, Vermus era el más indicado, pero finalmente la decisión recayó en Seligman Geisenheimer, nuestro principal tenedor de libros, quien tiene probados conocimientos de contabilidad y domina cinco idiomas, entre ellos el inglés, que es la lengua que se habla en Enguiland. Además de su ayuda esencial en temas contables, Geisenheimer está en posición de hablar por Natán hasta que éste empiece a adaptarse a las palabras del nuevo lenguaje.

El ajetreo por la preparación del viaje es algo palpable en casa. La tempestad no pasa por alto a ningún miembro de la familia, del mayor al más pequeño. Por ejemplo, Jacob. Durante los recreos de sus estudios, que cada vez son más largos, y con la aprobación sonriente del doctor Michael Hess, corre hacia el dúo principal de planificadores, husmea en los papeles, pasa el pequeño dedo por los bocetos, pregunta, investiga y obtiene respuestas, y cuando está satisfecho, salta a los hombros de Natán y le pide que galope. «Dentro de poco te irás y nunca tendré otro caballo como tú», clama desde las alturas de la espalda de su hermano, fustigando el aire con un látigo imaginario mientras grita, «¡Arre! ¡Llévame a Enguiland!»

Meir trata de no dejar traslucir sus emociones. Sólo cuando nos vamos a dormir y nadie puede verlo, especialmente Natán, da rienda suelta a sus cavilaciones.

«Sabes, Gútale», me dijo, volviéndose hacia mí y retirando una mano de debajo de la cabeza para tomar la mía tiernamente. Me así a ella. La necesitaba para purificar mis pensamientos.

Yo también tengo una caja de pensamientos con la tapa abierta que se va llenando cada día y a cada momento, hasta estallar.

«Nuestro Natán me hace sentir orgulloso. Ese hijo ambicioso y valiente me llena de esperanza. Sólo tiene veintiún años y ya abriga aspiraciones extraordinarias. Es distinto de Amschel, de Shlomo y de todos los jóvenes que conozco. Nunca he estado más convencido de haber tomado una decisión correcta que cuando le di mi bendición y lo doté de una suma considerable para empezar. Le irá bien. No me engaño al pensar que de ahora en adelante todo me será más fácil con él. Sé que Natán es Natán, que ni siquiera la distancia geográfica pondrá fin a nuestras diferencias, que tal vez incluso las agudice a medida que aprenda, experimente y se roce con el ancho mundo. Pero nuestro hijo tiene buena cabeza, y eso es lo que me importa.»

Presté atención al temblor que se infiltraba en su voz. La sensibilidad que de él emana agita la mezcla tempestuosa en mi vientre.

Me agradan sus palabras y la confianza que deposita en nuestro hijo. El padre valora al hijo tanto como el hijo a su padre. Es una pena que no se lo confiesen.

«¿Lo entiendes, Gútale?» Meir sigue desgranando sus pensamientos. «¿Comprendes lo que significa residir en Enguiland y dirigir las jugadas desde allí? ¿Te das cuenta de qué punto de partida ha escogido? El más selecto. Se trata de la opción de la máxima calidad que alguien de la Judengasse puede elegir para sí mismo. Sé que no es el primero en emigrar a Enguiland ni será el último. Cada vez son más los que abordan ese carruaje. Pero él hará lo que a nadie se le ha ocurrido. Y siempre que se adelante a los demás, tendrá el éxito asegurado, porque cada logro trae consigo muchos más.»

Meir vuelve a hablar del éxito refiriéndose totalmente a los negocios. Valora mucho a su hijo, pero su vara de medir se encuentra en la palabra clave «negocio». Me recuerda mucho nuestra noche de bodas. Sólo que ahora no soy vulnerable. Lo conozco al derecho y al revés. Él y el «negocio» son una sola cosa, viven en paz y son inseparables.

De pronto suspiró, me dio un beso en la boca, me susurró «Buenas noches», y su mano revoloteó sobre mi cuerpo hasta quedarse quieta. Se durmió antes de que alcanzara a decirle algo. Entonces le susurré al oído: «Natán te quiere, te admira y te necesita».

No respondió, pero sus tranquilos ronquidos eran prueba de la paz interior de un padre orgulloso.

Ayer nos despedimos de Natán. Cargamos las maletas y los sacos en el carruaje. Delante iba el cochero sujetando las riendas; detrás de él, en el asiento de madera, Natán, dominando su determinación y tratando de ocultarnos su rostro enrojecido por tantos besos y pellizcos. Geisenheimer se sentó a su lado, también emocionado por el nuevo rumbo que tomaba su vida. Para todos era evidente que se esforzaba por transmitir la seguridad de alguien consciente de la enorme responsabilidad que se ha depositado en él.

Bajo el suelo del carruaje se escondía una caja de terciopelo con la inconcebible suma de veinte mil libras esterlinas que Meir había confiado a su hijo. La mayor parte de esa cantidad pertenece a Meir; sólo una pequeña porción corresponde al dinero acumulado por Natán gracias a su trabajo. Ésta es la forma en que Meir da a entender que tiene fe en la aventura que Natán emprende y que la asociación de su hijo con Enguiland despierta en él grandes expectativas.

Natán había sido informado de esa suma dos días antes. Es casi la mitad del capital declarado en los libros. Nadie conoce los números mejor que él. Miró a su padre y con sus desmañados brazos le rodeó los hombros encorvados.

«Papá, es demasiado», le dijo al oído.

«Cierto, hijo mío. A la misma altura del valor que le das a este dinero, yo espero que estén los frutos que produzca.»

Apartó un poco a Natán para poder recorrer con la mirada su rostro y su cuerpo. Nuestro hijo observó a su padre y asintió con la cabeza, escatimando toda muestra de emoción.

A la hora de la despedida acudieron todos los Rothschild y también mis padres, mis hermanos y hermanas, sus cónyuges e hijos, así como Moshe, el hermano de Meir, con sus hijos ya crecidos, y se reunieron al lado del carruaje.

Mi padre se acercó a besar a Natán.

«Abuelo, las filacterias que me regalaste por el *Bar mitzvá* están bien guardadas en el fondo de la bolsa», le dijo Natán.

«Muy bien; nunca las olvides y ellas siempre te protegerán, querido.»

Mi padre puso su mano enjuta en la cabeza de su nieto mientras musitaba la bendición de los sacerdotes del templo.

Mamá se acercó a ellos y abrazó a Natán con todas sus fuerzas; su llanto ahogado impedía que le salieran las palabras. Al final consiguió pronunciar una única frase:

«Cuídate, mi querido Natán.»

«Querida abuela, gracias por todo lo que hiciste por mí», le susurró, y luego se volvió hacia su padre.

Meir puso las manos en los hombros de su hijo, lo miró a los ojos y le dijo: «Escucha bien lo que te pido y exijo. Escríbeme y tenme al corriente del más mínimo detalle. Recuerda que estoy a la cabeza del negocio, y debo saber todo lo que pasa».

«De acuerdo, papá», respondió Natán con voz ahogada. Luego se acercó a mí y tomó mis manos entre las suyas, con una ligera sonrisa en los labios.

«Cuídate», le dije con un nudo en la garganta, «guárdate de los malevolentes. Ten prudencia. Cierra con llave la puerta de tu casa y no abras a los extraños. Recuerda siempre que somos tu familia, que te queremos y te seguiremos queriendo siempre, incondicionalmente. Prométeme que si sientes deseos de volver a casa no dudarás en hacerlo. Siempre te recibiremos con los brazos abiertos».

«Lo haré. Por favor, no te preocupes. Cuídate, *mame* querida. Y sigue dándome fuerzas desde lejos. Eres la mejor *mame* del mundo.»

Nos abrazamos durante un buen rato. Mis lágrimas le caían en el hombro.

«Y ahora, acepta mi bendición para el viaje», le dijo Meir poniéndole la mano en la cabeza ardiente mientras recitaba las palabras. Al terminar, le besó la frente y le entregó un pequeño pergamino. «Es la plegaria del que emprende un camino. Léela cuando estés en el barco.»

Natán miró el trozo de pergamino, asintió y se lo guardó en el interior del abrigo. Del bolsillo de mi vestido saqué un talismán que le había preparado de antemano, en el que relucían las siguientes palabras: **Paz al que está cerca y al que está lejos, que el Señor te bendiga y te guarde, te muestre su rostro radiante y tenga piedad de ti. Que el Señor te muestre su rostro y te conceda la paz. Que invoquen así mi nombre sobre los israelitas y yo los bendeciré.**

«Cógelo, hijo mío, y guárdalo. Te protegerá. Ve hacia la vida y la paz. El Señor iluminará tu camino.» Le di un abrazo con la intención de hacerlo durar, pero me apartó con ternura. Me alejé unos pasos y en mi corazón empezó a filtrarse la añoranza.

Súbitamente, como respondiendo a una señal acordada, toda la familia se abalanzó sobre Natán, rodeándolo con abrazos, besos, bendiciones y expresiones de cariño. Mi hermana Véndele no estaba dispuesta a separarse de él, hasta que llegó el último de los que habían venido a despedirse, Benedict Moshe Vermus, el buen amigo de Natán, y ella le abrió paso. Los cuñados, cuyos caminos se cruzaron y cuya amistad brotó en nuestra casa, seguirán avanzando juntos aunque los separen centenares de leguas.

Natán y Vermus han preparado un programa de cooperación comercial. A altas horas de la noche, inclinados sobre la mesa, entre sorbo y sorbo de vino de manzana, han consolidado un esquema para establecer un negocio de importación de tejidos: Moshe se encargará de las transacciones locales, las de Alemania, y Natán dirigirá la gestión en Enguiland. Los lazos que los unen no se romperán.

Mi hijo ha emprendido el viaje en nombre del Dios de Israel, y yo elevo una plegaria desde mi corazón. Debo reunir a las niñas para recitar Salmos.

El camino es largo y la primera carta de Natán tardará en llegar. ¡Cuán difícil se hace soportar los días!

Imagino a mi hijo, encogido en la bodega del barco, cavilando sobre el misterioso futuro que le espera más allá del horizonte.

El día de *Yom Kipur* —que tuvo lugar hace una semana—, antes de salir de casa, me dirigí a las puertas del cielo y le pedí al Dios bondadoso que extendiera su manto protector sobre mi hijo.

Jueves, 7 de kislev de 5559 [15-11-1798]

La falta de noticias y su tardanza en llegar parecen interminables. Han transcurrido unas semanas angustiosas aguardando la carta de Natán.

Pero no debo quejarme ahora de lo que ya pasó, porque al fin hemos recibido una misiva de nuestro hijo.

Ésta es, palabra por palabra:

Mi querido padre, maestro y mentor, querida *mame*:

Heme aquí cumpliendo mi primera obligación en tierra extranjera: escribir a los padres.

Hace ocho días, al final de una larga travesía que se prolongó más de lo esperado a causa de ciertos problemas que no creo necesario detallar puesto que nada tienen que ver conmigo, llegamos sanos y salvos a London, la capital inglesa. Sólo mencionaré el movimiento de carrusel que el viento causó en el barco y que provocó trastornos a todos los pasajeros, yo incluido. ¡Qué bueno y agradable es que todo haya quedado atrás!

A pesar del frío de principios de invierno y de la niebla que cubre la ciudad, los ingleses, para mi gran sorpresa, me recibieron muy calurosamente. Aclaro que, por supuesto, no me refiero a los ingleses de fuera, sino a los de nuestro pueblo, los ingleses judíos. Y para ser más preciso, como me enseñaste a hacer siempre, papá, me limitaré a los notables de la comunidad judía asquenazí.

Éste es el lugar para explicar un asunto que me confiaron secretamente. Los judíos de London están divididos en dos grupos:

los que llegaron aquí de España y de la cuenca del Mediterráneo, y los procedentes de Francia y Alemania.

No entiendo por qué no se han unido los unos con los otros, puesto que todos somos hermanos. La realidad, que todavía no comprendo del todo, ha desarrollado un antagonismo entre ambos grupos y abierto entre ellos una brecha evidente que se expresa en la existencia de sinagogas separadas. Los llamados sefaradíes asisten a la conocida como Bevis Marks, que se encuentra en el límite de la «City» (así es como los londinenses llaman al centro de la ciudad), y los asquenazíes van a la de Duke's Place. No tengo tiempo —ni interés— para indagar en las raíces de esa división, que queda fuera de mi comprensión. En cualquier caso, viniendo de Frankfurt, he sido aceptado bajo la protección de los notables de la comunidad asquenazí, quienes me han conducido a la sinagoga de Duke's Place.

Mi amigo Seligman me es de gran ayuda en todo lo relacionado con la lengua inglesa, y habla por mí doquiera que vaya. Aun así, estoy decidido a no atarme demasiado a ese cómodo salvavidas, a pesar de que la tentación de optar por la comodidad es muy grande, en vista de que el idioma que se habla aquí me parece como si fuera el de los faraones. Debo hacer todo lo necesario para poder trabajar solo. Ya he pedido consejo a los amables líderes de la comunidad para que me aclararan quiénes mueven los hilos de la economía, y ellos me han guiado a la firma Levy Barent Cohen y Levi Salomons. Papá, es evidente que tu buen ojo funcionó como siempre: el banquero londinense con el que elegiste trabajar durante los últimos años es aquí el primero, él y no otro.

Also, estoy aprendiendo a conocerlo de cerca. L. B. Cohen es un judío bueno e inteligente, sin nada de arrogancia. He tenido la suerte de ser hijo de Meir Rothschild de Frankfurt, y gozar del apoyo de los notables de la comunidad, y por tanto Levy Barent

Cohen ha accedido a revelarme los secretos comerciales ingleses y me trata sin prejuicios. Debo estudiar esa materia a la perfección, y al mismo tiempo espero alimentar lo antes posible mi lengua con el idioma que aquí se habla. Quién sabe, quizás algún día escriba una carta en inglés...

A pesar de tener prisa y de que todos mis sentidos me instan a actuar, me parece que pasaré algún tiempo más en compañía del señor Cohen antes de zambullirme en aguas profundas.

Querido papá, mis primeros pasos en tierras lejanas me hacen recordar la historia de tu vida y de tu incursión en el mundo de los negocios, que también empezó alejándote de casa. Pues fue en la ciudad de Hanovir, lejos de Frankfurt, donde decidiste poner manos a la obra y adquirir las primeras herramientas que te han llevado a la grandeza. Tu éxito templa mis fuerzas y robustece mi confianza en el camino elegido.

Tengo la sensación de haber llegado al lugar correcto. A diferencia del sitio de mi nacimiento, camino por este lugar nuevo y extraño con las campanas de la libertad repicando dentro de mí. No tengo que preocuparme de prohibiciones ni exclusiones. Aquí soy como todos.

Queridos mamá y papá, termino mandando un abrazo a mis queridos hermanos, y besos a mis hermanas y sobrinos, que tanto echo de menos. *Mame* querida, tienes que dejar de preocuparte porque, como ya ven tus ojos, he llegado a un lugar seguro.

Haré lo posible por cumplir la obligación de escribir. Me alegrará recibir una carta en la dirección que figura en el sobre y estar al corriente de lo que sucede en casa y en la firma M. A. Rothschild.

Con el cariño de un hijo afectuoso,

Natán Rothschild

Leí la carta una docena de veces. ¿No es maravilloso recibir palabras escritas por el hijo que vive lejos y saber que sus comienzos son un lecho de rosas? Me parece que la combinación de su carácter especial con el lugar elegido correctamente y mis oraciones al Altísimo será beneficiosa y satisfactoria.

Bendito sea el honorable Levy Barent Cohen por su generosidad hacia un joven que, aparte de ser judío, no tiene con él nada en común, y sin embargo le hace un lugar en su mesa y le brinda una hospitalidad de la más alta categoría.

Eso no significa que haya dejado de preocuparme. Leo una y otra vez la carta y espero impaciente que llegue la siguiente.

Mi corazón se encoge y gime. La carta ha sido destruida. «No hay que dejar rastros», dijo Meir antes de triturarla y ocultar los trozos entre los restos de las patatas que había pelado para el almuerzo y tirarlos al gran cubo de la basura.

Las letras escritas por mano del hijo que está lejos, emergidas de un corazón agitado, y grabadas en el mío, ahora se mezclan con la bazofia y los desperdicios.

Meir, Amschel y Shlomo trabajan formando un equipo compacto. Se ocupan con todo su empeño del negocio bancario, del comercio de tejidos, de la importación de productos del Oriente Cercano y Lejano, de monedas y medallas antiguas, y de un nuevo producto con el que ahora los judíos tienen permitido comerciar: el vino.

Actúan como si bailaran una perturbadora danza al ritmo de estruendosos tambores. Saltan de una misión a otra. A veces pasan volando, planean, tocan tierra y vuelven a saltar. Tal vez cosa tres pares de alas para pegárselas a esos maravillosos brazos. ¡Cuánta sangre fluye por sus venas! Es como si les hubieran inyectado un río de sangre. La ausencia de Natán los obliga a aprovechar sus fuerzas durante las pocas horas de luz. Sólo la noche detiene su trajín; caen exhaustos en las camas y sucumben al sueño como bebés indefensos. Entonces me permito acercarme y besarlos en la frente, aunque no se den cuenta.

Incluso el equipo de la oficina, que está exclusivamente a cargo de las mujeres hasta el regreso de Geisenheimer de Enguiland, labora sin tregua. Mis hijas Sheinshe e Isabella, así como mi nuera Eva, todas a una, demuestran una gran responsabilidad en la labor administrativa y en la contabilidad. Parecen competir para ver cuál de ellas contribuye más que las otras, pero sin menoscabar el agradable ambiente de trabajo. No hay ninguna duda de que ponen un toque de encanto a la oficina, por donde los hombres de aspecto adusto pasan corriendo frenéticamente al destino siguiente y a los sucesivos.

Las cartas de Natán son la esencia de las expectativas de todos nosotros. Pareciera que la descomunal actividad cotidiana estuviera destinada por completo a prepararse para la llegada del correo de Enguiland, y que la vida se desarrolla en una pura espera, llena de contenido y labor, para la redención de la misiva que llega cada tres semanas. La última, la de ayer, anunciaba que Natán se iba a Manchester, y daba su nueva dirección. ¿Quién ha oído algo de ese sitio? Habla de él como si fuera obvio que su lugar es ése.

En una primera lectura, me saltaban a la vista palabras extrañas, frases deshilvanadas y realmente incomprensibles. Fruncí el ceño y Meir me miró con la sonrisa divertida de los entendidos.

«¿Has conseguido leerla, Meir?»

«Pues claro, Gútale. No sé cuál es el problema. ¿No reconoces la letra de tu hijo?» Me quitó la carta de la mano e hizo como si la leyera, moviendo la cabeza de derecha a izquierda, conforme a la dirección de la escritura del *judendeutsch,* distinto del alemán, que se escribe de izquierda a derecha. «Está muy bien, no veo ningún problema.»

Era evidente que se burlaba de mí. De pronto lo recordé. «¡Cómo he podido olvidarlo! "Confundir al enemigo", eso es lo que ha hecho, pero ha conseguido confundir también a su madre.» Con la carta en la mano intenté descifrar las palabras extrañas.

En las instrucciones previas que Natán había recibido de su padre, habían convenido unas normas para redactar las cartas. Cuando se tratara de asuntos del día a día, no habría motivo para no escribir las cosas tal como son. Pero cuando se mencionara un tema comercial que fuera necesario mantener a resguardo de los abridores de cartas sedientos de información, sería preciso cumplir estrictamente las reglas del cifrado. *El judendeutsch,* nuestro idioma especial e incomprensible para los extraños, crea por sí mismo una dificultad nada despreciable al lector ávido de saber. Pero no hay que subestimar los riesgos: alguien podría transferir el contenido de la carta a una persona versada en nuestro idioma y entonces estaríamos perdidos. Con la receta rothschildiana de la masa compuesta por *judendeutsch,* hebreo, arameo y un poco de alemán, se obtiene una repostería casera apta para el estómago de la familia, aunque capaz al mismo tiempo de provocar una úlcera gástrica a quien no esté habituado a ella.

En esta ocasión, la carta de Natán desde Manchester está plagada de palabras que confundirían al enemigo, señal de que hay progresos que deben ocultarse a los extraños. He aquí su contenido una vez descifrado:

Querido padre, maestro y mentor:

Espero que esta carta encuentre a la familia con buena salud.

Agradezco mucho la última y me alegra que tengas entre manos tantos proyectos.

Empezaré diciendo que las próximas cartas las envíes a mi nueva dirección. Debo anunciarte, querido padre, que mi periodo de adaptación ha concluido. Por supuesto, hubiera podido prolongarlo tanto como quisiera. El señor Levy Barent Cohen es un caro y generoso amigo al que he cobrado afecto, y es de suponer que yo también le he caído bien. Intentó convencerme de que me quedara algunos meses más bajo su protección; pero, como sabes, no me siento cómodo llevando una vida ociosa. No puedo agotar mi tiempo en el estudio y la instrucción. Esas cosas no pueden saciar mi sed ni satisfacer mi gran estómago. Si bien la instrucción incluye la práctica en el trabajo, no es suficiente mientras no aporte frutos a mi bolsillo. Además, siento que lo que he absorbido hasta ahora sobre los procedimientos comerciales ingleses me basta para emprender mi nuevo camino. Es más, la experiencia en carne propia será mi mejor guía (aunque a veces las experiencias que nos ofrece una vida independiente pueden ser muy costosas, como tú bien lo sabes, querido padre).

Qué puedo decirte, mi querido y bienamado padre. Vivo en un país libre, donde no se distingue a un hombre del otro. Todos somos criaturas de Dios, y el hecho de que Su imagen no sea la misma de una religión a otra no es motivo para diferenciar a los seres humanos. Aquí no hay guetos, cadenas ni humillaciones. No tengo miedo de ser judío. No tengo miedo de que me griten *HEP, HEP!, Hierosolyma est perdita!*, ¡Jerusalén está perdida!, ni de que me lancen la frase *Jude, mach Mores!* Ni siquiera existe aquí el impuesto a los *Schutzjuden.* Es un espacio abierto, puedo vivir donde quiera. Voy con la cabeza bien alta. Soy un hombre libre. A pesar de no ser tan liviano como un pájaro en su vuelo, puedo pasear por donde lo desee. Esta sensación vale una fortuna.

Según lo que he aprendido, Manchester es la ciudad industrial de Enguiland en particular, y de Europa en general. Así que mi lugar está aquí, en el mismísimo centro de la actividad. Desde que llegué a primeros de mes no he dejado de entusiasmarme ante las posibilidades que ofrece el comercio en el pináculo de la industria textil. Aquí los precios son mucho más bajos que los de Frankfurt. Tengo la intención de utilizar juiciosamente la gran suma de dinero que depositaste en mis manos. (Está guardada en un lugar seguro, en la caja de terciopelo que escondí en la parte de atrás de mi habitación y que disimulé como tú haces con tus tesoros. La manzana cae cerca del árbol, aunque ahora esté más arriba que él, ¿no es así?)

He desarrollado un método para el comercio de tejidos cuyo propósito es reducir los gastos y aumentar los ingresos. Espero que entiendas lo que digo, considerando que debo tomar toda clase de precauciones, como me has enseñado sabiamente.

Also, la norma es simple: en el proceso de fabricación, cada producto pasa por tres etapas hasta que se considera acabado. Empieza siendo materia prima, luego se le añade el color y a continuación llega el proceso de producción. He pensado que si éstas son las tres etapas que convierten el material en bruto en un producto terminado, podría obtener ganancias de cada etapa. Así que me dirigí al fabricante para proponerle que yo le suministraría la materia prima y la tintura, y él me entregaría el producto final. No me cabe ninguna duda de que ya has captado la efectividad del método. Pero puesto que también Amschel y Shlomo leen mi carta, y que no comprenden tan rápidamente como tú, explicaré despacio mi forma de pensar. Necesito concentración, por favor. En una sola transacción hice tres ventas: la primera, la de la materia prima; la segunda, la de la tintura; la tercera, la del producto acabado. ¡Ganancias de tres negocios!

Lo que otro puede hacer también puedo yo. Así pensabas tú cuando estabas en Hanovir, ¿no es cierto, padre?

Resumiendo: puesto que en el cálculo de gastos e ingresos llevo la delantera, podemos bajar el precio de los tejidos en Frankfurt, hacernos con el mercado y aumentar muchísimo nuestras ganancias.

¡Qué bien que habitualmente la gente sea lerda! Si no fuera así, también otros habrían seguido mi método y me habrían arrinconado.

La próxima semana te llegará el primer envío de telas de lino. Por favor, avísame cuando lo recibas.

Saludos y besos a la querida *mame* (te quiero y te extraño). A mis amadas hermanas Sheinshe e Isabella, y a mi apreciada cuñada Eva, una palmadita en el hombro por la dedicada labor que realizan en la sede central de los Rothschild. A Babette, mi delicada hermanita, enhorabuena por tu ayuda en las tareas del hogar, especialmente por tu cálida actitud hacia tus hermanos pequeños. En el envío de tejidos he puesto unas muñecas inglesas para mis dulces Julie y Henriette. Kalman, pronto terminarás tus estudios y te unirás al negocio familiar en expansión; te necesitamos. Pequeño Jacob, en la última carta leí que sobresales en los estudios, y eso me enorgullece porque cuando crezcas te serán de gran ayuda. A Amschel y a Shlomo, que mantienen vivo el negocio... Amschel, entiendo que aún vives con Eva en casa de papá y mamá; es difícil desprenderse de una vida cómoda, ¿eh? A mi cuñado Moshe, amigo y socio, felicidades para ti, Sheinshe y los niños, por el traslado a la casita nueva. Estoy seguro de que es mucho más confortable. Y espero que me lleguen más sobrinos maravillosos como Binyamín y Rivka.

Con gran afecto,
Natán Amschel Rothschild,
Manchester, Enguiland

Mi hijo Natán está contento con las ventajas del espacio abierto, y se desenvuelve como esperaba y quería antes de marcharse. Pero no puedo dejar de percibir que su arrogancia no ha menguado. Es consciente de sus virtudes y hace alarde de ellas, sin pudor ni consideración alguna. Estoy preocupada por lo que pasará cuando Amschel y Shlomo, que regresarán mañana de Kassel, lean la carta y se ofendan por los afilados dardos dirigidos a ellos. Lamento que la rudeza de Natán no se haya moderado, y que ya desde el comienzo de su trabajo en Enguiland insulte a sus hermanos. Es evidente que ni siquiera la gran distancia que hay actualmente entre nosotros basta para hacerlo cambiar. Una persona que toda la vida se mofa de sus hermanos no cambia simplemente por el hecho de irse a vivir a otra parte.

Otro profundo dolor que me atormenta. Se trata de la corta vida de sus cartas entre las paredes de nuestra casa. Nunca me había pasado por la mente que los desperdicios de mis patatas desempeñaran algún papel, seguro que no en este tipo de ocultamiento. Debo aplazar tanto como pueda la preparación de comidas que lleven patatas en los días que lleguen las cartas.

Domingo, 12 de tevet de 5561 [28-12-1800]

Ha transcurrido alrededor de un año y medio desde la última vez que escribí en el cuaderno. Fue a finales del siglo XVIII, y hace más o menos un año que estamos en una nueva era, el siglo XIX. Un gran salto de una centuria a otra.

Tengo noticias que debo reseñar en el cuaderno. Nuestra familia se ha ampliado, pero en nuestro hogar hay menos habitantes. ¿Cómo es eso? Nuestro Shlomo se casó con la dulce Caroline, de dieciocho años, hija única de nuestro vecino Yakov Jaim Stern, un próspero mayorista de vinos. El feliz padre de la novia le otorgó una dote sustancial de cinco mil florines, y también aseguró a la pareja, como tenemos por costumbre, un techo en su hogar durante dos años. Así que Caroline se unió a nuestra familia, pero Shlomo se fue de casa y vive manifiestamente feliz con su esposa en la casa de sus padres.

Debo mencionar que al principio, antes de la boda de mi hijo Shlomo, cuando Meir llamaba a la puerta del señor Stern, y también después de que éste hubiera dado su consentimiento al matrimonio y aceptado las condiciones que le presentaba el casamentero de los Rothschild, nuestro *pater familias,* me asaltaban dudas, resquemores, vacilaciones e inquietudes.

Durante los días que supuestamente deben alegrar el corazón de una madre y hacer que se pavonee, como debe ser, yo caminaba como un cachorro afligido. Temía que se tratara de una copia desastrosa de la equivocada elección de Amschel. Mi hijo mayor había decidido no aguardar hasta encontrar a la única que respondiera a los dictados de su corazón, y se apresuró a satisfacer los deseos de su padre, que traducían el honor y el respeto de la familia en dinero, y sucedió lo que me temía, porque es desdichado con su esposa.

Amschel extrae la alegría de vivir de tres fuentes alternativas. La primera es su trabajo y su participación como socio en la firma M. A. Rothschild e Hijos. La segunda es el fervor religioso, que crece con los años, y su rigor en el cumplimiento de los preceptos de Dios, tanto los más exigentes como los menos estrictos. Al respecto, suele decir: «Debemos lamentar cada día que pasa sin haber observado los preceptos»; la tercera son las obras de caridad en el marco de la masonería, la hermandad a la que se ha unido hace un tiempo. **Reparte limosna a los pobres; su justicia perdura por siempre**.

El fervor de mi hijo Shlomo hacia Caroline me hizo temer que quizá se debiera al honor que ella nos deparaba por ser hija de un padre acaudalado. Shlomo necesita amor y lo merece como todo ser humano y por ser una persona sensible y solidaria que busca paz y fraternidad.

En el transcurso de los días posteriores al compromiso de Shlomo y Caroline les seguí la pista a hurtadillas. No encontré ningún defecto. Pero el temor no me dejaba y continuaba atormentándome día y noche. Me quedaba mirándola largamente; sólo apartaba la mirada al darme cuenta de que ella me observaba desconcertada. Cuando me anunciaron la inminente fecha de la boda, no pude contenerme y decidí hacer partícipe a Meir de mis temores ocultos.

Desde siempre sostenemos las conversaciones serias en el dormitorio, preferiblemente en la cama. Cuando soy yo quien desea hablar, debo darme prisa y prepararlo antes de que el sueño lo domine.

Me puse el camisón y me tendí a su lado, con mis muslos entre los suyos, acurrucándome al calor de su cuerpo. «Meir, ¿recuerdas cuánto amor ardía entre nosotros antes de casarnos?» Metí la mano

debajo de su gorro de noche y pensé por enésima vez en lo afortunada que fui cuando mi padre dio finalmente su consentimiento.

Meir se despabiló. Me besó tiernamente en los labios y sus manos palparon las curvas de mi cuerpo.

«No olvidaré ese ardor, querida. Me parece que también ahora
arde. Ven a mí, aplaquemos el fuego.» Me atrajo hacia él y deslizó
las manos hacia el borde de mi camisón.

Le sujeté la mano y la besé; luego me senté en el borde de la
cama. «Imagina que el título de proveedor de la corte del Landgrave
Wilhelm se hubiera retrasado uno o dos años más. Tal vez estaría
casada con otro.»

«¿Con quién, por ejemplo?», me provocó Meir y retiró las manos
vacías. La llama se fue extinguiendo para dar paso a un despertar
distinto. «Déjame pensar. ¿Quiénes eran los pobres competidores
a los que destrozaste el corazón? No recuerdo haberlos visto por el
vecindario.»

«No alardees, Meir Rothschild. Te acercaste a mí cuando era una
jovencita aturdida y decidiste, como sueles hacer, sacarles ventaja a
los demás. Antes de que pensaran en dirigirse a mi casa, yo ya no
estaba.»

Se rio. «Dime, Gútale, ¿alguna vez te has equivocado? ¿Cómo
puede ser que todo lo que haces, dices y explicas sea correcto? Yo,
por ejemplo, no puedo asegurar que no me haya equivocado. Mira
cuántos errores he cometido en mi vida. Hirsch Liebman, por ejemplo.» Suspiró.

«No empieces con los suspiros. La risa te va mejor.»

Sonrió invitándome con la mano a volver a la tribuna del discurso, un pequeño estrado que no suelo utilizar mucho.

«De ti aprendo muchísimas cosas, Meir. Ahora aprende algo
de mí. Quien no hace nada no se equivoca. Tú eres un hombre de

acción, y aquí y allá cometes unos errores cuya función es abrirte los ojos y pulir un poco más el diamante que tienes en la mano. Tus errores son tan escasos que si los pusiéramos en un platillo de la balanza, y en el otro tus éxitos, el fiel se inclinaría del lado de estos últimos, haciendo que aquéllos se derrumbaran por su propio peso y se desmenuzaran estruendosamente.»

Se rio contento.

«¡Oh! Eso suena mejor.»

De repente calló. «¿Qué te molesta, Gútale? ¿Por qué te preocupas tanto por Shlomo? Ama a Caroline, y ella a él. Quiero ver una sonrisa en tu rostro y que mires el cuadro desde el ángulo correcto.»

Incluso hoy, después de treinta años de matrimonio, me sorprende ese hombre que tengo a mi lado, capaz de ver lo que está oculto.

«No lo sé, Meir. Todo parece ir bien, y sin embargo los temores no me dejan en paz. Conozco a Caroline, más allá de lo evidente de ser bonita y de haber sido educada en el seno de una buena familia. Me he dado cuenta de su inteligencia y de su sensibilidad, dos virtudes esenciales que le otorgan excelentes puntos de partida. Puede ser un ama de casa ejemplar, y no me cabe ninguna duda de que también podrá integrarse en el trabajo de la oficina y colaborar. Pero para mí es importante saber hasta qué punto se quieren. Temo que él la despose sólo por complacerte.»

«Mira, Gútale, me doy cuenta de que el trabajo nos roba demasiadas horas y nos deja muy poco tiempo para hablar de los asuntos cotidianos. No he pensado en ponerte al corriente de lo que hablamos confidencialmente Shlomo y yo. Fue él quien me dio a entender que había un vínculo afectivo entre ellos, y que había llegado el momento de impulsar la relación. Todo lo que hice fue por él y porque él me lo pidió.»

«¿Cómo sabes que no te lo dijo por complacerte? Te recuerdo que también Amschel fue quien propuso que fueras a ver a los padres de Eva.»

«¡Oh! Hay una diferencia entre los dos. Amschel estuvo apagado a lo largo del camino a la boda. Tú estabas preocupada desde el principio, y con razón. Yo pensaba que el tiempo haría lo que no había hecho la naturaleza, y ése fue otro de mis errores, los que están en el lado negativo de la balanza. Pero fíjate cómo brillan los ojos de Shlomo. Es imposible equivocarse y pensar que brillan por su padre. Sólo una mujer amada puede encender una chispa así. Créeme, tengo experiencia.»

Ahora me tocaba a mí suspirar. «Tal vez, tal vez», murmuré, esperanzada. Me levanté de la cama, me acerqué a la Estrella de David que me llamaba desde la pared de nuestra alcoba y la acaricié.

Se casaron. La boda se celebró con gran alegría. Tenemos la obligación de alegrar el corazón de los novios, y la doble obligación de hacer felices a los pobres y a los indigentes.

El esplendor que me es conocido se cierne por encima de sus rostros e ilumina su entorno. ¡Qué bueno es que la dulce Caroline no sepa nada de mis tempranas angustias! **A las novias con ojos hermosos no es preciso examinarles el cuerpo**. ¡Qué bueno es que tampoco Shlomo sepa nada de ellas! ¡Y qué bueno es que Meir haya alentado los esponsales y conducido a los enamorados directamente a la *jupá*!

No puedo desear una nuera mejor. De todas las virtudes que le enumeré a Meir, hay una más que está por encima de todas: el amor. En su vientre hinchado se encuentra el fruto de esa unión. Puedo verla todos los días cuando viene a la *cabine*. En efecto, trabaja con Sheinshe, Isabella y Eva. Babette también ha empezado a ayudar, aligerando el montón de tareas que se acumulan en la mesa de la contabilidad. Mis hijas y nueras son más eficientes y fiables que cualquier empleado, con lo que el fundador de la firma se pone muy contento.

En efecto, he podido apreciar personalmente la importancia de una de las normas fundamentales más sólidas de Meir, la de guardar los secretos. Ha quedado demostrado que mantener la boca cerrada en lo concerniente a Shlomo y Caroline ha sido un paso significativo para cimentar la confianza entre suegra y nuera.

He aprendido algo más: quien ama a mi hijo se hace inmediatamente merecedora de mi amor.

Que el Dios bueno y benefactor los colme de suerte, bendiciones, abundancia, honor y respeto, y que con la ayuda de su misericordia traigan hijos al mundo, los eduquen para el conocimiento y las buenas obras, y los acompañen a la ceremonia del matrimonio, amén.

Domingo, 14 de shevat de 5563 [6-2-1803]

Mi familia acumula títulos con la misma frecuencia con que yo lavo la ropa. Aun antes de habernos acostumbrado a ostentar un título nuevo, antes de adaptarnos a su aspecto y color, pero sobre todo a la impresión que ejerce sobre el prójimo, ya llega otro, y en un abrir y cerrar de ojos el siguiente.

Antes de enumerar la abundancia de títulos que hinchan con orgullo el pecho de Meir y de sus hijos-socios, mencionaré dos noticias que me hacen el mismo efecto.

Primera: mi Isabella se ha casado. Después de Sheinshe, Amschel y Shlomo, le ha llegado a nuestra segunda hija el turno de mostrarse radiante y emocionada bajo la *jupá*. El padre de Bernhard Sichel, su marido, no es proveedor de la corte, pero sí un próspero comerciante en maderas, y eso le gustó a Meir. Y lo que es más importante: Isabella y él se aman. El corazón no entiende las reglas de los compromisos matrimoniales ni pregunta si tienes el título de proveedor de la corte. Cuando encuentra a su gemelo se pone a bailar amorosamente con él.

En los cambios muy delicados que se están produciendo en nuestro entorno, donde se murmura amargamente acerca de los matrimonios mixtos —de judíos que se casan con gentiles—, Meir cierra un ojo y abre el otro para comprobar que el novio sea judío como Dios manda, y mejor si el padre tiene algunas monedas en el bolsillo, aunque no tenga ninguno de los títulos apetecidos. «Ni mis hijos ni mis hijas se casarán con gentiles, nunca jamás, en ninguna generación», declaró ante la familia en una ocasión festiva en que estábamos todos reunidos, y los nietos pequeños miraron desconcertados al querido abuelo Meir, que hablaba con tan solemne convicción. Los hijos y las hijas asintieron con la cabeza.

Segunda noticia: tengo cuatro nietos. Con el fin de evitar cualquier duda, diré inmediatamente que no me siento vieja. En el mes de elul cumpliré cincuenta años [20-8-1803], y a lo sumo me parece tener cuarenta. De modo que todavía me queda un largo camino por recorrer. No tengo ninguna intención de despedirme del mundo tan rápido. Tengo muchas otras cosas que hacer.

Also, hace un mes la querida Caroline, esposa de Shlomo, dio a luz un bebé adorable; se llama Anselm, y ya desde sus primeros días se hizo de un lugar en mi corazón, como los tres nietos que lo precedieron. Mis sentimientos de abuela me hacen recordar cálidamente la emoción de ser madre.

Debo mencionar otro cambio, minúsculo pero a la vez significativo. El año pasado el nombre de Meir sufrió una pequeña transformación para facilitar el trato con empresarios alemanes. Ya no firma como Meir sino como Mayer. El sonido que ahora acompaña a la pronunciación de su nombre es como otra marca para su integración en las filas de los comerciantes alemanes. Desde ahora Mayer Rothschild es un gran hombre de negocios que merece honor y respeto.

Uno de los que le conceden honores es ni más ni menos que el emperador de Austria Franz II en persona.

Dejaré en claro sin demora que el honor y el respeto por parte del Imperio no llegaron en bandeja de plata. El honor viene precedido por la iniciativa y el arduo trabajo del receptor del título. Y Meir, que Dios guarde durante muchos y buenos años, le escribió una carta a Franz II en un lenguaje florido y adulador (con espantosos errores de redacción), detallándole al insigne emperador los numerosos servicios que había prestado a su ejército, a sus súbditos y a sus aliados. La lista es larga, me imagino que casi tanto como la lista de errores. Al final de la carta, Meir solicitaba que se le otorgara el título de agente de la corona en nombre del Imperio. Su petición fue aceptada, y con el título le concedieron el permiso de portar armas, la exención de una considerable serie de impuestos y la libertad de circulación por todo el territorio imperial.

Y por si eso fuera poco, mi familia mereció una nueva consideración por parte de la corte del Landgrave. Los eficientes servicios prestados por Amschel y Shlomo al principado de Kassel allanaron el terreno para ser nombrados agentes honorarios de la oficina contable del Tesoro del Landgrave para finalidades bélicas. Por supuesto que este nombramiento fue producto del trabajo preparatorio de Buderus.

Mis hijos lo aceptaron cohibidos y emocionados, como dos niños coronados con guirnaldas el día de su cumpleaños.

Los miro y me dejo llevar por sus sensaciones. Se lo merecen. Son muy buenos. Shlomo ha ingresado recientemente en la masonería, siguiendo los pasos de Amschel. Meir está orgulloso de que sus hijos colaboren en una hermandad que brega por el amor fraternal, la ayuda y la verdad, o los valores adoptados por la Revolución francesa: *Libertad, igualdad, fraternidad*. A pesar de tener las manos llenas de trabajo, dedican un tiempo nada despreciable a labores sociales y a obras de caridad. Como buenos Rothschild que son.

Otra cosa: en el mes de tevet [enero] le informaron a Meir que recibiría el título de *Oberofagent,* proveedor oficial de la corte, la posición más elevada en el escalafón jamás otorgada antes a un judío de la corte de Kassel. Es preciso decir que para recibir esa alta distinción no bastaron las alabanzas de Buderus, sino que fue necesario aderezarlas con una suma equivalente a cinco mil florines.

Parece que la actividad de Buderus y los billetes de Meir estimularon aún más la estima del Landgrave a raíz de la rápida y eficiente gestión de Meir en el asunto de los préstamos. El Landgrave, de quien se dice que es el prestamista número uno de Europa, necesitaba los servicios rápidos y encubiertos de Meir, Amschel y Shlomo para poner las transferencias de dinero a salvo de la mirada escudriñadora de los franceses y seguir presentando una fachada de neutralidad. Meir siguió ocupándose cuidadosamente de los bonos, cuyo valor ya está llegando a los cinco millones de florines, en su mayoría reservados al reino de Denimark, empobrecido por culpa de los franceses, así como a Darmstadt-Hess, ocultando hábilmente el origen del dinero, todo él procedente de la corte del Landgrave.

Por el bien de Buderus, espero que también él obtenga el reconocimiento al que aspira, un título nobiliario que mitigue su preocupación por el futuro de sus descendientes. Buderus trata de dejar a sus seis hijos una herencia digna y segura. Compró una mansión a las afueras de Hanau y, aconsejado por Meir, dirigió una carta oficial al emperador de Austria en la que solicitaba el título de caballero. La petición todavía no se ha aprobado. Tengo que llamar a las mujeres de la casa para que oremos por él.

En cuanto a nosotros, tras recibir los títulos del Landgrave, se diría que en todas partes la gente pasa el tiempo contemplando los honores que nos llueven del cielo como estrellas y esperando a ver qué otro está por caer. Amschel y Shlomo han recibido dos nuevas estrellas: agente de la corte de Kassel y agente de la corte de Thurn und Taxis.

Todavía palpaban con sus torpes manos los certificados cuando a Amschel y Shlomo les cayó encima una lluvia de estrellitas, cada una de ellas portadora de su designación como agentes de la corte provenientes de principados pequeños y endeudados. Cada certificado llevaba atada con una cinta una carta lisonjera en la que se solicitaba un préstamo modesto a escala rothschildiana.

Como parte de la constante lluvia de estrellitas, a Amschel también se le pegó el nombramiento de proveedor de la corte del gran maestre de la Orden de San Juan, cuyas propiedades habían sido confiscadas por los franceses. Amschel se desprendió de doscientos mil florines, la cantidad indicada en la carta adjunta, esperando y a la vez dudando que esa suma le fuera restituida cuando llegara el momento.

Una cantidad similar se transfirió al príncipe de Isenburg-Birstein, mientras que al duque de Aschaffenburg se le informó de la aprobación del préstamo solicitado, que sería reembolsado mediante el suministro de grano y heno.

Hay principados aún más pequeños, ansiosos de engullir algunas gotas doradas de los Rothschild para revitalizar sus arcas vacías.

Y así fue como cambió nuestra suerte. Si hasta ahora Meir había adulado al mundo, ahora el mundo lo adulaba a él. ¿Cambiará el leopardo sus manchas? Y si es así, ¿por cuánto tiempo?

Me apresuré a transmitirle a Natán la última noticia con estas palabras:

Mi querido hijo Natán:

Tengo la suerte de anunciarte una gran noticia. Los cambios en Europa están llegando finalmente a Frankfurt. Algo ha ocurrido en la entrada de la ciudad. La puerta y el altorrelieve con la *Judensau*, que tanto te irritaban y que no podías soportar, *¡¡¡se han eliminado!!! Han borrado la ofensa.*

Estás invitado a venir a Frankfurt y ver el milagro con tus propios ojos. Estoy convencida de que esta vez entrarás sonriente en la ciudad.

Me encantaría ver tu rostro resplandeciente en ese gran momento.

Con amor,

Mamá Gútel,

esposa del honorable Meir Amschel Rothschild

No conseguí ver su rostro resplandeciente entrando en la ciudad.

Natán recibió mi carta y rápidamente hizo un viaje de negocios a Frankfurt. Era la primera visita desde que dejó la ciudad para irse a Enguiland. De pie en la entrada de nuestra casa, su rostro seguía reflejando una intensa emoción, aunque cabía suponer que en parte se debía al reencuentro familiar tras una separación de más de cuatro años.

Intenté separar las dos cosas y alegrarme con ambas. Me felicité por mi doble éxito. Con astucia de madre había tocado las cuerdas sensibles de mi hijo, levantándole el ánimo con la fausta nueva y atrayéndolo al mismo tiempo hacia aquí para que yo pudiera disfrutar de su rostro radiante y sosegar el compartimento de mi corazón inundado de nostalgias y añoranzas.

Lo abracé con fuerza y lo aspiré directamente hacia ese compartimento que inmediatamente inició una danza de júbilo.

La verdad es que la belleza no figura entre las mejores cualidades de mi hijo Natán, y asumo por ello la responsabilidad. También los años tienen parte de la culpa: con el correr del tiempo su aspecto no mejora. La frente se le ensancha, la calva se revela cuando se quita el sombrero, tiene el rostro rubicundo y muy redondo por la gordura, y la barriga prominente escapa del cinturón como la de una mujer en el quinto mes de embarazo. Además, su escasa estatura acentúa su aspecto de enano.

En cuanto a mí, mi corazón se derrite por él. Tengo la absoluta certeza de que todo lo que he enumerado más arriba no disminuye en nada su porte, que transmite confianza y poder.

Mi hijo, listo como su padre, que dirige inteligentemente negocios a nivel mundial, que se saca de la manga soluciones ingeniosas para las dificultades y los problemas que surgen a cada momento en dimensiones hasta ahora desconocidas; este hijo mío cae como una fruta madura en las redes de su pequeña y añorante madre.

Y yo estoy muy contenta, sin ningún remordimiento por la pequeña intriga que he tramado para él.

Domingo, 11 de iyar de 5564 [22-4-1804]

Moshe Vermus, mi buen yerno, prospera con los negocios ingleses de Natán y los hace florecer en Frankfurt. Las mercancías le llegan regularmente y pasan de sus manos a las de sus clientes con una agilidad que acelera el envío de los pedidos. De lo que he podido averiguar por mi hija Sheinshe, confidente de su marido, he sabido que Vermus y Natán, a quienes la distancia no ha hecho más que reforzar su mutuo entendimiento, mantienen un diálogo epistolar constante, como si tocaran instrumentos musicales en total armonía.

Es cierto que desde Manchester también se mandan mercancías a M. A. Rothschild, pero es una ruta llena de baches. El volumen de negocios aumenta con tanta frecuencia como las desavenencias. Las remesas de mercancías de Manchester provocan sonrisas radiantes y bien evidentes en los rostros de los Rothschild de Frankfurt, pero no son suficientes para frenar los altercados.

A Meir le preocupa el comportamiento de Natán, y éste le responde con cartas escuetas que denotan su impaciencia y delinean el delicado estado de los asuntos en Enguiland. La principal dificultad se debe a que países que mantienen relaciones comerciales con el Imperio británico han sido conquistados por Napoleón. En esa situación, Natán tiene necesidad de liquidez y se ve obligado a pedir préstamos con bastante frecuencia.

Meir lo ve como un despilfarro, mientras que Natán está convencido de actuar correctamente, ya que se adelanta a los demás y ofrece a sus clientes el servicio más rápido y eficiente. «Debo tratar al cliente como si él fuera lo más importante», sentencia en las cartas a su padre.

La extravagancia de Natán saca de sus casillas a Meir, quien responde, furioso: «¿Qué significa eso? ¿Acaso sólo eso justifica que trates como un príncipe a cualquier desgraciado de mala muerte? Si cada cliente recibe un obsequio para su esposa y también condiciones especiales para el envío de la mercancía, ¿qué te quedará en el bolsillo? En poco tiempo, todo el dinero que te di se perderá para siempre y no te quedará nada para comprar nuevas existencias».

A la densa caligrafía de Meir, plagada de sermones vehementes, Amschel echa leña al fuego añadiendo algunas líneas.

A pesar de las desavenencias entre padre e hijo, a las puertas de M. A. Rothschild llegan productos textiles, y los tejidos de algodón y lana de la mejor calidad que Natán envía de Enguiland, así como otros productos procedentes de sus colonias: tintura de añil, té, frutos secos, azúcar, café, tabaco y vino.

Yo leo la correspondencia entre los adversarios, y a través de las respuestas de Natán veo ante mí a un hombre dinámico, seguro de sí mismo, que sabe claramente lo que debe hacer, que asume riesgos con los ojos bien abiertos, y a quien la prisa no le deja paciencia para leer las protestas que le llegan de casa. Él está ocupado en transacciones de alto riesgo con magnates, mientras su padre y sus hermanos protestan desde lejos por lo que él ve de cerca.

Tengo en la mano su última carta, la que llegó ayer. Leo una y otra vez las frases demoledoras que ha escrito con su letra enérgica y contundente, antes de que sean destruidas.

> Las cartas que recibo de casa están llenas de mezquindad y de ignorancia. No tengo fuerzas para soportarlo. Estoy en la gran Manchester y tengo que leer las sandeces que me llegan del pequeño gueto de Frankfurt.

Con el transcurso del tiempo y a medida que se acumulan las cartas, Natán es cada vez más Natán. Ha vuelto a las andadas. No hace el más mínimo esfuerzo por suavizarse ni pulirse. Por desgracia, su estilo tajante no se ha vuelto más sutil en la refinada Enguiland; sin embargo, a cambio de lo que reporta su trabajo, creo que hay que perdonarle su comportamiento.

Aun así, no puedo negarlo: mi hijo es soberbio. Se comporta con su familia como un señor con sus súbditos. La arrogante comparación que hace entre Manchester y nuestro gueto me irrita profundamente. A ese ritmo podría llegar a obliterar sus orígenes. Habla de Manchester como si la hubiera creado él. Es un hecho que existía muchos años antes de que él obtuviera el permiso de pisar su suelo. Hay que detenerlo antes de que sea demasiado tarde y recordarle de dónde procede. Tengo que proteger a mi hijo.

Me debato pensando en cómo comportarme con él. Discutir no tiene ningún sentido. La crítica y el reproche sólo empeorarán las cosas. Hay que encontrar la forma de no socavar su autoridad.

Caminando de puntillas le presento a Meir el cuadro de la situación desde el punto de vista de Natán. «Es cierto que los hijos deben obedecer a sus padres», advierten mis palabras ante su rostro sorprendido. «Pero Natán es quien se calza los zapatos y sólo él sabe dónde le aprietan. Está actuando allá solo y rápidamente frente a las dificultades que surgen en el camino. Él no cuenta con las ventajas que tú tienes aquí. No sólo su dominio del idioma es insuficiente y tiene el impedimento de hablarlo con un fuerte acento alemán; además debe enfrentarse a dificultades externas que no tienen nada que ver con él, sino con las relaciones internacionales, con guerras y conflictos, y constantemente se ve obligado a abrirse camino. Sería mejor que no lo sobrecargáramos con nuestras recriminaciones.»

Creo que mis palabras conmovieron a mi hombre. No estoy segura de cuánto tiempo durará su influencia, porque tengo experiencia como socia observadora de la gestión de los asuntos de la empresa y de quien la dirige. Pero me basta con que dure un poco. Después ya pensaré en otra intervención, pequeña e imperceptible.

Mientras tanto, he vuelto a mi antigua costumbre de hacer camisas para Natán. Me he procurado una selección de telas y he ido a casa de la costurera. Como él está lejos de nosotros, decidí reanudar el hábito de enviarle camisas confeccionadas en el gueto. A partir de ahora, cada envío que expida a mi hijo llevará consigo aromas hogareños. En el próximo irán las camisas y una carta para él.

Mi querido hijo Natán:

Te mando seis camisas y dos bufandas para los días fríos. Cuídate y no te expongas al viento helado sin una bufanda. Una cosa más: mándame en tu carta las medidas de la mesa del comedor de tu casa y te enviaré dos manteles y también sábanas blancas para tu cama.

He encontrado una cita de Rabí Shimón: **Un hombre debe ser siempre suave como un junco y nunca duro como un cedro.**

Espero que goces de buena salud.

Tu madre que te quiere, Gútel,
esposa del honorable Meir Amschel Rothschild

Hoy ha llegado una carta de Natán; la tengo sobre las rodillas, no me separo de ella. ¿Cómo puede ser que mi hijo se mueva en un país extranjero con la ligereza de un bailarín, que se desplace de ciudad en ciudad como si pasara de la casa de un vecino a la casa del otro? La leo, intentando contener mi espíritu exultante y adaptarme al hecho de que es mi hijo quien lleva las riendas y galopa intrépido hacia delante:

La estancia en Manchester está llegando a su fin. Termina el primer capítulo de mi vida en Enguiland, y estoy a punto de iniciar el segundo, que es más significativo. Aunque el centro textil de Manchester es como un viñedo fértil y sus reservas son inagotables, no debo dormirme en los laureles. Ha llegado la hora de atacar desde el frente. Vuelvo a London. El comercio no me basta. Es preciso combinar la actividad comercial con la bancaria, y ésta hay que gestionarla en la gran ciudad de London, el ombligo del mundo. Me trasladaré allí el mes que viene, con la esperanza de que sea un trampolín suficientemente alto para poder observar bien lo que sucede en el mercado financiero y conducirme con sabiduría.

Me alegraría recibir tu bendición, querido padre. A cada paso que doy en mi camino veo tu ejemplo. Siempre serás para mí un modelo de dedicación al trabajo, de sagacidad en los negocios y de visión de futuro. Miro siempre hacia delante, y también mi cuerpo avanza, dispuesto para la batalla.

Leo y releo la carta antes de que sea sentenciada a unirse a los residuos de las patatas. Me llena el corazón. Natán, el brillante alumno de su padre, ha absorbido sus reglas y herramientas, y también el vocabulario de los guerreros ha calado hondo en su personalidad. Pero los resortes de los trampolines sobre los que salta son capaces de darle un impulso especialmente grande. ¿Hasta dónde querrá llegar?

Me preocupa Meir. Los grandes negocios que se multiplican y el constante afán de aventajar a sus competidores elevan la frecuencia de sus viajes y lo llevan a pasar la mayor parte de su tiempo en el incómodo asiento del carruaje. A pesar del calor se pone el abrigo corto, la peluca y el sombrero, y se marcha a Kassel, donde residen el Landgrave y Buderus, o a Munich, para cerrar un trato en el mercado inmobiliario, o a Hamburg, para convencer al banquero Lawatz de que las condiciones de su préstamo de quinientos mil florines a la corona de Denimark son diez veces mejores que las de los hermanos Bethmann.

Todo esto y otros muchos negocios lo obligan a arrastrarse por los caminos en trayectos de cerca de una semana en cada dirección. La mayoría de los carruajes se construyen como vagones alargados y cubiertos, con rígidos asientos a los lados que no favorecen a los pobres traseros zarandeados por los baches. Ni siquiera hay cuerdas para aferrarse. Cuando hace calor, el carruaje levanta nubes de polvo. En invierno avanza lentamente por el camino fangoso. Más de una vez da un vuelco, y los pasajeros se ven obligados a retrasarse y pasar la noche en posadas de baja categoría. Cuando el tiempo apremia y la demora puede perjudicarlo, Meir se apresura a poner en manos del cochero algunas monedas y billetes dotados de virtudes vigorizantes para el resto del trayecto.

En el equipaje de Meir pongo un almohadón relleno de lana para mitigar el maltrato de sus torturadas nalgas; lamento tanto sus sufrimientos como la constante disminución de las mañanas que pasamos juntos y de las «monedas de los buenos días». Tengo la esperanza de que la lana amortigüe los golpes; sin embargo, cuando al cabo de dos semanas regresa a casa, se hace evidente que no ha sido así, bien porque el banco es muy duro y son muchos los baches, hasta el punto de que el cojín no ayuda, bien porque Meir no usa éste por vergüenza. La situación podría ser tan grave que sólo un periodo de reposo sin sentarse sería capaz de aliviarlo, pero tal reposo es un artículo inasequible para un hombre como Meir.

Las últimas semanas ha tenido dolores, fiebre alta y fatiga extrema, y las hemorroides lo han enloquecido. A la vuelta de cada viaje se tambalea como un pato, sosteniéndose las nalgas y gimiendo. La plaga de las hemorroides en el gueto ha provocado que surjan curanderos y una larga lista de tratamientos cuya eficacia, para el gran dolor del corazón y de las posaderas, es muy discutible. Los medicamentos, sugeridos por el médico de cabecera de Meir o recomendados por sus amigos de la sinagoga, se someten a pruebas esperanzadas en la parte inferior de su cuerpo, acompañados por un estricto régimen de comidas, pero son un fracaso rotundo. Los baños de agua caliente, seguidos de la aplicación de ungüentos en el sitio afectado con un apósito empapado de aceite, mitigan un poco el dolor, pero no por mucho tiempo.

Los hijos-socios intentan reemplazar al padre en los viajes largos. «Padre», le dicen, «por favor, viajaremos nosotros, y tú trabajarás en la *cabine*».

Pero cuando uno de ellos emprende un viaje, se descubre que su padre ya ha encontrado otro.

Ahogo un suspiro y miro a mi encantador Kalman. Mi hijo de diecisiete años, a pesar de haberse incorporado al trabajo del equipo familiar y pese a que su contribución es cada vez más evidente, todavía no está calificado para trabajar de forma independiente en los campos de batalla alejados de Frankfurt.

Me cuesta soportar el sufrimiento de Meir. «Nos has traído honor y respeto», le digo con una cara que refleja parte de la intensidad de su dolor. «Ya tienes tu reputación. Descansa. Ya has hecho bastante. Nada puede sustituir a la salud.»

«¿Alguna vez has visto que un carretero se detenga al avanzar cuesta arriba?», me responde sin disimular el espasmo de dolor que estalla mientras habla, haciéndolo girar alrededor de su cuerpo como una perinola de Janucá pero sin la alegría de la fiesta.

«¿Y dónde está la cima de esa cuesta? ¿Se lo preguntaste al carretero? ¿Dónde clavará su estandarte?», le insisto, siguiendo con la mirada el giro de la perinola atormentada.

«¡Claro que lo he comprobado!», me responde inmediatamente a la vez que suelta un gemido. «La cuesta se encuentra a lo largo de toda la vida. Mientras respire seguiré escalando. Cuando mi alma se vaya, y espero que se dirija directamente al paraíso, no a otro lugar, sabrás que he llegado a la cima.»

«No deseo que llegues a ella tan rápido. De acuerdo, no te detengas; la bendición sólo se encuentra en lo que hace una persona. Pero, por favor, disminuye la velocidad. Sube lentamente. Paso a paso.»

«Debes saber, Gútale, que si disminuimos la velocidad en medio del impulso podríamos rodar cuesta abajo. Es una situación peligrosa porque abajo esperan los tiburones, quienes se pondrán contentos de verme y sin pestañear comerán mi carne y beberán mi sangre. No tengo ninguna gana de despeñarme. Estoy en medio del ascenso e intentaré mantener este ritmo tanto como pueda.»

Acepté resignada su opinión. Así es el hombre con el que comparto mi vida. Nada lo detendrá en su carrera. Seguirá igual, incluso a costa de su vida. Según él, sin nuevas aspiraciones, la vida perdería su significado. Así que se va de viaje llevándose sus doloridas posaderas.

Lo único que me queda por hacer es seguir buscando nuevas formas de curación, o al menos algo para aliviar el dolor. Todavía no se han encontrado soluciones perfectas.

Meir se comporta como quien ha aceptado su situación. El dolor no lo desalienta. Su objetivo es escalar. Y él, como un joven que persigue a su amada, continúa escalando. Una subida más, y otra, y otra más.

Sin embargo, se mantiene alejado de otras tentaciones. Por ejemplo, un ofrecimiento muy seductor, procedente del Senado de Frankfurt, de nombrarlo *Baumeister,* el título más encumbrado en la jerarquía del gueto. Una designación a todas luces honorable. No me opongo a que la haya rechazado aunque me apena la oportunidad perdida. Por un lado, el título otorga un poder y una responsabilidad a niveles que hasta ahora desconocía en el servicio público. Es un honor con dos interpretaciones: en primer lugar, es el que se da a los ricos, y que se lo hayan ofrecido a Meir es señal de que formamos parte de ese grupo y que nos dirigimos hacia la cumbre que ocupan los gigantes del gueto; en segundo lugar, se trata del honor conferido a los eruditos, y aunque Meir no lo sea en el sentido estricto de la palabra, sabe cómo apreciar a los que estudian y hace todo cuanto puede para que sean cada vez más los niños que consigan plasmar sus capacidades. Y esto, por sí solo, es un gran honor.

Pero por otro lado esta función obliga a pasar muchas horas sentado, lo que no se corresponde con el lamentable estado de las posaderas de Meir.

De aquí se desprende que su falta de interés por el ofrecimiento sea inevitable.

Meir empieza su carta al Senado agradeciendo el gesto amable y halagador, y adjunta certificados médicos para reforzar los motivos del rechazo.

Tomando en cuenta su estado de salud, bastante precario, tiene suficiente con su posición como presidente del Comité Judío de Bienestar. Es un distinguido cargo público que va de la mano de su prominente posición financiera.

Han transcurrido nueve años desde el gran incendio. Sin embargo, nuestra calle aún no se ha rehabilitado como debiera. Salvo algunos arreglos parciales, sigue abandonada y humillada, como si todavía no se hubiera quitado las legañas, y desde ella se atisban los restos de casas deshabitadas, chamuscadas y cubiertas de hollín que evocan la nostalgia de los días previos al desastre. El panorama desde mi ventana ya no es apacible. La calle escarba en las cicatrices de sus heridas, se revuelca en la ofensa de su abandono y se envuelve en una tristeza melancólica. Las casas, desamparadas y cansadas, bostezan de aburrimiento. El cielo gris también parece llorar por los días que se fueron. Muchos siguen residiendo fuera del gueto. La cantidad de gente que se reúne en la calle ha disminuido drásticamente; a veces pasan horas sin que se vea en ella a nadie. Mis ojos están llenos de vestigios testimoniales de hornos de humo destructores que dejaron su huella para desgracia de todos.

Pienso en nuestros judíos. Muchos de ellos se alzan sobre sus suelos mohosos, levantan la cabeza, desentumecen el cuerpo, se sacan de encima el polvo y participan con los gentiles en la vida comercial de Frankfurt. ¿Para qué volver a ese lugar sombrío? Allí, fuera de la muralla del gueto, dan rienda suelta a sus iniciativas financieras y procuran honor y respeto para ellos y sus familias. Meir dice que entre sus amigos cristianos, los magnates, los hay que le susurran al oído: «Estamos convencidos de que ustedes, los judíos, desempeñan un papel importante en el desarrollo económico de Frankfurt. Si no fuera por ustedes, Frankfurt no habría alcanzado la prosperidad económica». A lo que Buderus añade: «Dios ayuda a los judíos y nos ayuda a nosotros. Bendito sea el Dios de los judíos».

En efecto, algunos llegan muy alto. Pero el suelo del gueto sigue estando mohoso. Nada ha cambiado. Y al igual que el suelo, así es la actitud humillante hacia los judíos, que también perdura junto a los viejos hábitos del Senado, sin intención alguna de modificar nada y que, salvo algunos toques marginales, siguen en vigor.

El Senado exige a los judíos que perdieron sus hogares y abandonaron el gueto que regresen. «El permiso de residencia fuera del gueto ha caducado, las casas ya se han reparado y parte de las ruinas han sido rehabilitadas», les informa. Pero es como si nadie lo oyera. Y los judíos no tienen ningún deseo de regresar. ¿Para qué? ¿Para que en la sinagoga renovada les sigan recordando una y otra vez la degradante ley de los judíos?

Incluso el correo es un problema inquietante y humillante. Las cartas dirigidas a los judíos se retrasan a causa de la censura. Los francforteses están absortos leyendo y censurando la correspondencia de los judíos, que deben esperar hasta que ellos terminen la lectura. El único permiso que se les da durante el largo periodo de espera consiste en mirar los sobres para saber quién les ha escrito. Como las velas de Janucá, que sólo son para mirarlas.

Meir andaba por la habitación con la mirada perdida. «Debemos aprovechar ese permiso. Estoy seguro de que hay una salida», decía para darse ánimos.

«¿De qué sirve saber que ha llegado una carta de Natán si no hay ninguna posibilidad de leer lo que dice?», respondí a sus reflexiones en voz alta; pero todo lo que quería era impulsarlo a que se le ocurriera alguna idea.

Me miró como diciéndome: ¡adelante, sigue! Y seguí: «No tenemos la menor idea de cómo se encuentra el mercado en Enguiland.

Y si no hay noticias ni pistas sobre lo que sucede, estamos atados de pies y manos».

«Así es, Gútale; has dado en el clavo», dijo, lanzándose sobre mí, agarrándome por la cintura y girando conmigo al son de las palmadas de los niños. «Mira, Gútale, es preciso conocer la situación del mercado. Eso es todo. Y para eso no hace falta leer una carta entera. Basta con un indicio, una señal.»

Comprendí que una idea le daba vueltas en la cabeza, pero no se me ocurría cuál. Se apresuró a enviarle una carta a Natán, sin responder a mi pregunta. En su boca cerrada se dibujaba una sonrisa permanente.

Pasaron los días y Meir me pidió que reuniera a los hijos, lo que hice rápidamente. Una idea nueva es mejor presentarla ante el foro familiar.

Nos reunimos todos: Meir, Amschel, Shlomo, Kalman, Isabella, Babette y Eva.

«No hay mal que por bien no venga», declaró Meir en la intimidad de la *cabine,* observando los rostros de sus hijos.

Todos me miraron.

«Ella no tiene la solución. Quiero que cada uno piense por sí mismo: ¿cómo podemos hacer un uso eficiente y rápido del correo sin esperar a abrir las cartas?»

«Padre», dijo Shlomo, «no tenemos tiempo para acertijos. Me parece que será más eficiente que de una vez por todas nos digas cuál es tu idea y nos pongamos a trabajar».

«Empecemos. Vamos todos juntos.»

«¿Pero cuál es la idea?», insistió Shlomo.

«La idea se verá conforme la pongamos en práctica», respondió Meir. «¡Adelante! ¡En marcha!»

Padre e hijos salieron y yo me quedé haciendo suposiciones que no llevaban a ninguna parte.

A partir de ahí, el grupo Rothschild iba al correo, y cada día adoptaba medidas categóricas: comprar o vender. Se comprobó repetidamente que la decisión de hacer una cosa u otra era la correcta.

Los rostros ruborosos de mi hombre y de sus hijos-socios irradiaban un entusiasmo jovial, una especie de complicidad que no tenía que ver con nadie más. La banda del secreto absoluto jamás reveló el misterio a nadie, ni siquiera a Gútale, encargada desde siempre de descifrar los semblantes rothschildianos, pero que en esta ocasión sufría una derrota aplastante.

También los comerciantes francforteses se quedaban con la boca abierta, sorprendidos del éxito de los Rothschild allí donde ellos fracasaban una y otra vez. Los intentos de los mercaderes por seguir sus pasos no servían de nada, puesto que siempre iban rezagados. Si descubrían que ellos habían comprado y los imitaban, resultaba que mientras tanto la libra esterlina había bajado y se veían obligados a vender.

Les tendí una emboscada a mis hombres, los espié e investigué. Presté oídos a sus cuchicheos, pero no conseguí pescar ningún detalle revelador. Construí capa sobre capa de suposiciones, pero éstas se desplomaban en un fracaso abrumador.

«¿Sobornas a la gente del correo?», traté de sonsacarle a Meir.

«¡Pero qué dices, Gútale! ¿Sobornar? No es ético.»

«¿Cómo es que consigues abrir las cartas?», intenté con Amschel.

«Mamá, ¿quién ha dicho que conseguimos abrir las cartas?», me respondió con cara de inocente.

«¡Vamos, Shlomo! ¡Honra a tu madre y revélale el secreto!»

La boca de Shlomo siguió cerrada. Luego la abrió ligeramente para darme un beso, y entonces dio un saltito y se fue a la siguiente misión.

Al cabo de dos semanas, cuando el grupo regresó especialmente jubiloso tras un éxito rotundo, le pregunté a Meir: «¿Cómo supiste que el valor de la libra había subido?»

«Porque el sobre era rojo», me respondió sonriendo.

«Un sobre rojo…», pensé en voz alta. «¿De qué color es el sobre cuando el valor de cambio baja?»

«Lo has entendido, querida. Si es azul, baja.»

«¡Qué genial, Meir! No hay necesidad de abrir el sobre. Basta con mirar de qué color es.»

«En efecto. También se ahorra el tiempo de leer la carta. Inmediatamente ponemos en práctica la noticia. Siempre somos los primeros.»

«El que primero sabe, primero actúa», gritó Kalman, que acababa de llegar, poniendo fin a la conversación.

Meir y sus hijos cumplen sus turnos de correo con más meticulosidad que nunca. No podemos perder la oportunidad de obtener información. Hemos comprobado que la solución del color es rápida y efectiva, y ahora se utiliza con frecuencia en nuestra familia. Natán nos colma con sobres de colores, y Meir actúa según lo que dicta la situación y sigue dejando a sus competidores con la boca abierta. Más de una vez sucede que, cuando nos dejan abrir el sobre, no encontramos ninguna carta. Meir lo disculpa; incluso suelta una carcajada: «¡Oh, Natán, Natán! No entendía yo cómo podía bombardearnos con tantas cartas; se ha encontrado una tarea fácil», protesta divertido y con el rostro radiante.

Vuelvo al principio. He empezado describiendo las limitaciones que nos imponen, a los judíos de Frankfurt en general y a los del gueto en particular. Tengo que ser precisa y cuidadosa. Además del permiso especial para echar un vistazo rápido a los sobres cerrados de las cartas que nos envían, nos informaron de otro: el de poder salir de nuestra calle también los domingos. En apariencia se trata de una grata noticia, y casi estuve tentada de añadirla a la lista de acontecimientos portentosos en la historia de la Judengasse. Pero no debo precipitarme, porque encierra una espina difícil de extraer.

¿Qué significa eso? *Also,* la última autorización subraya que es «temporal» y que para acogernos a ella debemos pagar un nuevo impuesto, el del domingo. Parece que la lista habitual de tributos que nos imponen por nuestro origen no satisface a los senadores francforteses, quienes son muy creativos imaginando nuevas formas de hacernos pagar.

Sin embargo, no me desanimo porque últimamente ha habido otro cambio a nuestro favor. Uno que no tiene relación con ninguna ordenanza creativa y cuyo mérito debe atribuirse a los franceses. Y también, es preciso decirlo, al desafortunado señor Cohen.

Así es como ocurrió. Hace más o menos un año, un judío francés entró inadvertidamente en el paraíso prohibido: el parque público de Frankfurt. La milicia lo identificó como judío. Para comprobar la identificación, se tomaron la molestia de preguntarle su nombre. Él les respondió simplemente: Cohen. «¡Vaya!», dijeron los milicianos, mirándose con orgullo de equipo, «Lo atrapamos y acertamos en la identificación».

Pero a estos hombres se les pasó por alto un pequeño detalle. Con la alegría del descubrimiento no se molestaron en hacer más preguntas y no se dieron cuenta de que ese judío no era francfortés, sino francés.

Por tanto, el pobre Cohen se vio obligado a sufrir los golpes que le propinaron. Los milicianos, ávidos de pelea y contentos por la oportunidad que se les presentaba de salir de su aburrida rutina cotidiana, aporrearon feroz y despiadadamente a aquel hombrecito enclenque como si fuera un enemigo peligroso para la humanidad. Por desgracia para ellos, los franceses se enteraron del hecho, se enfurecieron muchísimo y condenaron a los exaltados.

Los milicianos fueron severamente reprendidos, encarcelados y obligados a disculparse ante el señor Cohen. Fouquet, el comandante francés, presentó contra ellos una demanda de indemnización. En nuestra calle también se dice que la noticia del "horrendo hecho" se publicó en el *Journal de Francfort,* periódico en francés. De ello aprendemos que una práctica común en un lugar puede percibirse como espantosa en otro. Parece que esos franceses son realmente fieles a su proclamación de «*Liberté, égalité, fraternité*». Me gustan, especialmente por el hecho de que esa devoción suya es beneficiosa para nosotros.

Y aquí llego a los resultados venturosos de un acto que nada tiene de venturoso. Dada la dificultad de diferenciar a un judío de otro, se anuló la obligación de aplicar la ley que prohíbe el acceso de los judíos de Frankfurt a los parques públicos. Es verdad que esa decisión no invalida la ley propiamente dicha, pero el hecho es que se trata del cambio más significativo que hemos tenido en los últimos siglos, o así me parece.

En cuanto a mí, me apresuré a hacer algo. No tenía ninguna intención de perder la ocasión que se nos presentaba antes de que nos la arrebataran. Quién sabe hasta cuándo tendrán los franceses la voluntad de influir en las costumbres de Frankfurt. Ya me he percatado de cómo se invierten súbitamente las cosas y de que en la política todo puede cambiar en cualquier momento.

Así que salí a hacer realidad un sueño de la infancia.

Por la tarde me dirigí con determinación a casa de mis padres. Fui directamente a la butaca de mamá y le tomé la mano tiernamente.

Esa mano, que la vejez ha hecho suya, encogida y cubierta de arrugas fatigadas y dolorosas a la vista y al tacto, me estremeció y por un momento la solté.

Este año, el tiempo ha empezado a dejar en ella sus huellas, y ahora con más vigor. Se me encoge el corazón al ver sus facciones repentinamente tan gastadas y la lentitud con que mueve sus miembros débiles. También papá se ha ido alejando notablemente de la imagen de hombre fuerte e imponente que transmitía. Su cuerpo se ha encogido, su estatura ha disminuido, y arrastra los pies cansados por las habitaciones de la casa, ayudándose con un bastón para ir caminando lentamente a la sinagoga, el único lugar que todavía lo motiva para atravesar el umbral de la puerta.

Respiré hondo y, tendiendo una mano vacilante, tomé con cuidado la anciana mano de mi madre.

«Vamos, mamá, salgamos a pasear», le dije en voz baja, como si estuviéramos acostumbradas a dar un paseo juntas todos los días, a pesar de que hacía años que no salía con ella fuera de casa. De pronto me di cuenta de que se me había olvidado ese detalle, y me golpeó con toda su fuerza en un momento inoportuno. La miré como pidiéndole perdón.

Me obligué a desentenderme de la repentina caída del ánimo que me había llevado a visitar a mamá, y con firme decisión volví a levantarlo. Caminé lentamente con ella hasta el final de la calle, donde había un carruaje detenido a un lado. La dejé un instante apoyada en el carruaje y me dirigí al cochero, que estaba ocupado en ajustar la barra. Le indiqué en voz baja que nos llevara al parque.

«Adelante, subimos, mamá, a la una y a las dos», le dije alegremente, mientras la ayudaba a subir. Me senté a su lado y rodeé con el brazo sus hombros estrechos.

Me obedeció sin preguntar nada.

A lo largo del camino vi que en las calles de Frankfurt había farolas, aunque a esa hora del día las luces no estaban encendidas. Me preguntaba si alguna vez se preocuparían de alumbrar la Judengasse, porque la oscuridad también nos llega a nosotros. Esa cavilación fue prematuramente interrumpida porque el carruaje se detuvo a la entrada del parque. A esa hora del día, los rayos del sol ardían. Podríamos dejar nuestros cuerpos a merced de su calidez a lo largo de veinte o treinta pasos y luego refrescarnos a la sombra de los árboles.

Me di la vuelta para contemplar hasta qué punto era agradable la sorpresa en el rostro de mamá, pero ella seguía en su asiento, con los pies clavados como estacas en el suelo. Entrecerró los ojos y miró aterrada a su alrededor. «¿Qué estás haciendo, Gútale?»

«Quiero pasear contigo por el parque.»

«¿Qué te pasa? ¿Has perdido el juicio?» El temblor de su cuerpo acompañaba sus trémulas palabras. «¡Sube inmediatamente! ¡Llévame a casa! ¡Rápido!» Su voz me hizo regresar a la infancia. «Quítate esa idea insensata de la cabeza y no te atrevas a mencionarla nunca más», me había dicho hacía muchos años. Sentí un nudo de piedad en el estómago, por mamá, por mí, por la Judengasse.

Miré al caballo. Estaba quieto entre las barras, como esperando una decisión.

«*Mame,* podemos hacerlo», le dije despacito al oído, tratando de producir una sonrisa que disimulara mi dolor. «Nos está permitido pasear aquí; nadie nos hará daño.» Luchaba contra otras emociones que de pronto me habían asaltado y amenazaban con estallar. No puedo estropear este día tan bueno. Es el momento de reparar una de las muchas injusticias que nos han infligido. Tenemos que celebrarlo.

«¿Qué significa que está permitido? ¿Has olvidado dónde vives, Gútale? Estamos en Frankfurt, no en París.»

Estoy orgullosa de mamá, que es consciente de la igualdad y la fraternidad de los franceses. «Cierto, mamá, tienes razón, estamos en Frankfurt. Pero gracias a los parisinos también a nosotros nos está permitido.»

«¿Estás segura… de que podemos?»

Sus ojos se apartaron de los míos para mirar alrededor. El temor no se había desvanecido, pero el espanto se había apaciguado.

«Sí, mamá, estoy segura. Tal vez la palabra «permitido» no es la precisa, porque la ley que tú conoces sigue existiendo. Pero créeme, *mame* querida, no hay nadie en el mundo que pueda detenernos.»

El cochero, que desde el pescante nos escuchaba, me miró inquisitivamente y yo asentí con la cabeza. Se acercó y puso la escalerilla de madera en el suelo. Le tendí la mano a mamá y no se la solté mientras bajaba despacio del carruaje. Se quedó de pie, puso su brazo en el mío y bajó la cabeza como para comprobar que realmente estaba donde estaba. Cogidas del brazo, caminamos sobre las losas del pavimento. Por donde caminaban las mujeres refinadas de Frankfurt marchaba yo ahora con mi madre. No podía dejar de pensar en el privilegio que me había tocado en suerte: llevar a cabo un viejo deseo junto a ella.

Nos detuvimos a contemplar la extensión del parque. «Es mucho más grande de lo que imaginaba», me susurró mamá, haciéndose eco de mis pensamientos. También el horizonte aquí está lejos, pensé además, e inmediatamente me acordé de Meir. Pese a la estrechez del horizonte en la Judengasse, su mirada borda maravillas. Se me ocurre que muchas veces, cuando está fuera de nuestra calle, se detiene a mirar a lo lejos, allí donde el cielo y la tierra se unen, y con ello fecunda su imaginación.

«Mira, Gútale, lo hermoso que es el parque.», dijo mamá apretándome el brazo. Los ojos le brillaban.

Yo miraba aquella maravilla. Un manto de belleza se desplegó ante mí, como diciendo: «Mira, aquí estoy. ¿Dónde has estado tú todo este tiempo?» Mis ojos capturaron el paisaje. Todos los tesoros del mundo no pueden equipararse a la hermosura que surge del parque. Sentí que debía apresurarme a beber con los ojos ese follaje hasta saciarme. Me alimenté con el verdor de los árboles que se alzan sobre los antiguos terraplenes, las ramas que rozan los rayos del sol, los escondites entre los retoños, la espesura de los arbustos enanos semejantes a niños aferrados a las ramas bajas que brotan de los troncos de sus altos padres, la mezcla de flores de colores, las amplias áreas de césped que me invitan a correr y a tumbarme entre los tallos verdes. No sé los nombres de los árboles ni los de los arbustos y las flores, salvo el de los erguidos cipreses y el de los pinos que están junto a ellos, los felices hermanos del mío, que pereció en el incendio. Pero ahora estoy muy cerca de ellos y debo llenar el vacío que me queda de todos los días prohibidos.

Aspiré profundamente las fragancias de las flores que llenaban el espacio abierto. Noté la presencia de otro olor, cuya naturaleza desconocía. Recogí en mi interior los aromas para mí y para todos los que no habían podido aspirarlos ni podrán hacerlo nunca. Lamenté que no existiera ningún método para transportar el perfume del aire de un lugar a otro. Cuando se encuentre la manera, trasladaré cantidades ingentes del olor del aire fresco a nuestra calle.

De pronto me sentí triste. Pensar en lo que hasta entonces se nos había negado apartaba y alejaba el esplendor que se alzaba ante mí, amenazándome con dominar mi mente. El cruel destino de nuestro pueblo me golpeaba el corazón. Miré a mamá y a sus ojos encendidos. Ella vive el momento, dejando que el pasado quede atrás. Tengo que hacer como ella. Aprovechar al máximo estos instantes. No sumirme en la oscuridad, sino recuperarme.

Justo entonces capté cuál era aquel otro olor. Era el aroma de la libertad, una fragancia embriagadora superior a todas las demás. El primer aliento de libertad siempre quedará grabado dentro de mí.

¿Acaso esto no es el paraíso terrenal? ¿Es así el jardín del Edén, donde la serpiente sedujo a Eva? En un lugar así uno puede dejarse tentar fácilmente. No es extraño que Eva sucumbiera, y como ella, Adán. Sabía que mis pensamientos eran estúpidos... ¿El paraíso terrenal? Sin embargo, me permití deleitarme con la sensación de milagro. Estoy paseando por el jardín prohibido, permitido por el momento.

Hice que mamá se sentara en el banco. Me arrimé a su lado. Ella necesitaba descansar y también yo. Me sentía como después de haber hecho un tremendo esfuerzo. Algunos valientes rayos de sol se filtraban a través del follaje de los árboles e iluminaban las losas a nuestros pies. Una gruesa rama nos protegía y dibujaba una larga sombra en la parcela de tierra. Arranqué un manojo de tallos verdes que sobresalían de sus límites y avanzaban invasores hacia el banco, aspiré el aroma de los pequeños frutos en sus corolas y luego los acerqué a la nariz de mamá. Ella tomó el fragante ramillete con su mano temblorosa e inhaló su perfume, como si tratara de absorber hasta la última partícula. En sus ojos danzaban unas gotitas luminosas.

«Gútale», me dijo mientras sus ojos seguían libando los amplios espacios. «Durante años he tratado de no pensar en este lugar, pero no he podido. Cuando hace tanto tiempo me dijiste que te gustaría pasear por aquí, me horroricé. Tu deseo expresaba exactamente el mío. Pero yo no podía permitir que siguieras pensando en algo inalcanzable. Era necesario impedir que siguieras alimentando falsas esperanzas. Y he aquí que hoy vienes a buscarme y me demuestras que la noche se ha hecho día. Es un milagro que jamás creí que llegaría a ver.»

Hacía tiempo que mamá no hablaba tanto. Le acaricié la mano. ¡Estaba tan contenta por ella! ¡Y por mí!

Seguíamos sentadas en silencio, nuestros rostros entregados al espacio abierto que teníamos delante, escuchando el murmullo de las hojas y el aleteo de los pájaros. De vez en cuando la miraba de reojo para cerciorarme de que la luz seguía brillando en sus ojos. Unas ardillas jugaban a perseguirse alrededor de un árbol. Mariposas de distintos tonos revoloteaban entre las flores multicolores. Los verdes cipreses estiraban el cuello como si trataran de fundirse con el firmamento azul. En sus troncos se entretejían las enredaderas, enlazándose como si hicieran el amor. Sobre el follaje los pájaros daban saltitos, piando alegremente y moviendo la cabeza de un lado a otro. A lo lejos, una fuente desparramaba brillantes brazos a su alrededor, finos destellos que brillaban a la luz del sol y que me recordaban el ondear de un vestido de novia.

Dirigí la mirada hacia las mujeres que caminaban por la acera, muy elegantes. Llevaban unos vestidos ajustados a las caderas que luego se ensanchaban y unos sombreros preciosos, a la moda. Andaban con la espalda recta y el cuello descubierto. Sus movimientos eran a la vez femeninos y majestuosos, como proclamando: «El mundo me pertenece».

Mi mirada triste se posó en mi vestimenta, pasando lentamente por mi vestido. Me encogí en el banco como queriendo evaporarme. Las comparaciones eran inevitables. Mi atuendo es anticuado, aunque la tela sea excelente. La cofia me cubre el cabello y sus cintas me envuelven el cuello. El vestido de cintura ancha disimula mi silueta. Soy como una pancarta del paisaje de la Judengasse. Les miré las caras, y entonces las palabras que me dijo Meir cuando empezábamos a conocernos aparecieron ante mí. Ciertamente, sus rostros tienen color, pero no sé si atribuirlo al matiz de la vida o a los cosméticos con que los cubren. Sea como fuere, pensé que hay entre ellas mujeres hermosas, al contrario de lo que piensa Meir. No sé si me dijo que no eran agraciadas para complacerme o porque no sabe distinguir entre belleza y fealdad, puesto que de mujeres entiende bastante poco.

Observé a mamá. También su vestido debería pasar a los archivos de la moda. Toda ella clama remota antigüedad. La miré a los ojos. Todavía estaba cautivada por la espectacular visión, aspirando fervientemente el paisaje, sin prestar atención a los sentimientos que se despertaban en mí. Tengo que hacer como ella, no desperdiciar mi tiempo en los dictados de la moda.

Hay madres que empujan cochecitos de bebé a lo largo del paseo; a su lado corretean niños pequeños, vigilados por sus niñeras. Así es la vida en el paraíso. Las empleadas se encargan del trabajo mientras las madres pasean arriba y abajo sobre sus tacones altos. También ellas eligen un banco para descansar. Las refinadas mujeres de Frankfurt se cansan de no hacer nada. Se recogen los bordes de sus etéreos vestidos y toman asiento, teniendo cuidado de hacerlo con las piernas juntas y ligeramente inclinadas hacia un lado, girando gentilmente la cabeza hacia su compañera y continuando su discreta conversación, obvia y perfectamente formulada en el elegante idioma alemán con un vocabulario rico y sugestivo. El cochecito con el bebé y los niños que corretean alegremente, libres de prohibiciones, quedan al cuidado de las niñeras.

Yo me volvería loca de aburrimiento si otros hicieran mi trabajo, y más aún si se tratara de criar a los hijos. Bueno, a decir verdad, mis hijos mayores me ayudaban atendiendo a sus hermanos pequeños; pero ¿niñeras? ¿Para qué se necesitan?

Hay mujeres que pasean con sus perros. Otra vez llegó un momento que amenazaba con romper el hechizo. No podía dejar de comparar. ¿Cómo era posible que a los perros siempre se les hubiera permitido entrar en el parque de los francforteses, mientras que a los judíos se les había prohibido por generaciones? ¿Significa esto que incluso somos inferiores a los perros? Me invadió una oleada de ira deseosa de irrumpir en el espacio abierto y prohibido. O que hasta hace poco estaba prohibido. Hace algunas décadas, Moses Mendelssohn tuvo que entrar en Berlín por la puerta destinada a los judíos y a las bestias de carga. Dios es testigo de que no tenía yo ningún deseo de perturbar la paz, pero sentí que ya no dependía de mí. Me moví intranquila en el banco.

Tengo que recuperarme.

Me regañé a mí misma: ¿por qué cuando vienen hacia ti y te tienden la mano les reprochas por no habértela tendido antes? Sé feliz hoy y no llores por el ayer. Miré a mamá con la intención de extraer de ella una pizca de serenidad. Seguía sentada en el banco, mirando hacia el parque, sin que la sonrisa desapareciera de sus labios. Le besé la mano que sostenía la mía, apoyé la cabeza en su flaco regazo, aspirando su serenidad.

Íbamos a despedirnos del lugar. Los últimos rayos del sol acariciaban las flores. Una ligera brisa hacía bailar las ramas de los árboles. Acompañadas del ronroneo de sus copas y del canto de libertad de los pájaros, cruzamos el parque cogidas del brazo. Al llegar a la puerta, mamá se detuvo, se dio la vuelta y echó un último vistazo al paisaje.

«Gracias, Gútale. Me has hecho una última merced.»

Me alegré de verla feliz, aunque no entendí por qué había dicho lo de última merced. Mamá cuida mucho sus palabras. Me hubiera gustado decirle que me dolía en el alma no haber encontrado más tiempo para ella. Me prometí que trataría de hacerlo.

Subimos al carruaje y dejamos la magia detrás de nosotras.

Jueves, 24 de tishrei de 5566 [17-10-1805]

Debemos valorar el grado de injerencia de los franceses en nuestros asuntos, porque hacen todo lo posible por aplicar sus ideas avanzadas allí donde ponen el pie y pueden influir. A la Judengasse la llaman «gueto al estilo medieval».

Por fin le importa a alguien, y ese alguien trata de rescatar el objeto olvidado en el almacén de los trastos viejos.

Meir va a la ciudad para husmear el ambiente. Como era de esperar, ni los banqueros ni los gremios francforteses están contentos con la intromisión de los franceses en sus asuntos. Quien fue más lejos fue el rival de Meir, Simon Moritz von Bethmann, el conocido banquero de Frankfurt, al advertir que otorgar la igualdad de derechos a los judíos sería perjudicial para los ingresos de las clases bajas de Frankfurt y las llevaría a emigrar de la ciudad.

Tanto los judíos de la Judengasse como los de fuera del gueto citan a Abel, el representante del Senado en París, y todos nos quedamos confundidos. Por un lado, Abel dice: «Los franceses no tienen ningún derecho a intervenir en los asuntos de los judíos de Frankfurt, porque se trata de un tema pura y simplemente interno». Pero por el otro propone permitirles a muchos judíos que salgan del gueto y se trasladen a viviendas más adecuadas a los seres humanos. ¿Qué podemos entender de esto?

La tendencia natural de todos nosotros es esperar que el Senado adopte su propuesta, y entonces los judíos estarán felices y contentos. El tiempo lo dirá.

Por supuesto que Meir no tiene ninguna influencia en las decisiones del Senado, pero aun así no deja de enviarle cartas.

No obstante, en todo lo concerniente a nuestra educación interna, ha hecho una gran obra: el establecimiento de una escuela en el espíritu del movimiento de la *Haskalá,* la Ilustración judía. Un hecho controvertido cuya consecuencia fue que por primera vez se pusieran en contra suya nuestros queridos miembros conservadores de la comunidad y el rabino Zvi Hirsch Ha-Leví Horowitz, hijo de nuestro maestro y rabino Pinjás Horowitz, de bendita memoria, director de la *yeshivá* superior, que murió hace tres meses y fue sepultado en nuestro cementerio con todos los honores. Su hijo lo ha reemplazado como jefe de la comunidad y sigue los pasos de su padre al oponerse firmemente a la *Haskalá.*

A pesar de la enérgica oposición a la apertura de la escuela, me siento cómoda con ello. Ya me he dado cuenta de que hay cosas grandes que inicialmente se acogen con escepticismo o con duras críticas, pero cuyo valor acaba penetrando con el tiempo en la conciencia pública. Me parece que es lo que ocurrirá en este caso.

He vuelto a poner el carro delante del caballo. Tengo que volver atrás y ordenar los acontecimientos.

A lo largo de generaciones, nuestros maestros han mantenido una didáctica consecuente, y los libros de texto pasan de una generación a otra sin cambio alguno. Pero desde que se publicó la traducción de la Torá de Moses Mendelssohn, en la Judengasse continúa el debate incesante sobre la siguiente cuestión: ¿debemos preservar el modo tradicional de educación, observarlo y actuar según sus principios, o avanzar con la nueva corriente?

Las familias acomodadas mandan a sus hijos a estudiar fuera del gueto, en la escuela secundaria humanista de Frankfurt, mientras que al antiguo *jéder,* la escuela contigua a la sinagoga, siguen asistiendo los niños de las familias humildes, a los que se unen los hijos de quienes desean mantener la tradición pedagógica.

Durante mucho tiempo Meir no se pronunció al respecto. A pesar de ser consciente de las limitaciones del antiguo sistema, se abstenía de disgustar a los rabinos de la comunidad. Puesto que se negaba rotundamente a enviar a nuestros hijos a una escuela cristiana secular, resolvió de momento el problema y contrató un tutor privado para Jacob, el doctor Michael Hess, siguiendo la recomendación de nuestro contable, Seligman Geisenheimer.

Hace unos dos años, en octubre de 1803, ocurrió algo que hizo a Meir cambiar de parecer y adoptar una posición influyente y decisiva.

Durante una de sus visitas a Marburg, en el estado de Hesse, le llamó la atención un chiquillo escuálido que en la esquina de una calle entonaba con voz clara melodías judías. Meir se detuvo y escuchó una canción conmovedora. Los transeúntes arrojaban monedas al sombrero del niño, que se hallaba en el suelo. Los ojos de Meir se posaron en su ropa, llena de agujeros y desgarrones sin remendar. Puso un buen puñado de monedas en el sombrero y luego le preguntó cómo se llamaba.

«Moshe», respondió el pequeño.

«Cantas maravillosamente bien. ¿De dónde eres?»

«De Galitzia.»

«¿Dónde están tus padres?»

«En el más allá.»

La frase golpeó a Meir y le hizo recordar cosas olvidadas. El niño que estaba frente a él tenía la misma edad que él cuando se quedó huérfano.

«¿Quién te ha enseñado estas canciones maravillosas?», le preguntó sonriéndole.

«Mi madre, que descanse en paz.»

«Entiendo. ¿Dónde vives? ¿Quién cuida de ti?»

El chiquillo bajó la mirada y frunció los labios.

«Veo que eres un jovencito sensato. ¿Te gustaría venir conmigo a Frankfurt?»

El niño miró a Meir, claramente sorprendido. Y él le acarició la cabeza. «Puedo llevarte a mi casa y encargarme de tus estudios.»

El pequeño siguió mirándolo, tanto para comprobar la seriedad de sus palabras como por las dudas que le había suscitado la inesperada proposición.

Meir lo ayudó. «Sugiero que vayamos ahora mismo a tu casa de adopción a pedir permiso para emprender el viaje.» Mientras lo decía lo tomó de la mano como si fueran viejos amigos y se dirigieron al carruaje.

La madre adoptiva, que era una tía de Moshe, estaba sentada en el suelo de la pequeña cocina, con las piernas a ambos lados de la tina de lavar la ropa, el cuerpo inclinado hacia delante y las manos moviéndose afanosamente, subiendo y bajando sobre la tabla de restregar mientras sus hijos se acurrucaban a su alrededor como una bandada de polluelos. Al mismo tiempo regañaba a uno, amenazaba a otro y con un soplido impaciente exigía a la mayor de todos que se llevara a sus hermanos fuera. Ligeramente contrariada, se levantó del suelo para recibir al imprevisto visitante, y después de una breve presentación volvió a su trabajo sin hacer muchas preguntas antes de responderle a Meir con un «sí» entusiasta, como si temiera que si se demorara ligeramente él podría arrepentirse. Se diría que estaba dispuesta a agradecerle que también se llevara a uno o dos de sus propios polluelos.

Meir le sonrió a Moshe, y cuando la puerta se cerró crujiendo detrás de ellos, le susurró al oído: «¡Lo conseguimos!», como si acabaran de salir victoriosos de una difícil confrontación. El niño tomó la mano grande que Meir le tendía, haciendo que en él se desbordara el recuerdo de su orfandad.

Meir trajo a casa al niño que había rescatado de las aguas turbias y le pidió a Geisenheimer que se encargara de integrarlo en un marco educativo apropiado.

Meir no podía imaginar el alcance de su influencia. No pensó que la llegada del huérfano Moshe, desamparado y falto de todo, pondría en marcha un proceso para muchos otros niños. Cuánta razón tiene el Tratado del Sanedrín cuando dice que **quien salva una vida es como si salvara al mundo entero**.

Hacía tiempo que Geisenheimer había sugerido crear una escuela judía moderna. La llegada de Moshe hizo que él mismo y Meir pusieran en práctica la idea. A Geisenheimer se le unieron tres jóvenes y dinámicos educadores. Con el apoyo financiero ofrecido por Meir crearon una asociación para el establecimiento de una nueva escuela para los niños necesitados de nuestro pueblo. Propusieron fundarla de forma provisional dentro del gueto, hasta que se terminara la construcción del gran edificio extramuros. La escuela se llamaría Philanthropos.

Los promotores de la iniciativa pasaron muchas horas en nuestra oficina formulando, junto con Meir, los objetivos de la escuela. El principal era difundir el amor a la humanidad. La educación se llevaría a cabo según la doctrina del gran pedagogo suizo Johann Heinrich Pestalozzi, cuyo lema era «Aprender por la cabeza, la mano y el corazón» (Meir dedicó muchas noches a leer su obra en cuatro volúmenes *Lienhard und Gertrud*), y el espíritu del movimiento de la *Haskalá*. Además de los textos sagrados, estudiarían las ideas de los filósofos y escritores franceses de la Ilustración Voltaire y Jean-Jacques Rousseau, las del poeta y filósofo alemán Johann Gottfried Herder, y también las de nuestro Moses Mendelssohn.

Se nombró director de la escuela al doctor Michael Hess, el tutor privado de nuestro hijo Jacob, y Seligman Geisenheimer se incorporó a la junta directiva. Moshe se sintió muy orgulloso de ser uno de los tres primeros alumnos de la nueva escuela. El número de estudiantes aumentaba de día en día. Entre otras materias, aprendían alemán, francés, geografía, ciencias naturales y filosofía moderna.

La controversia sobre Philanthropos es consecuencia de toda nueva idea que emerge en nuestra conservadora calle. Es evidente que la discusión seguirá por largo tiempo, pero Meir se mantiene firme. «Seguiré siendo un judío conservador durante toda mi vida», declara con paciencia y convicción a todos los que le hablan del asunto, «pero la necesidad de una educación moderna es inevitable. No podemos seguir desentendiéndonos de las nuevas necesidades que surgen en el mundo, puesto que somos parte inseparable de él».

Las palabras del padre suenan como un eco de las de su hijo, que se ha ido muy lejos para adaptarse, sin que nadie lo moleste, a las necesidades del nuevo mundo.

La escuela de extramuros está ya casi terminada. De financiar la construcción y el equipamiento se encarga Meir Rothschild, mi respetado esposo, y ésta es su distinguida contribución a la educación de nuestros niños para el futuro.

Martes, 17 de siván de 5566 [3-6-1806]

Mamá ha muerto. Descanse en paz.

Mame querida, ya no estás con nosotros. Las puertas del cielo se te han abierto para llevarte al paraíso.

A pesar de que su estado de salud se había ido deteriorando y de que los médicos me habían advertido de la inminente separación, cuando llegó el momento no estaba en absoluto preparada. ¿Acaso es posible prepararse para la muerte de un ser querido?

No he escrito mucho sobre mi madre a causa de lo que sucedía en mi casa y en mi familia. Ahora me culpo por este pecado. De vez en cuando debería haber mencionado su bondad, su desvelo, su dedicación a los nietos, las prendas de punto que les hacía, los pastelitos y los *shtutin* que les horneaba con atención y sincero cuidado. Era mi deber describir cómo quería ella a mi esposo y cuánto lo admiraba.

Por tanto, a la lista negra de mis errores agrego mi pesar por la reprobable falta de consideración hacia mis queridos padres. He dedicado toda la vida a mis hijos, pero no he hecho lo suficiente por mis padres. Cuando uno de ellos se sentaba a contarles historias a sus nietos, yo aprovechaba que los niños se encontraban bajo su cálida protección para terminar las tareas que constantemente tenía entre manos. Siempre estoy batallando impaciente para conseguir llevar a cabo cada vez más tareas, pequeñas o grandes; pero nunca se me ocurrió integrarme en el cuadro familiar, que incluye a mis padres que envejecen, y prestar atención a los pequeños detalles de sus historias personales, que son parte de sus emociones, sueños y deseos.

He llegado tarde. Los cráteres que se han abierto entre nosotros ya son irreparables.

Sin embargo, jamás me han hecho ninguna observación sobre mi comportamiento. Al contrario, siempre me han expresado su malestar por no ayudarme lo suficiente en la carrera incesante que es mi vida. Pero no me lo puedo perdonar; tendría que haber antepuesto sus intereses a los míos. El amor debe expresarse con palabras y obras antes de que sea demasiado tarde, mientras los seres queridos viven.

Mi querida madre, de pronto me doy cuenta de que tenía ante mí todos los indicios. La forma en que arrastraba los pies, el cansancio en la mirada, el cuerpo que la traicionaba; todo esto me decía: «Mira, Gútale, es el ocaso». Pero las señales se difuminaban ante mí. ¿Las había desdibujado yo para posponer el final? ¿Por qué? ¿Porque quería que Dios la dejara quedarse un tiempo más con nosotros? Quería, pero no hice nada para ir a verla. Siempre había cosas más urgentes que requerían mi atención.

Me he comportado estúpidamente; peor aún, he sido egoísta. Si pudiera volver atrás me conduciría de un modo distinto. Organizaría mi día según otro orden de prioridades. Uno que pusiera a mamá y a papá en un lugar más prominente. No desempeñé como debía mi papel de hija mayor. Mi lugar junto a mamá lo ocupó mi devota hermana Véndele, que hasta el último momento cuidó de ir a visitarla con sus hijos. Ahora Véndele dirigirá su amor a papá. No permitirá que el más mínimo remordimiento germine en su noble corazón. Sólo con mirar el rostro, el cuerpo y la forma de comportarse de papá, se nota que está cerca de irse con su esposa. Él guarda silencio, como manifestando que ya no tiene ningún interés en este mundo nuestro, que toda su querencia está en el mundo al que mamá ha partido.

Mi amado padre, el responsable de que yo escriba en los cuadernos, seguro que se alegraría de recibir de mí algunas jugosas migajas de lo que está oculto entre las páginas. Pero en su honor debo decir que nunca me ha acosado con eso. Y ahora también agrego a la lista de pecados esa pesada culpa, la de no haberle dado respuestas claras. Sin embargo, mi corazón me dice que él sabe.

¡Qué grande es la angustia de los remordimientos! ¿Me acompañarán toda la vida? ¡Dios mío, ojalá me hubieras dado la sabiduría para verlo y comprenderlo a tiempo, cuando todavía podía corregirlo! ¿De qué sirve el arrepentimiento si su único objeto es apuñalar el corazón?

¿Encontraré un poco de consuelo?

Durante los siete días de duelo, cuando me vi obligada a hacer una pausa en el ajetreo de mi vida, pensé en mí misma y descubrí que muchos de los hábitos que arraigaron en mí en realidad eran mérito de mi madre: el orden y la limpieza, el amor por el lenguaje, la percepción de las necesidades de los niños. ¡Estoy tan apegada a ella! Y ahora, cuando se ha ido, sigue dentro de mí y de mi alma.

Llevo grabado en el corazón el recuerdo de nuestro paseo por el parque de Frankfurt. Hasta aquella fecha mamá había realizado sin ayuda las tareas sencillas de rutina, aunque moviéndose lenta y pesadamente.

El cambio significativo en su estado se produjo después del paseo. Se diría que mamá decidió que con la entrada en el parque público había visto cumplidos sus deseos en este mundo, que estaba preparada para despedirse de él y dirigirse al otro. Se negó a probar alimentos, su cuerpo se fue debilitando, dejó de ponerse de pie para estar sentada, y después acostada sin fuerzas. Con ingeniosas estratagemas, Véndele conseguía hacer que comiera bocados del tamaño de una aceituna, una migaja tras otra, lo cual nutrió su sangre unos pocos meses, hasta el final.

Mame, gracias por todo lo que nos has dado a mis hijos y a mí. Perdóname por las muchas horas que nos hemos perdido de estar juntas. Si yo hubiera tenido un corazón comprensivo, habría paseado contigo por la Judengasse tomándote de la mano; habría escuchado tus quejas, tus consejos y tus reflexiones; habría elogiado para tus oídos los méritos de tus maravillosos nietos; habría puesto luz en tus ojos apagados y dibujado una sonrisa en tu rostro arrugado.

Pero tú ya no estás aquí. Y yo no he caminado contigo a lo largo de nuestra calle, la calle en la que naciste, en la que nacieron tu madre y tus descendientes. *Mame,* mi corazón llora.

¿Es así como se comporta el mundo, implantándonos sentimientos de culpa por la partida de nuestros seres queridos?

Busco la manera de calmar mi conciencia, de permitirme deslizar una pequeña satisfacción dentro del dolor, una especie de placer que me fortalezca el espíritu. Me otorgo un punto a mi favor por haber hecho realidad un sueño que tú y yo compartíamos. A pesar de no haberte llevado al parque en un palanquín, la luz que brillaba en tus ojos equivalía a todas las carrozas doradas.

Voy a enmendarme. Estoy acostumbrada a las reparaciones con aguja e hilo. La enmienda será con papá. Lo que no hice mientras vivías, lo haré después de tu muerte. Iré a visitar a papá e intentaré sacudir el vacío de su rostro con ayuda de los nietos que irán conmigo y con las comidas que aprendí de ti y que prepararé especialmente para él. Lo tomaré la mano y le daré calor, le acariciaré la cabeza como solías hacerlo tú cuando las manos no te temblaban y el cuerpo no te traicionaba.

También iré a verte a ti, *mame*. Iré al sitio de tu última morada, me pondré de rodillas, conversaré con tu alma y recibiré tu bendición para el futuro. Tu benevolencia nos protegerá.

Querida *mame,* descansa en paz en tu sepultura. Tus descendientes seguirán impetuosos acumulando logros, cada uno a su manera.

Domingo, 21 de jeshván de 5567 [2-11-1806]

Tengo frío. No me aparto de la bolsa de agua caliente, que hago pasar de entre las piernas a la espalda, luego a las caderas y vuelta a empezar. Es un invento extraordinario, y estoy en deuda con su inventor anónimo por el bienestar que me ha otorgado. La necesito a pesar de la temperatura agradable del *shtoib,* donde arde la lumbre. Con los años me aproximo cada vez más a las fuentes de calor en los días fríos, y durante las jornadas calurosas no me separo de mi abanico. Me pregunto si el origen de estas sensaciones radica en los cambios climáticos de nuestra región, o si son consecuencia inevitable de mi edad avanzada. Tengo cincuenta y tres años y soy huérfana de padre y madre. Papá falleció hace un mes y está enterrado al lado de mamá. Ahora hablaré con dos tumbas contiguas y les revelaré lo que me sucede como lo escribo en el cuaderno. Mis padres son los guardianes más seguros del secreto sobre la faz de la tierra, aunque tal vez debería decir bajo tierra.

Mantuve la promesa que le hice a mamá, aunque no fue necesario perseverar mucho tiempo porque Dios tuvo cuidado de acceder a los deseos de papá y pronto se lo llevó al más allá. Durante más de tres meses acudí a ver a papá cada día, a veces sola, a veces con alguno de mis nietos, y más a menudo con mi hermana Véndele. Nos sentábamos a su lado, le tomábamos las manos, una cada una, o le acariciábamos la cabeza y conversábamos con él, como si estuviera muy al tanto de los sucesos de nuestro mundo. Solamente las miradas angustiadas que intercambiábamos mi hermana y yo daban fe de que lo que decíamos no penetraba en su mente perdida. Al mismo tiempo percibíamos que nos prestaba oídos para absorber el sonido de nuestras voces, las cuales infundían serenidad en sus ojos cerrados. La devota cuidadora no se apartaba de él, ocupada en alimentarlo y darle de beber gota a gota, sin dejarse disuadir por sus protestas de que no lo dejaba tranquilo.

Bendito sea tu recuerdo, padre mío querido.

Mirar hacia la ventana en estos días de frío intenso revela la inmovilidad de la nieve que se amontona en la calle. Nadie se preocupa de quitarla. Antes del incendio, cuando la calle estaba llena de gente y la nieve cobraba altura, me gustaba observar las cuadrillas que, con picos y palas, abrían el paso a lo largo del camino. Pero hoy no se ve a nadie; la blancura de la nieve sigue cubriéndonos sin que la perturben, y bloquea el acceso a las casas.

Yo me caliento las manos con la bolsa de agua y concentro mis palabras en Natán.

Mi Natán, mi querido hijo que se ha ido lejos, echa nuevas y profundas raíces allí. Se ha casado con una judía virtuosa llamada Hanna, inglesa de nacimiento. Un retoño germinado y florecido en un jardín bien cuidado se ha transformado en una dama respetable, de buenos modales, que irradia simpatía. Su aspecto de princesa impone una barrera de respeto dondequiera que vaya. Mi nueva nuera ha sido dotada de dos cualidades suplementarias: su amor por Natán y el hecho de ser hija de Levy Barent Cohen, el banquero más importante de London, quien recibió a Natán y fue su consejero y guía durante los primeros días de mi hijo en el nuevo lugar. Este hombre, generosa y justamente, le ha dado una buena dote a su hija.

Ahora resulta que, mientras Natán estaba en contacto con su padre, sus ojos se sentían atraídos por la pequeña Hanna, seis años menor que él. Ella tenía quince cuando la vio por primera vez, y lo cautivó. Cuando Natán se estableció en Manchester, cada vez que se encontraba en London por negocios, buscaba un pretexto para ir de visita a casa de la familia Cohen. Hanna ha crecido, se ha vuelto bella y cultivada, y su corazón también suspira por él. No sé si ella se quedaba de pie junto a la ventana, como hacía yo deseando ver a mi Meir, pero imagino que a su manera, que sólo ella conoce, lo esperaba deseosa de que viniera a aliviar sus añoranzas.

Cuando Natán fijó su residencia en London, hace dos años, los enamorados pudieron verse con más frecuencia, aunque mi hijo siempre estaba ocupado en la lucha por la vida.

Éste ha sido un año de crecimiento para Natán: ha recibido la ciudadanía inglesa y sus negocios se han duplicado y triplicado gracias a que los franceses decidieron bloquear el acceso de mercancías británicas al continente europeo. Por suerte, su cabeza urdió algunas ideas para obviar el embargo comercial, y obtuvo sus buenos frutos.

Y este año ha tomado por esposa a Hanna.

No asistimos a la boda de nuestro hijo en London. Yo no salgo de la Judengasse, y los acontecimientos que se precipitan por aquí han obligado a Meir y a sus hijos-socios a permanecer vigilantes en los puntos neurálgicos. Sin embargo, el hecho que elimina todas las excusas es muy simple: Meir y yo hemos nacido y crecido en la Judengasse, y aunque nuestro hijo se haya ido a vivir lejos, sus raíces están aquí, y es él quien debe venir a vernos para presentarnos a la elegida de su corazón. Por supuesto, dimos nuestro consentimiento a la celebración del matrimonio.

En efecto, después de la boda nos hicieron una visita de cuatro días, y yo pude gozar del resplandor en el rostro de mi hijo y calentarme el corazón a la luz del bello semblante de mi nuera.

El problema de la comunicación verbal entre nosotras lo resolvió Natán, y a veces Kalman o Jacob, que ocasionalmente hacían de intérpretes.

No obstante, para las cosas fundamentales no hacía falta ninguno de ellos. Las miradas y el lenguaje del cuerpo no necesitan palabras. Yo prestaba oídos a ese lenguaje que atraviesa fronteras. La ternura que se manifestaban no requería explicaciones; era suficiente para satisfacer toda mi curiosidad.

En la agradable suavidad de Hanna se esconde una gran fuerza, rara virtud capaz de atemperar el rigor y la expresión sombría de Natán. Así como una plancha caliente alisa los tejidos, ella allana las arrugas de ira, amargura e impaciencia que se apiñan en su entrecejo, desaliñando su compostura con chispas de alegría juvenil que se han despertado de su letargo.

En cuanto a la lengua de Natán, afilada como una navaja, es como si ella cogiera un pañuelo con su delicada mano y de las comisuras de los labios le limpiara los restos de asperezas y las dejara limpias. ¿Adónde había ido a parar el Natán irascible y desbocado? ¿Dónde habían quedado las venas hinchadas de sus sienes? ¿Qué había sucedido con su ceño fruncido? ¿Dónde se hallaba el escondite de sus ojos que se volvía lívido por la furia contenida? ¡Oh! ¡Cómo me gusta ver su rostro sereno y la luz que aflora en su mirada! ¡Y la concentración con que se lleva a la boca la comida que se le pone delante!

Para mis adentros, a ella le otorgué diez puntos «gutelianos» por el aspecto de mi hijo, sereno y resplandeciente a la vez, una combinación inusual atribuible por completo a su esposa, que hace milagros.

Hanna nos aporta algo más: un precedente de gran importancia. Por primera vez en nuestra historia tenemos el privilegio de hospedar a alguien de posición distinguida. Es cierto que Buderus, uno de nuestros prestigiosos clientes, suele visitarnos. Pero a pesar de su digno porte no me olvido de que, a diferencia de Hanna, anclada desde un principio en una casa estable y respetada, Buderus es originario de los suburbios. No es que esto influya en mi actitud hacia él. Al contrario. Entre la gente de fuera que se ha relacionado con Meir, él es mi preferido. Para Meir es un amigo de verdad, un compañero que le tiende el brazo más largo posible en su ascenso hacia la cumbre, sin soltarlo nunca.

Also, el comportamiento de mi nuera Hanna en nuestra casa, sus modales encantadores, su elegancia en la mesa, su ropa a medida (con mi experiencia he captado enseguida que su elegante vestido de seda, como el resto de sus prendas, ha sido cosido con esmero por una experta modista), su cuerpo construido magníficamente, que atrae las miradas, y la pulsera que rodea su delicada muñeca, incluso su forma de volver la cabeza, todo ello le da el aspecto de una aristócrata.

Se diría que la cueva estrecha y modesta en la que vivimos no intimida a la niña mimada ni la lleva a mostrarse arrogante. No sólo eso; nuestro hogar despierta su curiosidad y atrae su atención a los artículos valiosos que le gustan. Aun si ha sentido una pizca de sorpresa por nuestra casa pequeña y relativamente abarrotada, no ha dejado escapar ninguna señal. Inclina con gracia su cuerpo hacia delante para mirar, preguntar y admirar objetos, como mi ramo de novia, que conservo sobre la pequeña cómoda de madera que está al fondo de la sala. «*It is so sweet, Nathan, isn't it?*», le dice a Natán apretándole tiernamente la mano. Su manera de mirarlo me hace sentir inmodestamente orgullosa de haber conservado el ramo de novia durante treinta y seis años.

Así es Hanna. Se expresa en inglés con naturalidad, de forma compatible con el estilo general que la caracteriza. Me he dado cuenta de que para pronunciar ciertas letras pone la lengua entre los dientes.

No sé si se trata de un pequeño defecto del habla, o si es algo propio de la pronunciación del inglés. Tendré que preguntárselo a Natán. De todos modos, el sonido tiene gracia y es agradable al oído. Estaría bien que yo también empezara a aprender el idioma, por lo menos las palabras buenas y más selectas que contiene.

La despedida de la pareja me dejó añorando la presencia de mi hijo y de mi nueva hija. El encanto de Hanna me cautivó, y en mi corazón se abrió un compartimento para ella junto al de mis hijos y nietos.

Eso ocurrió cuando nos despedimos. La pareja se sentó en el carruaje elegante. Hanna, con todas sus virtudes, con su negra cabellera rizada peinada con una raya en medio que enmarcaba un rostro redondo y atractivo, tocada con un sombrero inglés a la moda y con una faja alrededor de su fino talle, nos sonreía y los hoyuelos de sus mejillas se hacían más profundos. A modo de despedida movía la mano derecha enguantada de blanco, con la manga corta abullonada y recogida alrededor del fino brazo, y con el brazo izquierdo rodeaba la gruesa cintura de Natán, mientras él, después de acomodarse el sombrero alto y estrecho, sujetaba con la mano izquierda la correa que pendía del techo del carruaje y envolvía con el brazo derecho los hombros delgados de su mujer. Esta escena, aparentemente inocente y rutinaria, me fascinó. Clavé los ojos en ellos sin poder apartarlos de la imagen que luego quedó grabada dentro de mí. Mientras se alejaban, yo seguía mirando la polvareda que el carruaje levantaba a su paso. Por primera vez me di cuenta de que Hanna cumplía dos funciones: la de esposa y la de madre. Deposito en sus manos la batuta para dirigir la vida de mi hijo. Estando yo tan lejos, gracias a las virtudes de ella siento que me quita el peso de la inquietud cotidiana y afirma los hombros para cargar con la responsabilidad de cuidarlo en mi lugar.

El carruaje se puso en camino. Me invadió una gran satisfacción por haber conseguido meter también, entre los billetes de banco y los lingotes de oro ocultos en una de las maletas, algunas camisas blancas de la Judengasse para mi hijo.

• • •

Son días de altibajos políticos. Napoleón está metido en una alocada carrera de conquistas. Se diría que el obstáculo que le impusieron los ingleses lo hizo perder la razón.

Nuestra familia sigue operando en medio de la tempestad, en silencio y clandestinamente, llevando a cabo numerosas maniobras con el único propósito de sacar provecho económico del caos internacional.

Natán supervisa intrépido las operaciones en London y alrededores, y Kalman ha ido a ayudarlo. Amschel y Shlomo se organizan en las costas para recibir las mercancías de contrabando de Enguiland y de sus colonias. Meir, a pesar de su precaria salud, sigue supervisando todo el trabajo y comprobando que los largos hilos estén bien atados.

Nuestro pequeño Jacob, que hace sólo un año ha celebrado su *Bar mitzvá,* también se abre camino en el torbellino comercial y presiona a su padre para que lo considere un adulto lo bastante maduro para observar los 613 preceptos, entre ellos los del trabajo. Meir le confía tareas que día a día cobran mayor peso y responsabilidad. La ayuda de Jacob es significativa y sumamente necesaria, y me asombra ver en nuestro hijo menor las mismas señales que aparecieron en su hermano Natán: la agudeza de pensamiento, la visión integral, la impavidez, la determinación y la forma de aprovechar el tiempo al máximo. Me parece que Jacob seguirá sus pasos, y podría ser que eso suceda antes de lo que pensamos.

A veces me pregunto hasta qué punto es decente aprovechar la situación internacional como trampolín para nuestra economía. Meir hace una pausa para tranquilizar mi conciencia y la suya: «No somos nosotros los que hemos creado los problemas políticos. Nosotros solamente nos abrimos paso a través de ellos y recogemos lo que arrojan al mar», dice y sigue bogando.

«Sí, Gútale, contrabando», responde a mi insistente pregunta, firmemente asentada en las arrugas de mi frente. «Si un hombre se corona a sí mismo como emperador, da rienda suelta a sus aspiraciones de conquistas desenfrenadas y prohíbe también el transporte de mercancías de Enguiland; si un hombre así se permite hacer lo que le venga en gana, entonces a cualquier otro le está permitido obtener ganancias de sus caprichos. Solamente el Uno y Único, el que está en las alturas, tiene el derecho exclusivo sobre el mundo. El hombre es insignificante, y si Napoleón se atribuye cualidades que no le pertenecen, que no se sorprenda de ver que su validez es pasajera.»

«¿Acaso el que está en las alturas observa impasible los acontecimientos?»

«El Todopoderoso ha dado discernimiento al hombre para que pueda mirar a su alrededor con los ojos bien abiertos y se prepare para actuar. En un lugar en el que tropiezan los que se ponen por encima del pueblo y de Dios, al hombre se le concede el derecho de subirse al trampolín que aquéllos han puesto a sus pies en un momento de debilidad.»

Mi familia, los Rothschild de la modesta Judengasse de Frankfurt, está completamente movilizada para la extendida actividad comercial que abarca distintos países. El fundador y sus cinco hijos, que se desplazan veloces en sus carruajes, las hijas y las nueras, y también yo, Gútale, todos nos comprometemos gustosamente a colaborar.

No sé por dónde empezar. Han sido muchos los acontecimientos políticos, y nosotros hemos tomado parte activa en sus consecuencias económicas. Es un embrollo que provoca confusión. Hablamos del emperador Napoleón y de los reyes de Enguiland y de Prusia como si fueran vecinos de nuestra calle, algunos simpáticos y otros unos malos bichos que merecen castigo. ¿Y yo?

Dios mío, todo va demasiado rápido para mí, que estoy envejeciendo.

Mi hijo Natán, mi orgullo exultante, que no conoce el miedo, se comporta en Enguiland como si estuviera en su propia casa. Desde su puesto en London impulsa, dirige, envía, entrega, recibe, soslaya, amontona, alaba, increpa, elogia, se enfurece, se alegra y vuelta a empezar. En Frankfurt y en otros lugares reciben, pasan informes, despachan, transportan, se angustian y se regocijan. Sí, no estoy hablando claro. Lo sé. ¡Oh, cuánto me cuesta escribir! Mis pensamientos corretean por todas partes y tengo que reunirlos. Pero ¿por qué voy a quejarme, cuando son Meir y sus hijos los que hacen el trabajo realmente difícil?

No puedo decir que mi Natán se haya integrado por completo en London y en todas sus costumbres. Su inglés, que sigue siendo vacilante, fragmentado y con un fuerte acento alemán, está muy lejos de sonar con la gracia con que lo habla Hanna. La vida social londinense tampoco está hecha para él. Cuando Kalman y Jacob, que lo visitan con frecuencia, vuelven a casa, se burlan de su aspecto, tan distinto del de la gente del gran mundo, y también de su negativa a adoptar las sutiles reglas de la hospitalidad y las conversaciones de salón. Entiendo bien a mi hijo, que creció con otro estilo de comportamiento. No es culpa suya que Enguiland haya adoptado unos modales extraños que no son comunes en la Judengasse. Afortunadamente, la función social está casi por completo en manos de Hanna, quien, según dicen Kalman y Jacob, la desempeña de forma admirable y atesora cumplidos y halagos de los invitados de alto rango que visitan su hogar.

«Hanna parece un objeto de lujo perfectamente empaquetado…», empieza diciendo Jacob.

Y Kalman añade, riéndose, «…y a su lado Natán es como algo que se ha estropeado y no merece que se le ponga en un envoltorio».

Yo me apresuro a agregar: «Hay que reconocer que ambos forman un paquete que vale una fortuna y es inseparable».

«Es cierto, correcto», admite Kalman, y Jacob añade: «En honor a la verdad, es un buen negocio por ambas partes».

Sólo al final de las ironías van al grano y exponen la conclusión, «Natán es un mago y quien está a su lado sucumbe a sus encantos».

En efecto, sé que Natán jamás se convertirá en un *gentleman*. Pero les demuestra a todos los caballeros ingleses, eminentes conversadores, atildados como corresponde, que consigue cumplir el objetivo para el cual ha ido a ese lugar. Además, obtiene con gran éxito lo que ellos no han logrado alcanzar en su propia casa, y eso tiene un valor más concreto que todos los modales del mundo.

A partir de ahora, así lo dijo en su carta, en Enguiland lo llamarán Nathan. Así es como debe pronunciarse su nombre para que agrade a los oídos de los *gentlemen* ingleses. Yo veo en esto una señal de su arraigo allí.

Aquí, en Frankfurt, las cosas han cambiado. En otoño de 1806 nos enteramos de la desaparición del Sacro Imperio Romano Germánico. Tras siglos de dominación, algo sobrevino en esta parte del mundo. Después de muchos años, también esta rueda gira ahora en el sentido contrario.

En cuanto a nosotros, los residentes de la Judengasse, esperábamos que el cambio nos condujera a la liberación. Nuestro estatus de «vasallos del rey» se había anulado, y ahora sólo quedaba por decidir cuál sería el nuevo, cómo se llamaría y qué forma tendría. Frankfurt, que ha dejado de ser la capital del Sacro Imperio Romano Germánico, es ahora uno de los dieciséis Estados alemanes unificados en el marco de la Confederación del Rin, creada bajo los auspicios de los franceses.

Así es como nosotros, los de la Judengasse, que nos quedamos con la boca abierta ante los grandes cambios que ocurrían a nuestro alrededor y teníamos tanta curiosidad por saber qué sería de nosotros, dirigimos nuestra mirada esperanzada hacia el hombre que decidía por nosotros: Karl von Dalberg, arzobispo-elector de Mainz.

Dalberg, un alto funcionario del Sacro Imperio Romano, había colaborado con Napoleón en el establecimiento de la Confederación del Rin, una tercera fuerza germánica que se enfrentaría a las otras dos, Austria y Prusia. A consecuencia de su participación, Napoleón lo nombró gobernador de Frankfurt y localidades vecinas.

Teníamos nuestras buenas razones para creer que Karl von Dalberg nos apoyaría y nos llevaría de la tristeza al bienestar.

Primera: nunca cesa de manifestar sus opiniones tolerantes, principalmente en materia religiosa. Como prueba, su declarada amistad con los ilustrados Goethe, Schiller y Herder.

Segunda: inmediatamente después de llegar a Frankfurt, Karl von Dalberg proclamó que se permitiría a los judíos la entrada a los parques públicos.

Tercera: promueve el derecho de los fieles de todas las religiones —luteranos, católicos y calvinistas— a ocupar cargos públicos. Es razonable suponer que nosotros, los judíos, seremos los siguientes de la lista.

Cuarta: las relaciones comerciales de Dalberg con Meir Rothschild, uno de los judíos más influyentes, son satisfactorias por ambas partes. No sólo eso: Meir ayudó a Dalberg a salir del apuro financiero en el que se encontraba. Considerando que sus gastos como gobernador ascienden a cientos de miles de florines al año, se vio obligado a dirigirse a los bancos para obtener préstamos, pero se los negaron. Su salvador y redentor fue Meir, quien lo apoyó y resolvió sus numerosas necesidades. Como compensación, Meir le pidió a Dalberg una sola cosa: que otorgara a los judíos el estatus de ciudadanos con igualdad de derechos.

Por desgracia, los cuatro puntos de apoyo juntos resultaron ser más bien inestables, y la torre de las esperanzas se desmoronó. Mientras a luteranos, católicos y calvinistas se les notificaba su derecho a ocupar cargos públicos, nosotros, los judíos, nos vimos forzados a contentarnos con ser protegidos contra las humillaciones. En otras palabras, los cambios decisivos que se producían en nuestro entorno no nos afectaban. Nuestra historia continúa.

La decisión nos impactó con toda su fealdad. La calle, apabullada de dolor, se encogió haciendo rechinar los dientes. La furia de Meir se desató contra Karl von Dalberg. Éste, que seguía necesitando sus eficientes servicios, trató de mitigar su ira y se apresuró a asegurarle que se le concedería de inmediato el estatus personal de ciudadano con igualdad de derechos. La proposición indignó aún más a Meir. «No exijo nada para mí mismo», protestó, asqueado. «Sólo quiero lo que la gente de mi pueblo merece: todos por igual.»

Puesto que Dalberg rechazó por el momento sus exigencias, Meir buscó vías alternativas. Husmeó a su alrededor y se enteró de que estaba previsto un acontecimiento impresionante en nuestra región. «¡Fantástico!», dijo, y se puso a urdir un plan también impresionante.

Esto ocurría en vísperas de la visita programada de Napoleón Bonaparte en el mes de julio de 1807. Meir convocó en su despacho a las personas clave de nuestra calle. «El hombre ilustre y prominente, que viene a vernos desde el París ilustrado que enarbola el estandarte de la igualdad y la fraternidad, es quien podría ayudarnos», dijo al exponer su plan, con el que encendió chispas nuevas en todas las miradas.

Nuestros hombres se arremangaron con energías renovadas y hombro a hombro levantaron un arco del triunfo para el insigne visitante. Los preparativos para la llegada del emperador llenaron la calle con fragmentos de una nueva esperanza que tenía el poder de disimular por un tiempo su grisura.

El día tan esperado llegó. Por la mañana, una delegación de notables de nuestra comunidad se apostó en la puerta de entrada de la ciudad para recibir al emperador y a su séquito. Entre ellos estaban, por supuesto, Meir Rothschild, nuestro hijo Amschel y el gran rabino.

La descripción de los acontecimientos fue triturada con posterioridad como con una piedra de molino, y cada partícula de información se pulverizó al máximo. El relato de los hechos se difundió durante días y semanas en nuestra calle, agregando cada vez un nuevo matiz para adornar cada detalle. Se diría que nadie se había perdido el espectáculo. Muchos se habían reunido cerca de la puerta, donde les estaba permitido quedarse. Algunos atisbaban desde la calle, unos pocos desde sus ventanas, y aun sin haber visto nada, lograron oír las voces e imaginaron lo sucedido como mejor pudieron.

Jacob me tomó de la mano y me llevó hacia la multitud. Durante horas los delegados esperaron bajo un sol abrasador, con la frente sudorosa y los atuendos de fiesta manchados de círculos húmedos.

Cerca de las seis de la tarde se oyeron a lo lejos los cascos de los caballos. La delegación se puso en posición de firmes con renovadas expectativas. La multitud allí reunida y cercada por la policía de la ciudad permanecía atenta a lo que ocurría. La aglomeración era opresiva; todos miraban hacia el mismo lugar. Jacob me sostenía para que no perdiera el equilibrio, y yo percibía el temblor de su mano en mi hombro. Jamás habíamos tenido una experiencia así.

Encabezaban la marcha los soldados de la guardia, altos, mirando al frente, izquierda-derecha, izquierda-derecha, las piernas tiesas, a ritmo uniforme, los zapatos bien lustrados y el atuendo muy cuidado. ¡Muy distintos de los soldados franceses que pasaron por nuestra calle catorce años atrás! Detrás de ellos, la magnífica carroza de Su Majestad el emperador Napoleón, tirada por cuatro caballos nobles, guarnecidos con estribos de acero, que avanzaban lentamente. Detrás, el carro de la guardia imperial tirado por dos caballos.

A la orden de alto, la caravana se detuvo en la puerta de la calle. Los cascos de los caballos parecían pegados al suelo. Dos escoltas saltaron de ambos lados de la carroza, en perfecta coordinación, y uno de ellos le tendió la mano al emperador. Primero apareció el sombrero, seguido de la parte superior de su cuerpo. Su Majestad se apeó y marchó detrás de la guardia, hasta que todos se detuvieron.

La moderada estatura de Napoleón nos sorprendió. La gente se miraba sorprendida, guardando silencio. El ilustre personaje, cuyo nombre inspira terror, estaba rodeado de unos soldados tan altos que apenas podíamos verlo.

Sin embargo, esto no disminuía la majestuosa apariencia del monarca. Llevaba un uniforme de reluciente blancura, adornado con una hilera de botones brillantes y confeccionado con un estilo no habitual entre nosotros. Los pantalones blancos, ajustados al cuerpo y doblados debajo de las rodillas, revelaban unas medias de seda blanca, también muy ceñidas. Calzaba botas estrechas y brillantes. Las mangas de la camisa blanca, pegadas a los brazos, tenían puños de color púrpura. Llevaba charreteras en los hombros y en la cabeza un sombrero negro, decorado a lo largo con una franja de oro, que terminaba en alas cortas y estrechas. Llevaba en la mano un bastón de mando de oro con ornamentos de plata.

Me sentía como si me hubiera metido en uno de los cuentos de hadas y de reyes que les narraba a mis hijos.

Un toque de trompetas rompió el silencio y añadió solemnidad al acto. Aparté la mirada de Napoleón para dirigirla hacia la delegación judía. Se diría que retenían la respiración en el gesto de saludo al emperador, juntando muy conmovidos los talones. Se hizo el silencio. Era como si el mundo entero se hubiera incorporado a la regia ceremonia, callado y con la cabeza gacha.

El portavoz de la delegación se aclaró la garganta y empezó su alocución. A pesar de los interminables ensayos que había hecho durante los últimos días ante los amigos, su voz temblorosa resonaba en el ambiente cargado.

El emperador asintió levemente con el semblante rígido. Yo lo observaba. No se le movía un músculo. En él no había ninguna señal de interés por lo que estaba sucediendo. ¿Comprendía Su Majestad que todos los preparativos se habían llevado a cabo en su honor?

Uno tras otro, tres de los delegados leyeron un canto de alabanza a Napoleón, uno en alemán, otro en francés, y Meir leyó la versión en hebreo. Su lectura era fluida, y si en ella había un toque de emoción, estoy segura de que nadie lo advirtió. Me sentí orgullosa de él. Estaba ligeramente encorvado, pero su postura era segura y firme, de pie y sin moverse.

El emperador sostenía el bastón de mando con la diestra; yo lo imaginaba intentando hundirlo en el duro pavimento. Levantó lentamente la mano izquierda en dirección a los oradores, moviéndola al mismo ritmo con que asentía con la cabeza. Parecía alguien profundamente absorto en sus meditaciones, al que la ceremonia molestaba como si fuera una mosca. Cabría suponer que durante aquellos momentos fastidiosos estaba planeando su próxima conquista.

Miré a Meir y luego a Napoleón. Cómo se parecen, pensé. Ambos están hechos del mismo material, una sustancia ambiciosa que los estimula, los lanza a la batalla y no les da descanso. Cada objetivo conquistado los arroja al siguiente, su ansia es insaciable. Pero las metas son esencialmente distintas: el judío corre para alcanzar la tentadora cima del honor por medio de monedas y billetes de banco, mientras el ilustre no judío aspira a conquistar territorios a costa de vidas humanas.

El distinguido personaje había dejado de lado sus importantes ocupaciones para visitar a los judíos de Frankfurt. Pero ¿es posible que una persona que come, duerme y respira como todas tenga constantemente en la cabeza un único interés, el de las conquistas? ¿Qué piensa hacer con todos los territorios que ocupe? ¿Qué hará con los muertos? ¿Dónde puede haber un cementerio tan grande? En la Judengasse, por ejemplo, hay muy poco lugar en el camposanto. Las tumbas están unas sobre otras, separadas por capas de tierra, para evitar, Dios no lo permita, que se contaminen por el contacto con los cuerpos impuros. Nuestras súplicas para expandir el terreno caen en oídos sordos.

¿Y las declaraciones de libertad, igualdad y fraternidad? ¿No están en contradicción con el apetito del emperador de conquistar territorios a cualquier precio? Mientras tanto, más y más sacrificios de soldados en todas las partes involucradas.

Vuelvo a mirar el rostro del hombre brillante. Ahora se filtra en él cierta fatiga. Me viene a la mente que esa persona, que ahora está cansada y sofoca un bostezo, es la misma que determina destinos, y que no hay nadie en el mundo que se alce para decirle algo. ¿Y su madre? ¿No tiene ninguna influencia sobre él? Pobrecilla, parece que no. Me apiado de la madre corsa que debe ver lo que le ha sucedido a su hijo. El hijo querido al que amamantó, al que le enseñó a dar los primeros pasos y a pronunciar las primeras palabras, al que le lavó la ropa con sus manos esqueléticas y le preparó la comida, soñando que crecería y que con su oficio proveería honrosamente al sustento de su familia. ¿Y ahora qué? ¿Estará orgullosa del hijo que se ha convertido en el más grande de los estrategas, o seguirá su carrera decepcionada, diciéndose en el dolorido corazón: «No es esto lo que quería, hijo mío, ni la viuda libertina con la que te has casado, que te lleva seis años y tiene dos hijos que no son tuyos, ni tus obsesivas conquistas, que sólo traen dolor y sufrimiento a familias enteras»?

¿Y la esposa del emperador, Josephine, estará contenta con lo que él hace?

Miro a los caballos. Ellos también están a disposición de su señor, al igual que las personas que lo rodean, como si fuera un niño mimado, observando cada movimiento de su cuerpo y apresurándose a satisfacer sus caprichos. Esos estúpidos caballos, quietos y a la espera de órdenes, aburridos y sumisos. Al menos me gustaría que relincharan, sacudiendo el respetuoso temor que nos mantiene en

silencio, o que arrojaran al suelo algunas boñigas apestosas y vergon-
zantes para turbar, siquiera por un momento, la irritante petulancia
del emperador.

El gozo de nuestros representantes no concuerda con la decepción que yo siento. Sus buenas intenciones, el entusiasmo que pal-
pita en ellos y su ingenuidad no les permiten escrutar al emperador
y ver lo que se oculta bajo la fachada. Sus esperanzas son falsas. Mi
corazón está con ellos, con Meir.

El emperador le susurra algo a su escolta, quien se apresura a
cumplir las órdenes. Ha terminado la breve ceremonia.

El séquito se pone en marcha. Como un eco del relinchar de los
caballos que se han espabilado, se oyen las aclamaciones de la multitud: «¡Viva el emperador! ¡Viva el emperador!»

Me acuerdo de cuando expulsaron a los franceses, en 1792.
«¡Fuera los franceses! ¡Viva el rey de Prusia!», clamaban entusiastas
nuestros amigos de la Judengasse. Y he aquí que, catorce años después, el curso de los acontecimientos se ha invertido.

· · ·

Y ahora debemos aceptar otra decepción. La esperanza de redención
por parte del emperador se ha esfumado.

Los pocos cambios que se hicieron realidad para nosotros con la
entrada de los franceses en Frankfurt, se vieron pisoteados debido
a las restricciones que han permanecido inalteradas. Nosotros, los
judíos de Frankfurt, acostumbrados a pagar el impuesto especial
por el hecho de ser judíos, nos dejamos llevar por la atmósfera de
cambios que nos circunda y bromeábamos con la esperanza de que
quienes los provocaban nos dirigieran una ligera mirada y borraran
la injusticia de nuestro entorno.

Pero al parecer los cambios externos se mantienen apartados de nosotros.

Debemos seguir pagando el impuesto. Estamos obligados a aceptar la cuota de prohibiciones impuesta durante generaciones. Por ejemplo, sentarnos en una cafetería como el resto de los mortales, o cruzar las plazas principales de la ciudad, o tocar, en las casas de baños públicos, las toallas con la inscripción «Sólo para cristianos», como si fuéramos leprosos. Sería interesante saber qué tienen los cristianos que no tengamos nosotros, o tal vez preguntarnos qué ven en nosotros que les resulta inaceptable. Creo que deberíamos recordarles cuál es el origen de los cristianos privilegiados. Ellos adoran a Jesús, su Mesías. ¿Acaso no es uno de los nuestros? Consideran inadmisible el precepto de la circuncisión, pero también Jesús, su Mesías, era circunciso. Siendo así, no entiendo nada.

Dejemos esto. Ahora me angustia la amarga decepción de mi hijo Amschel. Le han rechazado reiteradamente la petición del permiso para residir fuera del gueto. Los hipócritas francforteses saben que en la Judengasse no hay ninguna vivienda disponible, pero aun así nos tratan con desprecio y no lo dejan ir a vivir a la ciudad. ¿Hasta cuándo se verá mi hijo forzado a quedarse con su esposa bajo nuestro techo, como si fuera un adolescente? Si Eva hubiera podido traer hijos al mundo, habrían tenido casi una decena en sus doce años de matrimonio. El destino no ha querido concederme nietos de mi hijo Amschel. Ese pensamiento me amarga el corazón. ¡Si por lo menos las autoridades le hubieran otorgado un poco de comprensión y se hubiera comprado su propia casa fuera del gueto! Pobre hijo mío. Hasta su inocente petición de publicar un semanario en hebreo o en *judendeutsch* ha sido rechazada, por temor a que el periódico se utilizara como herramienta de propaganda anticristiana.

Meir esperaba impaciente la promulgación de la nueva ley de Dalberg. Confiaba en que los nuevos vientos de Francia que encarnaba Dalberg dejaran su rastro también en Frankfurt. Iba de una habitación a otra de la casa, inquieto —sosteniéndose las nalgas y luego la cintura, y otra vez las recalcitrantes nalgas—, haciendo conjeturas sobre los atenuantes de los que iban a informarnos.

El 4 de enero se promulgó la nueva «Ley de los judíos» de Dalberg, la reforma propuesta de la maldita «Ley de los judíos» de 1616.

Una semana antes, en la fachada de las casas se habían colgado ornamentos preparados especialmente para recibir la buena nueva. Pero se habían deslucido y rasgado debido a los copos de nieve que caían sin cesar, y los restos que pendían se balanceaban de un lado a otro como un desafortunado recuerdo de lo que habían sido.

Llegado el gran día, los vecinos se vistieron de fiesta, con camisas blancas y planchadas que asomaban debajo de los pesados abrigos invernales; salieron entremezclados a la calle, que se iba llenando de gente y donde la nieve se amontonaba ahora sobre ellos. La gente no fue al trabajo. Las tiendas quedaron vacías. Un feliz día de asueto, como correspondía a un cambio esperado desde hacía doscientos años. Parecía como si todos los corazones latieran al unísono, más rápido que nunca. Ya llega el momento histórico, **para los judíos todo será esplendor, alegría, triunfo y gloria**. Algunos hablaban de las primeras generaciones: «Es una pena que no estén con nosotros en este acontecimiento trascendental», se decían.

El rabino Zvi Hirsch Ha-Leví Horowitz llegó con el documento enrollado en la mano. A su alrededor se congregaban hombres, niños y mujeres intentando acercarse para ver. Subió al escalón en la entrada de la sinagoga y se quedó de pie frente a ellos. Yo me mantuve a distancia observando, como todos, cada movimiento. Por todas partes se oían voces que pedían silencio.

Todos callaron. Nuestra calle nunca había estado tan llena y tan silenciosa.

El rabino quitó el sello y abrió el documento. Recorrió el texto con la vista antes de leer su contenido frente al público, que estiraba el cuello para oírlo.

De pronto flaqueó. Su rostro, siempre pálido, se puso blanco como la nieve que nos caía del cielo. El documento le quemaba la mano y estaba por caerse. Se le aflojaron las piernas. Dos hombres acudieron en su ayuda. Tomaron el escrito y lo desplegaron. Como en la historia de la Mishná, **dos lo sostienen**, pero en este caso ninguno lo reclama como suyo. Se diría que cada uno de ellos desea separarse del mal que tiene en la mano.

No tuve necesidad de esforzarme para oír el intercambio de palabras entre los dos hombres y la multitud que se apretaba contra ellos. El rabino se retorcía las manos; los que sostenían el documento lo imitaron, mostrando las palmas en señal de impotencia. Uno de los ancianos soltó un tremendo y amargo grito, y se desplomó en brazos de sus vecinos. Éstos lo sostuvieron mientras la multitud les abría paso para que lo llevaran a su casa. El alarido contagió a la gente. Un aullido agudo y uniforme salía de sus bocas. Me cubrí la mía con las manos y miré asustada a Meir.

Temía por su corazón. En lugar de las medidas de alivio que había estado esperando, se encontró con líneas que, en tono distante, echaban por tierra sus esperanzas. Amschel puso el brazo en los hombros de su padre y las lágrimas rodaron por sus mejillas. Ambos se fueron a casa, seguidos por los otros hijos.

Me abrí paso a través del mar de dolor.

Apoyándose en Amschel, Meir subía pesadamente, escalón tras escalón, arrastrando descuidadamente la mano por la barandilla. Subí detrás de ellos, sin apartar la mirada de aquel cuerpo derrotado que subía la escalera distraídamente. Llegamos a la sala. Meir me miró exhausto y agachó la cabeza hacia sus piernas flojas. Se hundió en la butaca.

«No puede ser, Gútale», se quejó y cerró los párpados. Me acerqué y me arrodillé delante de él. Le acaricié la cabeza. Le sostuve suavemente las mejillas entre las manos. El odio me quemaba por dentro. ¿Cómo se había atrevido Dalberg a ser tan cruel con nosotros, los judíos? ¿Cómo había podido traicionar la confianza de Meir? ¿Era ésta su retribución por los fieles servicios recibidos?

Uno tras otro, aturdidos por la indignación, empezaron a venir a nuestra casa. La sala estaba atestada de gente; la nieve que caía de sus ropas formaba charcos en el suelo. La furia buscaba liberarse. Se arrojaban frases al aire denso. Preguntas sin signos de interrogación, exclamaciones sin signos de admiración. Suspiros y gemidos de un destino compartido. La unión en el sufrimiento, en la rabia. La aceptación solidaria de nuestro destino acompañado de edictos. Manos buscándose, asiéndose y apretándose con la fuerza del dolor.

Alguien quería expresar en voz alta el ultraje. Algunos lo hicieron callar. ¿Para qué? ¿No tenemos bastante con nuestra pena? ¿Para qué lastimar nuestros oídos con otra nota discordante?

Se oían más gritos pidiendo repetir los reglamentos, hacer oír el horror e infiltrarlo en nosotros para que recordáramos quiénes éramos y cuál era nuestro destino. Las voces se hicieron más intensas. La discusión desata la ira. Han encontrado una vía de salida para la indignación. Los gritos se entremezclaron, las manos se soltaron y se alzaron hacia Aquel cuyo nombre no osaban pronunciar, quien se callaba ante lo que veía y oía. Las puertas del paraíso se habían cerrado para nosotros. Los gritos se unieron en un único y gran clamor. Las cabezas también se alzaron. El techo de la habitación desbordaba una mezcolanza de palabras, un lamento que no conseguía acoplarse en una frase entera.

Alguien empezó una frase, y otros la repitieron con voz exaltada: **Dios mío, Dios mío, ¿por qué me has abandonado…? ¿Por qué te quedas lejos, Señor, y te escondes en momentos de tribulación…? ¡Quiebra el brazo del impío, del malvado, pídele cuentas de su maldad…! ¡Ten piedad de nosotros, Señor, ten piedad de nosotros, que estamos hartos de desprecio…! Sálvame y líbrame de la mano de extraños cuya boca dice falsedades, cuya diestra jura en falso.**

Al final de la tormenta, llegó la calma. Uno tras otro, los hombres se acercaban a Meir, le ponían una mano en el hombro y se iban. Por ahora, las condolencias han terminado.

Meir pasó todo este tiempo hundido en la butaca, encorvado, cabizbajo, con los labios fruncidos y las manos caídas sin fuerzas sobre las rodillas. Cuatro de sus hijos estaban a su alrededor como centinelas, muy contenidos. Solamente yo, sentada en el suelo, con el codo apoyado en la rodilla de Meir, percibo, bajo el manto de contención, la preocupación de los hijos por su salud. Yo también estaba asustada.

Poco a poco, suaves copos de satisfacción empezaron a penetrar en mi atribulado corazón. Aparecían, se iban y volvían a aparecer. Nuestros queridos hijos saben dónde deben estar en el momento oportuno. No se separan de su padre. Permanecen en torno suyo como una muralla protectora que en cierta medida suaviza las esperanzas rotas. Sus bocas cerradas y sus ojos —que pasan con reserva de mirar fría y directamente a los visitantes a ver de soslayo a Meir— son el cuadro familiar de unos hijos leales que lo que más desean es el bienestar de su padre, y que están dispuestos a saltar en cuanto la situación los empuje a actuar para asegurarlo. Agradecí íntimamente que se le hubiera ahorrado ese cuadro a mi hijo Natán, que está lejos. Ya tiene suficiente con la noticia sin necesidad de reavivar en él el antiguo resentimiento hacia Frankfurt.

Sólo cuando se marchó el último de los que vinieron a expresar sus condolencias, Meir rompió el silencio. «Traición», susurró entre dientes. «Le di todo y no me ha devuelto nada de nada. Napoleón no nos ayudó, como tampoco nos han ayudado todos los servicios que el traidor de Dalberg ha recibido de mí. Todos los esfuerzos han sido vanos.»

Las palabras estaban de más. Meir lo sabía. Quién mejor que él comprende los estados de ánimo. Sin embargo, sintió la necesidad de pronunciarlas. Levanté la cabeza hacia él y seguí el movimiento de sus labios. Unos labios que siempre balbucean frases lógicas y sabias. Labios seguros que imploran el bien. Su voz débil y los latidos de sus sienes me golpearon. Súbitamente comprendí que, a pesar de ser fuerte, poderoso y capaz de influir en los grandes y los dominadores, a fin de cuentas Meir Amschel es de carne y hueso, y tiene debilidades humanas inherentes a la propia naturaleza. La principal, la incapacidad de ser derrotado. Por supuesto, a nadie le gusta estar en el bando perdedor. Pero Meir no tiene en su cuerpo el mecanismo especial responsable de aceptar la derrota.

Y yo, yo lo amo por su humanidad. Y por ello comparto con él su dolor.

El exilio es lo más difícil; equivale a todos los males juntos.

He decidido abordar esta vez lo que le ocurre a Wilhelm, el Land-grave de Hesse-Kassel. Los últimos acontecimientos me recuerdan la historia de Marie Antoinette, en lo que se refiere a la mano del destino veleidoso, que se ríe de nosotros y nos advierte que nada es eterno. Los reyes y príncipes no se duermen sobre los laureles: así como han llegado a la grandeza, también pueden declinar hasta ser como el tamo que se desprende del cereal para que se lo lleve el viento.

Also, de los asuntos del Landgrave nos hemos ido enterando con el correr del tiempo, atentos a los estados de ánimo y a los rumores que nos llegaban por boca de Buderus, de mi hijo Amschel, que ahora está permanentemente encargado de las gestiones en Kassel, y también de Meir, directamente involucrado en los negocios del so-berano. Los sucesos más recientes empezaron en el mes de av, hace cuatro años, cuando estalló la guerra entre Prusia y Francia. Unos meses antes, Wilhelm jugaba para ambos bandos. Por un lado, trató de contentar a los prusianos enviándoles veinte mil soldados a cam-bio de veinticinco mil libras esterlinas, las cuales incorporó alegre-mente a su patrimonio. Por el otro, simuló ante los franceses haber optado por la neutralidad, pidiendo a cambio que le concedieran el dominio sobre Frankfurt y las localidades vecinas.

«Está usted persiguiendo a dos liebres, y al final no atrapará nin-guna», le advertía inútilmente Buderus.

Los franceses le respondieron que lo nombrarían rey de Hesse, título al que el Landgrave aspiraba, siempre y cuando Hesse se incorporara a los dieciséis Estados de la Confederación del Rin, creada bajo sus auspicios.

La negativa de Wilhelm a integrarse en la Confederación fue, para los franceses, la gota que colmó el vaso, y Napoleón se apresuró a reaccionar. Así fue como, en pleno apogeo de la guerra contra Prusia, el emperador ordenó a sus generales dirigirse hacia el oeste, hacia Kassel, capital de Hesse, sitiar el suntuoso palacio de Wilhelmshöhe, apresar a Wilhelm y confiscar sus bienes.

Durante los últimos meses que precedieron a la llegada de los franceses, el Landgrave se había preparado para hacer frente a esa posibilidad. Con ayuda de Buderus, revisaron las cuentas y escondieron documentos y pagarés que podían revelar ingresos e inversiones. Una larga fila de sirvientes y funcionarios de palacio se dedicó rápida y enérgicamente a llenar un cúmulo de arcas con alhajas, objetos de oro y plata, costosas vajillas, ornadas arañas de cristal, y también monedas antiguas y raras medallas, la mayoría procedentes de las colecciones que Wilhelm le había comprado a mi Meir.

Buderus propuso transportar bienes y documentos por barco hasta la ciudad de Bremen, situada a corta distancia del Mar del Norte, y desde allí continuar hasta Enguiland. La idea no se concretó debido a la negativa del Landgrave a pagarle al capitán del barco cincuenta táleros, y así quedaron los ciento veinte arcones en peligro de destrucción.

Se improvisó la solución de ocultar algunas arcas en paredes de yeso especialmente construidas en el gran palacio, y algunas en otros dos castillos: Löwenburg y Sababurg.

Al conocerse la noticia del avance de los franceses hacia Kassel, el Landgrave huyó vestido de paisano y acompañado por una comitiva que incluía a su primogénito, su amante —la condesa Von

Schlottenheim— y seis sirvientes, en dos carretas tiradas por seis caballos cada una. En las profundidades de su equipaje habían ocultado documentos contables ingleses y algunos pagarés. Las dos carretas se dirigieron al norte al amparo de la noche, cruzaron la frontera danesa y se detuvieron junto a la ciudad de Schleswig, a las puertas de la mansión de Karl, hermano de Wilhelm.

Buderus permaneció un día más en el palacio, ultimando frenéticamente los detalles pendientes, y emprendió el camino disfrazado de zapatero ambulante. En el fondo de su mochila depositó una bolsa con comprobantes de pagarés daneses e ingleses, y encima de ella, las herramientas del oficio: yunque, martillo y clavos. Por fortuna no se tropezó cara a cara con los caballos del enemigo.

Pero al llegar a Sababurg, en las inmediaciones del castillo donde habían escondido parte de las arcas, le esperaba una sorpresa muy poco agradable. Mientras intentaba averiguar cuál de los campesinos estaría dispuesto a alquilarle una carreta para proseguir su viaje, descubrió, estupefacto, que en el lugar sólo se hablaba de los tesoros del Landgrave ocultos en la mansión. El secreto bien guardado había quedado al descubierto y Lagrange, el gobernador militar francés, estaba en camino para apoderarse de las riquezas.

No había tiempo para mudanzas, y era imposible poner a salvo los valores escondidos en el castillo. El campesino que había enganchado su carreta le rogó a Buderus que se apresurara a salir de Sababurg, puesto que Lagrange estaba cerca del castillo y pobre de él si se enteraba de que le había alquilado la carreta.

En efecto, inmediatamente después de que Buderus salió de Sababurg, llegó al lugar el pavoroso Lagrange, y sin demasiado esfuerzo descubrió el escondite del dinero, el oro y las monedas.

El gobernador militar contemplaba embelesado el brillante espectáculo, y con ardiente impaciencia ordenó fundir los objetos de oro y plata, pero las monedas las envió a París para ofrecerlas en subasta. Durante las semanas siguientes no escatimó esfuerzos en la búsqueda de otros tesoros escondidos, y finalmente logró encontrar la mayor parte de las arcas ocultas en el palacio de Wilhelmshöhe y en el segundo castillo, Löwenburg. Los carteles con la inscripción «Territorio neutral» que había emplazado el Landgrave en su precipitada huida no impresionaron al gobernador militar, quien con sus hombres irrumpió en el palacio, destrozó las paredes y extrajo los arcones, pero sin hacer nada a los residentes, la esposa del Landgrave y sus descendientes, que contemplaban petrificados la escena.

Desde nuestra casa, Meir seguía muy preocupado el desarrollo de los acontecimientos. Salvo él y Buderus, nadie tenía conocimiento del valor de los bienes del Landgrave más rico entre todos los soberanos de los principados alemanes. La preocupación principal de Meir se centraba en la situación financiera del desdichado aristócrata, al que día a día le quitaban significativas porciones de propiedades y tesoros, hasta el punto de que podrían dejarlo sin un céntimo. Meir se compadecía del hombre que le había otorgado los títulos importantes, con el que cooperaba desde hacía treinta y cinco años sin interrupción, en una relación comercial que se había afianzado aún más en los últimos tiempos.

Además, Meir estaba preocupado por su propio futuro. Temía que los grandes logros que había alcanzado en sus transacciones con el Landgrave corrieran el riesgo de derrumbarse. Tenía que armarse de paciencia y esperar que un rayo de luz asomara de alguna escondida rendija. Meir movía la cabeza como un péndulo, con la mirada errante puesta en el horizonte.

Sin embargo, en todos esos días, Meir no parecía alguien que camina al borde del abismo. Sólo repetía sin cesar que era preciso encontrar un camino y descubrir el punto débil del enemigo.

Ese punto se encontró en el mismo Lagrange. El gobernador militar había desarrollado un insaciable apetito por los tesoros del Landgrave, de los que se había apropiado en buena medida. Con osada astucia informó a Napoleón de una parte de lo descubierto —dieciséis millones de florines—, y luego le propuso al Landgrave que, a cambio de un soborno de un millón de francos franceses, le permitiría llevarse de contrabando al extranjero lo que quedaba: veintidós millones de florines en letras de crédito, pagarés y contratos.

El Landgrave, alentado por Buderus, se abalanzó sobre la oferta, transfirió el soborno a Lagrange y recibió a cambio las arcas, que llegaron en parte a la mansión de su hermano Karl en el reino de Denimark, donde se encontraba Wilhelm en ese momento. Otras cuatro fueron depositadas directamente en nuestra casa, bajo la custodia de Meir, a quien alivió saber que no todos los valores se habían perdido, y que una parte considerable de ellos podría utilizarse.

Me sentí muy orgullosa de Meir. Le tendí la mano en un gesto de invitación, y él se levantó y ciñó mi rolliza cintura. Le eché los brazos al cuello, le hice cosquillas en el oído y le susurré: «Entre todos los cristianos y todos los banqueros de Alemania, el Landgrave ha escogido al judío perfecto de la Judengasse para cuidar su tesoro».

Meir me hizo girar una y otra vez, mientras yo, un poco mareada, oía la risa de Amschel, que, habiendo salido de Kassel y regresado a casa con motivo de un negocio, también hacía dar vueltas a Eva sujetando su esmirriada cintura.

Me detuve sin aliento y me senté en una butaca, con Meir a mi lado. Contemplamos a Amschel y Eva, que siguieron girando en una danza lenta y serena, en la que ella apoyaba la cabeza en el hombro de él y le rodeaba la cintura con los brazos. Fuera de algunas disonancias, que surgen raramente, ellos pasan los días en un clima de tolerancia y conciliación. Si bien no es felicidad, tampoco es un eterno pesar.

También yo he aceptado a Eva. Mis ojos y mi corazón se han habituado a su lado bueno. Le agradezco que haya reparado el desliz del principio de sus vidas en común. Toda la vida estamos expuestos a tropezar, pero basta con que actuemos con firmeza para reparar el daño cuando apenas se ha manifestado y no dejemos que se repita.

Me resultaba difícil soportar su rostro apesadumbrado y la arruga permanente en el entrecejo. Se le había pegado la melancolía y no la dejaba. También me dolía ver el semblante desolado de mi hijo Amschel, atrapado en un matrimonio fallido. Su delgado cuerpo parecía aún más demacrado. Semejaban dos personas caminando a ambos lados de la calle, cada uno mirando hacia un montículo de basura con la esperanza de hallar en él la alegría de vivir que había perdido.

A menudo, cuando nos sentábamos en la sala, Eva se encerraba en su habitación o deambulaba por la casa de puntillas, como alguien que se ha resignado a su destino. Parecía que la nube de su existencia se negaba a pasar a otra estación del año, que para ella el tiempo era siempre frío y nublado. Un poco a hurtadillas se atrevía a acercarse a la silla de Amschel y a sentarse detrás de él, escondida tras su espalda y mirando en derredor con expresión sufriente, como si sus ojos buscaran dónde posarse sin que nada los molestara.

Decidí que tenía que hacer algo. Depurar la tristeza, con prudencia, sin prisas. Encarar con ternura y cautela la frágil situación. Muy lentamente fui acercándome a ella.

Una noche en que nuestras miradas se cruzaron, la invité a acercarse, mientras apuntaba con un dedo a la silla libre que yo había dejado junto a mi butaca. Accedió, respetuosa y amedrentada. Palpaba la silla sin saber dónde poner la mano, de modo que se la tomé y la acaricié susurrándole: «Está bien, Eva, todo está bien».

Me lanzó una mirada inquisitiva, como si le resultara difícil creer en mi sinceridad. Respondí expresando comprensión; no revelaría su secreto. Ella tenía bastante con los remordimientos, y Amschel con sus sufrimientos. Las lágrimas se agolpaban en sus ojos cuando me apretó la mano suavemente y me miró agradecida.

Un día la invité a la cocina. Le aseguré que Amschel no sabía absolutamente nada de lo que le había sucedido cuando se dejó cautivar por el encanto de Moshe Vermus; que yo confiaba en ella, pues sabía que todo había vuelto a su lugar, y que de ahora en adelante nos comportaríamos como si nada hubiera ocurrido. «Eres mi primera nuera y te quiero», terminé diciéndole. Se arrojó a mi cuello y dejó que se soltara el nudo que había tenido enredado en su interior. Mis lágrimas compasivas acompañaron el sonido de sus incontenibles sollozos.

Con el tiempo se redujo la altura del muro que separaba a la pareja, y ahora comparten una expresión de melancólica resignación. Eva se ha habituado a su vida, como un bebé que se acostumbra al sabor de las comidas, probando, haciendo una mueca, volviendo a probar y tragando. Hasta su actitud con respecto a la vajilla y los cubiertos que ponemos en la mesa ha adquirido un nuevo matiz. Antes los depositaba con fuertes golpes; ahora sus manos se han suavizado y pone la mesa sin hacer ruido.

En cuanto a mí, ya hace tiempo que me he despojado de la capa de ira y eliminado los restos de rabia que habían arraigado en mí. He acabado con mi tendencia a juzgarla con severidad, y mi actitud hacia ella se fundamenta en un mensaje de conciliación y tolerancia. Las saetas que le lanzaba por los ojos han sido reemplazadas por miradas compasivas, y un tono cálido ha sustituido la aspereza de mi voz. Desde el momento en que empezamos a preparar juntas las comidas en la cocina se produjo el deshielo, y ahora ella es como de la familia en todo sentido. Es verdad que no lamento haberla fustigado cuando fue necesario ser tajante con ella, pero no le guardo rencor, y hago todo lo posible para ayudarla a difuminar los vestigios marginales de la melancolía y dejar atrás los posos del pasado a fin de ensanchar gradualmente su tenue sonrisa.

Me he dado cuenta de algo peculiar: el aspecto de Eva me es agradable desde que me he habituado a ella. Pareciera como si el carácter de una persona determinase en gran medida la impresión que nos deja su apariencia, para bien o para mal. Pero todavía me duele que pase sus días sin aspirar el aroma de un bebé. Me duele que a mi hijo Amschel no se le conceda un hijo para que pronuncie el *Kadish* a la hora de su muerte. Me consuela un poco que sigan viviendo como una pareja que se ha reconciliado, y bajo el mismo techo.

Últimamente sonrío a menudo. La carrera de nuestras vidas avanza en pronunciado ascenso, y pese a la dificultad que entraña el esfuerzo de ir cuesta arriba, he aquí que el panorama que contemplamos desde cada peldaño corta el aliento, es un paisaje que nos invita a seguir escalando y descubriendo los secretos futuros.

Por suerte, Meir ha recibido del Landgrave el permiso para hacer uso del contenido de las arcas que están bajo su custodia, y las transacciones que efectúa por medio de los tesoros del noble señor acrecientan nuestros ingresos de forma incalculable. De ahora en adelante Meir será el único administrador fiduciario de los bienes del Landgrave. Se ha dado la vuelta a la tortilla, y el temor ante la ruina inminente de Wilhelm ha sido reemplazado por un significativo salto adelante para el banco Rothschild.

Pero debo poner orden en mis ideas; lo primero es lo primero, y lo último es lo último.

Los primeros días del exilio de Wilhelm en el castillo de Gottorf, situado en el distrito de Schleswig-Holstein, en el reino de Denimark, y propiedad de su hermano Karl, le causaron una profunda depresión. La proximidad de las huestes napoleónicas y el temor a que lo hicieran prisionero le infundían un terror incesante.

Quien le brindó su ayuda en esos tiempos difíciles fue Buderus. Le levantaba el ánimo y lo mantenía al tanto de los detalles que recibía de Meir acerca de los negocios, de los cuales resultaba claro que sus tesoros seguían dando frutos, un hecho que conseguía iluminar un poco sus ojos apagados. Esta vez, Buderus había logrado apaciguar al Landgrave y hacerlo comprender que, en esos tiempos complicados, lo mejor sería encomendar la gestión de las finanzas a una sola persona, o sea, a Meir Rothschild, que hasta el momento había demostrado ser un hombre de confianza, dedicado, leal y profesional, dispuesto a asumir riesgos y guardar secretos de forma impecable.

Por su parte, Meir no permaneció ocioso. Como medida de seguridad, redactó una carta en un alemán deplorable. Buderus le echó un vistazo y estalló en carcajadas. Con los restos de la risa todavía visibles en su cara, volvió a poner la carta en el sobre, prometiendo que se la entregaría a su destinatario y tranquilizando a Meir: «No te preocupes, el Landgrave también escribe con errores espantosos, y se alegrará de comprobar que hay quien se equivoca aún más que él».

El permiso le fue otorgado en una carta detallada y cálida. El examen de los datos realizado por Buderus demostró que, a pesar de haber perdido veintiún millones de florines, Wilhelm seguía encabezando la lista de los más ricos de Europa, con treinta millones de florines en su haber.

Provisto del poder que el Landgrave le había entregado a Buderus, y del documento adjunto a la carta con la noticia, Meir se apresuró a cobrar los intereses de los deudores del Landgrave en Enguiland y en Austria. Día a día trabajaba en dos direcciones a la vez: con los ingleses descontaba los pagarés del Landgrave y cobraba los intereses, mientras que con los austriacos era preciso transferir el pago de los intereses por un cuantioso préstamo otorgado al emperador de Austria. La cooperación de Meir con Buderus en los negocios del Landgrave era cada vez más estrecha, y las ruedas se movían hacia delante con creciente velocidad.

A Buderus le resultaba difícil seguir actuando desde Denimark, por lo cual regresó a Kassel, corriendo el grave riesgo de ser capturado por los franceses. Era un viaje planeado para organizar el traslado de su familia a la nueva mansión que había construido en Hanau. La distancia geográfica entre Meir y Buderus disminuyó, y el corto camino desde Frankfurt hasta Hanau dio lugar a una fecunda actividad clandestina entre ambos: Meir se encargaba de cobrar y Buderus llevaba la contabilidad. Ambos buscaban facilitar el regreso del Landgrave.

Por temor a que la policía francesa intentara descubrir la trayectoria de los fondos del exiliado Landgrave, Buderus y Meir decidieron llevar una doble contabilidad, una de las especialidades de Meir. Esa táctica estaba destinada a presentarles a los franceses, cuando fuese necesario, un cuadro según el cual su actividad financiera con el Landgrave se realizaba en pequeña escala y no había en ella nada que pudiera serles útil.

Buderus aprendió algo más de Meir e instaló en su casa hornacinas especiales para esconder material reservado; como protección adicional sólo oculta en ellas los libros de cuentas, a la vez que nos transfiere directamente los detalles de los intereses, el dinero en metálico, las cartas de crédito y otros documentos confidenciales vinculados con el Landgrave. Meir, con la agilidad del vuelo de las aves, canaliza todo a su destino previsto: una parte se invierte, según las instrucciones de Buderus, en el banco de Rothschild, y otra se guarda en las profundidades del arca que se encuentra en el sótano que conduce a la casa del vecino.

En efecto, los franceses no tardaron en presentarse en la residencia de Buderus para llevar a cabo una inspección sorpresa, ardiendo en deseos de descubrir pruebas incriminatorias. Se pusieron furiosos al no encontrar nada y, tras perder las esperanzas con él, empezaron a importunar a su conocido amigo, Meir Rothschild de la Judengasse.

Es preciso decir que el fervor patriótico imperante en Frankfurt actuaba en nuestro favor. Gracias a ello, los policías franceses tenían que registrar la casa sin provocar la ira de los funcionarios municipales, que habían enviado a algunos de sus empleados a supervisar la inspección. Con el respaldo de una buena propina que pasó de manos de los residentes a las de los inspectores, la investigación no dio ningún resultado.

Los policías franceses optaron por la vía de la seducción; aprovecharon los escasos momentos en que los funcionarios locales se rezagaban en alguna de las habitaciones para hacerle a Meir una tentadora oferta: una comisión del veinticinco por ciento a cambio de que les entregara todos los fondos ingleses del Landgrave.

El jefe de los inspectores juntó las manos, pensando tal vez que en un momento se las frotaría con placer, pero Meir siguió sosteniendo que no tenía en su poder fondos ingleses del Landgrave. La comprobación de los libros de cuentas corroboró el testimonio del tozudo judío.

Las cosas llegaron a tal grado que se hizo necesario designar a un hombre de confianza para mantener el contacto entre Meir y Buderus y ocuparse de los asuntos del Landgrave. El escogido fue nuestro Kalman. En el ejercicio de sus funciones viajaba a diario, siempre por las mismas rutas, para encargarse de las operaciones corrientes: entregar cartas de crédito, cobrar, efectuar depósitos y transmitir mensajes. Kalman tenía un carruaje de doble fondo, obra de un constructor profesional de Hanau al que Buderus conocía y consideraba como persona de confianza que no revelaría el secreto. En ese fondo disimulado se ocultaban valiosos contenidos, que incluían no sólo documentos financieros sino también mensajes y alusiones políticas, que se mantenían al día dentro del trío formado por Meir, Buderus y Wilhelm.

En poco tiempo, Kalman se encontró atendiendo, cada vez más, diversos asuntos personales que le encargaban el Landgrave y sus acompañantes, y se convirtió en el trajinante permanente, entre la localidad alemana de Hanau y la mansión danesa del exilio, de los productos indicados en la lista que le entregaban en cada visita: agua mineral, miel, prendas de vestir, calzado, libros, tijeras, sacacorchos y otros artículos que me enfurecen, puesto que el descarado Landgrave se cree que, aun siendo sólo un ratón escondido en un oscuro agujero, puede comportarse como un gran señor con sus sirvientes, y mi hijo Kalman no es ningún siervo, sino un banquero del más alto grado, hijo del principal banquero de Alemania.

Mi mayor rabia está dirigida a su desfachatada concubina, la condesa Von Schlottenheim, que comparte con el Landgrave la oscura guarida y asoma la cabeza para obligar a mi hijo a añadir a la lista artículos personales, parte de los cuales mejor sería guardar en su deformada mente y no ponerlos por escrito.

«No se lo permitas», le reprendí a Kalman, como si él fuera el culpable.

Mi hijo se justificó con una explicación: «Pero es que irá a quejarse con el Landgrave, y entonces de todas formas tendré que llevar a cabo la tarea. ¿De qué nos serviría? El resultado sería provocar la ira de él y encima tener que cumplir el pedido de ella, con lo que saldría victoriosa de toda la historia».

Me hervía la sangre. «Por lo menos déjalo para más adelante; dile que no has encontrado lo que te ha pedido, que no has tenido tiempo, que no ha sido posible, que lo intentarás la próxima vez.»

Kalman ya no me muestra las listas y no sé qué ha ocurrido con los encargos de la concubina. Mi inteligente hijo encuentra vías eficaces para ocultármelo. No suelo indicarles a mis hijos cómo llevar a cabo su trabajo. El guía profesional es su padre, pero el asunto de la concubina sobrepasó los límites de las misiones encomendadas a nuestros vástagos, y yo no podía mantenerme al margen y permitir que esa gallina cacareante se comportara como la reina del corral y humillara a mi hijo y príncipe.

Por otra parte, compadezco a la esposa del Landgrave. Toda mi simpatía se dirige a esa pobre mujer que se ha quedado en el palacio vacío y que de seguro pasa los días y las noches meditando y tratando angustiada de adivinar qué hace su marido con la concubina.

Por orden de Wilhelm, Meir le entrega sumas cuantiosas. Si yo saliera de las puertas de mi gueto, iría a consolarla. Aunque, pensándolo bien, me pregunto si me recibiría. Tal vez diría que una judía de la Judengasse no tiene por qué ir a consolar a una llorosa cristiana en el palacio de Kassel.

Otra vez me doy cuenta de que la vida en los palacios no es un panal de rica miel, y que la dicha no depende de la cantidad de habitaciones ni del material que cubre las paredes. Algo que no está muy claro es la causa de que la vida en los palacios se malogre.

Los negocios del Landgrave llevaron a Meir a tomar la decisión de establecer una sucursal del banco Rothschild en Hamburg para que Kalman pudiera desempeñar sus funciones con mayor comodidad y disponibilidad. El Landgrave se alegró de ello y en esos mismos días, en la primavera de 1807, compró una casa en la pequeña localidad danesa de Itzehoe, cerca de Hamburg. Meir solía viajar a Hamburg por periodos de varias semanas y, estando cerca del Landgrave, podía visitarlo en su residencia. Caminaban juntos, como viejos amigos, por los jardines de la mansión y conversaban sobre sus inversiones.

Cabía esperar que la estrecha relación de Meir con Wilhelm implantara en nosotros una fuerte impresión de estabilidad. Yo creía que Meir ya podía dormirse sobre los laureles, pero los sucesos siguientes me tomaron por sorpresa, me apabullaron y me demostraron lo fluidas y volubles que pueden ser las relaciones entre las personas, además de arrojar más luz sobre la inestabilidad del Landgrave.

Al principio, el bueno de Buderus trató de ocultarle a su buen amigo Meir el bochornoso desarrollo de los acontecimientos y evitarle la decepción; pero, como el asunto no había sido resuelto, se vio obligado a hacerlo partícipe del secreto.

El caso es que Wilhelm estaba sumamente contento con la atención que le prestaba el banco Rothschild, y ya había tomado la determinación de renunciar a los servicios de Rüppel y Harnier, el banco más grande y antiguo de Kassel, entre otras cosas porque tenía fundadas sospechas de que los propietarios del gran banco no habían sido honestos en la gestión de sus fondos. Sin embargo, siempre coherente con su frívolo carácter, se le despertaron súbitas dudas respecto de la decisión, a que lo había llevado Buderus de contentarse únicamente con los servicios del banco Rothschild. Wilhelm se sentía incómodo por haber cortado las relaciones con los hermanos Bethmann, el incuestionable banco de Frankfurt y uno de los más grandes de toda Alemania.

Un día, el aterrador Landgrave ordenó a su lacayo que hiciera venir a Buderus, y éste obedeció. El noble, de pie por encima de él, completamente encorvado por la artritis que lo aqueja, con su voluminoso vientre y sus piernas tambaleantes, reprendió severamente a Buderus, quien estaba sentado en una silla baja. Le aclaró, sin dejar lugar a dudas, que no apoyaría la decisión de separarse de los hermanos Bethmann. «Has conspirado con Rothschild contra mí», le lanzó.

Buderus no se quedó callado. «Le sugiero que se vaya a dormir, y que al levantarse mañana vuelva a revisar la gestión de su dinero, comparando las condiciones que le ofrecen otros bancos con las que obtiene de Rothschild, y que después me pida disculpas por sus duras palabras.»

Esta respuesta, expresada con abierta impasibilidad, enardeció a Wilhelm. «Harás lo que te digo, y además te irás de Hanau y vendrás a vivir a Hamburg. Te prohíbo alejarte de mí.»

«No», respondió Buderus y se marchó.

Al cabo de un mes Buderus fue llamado para una aclaración. Nuevamente compareció ante su señor y, como un maestro a un alumno duro de entendederas, le expuso, con claridad y una por una, las virtudes de mi esposo Rothschild: la decencia, la precisión, la energía, el ingenio, la imaginación de largo alcance, las buenas condiciones que ofrece, el servicio eficiente y disponible en cualquier momento y en todo asunto, así como la capacidad de guardar secretos, lo que se demostró cuando los franceses le hicieron una oferta muy tentadora, pero no cayó en la trampa, y no le encontraron nada.

Wilhelm callaba y Buderus añadió: «La leal familia Rothschild, que no retrocede ante ninguna dificultad, ni por mal tiempo, ni por inoportunidad, ni por falta de liquidez, ni por comisiones bajas, hace todo lo posible para que esté usted contento, y lo más importante es que de las manos de Rothschild llegan las sumas más altas y de la forma más segura».

La reunión concluyó sin resultados. Al volver a su casa en Hanau, Buderus envió una breve carta de renuncia, que concluía con la frase: «Desconfiar de un hombre honesto es una receta letal».

La carta puso punto final al asunto. Amainó la furia de Wilhelm y Buderus se retractó de su intención de renunciar. A partir de ese momento, el banco Rothschild ha sido el único que se ocupa de los negocios del Landgrave más adinerado de Europa, y el balance financiero de la firma M. A. Rothschild se encuentra en un ascenso

constante. Shlomo y Amschel acudieron en ayuda de Kalman y colaboran cobrando ingentes sumas de los deudores del Landgrave,
mientras sólo una pequeña parte llega ahora a manos de Wilhelm.
Meir le ha prometido que recibirá el dinero a su debido tiempo y
que, estando él en el exilio, no es éste el momento apropiado.

Al mismo tiempo, nos enteramos del impulso sin precedentes
del banco Rothschild inglés. Es verdad que Natán no escribe mucho, pero los convenios que nos envía poco a poco manifiestan una
actividad intensa, y son mil veces más valiosos, dada la escasez de
cartas. Tal vez por el intenso trabajo manual no encuentra tiempo
para nimiedades.

Domingo, 5 de kislev de 5571 [2-12-1810]

Mi querido hijo Natán:

Espero y deseo que tanto tú como la querida Hanna se encuentren bien.

A Dios gracias, nosotros seguimos acumulando éxitos como lo hacemos siempre, trabajando duro. Amschel, Shlomo y Kalman demuestran tener fuerza, energía e inteligencia.

La demanda de productos ingleses en los mercados de Frankfurt no tiene precedentes. Toda la tela blanca almacenada durante tres años se ha agotado. Me parece que hay una solución para el transporte de las mercancías. Inténtalo a través de Holand. Estamos inundados de pedidos. Haz todo lo que puedas.

Mamá manda muchos besos para ti y para Hanna.

Y yo incluyo los míos.

Escribe más.

Estamos deseosos de cualquier noticia de la familia y de la situación económica.

Tu padre que te quiere,
Meir Amschel Rothschild

He aquí unos párrafos de una de las muchas cartas enviadas desde nuestra casa en Frankfurt a la de Natán en London, una vez descifrados los códigos. En la correspondencia entre ambas casas, son más las misivas que se mandan a London que las que llegan de allí. Sin embargo, a diferencia de Meir, no critico a Natán por no escribir más.

Meir está rodeado de una amplia cuadrilla de hijos que trabajan para el progreso de la firma, de manera que puede ir al sótano secreto cada vez que quiere escribir unas líneas en una meticulosa mezcla de idiomas. Natán trabaja solo y arriesgándose, y no le queda tiempo para escribir.

Amschel, Shlomo y Kalman también suelen enviar cartas a Natán en las que lo informan de los precios del oro, valores y productos básicos en los mercados europeos.

Sin embargo, nuestro hijo inglés, aun teniendo poco tiempo, se toma la molestia de pedirle a su padre que tenga cuidado con el correo. En el futuro puede seguir escribiendo las cartas personales en *judendeutsch* aderezado con hebreo; hace bien dándole un apodo hebreo al Landgrave y poniéndose él mismo un nombre italiano; el código que ha encontrado para «inversiones» («anzuelo») le parece bien y le provoca unos ataques de risa que desconciertan a los empleados. Pero las cartas destinadas a su contabilidad deben escribirse en inglés, y sería deseable que lo hiciera Seligman Geisenheimer si quiere que el personal de ese departamento de su oficina comprenda los datos que desea transmitir.

El frío riguroso me ha hecho dejar el cuaderno. Agrego unos leños a la chimenea, me froto las manos al calor del fuego y lleno la bolsa de goma con agua hirviendo. Mientras el calor se extiende a mis extremidades, pasa por mi mente una reflexión sobre la escritura. Nunca se me había ocurrido que alguna vez las palabras de mi cuaderno de cuentas privado pudieran traspasar los límites de mi casa y de la Judengasse. Las palabras se abren paso hacia asuntos que cruzan la calle, atraviesan el país, tocan el amplio mundo, y todos ellos se relacionan asombrosamente con mi familia.

Also, cojo la pluma, vuelvo a sumergir el cálamo en la tinta y retorno a la descripción de una escena que sucede a novecientas leguas de distancia de mi casa.

Las cartas personales de Meir a Natán también lo ponen al corriente de los asuntos políticos. El comercio ha desarrollado una gran dependencia de la esfera política y actúa de acuerdo con los cambios que tienen lugar en ella. Por ejemplo, hace unos tres años, Meir informó a Natán que Alexander, el zar de Rusia, se había reunido con Napoleón en Tilsit, que ambos habían firmado un tratado, y que eso podría ser una señal esperanzadora de una paz general inminente.

Hace dos años y medio escribió que era probable que Schwidin se aliara con Francia y Rusia, y si ese pronóstico se confirmara, sería el fin de nuestros negocios con Schwidin.

Por consiguiente, Meir y sus hijos —Amschel, Shlomo, Kalman, Natán y Jacob— siguen atentamente los acontecimientos internacionales, porque la guerra o la paz entre pueblos de Europa determinan en gran medida la gestión financiera de la firma, para bien o para mal.

Es evidente que los días de paz son buenos para el florecimiento económico; eso lo entiende cualquiera. Sin embargo, ¡oh, maravilla de maravillas!, las preocupaciones de Meir a causa de las incesantes guerras napoleónicas resultaron infundadas, y las hostilidades, que ya duran catorce años sin que se vea el final, sólo favorecen los ingresos que afluyen al banco M. A. Rothschild e Hijos, el nuevo nombre de los prósperos negocios de nuestra familia.

Also, Napoleón tomó una decisión que supuestamente nos cerraría las puertas, pero Natán nos tranquilizó desde London al recordarnos que, cuando una puerta se cierra, abriremos la ventana.

¿Cómo sucedió? Voy a describir los sucesos de los últimos cuatro años.

Napoleón, el estratega que consigue vencer portentosamente a cualquier adversario con mano fuerte, no aceptaba la terquedad de los ingleses al ofrecerle resistencia. Muy airado, ordenó un bloqueo. Hace cuatro años nos enteramos del «Decreto de Berlín», promulgado por Napoleón, que ordenaba el cierre de todos los puertos del continente europeo a las mercancías inglesas. Se confiscarían los bienes de quienes transgredieran la orden.

Austria, Prusia, Schwidin, Denimark y Rusia accedieron a la solicitud de cooperación de Napoleón para imponer el bloqueo.

Meir entró en casa como un hombre que ha perdido los pantalones. Puso la mano en la *mezuzá* y pareció olvidarse de retirarla. Su aspecto era angustiante también para mí, puesto que el comercio de Meir y sus hijos en Frankfurt se basa mayormente en las mercancías importadas de Enguiland.

Reunió a los hijos para deliberar. Durante horas, el quinteto formado por Meir, Amschel, Shlomo, Kalman y Jacob permaneció encerrado en la *cabine*. Día tras día todos se abocaron a obtener más detalles, y cuando terminaron volvieron a sus deliberaciones.

Hasta que se oyó el aleteo de una buena nueva.

Mientras en casa los hombres parecían desesperados y se debatían buscando posibles soluciones, la redención llegó de Natán. Con la iniciativa, que Meir define como «genialidad financiera», Natán transformó las duras condiciones impuestas por la guerra en una oportunidad irrepetible para el negocio de su vida. Aplicó meticulosamente el olfateo que aprendió de Meir, sin perder ni una pizca de la totalidad de los detalles a partir de los cuales tejió una compleja red.

Nuestro genio financiero basó su obra maestra en dos datos. El primero, que la creciente demanda de mercancías procedentes de Britania y sus colonias por parte de los países del continente estaba alentando a compañías navieras, transportistas y mercaderes a asumir riesgos. El segundo, que el bloqueo francés no era completamente hermético, y que una persona con excelente vista y oído agudo podía descubrir las brechas.

Natán ha sido dotado de esos sentidos, además de estar equipado con otras cualidades que, en conjunto, dieron lugar a la construcción de las condiciones necesarias para tener éxito en la peligrosa aventura: examen de la información, salvaguardia del secreto, audacia, falsificación de documentos y soborno de funcionarios hambrientos.

Escribo esto en retrospectiva. Después de haber ocurrido, todo lo que escriba y cuente sonará convincente, y tal vez también provoque algún aplauso. Pero, en tiempo real, nosotros, en Frankfurt, todavía no habíamos comprendido el estado de ánimo en Enguiland ni conocíamos el plan de Natán. La tensión en nuestra oficina y en la casa entera rebasaba todos los límites, y más de una vez se repetía el cuadro de Meir y sus hijos girando sobre sí mismos en pequeños círculos sin ninguna finalidad. Tuve la impresión de que, si encendía una vela demasiado cerca de ellos, podía provocar un nuevo incendio.

Afortunadamente, a los hijos no se les dio la posibilidad de seguir quedándose en casa. Estaban inmersos en su trabajo: Amschel en Kassel; Shlomo en la ciudad holandesa de Amsterdam, en Hamburg y en los puertos del norte de Alemania; Kalman en Prag (adonde se había trasladado el Landgrave), y Jacob en Francia, país que entonces ostentaba el poder.

Natán comprendió que debía hacer todo lo posible para mantener su secreto. Sabía que la familia se hallaba bajo vigilancia constante por ser sospechosa de colaborar con el Landgrave, y que los franceses sólo esperaban una orden de la superioridad para ir a la casa e interrogar a sus ocupantes. Por tanto, en una primera etapa se abstuvo de suministrar cualquier información que apaciguara nuestra inquietud.

Mientras tanto, llegó la orden de registrar nuestra casa. Los policías franceses, como perros guardianes a los que se les hubiera mandado atacar, entraron como una tromba.

La orden fue consecuencia de la desafortunada participación del Landgrave en lo que ocurrió en Kassel. Desde su residencia en Prag, Wilhelm dispuso financiar con su dinero una revuelta contra los franceses. La rebelión debía estallar en Kassel, la capital de la que había sido exiliado. Lamentablemente para él, el plan fracasó y se descubrió su contribución. Como no podían arrestar al Landgrave en el exilio, el candidato más a mano era Buderus. El pobre hombre tuvo que soportar un interrogatorio exhaustivo y, a pesar de no descubrirse nada, siguió detenido. El siguiente objetivo fue nuestra casa.

Karl von Dalberg vio el momento oportuno para redimirse parcialmente de la decepción que les había causado a Meir y a la gente de la Judengasse. Informó a Meir de la visita inminente de la delegación francesa y también le filtró algunos detalles. Así supimos que el inspector francés, Savagner, tenía la intención de arrestar a Meir bajo sospecha de dirigir los negocios del Landgrave y de haber ayudado a transferir los fondos del príncipe para financiar el fallido levantamiento de Kassel. La intervención de Dalberg impidió el arresto de Meir, pero fue necesario acceder a que se registrara la casa, aunque con ciertas condiciones restrictivas. A cambio, Dalberg recuperó algunos puntos rothschildianos.

Eso sucedió el 10 de mayo de 1808, dos días después del segundo arresto de Buderus en la prisión de Mainz. En aquel entonces, Amschel estaba en Prag, y Kalman desempeñaba sus funciones en la costa danesa.

Meir ordenó a Shlomo y a Jacob, que habían venido para una breve visita, que bajaran inmediatamente al sótano escondido y llevaran las arcas del Landgrave a casa de nuestro vecino, a través del túnel secreto. Pero resultó que las arcas eran demasiado anchas y el túnel demasiado estrecho. En un abrir y cerrar de ojos, todos nos movilizamos para vaciarlas y distribuir su contenido en escondites esparcidos por la casa y los sótanos.

Desde el sótano se oían las nuevas voces provenientes de arriba. Los policías, capitaneados por el intransigente inspector Savagner, irrumpieron en nuestra casa. Otro pelotón se quedó esperando fuera. Una visión indudablemente inusual en nuestra calle. Los policías, imbuidos de fervor por la misión, encontraron al dueño de la casa, viejo y enfermo, acostado en su lecho. Meir no necesitaba fingir. Muy a pesar mío, estaba realmente enfermo, incluso había sido operado. Shlomo y Jacob tuvieron tiempo de subir a la *cabine,* y les ordenaron que se quedaran allí. En los registros que hicieron por toda la casa los acompañó un inspector de policía que tenía órdenes de Dalberg de garantizar que el registro se llevara a cabo conforme a las condiciones que se habían establecido.

Shlomo les presentó los libros de cuentas debidamente puestos al día en previsión de cualquier visita inesperada. En el interrogatorio, Meir afirmó que no recordaba nada. Ni siquiera estaba seguro al responder a la pregunta sobre su edad: «Alrededor de sesenta y siete», contestó con voz débil. A las preguntas sobre dónde se encontraban sus otros hijos, respondió de forma entrecortada: «Los hijos... ¿Dónde están los hijos? Espere, deje que recuerde. Natán, ah, sí... Natán vive en Enguiland con su esposa inglesa. ¿Cómo se llama? No recuerdo. ¿Cuándo se fue? No recuerdo. ¿Hace ocho años? ¿Tal vez diez? Kalman... Kalman está en Copenhagen. Y Amschel en Viena, o quizás en Prag. Tiene la intención de regresar.»

«¿Los hijos son socios de la empresa?», le preguntaron.

«No, no y no. El dueño soy yo. Los hijos me ayudan.»

«Usted es buen amigo de Buderus», afirmó Savagner.

«No, no soy amigo de Buderus.»

«Sí que lo es. Y se encuentran a menudo.»

«No somos amigos. Yo soy su banquero.»

«¿Y qué hacía en Hamburg este verano? ¿Abrir una oficina de cambio en sociedad con Buderus?»

«Oh, Hamburg. Deje que recuerde. Sí, claro. Fui allí para solucionar un problema con una mercancía que había encargado. Por error estaba en la lista de artículos de contrabando. La liberé y volví a casa.» Suspiró, se aclaró la garganta, se dio la vuelta y cerró los ojos.

Savagner movió la cabeza de lado a lado y levantó la mirada como diciendo: «Sé que no fue así, pero no tengo forma de demostrarlo». Miró a su alrededor y de repente sus ojos se posaron en mí. Una chispa asomó a sus pupilas. Parecía pensar que había encontrado una presa fácil para arrancarle la pura verdad.

«*Frau* Gútel Rothschild, ¿quiénes son los hombres de negocios de los que se ocupa su oficina?»

«Disculpe, señor, yo soy un ama de casa. Todo lo que puedo hacer por usted es mostrarle mis recetas y, si tiene tiempo, estoy dispuesta a hacerles una demostración de arte culinario, en el que soy una experta.»

«Muchas gracias. Tal vez en otra ocasión. Hábleme de los negocios de su esposo.»

«No tengo nada que ver con los negocios de mi esposo. Me encargo de su comida, su ropa y su salud. Pero puedo ofrecerles el *kugelhopf* que acabo de hornear, o *gefilte fish* decorado con zanahoria dulce.»

«Es usted generosa, señora. Eso también lo dejaremos para la próxima vez.» En su voz se notaba la desazón. «¿Qué dice la madre de los hijos que no están en casa?»

«Mis hijos no consiguen volver a casa debido a la escasez de carruajes. Quién si no ustedes sabe que la guerra no facilita la vida, y yo estoy preocupada por mis hijos, que se ven obligados a permanecer lejos de su hogar.»

Savagner dobló los papeles y ordenó a los policías que salieran. La mirada que les lancé cuando se acercaban a la puerta los hizo pedir disculpas por las molestias. Los observé, pensando en la fuerza de sus pasos al entrar y en cuán apocados se veían al salir.

En la copia del informe que recibimos se mencionaban detalles insignificantes, entre los cuales relucía la frase: «Los Rothschild son listos y astutos». Meir, olvidándose de su dolencia, soltó una carcajada liberadora que nos contagió a todos. Las risas atravesaron los límites de nuestra casa e indicaron a nuestro buen vecino que podía entrar y participar con nosotros de la alegría de la victoria.

Era hora de centrarnos nuevamente en el plan de acción de Natán. Por orden suya se le transfirió una parte considerable de los fondos del Landgrave, y con la gran suma de dinero compró lino, alimentos y una variedad de mercancías. A través de su red llegó a las brechas que había localizado de antemano y negoció con marinos, transportistas y mercaderes, por cuyo intermedio trasladó las mercancías.

Por supuesto, Napoleón no había previsto la nueva situación. Si los estantes de Alemania, de los países escandinavos, de los Países Bajos y de la propia Francia hubieran podido celebrarlo, habría sido ésa la fiesta más grande del mundo. Si pudieran hablar, seguro que pronunciarían el nombre de nuestro Natán Rothschild. La buena nueva llamó a la puerta de millones de personas que, a pesar de los precios exorbitantes, se abalanzaron sobre aquellas delicias: algodón y toda clase de tejidos, tabaco, café, azúcar y otros productos vitales.

Una flota mercante completa al servicio de Natán transportaba las mercancías desde la costa de Kent, a orillas del Canal en Enguiland, hasta los puertos alemanes y holandeses.

En cada puerto esperaban uno o dos de mis hijos: Kalman en Hamburg, Shlomo en Dunkerque, y Jacob y Amschel en Amsterdam. Allí se codeaban con los ruidosos marineros y estibadores, y también trababan amistad con gente de grosero lenguaje, con un único objetivo: asegurar que el transporte de mercancías continuara a Frankfurt y a otros centros de distribución en Europa.

Mientras los clientes se lanzaban sobre los preciados productos y vaciaban los estantes, imaginé a Natán frotándose las manos con deleite, mirando hacia el horizonte y diciéndose: «Gracias, Napoleón, por haberme creado las condiciones óptimas para obtener beneficios. Jamás se me habría ocurrido vender a esos precios».

Aquí, en Frankfurt, nuestros almacenes se llenan y vacían alternativamente, con una regularidad vertiginosa. Los pedidos solicitados por Meir y los hijos a Natán esperan con impaciencia los días del correo. Frankfurt nunca había manifestado un florecimiento comercial tan exuberante de productos ingleses desde la proclamación del bloqueo. La caja Rothschild —la alemana y la inglesa juntas— jamás había conocido tiempos tan placenteros.

Pero no hay rosas sin espinas.

El contrabando fue una tentación y un modelo para otros comerciantes, y el festival de productos se extendió por Frankfurt y por toda Europa. Napoleón era incapaz de hacer nada. Quería castigar a los británicos, pero se dio cuenta de que seguirían actuando sin que se les cayera un solo pelo de la cabeza. Por otra parte, los habitantes de las regiones que estaban bajo el control del invencible emperador francés soportaban una inflación que se desbordaba y graves problemas económicos.

El emperador no tuvo más remedio que dejar de lado su orgullo y promulgar dos decretos nuevos: se reducirían las restricciones a los productos importados y se concederían licencias de importación. Esos dos decretos no sólo no resolvieron la difícil situación de Bonaparte, sino que provocaron un notable crecimiento de las importaciones de Britania y sus colonias, a pesar de los altos precios.

La nueva legislación ha permitido al osado Natán y a un grupo de comerciantes, aventureros como él, identificar otros resquicios e irrumpir a través de ellos en los mercados sin tener que pasar por la inspección de los funcionarios. El éxito ha fortalecido a los contrabandistas y el fenómeno se está expandiendo. **Cuanto más los opriman, más se multiplicarán y crecerán**.

Es una lástima que no podamos contemplar la cara de preocupación de Napoleón. Seguro que es completamente distinta de la expresión que pude ver durante la recepción que le organizó nuestra delegación judía. Un escarmiento apropiado a la ofensa que me hizo entonces, cuando se sumió profundamente en sus cavilaciones y aquella ceremonia lo molestaba como si fuera una mosca.

Debo admitir que también estoy preocupada. A pesar de sentirme orgullosa de mi hijo Natán y del clan Rothschild unido alrededor del nuevo objetivo, me inquieta el bienestar de mi hijo; no vayan a atraparlo, Dios no lo permita, por sus infracciones.

En cuanto a ellas, me obligo a aclararme que no tengo el menor remordimiento. La reacción de Natán y la del resto de los comerciantes es una respuesta apropiada que combina un firme patriotismo con una oportunidad especial de actuar en beneficio de la inmensa población necesitada de bienes de consumo y, al mismo tiempo, a favor de nuestro capital. Incluso el gobierno de Enguiland, como escribe

Natán, incita a los contrabandistas y ofrece beneficios especiales a quien ayude a desbaratar los planes de Napoleón.

A este último no le quedó otra salida que la de tomar una nueva decisión, que llegó con cierto retraso, el suficiente para permitir que nuestras fuerzas continuaran navegando sobre las olas del contrabando.

Los resultados de esa decisión se notaron en la ciudad más comercial de todas, Frankfurt, el centro de negocios de los productos ingleses y coloniales. Meir, Shlomo y Jacob se ocuparon, antes de que fuera demasiado tarde, de esconder los productos en los sótanos de los almacenes, aun a sabiendas de que no sería posible disimularlo todo. Amschel y Kalman seguían fuera de casa, distribuyendo las mercancías que llegaban a los puertos por los canales correspondientes.

El primero en regresar fue Shlomo: «La ciudad se encuentra llena de militares, policías y cañones», advirtió, «las puertas están ocupadas por un mar de funcionarios de aduanas. Todo el mundo debe someterse a una inspección rigurosa.»

Se mandó un primer mensaje a Natán, Amschel y Kalman: «Suspender el transporte de mercancías».

Jacob salió y volvió enseguida: «Registran todos los almacenes, confiscan las mercancías y las multas son elevadas», anunció en un suspiro.

Shlomo salió a olfatear alrededor de los almacenes y volvió con una nueva sarta de rumores: «Todos son sospechosos de colaborar con el enemigo. Hay espías e informadores por todas partes, disfrazados de gente normal y corriente».

La mano de los franceses llegó también a algunos de nuestros almacenes. La multa por los artículos que encontraron fue de veinte mil francos. Respiramos aliviados. También en eso había fracasado el gran Napoleón, a pesar de disponer de un ejército de policías, funcionarios, espías e informadores forrados de dinero y promesas. La multa total impuesta en Frankfurt y las localidades vecinas alcanzó la considerable suma de unos nueve millones de francos (de los cuales trescientos sesenta mil le fueron cobrados al ilustre banquero Von Bethmann), pero resultó insignificante en comparación con las enormes sumas que habrían recaudado de haber descubierto todas las mercancías.

El Landgrave, cuyo dinero es parte inseparable de nuestras transacciones, le expresó a Meir, desde su residencia en el exilio de Prag, un profundo aprecio por su forma de actuar.

Sin embargo, el emperador francés logró golpearnos en el lugar más sensible. El incendio provocado en el centro de Frankfurt despertó en nosotros los dolorosos recuerdos de nuestra calle en llamas. Como entonces, el fuego estalló a causa de los franceses. Ocurrió durante el pasado mes de noviembre. Las tropas galas organizaron una exhibición en Frankfurt; quemaron ante todo el mundo parte de las mercancías inglesas encontradas en los almacenes. Los soldados, montados en sus caballos, rodearon el área del incendio para que nadie intentara extinguirlo. Los comerciantes y la gente del lugar se quedaron mirando, en el más absoluto y sombrío silencio, lo que el fuego consumía.

Se rumorea que las mercancías quemadas no valían menos de un millón doscientos mil francos. Pensar en lo que se ha perdido en el fuego me encoge el corazón. ¿No habría sido mejor repartir todo entre los pobres de la ciudad?

Lunes, 13 de kislev de 5571 [10-12-1810]

La salud de Meir iba declinando. Las señales se veían desde hacía años, sólo que él no les prestaba atención y hacía gala de una apariencia vigorosa.

Me dejé tentar por la opción de apartar de mí la preocupación, pero ella, sin que la invitaran, volvía a asomar de vez en cuando y a aposentarse en un rincón del corazón, negándose a desaparecer y haciendo correr por mi mente pavorosas situaciones hipotéticas. Los viajes largos lo perjudican y todo lo que puedo hacer es tratar de prolongar los intervalos entre una travesía y la siguiente.

Cuando empezó a quedarse más tiempo en Hamburg me alegré por su decisión y no me quejé por la densa nostalgia que se alarga más allá de los límites que un corazón sensible y amante puede soportar. La norma que me impuse fue la de dar preferencia a la salud. A menos viajes, más comodidades; a más comodidades, menos enfermedades. A veces tenemos que actuar por el bien del cuerpo, y con ello fortalecemos el espíritu.

Desde abril hasta julio de 1808 Meir se quedó en Hamburg, y se reunió frecuentemente con el Landgrave en su casa de Itzehoe. En esencia, sus conversaciones versan habitualmente sobre cuestiones puramente financieras, pero ahora han dado un viraje y la mayor parte gira alrededor del decaído estado de ánimo del noble señor. A medida que pasaban los días, del palacio de su hermano Wilhelm recibía cada vez más señales de que su presencia no era grata. Al principio se trató de sutiles insinuaciones, que se hicieron paulatinamente más claras y estuvieron menos acompañadas de sonrisas, para concluir con la solicitud de que abandonara el lugar de inmediato. Eso fue como una puñalada en el corazón del pobre Landgrave.

Meir se encontró abocado al cumplimiento de su nueva función como guardián del maltrecho espíritu del aristócrata. Unas treinta personas, que residían con él en el palacio danés y se debatían buscando infructuosamente un acceso a su corazón, se habían dado por vencidas, y he aquí que el judío de la Judengasse se revela ante ellos no sólo como un excelente financiero, sino también como un amigo, cuya mano tranquilizante va directa a su doliente espíritu, mientras que con la otra no cesa de rendir los honores que merece quien, a su juicio, sigue siendo el gran Landgrave de Hesse-Kassel.

En los días de llegada de correo, recibíamos cartas en las que Meir insinuaba lo que ocurría entre él y el Landgrave en Itzehoe. La última misiva fue difícil de descifrar, dado que estaba envuelta en gruesas capas protectoras que ocultaban los datos confidenciales. Al cabo de un esforzado trabajo de interpretación nos enteramos de que el Landgrave había salido de Denimark el 25 de tamuz [junio] del mismo año para ir a Prag, a raíz de una generosa promesa de recibir asilo seguro, proveniente de Franz I, el emperador austriaco.

Antes de emprender el peligroso camino que atravesaba por territorios bajo dominio francés, el Landgrave depositó en manos de Meir los cuatro arcones rebosantes de pagarés, contratos y artículos valiosos, pidiéndole que se los cuidara en su casa de la Judengasse. Amschel acompañó al séquito del Landgrave en el trayecto hacia Prag.

Diez días enteros duró el regreso a casa. Diez días hasta que pude ver el rostro de agotamiento de Meir. En su fatigado semblante se vislumbraba el dolor, que coincidía de forma preocupante con el aspecto de su cuerpo extenuado. Shlomo y Amschel lo ayudaban a subir las escaleras. Kalman estaba fuera de la ciudad, y Jacob en casa de Natán en London, enviado por Meir, quien halló en esta visita un medio de poner a prueba el talento del menor de nuestros hijos.

Del cuerpo agotado de Meir se agitaban dos manos impotentes.

«¡Alto!», exclamé.

Amschel y Shlomo se detuvieron asombrados.

«Tenemos que escucharlo.»

Capté una ligera señal en sus ojos y me acerqué a él. Con su debilitada voz, Meir susurró:

«Los arcones.»

«Pero, padre, primero te ayudaremos a entrar a ti», intentó decir Amschel.

«Ahora», salió apenas audible la palabra de los labios de Meir, con la intención de que sonara como una orden, pero su firmeza se había difuminado en el camino y todo lo que oímos fue un sonido ronco seguido de una carraspera.

«Hagamos lo que dice papá», les ordené. «Yo lo cuidaré aquí.»

Nos miraron alternadamente a mí y a Meir, como se mira a quien ha perdido el juicio, y salieron con evidente desgano a ocuparse de los arcones del Landgrave. Julie y Henriette bajaron saltando por las escaleras y me ayudaron a llevar a su padre hasta el lecho.

«Julie, ve a llamar al doctor, dile que se apresure.» No había terminado la frase cuando Julie había desaparecido en busca del médico.

Me arrodillé al lado de Meir; mi mano no soltaba la suya. Con la otra le palpé la frente. Tenía fiebre. Le aplicaba las compresas húmedas que Henriette me iba entregando. Con ellas le enjugaba el sudor de la frente y volvía a ponerle compresas nuevas, limpias y frescas.

«El camino es largo y…», musitó Meir, y yo lo ayudé a completar la frase del poema: «…difícil». Asintió con la cabeza y se concentró en el espasmo de dolor.

Vi que trataba de describir el viaje agotador, echarle la culpa, pero no tenía fuerzas. Oré para que llegara el médico. Tenía que mantener la calma; mi mano estaba todavía en la suya, negándose a separarse.

Entró Julie, y detrás de ella el gran maletín que sujetaba la mano de nuestro médico. «Les pido a todos que salgan de la habitación», dijo, y yo miré a mi alrededor, sorprendida. ¿Cuándo había llegado? Nuestra pequeña alcoba estaba repleta. Habían venido todos: Sheinshe, Moshe Vermus, Amschel, Shlomo, Eva, Isabella, Bernard Sichel, Babette.

La atmósfera es asfixiante. Tenemos que salir. Dejarle aire a Meir. Todos salimos. Eva e Isabella me ayudan a ponerme de pie y me llevan afuera. La puerta se cierra.

Con los labios apoyados en la puerta cerrada, recitamos Salmos. El murmullo se mezcla con el llanto, como si así se indicara en las Escrituras. Unos gemidos apagados nos envían señales de vida desde la habitación cerrada. No entendemos nada de lo que hablan médico y paciente; tal vez no es más que el fruto de nuestra imaginación.

Yo quería entrar, asir la mano de Meir durante el prolongado examen; pero Isabella me puso la mano en el hombro.

«Calma, mamá; deja que el doctor haga su trabajo sin que nada lo moleste.»

¿Por qué habrá pensado que yo molestaría? No tengo ninguna intención de ser una carga. Sólo quiero tomarle la mano a Meir, sentirla cálida y viva dentro de la mía. Empuñé la manilla de la puerta. Sheinshe e Isabella apartaron mi mano y Shlomo acercó una butaca. «Siéntate, mamá», susurró, con el tono de una orden. ¿Desde cuándo mis hijos me dan órdenes? ¿Qué saben ellos, qué entienden? Ahora Meir necesita mi mano, y yo la suya.

Dirigí a Shlomo una mirada reprobadora, pero él me hizo sentar en la butaca contra mi voluntad.

Me apoyé con todo mi peso, el gran peso de la preocupación, y sentí que ya no tenía fuerzas para seguir en pie. Shlomo recibió la mirada de agradecimiento que le dispensé entre las arrugas del dolor, y dirigió la atención a su padre, que estaba al otro lado de la puerta.

Ya se ha abierto. El médico está en el umbral. De un salto fui a examinar el rostro de mi Meir.

«Preparen el carruaje. Hay que trasladarlo inmediatamente para operarlo.»

«Está preparado», respondieron Amschel y Moshe al unísono.

«Un momento», los interrumpió Meir con una voz casi inaudible. Me acerqué a él y me susurró al oído, «Testamento».

«Papá desea preparar un testamento», les dije a los hijos.

«No debemos demorarnos», urgió el médico. «Tenemos que operar enseguida.»

Nuestros hijos me miraron interrogantes, y yo asentí. Salieron como una exhalación; en muy poco tiempo regresaron con el abogado y el testamento se firmó como manda la ley.

«Ustedes dos, levántenlo con mucho cuidado; uno con las manos en las axilas y el otro por las piernas. Vamos, rápido.» Parece que el médico ha perdido la paciencia.

Nos organizamos rápidamente; el camino hasta el carruaje estaba despejado, pues las personas que se encontraban en la calle se apartaron a ambos lados para dejar el paso libre.

«¿Qué es lo que tiene, doctor?», me atreví a preguntar, tratando de caminar a la par de él.

«El elevado nivel de azúcar le ha dañado varios órganos vitales», me concedió en una frase incomprensible, y se apresuró a acercarse a Meir para palparle la frente.

De un salto me puse a su lado.

«¿Saldrá de la operación, doctor? ¿Sobrevivirá?»

En el semblante del médico se dibujó una expresión de incomodidad. Aceleró el paso y yo también.

«¿Doctor?», lo apremié.

«Mmm…», respondió, con evidente renuencia. «Madame Gútel Rothschild, esa pregunta hay que hacérsela a Aquel que es responsable de la vida y de la muerte.»

«A Él me dirigiré, pero también debo saber qué piensa usted, doctor; por favor, deme una respuesta.»

«Madame Gútel, siento que Meir ha sido forjado con materiales especiales, particularmente resistentes. Es posible que soporte la operación. La pregunta es cómo piensa continuar con su estilo de vida.»

No necesitaba más que eso. Subí al segundo carruaje que se había pedido y que iba detrás del de Meir, Amschel, Shlomo y el doctor. A mi lado se sentaron Julie y Henriette.

Llegamos al hospital. Nos separamos de nuestro médico, a quien Amschel obligó a aceptar un fajo de billetes, susurrándome el proverbio en arameo: «El médico que no cobra nada no vale nada».

El profesor Ledig, el prestigioso cirujano de Mainz, recibió al paciente. Se llevaron dentro a Meir y nos despedimos de él, con la esperanza de volver a verlo al cabo de unas horas.

La larga espera y la falta de noticias respecto de lo que acontecía dentro me estaban volviendo loca. Lo único que me mantenía en mi sano juicio era la lectura de los Salmos. Me concentré en el texto y sentí cómo me iba cargando de esperanzas.

El rostro del profesor Ledig, que de pronto apareció ante nosotros, me confirmó lo que presentía. Solté un suspiro de alivio aun antes de que dijera una palabra.

«Según parece, por ahora…», dijo con mucha cautela, «la operación ha sido un éxito. Por supuesto que necesita recuperarse y una prolongada convalecencia». El cirujano parecía un padre bondadoso. Nos observaba con benevolencia, y sólo faltaba que se acercase a cada uno de nosotros para acariciarnos y tranquilizarnos, diciendo: «Vete a dormir, hijito». Pensé que también sus hijos habían tenido suerte por haberles tocado un padre que se preocupaba y derramaba amor sobre ellos.

Al término de dos horas nos reunimos alrededor de la cama en la que Meir se recuperaba. Sus párpados se separaron lentamente y fijó en nosotros la mirada; pero enseguida volvieron a cerrarse. En la fatiga dibujada en su semblante asomaban minúsculos indicios de vitalidad. Le busqué la mano, se la envolví con ternura. Sentí en mi palma que carecía de fuerza. Le sonreí, pese a que él tenía los ojos cerrados. Asintió con la cabeza, aunque no consiguió producir una sonrisa de respuesta.

«Ya le sonreirá, no se preocupe.» Era la voz del simpático doctor, que estaba a mi lado observando lo que ocurría.

«Tendrá muchos motivos para sonreír, doctor», le contesté, fijando la mirada en el horizonte que se vislumbraba por la ventana. En mi mente imaginaba a Meir sentado en su despacho, impartiendo instrucciones con la conocida firmeza. El retorno a la vida es el regreso al trabajo.

La primera época de la convalecencia de Meir fue moderada. Yo pasaba la mayor parte del día sentada a su lado y atendiéndolo. A pesar del esfuerzo físico, no hubo un momento en que decayera su espíritu. Tampoco había perdido el sentido del humor. Era la primera vez en nuestra vida en común que teníamos la oportunidad de permanecer por largo tiempo juntos, sin que los viajes de negocios nos interrumpieran.

En los primeros días después de la operación no tenía apetito. Rechazaba la sopa, que tanto le gustaba. «Entiendo que has hallado una buena ocasión para deshacerte de mí, pero no lo conseguirás; no me meteré ese veneno en la boca», me dijo bromeando y apartándose con un gesto infantil del cuenco que le tendía. Cuando me encogí de hombros, como si no me importara, y me puse la cuchara en la boca, se apresuró a detenerme. «¿Qué pensabas? ¿Que renunciaría a ti? Ninguno de los dos tocará ese veneno.» Y entonces trató de convencerme de cometer un pecado, diciéndome que sería conveniente y deseable seducir con la sopa al perro del vecino, que no cesaba de ladrar y no nos dejaba dormir.

En los días que siguieron, mientras trataba de averiguar cómo le funcionaban las piernas, solía llamarme de súbito: «¡Ay de mí, Gútale!»; me hacía salir a la carrera de la cocina, temerosa de que se hubiera caído de la cama. «Te quejas de que nunca has visto patos vivos. Aquí tienes una magnífica oportunidad de estar cuanto quieras en compañía de uno ya crecido.» Así decía mientras se tambaleaba y rechazaba todo intento de ayudarlo; se caía y volvía a levantarse para seguir caminando, bamboleante. «¡Qué pato inteligente! Se cae y se levanta», se jactaba ante mí para quitarme de encima la turbación que me asaltaba al comprobar lo débil que estaba.

Una vez que los analgésicos surtieron efecto, volvieron a bullir ideas en su mente y exigió que vinieran los hijos.

«No están en casa», le expuse la realidad, que le pareció sorprendente.

«¿Qué quiere decir "no están en casa"? ¿Dónde están?», preguntó levantando la ceja, y yo busqué indicios de jocosidad en su rostro, pero no había ninguno.

«Están en los puertos, Meir, transportando las mercancías de Natán.»

La memoria resurgió y se aposentó en su semblante. «¡Qué cabeza la mía! ¿Dónde me imaginaba que estarían?», dijo, y una nueva idea brotó en su mente. Me pidió que le trajera los libros de cuentas y, en contra de lo que habían recomendado los médicos, decidió que seguiría gobernando su reino desde su lecho de enfermo.

«Meir, descansa», le imploré.

«Quédate tranquila, Gútale; descansaré a mi manera», me respondió con una mirada juguetona, como un niño travieso preparándose a cometer una picardía, apoyado en los cojines que le había colocado a la espalda, y acercó el libro de la contabilidad hacia sus rodillas.

«Confundes la convalecencia con la pereza. Que una persona descanse para reponerse y acumular fuerzas no significa que esté haraganeando», intenté convencerlo.

Meir me miró sorprendido. Sopesó las posibilidades por un momento y me dijo: «Gútale, si no nos hemos peleado en todos estos años, sería lamentable que empezáramos ahora. Dejemos esa "tarea" a otros mejor adiestrados que nosotros».

«¿Significa eso que vas a atentar ahora contra tu salud?», le pregunté, y para mis adentros pensé que, en efecto, nunca habíamos tenido altercados, salvo en las dos ocasiones en que brotaron pero no llegaron a madurar, una en nuestra noche de bodas y la otra con el negocio de los soldados del Landgrave.

Dejó el libro sobre la pila de volúmenes que ya ocupaban un considerable espacio sobre la cama, y me miró largamente, como quien espera que se pronuncie una sentencia. Después me tendió los brazos, diciéndome:

«Ven aquí, mi amada esposa, y no te preocupes tanto.»

Me arrebujé delicadamente en sus brazos, teniendo cuidado de no causarle dolor, y le besé la frente. «Te amo, Meir, con todo mi corazón y todo mi ser.»

«Parece que he tenido que pasar por una peligrosa intervención y llegar casi hasta las puertas del paraíso para arrancarte una confesión de amor. ¿Lo oyen?», preguntó a un público imaginario, «Gútale me ama. Me ha enseñado a dirigirle palabras de amor, pero en todos estos años se eximió a sí misma de esa necesidad».

«¿No es obvio?»

«Claro que lo es, lo sé; pero ahora también yo oigo las palabras que salen de tu boca, y eso es mucho mejor, amada mía. También los hombres necesitamos oír palabras de amor, aun siendo hombres», se rio y volvió a acogerme en su regazo.

Domingo, 19 de kislev de 5571 [16-12-1810]

Tenemos huéspedes en casa: mis amados nietos, que irrumpieron como una tromba directamente en mi cocina. Me apresuré a cerrar el cuaderno y ponerlo en el cajón de abajo. Les abrí los brazos y se refugiaron en mi regazo; me aplastaban al tiempo que me abrazaban, besándome enérgicamente y salpicándome con migajas de júbilo. Les ofrecí una generosa cantidad de caramelos y una porción de *kugelhopf.*

Los llevé a ver al abuelo Meir. **Quien visita al enfermo, hace que siga viviendo**. La sonrisa que se dibuja en su rostro es la señal de vida más evidente.

Al cabo de cuatro meses de convalecencia, Meir se levantó de su lecho de enfermo. Es verdad que trabaja a un ritmo más lento, tras haber reconocido que los hijos desempeñan sus numerosas funciones de manera satisfactoria, pero era claro que estaba preocupado.

«Tengo que ocuparme del futuro de mis hijos», me dijo una mañana. «No quiero dejar resquicios susceptibles de provocar, que Dios no lo permita, conflictos en la familia. Es preciso poner por escrito qué hace y qué recibe cada uno. Tenemos la obligación de asegurar que el negocio siga progresando; gracias a la participación de los hijos florece magníficamente, pero el proceso debe seguir, aun después de mi muerte y también en las generaciones venideras. Hace falta un contrato. Tenemos que reunir a los hijos.»

Pasados unos días, el 28 del mes de elul [27-9-1810], se reunieron todos, salvo Natán, para aceptar el nuevo convenio de sociedad entre ellos y su padre, el cual sustituye al acuerdo previo de hace catorce años, por virtud del cual Meir dirigía la firma, con Amschel, Shlomo y Natán en calidad de socios minoritarios. Esta vez se amplían las competencias de los hijos, y se acuerda que a partir de ahora estarán autorizados a representar a la empresa y a firmar en su nombre. El capital se divide de forma que cada uno de ellos, es decir, Amschel, Shlomo y Kalman, reciba la parte correspondiente a su edad y a la antigüedad acumulada. A Jacob se le promete que recibirá su parte cuando cumpla veintiún años.

El nuevo contrato preserva la posición de Meir al frente de la firma, pero se ha omitido el nombre de Natán. Natán, el brazo más importante, «nuestro sabio maestro», como lo llaman sus hermanos, es ciudadano inglés y, por tanto, considerado residente en territorio enemigo. Deseoso de mantener públicamente una imagen limpia de nuestra empresa desde el punto de vista político, Meir se abstuvo de incluirlo en el reparto del capital, pero preparó un apéndice oculto, según el cual se compromete a reservarle su parte. El documento oficial lleva cuatro firmas: la de Meir y las de Amschel, Shlomo y Kalman, pero los cinco hijos están enterados de la existencia del apéndice.

Meir se ocupó también de formular los derechos a la herencia. «Gútale, quién si no tú sabe que no amo menos a las hijas que a los varones, pero los que mantienen el negocio y lo hacen progresar son ellos. Por eso, y no te ofendas, Gútale, sólo ellos tienen derecho a heredar.»

«¿Y ellas?», me puse tensa.

«Bien sabes que no las dejo desamparadas. Al llegar a la edad de contraer matrimonio, cada una recibe por anticipado su herencia en forma de "regalo de bodas", y cuando llegue el momento recibirá también una digna asignación.»

Todo está claramente redactado en el convenio, que no deja lugar a dudas.

Así enganchó Meir a los hijos a su magnífica carroza, que avanza al galope por caminos rectos y sinuosos, mientras el cochero principal suelta las riendas poco a poco.

A medida que disminuye la actividad de Meir en la firma, crece su papel en el plano público. Como representante de la comisión de la Judengasse, constituida por cinco notables, no pierde oportunidad de intentar influir en el voluble Dalberg para modificar la ley de los judíos. Abrigó renovadas esperanzas cuando Dalberg recibió el título de gran duque de Frankfurt del Main.

Se reunió con él y le expuso el desolador panorama: «De todos los pueblos de alrededor, sólo nosotros, los judíos, hemos quedado privados de plenos derechos civiles».

Dalberg suspiró: «¿Qué puedo hacer yo?»

«Por ejemplo, permitirnos la residencia en una zona mejor de la ciudad.»

«A usted se lo permito inmediatamente, pero, Meir, es usted terco como una mula.»

«Vuelvo a repetirle que le hablo en nombre de todos los judíos de la Judengasse. No pido nada para mí, sino para mi pueblo.»

«¿Quién le ha enviado, el Todopoderoso? ¿Se ha convertido usted en Moisés?» La risa artificial de Dalberg sonaba como un mugido.

«No se pase de listo, Dalberg. Es hora de cumplir las promesas.»

«Usted no se da por vencido ni afloja, ¿eh?»

«Sólo quienes luchan por su libertad son dignos de ella.»

«¿Y hasta cuándo piensa seguir luchando?»

Meir optó por dejar pasar el sarcasmo y responder, en cambio, en tono conciliador:

«Me alegra que haya usted ascendido a tan alta posición, y ya lo he felicitado por ello. Es un gran honor para mí estar frente al gran duque de Frankfurt. Esperaba que en su eminente cargo empezara a poner en práctica en la ciudad las leyes de Napoleón y la declaración francesa de los derechos del hombre y del ciudadano, pero en cambio ha elegido declarar públicamente que "sería arriesgado otorgar plena igualdad de derechos a los judíos", además de dar un apoyo sorprendente a sus palabras al afirmar que "la cultura política y moral de los judíos no se equipara con la cristiana".»

«¿Qué no es verdad en la explicación que he dado? ¿Niega usted que hay diferencias entre nosotros?»

«Ustedes nos atan los pies y después se quejan porque no queremos caminar.»

«No es tan sencillo, Meir. Como avezado comerciante que es, sabe que todo tiene un precio.»

Meir sintió náuseas.

«No sabía que en Francia comerciaban con los derechos humanos.»

«Francia es Francia y Frankfurt es Frankfurt. Si quiere ir adelante, debe entender claramente mi intención y avanzar conmigo.»

Meir decidió avanzar. Mencionó una suma, pero la oferta fue inmediatamente rechazada.

«Tampoco yo hablo sólo en mi nombre. No pido dinero para mí, sino para mi gobierno, que necesita una cantidad más importante.»

Meir está al tanto de la cuantiosa deuda del gobierno de Dalberg con Francia. Él mismo lo ha ayudado, concediéndole holgados créditos para reembolsarla. Ahora entendió que Dalberg veía en los padecimientos de los judíos una fuente adicional de financiación.

Dalberg explicó su propuesta sin ambages: «Si derogo el impuesto a la protección, pierdo el ingreso corriente que aportan ustedes, los judíos, por un valor de veinticinco mil florines al año. En veinte años, la pérdida ascendería a un millón. No puedo permitirme la derogación del impuesto sin recibir una suma a cambio».

Los ojos de Meir echaban chispas. «¿De qué está usted hablando?», le arrojó amargamente. «El dinero que nos han cobrado durante tantos años, con el nombre de "impuesto a la protección", ha sido un acto perverso. Ahora, cuando por fin llega la oportunidad de expiar el pecado, ¿usted pide una retribución? ¿No sería más correcto pensar que somos nosotros los merecedores de un reembolso?»

«Meir, cálmese. No estoy hablando de una simple lógica, sino de una situación complicada. No tengo dinero en las arcas, y el gobierno francés, que nos apremia para que concedamos la igualdad de derechos, es el mismo que me exige los impuestos que le corresponden. Es muy cómodo proclamar bonitas palabras como "igualdad de derechos" sin indagar cómo puedo hacerlas realidad sin perder mi posición.»

«Y usted quiere que yo lo compadezca y diga: "¡Ay, cuán desdichado es! Debe dinero y los judíos tenemos la obligación de comprender sus tribulaciones y ayudarlo en los tiempos difíciles.»

Dalberg se movía incómodo en su butaca.

«¿Cree que esta situación me es agradable? No soy yo quien la ha creado. Sólo me han elegido para imponer el orden. Sin fondos, no tengo nada que hacer en este lugar. Estoy dispuesto a transigir en todo lo que pueda. No pediré la suma entera de un millón de florines. Tampoco exigiré intereses. Sólo la mitad, quinientos mil.»

Meir entendió que debía aferrarse al anzuelo que le tendían antes de que se le escapara. El comerciante que llevaba dentro vino en su ayuda para la negociación, y la suma del rescate se redujo a cuatrocientos cuarenta mil florines.

Volvió a casa y se detuvo, ufano y radiante, en la entrada de la sala: «Gútale, nos hemos puesto de acuerdo. Igualdad de derechos, ¿puedes creerlo?»

Se acercó a mí, arrastrando un poco la pierna, y me tendió los brazos.

Dejé mis agujas de tejer sobre la butaca y me levanté. «Es maravilloso, Meir», dije brevemente y me acurruqué con cuidado en sus amados brazos. Surgió en mi mente la imagen de la derrota de la malhadada «Ley de los judíos». Quién sabe si Dalberg cumplirá su promesa esta vez.

«La suma es elevada, cuatrocientos cuarenta mil florines», me explicó Meir después de llevarme al sofá y sentarse a mi lado. «Pero estoy seguro de que recibirá el beneplácito de la comunidad. Esta tarde reuniré a la comisión y les daré la noticia. Yo aportaré cien mil.»

Meir me expuso los detalles del encuentro con Dalberg, el intercambio de estocadas verbales y la conciliación en contra de su voluntad. Durante ese buen rato, con mis oídos atentos a sus palabras, apreté las agujas de tejer con los dedos hasta causarme dolor. El regocijo de Meir despertaba en mí graves temores de que sufriera otra desilusión.

Como cabía esperar, la comunidad aceptó gustosamente el acuerdo.

Y como podía preverse, el cumplimiento del acuerdo por parte de Dalberg se ha postergado.

Meir acortó su viaje, adelantó el regreso e hizo guardar el carruaje en el establo, al otro lado de la puerta del gueto. Desde mi ventana lo veía acercándose a casa con conmovedora lentitud. A su lado iba el joven porteador cargando el equipaje.

«He cerrado un círculo», anunció al entrar. El azul de sus ojos resplandecía, disimulando la escasez de sus fuerzas.

Aun antes de que alcanzara a responderle, empezó a carraspear y a frotarse el pecho con las manos. Me lanzó una sonrisa encubridora del dolor, y yo pensé cuánta compasión despiertan sus esfuerzos por evitarme la preocupación.

Le di un beso e inmediatamente le propuse: «Voy a prepararte un té; luego exigiré que me digas qué clase de círculo es ese que has cerrado».

Asintió con una sonrisa torcida, y yo me apresuré a ir a la cocina, ahogando el nudo que me subía por la garganta.

«¿Qué tienes para contarme, querido esposo?», pregunté después de que sorbiera un poco de té y yo comprobara de un vistazo que se sentía mejor.

«*Also,* hoy, cuando todavía tengo fuerzas y el Landgrave es uno de los clientes que dependen de mis servicios, pude llegar a él y cerrar un círculo.»

«¿Qué quieres decir?», pregunté, pensando cómo podía hablar de su fuerza cuando físicamente estaba tan débil.

«Entré a ver al Landgrave, quien me recibió como a un viejo amigo. Por fin no tuve que recordarle quién era ni qué hacía por él.

Me abrazó y proclamó ante sus amigos aduladores: "¿Saben a quién tienen delante? Éste es Mayer Amschel Rothschild, el banquero número uno de Alemania y el que va a conquistar a Europa. ¿Saben cuánto hacen él y sus hijos por mí y cuánto les debo por ello? Es imposible calcularlo". Entonces me abrazó otra vez y exclamó: "Gracias, Mayer Amschel Rothschild".

»Y yo le respondí: "Yo sólo cumplo mi promesa".

»Me miró desconcertado y preguntó: "¿Promesa? ¿De qué está hablando, amigo Mayer?"

»A lo que contesté de inmediato: "Cuando tenía diez años, al lado de su carroza, en la Judengasse, le dije: 'Yo también le ofreceré gustoso mis servicios cuando llegue la hora'".

»Por supuesto que el Landgrave no recordaba la lejana niñez, pero le expuse muy bien cada detalle, hasta que los recuerdos afloraron a su mente. Me arrojó los brazos al cuello en una irrefrenable demostración de afecto y yo, temiendo no poder soportar su peso, hice una seña con las manos y los sirvientes acudieron a rescatarme del peligro que entrañaba su cuerpo.»

«Bello final para el cuento», observé calladamente.

«Todavía no es el final, Gútale. Cuando ya me iba, dijo: "Mayer, amigo mío, ambos hemos cumplido nuestras promesas, pero yo le opuse dificultades y usted ha sido leal a lo largo de todo el camino. Ahora le prometo que de aquí en adelante, todos mis negocios y los de las generaciones venideras serán atendidos por su familia, por todas las generaciones de la familia Rothschild".»

«En efecto has cerrado un círculo, Meir», le dije, pensando en el final del cuento y también en el de los viajes.

«Me he desprendido de la armadura, y siento la levedad de mi cuerpo», se rio. «De todas mis armas de guerra dejé ésta para el final, como recuerdo de lo que el Landgrave me prometió cuando éramos niños. ¿Y sabes qué? No sólo no necesito ningún arma; tampoco creo que Wilhelm tenga que cumplir su última promesa, la de utilizar los servicios de los Rothschild por generaciones, puesto que nuestra dinastía seguirá floreciendo, mientras que sus descendientes, aunque sean numerosos, no tienen lo que hace falta para ir muy lejos.»

CUADERNO 3

Mi buen padre, si lo hubieras sabido… Estoy empezando un nuevo cuaderno, el tercero. He decidido hacerlo escribiendo sobre tu nieto menor.

Nuestro benjamín, Jacob, que acaba de cumplir diecinueve años, ha madurado mucho. Tanto, que hace tres meses y tres semanas se marchó a París para seguir buscando a distancia lo mejor de la vida. Durante los últimos dos años ha estado allí varias veces, pero ahora trata de quedarse permanentemente. Dios mío, el más joven de mis hijos ha emprendido un nuevo camino. Por favor, cuídalo de todo mal. A Ti te lo confío.

La asamblea familiar decidió que el significativo logro de Natán desde su lugar de residencia en London tendría que llevarse a cabo en otro lugar importante, en la capital de mayor influencia de Europa: París, cuyo emperador conquista cada vez más territorios en el continente.

«A partir de ahora me llamaré James, un nombre más aceptable que el mío hebreo», nos ha aclarado Jacob en su carta. Intento pronunciar su nuevo nombre, James. Lo repito y me suena extraño. Para mí seguirá siendo Jacob por siempre jamás. Él trata su nuevo nombre con reverencia, como si fuera suficiente para integrarlo en el nuevo mundo. Espero que «James» consiga en Francia lo que su hermano «Nathan» ha conseguido en Enguiland. Lo que ambos comparten es el coraje de emprender un nuevo camino a una edad temprana. Natán lo hizo a los veintiún años, muy joven, se mire como se mire; ¡pero Jacob a los diecinueve! Aparte de eso, algunas condiciones juegan en favor de Natán, y otras en favor de Jacob.

Enguiland aceptó a Natán cálida, abierta y ecuánimemente. Un ilustre judío, Levy Barent Cohen, quien más tarde se convirtió en su suegro, le tendió una mano en sus primeros pasos en el país. Nuestro contable, Seligman Geisenheimer, quien estuvo con él durante un corto periodo, fue una ayuda para él. Todo esto le facilitó mucho las cosas.

Pero Natán llegó a Enguiland sin conocer el idioma, una deficiencia que sigue acompañándolo. No es inglés de nacimiento, un hecho muy evidente en su comportamiento. Sin embargo, y contra todo lo que cabía suponer, ascendió a la cumbre. Fue nombrado representante financiero del Landgrave en Enguiland. A cambio de una reducida comisión de un tercio del uno por ciento, en comparación con la de un medio por ciento que cobra el banco inglés, invierte los cientos de miles de libras esterlinas del Landgrave en acciones inglesas que cotizan bajo y que vende una vez que ha aumentado su cotización. El beneficio acumulado es sorprendente, tanto por la cantidad como por la forma inteligente y sencilla de su crecimiento. No más comercio de productos, sino juegos con acciones. En lugar de una administración compleja que implica invertir mucho esfuerzo en la compraventa de mercancías, se pueden llevar a cabo operaciones simples con acciones, en las que la inversión es de pensamiento en lugar de trabajo. ¡Qué fácil! ¡Con qué rapidez se obtienen ganancias! ¡Cuán apropiado para la agilidad mental de Natán! ¡Y hasta qué punto yo no entiendo nada de ese juego!

En cuanto a Jacob, se ha ido a Francia en busca de sustento… *Also,* Francia le pone dificultades. Las sospechas que despierta en la gente de Napoleón no son motivo de satisfacción, ni para él ni para nosotros. Pero nuestro Jacob habla el francés muy bien, lo que no es poca cosa. Creo que el conocimiento del idioma lo ayudará a integrarse.

Me viene a la memoria la imagen de los franceses marchando por la Judengasse. Jacob, mi tierno bebé, se había aferrado a mi regazo, y su pequeño cuerpo se estremecía al ver a los soldados. Y ahora mi hijo está en el país del que vinieron esos soldados y empieza a abrirse camino con valentía. ¿No es esto un milagro?

Antes de trasladarse a París, Jacob hizo un aprendizaje de dieciocho meses en casa de Natán en London, adonde llegó para aliviar a su hermano de una parte de la pesada carga. Yo añoraba amargamente a mi benjamín, y en las cartas que le escribía Meir, casi siempre le expresaba mis sentimientos y mis fuertes deseos de verlo de regreso. Para tratar de mitigar la nostalgia, adoptaba la forma de pensar de su padre y veía ante mí el gran aporte que para él representaba encontrarse cerca de su inteligente hermano, quien le servía de ejemplo en el comercio internacional.

Durante la larga estancia de Jacob en casa de su hermano Natán, Kalman regresó de una de sus visitas londinenses visiblemente preocupado. Supuse que su inquietud tenía que ver con alguno de los muchos asuntos de negocios, y dejé de preocuparme. No obstante, cuando me siguió a la cocina entendí claramente que no se trataba de tribulaciones puramente comerciales.

Henriette y Julie habían retirado los platos de la mesa y estaban a punto de lavarlos y secarlos.

«Niñas, Kalman me ayudará con los platos.»

Cogí el trapo que Henriette tenía en la mano y se lo di a Kalman. Las dos hermanas, acostumbradas a las conversaciones íntimas en la cocina, se marcharon con la prontitud adquirida en una larga práctica y nos dejaron solos.

Tomé un plato y me puse a lavarlo. «¿Qué pasa en casa de Natán? Cuéntame.»

Kalman se pasaba lentamente el trapo de una mano a la otra. «Jacob me preocupa.»

«¿Jacob?» Di un brinco y el plato de loza que tenía en la mano cayó al fregadero, pero sin quebrarse. (Me fastidia que la vajilla se rompa; no me alivia la creencia de que romper un plato es una bendición. Es un penoso derroche.) «¿Qué le pasa a Jacob? Justamente hoy hemos recibido una carta de él. No menciona ningún problema. Es raro porque se toma el trabajo de informar de cada detalle; incluso disfruta con los juegos de palabras que nos propone para descifrar las claves.»

«Es cierto, mamá. Pero hay algo que tiene bien guardado.»

Examiné su mirada. «¿Cómo te has dado cuenta?»

«Hay cosas que aun sin palabras se pueden ver y entender.»

«¿Se ha enamorado?»

«¡Has dado en el clavo!», respondió, aunque sin alegría.

«No es judía. ¿Es eso? ¿No es de los nuestros?»

«Lamentablemente, es mucho peor.»

«¿Peor? ¿Qué puede ser peor que enamorarse de una *shikse*?»

«Que se trate de una judía honesta a la que amamos y respetamos.»

«¡Oh, no! ¿Hanna?»

«Exacto. Está angustiado. No puede dejar de mirarla y la sigue a todas partes.»

«¿Y ella, cómo reacciona?»

«Ella lo trata como a un hermano pequeño y querido. Me parece que ha advertido que él la ama, pero no le da ninguna importancia. Parece que lo toma como algo pasajero y se comporta con él como siempre.»

«Hace lo correcto. Bueno, no es de extrañar que se haya enamorado de ella. Es joven y está confundido. Cuando vuelva a casa se le pasará. Hablaré con papá para que lo haga regresar.»

Ese enamoramiento no me preocupó demasiado; sin embargo, al igual que con la historia de Eva, no tuve ninguna duda de que era preciso ponerle fin cuando apenas empezaba. Era preciso alejarlo de ella. Ojos que no ven, corazón que no siente.

Jacob volvió a casa esa misma semana.

La idea de enviar al más joven de sus hijos a París le surgió a Meir muchos meses antes de hacerla realidad. Nuestros negocios se han encumbrado tanto que las gestiones y maniobras económicas que llevan a cabo Meir y sus hijos se entretejen inseparablemente con los sucesos en los planos nacional e internacional. Como de costumbre, mis Rothschild continúan olfateando y observando cada fragmento de información, y el conjunto de detalles da lugar a una imagen que requiere hacer un análisis rápido y profundo, y sacar conclusiones respecto a cómo proceder.

La información sobre Napoleón no necesita ningún olfateo. Se ventila en la prensa y se convierte en la conversación del día entre los entendidos. Napoleón aparece como alguien que insiste en que Francia debe controlar toda Europa. Su decisión de separarse de su esposa Josephine porque no puede tener hijos, y de casarse con la joven Marie-Louise con la esperanza de que le dé un heredero al trono, demuestra hasta dónde puede llegar su determinación.

«Nada se opone a sus deseos», murmuró Meir mientras iba y venía con cara de sueño por la sala de estar, mirando hacia el horizonte. «El comercio de mercancías de Enguiland está en las últimas», seguía diciendo al tiempo que caminaba, «y pronto llegará al fondo del barril. Natán actúa correctamente; ha dejado de lado el éxito anterior y se dirige rectamente al nuevo, que le está abriendo las puertas».

Desde su residencia en Enguiland, Natán concentra sus recursos en el esfuerzo bélico. En su momento Meir le ofreció al general Von Weimar, que estaba a cargo de los suministros del ejército austriaco, ocuparse de cubrir las necesidades de los soldados que luchaban contra los franceses. Y ahora su hijo Natán se ha puesto al servicio del ejército inglés desplegado en Portugal, bajo el mando de Arthur Wellesley, duque de Wellington, para luchar contra los franceses.

Me pregunto cómo actúan los grandes generales. Van así como así a la guerra, equipados con soldados de carne y hueso, y sólo cuando están en el apogeo de la batalla abren los ojos y se dan cuenta de que les falta algo. El general austriaco Von Weimar no tenía provisiones para sus soldados, y ahora el general Wellington carece de recursos para pagar los salarios de los suyos. Ha tenido que pedir préstamos a banqueros de Malta, de Livorno, en Italia, y de otros lugares cuyos nombres no consigo recordar, con tasas de interés excesivas. A cambio del dinero que recibe, entrega pagarés del gobierno británico.

Esa información hizo que Natán urgiera a sus hermanos a concentrarse en el olfateo. Shlomo, Kalman y Jacob se lanzaron a la nueva aventura, y poco después arremetieron contra los pagarés del gobierno británico, los compraron a precio reducido y los transfirieron a Natán a través de Jacob. Natán se dirigió con paso firme al Bank of England, puso los pagarés en el mostrador y a cambio se hizo con una enorme cantidad de dinero a escala londinense. Al describirlas, esas transacciones podrían parecer un juego de niños, pero me imagino cuánta audacia, imaginación y atención a los detalles requirieron.

En aquel momento, como Natán tenía mucho dinero en su poder, puso en marcha un movimiento circular hacia el siguiente negocio. «No guardes el dinero en la mano; hay que utilizarlo con eficiencia para que produzca más» es una antigua máxima de Meir que tengo anotada en su antología, y que ahora Natán pone en práctica. La moneda que produce más valor es el oro. Siendo así, Natán se dirigió a la Compañía Británica de las Indias Orientales, depositó allí ochocientas mil libras esterlinas, y a cambio recibió oro. Con la preciada carga en sus arcas, se dirigió al gobierno británico para ofrecerle sus servicios. Su propuesta llegó en el momento oportuno, cuando Wellington estaba tan desesperado que pensaba retirarse con sus fuerzas de Portugal.

He aquí una solución para Wellington: cantidades de oro listas para ser usadas. Allí mismo se firmó el acuerdo, y Natán aprovechó la ocasión ofreciendo una propuesta para su transporte: «La familia Rothschild tiene una extensa red de contactos; sus brazos llegan a todas partes. Nosotros lo transportaremos».

La extensa red incluía al equipo de contrabandistas, que precisamente habían cesado en sus funciones de transportar las mercancías de Natán a los distintos puertos europeos y estaban ansiosos por poner en práctica la nueva y brillante misión. El oro pasó por su intermedio al otro lado del Canal, donde lo esperaban nuestros tres Rothschild: Shlomo, Kalman y Jacob, quienes se ocuparon de que siguiera su camino de París a Portugal.

«Ha llegado el momento de actuar», decidió Meir. «Tenemos que reunir a los hijos. A quien no esté al alcance, le enviaremos un mensaje.»

Amschel, Kalman y Jacob se sentaron alrededor de la gran mesa de nuestra nueva oficina. Yo me quedé junto a la pared exterior. La densa atmósfera olía a secreto.

«Hijos», comenzó diciendo Meir, jadeando como un niño que acaba de volver de una larga carrera. «Me alegra que estemos reunidos aquí. Vamos a dar otro paso rumbo a la conquista de Europa.»

«He aquí un nuevo Napoleón», dijo Kalman tratando de aliviar la tensión que se respiraba.

Meir se apresuró a protestar, «Napoleón escogió el camino que consiste en conquistar países y derramar sangre; nosotros elegimos el de conquistar objetivos comerciales y recoger dinero».

«Es lo que siempre hacemos», insistió Kalman.

«Cállate y deja hablar a papá», lo recriminó Amschel, lanzándole una mirada de censura.

«¡Oh! Tenemos un nuevo Natán en la *cabine*», provocó Kalman a su hermano.

«Basta ya, es suficiente», dijo el padre para tranquilizarlos. «Vayamos al grano. El tiempo apremia y hay mucho por hacer.»

Amschel le lanzó a Kalman una mirada suplicante, y éste levantó las manos en señal de sumisión. Todos tenían la mirada clavada en Meir.

«Ya he hablado con Natán. Es decir, le envié una carta llena de garabatos. Me sentí inspirado por todos los idiomas posibles, excepto quizá por el antiguo egipcio. El Landgrave se horrorizaría si supiera que le hemos puesto un nombre de auténtico judío. Y Napoleón seguramente me decapitaría si descubriera que hemos hebraizado el suyo. Natán me dio la razón, en una carta breve pero rápida y que da en el blanco.» Meir palpó el sobre en el que se veía la letra de Natán. «No es necesario que recuerde a todos que lo que aquí se menciona debe permanecer entre nosotros. Ni que la decisión que tomemos debemos ponerla en conocimiento de Natán y Shlomo lo más rápidamente posible.»

Los hijos se inclinaron hacia su padre como si estuvieran escuchando un relato de aventuras.

«Nosotros estamos aquí, en Frankfurt, y Natán en London. Dos posiciones estables que hasta ahora nos han sido suficientes. Ha llegado el momento de añadir una más. Nos hace falta un representante de la familia en París. Todas las señales indican que en los próximos años esa ciudad seguirá determinando la marcha de los acontecimientos. Es muy importante que nos afiancemos allí.»

Todos los que estaban alrededor de la mesa asintieron.

«¿En quién has pensado, papá?», preguntó Amschel.

«Creo que el más indicado es Jacob.»

Todas las miradas se dirigieron a Jacob, quien se atragantó y trató de beber agua, pero parte de ella se le derramó en el cuello de la camisa. Carraspeó abochornado.

Los ojos de Meir lo miraban con benevolencia. Los míos se cubrieron de lágrimas.

«Pero Jacob es muy joven, todavía es un niño», comentó Kalman, y se apresuró a agregar: «Y Francia no es un país hospitalario, especialmente para un Rothschild».

No hace falta que diga nada porque Kalman dice todo lo que pienso.

Ahora Meir habla con calma. «Absolutamente cierto. Jacob es joven y, en efecto, no podemos esperar que París lo reciba con una alfombra roja, especialmente a la luz de nuestros vínculos con el Landgrave y con Enguiland. No obstante, debemos tener en cuenta que Jacob ha pasado el bautismo de fuego en nuestra empresa, y en más de una ocasión ha demostrado que su audacia no es menor que la de Natán.»

Su mirada pasó de un hijo a otro y se detuvo en Jacob.

«Además, todos sabemos que Jacob es talentoso, sociable y culto. Esos datos son muy valiosos. Pueden ayudarlo a integrarse en París. No sólo eso: ha aprendido francés, y no hay momento mejor que éste para demostrar que la inversión ha sido acertada. Ya es hora de que rinda beneficios para la firma.»

Desde donde estaba sentada, seguía la conversación con sentimientos encontrados. Especialmente lo que decía Jacob, que acababa de regresar de London. A la descripción de mi hijo añadiré, para mis adentros, que Jacob Rothschild es tan apuesto como lo fue nuestro patriarca Jacob.

«Papá», dijo Amschel moviéndose inquieto en su silla. «Estoy de acuerdo con todo lo que has dicho, pero me parece que, al menos en la primera etapa, sería conveniente que lo acompañara Kalman, o Shlomo, para que no esté solo en el combate.»

«Es cierto», intervino Kalman. «Yo estoy dispuesto a ir con él. No olvidemos que Natán tampoco se marchó solo. Iba con él un excelente contable, y allí lo esperaba un próspero banquero judío.»

«No», los atajó Meir. «Necesito a cada uno de mis hijos. No tengo diez, sólo cinco y es demasiado tarde para cambiar la situación.»

Les corté las risas desde mi lugar. «Quiero recordar a todos que también las hijas y nueras están aportando mucho trabajo a la empresa. La contribución de cada una es significativa. ¿Acaso sería preferible contratar secretarias y contables ajenas a la familia?»

«Mamá tiene razón», dijo Meir. «Es bueno saberlo, mamá siempre tiene razón, comprobado. Las mujeres de nuestra familia merecen una medalla especial a la diligencia, la perseverancia y la paciencia. No cabe duda de que sin ellas el negocio no funcionaría. Cada pieza de un carruaje tiene su función. Si le falta una rueda, no llegará a ninguna parte.»

«Todo es significativo, pero el cochero es el más importante.» Eso lo dijo Kalman.

«Cierto. Es mejor que sean dos y no uno, y mejor que sean cinco y no cuatro. Necesito cinco cocheros para guiar cinco carruajes distintos, la flota de M. A. Rothschild e Hijos. Quiero que cada uno de mis cinco hijos esté al timón de cada centro importante de Europa. Con la cooperación constante y continua entre todos los centros, nos convertiremos en la empresa más grande de Europa.»

«Padre, si se me permite, me parece que esta nueva visión es más un sueño que una realidad», se atrevió a decir Kalman tras un largo silencio que todos necesitábamos.

Meir se quedó mirándome; luego dijo: «Sé que la idea parece descabellada, pero así será. Tal vez yo no llegue a verla realizada, pero mis hijos sí. Si no en esta generación, en la próxima».

Me levanté y me quedé de pie detrás de Meir; me incliné hacia él y le rodeé el cuello con los brazos. Le di un beso en la frente y me dirigí a nuestros hijos:

«Papá tiene razón. Dicho sea de paso, papá siempre tiene razón. Comprobado».

Meir me sonrió y luego se dirigió a Jacob. «¿Y tú qué dices, hijo? ¿Estás dispuesto a aceptar la misión?»

«Sólo me queda darte las gracias», le susurró nuestro benjamín a su padre.

En corazón inteligente descansa la sabiduría.

El viaje de Jacob se retrasó algunos meses, a la espera de condiciones propicias para la apertura del lugar. El momento oportuno se lo proporcionó el mismo Napoleón Bonaparte.

Sorprendentemente, cada paso que daba el emperador para sí mismo parecía promover los nuestros. El ilustrísimo soberano francés, que se había casado con la joven Marie-Louise esperando que le diera un hijo varón, fue informado del nacimiento del anhelado heredero al trono. A la ceremonia real del bautismo de Napoleón François Joseph Charles Bonaparte, orgullo del vigor de su progenitor, se invitó a muchos personajes importantes, entre ellos Karl Theodor von Dalberg, el gran duque de Frankfurt.

Aquí es donde nosotros entramos en escena.

La visita oficial, que nuestro duque Von Dalberg no quería perderse, representaba un dispendio económico muy superior al contenido de sus agotados bolsillos. Los mercaderes de Frankfurt, a los que Dalberg había acudido en busca de préstamos, le dieron la espalda y, como de costumbre, terminó dirigiéndose al Banco Rothschild.

Meir, que a todas luces se mostraba indiferente a los sufrimientos del noble señor, seguía con disimulada atención cada paso que éste daba, temiendo que algún comerciante de pronto se amilanara y accediera a sus súplicas. La impaciente y contenida espera de Meir generó que el duque se dirigiera a él con la expresión de un hombre desesperado.

Fue como una caricia para los oídos de Meir escuchar cómo se rebajaba su interlocutor, que había elegido un lenguaje florido para manifestar su total aprecio por la bondad y la integridad de su amigo. Al final del diluvio de obsequiosas palabras, Meir accedió a la solicitud, pero con dos condiciones, ambas relacionadas con nuestro Jacob, las cuales fueron rápidamente aceptadas. Dalberg recibió ochenta mil reconfortantes florines, con fecha de vencimiento bastante flexible, y Meir obtuvo un salvoconducto debidamente firmado con los datos personales de Jacob, así como elogiosas cartas de recomendación dirigidas a los funcionarios del Tesoro francés.

Jacob pasó un largo rato estudiando con cara muy seria el pasaporte y los documentos. Los guardó cuidadosamente en su bolsa, como si fuesen herramientas frágiles, y fijó la vista en el horizonte. Miré a mi hijo, tan joven. Esperé a que apareciera su fina sonrisa.

Cuando su rostro se iluminó y la esperada sonrisa apareció en sus labios, a duras penas pude soportar el nudo que tenía en la garganta. De la suya salieron las siguientes palabras, claras y seguras: «Estoy a punto de marcharme. Papá, siempre recordaré que no debo decepcionarte. Tengo bien claro que este lugar es un gran salto para mí y nuestra familia. Como dijiste, trabajaremos en colaboración y mostraremos a todos el poder y el honor de la familia Rothschild».

Me costaba resistir la emoción que me embargaba. La figura que tenía delante me engañaba: la voz pertenecía a Jacob, pero de ella surgía otra, la de Meir. Abracé a mi hijo pequeño, apoyé la cabeza en su hombro y me deshice en lágrimas. No me apartó. Dejó que me apoyara todo el tiempo que me hiciera falta.

El llanto se renovó al despedirnos. Alrededor del carruaje el silencio dejaba lugar a los sollozos. Jacob me acarició el rostro y me besó a través de la cofia. Me limpié la cara con el delantal y levanté la cabeza para mirarlo. «Hijo, no olvides que debes encontrarte con tu hermano Natán en el Canal, antes de continuar tu camino, y darle la carta que te he escondido en la bolsa», susurré. No debe ver a Natán en su casa. Hay que evitar que coincida con Hanna. En París ya hallará una bonita muchacha que le conquiste el corazón.

«Lo haré, mamá», respondió.

Inmediatamente añadí: «Ya te extraño, querido hijo».

«Mamá, prometo escribir mucho. Y haré cuanto pueda para venir de visita, aunque para eso tal vez tenga más dificultades.»

Sabía que escribiría. Estando aquí con nosotros, entiende que las cartas son el alivio de nuestra nostalgia. No dudo que, con su hermosa caligrafía, siempre nos contará cuanto le ocurra. Me aprenderé de memoria el contenido de cada carta; sus palabras serán como una almohada en mi lecho.

Jacob se acercó a su padre, lo abrazó, y de pronto advertí lo mucho que había crecido. Meir le dio una palmadita en el hombro y respiró hondo por el nudo que tenía en la garganta. Le puso en el bolsillo la plegaria para el viajero, y sin darse cuenta siguió manteniendo el contacto por un buen rato.

He dejado de escribir por un tiempo. Después de almorzar con Meir y lavar los platos, lo acompaño a la cama. Sigo asintiendo con la cabeza a sus palabras hasta que se le cierran los ojos, que es lo único que lo hace callar. Últimamente tiene más necesidad de hablar, y puesto que a su alrededor han disminuido los pares de oídos que lo escuchan, le presto los míos con mucho gusto. Ahora se encuentra entre las brumas del *schlaf stunde,* como nosotros llamamos a la siesta. Escucho sus ronquidos y me levanto con cuidado de la cama. Resisto al encanto seductor del descanso del mediodía para ocuparme de mis tareas, como la de escribir. Hago como el rabino que dijo que la gente no debe dormir durante el día más de lo que duerme un caballo. ¿Y cuánto duerme el caballo? Lo que tarda en respirar sesenta veces. Yo me reservo la respiración para la noche.

Also, mi Jacob, mi añorado, el más pequeño de mis hijos, apuesto, instruido, perspicaz y hombre de mundo, ha partido con los documentos necesarios. Su última imagen ha quedado grabada en mi mente, mis ojos y mi corazón. Lleva una camisa blanca, lo ahoga una corbata negra y se cubre con una chaqueta, también negra. Su cabello cobrizo centellea a la luz del sol, coronando su rostro resplandeciente. Un joven apuesto con aspecto de hombre de mundo. Aprieta contra su pecho el pergamino con la plegaria, sube al carruaje en el que los empleados han cargado arcones y maletas, y emprende su camino. Así es como nos hemos despedido de otro hijo. Que Dios lo proteja contra el mal de ojo. Rezo para mis adentros: «Por favor, Dios mío, acompaña a mi querido hijo en su lejano destino. Protege su corazón, su cuerpo y su alma. Te lo confío, Dios misericordioso, porque Tú conoces lo débil que es el corazón de una madre judía».

Dos semanas después recibimos una carta de Natán, y al cabo de otros quince días llegó una misiva del nuevo timonel. Como era de esperar, Jacob hizo una parada en las costas del Canal inglés y recibió de Natán la bendición para el nuevo camino, además de orientación y consejos antes de zambullirse en las frías aguas.

Ya en su primera carta, Jacob se expresaba en la mezcla de lenguas de la Torre de Babel: «Debo tomar todas las precauciones y cuidarme de la policía francesa, que no me quita el ojo de encima».

Vive en la calle Napoleón número 5, y entre los banqueros ya circula el rumor de que el joven Rothschild tiene bonos de London.

A diferencia de Natán, la suerte no jugó a favor de nuestro Jacob, en cuanto a su inmediata integración en la comunidad judía, que podría haberlo invitado a los servicios de la sinagoga. Tampoco encontró ningún prominente banquero judío, algún Cohen o Levi, dispuesto a apoyarlo para que no tropezara en sus primeros pasos.

Jacob tuvo que sacar pecho y presentarse ante experimentados banqueros que no pertenecían a nuestro pueblo y que podrían ofrecerle el apoyo necesario para el florecimiento de la actividad bancaria en el lugar. Aprovechó sin demora las relaciones con los primeros banqueros que encontró en su camino, Guillaume Mallet y Jean-Conrad Hottinguer, ambos protestantes de origen suizo y con un excelente respaldo de crédito, lo que los colocaba en posición aventajada respecto a muchos otros.

El primer negocio de Jacob con ellos pareció querer demostrar, tanto a él como a nosotros, que era un verdadero Rothschild, que sabía aprovechar las circunstancias del entorno. Entregó a sus dos nuevos amigos los lingotes de oro que había recibido, a cambio de pagarés firmados por bancos de España y Portugal. Éstos llegaron a manos del general Wellington, quien reaccionó como alguien a quien le permiten sacar la cabeza del agua y respirar.

Las transferencias de dinero a Wellington se están convirtiendo cada vez más en una rutina de trabajo, con Jacob-James al mando con gran seguridad y brillantes maniobras. Mi bebé, que se ponía de pie sobre mis rodillas y gorjeaba observando el desfile de los soldados de Napoleón en la Judengasse, ahora idea artimañas en beneficio del inglés Wellington, en lucha contra Napoleón. Las maravillas de la vida están más allá de mi entendimiento.

De una de las frecuentes cartas de Jacob se desprende que ya no es posible esconder los numerosos lingotes de oro que cruzan el Canal y llegan a manos del nuevo parisino conocido como James Rothschild. Los transportes fueron detectados por el ojo de águila de los funcionarios del Tesoro francés.

En mis días y noches imperaba la aterradora idea de que habíamos sido atrapados en la red del ministro. ¿Qué será de mi hijo? ¿Lo condenarán? Si así fuera, ¿cuál sería la naturaleza del castigo?

Compartí mis preocupaciones con Meir y él, intentando tranquilizarme, me dijo: «Quédate tranquila. **Con subterfugios y artimañas harás la guerra.** ¿Acaso no confías en la perspicacia de Jacob?»

«Confío en ella, pero ¿quién me garantiza que saldrá sano y salvo del embrollo? Todo lo que quiero es ver a mi hijo vivo y respirando libremente.»

Afortunadamente, la preocupación no duró mucho: nos informaron de que la tortilla se había dado la vuelta, en perfecta armonía con el plan de Jacob-James. La táctica que éste había adoptado se había hecho realidad. Respiré aliviada.

Fue un juego de manos, una obra de arte, aunque debo admitir que, además del sofisticado instinto comercial de mi hijo, jugó a su favor el hecho de que la reputación de los Rothschild como consejeros financieros despertaba un gran interés allí donde ponían los pies.

Una vez más, vuelve a conmoverme la idea, para mí desconcertante, de que a cualquier edad la vida me da nuevas lecciones, incluso en la vejez, cuando estoy cerca de los sesenta. El hecho de aprender constantemente me da una sensación de vitalidad y juventud.

Las guineas, unas monedas de oro inglesas, pasan regularmente de Natán a Jacob, de un lado al otro del Canal, a través de los intermediarios de siempre. Otros banqueros parisinos se han sumado a la lista de participantes en las transacciones comerciales. Reciben guineas inglesas y entregan letras de cambio emitidas por el Bank of England.

Mis hijos tienen los ojos abiertos de par en par, la nariz olfateando frenéticamente y el oído atento. Así es como se consagran a la caza de información que se transmiten entre sí a través de los canales convencionales. A pesar de que abren sus cartas y las leen de principio a fin, a lo largo, a lo ancho y en diagonal, en ellas no se descubre ningún detalle revelador; al mismo tiempo, mis hijos obtienen informes muy precisos y hacen rápidamente un uso inteligente de la información.

En Frankfurt, Meir y Amschel montan guardia. Además de las monedas de oro inglesas, ahora también se ocupan de las monedas de plata francesas que les llegan de Shlomo y Kalman.

Kalman viaja por caminos y senderos de la cordillera pirenaica, la frontera entre Francia y España, llevando en la bolsa los billetes de banco ingleses destinados al general Wellington. Luego regresa por veredas serpenteantes y entrega los documentos firmados por Wellington. Y vuelta a empezar.

Las etapas que Kalman pasa las encubre Shlomo, quien se encuentra en todo lugar donde sea preciso mantener el secreto de los actos de sus hermanos Jacob y Kalman, y deja intacta la ilusión de los franceses en lo concerniente a la finalidad de las transferencias.

Así es como los fondos llegan a Wellington, y los intereses que producen enriquecen nuestras arcas.

Y ahora, vayamos a la cuestión: ¿cómo cayeron los principales oficiales franceses en la trampa?

Also, se trata de la manera de descifrar el panorama general. Dos personas pueden estar observando el mismo cuadro. Una verá en el color claro de las flores una señal de aguda sequía, mientras que para la otra supondrá, precisamente, la madurez de la floración.

En efecto, la interpretación del ministro del Tesoro francés está en clara contradicción con la de Heiber, jefe de la policía francesa en Mainz, ciudad cercana a la nuestra. El primero se tragó el anzuelo y le explicó a Napoleón que creía que nosotros, los Rothschild, habituados a ser los primeros en obtener información, nos aprovechamos de la delicada situación en la que se encuentra el gobierno británico. En otras palabras, la revaluación de la guinea destruirá la economía de Britania.

Por consiguiente, todo se hace, en apariencia, delante de sus narices. Los policías se cruzan de brazos y observan el transporte de dinero, de Enguiland a Francia, que hacen los Rothschild, contentos por el infortunio de los ingleses, y esperan impacientemente la caída del enemigo. Ellos no conocen la frase: **Si tu enemigo cae, no te alegres, y si tropieza, no exulte tu corazón**, especialmente cuando ese enemigo no tiene ninguna intención de caer. Ésta es la ilusión que nuestro Jacob les vende a los franceses.

Tengo que ser precisa: no todo pasa delante de sus narices, como los millones de libras esterlinas que van a parar al general inglés Wellington para financiar la guerra contra Francia.

De esto se deduce que los principales financieros de los ingleses en la guerra contra Francia son mis cinco hijos. Ellos son quienes deciden de qué lado se inclinará la balanza. Y ésta, como veremos, tiende a favorecer a los ingleses. Imagino el rostro de Napoleón y veo cómo ha cambiado su semblante desde aquel tedioso día que vino a visitarnos, hasta expresar una mezcla de furia y confusión.

Mi familia tiene que ver con todas las transferencias de fondos a cualquier rincón. Enguiland ha enviado quince millones de libras esterlinas a sus aliados: Austria, Prusia y Rusia, todo con la participación plena y rápida, y la supervisión meticulosa de Natán y de mis otros hijos. Afortunadamente, mientras esas transacciones dan sus frutos a los centros comerciales de mi familia, la libra inglesa se mantiene firme y estable.

Nunca he estado tan cerca como hoy de ver, en la práctica, la exactitud de la frase extraída del tesoro de las máximas de Meir que tengo ante mis ojos: «La unión hace la fuerza». La historia de nuestro pueblo ya lo ha demostrado. Éramos pocos contra muchos, y triunfamos. Sin embargo, nunca creí que la minoría podía consistir en los miembros de una sola familia.

Para los judíos fue un día luminoso y alegre, gozoso y triunfal.
Nuestra calle nunca había conocido una celebración con tanto regocijo, júbilo, placer y deleite como la que empezó anteayer, cuando nos llegó la mejor de las noticias: «Somos ciudadanos con igualdad de derechos».

Dalberg no cumplió su promesa ni nos otorgó la igualdad deseada durante mucho tiempo, el mismo durante el cual Meir no desistió y siguió remitiendo al gran duque de Frankfurt cartas recordatorias llenas de enmiendas. La situación parecía irresoluble; el profundo temor a que la ley de los judíos siguiera siendo una compañera repulsiva hasta el fin de los tiempos embargaba a toda la calle.

A principios del nuevo año, Meir se puso a redactar una carta en un tono distinto.

«Podrías delegar el trabajo de escribir en un empleado», le sugerí. Desde que accedió a mis ruegos de que redujera el volumen de sus actividades comerciales, me encuentro de vez en cuando ofreciéndole algún consejo.

«No, Gútale; la carta debe ser escrita *perseinlik*, en persona, con el corazón. No sólo debe guiar al lector a las palabras y su forma, sino también, y lo que es más importante, a la intención que transmiten. Cada falta de ortografía, cada error gramatical y cada letra borroneada podrían despertar al lector de su somnolencia.»

¡Cómo me gustaba mi anciano Meir! No había cambiado desde aquellos días en que escribió por primera vez al Landgrave en un lenguaje florido inmerso en un mar de errores. Pensé para mis adentros que si tuvo éxito con el Landgrave, era posible que lo tuviera con Dalberg.

Su Alteza Karl Theodor von Dalberg,
gran duque de Frankfurt del Main:

He aquí que me otorgo el permiso de dirigirme a nuestro dignísimo y compasivo gobernante para recordarle que en nuestra última conversación me ofreció unas difíciles condiciones a cambio de una declaración suya que otorgue igualdad civil a los judíos que se encuentran bajo su autoridad. Al final de la honorable negociación que tuvo lugar entre nosotros, llegamos a un acuerdo aceptado por ambas partes.

A pesar del gran esfuerzo que representaba cumplir las condiciones de pago, la comunidad judía me dio su consentimiento obediente y sumiso a nuestro arreglo, puesto que la gran sed de igualdad de derechos supera todos los obstáculos.

Desde entonces los residentes de la Judengasse se dirigen incesantemente a mí para pedirme que les aclare qué ha sucedido con lo que habíamos convenido.

Tengo que responderles algo.

Sería una gran alegría para mí poder darles la buena nueva de que Su Alteza el gran duque ha firmado y aprobado la declaración que otorga los derechos civiles.

Confío en que la declaración firmada por el honorable duque lo hará merecedor de la bendición celestial por la inmensa generosidad de su corazón. Asimismo, prometo que los pagos a los que nos hemos comprometido serán realizados en su totalidad.

Espero con impaciencia su proclama debidamente firmada.

Muy respetuosamente,

Meir Amschel Rothschild,

en nombre del comité judío de la Judengasse

La respuesta llegó al cabo de dos semanas, el 13 de shevat del mismo año [7 de febrero]. Meir corrió a casa agitando un periódico; con una sonrisa nos reunió en la sala y leyó las palabras impresas con voz trémula.

De pie a su alrededor, todos sorbíamos palabra tras palabra. El gran duque de Frankfurt, Karl Theodor von Dalberg, proclamaba la concesión de la igualdad de derechos.

El principio de la noticia se dirige al conjunto de la población. Luego, la referencia a los judíos va acompañada de unas condiciones restrictivas; sólo cuando éstas se hayan cumplido, la igualdad también los incluirá a ellos.

Juro por mi alma y mi espíritu que no quería aguarle la fiesta a Meir. Pero ¿por qué demonios los primeros que deben comprometerse a cumplir con su parte son los judíos? No basta con que, a diferencia de los que profesan otras religiones, obtengamos nuestros derechos en circunstancias restrictivas y nos veamos obligados a pagar por ellos; además, Dalberg añade leña al fuego que arde dentro de nosotros, como si dijera que no se puede confiar en los judíos y que éstos deben cumplir antes la condición mientras que él, como es sabido, es fiel a sus promesas. ¡Cuánto deseo recordarle lo acontecido con la «Ley de los judíos»!

Meir estaba de muy buen humor. Se apresuró a escribir a Dalberg para decirle cuán agradecido se sentía por el anuncio público y cómo esperaba poder ver a los judíos en su gran día.

El día 25 de kislev [11 de diciembre] se recibió una respuesta directa de Dalberg. La carta de Meir le había tocado fibras sensibles.

Apreciaba su perseverancia y la preocupación por su pueblo, por lo que decidió suavizar las condiciones, fragmentando los pagos en un periodo más largo.

Meir nos miró alternadamente, a la carta y a mí, y releyó aquella corta respuesta. De un brinco se puso en pie e inmediatamente volvió a sentarse gimiendo de dolor. Entre un quejido y el siguiente, de su garganta salían carcajadas y sollozos. Definitivamente, parecía haber perdido el juicio. Pensé para mis adentros que un hombre feliz está ligeramente loco, de lo contrario no habría llegado hasta aquí en su largo camino.

Sucedió hace dos días. El sello de Su Alteza el duque nos condujo a una nueva era. El Señor, con su compasión y bondad, puso buenos pensamientos en la mente de Dalberg.

He aquí que desplegamos las alas, nos elevamos, llenamos los pulmones del aire fresco que llega a nuestras puertas, observamos mutuamente nuestras sonrisas para confirmar que esto es una realidad, no un sueño. Vítores de regocijo salen de gargantas roncas. Un desfile se dirige hacia nosotros. Un canto de alabanza se alza a lo largo de la calle, sube las escaleras de nuestra casa y abraza a Meir, a quien ahora se le llama «todopoderoso» y «nuestro salvador y redentor».

«Bendito sea el Señor, Dios de Israel, el único que hace maravillas», clamó Meir a la gran multitud, y buscó dónde sentarse.

«Hoy es el día que el Señor ha obrado. Alegrémonos y celebrémoslo», respondió un alegre coro masculino.

De pronto se oyeron las notas de un violín y resonó una alegre melodía, como si ordenara a los hombres que se abrazaran formando círculos apretados, golpearan el suelo a ritmo uniforme y soltaran gritos de júbilo.

El rabino levantó los brazos y dijo:

«El Señor deshace los planes de las naciones.»

Meir se repantigó en el sofá, aferrándose al respaldo. Saludó con la cabeza a los allí congregados y dirigió la mirada hacia el horizonte, como si fueran viejos amigos y ahora compartieran un secreto.

Pensé en su determinación especial, que lo había llevado a lo largo del camino hacia el honor y el respeto, y que también lo había guiado en sus gestiones públicas. Lo miré y vi al joven Meir, un muchacho vigoroso y ambicioso que logró convencer a mi obstinado padre para que le concediera la mano de su hija, y que la primera tarde que caminábamos juntos dijo claramente:

«El respeto es poder, y con ese poder derribaremos las murallas del gueto y saldremos a un mundo libre.» Ahora me río, con una risa que es más bien una carraspera y no la carcajada diáfana de la joven que respondió estupefacta a sus palabras: «¿Derribar las murallas? ¿Salir del gueto? Has perdido el juicio». A lo que él replicó: «Sé que parece una idea descabellada, pero haré lo posible por convertirla en realidad. Saldremos del gueto. Todos saldrán del gueto. Si no en nuestra generación, será en la de nuestros hijos».

Miro a Meir. Está débil y enfermo —la vejez le ha sobrevenido con todas sus señales—, pero ha conseguido ver en su generación su gran sueño hecho realidad. Tenemos los mismos derechos, podemos salir o quedarnos.

El gentío gozoso se aleja. Sugiero a Meir que se acueste y descanse. Las últimas horas han exigido un esfuerzo, ciertamente placentero, pero aun así un esfuerzo.

Domingo, 7 de iyar de 5572 [19-4-1812]

Nuestra pequeña casa no se ha ampliado ni siquiera un palmo, pero el número de ocupantes se ha reducido. A medida que éstos disminuyen, se esfuman también muebles y enseres que han dejado de ser esenciales y ya no tiene sentido conservarlos por inútiles.

Nuestros hijos, a excepción de Kalman y Jacob, se han unido a sus cónyuges y abandonado el alegre y animado nido para construirse el suyo propio, dejando atrás, sin querer, a un par de ancianos, boquiabiertos ante el espacio amplio y silencioso que se abre frente a sus ojos.

Amschel y Eva viven ahora en la prestigiosa Frankfurt. Shlomo y Caroline también han elegido instalarse ahí. Jacob-James prospera en París y salpica mi corazón con pinceladas de satisfacción y añoranza, pero es imposible saber cuál de esos sentimientos supera al otro.

Desde el amanecer hasta el ocaso, paso por las habitaciones imaginando que escucho el soplo de la respiración de mis hijos, que oigo los ruidos de la casa llena de gente y observo el movimiento hormigueante de vida en sus espacios estrechos.

En la alcoba que comparto con Meir hay sábanas agradables al tacto y con encajes en los bordes, almohadas y suaves edredones. Y en la sala, cortinas y visillos.

También han disminuido las visitas desde que nuestra oficina fue sustituida por otra mucho mejor situada al final de la calle.

Aunque el recuerdo de los días bulliciosos y vivaces encienda en mí el anhelo y la nostalgia, encuentro paz y tranquilidad en la quietud que reina entre nuestras paredes. Nunca supe qué era el silencio, y ahora me sonríe afablemente, como si me acariciara la cabeza y me calmara. El alejamiento de la *cabine* me hace bien.

Ya hace dos años que nuestros hijos-socios —Amschel, Shlomo y Kalman— decidieron adquirir un terreno en el extremo norte de la Judengasse, una zona que resultó muy dañada por el incendio y que no mostraba señales de regeneración.

El terreno baldío, postrado y sumido en la indignidad de su entorno desolado y lúgubre, pareció iluminarse con la sorpresa de ver al trío Rothschild que venía a despertarlo del sueño de los muertos. A cambio de aproximadamente nueve mil trescientos florines, que pasaron de una mano contenta a otra feliz, mis dinámicos hombres recibieron el terreno contiguo a la Hinterpfanne, donde nació Meir, y empezaron a insuflarle vida con las acciones necesarias: retirar escombros, roturar el suelo, excavar y construir los cimientos y la estructura. Meir fue nombrado supervisor; su trabajo se limitaba a recorrer a diario el lugar de la obra. Sólo que en vez de dar consejos o pronunciar elogios, se metía la mano en el bolsillo para sacar un pañuelo y enjugarse las lágrimas. Su mirada volvía atrás, a su vida en la Hinterpfanne, la casa donde creció y de la que sólo quedaban ruinas dolorosas. Si tan sólo sus padres hubieran podido despertar y ver cómo su hijo, que sobrevivió al desmoronamiento, había levantado un imperio comercial que abarca varios países…

La añoranza por sus padres, hermanos y hermanas fallecidos resurgió con intensidad renovada durante la construcción. Yo lo acompañaba al cementerio y me postraba con él ante las tumbas de su familia. Luego lo dejaba solo con sus recuerdos y me encaminaba hacia las sepulturas de mis padres. Apoyaba la cabeza en las lápidas e iniciaba una conversación con mis queridos y silenciosos progenitores.

En el terreno se levantó una casa de piedra, ya no de madera, que se eleva en las alturas y con ventanas a ambos lados. Una mañana, Meir me invitó a ir con él. Se quitó el sombrero, se acomodó la peluca y me hizo una reverencia al tiempo que una sonrisa jactanciosa ponía simpáticas arrugas en las comisuras de sus labios. Frente a mis ojos aparecieron brevemente aquellas reverencias que el joven y tenaz Meir —que entonces conocí, constante y anhelante, con su barba corta y negra— le hacía a la muchacha que lo esperaba en la ventana. Un joven de ojos centelleantes, que organizaría y produciría una vida colmada de éxitos. Enlacé la mano en el brazo invitador del joven que había envejecido, cuya estatura había disminuido y cuyo rostro ahora embellecía una impresionante barba blanca, y salí con él hacia el camino que conduce a la casa nueva.

Nos detuvimos a contemplar el edificio. Cuatro niveles erguidos, de un blanco resplandeciente, destacan en el paisaje depresivo del entorno, con restos chamuscados. El corazón que acababa de abrirse a la alegría se plegó a la tristeza. Los ojos destellantes que se habían abierto de par en par hacia la vigorizante renovación se sumieron en la amargura.

Meir percibió el cambio en mi ánimo; apretó la mano que se apoyaba en su brazo y se apresuró a guiarme al interior. Me dejé llevar, esforzándome por alejarme temporalmente de la opresiva visión circundante, pero sin apartar la mirada de sus pesadas piernas, no fuera a tropezar por las escaleras.

Tuve el honor de visitar las dependencias de la casa. Me gustan las habitaciones, y las ventanas, que dejan entrar mucha luz, y la determinación de mis hijos de destinar las tres primeras plantas para oficinas y de proponernos que nos traslademos a vivir en la cuarta, con sus espaciosas habitaciones.

«¿Qué te parece, Gútale?», me preguntó Meir.

«La casa es luminosa y elegante, querido. Desde aquí podrías dirigir el trabajo de la oficina. Pero, si de mí depende, no tengo intención de cambiar nuestra modesta vivienda por ninguna otra.»

«Bien dicho. Tu voluntad es la mía. Nuestras preferencias siempre han coincidido.»

Así pues, rechazamos categóricamente la proposición de nuestros hijos.

Amschel no estaba contento con la decisión. «No lo entiendo. Todos trabajamos fuera de la oficina, algunos fuera de Alemania. Y tú, papá, estás a cargo de la gestión cotidiana del negocio. ¿Por qué, en tu estado, tienes que arrastrarte cada día desde casa cuando puedes evitar molestias innecesarias? ¡Mejor sería salir de la casa vieja y disfrutar de la nueva!»

«Amschel, mi querido y buen hijo», respondió Meir con calma. «Tu padre debe ir cada día a la oficina para no olvidarse de trabajar, y debe volver a casa andando para que las piernas no se olviden de caminar.»

Cada mañana Meir se va, y regresa para almorzar y descansar. Por la tarde vuelve a salir y regresa al anochecer. En la oficina se ocupa de su actividad pública, que llena la mayor parte de sus horas.

En febrero, Meir fue invitado, junto con dieciocho cabezas de familia bien conocidos de la Judengasse, al despacho de Jacob Guiollet, alcalde de Frankfurt, ante el cual prestó juramento como ciudadano. Fueron las primeras familias que tuvieron el honor de hacerlo. Dos semanas después recibió otro honor: Dalberg lo nombró miembro de la Asamblea de Representantes de Frankfurt, junto con su rival, el banquero Simon Moritz von Bethmann. ¡Ver para creer!

A pesar de su salud, Meir sigue siendo requerido como líder para resolver los nuevos problemas de la comunidad: ¿acaso los judíos, ahora oficialmente ciudadanos, deben alistarse en el ejército? Los de la Judengasse, tanto quienes viven ahí como los que se han ido, están todos obligados a incorporarse al servicio del ejército francés, que penetra en las profundidades del Imperio ruso, y unirse a las tropas en el campamento cercano a Bialistok. Meir se dirigió al castillo de Dalberg en Aschaffenburg con el fin de exigir su participación inmediata en el asunto y regresó con la promesa de una prórroga del reclutamiento.

«Nos queda ahora presenciar la derrota de Napoleón, y entonces estaremos de todos modos exentos del servicio», resumió Meir su opinión sobre el asunto, sin dejar de seguir muy atentamente el desarrollo de los acontecimientos en la arena franco-rusa.

Puesto que los viajes de Meir han cesado por completo, aumenta el número de «monedas de los buenos días» que se acumulan junto a mi almohada. En cada situación, Meir se acuerda de su primer amor, el que sentía por las monedas, y se preocupa de ofrecerlo al amor de su alma. Beso cada moneda antes de ocultarla en la caja especial.

Y yo, para quien el tiempo y la salud juegan por ahora a mi favor, alabado sea Dios, sigo gobernando mi casa, cocino, limpio, lavo, coso, remiendo y me comporto de manera eficaz y frugal. Las camisas y prendas de vestir de mis nietos, candidatas a ser eliminadas, están condenadas a obtener mi aprobación, la cual otorgo tras una cuidadosa inspección de su estado de desintegración. La familia acepta mi autoridad; tiendo a creer que lo hacen por la educación que han absorbido y asimilado a lo largo de los años, no porque se sometan a mi potestad como anciana de la tribu.

En las cajas que se envían a Natán sigo poniendo regalos que reaviven sus recuerdos: camisas nuevas, cuidadosamente dobladas, cosidas por los sastres de la Judengasse, a pesar de que el nivel de ejecución y acabado de los de London no desmerece el de los expertos de nuestra calle. Hanna me escribe que cada envío reanima las añoranzas de Natán: «Habla de su casa hasta la noche, hasta que se le cierran los párpados y una sonrisa le abraza los labios». En contraste con Natán, como para expiar su culpa, Hanna envía cartas cálidas y reconfortantes, en las que habla de mis nietos, que están lejos y van en aumento. A pesar de estar geográficamente alejados de mí, los tengo cerca de mi corazón.

Al mismo tiempo continúo mejorando el aspecto de mi hogar y sus enseres. Una casa bella y unos utensilios de buen gusto ensanchan la mente de las personas.

Also, mejoré el mobiliario de la sala, cambié los sillones que lealmente habían desempeñado su función durante décadas. Pero no el sofá. Está en su lugar, tapizado con el mismo terciopelo de color verde que he cuidado meticulosamente, por lo que parece casi nuevo. Del techo cuelga la araña de cobre, en cuyo fondo cóncavo coloco la gran vela que proyecta un círculo de luz sobre la mesa y unos brazos oscuros a su alrededor.

Cada vez que alguno de los hijos viaja a London, le pongo en la mano una lista de utensilios hermosos para que me los traiga a su vuelta: un juego de fuentes para la mesa, otro de cubiertos con asas de marfil, tazas de café con sus platitos, una jarra y una bandeja para las tazas. Son especiales y sus precios infinitamente más bajos que los de las tiendas de Frankfurt. Los pongo sobre la mesa y nos ensanchan la mente.

De París, por ahora, no pido nada. Tal vez lo haga cuando dirija su mirada hacia la paz.

Mi Meir, la paz sea con él, mi compañero de juventud, mi hombre y mi amado, el admirado padre de mis diez hijos, no está entre nosotros.

Hay momentos en los que todas las palabras que conocemos no cristalizan en una expresión que explique adecuadamente la conmoción que sentimos. El corazón tiene un lenguaje que le es propio y que ningún sistema de comunicación verbal es capaz de interpretar por completo. El lenguaje del habla es superficial, con lo que de hecho intenta adaptarse a todos los seres humanos. Pero el del corazón es personal, posee una emanación interna que sólo pertenece a su dueño, el único que lo comprende. No puede compartirlo con nadie. Solamente dos corazones muy unidos son capaces de mantener una conversación inteligible para ambos, y sólo para ambos.

Desde que Meir se fue he descubierto que para los que quedamos es mejor callar. El duelo sólo está en el corazón. El silencio conversa profundamente conmigo y se aferra a la raíz de la herida sangrante.

Mi Meir ya no está. ¿Cómo es posible?

Al volver del cementerio miré el plato de la *Seudat havraá,* el primer refrigerio de la familia tras el entierro. Las palabras hebreas que adornan el borde del plato, formando un círculo, giraban sin parar ante mis ojos: «Contribución de los amigos para los desconsolados. Huevos y lentejas como un círculo de aretes».

Cuando ya no quedan lentejas ni huevos, el fondo del «plato de consolación» muestra la imagen de unos personajes que ofrecen alimento a los dolientes. Un gesto de amistad que la *Halajá* nos dicta. En la hora de la pesada aflicción, prescribe que los vecinos se ocupen de alimentar a los allegados del difunto. Mis vecinos cumplen su función a la perfección: preparan el plato, entran en casa sin hacer ruido y lo acompañan con migajas de palabras.

¿Quién abrirá la boca del afligido? Mi boca se ha cerrado a las palabras y a la comida.

Durante los días de la *shivá,* mi casa se llenó de gente. Venían a consolarme. No me dejaban sola. Todos me hablaban. Pero yo estaba atenta a mi soledad. Ni siquiera el duelo de mis hijos, que se quedaron como ovejas sin pastor y se sentaron conmigo, disminuía un ápice mi soledad. Todas las palabras de consuelo no son suficientes para confortar un alma en duelo.

Estoy sentada en casa, con un vestido negro de luto y una cofia también negra, cuya cinta me aprieta la garganta. Sentada, espero que vuelva de la oficina. Con los oídos atentos al rumor de sus pasos subiendo las escaleras. Con los ojos atisbando la sonrisa que precede al beso que siempre me da en los labios a su regreso, lo mismo que cuando se va. Con el corazón dispuesto a escuchar el informe vehemente de los acontecimientos del día, que derrama vitalidad sobre nuestro hogar. A participar en sus reflexiones. A divertirse con sus bromas. A ser dichoso con su dicha. A apenarse por su dolor.

Estoy furiosa. ¿Por qué se ha ido? ¿Por qué se rindió? ¿Por qué me ha dejado sola? Un hombre no desaparece sino para su esposa. Fuimos juntos a la *jupá,* pero al subir él a los cielos nuestros caminos se separaron.

Vuelvo a enfadarme, pero de otra forma, conmigo misma. Por mi egoísmo. ¿Por qué me quejo de él? ¡Cuánto llegó a sufrir hasta que expiró! ¡Cómo amaba la vida! ¡Cómo deseaba que el camino a la cumbre no terminara nunca!

Perdona mi enfado. Perdóname los sufrimientos de tu dolor. Gracias por todo lo que has hecho. Por lo que has sido. Por tu vigor. Por cumplir tus promesas. Por el honor y el respeto que has traído a la familia en vida y después de tu muerte. Por tu amor.

Durante cuarenta y dos años he pertenecido a un hombre amoroso. Ha llegado el momento de descansar. Ya has hecho suficiente. A lo largo de sesenta y siete años, tu vida ha recorrido un largo camino. Si alguien midiera la cantidad de trabajo que has invertido y la lista de logros que has acumulado, se equivocaría pensando que se trataba de un regimiento. ¿Quién iba a creer que toda esa actividad se concentraría en una sola persona? ¡Y tú eres esa persona! No a todos les han sido otorgados los dones del conocimiento de la Torá y de la riqueza, pero tú has sido merecedor de ellos.

El hombre tiene tres amores: hijos, capital y buenas obras. Te has ido del mundo con los tres en la mano.

Rabí Jacob dice: **Este mundo se parece a un pasillo que conduce al otro mundo. Prepárate en el pasillo para que puedas entrar en el salón**. Ahora las puertas del salón se han abierto ante ti. Hazme un lugar en él y cuando llegue ven a mi encuentro, como solías hacer en el pasillo de nuestro mundo.

Anhelo verte. Extraño desesperadamente tu existencia.

Pero faltaría a la verdad si me quejara de que fuiste segado antes de tiempo. Pereciste a una edad avanzada. De joven te comportabas como un adulto, inteligente, lleno de sabiduría, colmado de experiencia. Con los años te quejabas del paso del tiempo, y cada año duplicabas, triplicabas, cuadriplicabas y quintuplicabas los tuyos.

La ascensión a la montaña ha terminado. Has llegado a destino y has dejado las llaves en manos de tus hijos. Sólo tu vida te has llevado contigo a tu nuevo mundo. Descansa en tu lecho, amado mío, ya has hecho bastante. El resto lo completará la próxima generación, a la que procuraste preparar a tiempo.

Me dirijo pesadamente a la cómoda que está al lado de nuestra cama. Abro un cajón y escudriño debajo de él. Ahí está el sobre con la carta que me escribiste la mañana siguiente a nuestra boda.

> Si mis prolongadas horas de trabajo no me dejan tiempo para recordaros cada día lo mucho que os amo, por la presente declaro de antemano mi gran amor por vos, a partir de hoy y durante todos los días que vengan para bien. Recordadlo cada vez que vuestra alma desee palabras de amor y yo no esté a vuestro lado.

No estás a mi lado. Me pediste que recordara. Evoco todas las palabras de amor. Las tengo grabadas en los compartimentos de mi corazón. Ellas me darán la fuerza. Guardaré las palabras de tu vida y el dolor de tu marcha, y seguiré a partir del lugar donde te has detenido.

· · ·

Debo describir lo sucedido de forma ordenada.

El 10 de tishrei [16 de septiembre], que era *Yom Kipur,* Meir se despertó y se preparó para ir a la sinagoga reconstruida. Estaba pálido y se sujetaba la espalda con las manos. Quería pedirle que este año no ayunara. La conservación de la vida prevalece sobre los preceptos del *shabat.* Me lanzó una mirada enérgica. «No me pidas eso, Gútale. Nadie se muere por no comer un día.»

Sabía que nada iba a disuadirlo, y no tenía sentido hacerlo enfadar en nuestro día más sagrado.

Desde donde estaba sentada, en el lugar reservado para las mujeres, seguía con la mirada cada uno de sus movimientos. Se puso de pie para rezar. Me hubiera gustado pedirle que se sentara. Rezar sentado también es rezar. Mis ojos se dirigieron a la plataforma central y de allí a los asientos de madera tallada que rodean los cuatro costados. Algunos fieles estaban de pie, otros oraban sentados. Mi mirada se volvió hacia Meir y su obstinación de permanecer de pie. No tenía posibilidad de llamar su atención, puesto que estaba ensimismado en la oración, los ojos fijos en el libro y los labios murmurando.

Amschel se hallaba de pie a su lado. Le mandé a mi nieta Sulke, la hija pequeña de Sheinshe, que correteaba entre nosotras con sus amigas. Amschel se inclinó hacia ella, me miró y yo le hice señales para que saliera.

«¿Te has fijado en que tu padre permanece de pie todo el tiempo?»

«Le he pedido que se sentara o se fuera a casa a descansar. Se ha negado. Cree que cuanto más profundice en la intención de la oración mejor será para su salud.»

«De todas formas, inténtalo. Dile que se lo pido yo.»

«De acuerdo, hablaré con él, pero hoy papá está más terco que nunca.»

Meir accedió a las súplicas insistentes. Se sentaba y levantaba alternadamente, pero el tiempo que se mantenía de pie era largo, y el poco rato que estaba sentado me impacientaba.

Por la tarde me puse a preparar la mesa para poner fin al ayuno. Las manos no me obedecían, los vasos que llevaba parecían a punto de romperse. Henriette y Julie, mis queridas hijas, que llevaban en el vientre a mis futuros nietos, me hicieron sentar en la butaca y se ocuparon de la mesa, distraídas y silenciosas. En la habitación empezaron a elevarse los efluvios de la cocina, y con ellos aumentó la ansiedad.

La puerta se abrió. Meir, apoyado en un brazo de Amschel a un lado y en el de Moshe Vermus al otro, subía la escalera. Tras ellos lo hacía el resto de la familia que regresaba de la sinagoga.

Corrí hacia Meir. Le acerqué un vaso de agua a la boca, pero él negó con la cabeza.

«Vino», susurró, y se desplomó.

Los hombres se apresuraron a acostarlo en la cama. Le puse dos almohadones debajo de las piernas. «Meir, abre los ojos», le supliqué.

Le temblaban los párpados. Rápidamente le mojé los labios con la compresa húmeda que Sheinshe me puso en la mano. Abrió los ojos buscando algo.

«¡El vino y la vela para la ceremonia de la *Havdalá*!», grité.

Moshe Vermus cogió fuego del candelabro que colgaba en la sala y regresó con una vela encendida. La puso en el platillo dorado que estaba sobre nuestra mesita, junto a la cama; la llama tembló y proyectó unas sombras huidizas en las paredes.

La copa de oro con el vino que sostenía Amschel se balanceaba, amenazando desbordarse. Amschel lo bendijo con una voz que no era la suya, y todos respondimos «Amén». Bebió un sorbo, hundió la punta de un dedo en el vino y mojó los labios de su padre. Meir se pasó la lengua por los labios. La copa fue pasando de mano en mano.

La ceremonia de santificación que sellaba el día de *Yom Kipur* pareció implantar renovadas fuerzas en Meir. Aceptó complacido la rebanada de pan con una taza de té; su rostro cobró vida, parecía que el dolor se había apagado. Al rato se durmió; sus ronquidos me eran más agradables que cualquier melodía.

Por la mañana me despertaron unos crujidos. Meir había salido de la alcoba y ya se escuchaban sus pesados pasos bajando la escalera. Fui rápida hacia él. «Buenos días, Meir.»

Se volvió hacia mí y, como un niño al que han pillado haciendo una travesura, esbozó una débil sonrisa mientras se aferraba con fuerza a la barandilla de madera. Empezó a inclinar el cuerpo como si quisiera subir, pero le hice un gesto con la mano. «Detente. Yo voy.» Bajé y le di un beso en la mejilla.

«Voy a la oficina de Amschel. Hace tiempo que no lo veo.»

«Espera; me vestiré, me lavaré e iré contigo.»

«No es necesario, querida. La visita será breve. Además, en lo que tú estés lista, yo ya habré vuelto. Saludaré a Amschel y a Eva de tu parte.»

«Te sugiero que hoy no vayas lejos. Debes recuperarte.»

«No te preocupes, querida Gútale; iré despacio.»

Sus pasos cuidadosos ya bajaban la escalera, y me volví a la habitación. No me sentía tranquila pensando que Meir salía a la calle sin compañía. Pero conocía su terquedad recalcitrante y sabía que cualquier otro intento de mi parte no produciría los resultados deseados.

Me dirigí a mis quehaceres matutinos. Junto a la almohada, dos monedas me guiñaban el ojo. Las tomé y las encerré en la palma de la mano. Me puse a pensar sentada en el borde de la cama. Una moneda es el regalo de ayer, *Yom Kipur,* un día en el que no se puede tocar el dinero, y la segunda es la de hoy. No hay nada que le impida cumplir su compromiso habitual. ¿Cuánto tiempo más podré seguir recibiendo su saludo de los buenos días? Su cuerpo está en constante decadencia, pero tiene la mente clara y atenta. La curiosidad y el interés por la vida en general, y por las historias de sus hijos en los planos militar y económico, siguen palpitando en él. Ahora se va a ver a Amschel para ponerse al día con las últimas noticias, tanto en el foro de los Rothschild como en la escena internacional; por ejemplo, la guerra entre franceses y rusos. Hace unos días, en la calle se hablaba de las sangrientas batallas que se libraban en Borodinó, cerca de Moscú, y nadie sabía quién había salido vencedor.

¿Últimas noticias? ¿Cuántas veces se seguirá poniendo al día? ¿Cuál será la última, la que les ponga fin y descienda con él a la tumba?

Me puse de pie inmediatamente. ¿Qué son esos pensamientos que me vienen a la mente? ¡Ay de mí! Mi Meir, el héroe indiscutible, vencerá a la enfermedad. Todavía le quedan muchas tareas por cumplir en la vida. ¿Qué me pasa que estoy plañendo por él?

Sacudí y alisé las mantas con energía. Estiré la sábana con todas mis fuerzas y oculté los extremos debajo del colchón. Fui al rincón del baño que hay en la cocina y me lavé la cara con abundante agua.

Cuando me puse en la boca la rebanada de pan con un trocito de queso me descubrí desanimada y sin apetito. Devolví el trozo de pan al plato, apoyé el brazo en la mesa y me sostuve la cabeza con la mano. Ya no me quedaban fuerzas para negar el desasosiego que sentía. Ninguna de las tareas de la mañana podía disiparlo. Noté que algo no iba como era debido. También Meir se había percatado de ello, y la sonrisa torturada que me había enviado era un intento de apartar de mí la preocupación.

Di un brinco al oír las voces que llegaban a casa. Corrí a la escalera y bajé los escalones de dos en dos, pasando por alto mi edad y la debilidad de mi cuerpo. Los vecinos venían hacia mí llevando en brazos a Meir. Detrás de ellos, el médico les ordenaba: «Súbanlo con cuidado, sin sacudidas».

Se oyó un grito y yo miré hacia todos lados. ¿Quién ha gritado? El médico me dijo: «Por favor, Gútale, sé fuerte. Está vivo; no hagas eso».

Me cubrí la boca con la mano y me acerqué a Meir. Ahora estaba junto a mí; vi su palidez y sus ojos cerrados, y lancé una mirada inquisitiva al médico. ¿Está usted seguro de que…? Y él me respondió con impaciencia:

«Sí, está vivo», y ordenó a los que llevaban el ataúd; perdón, a los que llevaban al enfermo: «Acuéstenlo con cuidado en la cama».

La puerta se cerró y yo me quedé detrás. Sheinshe y Babette me arrastraron a la silla. Me senté con la mirada fija en la puerta. Julie me trajo un poco de agua. ¿Cuándo habían llegado todos? Incluso Amschel estaba aquí. Abrió la puerta de la habitación y desapareció dentro.

¿Qué le pasa a Meir? ¿Por qué el médico se demora? ¿Por qué todos guardan silencio? ¿Qué me están escondiendo? ¡Tengo que ser la primera en saber!

Exijo que me digan que Meir está bien, que saldrá de ésta, que está vivo.

Cerré los ojos para rezar: **Cúranos, oh, Eterno, y seremos curados. Sálvanos y seremos salvados, porque Tú eres nuestra alabanza, y tráenos la curación total a todas nuestras heridas.**

«Está bien, tiene que descansar.» Abrí los ojos. El doctor se hallaba de pie delante de mí. Me dio la noticia a mí en primer lugar. Una buena noticia. El Señor nos lo ha dado, pero no para el polvo. Lo miré, llorando de agradecimiento. Pero a través de mis lágrimas percibí que sus ojos no transmitían el mensaje que acababa de salir de su boca.

«¿Qué le ha ocurrido?», pregunté.

«Se ha abierto la herida de la pasada operación.»

Me levanté. Sheinshe y Julie se apresuraron a acompañarme a la habitación. El doctor entró detrás.

Meir estaba acostado, entreabría y cerraba los ojos alternadamente, pero murmuró algo al oído de Amschel, y éste nos indicó que nos acercáramos: «Papá quiere corregir el testamento, voy a buscar al abogado».

Meir me tendió su mano temblorosa y lentamente posó la mía en su rostro. Durante un buen rato, sus labios permanecieron tiernamente adheridos al dorso de mi mano. Si hubiera sabido que estaba dándome su último beso…

Pidió que le acercara el oído a la boca. Lo hice, pero de pronto di un brinco, como si me hubiera mordido una serpiente.

«El cuaderno», me había susurrado.

¡Dios de Israel! Se me cortó el aliento. Mientras con la mano me oprimía el pecho, pensé que no podía perderlo. Tenía que fingir tranquilidad en la medida de lo posible. Volví a acercarle el oído.

«Destrúyelo, y también los dos primeros.»

«¿Lo sabías?», hubiera querido susurrar, pero me pareció que un horrible graznido salía de mí.

Me dirigió una sonrisa indulgente. ¡Qué tonta me sentí! ¡Cómo no se me había ocurrido que Meir, lector de pensamientos e indagador de secretos, sabría de la existencia del cuaderno! ¡Cuán obtusa podía ser!

Examiné su rostro, que no expresaba enfado, pero en él reconocí una especie de complicidad definitiva que salvaba la única distancia que quedaba entre nosotros. En sus ojos brillaba una luz nueva.

No encontré las palabras. Nunca las necesité. Meir las volvía redundantes.

«Escribes correctamente, con precisión», me susurró.

Un acceso de tos lo detuvo, pero se recuperó y continuó, como si supiera que el tiempo apremiaba. «Recuerda que no debes dejar lo escrito a la vista. Demasiados secretos. Escribe y destruye.»

Lo miré. Quería saber más.

«Me gustaba lo que escribías. Me daba serenidad, especialmente después de un largo viaje. No me he perdido nada de ti, gracias a las palabras que no has dicho, pero que has escrito una a una con devoción infinita.»

¡Cuánta paz me daban aquellas palabras! ¡Con cuánta suavidad y delicadeza hizo estremecer mi corazón con aquella sorprendente confidencia!

Debo hacer lo que me pide. Destruiré los cuadernos antes de morir.

«No te aflijas mucho por mí. Siempre has dicho que he hecho más que suficiente. Tenías razón. Ha llegado mi hora.»

¿Qué responder a esto? Enmudecí. Mi hombre no dejaba de sorprenderme, tanto en su último día como en el primero y en todos los que habíamos compartido. Su cuerpo estaba sumido en la aflicción de la despedida de este mundo para entrar en el otro, pero su espíritu estaba desgraciadamente en éste.

El abogado llegó con Amschel, se sentó y sacó sus papeles y sellos de la cartera.

Con mente clara y voz susurrante, lenta y calculada, como quien se ha aprendido de memoria sus últimas líneas, Meir dictó su testamento corregido. De vez en cuando apartaba la mirada del abogado, se volvía hacia Amschel y advertía: «Dejo en las manos fieles de mis hijos el preciado cofre del tesoro; sé que irá en aumento con inteligencia.

»Jamás se enfrentarán por la herencia o por cualquier otro motivo.

»Deseo que mis hijos transmitan mi última voluntad a las generaciones futuras. El esfuerzo que he invertido hará florecer generaciones de personas acaudaladas que seguirán honrando a la familia Rothschild. Todo esto sucederá si se respetan estrictamente las condiciones básicas que les he inculcado a lo largo de los años.

»Mis hijos seguirán su camino, amarán al prójimo y contribuirán a las obras de caridad y beneficencia.

»Seguirán observando los preceptos de la religión de Moisés e Israel.

»Sobre tres pilares se basarán sus vidas: unidad, honestidad y diligencia.»

Incluso en su testamento Meir tuvo buen cuidado de mantener el secreto de nuestro capital. Con su característica diplomacia, vendió su parte de la empresa M. A. Rothschild e Hijos y todas sus propiedades a los cinco hijos por un total de ciento noventa mil florines, una suma que se repartiría entre nuestras cinco hijas y yo. Por virtud del testamento, el negocio pertenecería en su totalidad a los cinco hermanos.

El abogado escuchó y anotó las cláusulas del documento, que fue debidamente firmado. Cuando se disponía a salir se dio cuenta de que Meir estaba sumido en cavilaciones. Volvió a sentarse y, como nosotros, esperó a ver qué decía. Durante un buen rato, Meir estuvo mirando al techo de la habitación, mientras nosotros, de pie a su alrededor, esperábamos en silencio sus palabras.

Cuando volvió a mirarnos, sus ojos se iluminaron con una nueva chispa. «Quiero pedir algo más, que mi entierro sea modesto», dijo.

Aquella declaración asestó otro golpe de silencio en la habitación. Lo miré y escuché las voces que palpitaban dentro de mí, hablando todas a la vez. Palabras de compasión y orgullo. De tristeza y admiración. De dolor y fascinación.

Así era mi gran hombre, las dos caras de la moneda. Por un lado se abalanzaba sobre las fuentes de la vida y bebía sediento sus aguas sin sentirse nunca saciado; por el otro, practicaba la austeridad. Ese hombre que hizo grandes cosas, pero que se comportaba con humildad. Creó respeto y honor, y llevó una vida modesta. Y como le era característico, he aquí que al último recorrido de su vida colmada de maravillas le ponía la corona de la modestia.

Dos días después, antes de que pronunciara la plegaria de un judío en el lecho de muerte, le susurré mi última frase: «Meir Amschel Rothschild, nos has traído mucho honor y respeto».

Respondió asintiendo y cerró los ojos con fuerza. Un momento después susurró:

«*Shemá Israel Adonai Eloheinu Adonai Ejad*, "Escucha, Israel: el Señor es nuestro Dios, el Señor es Uno".»

El médico se le acercó, le puso el oído en el pecho y le cerró los párpados.

Mi Meir devolvió su alma al Creador el sábado por la noche. Escribí en la última página la fecha de su defunción, 13 de tishrei de 5573 [19-9-1812]. Su rostro irradiaba serenidad.

Al día siguiente, al mediodía del domingo, víspera de *Sucot,* tuvo lugar el sepelio. El cortejo recorrió toda nuestra calle, donde nacieron mi esposo y sus antepasados, donde Meir puso punto final a su obra, dejando mucho por hacer a sus descendientes.

El recorrido se inició modestamente. Cuatro hombres, Amschel, Kalman, Moshe Vermus y Bernhard Sichel, llevaban el ataúd. Detrás de ellos iban los varones, vestidos de negro, y al final nosotras, las mujeres. Yo me apoyaba en los brazos de Isabella y Babette, y con nosotras iban Sheinshe, Julie y Henriette, y mi hermana Véndele con sus hijas.

A ambos lados de la calle se apiñaban mujeres y niños, silenciosos y respetuosos. Al cortejo se sumaron muchos más hombres y llenaron la calle. Cuando llegamos al cementerio miré a mi alrededor y me pareció ver a todo un pueblo de pie alrededor de la fosa, que se había excavado al lado de la tumba de Isaac Eljanán, el abuelo del abuelo de Meir, a quien éste acostumbraba visitar de vez en cuando.

Se me ha borrado de la memoria el desarrollo de la ceremonia. Se leyeron párrafos de la Mishná y el Salmo 91. Se pidió perdón para el difunto. Se recitó el *Kadish,* la plegaria en memoria de los muertos. Y se cumplió el ritual de la *Keriá,* consistente en rasgar una parte de las vestiduras de los dolientes directos.

Por indicación de Meir no hubo panegíricos por el difunto. Todos los elogios eran visibles en los ojos de la gran cantidad de gente que lo quería y que había ido a despedirse de él. El Señor contará las lágrimas que se derramen por un hombre justo, y las guardará en sus archivos.

Cuando sellaron la sepultura en el abarrotado cementerio de nuestra calle, pensé que Meir ciertamente sabía que no se había puesto fin a sus obras.

Al final de los siete días de duelo, Amschel convocó un *minyán* de los notables rabinos de la Judengasse para que rezaran día y noche y recitaran el *Kadish*. Él se abstuvo de ir a trabajar, se dejó crecer la barba, comió muy poco, rezó con los rabinos, hizo caridad y otras buenas obras en recuerdo del alma de su padre, bendita sea la memoria del justo.

Se le había prometido a Meir que no se recitarían elegías ante su tumba. Pero éstas llegaron después del entierro, al final de la *shivá*, cuando muchos vinieron a consolarnos. Al poco tiempo aparecieron obituarios en periódicos y revistas, en encuentros de unos pocos y en reuniones de muchos. Todas las necrológicas decían lo que yo siempre supe: que Meir Amschel no era sólo mío, sino de todos, de toda la comunidad e incluso de los de fuera. Que se había ocupado de la educación de los niños de la comunidad (la escuela Philanthropos, que fundó hace ocho años fuera del gueto para los hijos de los pobres, se había convertido en un centro de atracción para muchas familias ilustradas favorables a la *Haskalá* y la reforma). Que había hecho obras de caridad para los necesitados, judíos y no judíos. Que había traído la libertad a los habitantes de la Judengasse. Que había colocado a los judíos en pie de igualdad con los gentiles.

El opúsculo que me pusieron en las manos tenía el siguiente título: *La vida del difunto banquero judío Meir Amschel Rothschild, un ejemplo de justicia y moralidad.*

La grandeza de los justos es mayor a la hora de su muerte. Ojalá que su mérito permanezca en todos nosotros.

Cada noche me acuesto en la cama, cierro los ojos y me encojo en un lado para dejar lugar a Meir. Llega para una visita breve, se acurruca junto a mí y se interesa por los acontecimientos del día. Yo le hablo de ellos y derramo sobre él un chaparrón de orgullo por el recuerdo que ha dejado atrás. «Tu alma sigue protegiendo y dando fuerza a nuestros hijos», le digo en un susurro.

En la rutina de nuestras vidas, cuando todo marchaba por un camino conocido y las cosas parecían obvias, de manera que no había necesidad de hablar, no me prodigaba en elogiarlo y glorificarlo por sus obras.

Desde el principio de nuestro camino compartido, mis oídos y mi corazón se habituaron a tomar una parte más activa que mi boca. Me acostumbré a escuchar. Cuando él nos dejó, dentro de mí quedó una caja llena de palabras, empaquetada con una cinta, cerrada y con la etiqueta de su creadora: Gútel Rothschild. La abro y prorrumpen de su interior, deseosas de salir al aire libre. Se entretejen en los informes cotidianos y bailan frente a él con unos tonos de benevolencia y halago, de exaltación y aclamación. Y yo, con los ojos cerrados, imagino verlo sorprendido por la generosa explosión de frases cargadas de emoción y amor, de admiración y glorificación, completas, confiadas, sin tamices ni barreras.

Todo lo que no le dije en vida, porque él comprendía y sabía lo que había en mi corazón, lo digo ahora, cada noche. Susurro palabras de amor a mi Meir. Recuerdo cómo se emocionó al escuchar mi declaración de amor, una declaración que había llegado tarde y lo había hecho confesar: «También los hombres necesitamos palabras de amor».

Si hubiera sabido lo importante que es decirle cosas hermosas a una persona cuando todavía vive... Lo importante que es decir lo obvio de vez en cuando, en lugar de guardarlo en una caja para cuando esa persona esté muerta...

Me arrepiento, querido Meir. Aunque yo sabía que tú conocías las palabras que se amontonaban en mi corazón, tenía que habértelas dicho antes de que fuera demasiado tarde.

Mi querido Meir:

A partir de ahora, el cuaderno te estará dedicado. Te mantendré al día de todo lo que nos suceda; así la escritura seguirá uniéndonos y yo seguiré sintiéndote a mi lado.

Amado mío, como sabes, estoy harta de las discusiones y misiones caritativas de nuestros hijos, hijas y yernos respecto a la posibilidad de que abandone la Judengasse. No tengo ninguna intención de hacerlo. Punto final.

No quiero una casa grande, no deseo pasar el resto de mi vida en un lugar suntuoso; tampoco tengo ganas de conocer vecinos nuevos. Me bastan los buenos con los que he trabado amistad durante muchos años y a los que veo cada vez que lo deseo. Aunque algunos hayan abandonado el gueto, o nuestro mundo, los pocos que se han quedado satisfacen mi necesidad de compañía. No; tampoco me interesan los jardines que florecen entre las casas. Tengo suficiente con las macetas que me sonríen desde el alféizar.

Las insistentes súplicas de los hijos no sirven; ni siquiera las de Amschel, que es quien más esfuerzos hace para que salga del gueto. «Ha llegado el momento de decir adiós a tu vieja casa encerrada en un barrio pobre, de conocer un entorno distinto y respirar un aire nuevo, más puro», dijo.

Mi respuesta fue inequívoca, aunque me dejó una sensación irritante: «Jamás abandonaré el aire turbio de nuestra calle».

Puesto que sus ruegos y argumentos eran inútiles, Amschel perdió la paciencia y adoptó una nueva táctica: cabalgar sobre las olas de su ira creciente. «Toda la vida hemos luchado por nuestro derecho a salir del gueto y elegir un lugar para vivir de acuerdo con nuestro deseo, no según lo que nos impusieron en la Edad Media. Y ahora, cuando papá ha obtenido ese derecho histórico y toda la comunidad lo admira por ello, tú renuncias a él como si todo hubiera sido en vano. Inútil. No entiendo tu obstinación. Estás despreciando los esfuerzos y logros de papá.»

Me enfurecía. El corazón me iba a estallar. Fruncí el ceño muy cerca de su rostro. «¿De dónde has sacado la insolencia de hablarme así? Jamás vuelvas a proferir esas maldades que has soltado neciamente. Nadie como yo sabe apreciar el trabajo de tu padre y los logros que alcanzó. Lo acompañé y apoyé en todo lo que hizo muchos años antes de que tú lo acompañaras y aprendieras de él los rudimentos de la vida. Tú… Tú no tienes derecho a explicarme el significado de la contribución de tu padre a nuestra comunidad.»

«Yo...» Amschel intentó replicar, pero lo interrumpí. «No quiero escucharte.»

Me fui corriendo de la sala a nuestra alcoba, cerré de un portazo y me apoyé contra la puerta. Intenté sobreponerme.

Pasaron unos minutos. Amschel, como un niño asustado, susurraba a través de la puerta: «Mamá. Perdóname. Lo siento mucho. Me gustaría hablar contigo».

La puerta siguió cerrada. Volvió a pedir perdón, pero no la abrí.

Muy lentamente, los pensamientos empezaron a ordenarse en mi mente. Los últimos intentos de persuasión por parte de toda la familia me repugnaban, y ahora me enfurecía precisamente contra Amschel, que llenaba el compartimento de mi corazón titulado «Devoción».

«Mamá, por favor, quiero entrar. Déjame pasar. Lo siento mucho, mamá; ha sido una falta de sensibilidad por mi parte decirte esas cosas ofensivas y equivocadas.»

Abrí la puerta para que entrara. Enterré el rostro en su hombro. «Shhh… Lo siento.» Logré pronunciar una frase corta, sin enfado, entre sollozos. Reposé la cabeza en su hombro cálido, cariñoso, leal y tranquilizador.

Me calmé. Más o menos. Por fin pude soltarle el hombro y entonces descubrí que su camisa estaba tan húmeda que tendría que cambiarse.

«Ven, siéntate.» Tomé su mano como solía hacerlo cuando parecía un polluelo, tambaleándose con sus primeros pasos. Nos sentamos en el borde de la cama. «Amschel, no te atormentes, los dos hemos perdido el control», le dije con delicadeza.

«No, mamá, yo lo he perdido. Sólo quiero tu bien, darte una vida mejor y más cómoda. Pero el muy estúpido de mí, ¿qué he hecho en lugar de esto? ¡Lastimarte! Le he hecho daño a la persona que más quiero, a mi madre.»

Le acaricié el dorso de la mano. Me contuve para no derramar nuevas lágrimas, lágrimas por los dos amores que se le habían negado: el de la mujer que tenía a su lado y el de los hijos que no nacerían. Traté de consolarlo. Pero él no deseaba detener el flujo de su desahogo. Dejé que sacara lo que tenía en el corazón.

«Nadie conoce como yo la fuerte relación que había entre tú y papá. Lástima que no aprendiera una sola lección de esa relación para mí y para Eva… Nunca me perdonaré por lo que te he hecho. Merezco todas las palizas del mundo por cada lágrima que has derramado a causa de mi estúpido comportamiento.»

«Escúchame, Amschel.»

Me miró con el semblante atormentado. Intenté controlar mis lágrimas para no reforzar el sentimiento de culpa que lo embargaba. Le hablé en voz baja. «Estoy muy agradecida, contigo y con tus hermanos, por su buena voluntad. Sé que fuera hay otra vida, más cómoda, espléndida y regalada, y tal vez puedan agregarse otros calificativos. Pero si realmente quieres mi bien, y sé que la respuesta es afirmativa, voy a pedirte una sola cosa.»

«Lo que quieras, querida *mame*», dijo, reanimado.

«Haz lo necesario para que cesen los intentos de sacarme de aquí. Ocúpate de eliminar ese tema de la agenda familiar. Me quedaré aquí hasta el fin de mis días.»

Amschel me examinó con la mirada como para comprobar la seriedad de mi intención, y su rostro se ensombreció. Parecía como quien espera un plato de sopa humeante y lo que recibe es un líquido desvaído. Volví a compadecerme de él, pero no tengo intención de ofrecerle otro tipo de sopa.

«Mamá, haré todo lo que digas. Pero te pido un favor, y prometo no volver a molestarte con este tema. Tengo que saber por qué te niegas a salir de aquí. Compréndelo, es difícil aceptar tu explicación: "Aquí nací, aquí conocí a papá y aquí moriré".»

«*Also*, hijo mío», le dije en un tono tranquilizador, «hay cosas que pertenecen a las reflexiones íntimas y que tienen un profundo valor emocional. Mientras permanezcan en el corazón de una persona, estarán bien guardadas y podrán influir en ella y en los que la rodean. Pero en cuanto salen de los límites personales, pierden ese poder. En lo que a mí se refiere, quisiera preservar el poder de las cosas que pertenecen a mis reflexiones íntimas para que influyan positivamente en mi querida familia».

Amschel guardó silencio, esperando que continuara la explicación, la parte que disiparía la niebla. Viendo que me callaba, plantó en mí un par de ojos perplejos.

Cuando se marchó, me dejó sola con mis cavilaciones. Jamás revelaré a nadie lo que está detrás de lo que ellos llaman «mi obstinación».

Also, mi terquedad tiene su origen en lo que mamá me dijo en mi infancia. Cuando le pregunté por qué los francforteses habían tapiado las ventanas de nuestra casa, me respondió que era porque tenían miedo del mal de ojo. Y no añadió nada más.

Esa frase quedó clavada dentro de mí y, a lo largo de mi vida, de vez en cuando me enviaba recordatorios. Si la gente importante de Frankfurt nos tenía miedo por creer que podíamos hacerles daño, tal vez haya sido porque «el que tiene cola de paja no debe acercarse al fuego». Debemos cuidarnos de su hostilidad y ocultarles nuestros éxitos. No debemos despertar envidia, no vaya a ocurrirnos algo malo.

Tengo los pies en la tierra y los ojos abiertos a la realidad cambiante. Nuestros hijos crecieron en casa, en el regazo de la modestia. Pero su roce con el gran mundo, que produce grandes beneficios comerciales, también los atrae hacia otras normas de vida que se ajustan al nuevo ambiente social y económico. Viven en dos mundos al mismo tiempo. Por un lado, siguen siendo fieles a la herencia que les has dejado: tanto a nuestra sagrada Torá como a las reglas del juego económicas y políticas. Por el otro, habitan magníficos palacios a la vista de todos. Ciertamente, Natán es el más moderado y todavía relativamente modesto, pero tengo claro que no está lejos el día en el que también él se someterá a los dictados de la vida y hará lo que pueda para elevar la posición de su hogar y de sus hijos. A pesar de su relativa mesura, también él, con ayuda de Hanna y del ejército de sirvientes que atienden su hogar, organiza banquetes para la gente encumbrada y exhibe lo mejor de su casa, la costosa vajilla y los manjares que sólo alguien con medios puede costear.

Nunca me he entrometido en los asuntos de mis hijos, y no tengo intención de hacerlo ahora. No sería justo ni inteligente atribuirme el derecho de aconsejarles que vivan en una casa pequeña y en un entorno sencillo. Además, mis palabras caerían en oídos sordos.

Todo lo que puedo hacer es protegerlos del mal de ojo de la gente. Mientras yo siga viviendo en mi sencilla casa de la Judengasse, los protejo y equilibro la imagen ostentosa.

Debo guardarme estas reflexiones y no externarlas bajo ningún concepto. Con el poder de mis pensamientos conseguiré proteger a mis hijos, grandes en la práctica pero ingenuos en la comprensión de las profundidades del alma humana.

¡Ay, Meir, Meir! Nos ha sobrevenido una terrible desgracia. Nuestra Julie, la paz sea con ella, no está entre nosotros.

Nuestra pequeña Julie, que apenas había degustado el sabor de la maternidad, se ha ido, dejándonos con la mirada perdida y abatidos.

Un compartimento entero de mi corazón está envuelto en una mortaja. Un compartimento de veinticinco años.

Parece como si sólo ayer hubiera nacido. Como si sólo ayer hubiera estado bajo la *jupá* con Mayer Levin Beyfus, con nosotros a su lado, deseándole lo mejor. Como si sólo ahora hubiera nacido su primer hijo, Gustav Beyfus, un niño de escasos tres años que está aprendiendo las primeras letras en el *jéder*. Como si sólo ahora hubiera nacido el segundo, Adolf Beyfus, un bebé que todavía no ha cumplido un año.

Su joven madre cayó enferma, les fue arrebatada a sus tiernos hijos, y ya lame el polvo negro.

¿Dónde está el poder de la familia Rothschild? La muerte se ha abalanzado sobre nosotros y nos ha arrojado a la cara la insignificancia del ser humano.

No hay riqueza en el mundo que pueda salvarnos de las fauces del Ángel de la Muerte.

Mi Julie va hacia ti, Meir. Quizá ya esté contigo.

Acogeré a nuestros nietos huérfanos bajo mis alas y aligeraré sus corazones del dolor por la ausencia de su madre. De noche me fundiré en lágrimas, y de día me envolveré con la ternura y el amor de mis pequeños Gustav y Adolf, miraré sus rostros, que tienen la sonrisa de nuestra Julie, y en ellos encontraré un poco de consuelo pensando que están ahí para continuar la dinastía de ella.

¡Ay de mí por el destino que ha arrastrado mis piernas debilitadas y las ha puesto frente a la tumba abierta de mi hija!

A la sombra del duelo que ha seguido a la marcha de nuestra Julie, quiero informarte de la derrota de Napoleón. Tú la previste antes de tu muerte. Eras un profeta, Meir Amschel Rothschild. Algunas cosas raras que dijiste hace muchos años se han hecho realidad.

Estoy muy al corriente de los sucesos que llevaron a la capitulación del emperador.

La batalla de Waterloo fue decisiva. El ejército francés, al mando de Napoleón, era más numeroso y más experimentado que el británico, comandado por el general Wellington, pero esto solamente inspiró a Wellington a buscar una estratagema capaz de poner en dificultades al enemigo francés. Un ardid que a mí me parece muy simple. En el flanco derecho, las fuerzas de Wellington se desplegaron en la granja Hougoumont, que se encuentra en la cresta de la cadena montañosa y está rodeada por una muralla fortificada con aspilleras disimuladas por los arbustos. El flanco izquierdo estaba ocupado por el ejército prusiano. Así que, finalmente, le tocó a Napoleón perder la batalla. Un mes después de la derrota, fue exiliado a Santa Elena, y con esto se terminaron sus conquistas. No creo que de allí escape y reanude sus batallas.

Aunque conozcas los secretos de mi corazón, siento la necesidad de exponerte mi opinión sobre el depuesto emperador francés.

Mi actitud tiene dos caras. Una rinde homenaje a una persona identificada con los derechos humanos. Napoleón Bonaparte, a diferencia de otros titubeantes mezquinos y cobardes como Dalberg, es una persona de posiciones firmes. A lo largo de su trayectoria ha defendido la declaración de que todos los seres humanos nacen iguales y tienen derecho a poseer sus propios bienes. Lo importante para mí es que nosotros, los judíos, estamos incluidos en esa gran declaración. Todos los habitantes de la Judengasse, que ahora son ciudadanos con igualdad de derechos, debemos valorarlo por ello. Yo misma seguiré respetándolo y, en consecuencia, me compadezco por la forma humillante con la que se ha puesto fin a su mandato.

Pero hay una segunda cara, la que concierne al sentimiento nacional. Siendo originaria y residente de Frankfurt, debo considerar al emperador francés como un conquistador en todo el sentido de la palabra. También Natán, como ciudadano inglés, lo ve así. ¿Acaso nosotros, como minoría judía, debemos ser leales a nuestro lugar de residencia? Creo que la respuesta es afirmativa. Aunque el lugar donde vivamos sea malo, lo protegeremos de los invasores extranjeros que buscan apoderarse de él y anexarlo a sus dominios.

Me pregunto en qué momento nuestro Jacob-James empezará a comportarse como patriota francés. Y qué pasará con los enfrentamientos de patriotismo entre los hermanos. Tengo que preocuparme de que sigan en contacto.

He dicho que el general Wellington adoptó ardides de guerra. Ahora escúchame con atención. Nuestro Natán, lo he sabido más tarde por boca de Amschel, también ha urdido una estratagema, al estilo Rothschild, para hacer que los resultados de la guerra entre Enguiland y Francia fueran otro trampolín impresionante en la batalla económica. Seguro que tienes curiosidad de saber cómo.

Es bien conocido que los Rothschild aventajan a todos los demás en la obtención de información. Natán aprovechó ese conocimiento de una forma bastante astuta.

Habiendo sido el primero en recibir la noticia de la aplastante derrota francesa, Natán se dirigió a la bolsa londinense e inició una serie de ventas. El rumor de la larga permanencia de Nathan Rothschild en el mercado bursátil llevando a cabo una operación repetitiva —«Venta de acciones inglesas»— se propagó en un abrir y cerrar de ojos entre los accionistas, con la evidente conclusión de que Enguiland había sido derrotada.

La reacción no se hizo esperar. Una tras otra se vendieron las acciones de los grandes y pequeños inversores. La bolsa quedó inundada de acciones, y su valor bajó significativamente. Unos momentos antes de la llegada de la noticia correcta al público inglés, Natán compró una gran cantidad a un precio que ya tocaba fondo. Aquel día ganó enormes sumas, el mayor beneficio jamás obtenido.

La amarga decepción de los operadores bursátiles pudo apaciguarse sólo con el dulce sabor de la noticia de que su ejército había derrotado al de Napoleón. Enguiland había ganado.

¡Cómo me hubiera gustado ver a Natán frotándose las manos con placer por la mezcla de sabores!

Jueves, 10 de siván de 5576 [6-6-1816]

Mi querido Meir:

Gracias a Dios, a pesar de que mis ojos han perdido un poco de fuerza y agudeza, no puedo quejarme. Veo todo lo que quiero ver. Incluso mis piernas cargan con mi cuerpo sin crujir. Desde la cima de mis sesenta y tres años, debo mencionar que todas las partes vitales de mi cuerpo funcionan bien y que por ahora no muestran signos especiales de debilidad.

Es cierto que no soy bella como la luna ni límpida como el sol, y que las manchas del tiempo también han dejado su marca en mi rostro; pero habiendo llegado hasta aquí no puedo quejarme, sino agradecer a Dios que haya sido bondadoso conmigo, y resignarme con mi aspecto: el cabello negro que se ha vuelto canoso y ralo; las dos arrugas simétricas que van de un extremo de la nariz al mentón, y que supongo que se irán haciendo más pronunciadas mientras Dios me asigne más años sobre la tierra; las finas líneas que aparecen con frecuencia en mi frente, como si aún buscaran dónde asentarse antes de hacerse más profundas.

Es en lo que se esconde debajo de mi ropa donde los años han sido más atrevidos, dejando su huella en algunas partes que no están a la vista. Es como si mis pechos firmes y llenos, que han sufrido una larga y bendita serie de embarazos, partos y lactancias, hubieran comprendido que, tras haber agotado su cometido, debían perder la turgencia, dejarse caer y reposar cómodamente sobre mi vientre. En cuanto a la barriga, los músculos se relajaron cuando también ellos comprendieron que habían llegado a la meta en su servicio continuo para crear la generación siguiente de la familia Rothschild.

Te he descrito mi aspecto, pero nadie lo nota a través de mi vestido, más aún porque el corsé, que en el pasado no necesitaba, me ayuda lealmente los sábados y días festivos. Dios es testigo de lo mucho que me ahogo dentro de él, pero no puedo resistirme a la elegante silueta que me proporciona. Durante la semana lo abandono y meto el cuerpo en el vestido ancho, que otorga un espacio cómodo a mis órganos decrépitos.

A pesar del buen funcionamiento de mi cuerpo, del que he alardeado ante ti al principio, no puedo negar el recordatorio cotidiano que la vejez me transmite, ya que, por su naturaleza, me lleva a adoptar nuevos hábitos. Uno de los más evidentes es la resignación al pequeño descanso que me llama tras realizar algunas tareas. El *schlaf stunde* es un hábito que he adquirido recientemente. Después de conocer lo que vale gozar de las delicias de la siesta, ya no estoy dispuesta a renunciar a ella.

La vejez acumula algunas ventajas que no se pueden encontrar en la juventud. Cada día que pasa nos añade un punto más de sabiduría. Quien llega a una vejez avanzada se va llenando con infinitos puntos de sapiencia.

Así que no quiero volver atrás. Después de todo, si he llegado hasta aquí y he acumulado mis puntos, ¿por qué debería volver a coleccionarlos desde el principio? A Dios gracias, sigo supervisando yo sola todas las necesidades de mi hogar.

Como matrona de la ilustre familia Rothschild, y teniendo en cuenta mi posición como anciana de la tribu —si además sumamos la tristeza que me acompaña siempre por no haber asistido a la boda de nuestro hijo Natán en London, y también porque ya no estás a mi lado, así como por no tener el privilegio de antaño de acatar tus instrucciones y actuar en consecuencia—, he tomado una decisión.

Nuestros hijos se están estableciendo en ciudades de Europa: Natán en London, Jacob en París; Shlomo y Kalman también otean el horizonte, y Amschel mantiene la llama del banco en Frankfurt.

La víspera del sábado, al final de la cena y después de la *Birkat ha-mazón,* la bendición de los alimentos, a cargo de Amschel, pedí silencio. «Tengo algo que decir.»

Nuestras hijas Sheinshe e Isabella, y nuestra nuera Caroline, esposa de Shlomo, se pusieron a reunir a los pequeños para que no molestaran, y a llevarlos hacia el dormitorio.

«No, los quiero a todos a mi lado. También a los pequeños.»

Se dispusieron a escucharme. Los niños obedecieron, preguntándose qué sería aquella novedad. La tribu de los Rothschild, adormilada y silenciosa, estaba sentada alrededor de la mesa.

«Lo que ahora voy a decir es válido para toda la familia, y mientras siga con vida todos deberán obedecer lo que yo disponga. Se trata de una sola disposición.»

Sentí cómo mi cuerpo se llenaba de fuerza. Los miré, sentados a mi alrededor. Mi querida familia. Sangre de mi sangre. Cada uno un compartimento de mi corazón.

Me miraban como diciéndome: «¡Sigue!»

«Queridos míos. Ésta es mi casa y no voy a ir a ninguna otra parte. Nunca he interferido en la elección del lugar en que mis hijos desean vivir. Cada uno puede residir donde mejor le parezca, venir a visitarme cuando lo desee y le convenga, sin cargos de conciencia.»

Hice una pausa antes de asestar el golpe.

«Pero a cambio de toda esa libertad hay una sola cosa a la que no renuncio: al derecho de conocer al prometido o prometida de mis hijos y nietos, y a dar mi consentimiento a la boda. De ahora en adelante quiero ver a cada uno bajo la *jupá,* y si alguno se ve obligado a celebrar su boda lejos de aquí, los novios deberán pasar por mi casa en la Judengasse.»

Se impuso un silencio. Mis seres queridos me miraron.

«Se trata de una decisión inapelable, con más validez que cualquier contrato por escrito», dije, sin añadir nada más. A veces, el silencio que sigue a una declaración así vale más que mil palabras.

Al día siguiente les envié esta disposición a Natán y a Jacob.

Mi querido Meir:

¡Sabes muy bien cuánto me hastía la etiqueta de las ceremonias! Cuán bueno es seguir viviendo mi vida entre mis cuatro paredes, sin cambiar de hábitos ni desperdiciar el tiempo en observar las reglas insignificantes que dicta la alta sociedad. ¿Por qué las personas que se consideran avanzadas e ilustradas prestan tanta atención a minucias como la ropa y otras costumbres impuestas en los acontecimientos sociales?

Also, el asunto se refiere a nuestros hijos, que Dios les dé larga vida, todos ellos afectados por el mismo mal. Pero esta vez el foco se centra en Shlomo y Kalman, el dúo inseparable y encumbrado de la Judengasse con demostradas cualidades en lo que concierne al mercado de valores y a la solución de problemas complicados. Una sola cosa va en contra de ellos: su escasa —por no decir nula— capacidad para imitar las formalidades y lo lamentables que resultan sus intentos de adaptarse a ellas.

Las cosas se desarrollaron de la siguiente manera. El nuevo gobierno francés se encontraba en un grave déficit presupuestario, y hace dos años anunció la emisión de un cuantioso empréstito con un valor de trescientos cincuenta millones de francos. La gestión se confió a Ouvrard y Baring Brothers, que alcanzaron un éxito rotundo.

El año pasado se hizo una nueva emisión de bonos por un valor de doscientos setenta millones de francos, y los principales candidatos volvieron a ser Ouvrard y Baring Brothers.

Te imaginarás que nuestros hijos no se quedaron de brazos cruzados. Cargaron sus cabezas con montones de datos, desmenuzaron la información de que disponían hasta el más mínimo detalle y cocinaron el plato adecuado al cambio de la situación. Sus decisiones fueron las siguientes: campo de acción, la conferencia de las potencias victoriosas en Aix-la-Chapelle; ejecutores de la misión, Shlomo y Kalman.

Llegaron a la conferencia por separado, en elegantes carruajes tirados por caballos limpios y relucientes. Ataviados con trajes de primera calidad, entraron en el magnífico salón donde, con mucho ceremonial, se codeaban los dignatarios del mundo. Pero el refinado atuendo que nuestros hijos llevaban no conseguía ocultar su incomodidad frente a la etiqueta y los modales que acompañaban los aristocráticos movimientos de los presentes. Éstos lanzaron hacia nuestros Rothschild unas miradas burlonas y chismorrearon acerca del proceder tan poco formal de los dos hombrecillos. Seguidamente se desentendieron de ellos y volvieron a gozar de la recepción.

Shlomo y Kalman se sintieron ofendidos y humillados, pero no se dieron por vencidos y decidieron llenar de contenido práctico el plan inicial. Además, se dieron cuenta de que hacer caso omiso de aquella gente les facilitaría la tarea.

Deambulaban por el salón, fingiendo ser totalmente inofensivos, pero al mismo tiempo procurando que las acciones de sus asistentes-emisarios pasaran inadvertidas.

Entregados a disfrutar de las delicias de la velada, los participantes de elegantes modales cayeron en la trampa de las apariencias y se les nubló la vista ante lo que hacían los emisarios que actuaban bajo los auspicios del dúo Rothschild, aparentemente inocente, comprando para ellos los bonos puestos a la venta por Ouvrard y Baring Brothers.

Así transcurrieron los días de la fiesta, con los poderosos saboreando los placeres de la vida, y los débiles y rechazados dedicándose a su trabajo con constancia y devoción.

Pasaron días y semanas hasta que en manos de los hijos relegados se acumularon bonos suficientes para el momento de la explosión. En un tormentoso día de invierno, Shlomo y Kalman irrumpieron en la bolsa y la inundaron con la enorme cantidad de títulos del Estado que tenían. Fue como un terremoto. Los poderosos contemplaron horrorizados cómo su posición se debilitaba de un día para otro.

¿Y nuestros Rothschild? Los recibieron con honores reales. Sus maneras estaban envueltas en un manto de oro, y tenían en la mano una varita mágica que cambió radicalmente la situación. Las miradas desdeñosas habían sido reemplazadas por otras de aprecio y súplica.

¡Cómo cambian las cosas!

Mi querido Meir:

Te habrás dado cuenta de que últimamente no escribo mucho en el cuaderno. Por un lado, me urge el deseo de seguir describiéndote las maravillas de lo que sucede en nuestra familia. Por otro, la idea de tener que destruir finalmente todo lo escrito, como ordenaste, preocupado por vigilar que nuestros secretos quedaran ocultos, me da escalofríos.

Por eso escribo mucho menos, aun cuando cada día podría llenar páginas enteras con la cuota de cada uno de nuestros seres queridos. Sin embargo, no puedo dejar la escritura. A lo largo de los años me ha servido de alivio y consuelo, y lo mismo ocurre ahora.

Me arropo con la bata de lana. Me siento en el *shtoib,* junto a la estufa —después de haberla alimentado con la cantidad medida de leña—, con la bolsa de agua caliente sobre las rodillas. He terminado de frotarme las manos y de calentarlas con el aliento, y ya estoy sujetando la pluma con firmeza, a pesar de que mi caligrafía ha ido cambiando y se asemeja cada vez más a la de mi difunto padre. Con el paso de los años me voy acercando a mis padres.

El ascenso por la ladera de la montaña no ha terminado. Como lo deseabas, tu muerte no ha detenido la escalada de los Rothschild, puesto que nuestros hijos siguen subiendo con energía, y no tienen intención de parar.

Amschel, el mayor de nuestros hijos, que estaba más unido a ti que el resto y aspiraba a ser como tú, administra con buen juicio y rigor el banco Rothschild de Frankfurt. Natán sigue cosechando éxitos en el banco londinense y hasta ha recibido el título de barón. Debo recalcar que, al contrario de Amschel y Shlomo, que ostentan orgullosos el título concedido por el emperador austriaco y cuyos nombres la gente pronuncia con el distinguido prefijo «von», Natán no hace alarde del nombramiento que le ha otorgado la Corona británica y prefiere el prefijo de «míster». Jacob mantiene la posición en el banco parisino, Shlomo en el vienés y Kalman en Nápoli.

Se han alejado de mí, aunque tienen buen cuidado de visitarme. Han criado barriga y dejado de lado sus nombres originales. Amschel es el único que se ha quedado en Frankfurt, conserva su nombre de siempre y sigue estando delgado, sin señales de volverse barrigón. Natán es, desde hace mucho tiempo, Nathan. Jacob es ahora James, Shlomo es Salomón, y Kalman responde al nombre de Karl. Nombre nuevo, posición nueva.

No les guardo rencor por ello; también tú cambiaste tu firma. Y sin embargo me pregunto: ¿el nombre tiene tanto poder como para integrarlos en sus países? ¿Cómo se sienten allí, lejos del hogar? El dinero no es la respuesta para todo. Nuestros hijos, habituados a la vida en la Judengasse, no pueden desprenderse totalmente de su piel y cubrirse con una nueva. Aun cuando lo hagan, en el fondo de sus venas fluye la sangre de la Judengasse, que no se mezcla con ninguna otra.

Ruego por que se sientan bien. A mi parecer, la paz del espíritu es mucho mejor que el peso del bolsillo.

Mira a Jacob. A pesar de la modestia con que lo educamos, se desvive tratando de involucrarse en la vida parisina. Ofrece unas fiestas que te harían temblar, y por ello despierta la furia de Natán, quien lo critica acerbamente: «Deja ya de hacer locuras. Tienes que refrenarte. Has ido a París a trabajar, a aumentar el capital. Y pierdes el tiempo en juergas hasta la madrugada».

La respuesta del pequeño rechazando la acusación no se hace esperar: «Yo trabajo, me preocupo por aumentar el capital. No es lo mismo hacerlo crecer en París que en London. Cuando brindo con un magnate en una velada de gala, atrapo otro pez gordo para la lista de los que pueden serme útiles en los negocios».

¡Cómo se parecen estos dos hijos míos! Tanto en su temperamento apasionado como en la originalidad de sus ideas. Son tus hijos, Meir, los que tú has procreado. Sonrío. Que se peleen. Las peleas son un magnífico desahogo. El alivio más eficaz es el que tiene lugar dentro de la familia, entre personas cercanas, y siempre deja tras de sí una cálida estela de reconciliación.

Jacob vino a visitarme a casa hace unos pocos meses y me dedicó unas horas de generosidad a solas. Pese a estar muy atareado en el trabajo, se sentó a mi lado en la estrecha cocina, se desabotonó el ajustado cuello de la camisa y me abrió su corazón. Mis oídos trataban de captar cada fragmento de sus palabras, mientras mis ojos no se saciaban del adorable aspecto de mi hijo. Para mis adentros alabé a Dios por haberme otorgado la oportunidad de explorar el alma de nuestro pequeño-gran hijo y conocer la tormenta que se agita en él.

Así me enteré de que, al encontrarse solo en medio de la capital más en boga de toda Europa y deseando integrarse en ella, hace lo posible por adoptar sus hábitos de ostentación, puesto que son los que le darán acceso a la arrogante sociedad sobre la que deberá apoyarse. Entre esos hábitos hay algunos que nunca nos fueron necesarios en la vida del gueto. Los mejores sastres de París confeccionan su ropa y recientemente ha aprendido unos pasos de baile (me lo imagino tomando la mano de una dama y saliendo con ella a bailar). Parece que también la equitación podría añadirle puntos en el plano social, por lo que ha comenzado a tomar lecciones y ya ha pagado por ellas con su cuerpo, al caerse del caballo y fracturarse el tobillo. Me dolió su dolor, pero también me hizo bien enterarme de que Natán lo compadeció y derramó sobre él palabras de consuelo: «Cuídate, mi querido hermano. No puedo soportar la idea de que estés confinado en tu lecho y el tobillo te torture tanto. Quiera Dios que el dolor pase pronto y te recuperes. Te quiere con toda el alma, tu hermano Natán».

«¿Sabes, mamá?», así me ha dicho el tesoro de mi alma, «no estoy enfadado con Natán, con Amschel ni con Shlomo. Aunque no estemos de acuerdo, sé que cuando los necesite se pondrán de mi lado y lucharán por mí contra viento y marea».

«No dudo de que también tú te comportarás así. Pero estás lleno de ira; ¿contra quién va dirigida?»

Enrojeció. «Contra la alta sociedad parisina, contra todos esos engreídos antisemitas que me ponen obstáculos por el solo hecho de ser judío.»

Pensé en los judíos conversos, cuyo número aumenta a un ritmo alarmante. Éstos no abjuran de su religión porque la fe cristiana les parezca mejor, sino por su deseo de deshacerse de los escollos que encuentran en el camino. Mi Jacob se enfrenta a algunos, pero a él no se le ocurre resolver el problema por la vía fácil; no deja el regazo de su madre para abrazar a una gentil. ¡Estoy tan orgullosa de él! Incluso los cuatro hijos de Mendelssohn se han convertido al cristianismo, pero las esposas de nuestros hijos son judías.

«Cuéntame, hijo, de tu vida en la gran ciudad», le pedí.

«Mamá, trata de imaginarte un lujoso salón lleno de luces, muchos vestidos y trajes, abundante vino, en pocas palabras, un gran esplendor. Las fiestas y bailes en los suntuosos salones son la última moda.»

Me llamó la atención que los ojos le brillaran. A mi hijo le gusta esa vida, aun cuando defina su objetivo como un asunto de negocios.

Noté entonces que su mirada se ensombrecía. «Participo en algunos de ellos», siguió diciendo y bajando un poco la voz. «Pero hay quien me pone trabas. Lafitte, un hombre de la alta sociedad, organizó un gran baile de gala en su salón, invitó a toda la élite social y sólo a mí me pasó por alto.»

«¿Por qué?», pregunté enseguida, mientras me invadía una ola de furia contra ese malvado Lafitte que se atrevía a insultar a mi hijo en público.

«La envidia lo carcome. Cuanto más se expande nuestra familia y aumenta nuestra influencia económica, más crece la envidia de gente como él. No quieren que la familia Rothschild siga creciendo, expandiéndose e influyendo.»

«¿Y qué hace mi hijo Rothschild en ese caso?», sabía que él no lo dejaría pasar sin una reacción apropiada.

«*Also, mame* querida, no escondí la cabeza bajo el ala. Sabía que debía adelantarme a Lafitte y dejarlo pasmado porque **con subterfugios y artimañas harás la guerra.**»

Sonreí. Pensé en tus máximas, Meir, que tus hijos ponen en práctica.

«Me apresuré a organizar un banquete, con buen cuidado de celebrarlo unos días antes del baile de Lafitte. En la lista de distinguidos invitados incluí también al célebre duque de Wellington, que accedió gustoso, puesto que somos los únicos responsables de haber rescatado a su ejército de la dispersión y la derrota en su guerra en España y Portugal. Su presencia en mi casa despertó gran interés, y Lafitte perdió la calma. En eso veo el logro primero e inmediato.»

Meir, ¿estás orgulloso de tu hijo?

«Pero hay otro logro, más significativo. Gracias al duque de Wellington obtuve los auspicios de Élie Decazes, el ministro de Policía. Es sabido que cuenta con la simpatía del rey, y que es el hombre más poderoso de Francia. Por eso me es importante mantener el contacto con él.»

«Dos logros con la misma artimaña», lo elogié.

«Fueron tres, mamá», me corrigió muy ufano. «El tercero es haber incorporado caras nuevas a mi colección de contactos comerciales. Le he puesto el ojo a un nuevo cliente del banco, Louis Philippe, duque de Orléans. Mi corazón me vaticina que será un personaje de mucho peso en la vida de toda Francia. No me apartaré de él.»

«Es seguro que papá te contempla orgulloso desde arriba», alabé a nuestro hijo acariciándole tiernamente el hombro. «Dime, Jacob, ¿esos logros te consuelan?

Carraspeó y posó su mano sobre la mía. «Papá está siempre conmigo. Lo siento en cada paso que doy. Le hago preguntas, consulto con él, y siento que aprueba mi proceder.»

Cuánto pueden parecerse dos hermanos, pensé, y le planté un beso en la frente ancha.

«Respondiendo a tu pregunta, mamá, debes saber que toda victoria me alienta a seguir adelante. No quiere decir que no tenga preocupaciones, pero prefiero dedicarme a progresar y no dejo que esos pensamientos me arrebaten una parte significativa de mi vida.»

«Si hablamos de progresar, me alegró saber que te has trasladado a la Rue de Provence.»

«Gracias, mamá; la misiva que me enviaste está sobre mi escritorio. Ya ha pasado un año desde el traslado; fue una decisión acertada instalarme en el centro mismo de las finanzas de París. Pero tengo noticias más frescas. Voy a fijar mi nueva residencia en una casa más grande, adecuada para agasajar a más invitados.»

«No te irás de París, ¿verdad?»

«No, mamá; nadie se va de París. Me iré a vivir a un palacete de la Rue d'Artois. Adivina quién vivía allí antes.»

«Napoleón», le solté en tono de broma.

«Casi. Allí vivía Hortense, la hija de Josephine.»

«¿Josephine, la emperatriz que se separó de un marido condenado a la guillotina y fue abandonada por el segundo, Napoleón, por otra mujer más joven y fértil que ella? ¿Para qué buscarte problemas? Parece que te has olvidado del triste destino de Josephine.»

Se rio. «No, mamá; ni hay problemas ni la memoria me falla. No es la casa de Josephine, sino la de Hortense; ¿qué culpa tiene ella?»

«No te diré cómo obrar. Lo sabes mejor que yo. Sólo quiero que tengas en cuenta que la vida de placeres de la casa real parisina no es un ejemplo de honestidad.»

«Tiendo a creer que la corrupción afecta a las casas reales de todo el mundo, en mayor o menor medida. Pero eso no tiene nada que ver conmigo.»

Me pareció que retrocedía en una generación. ¿Te acuerdas, Meir, que me respondiste con una alegación parecida: «no soy responsable de cómo viven los aristócratas y gobernantes?»

«Tienes razón. Tengo que felicitarte también por el próximo traslado», accedí.

«Gracias, mamá; necesito tu bendición. No tienes idea de cuántas personalidades famosas me visitarán: políticos, artistas, cortesanos, músicos. Me propongo conquistar a toda Francia, visitar todos los salones distinguidos y celebrar en mi casa banquetes de un lujo nunca visto.»

«¿Qué pasa con la comida *kósher,* hijo mío? ¿Cómo procuras observar los preceptos en esos banquetes?»

«No te preocupes. No voy a las fiestas para comer. Llego a todas partes después de haber cenado muy bien, y para no ofender al anfitrión bebo un poco de vino y como algunas frutas y verduras.»

Reprimí un suspiro.

La atracción de mi hijo hacia el boato y la ostentación no me convence, pero tengo que habituarme a ella. Otro asunto es el que me preocupa. No entiendo por qué Jacob sigue demorándose y no se casa. Todos sus hermanos han formado familia. Kalman desposó hace dos años a la bella Adelheid Herz; él es un apuesto joven de treinta años y ella una bonita doncella de dieciocho, hija de un acaudalado comerciante de Frankfurt, que encanta a todo el mundo y sabe cómo preparar bailes y banquetes, algo esencial en esta nueva era.

Sólo nuestro Jacob sigue soltero; «un soltero solicitado», según dice el resto de la familia. Recientemente estuvo a un paso de ponerle el anillo a mi casi nuera. A raíz de la presión ejercida por Natán y Amschel y de la influencia directa de Shlomo, se trató el tema de nuestra alianza con los Von Eskeles, una familia judía austriaca con título de nobleza. Meir, tendrías que sentirte orgulloso de nuestros esfuerzos, puesto que la candidata cumplía los tres requisitos: es judía, pertenece a una familia con noble y tiene un padre acaudalado. Pero las conversaciones que nos llenaban de esperanzas llegaron a un callejón sin salida cuando Jacob anunció inequívocamente que no estaba dispuesto por el momento a despedirse de su soltería.

Meir, tú que estás allí arriba, más cerca de Dios que nosotros, haz algo. Sería mejor que en los esfuerzos de nuestro hijo por integrarse a la sociedad de París lo acompañara una esposa.

Es el hombre quien debe cortejar a la mujer, y no al contrario, pero las mujeres aspiran a contraer matrimonio más que los hombres.

Los hijos me visitan regularmente junto con nuestros amados nietos, y a todos los quiero por igual. Pero en secreto te confesaré que pese a ello una de nuestras nietas ha conquistado un compartimento particularmente grande en mi corazón; se trata de mi Betty, la hija de Shlomo. Vive con sus padres en una mansión de Frankfurt y suele venir a la Judengasse para estar conmigo. Últimamente viaja mucho con sus padres y su hermano Anselm a Viena, por asuntos de trabajo de Shlomo. Pese a que se han reducido sus visitas, se siente unida a mí como si siempre hubiera vivido a mi lado. Los modales que trae de la ciudad austriaca me encantan, y su curiosidad me produce gran placer. Anselm ha cursado sus estudios en Philanthropos, la excelente escuela judía que fundaste en Frankfurt, y Betty ha sido educada por los mejores profesores particulares de la ciudad. Se parece a su padre, pero es mucho más delicada y pulida, como corresponde a una jovencita, y además de un rostro agradable tiene gracia y simpatía, inteligencia y entendimiento, dulzura y agilidad mental.

Querido Meir:

Amschel me contó hace unos meses algo que me demostró lo acertado que estaba Jacob respecto a la unidad de los Rothschild. El asunto empezó con un cheque que Amschel le entregó a Natán. Éste acudió al Bank of England y lo presentó en la caja para cobrarlo.

«No es posible cobrar esta orden de pago», dijo el cajero, devolviéndole el documento a Natán.

«¿Por qué?», preguntó él, sorprendido y enfadado a la vez.

«Canjearemos un cheque suyo, pero no de personas privadas», le explicó el pobre empleado, que aún no sabía en qué lío estaba metiendo al banco.

«Los Rothschild no son personas privadas», declaró Natán alzando la voz, tras lo cual se llevó el cheque, volvió a su casa y empezó a planear la lección que le daría a la prestigiosa institución.

A la mañana siguiente se presentó ante el mismo cajero desdichado, y le entregó un billete de diez libras esterlinas.

«Oro a cambio del billete», le ordenó al sorprendido empleado.

El pobre miró desconcertado primero a Natán y luego al billete. ¿Oro a cambio de diez libras?

Natán no se movía; miraba al techo y esperaba que lo obedecieran. Finalmente al cajero no le quedó otro remedio que poner en la mano de nuestro hijo la pequeña cantidad de oro, que Natán tomó mientras con la otra mano le tendía otro billete de diez libras y volvía a decirle: «Oro a cambio del billete».

Comprendiendo que la furia hablaba por boca de nuestro hijo, el cajero se apresuró a hacer lo que le pedía.

Natán pasó todo el día pegado a la ventanilla, entregando billetes de diez libras y recibiendo oro a cambio. Durante esas largas horas también quedaron bloqueadas las nueve ventanillas adicionales por nueve leales empleados de mi hijo, que habían recibido claras instrucciones e idénticos billetes para actuar como él sin parpadear: entregaban las libras y recibían el oro, entregaban y recibían.

Por supuesto que el personal del banco que los atendía no pudo ocuparse de las largas filas de clientes que esperaban detrás de ellos.

Al día siguiente, el mismo grupo acudió al banco con monederos llenos de idénticos billetes y se apostó junto a las ventanillas. El director del banco le susurró a Natán al oído:

«¿Hasta cuándo seguirá el espectáculo?»

A lo que Natán respondió sin titubear: «Rothschild seguirá poniendo en duda los billetes del Bank of England mientras el Bank of England siga poniendo en duda los billetes de Rothschild».

A partir de ese momento el banco aceptó canjear todos los cheques de Amschel.

Mi Natán le dio una buena lección al gran banco: no hay que menospreciar a la familia Rothschild.

Con el paso de los años van siendo más las despedidas que los encuentros. Mi niña Julie descansa en su sepultura, y mi corazón no encuentra reposo. De mi madre y mi padre ya me he despedido, y de ti, amado Meir, me he separado físicamente, pero tu espíritu me visita con frecuencia. También mis vecinos ya mayores van despidiéndose uno tras otro de este mundo.

Esta noche ha venido Shlomo, con el rostro compungido, apesadumbrado y con la cabeza gacha. Se sentó en la butaca sin fuerzas para levantar la mirada. Me acerqué a él de puntillas, me senté a su lado y tomé su mano.

«¿Qué ha pasado, Shlomo? ¿Quién es esta vez?»

Vi la tristeza en sus ojos y un rictus en sus labios, como si se resistiera a dejar salir el nombre. Le acaricié la mano. «¿Quién es, hijo, por quién lloraremos hoy?»

El nombre pareció liberarse de la prisión: «Buderus».

«¡Buderus! ¡Oh, Dios mío!», le apreté la mano. «Pero si estaba sano. ¿Qué le ocurrió?»

Desde el momento en que Shlomo pudo soltar el nombre, pareció recuperar el habla.

«Este año cumplió sesenta. Es cierto que su cuerpo estaba sano, pero aparentemente el corazón ya no podía seguir llevando la pesada carga. Las tensiones cotidianas lo afectaban. Estaba en el trabajo, detrás del mostrador, entregando una factura a un cliente, cuando de pronto tuvo un ataque al corazón que lo venció. No llegó a sufrir.»

«Pobre Buderus, era un hombre leal. Leal a su familia, al Landgrave, a papá, a todos nosotros. No se lo merecía. ¿Cuándo sucedió?»

«Hace tres días. Ahora vuelvo de la casa de la familia. No pueden creer que su padre ya no está.»

«Era un buen padre y amaba a los niños.»

«Recuerdo cómo jugaba con nosotros al gato, el tigre y el león. Siempre lo quisimos.»

«Yo también.»

«Lo sé. Me parece que era el único gentil que te gustaba.»

«Fue el único que vino a mi casa y me dejó ver que entre los gentiles hay personas dignas.»

«Como sabes, Buderus construyó una casa espléndida para su familia, una magnífica mansión. Se preocupó por cada uno de sus hijos y les legó dinero suficiente para vivir con dignidad. Tuvo buen cuidado de proporcionarles todo lo necesario; sabía que no iba a vivir eternamente.»

«¿Quién quiere vivir eternamente? Pero merecía disfrutar algunos años más.»

«Mamá, él era como papá, que repose en paz. Tampoco él podía sentarse a descansar. Siempre pensaba en cómo seguir avanzando.»

«Que así sea, Buderus gozó de un buen nombre mientras vivió, y murió con buen nombre.»

Shlomo se puso en pie y se fue a su casa, mientras yo me quedé recordando los días en que Buderus venía a vernos.

Encendí una vela de recordación por su alma. Que descanse en paz.

Sé que nada es eterno. Conozco nuestros padecimientos así como a los que quieren hacernos daño, insultarnos, golpearnos y humillarnos. No obstante, abrigaba esperanzas de que los días tenebrosos habían quedado atrás, que habían pasado ya los tiempos en que los gentiles no eran conscientes de que nosotros, los judíos, somos seres de carne y hueso, con un alma y un corazón que puede sentir. Pero he aquí que han llegado unos días que se manifiestan en toda su fealdad y nos demuestran que la rueda de la maldad sigue girando. La Judengasse ha vuelto a angustiarse. Otra vez los judíos carecen de un refugio seguro y de nuevo es imposible saber qué nos espera.

Al estallar los disturbios pido a Dios: «Ábrenos la puerta de la misericordia».

Se han desatado los pogromos «Hep-Hep», con destrozos de bienes, lesiones en el cuerpo y horror en el alma. Nuestras casas, rodeadas por una muralla, no están protegidas contra los malos vientos, que no provienen de la naturaleza sino de la perversidad de personas que se han olvidado de su condición humana. El sonido de la vida en nuestra calle se ha visto perturbado y ha enmudecido, aplastado por un súbito estruendo, cuando una enardecida banda de salvajes ha irrumpido en los hogares y las tiendas al grito de «¡Hep-Hep!», destruyéndolo todo a su paso. En unos instantes, ancianos y niños pequeños, hombres y mujeres fueron pisoteados por las hordas. Algunos pudieron llegar reptando a un escondite para esperar que amainara la tormenta.

Desde mi ventana contemplaba horrorizada el espectáculo. Hubiera querido abrirla y arrojarles la bazofia del gueto. En las manos blandían garrotes, horquillas y hachas; sus ojos inspiraban espanto. Estaban tan absortos en el frenesí de ruina y devastación que no vieron a la anciana que contemplaba lo que hacían y prestaba testimonio ante el Señor de la Humanidad.

Desde que se celebró el Congreso de Viena presenciamos el deterioro de nuestra condición. La Restauración provocó el retorno de la antigua actitud hacia los judíos. Otra vez tenemos que cobijarnos en nuestras casas, agachar la cabeza y aguardar a que ceda la tempestad.

Me alegra que por lo menos algunos de nuestros hijos, los que se han ido de Alemania, están a salvo del peligro y la humillación.

Lunes, 1 de jeshván de 5581 [9-10-1820]

Las visitas a Viena dieron sus frutos. Nuestro hijo Shlomo, el tercero de la familia Rothschild, con su esposa Caroline y sus dos hijos, Anselm y Betty, se ha establecido en esa ciudad, donde ha inaugurado la cuarta sucursal Rothschild en Europa, hermana de las de Frankfurt, London y París. Mi Shlomo vive con su familia en el elegante hotel Römischer Kaiser, en la Berggasse. Mi Betty ya estudia con sus profesores vieneses; me la imagino en su afán de aprender cada día algo más de ellos, y a ellos, sorprendidos por la sed de esta jovencita de quince años, apresurándose a hacer germinar en ella las semillas de la cultura del nuevo mundo.

Esta vez ha sido una separación natural, como si ya la hubiera visto venir. Unos leves pellizcos en el pecho, lágrimas, abrazos, besos y una mirada acompañando al carruaje que se alejaba.

Sin embargo, al llegar a casa sentí cómo otro compartimento de mi corazón se preparaba para la nostalgia. Ya he descubierto que cada problema tiene su solución, pero todavía no he encontrado ninguna para las añoranzas. ¡Oh, qué rica soy en ellas! El compartimento que más sufre es el de Betty. Me inundan muchos recuerdos de ella. Precisamente aquellos que no comportan ninguna gran tormenta: su mano acariciando distraídamente la mía, su frente lisa arrugándose de pronto para comprender algo, su risa traviesa que me hace estallar en carcajadas, sus ojos mirándome con reproche, su cabeza moviéndose de un lado a otro ante la cantidad de comida que me esfuerzo en preparar sin pedir ayuda, su orden de cerrar los ojos para ponerme un nuevo manjar en la boca y pedirme que adivine qué era.

¡Oh, querida Betty! ¡Cómo ansía tu presencia la abuela!

Martes, 2 de jeshván de 5581 [10-10-1820]

Meir mío:

Cuántas veces advertiste a tus hijos que los secretos debían estar bien guardados. «El secreto es el arma más importante», sentenciaste. «Cuidado con las paredes, porque tienen oídos amenazadores», matizabas la advertencia.

Natán ha tenido un tropiezo.

Una noche salió de su casa en Stoke Newington. El carruaje se dirigió rápidamente a New Court, donde se reunió con su gente para tratar un asunto importante. Al cabo de unos minutos irrumpió en la sala de reuniones un tipo completamente borracho que cayó al suelo, incapaz de moverse. Natán y los suyos se apresuraron a llevarlo al sofá y trataron de reanimarlo mojándole la cara con agua fría; le pusieron en las sienes unas gotas de esencia perfumada y le masajearon las piernas para estimular la circulación. Todo fue en vano. El hombre seguía acostado e inmóvil; parecía sumido en un profundo sueño, y Natán siguió hablando con los suyos del asunto que los ocupaba. Se trataba de una información recién llegada de España, y se decidió que a la mañana siguiente comprarían unas acciones que prometían pingües ganancias.

Al terminar la reunión, Natán ordenó a sus sirvientes que vigilaran al borracho y lo ayudaran a llegar a su casa cuando se despertara. Subió al carruaje y se marchó.

El borracho se levantó en cuanto dejó de oírse el traqueteo del vehículo de Natán, y todavía tambaleante rechazó la ayuda de los sirvientes. Les agradeció su generosidad y se fue.

Resultó que se trataba de un tal Lucas, un vecino de Natán en Stoke Newington, el cual comerciaba con acciones y había seguido a nuestro hijo desde que salió. No tardó en ocuparse del asunto de cuyos pormenores se había enterado en la reunión, durante la cual había simulado estar borracho y dormido.

Cuando Natán fue a comprar las acciones, se enteró de que Lucas se le había adelantado y no había dejado ninguna. Se llevó enormes beneficios y le dio a Natán una importante lección de cautela.

Miércoles, 10 de av de 5584 [4-8-1824]

Lamentamos el fallecimiento prematuro de Abraham Montefiore, descanse en paz. El generoso esposo de nuestra hija Henriette ha sido arrancado siendo aún joven, con sólo treinta y cinco años. Tras él ha dejado algunos corazones destrozados: los de su madre y su padre, y los de su esposa y sus cuatro hijos: Joseph, Nathaniel, Charlotte y Louisa. Además de los de sus conocidos y seres queridos, y el de su tío Moses Montefiore, famoso por sus obras de beneficencia, quien se casó con Judith Cohen, hermana de mi nuera Hanna, hija de Levy Barent Cohen. Y el mío, Gútale, que ahora llora sobre las páginas de su cuaderno.

Siento mucha pena por mi Henriette, a la que le han arrebatado su respaldo y apoyo. Y por sus hijos, que no tienen una figura paterna que les dé seguridad. Lamento mucho que estén lejos de mí, en París. Me consuelo con el amor de sus seres queridos en la fulgurante ciudad cuyo semblante se ha ensombrecido. Jacob no la dejará sola. También la distinguida familia Montefiore le dará fuerzas en abundancia.

Mi corazón está contigo, querida hija.

Mi querido Meir:

Alégrate y da tu bendición.

Lo que hoy me ha llevado al cuaderno es la gran noticia de que nuestro hijo menor, que Dios lo proteja, Jacob-James, el francés entre los Rothschild, se ha casado.

¿Con quién? Pues con nuestra dulce nieta, mi queridísima Betty. Shlomo dio su consentimiento inmediato al matrimonio de su hija de diecinueve años con el más joven de sus hermanos, el parisino de treinta y dos, y le dio como dote la fabulosa suma de un millón y medio de francos.

No en vano el matrimonio de Jacob se fue postergando hasta ahora. Su esposa era demasiado joven; había que esperar a que creciera. Sé que es una pareja perfecta elegida por Dios.

Miraba expectante por la ventana. La pareja real llegó con su séquito y detuvo su magnífica carroza frente a la puerta norte de nuestra Judengasse. La novia avanzaba lentamente por el estrecho sendero hasta nuestra casa; lucía un vestido magnífico, ajustado en la cintura, que se ensanchaba y abullonaba hacia abajo. Recogía el borde del vestido con una mano enguantada en blanco, y en la otra, con un guante a juego, llevaba un ramillete de flores. Las dos damitas de honor, Louisa y Charlotte, hijas de Henriette y huérfanas de su padre, Abraham Montefiore, tenían el pelo recogido con una cinta rosada y sostenían la cola de encaje del vestido de novia. El novio, con sombrero de copa, un traje elegante y medias de seda blancas, rozaba con la mano la estrecha cintura de su prometida, y saludaba con reverencias decididamente rothschildianas a la gente de la Judengasse que se agolpaba en la calle para felicitarlos. Una afectuosa comitiva los seguía a lo largo del camino, engalanando el mísero aspecto de nuestra calle.

Me aparté de la ventana y corrí al umbral de la casa para recibirlos; tenía la mano sobre el pecho, como vigilando que el corazón no se me escapara.

En efecto, nuestro hijo, el soltero recalcitrante, que durante muchos años se había resistido con éxito a las cadenas de la sociedad, finalmente sucumbió a sus dictados, y a la edad de treinta y dos años se ha plegado a las normas sociales de la familia.

¡Qué buena su elección! Allí estuvo el dedo de Dios, pues tú, Meir, te le apareciste en sueños y guiaste su corazón. Estoy segura de que ahora miras desde las alturas a tu benjamín, que como un vendaval conquistó el objetivo francés para el reino financiero de los Rothschild y que desde hace un par de años ostenta el título de barón, otorgado por el emperador Franz de Austria. Tu nuera Betty tiene todas las virtudes. Y una más: es sangre de nuestra sangre, y la fortuna familiar queda a resguardo de interferencias de extraños. ¡Qué grande y sublime es el poder del Señor!

Primero, mi amada Betty se arrojó a mi pecho palpitante. Abracé a mi querida nieta-nuera, acaricié el collar que rodeaba su cuello y aspiré el aroma de su cabello. Sollozó sobre mi hombro. Me dijo «abuela», se corrigió y me llamó «mi querida suegra», y luego otra vez «abuela»; parecía confundida. La calmé y la acuné en mis brazos como si fuera un bebé, susurrándole: «Felicidades, querida niña. Ten cuidado con los cosméticos, que no se estropeen con las lágrimas». Recordé mi llanto cuando nos prometimos, y a mi querida *mame*, descanse en paz, que me dejó llorar cuanto quise, pero entonces yo no usaba ningún cosmético.

Mi encantadora nieta, quien nació en Frankfurt, creció en Viena y ahora hace el tercer traslado de su vida, a París, se enjugó obedientemente los hermosos ojos y la pequeña nariz, y yo fui a cobijarme largamente en brazos de nuestro hijo Jacob. Puse el oído en su pecho, atesorando los latidos de su corazón y entregándome al contacto estremecedor de su mano sobre la cofia que me cubría la cabeza.

«Bien hecho, hijo mío; papá está orgulloso de ti», dije secándome una lágrima.

«Lo sé.»

Lo dejé con sus lágrimas, me dirigí a Shlomo y me sequé los ojos cuidadosamente para observar a mi consuegro, que también es mi hijo, como si lo viera bajo una luz nueva, quizás a causa de sus ojos tristes. Se balanceaba como si estuviera ebrio; abrí los brazos y le di apoyo para que no tropezara.

La siguiente en la fila de los abrazos y besos fue la querida Caroline, mi nuera y consuegra. Una situación extraña, en que los lazos familiares irrumpen por todas partes y nos protegen como una muralla.

Los momentos de desconcierto se resolvieron con las risas y el buen humor que se habían aposentado en nuestra casa.

Por la noche derramé en lágrimas sobre la almohada mi sensibilidad reprimida y bendije el cumplimiento del mandato que impuse a nuestros descendientes. A esto se le llama felicidad. ¿Había sido feliz hasta ahora? Ciertamente, pero la dicha tiene distintas caras. También esto se llamaría felicidad, aunque esté mezclado con una gran tristeza por mi hija Henriette, que llegó vestida de negro y se arrojó en mis brazos ahogada por el llanto, un ahogo que se mezcló con el mío y fue desplazado con fuerza a la espesura de las emociones alegres, reclamando su lugar dentro de nosotros.

Ésta es nuestra vida, en la que alegría y tristeza se entrelazan.

Mi querido Meir:

La alegría y el dolor se han entrelazado a lo largo de mi vida. Ha vuelto a llegar el turno de las noticias tristes.

Estoy de duelo. Nuestra hija mayor, la paz sea con ella, nos ha sido arrebatada a los cincuenta y tres años. Nuestra hija, nuestra alhaja, la generosa que mi alma amaba, se ha ido de este mundo. Mi Sheinshe, que dio a luz a su primogénito durante la noche infernal del gran incendio, demostrando una gran fortaleza, se ha reunido contigo, Meir, y con su hermana Julie.

En los últimos años cambió su nombre por el de Jeannette, pero en mi corazón siempre será Sheinshe.

No tengo fuerzas para escribir. De la pluma fluyen lágrimas. Sin embargo, hay palabras que gimen directamente desde las profundidades del corazón a mi mano temblorosa.

Querida mía, desde niña fuiste una pequeña madre para tus hermanos. Les contabas cuentos y cantabas canciones de cuna, los vestías, los alimentabas y les calmabas la sed, los bañabas y les pasabas por el cabello un peine fino para mantener alejados los parásitos. A medida que crecían te preocupabas por ellos con un desvelo de madre, te interesabas por ellos y siempre estabas dispuesta a ayudarlos. Fuiste la primera en asistir a papá en la *cabine,* una esposa modelo para tu marido Vermus y una madre de pies a cabeza para tus amados hijos.

Tú, que has pasado la vida cuidando, atendiendo y consagrándote a los demás, ¿cómo has podido escondernos tu enfermedad sin permitir que te cuidáramos con la misma devoción con que nos asististe a todos? Mi alma clama: ¿dónde estaba yo cuando llorabas sola y a escondidas por tu dolor? ¡Hubiera querido estar a tu lado, tomarte la mano, ponerte una compresa en la frente, arrebatarte los gemidos y la tos!

Lograste todo lo que te proponías. Todo lo que tocabas con tus manos mágicas se transformaba en una perla, en una gema. Así también lograste que fuera tu final, guardándote los sufrimientos sin dejar que nadie se enterara ni te tocara.

¿Por qué, hija mía? Tú también merecías recibir. Por lo menos al final de tus días renunciaste a tus hábitos, te pasaste al lado de los que reciben y te hiciste acreedora a la devoción de tus seres queridos.

Todo lo hicimos juntas, compartiste conmigo tus secretos, eras mi hija mayor. Tenías el privilegio de los primogénitos. Tu llegada al mundo nos colmó de felicidad, a tu padre y a mí. Fuiste la primera en despertar en mí el maravilloso instinto maternal. Recuerdo aquellos días en los que esperábamos que papá volviera de la feria, nos reíamos alegres cuando nos derramaba su amor y te hacía cosquillas hasta que te escapabas de él, y volvías a la espera de que te provocara otra vez. Recuerdo cómo acariciabas al bebé que tenía en mi vientre, ese hermano que no vivió. Y cuando, uno tras otro, fueron llegando al mundo los demás, recibían de ti todo lo que deseaban, y gracias a ti aprendieron a admirar la belleza del mundo.

¡Ay de mí! ¿Acaso Dios me ha destinado la tarea de enterrar a mis hijos? ¿No sería más justo que los hijos enterraran a sus padres?

Martes, 1 de kislev de 5588 [20-11-1827]

Mi querido Meir:

Jacob y Betty han venido a visitarme. Directamente desde Boulogne-sur-Seine, su nuevo hogar en el corazón de París, para compartir
conmigo unas horas de felicidad.

Tienes que saber, Meir, que visitas no me faltan. Aunque nuestra
familia haya volado a áreas remotas, es en gran medida gracias a ti
que permanecemos unidos.

Also, nuestros hijos y nietos me visitan a menudo, pero cuando
alguien viene de muy lejos, sabe dos veces más dulce. Así que esta
visita de mi hijo y mi nuera-nieta ha sido un regalo más preciado
que el oro, más aún porque he podido aspirar el aroma de nuestros
dos nietos, que han traído con ellos. Charlotte, que ha cumplido dos
años, abraza a su muñeca y me mira con unos ojos grandes buscando estar cerca de mí. Y Alphonse es un bebé que no para de gatear
por toda la casa para descubrir sus secretos, examinando cualquier
objeto minuciosamente con la nariz y la boca, señales evidentes de
que pertenece a la familia olfateadora de los Rothschild.

De los niños se ocupa la niñera que los acompaña.

Durante los tres días de su estancia en Frankfurt se hospedaron
en el palacio de Amschel, quien les asignó un ala completa. Nuestra
casa, que en el pasado albergó un matrimonio y diez hijos, y durante
largo tiempo también un joven matrimonio y dos nietos, parece ser
ahora demasiado reducida para alojar a una familia de cuatro personas, más la niñera y el mozo que carga el equipaje. ¡Cómo han
cambiado las necesidades!

En mis charlas con Jacob y Betty se me hizo más nítida la imagen de sus vidas.

Mi Betty es una mujer muy capaz y una gran dama en todo el sentido de la palabra. A pesar de su juventud, se ha adaptado a la carga de dirigir la gran mansión que Jacob ha adquirido en Boulogne-sur-Seine, como si lo hubiera hecho siempre. Su función más importante es la de anfitriona, y la desempeña a las mil maravillas, conquistando el corazón de sus invitados tanto por el estilo vienés adquirido de pequeña en casa de sus padres como por su forma de tratar los lujos, cual si fueran cosas de poca importancia.

En contraste con Jacob, que no se siente cómodo con los invitados, mi Betty está a sus anchas con quienes llegan a su casa. Su padre, Shlomo, y su madre, Caroline, le dieron una educación completa. Su francés es fluido y sin acento extranjero. Sus dedos, expertos en el bordado y la pintura, se deslizan ágilmente sobre el piano. Por haber acompañado a sus padres en múltiples viajes y practicado el hábito de la lectura, ha adquirido conocimientos en una variedad de temas, y conversa con sus invitados sobre filosofía, arte, ciencias naturales e incluso política. Con ella no hay ningún momento aburrido.

Por consiguiente, la Betty de Jacob, como la Hanna de Natán, acata los dictados de la aristocracia y recibe halagos por su hospitalidad. Pero a ella, como a Hanna, esto no le basta para ocultar los hábitos de la Judengasse de su marido. Natán es más rústico que Jacob, pero la tendencia natural del menor de nuestros hijos a imitar a su hermano no pasa por alto las señales de falta de refinamiento en todo lo que se refiere a una sociedad cuyas características —por lo que pude entender de lo que me cuenta la familia— se basan en la holganza y la maledicencia.

No hay que culpar a mi Jacob. Si se extrae un retoño del tronco de un árbol y se planta junto a otros distintos, es obvio que de él crecerá un árbol idéntico al original del cual fue separado, no a los que están a su lado. El tronco de Jacob, originario de la Judengasse, no contiene los componentes del estilo que impone la aristocrática sociedad parisina. Ahora que posee una fortuna y se roza con esa sociedad, se espera de él que se comporte como ella. ¿Cómo va a saber de literatura y arte? ¿Cómo puede apreciar objetos artísticos o pinturas al óleo? ¿Acaso por eso merece las miradas como saetas burlonas que le lanzan los que pertenecen al gran mundo? Quisiera entender cómo se mide la altura de la sociedad. ¿No será por el comportamiento humano hacia los demás, incluso hacia quien no actúa como ellos? ¿Acaso la norma exige que todos estén hechos del mismo material y de la misma forma? Siendo así, ¿por qué Dios nos creó distintos unos de otros? Lo que yo deseo es que mi hijo sea como es, que no intente ser diferente. Al final, el intento de imitar a otros provoca la burla.

¿Por qué el cuervo camina bailando? Una vez vio el cuervo a una paloma cuya forma de andar era la más bonita de todas las aves. Le gustó cómo caminaba la paloma y se dijo: «Yo también voy a andar como ella». Pero se destrozaba los huesos al tratar de imitarla y las demás aves se burlaban de él. Se avergonzó el cuervo y dijo: «Volveré a caminar como antes». Pero cuando quiso hacerlo no pudo porque se le había olvidado y se movía como bailoteando, de modo que ya no pudo recuperar ninguna de sus formas de andar.

Quería averiguar cómo se sentía Jacob en ese tema indignante. Jacob, mi hijo sano e inteligente, me quitó las muestras de enojo.

«Como buen Rothschild, soy experto en sobrevivir», dijo. Y luego aclaró: «Es cierto que no entiendo nada de objetos bellos y artísticos, ni tampoco de pinturas al óleo. Pero entiendo de otra cosa, mil veces más importante: soy experto en personas. Elijo las que mejor me parecen y establezco con ellas una relación cercana. Así vivo en paz y tranquilidad conmigo mismo y con mi entorno. Dejo las cuestiones ornamentales en manos de las personas con experiencia y conocimiento; cada cual a lo suyo. El arquitecto diseña mi casa y mis oficinas, y se ocupa del mobiliario dorado y de la excelente ornamentación. Le pido que encargue para mí los cuadros de los mejores pintores y los cuelgue en las paredes de mi casa. Carême, el famoso chef que sirvió al príncipe de Gales y al zar de Rusia, está a cargo de la cocina y de los manjares y bebidas que se sirven a los sibaritas. El personal del establo se ocupa del magnífico carruaje con mi nombre grabado en letras de oro y de los cuatro pulcrísimos caballos. Sin olvidar lo principal: mi esposa, que es la encargada de causar buena impresión en los temas artísticos: literatura, música, pintura y todo lo demás».

«Muy impresionante, hijo mío. Dime, ¿quiénes son los invitados a tu palacio?»

«Para el almuerzo vienen unos treinta, y para la cena el número se duplica. Alrededor de la mesa suelen sentarse estadistas, diplomáticos, gente de la realeza y la nobleza, y artistas de primera categoría.»

«¿De todos ellos se encarga mi Betty?»

«De todos ellos se encarga *mi* Betty», recalcó, y los dos soltamos una carcajada.

«Entiendo que ella tiene un papel significativo en tus negocios.»

«Sin duda alguna, mamá. No sé qué haría sin ella.»

«Así que, ¿qué dices ahora de la vida de casado?»

«Tenías razón, mamá. Ésta es la vida real. Una mujer como Betty a mi lado y unos niños maravillosos corriendo entre nosotros. Pero no me arrepiento de haber aguardado más tiempo de lo que la familia esperaba. **Para cada cosa una sazón, y a cada una su tiempo bajo el cielo.** Tenía que pasar por todas las etapas para llegar a la necesidad de un cambio. Además, si me hubiera casado con otra mujer, quién sabe si sería tan feliz como lo soy ahora con Betty. Parece que tenía que esperar hasta que también Betty madurara y llegara a la sazón.»

«Lo acepto sumisa, especialmente porque veo que la amas.»

«No supe qué era el amor hasta que me gané el de Betty.»

«Bien dicho, hijo mío.»

De hecho, el matrimonio de mi nieta con su tío parece la elección perfecta. Hay que adoptar ese precedente en la familia. Cohesión en la familia y en los negocios.

Meir, estoy convencida de que estarías de acuerdo conmigo.

No necesito ayuda. Ni sirvientes. ¿Por qué mi familia no lo tiene claro?

¿Por qué no tengo la libertad de ir por mi casa sin que una criada se plante delante de mí, me haga reverencias sin cesar y me sugiera estupideces como ponerme los zapatos? ¡Por Dios! ¿Es que no puedo calzarme sola?

O preparar un té. Puedo hacerlo para mí y para un centenar de invitados, si desean visitarme. ¡No me hace falta su té!

Como tampoco necesito que venga a anunciarme la llegada de un vecino. ¿Qué pasa? ¿Es que no tengo ojos para ver que mi anciano vecino Schiff viene a visitarme? ¿Necesito que se quede plantada como una muñeca de porcelana y me diga que viene?

Todavía soy capaz de prepararme la comida, hacerme un *kugelhopf,* servirme la mesa, barrer y quitar el polvo. Todas esas tareas las he hecho de forma excelente durante toda la vida. ¿Por qué tiene que venir alguien a robármelas? Soy perfectamente capaz de hacer cualquier trabajo a pesar de mis setenta y cinco años.

«Quiero que me dejen tranquila, que me permitan vivir el resto de mi vida como me plazca. ¿Quién ha inventado esa tontería de 'sirvientes'? No los quiero. No tengo dónde ponerlos.» Eso se lo repetí a mis hijos y nietos, que aparentemente sólo deseaban mi bien. Lo dije muy claro y sus miradas de sorpresa no me hicieron cambiar de opinión, sino que añadí: «Todos se han vuelto locos y quieren derrochar el dinero como si les lloviera del cielo. Es cierto que mi avanzada edad me arruga la piel, pero el aburrimiento me arrugaría el alma. Si me quedo de brazos cruzados mientras otros trabajan a mi alrededor, acabaré por irme pronto de este mundo, y no tengo ninguna intención de hacerlo».

Por norma general, la nueva forma de vida adoptada por nuestros hijos no es de mi agrado. Varias veces me han invitado a banquetes de muchos comensales. He rechazado las invitaciones. Sólo en una ocasión flaqueé y la acepté por la dulzura con la que se dirigieron a mí. Y una sola vez lamenté haber accedido. ¡Qué aburridos son esos banquetes! El contenido de la conversación de los invitados es tedioso y agotador. Parece que las mujeres van sólo para una cosa: lucir sus elegantes vestidos. La única diversión que me permití durante aquellas horas muertas fue observar atentamente la disimulada rivalidad entre ellas y las mutuas ironías que se lanzaban. Recuerdo cómo eras, mi querido Meir, y seguro que no las hubieras captado. Nunca fuiste un gran entendido en asuntos de mujeres.

Sin embargo, incluso para ese tipo de diversiones mi tolerancia es muy corta. Así que no he vuelto a acceder a otras dudosas experiencias como ésa, y se acabó.

En cuanto a las criadas, las fui despidiendo a todas, una tras otra, hasta que entendieron el mensaje.

¿Qué gané con todo esto? Visitas más frecuentes de mi familia. Estoy rodeada de amor, que es lo que necesito. Amor, no ayuda.

Tal vez lo que querían era, por un lado, deshacerse de mí, y por el otro, tranquilizar sus conciencias teniéndome rodeada de gente que atendiera mis necesidades.

No necesito extraños a mi alrededor. A mi edad, lo que me hace falta es el calor de la familia Rothschild.

Amschel y Eva, que no han tenido hijos, residen en su palacio sin vida y trabajan para la comunidad y la familia. Amschel ha trasladado nuestro banco Rothschild de Frankfurt a la Bergheimerstrasse, y dirige las oficinas de forma ejemplar. Lleva el título nobiliario que recibió como un manto de orgullo, va a todas partes con su suntuosa capa y se olvida de quitársela aun cuando está en familia. No se me pasa por alto la actitud de sus sobrinos con él. Por un lado, le están muy agradecidos por su sincera dedicación a ellos y por los regalos que les hace; pero por el otro están descontentos con el tío intransigente que se entromete en sus asuntos. Los intimida su rigor en los temas religiosos y el ceño fruncido ante quien se desvía de su criterio y de sus disposiciones, y por ello buscan maneras de pasar menos tiempo con él.

Estoy orgullosa de nuestra nieta Betty; merece que ambos lo estemos. Por una parte, de acuerdo con las reglas y los dictados de la alta sociedad parisina, desempeña impecablemente su papel de anfitriona de las fiestas. Por la otra, dedica gran parte de su tiempo a actividades humanitarias, como se espera de una descendiente de la familia Rothschild.

Y por una tercera —debería haber empezado por ésta—, pese a todo lo que dije antes, no deja de sorprender su actitud respecto a la función más importante que Dios ha asignado a las mujeres, la de madre devota. Ahora, desde que nació su hijo Shlomo, veo nuevamente cuán maternal es esta nieta nuestra. Todavía es joven, tiene treinta años, y es de suponer que en su vientre correteen más descendientes de la familia Rothschild.

Betty y Jacob fueron los primeros en casarse con un familiar. Después de ellos otros Rothschild lo han hecho. Y tú, Meir, seguro que desde arriba te frotas las manos con placer.

El segundo matrimonio entre parientes también se formó dentro de la familia de nuestro hijo Shlomo. La primera fue Betty; el segundo, su hermano Anselm. Nuestro talentoso nieto, que se parece muchísimo a su padre, Dios lo guarde muchos años, también es un hombre de paz, afable y trabajador, que reparte su tiempo entre Frankfurt y Viena.

Also, se casó hace nueve años con su prima Charlotte, la primogénita de Natán. Por supuesto, vinieron a verme con sus trajes de boda y pude gozar de la belleza del rostro de nuestra nieta, de su cabello rizado y de lo que se esconde debajo: una mente inteligente, cargada de conocimiento y envuelta en una extraordinaria sensibilidad musical.

No tardarán en llegar el novio Lionel, hijo de Natán, y la novia Charlotte —¡de diecisiete años!—, hija de Kalman. Miro a estos primos, nuestros nietos, Dios les dé larga vida, y las fibras de mi corazón se regocijan.

Estoy de duelo.

Nuestro Natán, que en paz descanse, se ha ido. Cincuenta y nueve años tenía cuando falleció.

¿Es esto un castigo que me ha impuesto Dios, el de llevar luto por mis hijos?

Hubiera querido morir en tu lugar, hijo mío, genial, valiente, fuerte como un león, pionero e indiscutible continuador del camino de tu padre.

El cementerio que llevo dentro ya no puede contener al nuevo difunto. Él tendría que haber seguido viviendo.

Mis lágrimas cubren lo que he escrito. Las dejaré que goteen. ¡Ay de mí!

Mi querido Meir, tengo que contarte cómo murió Natán. Me pregunto si no habrá sido por mi culpa. Si supieras cuánto me atormenta... Tú juzgarás.

Sabes que exijo a las parejas de nuestra familia que vengan a verme y a recibir mi bendición antes de casarse. Amschel, que adoptó la misma actitud, estricto como siempre, decretó que las bodas de todas las ramas de la familia Rothschild se celebrarían en Frankfurt.

Nos esperaba una boda de una magnificencia sin precedentes. Nuestro Lionel, el londinense, primogénito de Natán, desposó a su prima de diecisiete años, nuestra Charlotte de Nápoli, hija de Kalman. He aquí otra pareja puramente Rothschild. La distancia no atenúa la relación afectiva.

Meir, lamento que no hayas podido estar aquí con nosotros. Nuestros cinco hijos, distribuidos en las cinco capitales europeas, se reunieron para la ceremonia nupcial. Suntuosas carrozas con el escudo de los Rothschild, las cuales parecían palacios móviles, llenas de familiares e invitados, de ajuares y regalos, adornadas y engalanadas en oro, llenaban la ciudad: Natán y su comitiva londinense, Kalman y los suyos de Nápoli, Jacob con su gente de París, Shlomo con los de Viena y, por supuesto, toda la familia Rothschild de Frankfurt, en primera línea Amschel y yo, que salí de la Judengasse para dirigirme a la gran ciudad (Frankfurt es, sin lugar a dudas, una ciudad espectacular).

Cuando llegaron las carrozas y se ubicaron a lo largo de la calle, un nutrido público —que no había sido invitado— contemplaba maravillado los palacios con ruedas que habían aparecido súbitamente en la vecindad. Se podría haber pensado que toda Europa había hecho una pausa en sus quehaceres para prestar atención a una sola cosa: la boda de Lionel y Charlotte Rothschild. Los hoteles de Frankfurt se llenaron con nuestra progenie y con los distinguidos invitados que afluyeron de todo el continente.

Los novios, los más hermosos del universo, ataviados con sus trajes de boda, repartían cordiales sonrisas a los reunidos alrededor de la *jupá*. Amschel y yo tuvimos el honor de subir al podio del dosel, yo primera en la fila de mujeres y Amschel en el extremo de la hilera de hombres. El rabino pronunció las bendiciones y los asistentes exclamaron: «Amén».

Recorrí con la mirada el público que colmaba el templo. La mayoría eran nuestros queridos descendientes, retoños de la casa Rothschild, pero muchos otros me eran desconocidos: relaciones y amigos adquiridos en los campos de la economía, la política y el arte. Todos ellos se comportan con nuestros hijos como si los consideraran reyes de Europa.

A mi izquierda se hallaba la madre del novio, la querida Hanna, a quien los años han favorecido añadiéndole más encanto y gracia. Me surgió el recuerdo del amor adolescente de Jacob por ella y pensé que seguramente esta bella mujer de Natán rompió algunos otros corazones. Junto a Hanna estaba la madre de la novia, la aristocrática Adelheid, esposa de Kalman, y a su lado mi princesa Charlotte, con un vestido blanco que dejaba ver sus níveos hombros, las mangas abullonadas y la cintura ceñida. Apreté la mano de Hanna y le transmití un poco del calor que me envolvía. Ella me devolvió el apretón y me susurró al oído: «Que Dios esté de nuestro lado».

Me incliné para mirar el rostro radiante del novio. Desde su llegada recibe elogios en abundancia por la manera en que se ha integrado como continuador del camino de su padre Natán en la monumental empresa londinense. Antes de la ceremonia, Lionel aprovechó el viaje a Frankfurt para hacer una excursión por Bélgica y algunas ciudades del Rin con su buen amigo, el célebre compositor Giacomo Rossini. Me contó que conoció a Rossini cuando éste vivía en London, y que durante esa época solía venir a darle a su hermana Charlotte lecciones de órgano. «Un órgano todo de oro que le compró papá», me informó mi nieto londinense para ponerme al día con las raras y extrañas formas de comportamiento que rigen en London.

Miré preocupada a Natán. Mi corazón se alegra por Lionel y mis ojos lloran por Natán. Nuestro testarudo hijo insistió en viajar para la ceremonia a pesar de su delicado estado de salud. Ya en el viaje desde Enguiland sufrió fuertes dolores, y al llegar a Frankfurt vino el médico, uno de los mejores de Alemania, quien diagnosticó un absceso y le ordenó reposo absoluto.

«Debe renunciar a participar en la boda», recalcó el doctor.

A lo que Natán respondió desdeñoso: «Nada me hará aguarle la fiesta a mi hijo Lionel».

«Está poniendo en peligro su vida», intentó advertirle el médico, sorprendido de la determinación del paciente, aun cuando sabía que Natán era el más terco de la familia.

¡Ay de mí! ¿Por qué le ha tocado a mi hijo esta enfermedad y por qué Dios habrá escogido un momento como éste?

Traté de convencerlo: «Natán, no le arruines la fiesta a Lionel. No empeores tu enfermedad. Escucha el consejo del doctor».

«No te preocupes, mamá; nada me vencerá», me respondió nuestro hijo con firmeza, adornando sus palabras con una carcajada.

No me convenció, ni con sus palabras enérgicas ni con su risa falsa. ¡Ay de mí! Siguieron torturándome mis pensamientos; por fin lo veo después de años de separación, y no puedo tolerar su dolor, que me recuerda tus padecimientos, mi amado Meir.

Natán permaneció relativamente firme bajo el dosel de la boda de Lionel y Charlotte, pero me di cuenta de sus esfuerzos y me costó soportarlos. Lo consigue todo, pensé. Logra enfrentarse a los más importantes del mundo y derrotarlos, pero fracasa ahora tratando de simular que no tiene dolores, aunque detrás de la máscara se oculta la verdad: lo que no tiene es fuerza.

Mientras el rabino pronunciaba las siete bendiciones, yo imploraba a Dios en silencio por el padre que celebraba la boda de su hijo.

Se acabaron las bendiciones y concluyó mi plegaria. No pareció haber servido. La fiebre de Natán volvió a subir. Al final de la ceremonia fue tambaleándose a sentarse en una silla que estaba cerca, con ayuda de su esposa Hanna, que repartía sus miradas entre él y el acontecimiento que nos había reunido a todos. Lionel se desprendió de la gente que lo rodeaba y se acercó a Natán para palparle la frente. «Papá, hay que llamar a un médico», dijo angustiado el joven novio.

«Déjalo, Lionel, es sólo el vino. He bebido demasiado. Vete a bailar, a celebrar. Hoy es un día de fiesta.»

Así consiguió alejar y distraer a Lionel, quien ya había sido rodeado por el círculo de invitados que lo saludaban y abrazaban. Pero a mí no consiguió distraerme.

«Amschel, llévatelo a mi casa y llama al doctor», ordené. Y a Hanna le indiqué que se quedara e hiciera el doble papel de anfitrión y anfitriona. Se le nublaron los ojos y me apresuré a abrazarla y susurrarle al oído: «Ánimo, querida, por Lionel».

Amschel obedeció la orden y les murmuró algo a sus sobrinos, quienes nos rodearon a Natán y a mí y nos abrieron paso para que pudiéramos salir del salón directamente a la carroza. En el camino, Natán parecía delirar por la fiebre. Yo me ocupaba de cambiarle las compresas frías que me ponían en las manos para refrescarle la frente ardiente.

Llegamos a casa. Lo acostaron en la cama, lejos de nosotros, sumido en su delirio. Al cabo de un rato llegó el médico y decidió intervenirlo de urgencia. Lo operaron. El absceso estaba en el recto. La operación no trajo ninguna mejora. Nuestro nieto Anthony, tan parecido a su hermano Lionel, envió mensajeros al facultativo de cabecera de Natán, y esperamos a que llegara de Enguiland.

La expresión abatida del médico inglés, el doctor Benjamin Travers, auguraba lo peor. «La infección ha penetrado en el sistema circulatorio», nos aclaró, y yo comprendí que mi mundo se desmoronaba.

No se puede comprender de dónde sacaba Natán las fuerzas, aun habiendo experimentado un precedente en nuestra casa. No cabe la menor duda de que el intenso trabajo lo venció. Si tan sólo hubiera dejado de lado un poco sus tareas y se hubiera ocupado de sí mismo antes de que la enfermedad se apoderara de él sin control…

Durante los días siguientes, entre el delirio y la conciencia, Natán les ordenaba a Hanna y a los hijos que redactaran cartas y las enviaran.

Mi casa estaba llena de gente. Natán fue rodeado por el amor de la familia. Hanna y los hijos no se apartaban de él. También su madre lo abrumaba con atenciones y no lo dejaba trabajar. Pasaron los días con la esperanza de que el sistema circulatorio se depurara. Su corazón es fuerte, resistirá.

Dos semanas peleó nuestro vigoroso hijo contra el enemigo agazapado en su organismo. Dos semanas en las que se obstinó, decidido a no rendirse. Días de sufrimiento y dolor sin quejarse. Pero al final se dictó la sentencia. Nuestro Natán, fuerte como una roca, se fue para no volver. Se despidió con un «buenas noches para siempre» y expiró.

Me quedé a su lado, contemplándolo y cerrando los ojos a ratos, y le susurré: «El lugar donde naciste es el mismo en el que devolviste tu alma al Creador, como tu padre, como tus hermanas Julie y Sheinshe, la paz sea con ellas. Me despido de ti, pero atesoro tu ser en mi corazón hasta que llegue mi hora de reunirnos».

Me pregunto si debo atribuirme la culpa por la muerte de nuestro hijo. Si no hubiera apoyado la insistencia de Amschel de celebrar la boda en Frankfurt, Natán habría podido recibir el tratamiento del médico londinense a tiempo.

Pero tal vez era su destino, puesto que, si se ha decretado que un hombre muera ahogado, se ahogará incluso en un vaso de agua. Es posible que el Señor haya hecho sus cálculos para él, como los hizo contigo, y tomado una decisión: este hombre ha hecho él solo en su vida lo que muchos hacen en conjunto. Por ello se lo llevó consigo y dejó que sus descendientes prosiguieran la tarea.

Recuerdo al pequeño Natán, que en medio de una trifulca le dijo a su hermano Amschel que el hecho de haber nacido antes no le otorgaba ningún privilegio, excepto el de morir primero. Ese niño irascible e inocente no sabía que no todo en la vida se mide por la lógica y la justicia. Los hay que nacen más tarde y se van antes.

Oh, Natán, hijo mío, cuánto te echaré de menos, cuánto nos faltarás a todos. Por encima de tu terquedad y rudeza tenías cálidos valores humanos. Los agravios a tus hermanos están perdonados gracias al amor que les brindaste y a tu insistencia en la necesidad de preservar la unidad familiar.

Es cierto, no solías suavizar tu lenguaje ni saludar cortésmente a los que se dirigían a ti, pero contribuiste generosamente con cuantiosas sumas de tu bolsillo para aquellos a quienes la suerte no había favorecido (parece que también los hay en la gran London). Detrás del semblante frío y duro se escondía siempre el humilde Natán. Incluso después de haber llegado a la cumbre, de haberte convertido en un magnate y de recibir multitud de condecoraciones, te resistías a exhibir éstas y a que te llamaran «barón». Rechazabas toda forma de ostentación.

La aspereza exterior que te caracterizaba no impidió a los que determinan los procesos políticos depositar en tus manos el ejercicio del poder. No destacas por tu tacto, y sin embargo la emperatriz de Austria te nombró cónsul general en London.

Tu sencillez me sonreía. No te tentaba comprar objetos decorativos por el solo hecho de causar la admiración de la gente de gustos refinados. «No puedo derrochar mi dinero en cuadros», decías honestamente, aun cuando tus arcas no estuvieran precisamente vacías.

Siempre protegiste tu vida privada y no permitiste el acceso de extraños. Me gustaba tu forma de responder a quienes te preguntaban por qué te habías ido a London: «No había lugar para todos nosotros en Frankfurt». Me encantaba escuchar tus pequeños relatos absurdos, matizados de humor.

Hijo mío, había en ti vigor, coraje y resolución para no doblegarte y preservar el honor de tu familia. ¡Incluso pudiste vencer al

Bank of England! Recuerdo lo que me contó Amschel acerca del cheque que te dio. Le diste una buena lección al gran banco: no hay que menospreciar a la familia Rothschild.

Nuestro hijo fue sepultado en suelo londinense. London recibió estupefacta la amarga noticia transportada por palomas mensajeras. Llevaron el ataúd por el Támesis en un barco de vapor, y de allí al palacio de sus oficinas en New Court, para permitir que mucha gente presentara sus últimos respetos. En el cortejo del entierro, que se extendía desde la gran sinagoga asquenazí en Dukes Place hasta el cementerio, participó una muchedumbre vestida de negro. Amschel dice que ningún ciudadano inglés había merecido nunca un cortejo fúnebre tan multitudinario y con tantos notables como el que acompañó a Natán. Amschel, Shlomo, Kalman, Jacob y los hijos de Natán —Lionel, Anthony y Nathaniel— marchaban detrás del ataúd. Al sepelio asistieron el alcalde de London, concejales, miembros de la nobleza, los embajadores de Austria, Prusia, Nápoli y Rusia, además de una gran cantidad de notables y un numeroso público.

Entre los que acudieron a presentar sus respetos, un grupo cautivó mi corazón: los huérfanos judíos, de cuyo sustento Natán se ocupaba, marchaban al frente del cortejo recitando Salmos. Es mucho lo que Natán hizo en vida para los débiles sin hablar de ello. Al igual que su padre, practicaba la caridad en secreto.

Mi querido Meir, Natán ha seguido tu camino. Su testamento dispone que los hijos sean socios de la firma y los obliga a mantenerse unidos. Los hijos son sus únicos herederos. No obstante, él también se ocupó, cuando aún vivía, de asignar a cada una de sus hijas la cuantiosa suma de cien mil libras esterlinas. También él, como tú, se abstuvo de declarar la cuantía de su herencia.

¿Sabías que Natán se interesaba por la educación y la ilustración, y que también él contribuyó al establecimiento de una escuela judía? Amschel fue a visitar el colegio; volvió con los ojos húmedos y me contagió su llanto. Nuestro Natán ayudó a construir la escuela judía libre, que fue seguida por la fundación de otros seminarios similares en London y en los suburbios.

Pero, en contraste contigo, al final Natán tuvo que rendirse a los dictados de la alta sociedad. Amschel alcanzó a visitar la mansión que su hermano compró hace un año. Según él, Gunnersbury Park es una extensa propiedad, con abundancia de lagos, cisnes, arroyuelos, césped, flores, arbustos, cenadores y bancos que rodean un magnífico edificio de amplios espacios. Es de lamentar que Natán apenas haya podido disfrutar de su mansión. Esto queda para nuestros nietos londinenses.

En efecto, Lionel le dijo a Amschel, mientras paseaban por el sendero que bordea el jardín florido: «Es un lugar apropiado para veladas de gala».

Así son las cosas. Natán está contigo y con sus hermanas Julie y Sheinshe en el jardín del Edén, y sus hijos celebran sus fiestas en el jardín terrenal.

• • •

No visito la tumba de nuestro hijo. Debo ser consecuente con mi decisión de no salir de Frankfurt, de la Judengasse, porque sólo así podré proteger a nuestra progenie. Me cuesta pensar que no iré a ver la tumba, pero no infringiré mi determinación pese a todas las dificultades del mundo. Dios hizo que me despidiera de Natán cuando estaba aquí, conmigo. Ahora, en contraste con la distancia física, siento su proximidad espiritual que me acompañará mientras viva.

Tengo la dirección, escrita en inglés con la letra de Lionel, mi nieto huérfano. A su lado está la versión en *judendeutsch* con la letra de Amschel: Cementerio Asquenazí, Whitechapel, London.

Tus raíces, hijo mío, han calado hondo en London y allí decidiste que te enterraran.

No te abstendrás de ayudar a tu prójimo. Todos los israelitas son mutuamente responsables.

He aquí dos preceptos importantes; uno es de la Torá, el otro de nuestros sabios.

Nuestro hijo Jacob, de París, con el apoyo de nuestro nieto Lionel, de Enguiland, que Dios les dé larga vida, y con la colaboración de judíos leales y de buen corazón de otros países de Europa, ha trabajado sin descanso haciendo todo lo posible por salvar a sus pobres hermanos de Damasco, libres de toda culpa, de las torturas y las persecuciones religiosas. Con su esfuerzo han cumplido esos dos preceptos dictados por la sagrada Torá y por los sabios rabinos.

Junto con la aflicción, el pesar y la indignación por lo que les sucedió a nuestros inocentes hermanos israelitas, me siento orgullosa de lo que han hecho nuestros hijos y nietos para luchar contra los perversos edictos.

Todo se originó en una difamación de la sangre que fue creciendo, complicándose y ramificándose hasta cobrar más y más víctimas entre nuestros hermanos que viven en Damasco. Las malignas y falsas acusaciones, entretejidas a lo largo de nuestra larga historia saturada de injusticias, y según las cuales los judíos utilizan la sangre de niños cristianos para hornear la *matzá,* el pan ácimo que se come en *Pésaj,* han cruzado esta vez las fronteras de Europa y llegado a las puertas de un país musulmán. Pese a lo difícil que es traducir en palabras los despreciables actos que me hacen hervir la sangre, seguiré describiendo lo que ocurrió.

La historia comenzó el 5 de febrero de 1840. De las callejuelas de Damasco, en Siria, desaparecieron un monje francés y su sirviente musulmán. Corrió el rumor de que se les había visto por última vez en la judería de la ciudad, y los cristianos empezaron a acusar a los judíos de haberlos degollado con la intención de utilizar su sangre en la preparación de la *matzá* para la cercana festividad de *Pésaj*. El conde Ulysse de Ratti-Menton, cónsul francés en Damasco, se dirigió en nombre de los cristianos al gobernador de Siria, Sherif Pasha, para exigirle que investigara el suceso hasta encontrar a los culpables y castigarlos. El conde también participó activamente en la investigación, aunque a su manera, sobornando a testigos y haciendo uso de la violencia al interrogar a sospechosos.

Un barbero judío fue el primero en rodar cuesta abajo. Lo arrestaron a raíz del rumor de que habían visto a los dos desaparecidos cerca de su establecimiento. Durante los interrogatorios en el consulado francés y en el palacio del gobernador repitió una y otra vez que no había visto ni oído nada. Tras someterlo a insoportables torturas, los investigadores consiguieron extraerle una falsa confesión, según la cual siete de los judíos más importantes de la ciudad habían degollado al monje y a su sirviente.

La rueda puesta en marcha por el barbero siguió girando hasta las puertas de los siete sorprendidos notables de la comunidad, quienes negaron toda participación en los hechos que les atribuían y juraron que no habían tenido ningún contacto con el monje ni con su sangre. Su resistencia enfureció aún más a los investigadores, que los torturaron con saña. Dos de ellos no pudieron soportar el tormento y entregaron su alma al Creador; los restantes se vieron obligados a confesarse culpables sin fundamento alguno. Los malvados interrogadores obligaron incluso a uno de ellos, el *jajam* Moses Abulafia, a declarar que en su casa guardaba una botella con sangre del monje.

Continuaron los investigadores enardecidos hacia la casa de Abulafia para exigirle a su esposa que les entregara la botella. La pobre mujer no fue capaz de darles algo que no existía, lo que le valió una respuesta apropiada al estilo de Ratti-Menton, quien le propinó una tremenda paliza, la arrastró a la cárcel, y allí la forzaron a presenciar los doscientos azotes con que castigaron a su marido. El *jajam* Abulafia apenas podía soportar el dolor de los latigazos, pero agravaba el suplicio el que su mujer tuviera que contemplar tan horrendo espectáculo. Agotado, Abulafia derivó la falsa acusación hacia el gran rabino de la comunidad de Damasco. «A él le entregué la botella», dijo, ya exhausto, y pidió su conversión al islam para poner fin al tormento.

La rueda siguió girando hasta llegar al gran rabino, y con él se llevaron a otros dos judíos que estaban rezando. Se ensañaron con los tres, golpeándolos hasta desollarlos vivos. Y si con eso no bastara, el *jajam* Abulafia, ya convertido al islam y deseoso de causar buena impresión en su nueva comunidad, urdió para ellos una serie de pruebas, aparentemente basadas en el Talmud, sobre la existencia del mandamiento de utilizar sangre cristiana en la preparación del pan ácimo.

Entretanto, en una alcantarilla se descubrieron unos huesos supuestamente humanos, y se determinó que pertenecían al monje. Fueron sepultados en una ceremonia solemne, y sobre la lápida escribieron que allí reposaban los restos del padre Tommasso, asesinado por los judíos.

Oh, Dios del cielo, ni siquiera allí dejaron de girar las ruedas de la difamación, puesto que los funerales exacerbaron los instintos y se reanudó la campaña de arrestos. Entre los prisioneros había decenas de niños, a los que encadenaron y les negaron alimento para obligar a las pobres madres a revelarles dónde guardaban la famosa botella.

El cónsul francés parecía danzar sobre la sangre de las víctimas. Desde su deformada perspectiva, se ocupó de transmitir a la prensa europea unos pormenores que, pese a estar basados en mentiras y patrañas, daban la errónea impresión de tratarse de hechos reales. Es sabido que la gente no trata de investigar y comprobar la veracidad de los rumores, y que los acepta como si fueran la pura verdad.

Así llegó la perversa calumnia a oídos de las comunidades israelitas del mundo, e incluso a los de mi Jacob, el timonel parisino. La conmoción fue enorme, e igualmente lo fue la sensación de impotencia.

¿Quién sabe hasta dónde habrían seguido girando las ruedas de la injusticia si no fuera por lo que le ocurrió a un súbdito de la Corona austriaca? Entre los arrestados se encontraba un judío llamado Isaac Levy Piccioto. Como era ciudadano austriaco, su familia pidió ayuda al cónsul de Austria, quien se ocupó de liberar al prisionero. Junto con su reconocimiento, Piccioto le entregó al cónsul un relato detallado de las atrocidades que se cometían entre los muros de la prisión. La lectura del informe fue como una inspiración divina para el cónsul, quien entendió que era necesario iniciar una meticulosa investigación de todo el asunto.

Actuando por las vías convencionales, el diplomático austriaco, que Dios lo proteja, transmitió a su superior, el cónsul general en Alejandría, el informe de Piccioto, que hizo su efecto. El cónsul, bendito sea, exigió de Muhammad Alí, gobernador de Siria y Egipto, que ordenara inmediatamente el cese de las torturas y llevara a cabo un proceso digno y justo. El gobernador accedió a la primera demanda, y los torturadores obedecieron la orden, pero no sin antes provocar la muerte de otros cuatro judíos.

El benevolente cónsul austriaco no se contentó con eso, sino que entendió la necesidad urgente de encargarse del cónsul francés

Ratti-Menton, quien declaró neciamente que justificaba las medidas destinadas a erradicar esas costumbres de los judíos. Esta vez, el cónsul fue más allá, y en lugar de dirigirse a su gobierno en Viena, se comunicó directamente con el cónsul austriaco en París, que no era otro que James Rothschild, quien por un lado ostenta el título de barón, otorgado por el emperador de Austria, y por el otro actúa como asesor financiero del monarca francés Louis Philippe, y además su esposa Betty mantiene una estrecha amistad con la reina de Francia, María Amalia.

Desde el momento en que Jacob-James tuvo conocimiento de los hechos aborrecibles, el tema pasó a ocupar el primer lugar en su agenda, y su despacho del Comité Lafayette se convirtió en el centro de las actividades para la salvación de nuestros hermanos de Damasco. Jacob solicitó en primer término la intervención del jefe del gobierno y ministro de Asuntos Exteriores de Francia; pero, para su pesar e indignación, su petición no dio frutos. Sin darse por vencido, y tras consultar con Shlomo-Salomón, que reside en Viena, decidió filtrar la información a la prensa, incluyendo los datos que revelaba el informe de Piccioto.

El primer resultado fue una crónica de la difamación de la sangre en un periódico parisino, redactada por el poeta Heinrich Heine, un judío convertido al cristianismo que se había trasladado de Alemania a París. Que Dios lo bendiga y le perdone la debilidad de haber abjurado de su religión.

Así como la responsabilidad mutua es habitual en sus actividades financieras, nuestra familia trabajó hombro con hombro en este asunto humanitario de fundamental importancia. Bajo la dirección de Lionel, que Dios le dé larga vida, el hijo de Natán, que repose en paz, nuestros nietos ingleses tendieron un largo brazo y pusieron como punta de lanza a Moses Montefiore, cuyas relaciones con los jefes del gobierno británico son bien conocidas. Montefiore logró que el ministro de Asuntos Exteriores ordenara al cónsul en Alejandría exigir de Muhammad Alí el inicio inmediato de un proceso justo, el castigo de los responsables de las atrocidades y el pago de indemnizaciones a las familias judías perjudicadas.

Las gestiones avanzaron también por parte de los franceses, con lo que se alimentaron las esperanzas. Heinrich Heine publicó un segundo artículo, en el que puso al descubierto unos hechos que inculpaban al conde Ratti-Menton.

Al tiempo que nuestra familia inglesa actuaba por intermedio de Moses Montefiore, nuestro hijo francés pidió la asistencia de Adolphe Crémieux, el intrépido defensor de los perseguidos, quien respondió al llamado y se unió al centro de actividades de los Rothschild en Enguiland.

Así se constituyó una misión de representantes judíos de Francia y de Enguiland, encabezada por Moses Montefiore. Con el apoyo financiero de nuestra familia, la delegación partió hacia Alejandría para tratar con Muhammad Alí y hallar la ansiada solución.

Los titánicos esfuerzos de los delegados les dieron la victoria, y los acusados de la difamación de la sangre fueron indultados en virtud de la orden firmada por el pachá Muhammad Alí.

Los prisioneros, duramente golpeados en cuerpo y alma, y dolientes por los que no habían sobrevivido, fueron liberados en agosto. Supongo que vislumbran el débil centelleo de una luz que les promete la nueva realidad de ser reconocidos como inocentes.

Montefiore no logró todo lo que se propuso. Intentó apelar al sultán turco para que emitiera un decreto real que exonerara a los judíos de toda culpa de asesinato ritual, y también esperaba que el papa en Roma accediera a borrar de la lápida del monje la leyenda que acusaba a los judíos, pero en ambos casos la respuesta fue negativa.

Quién sabe, tal vez el futuro los desagravie.

Yo me siento acongojada y a la vez fortalecida. Acongojada por los padecimientos de mi pobre pueblo al que, por vivir en el exilio, doquiera que esté se le exige que demuestre no haber cometido crímenes que él mismo aborrece y que son condenados por la sagrada Torá. Pero fortalecida gracias a ocasiones como ésta, en que se ha hecho justicia. Y también pienso, mi amado Meir, en nuestra familia, que por primera vez ha intervenido en asuntos entre naciones, en una empresa que nada tiene que ver con beneficios financieros.

Una visita sorpresiva de nuestra numerosa familia dio una nueva luz a mi iluminada vida.

La hermosa Charlotte, primogénita de Jacob y Betty, vino a casa vestida de novia; a su lado iba el apuesto novio, Nathaniel, hijo de Natán, descanse en paz. Los seguía un cortejo entusiasta y nuestra pequeña casa nos abrazó a todos con alegría y emoción.

Examiné con benevolencia las caras de nuestros nietos, la novia y el novio, quienes continuarán el linaje de la familia unida y agradecí al Benefactor por sus acciones.

En medio del alegre estruendo, me llamaron la atención los ojos de Abraham Benjamin Edmond James de Rothschild, el hijo menor de Betty y Jacob. No podía dejar de mirarlos. ¿Qué había en esa mirada que penetraba tan profundamente en mi corazón? Era algo conocido que me subyugaba.

De repente se me aclaró el cuadro. Este pequeño, de sólo dos años, otea el horizonte con una mirada de adulto. ¡Es la mirada de su abuelo, de mi Meir! ¡Dios! Los ojos de Meir-Edmond observan el horizonte. ¿Qué buscarán allí?

Tu nieto llegará muy lejos. Lo adivino por su mirada. Pero a diferencia de ti, Meir, por ahora no puedo esperar que abra la boca y articule sus ideas.

¿Hacia dónde se dirigirá este niño-anciano?

La familia dice que me he vuelto gruñona. Lo que quieren decir es que no soy amable con mis enemigos.

¿Por qué habría de sentirme obligada a simular? ¿Van a lapidarme por eso? Soy una anciana de noventa y un años. Tengo derecho a comportarme según mi forma de ver. Y ver, gracias a Dios, todavía puedo, y muy bien.

Te preguntarás de qué estaré hablando, mi amado Meir. Te contaré qué hizo enojar a Amschel esta vez. *Also,* vino a verme por sorpresa un visitante indeseable. Un individuo con cuyo nombre no quisiera ensuciar mi cuaderno, pero me veo obligada a hacerlo: Karl Marx. He escrito su nombre y no cometeré otra vez el mismo pecado.

Llegó a mi puerta, se quitó el sombrero y me hizo una profunda reverencia. Yo ardía de rabia. ¿Cómo se atreve a poner los pies en mi umbral, después de todas las sandeces que arroja en sus artículos contra los judíos en general y contra la familia Rothschild en particular? Este renegado osa comportarse como si, por ser luterano, pudiera entrar en cualquier casa a su antojo. Si su padre, el rabino, decidió abjurar de su religión, su familia no tiene nada que hacer en nuestra casa judía. ¿No tengo razón?

Me miró. A su edad, podría ser mi nieto. Pero en oposición a él, mis nietos nunca serán herejes. Aparté mi mirada de él y la dirigí al techo, a la vez que le preguntaba a Dios por qué me había traído a ese converso.

La criada principal, cuya presencia bajo mi techo finalmente acepté, después de haber echado a todas las otras, estaba a su lado indefensa, esperando mi explosión de ira.

«¿Reconozco a la distinguida *madame* Gútel Rothschild?», empezó diciendo en un tono que a mis sensibles oídos sonaba pretencioso, aunque me hablara en respetuosa tercera persona.

«Y si así es, ¿qué significa?», le respondí con otra pregunta y una mirada helada.

«Significa que, si es tan amable, le ruego que me invite a entrar en su casa.»

«¿Con qué objeto ha llegado hasta aquí?», lo mantuve otro rato en la puerta, esperando que se diera la vuelta y se largara.

«Tengo algo que decirle a la distinguida *madame* Gútel Rothschild.»

«¿Para qué? ¿Acaso le queda algo más con que insultarnos? Su pluma rezuma maldad. ¿Ha venido hasta aquí a completar la tarea?»

Se rio como si le hubiera contado algo gracioso. Su risa me enfureció aún más, por lo que me apresuré a añadir: «Si así fuera, debo destacar que hasta ahora lo ha hecho a la perfección, a entera satisfacción de todos los que odian a los judíos. Sería una lástima que se esforzara más».

«Al contrario, distinguida *madame* Gútel Rothschild, vengo en son de paz. Si tan sólo me franquea la entrada, podré explicarle que he venido con el deseo de absorber de aquí lo que no encuentro en ningún otro lugar.»

Y con estas palabras se metió en mi casa sin invitación ni permiso, y yo perdí los estribos.

«Puede ahorrarse todas las lisonjas; no me impresionan. Estoy habituada a recibir visitas de los que respetan nuestra religión, y tanto usted como su padre le han dado la espalda a los preceptos del Señor, por lo que sus pies están profanando mi hogar.»

Se sentó en el sofá y levantó los pies para que no tocaran la alfombra. «Como ve, no pondré los pies sobre el piso de esta casa impecablemente limpia. Su casa es pura puesto que madame también lo es. Su preocupación no es el dinero, dinero y dinero. Sus hijos, supongo, ya le han propuesto que vaya a vivir en una de las grandes mansiones, pero es seguro que se han topado con una negativa. Madame no es como ellos. Ella no ve el mundo a través de las cantidades de dinero, de oro y de habitaciones que hay en una casa. Madame es una mujer de principios.»

«Estoy orgullosa de mis hijos y de sus logros», exploté. «¿Cómo se atreve usted a burlarse de ellos en público? ¿Por qué no los deja tranquilos? ¡Han alcanzado su elevada posición económica con mucho trabajo! ¡No puede usted acusarlos de parasitismo!»

Su reacción fue tranquila: «Me he fijado la meta de cambiar el mundo. Hacer un mundo mejor, creador y productivo, en el que el hombre pueda realizar su condición humana. La ocupación que su familia encontró es, en esencia, una vocación de explotación, y por eso los critico.»

Me hervía la sangre. «Mis hijos se rigen por los valores y la moral de la Torá que nos legó Moisés en el Sinaí», dije en voz alta, «la prueba está en que ninguno de ellos se apartó del judaísmo para avanzar económicamente. No se conducen como el padre de usted, que dio la espalda a sus orígenes, repudiando nuestras sagradas Escrituras a cambio de su ocupación profesional. Él escogió el camino fácil, y ahora su hijo nos insulta como si fuéramos viles y despreciables».

Mi furia no parecía disuadirlo. Al contrario, le gustaba. Ese renegado no discutió conmigo, sino que me miró largamente.

Me dio pena por sus pies. «Puede pisar la alfombra.»

Asintió en señal de agradecimiento, bajó los pies con cuidado y habló con calma:

«La realidad lo obligó a hacerlo, para poder ejercer la abogacía. Tenía que mantener a su familia.»

«Lo sé. Pero hubiera hecho mejor luchando contra la discriminación, en lugar de rendirse a ella.»

Movió la cabeza de lado a lado. «El problema, *madame* Gútel, está en que la sociedad sigue siendo prisionera de lo que en mis escritos he definido muchas veces como una especie de «falsa conciencia». Una sociedad que se encuentra alienada no tiene la libertad suficiente para brindarnos una plena igualdad de derechos, porque todavía no ha alcanzado la liberación. Mientras llegamos a eso, hay quienes encuentran la manera de amoldarse a la realidad. Eso es lo que hizo mi padre.»

Debo confesar que me conmovió la forma como defendía a su padre, casi la misma en que yo salgo en defensa de mis hijos. Creo que por eso comencé a ablandarme. «Pero el derecho fundamental de todo ser humano, incluidos los judíos, es ser libre, elegir a voluntad profesión y lugar de residencia, circular libremente», insistí, y al mismo tiempo sentía en el corazón mis reservas respecto al ostentoso estilo de vida que han adoptado mis descendientes.

«Hasta que la realidad cambie efectivamente desde la base, yo cumplo mi deber escribiendo críticas en los periódicos,» dijo en voz tan baja que tuve que acercarme para oírlo.

«*Madame* se ha acostumbrado a ver sólo la belleza en los rostros de sus hijos, ¿no es así?»

«Sé cuál es su intención, no soy ciega. Sé que la belleza exterior no es una de las cualidades con las que ha sido bendecida mi familia, pero eso se compensa con otra forma de belleza, muy superior al aspecto exterior, y por la cual bendigo al Creador. Mis hijos aman a la gente, contribuyen con la sociedad, realizan obras de caridad, y dar en secreto es parte inseparable de la esencia de sus vidas.»

«La forma en que madame defiende a sus hijos es admirable. No en vano he dicho que madame es una mujer pura. Su forma de pensar es limpia. La modestia con que vive es testimonio de su integridad. Tiene todo el dinero del mundo para vivir con holgura y comodidad, pero ha escogido seguir como antaño. Muéstreme a otra persona que se comporte así.»

«El hecho de que habite una casa pequeña y antigua no quiere decir que no goce de holgura y comodidad. Mi casa tiene todo lo necesario para mi bienestar y no necesito nada más. ¿De qué me serviría una habitación más? Sólo me daría más trabajo y molestias.»

«Podría dejar el trabajo en manos de sirvientes que se sentirían muy contentos de estar a su servicio y gozar a cambio de maravillosas comodidades.»

«¿Sirvientes? ¿También usted…? ¿Para qué quiero sirvientes? Si me quitaran las tareas del hogar, ¿con qué llenaría mis horas? ¿Con el ocio?»

«Podría abstenerse de realizar las fatigosas tareas domésticas sin permanecer ociosa. Hay buenas alternativas. Por ejemplo, reuniones culturales. ¿Nunca se le ocurrió asistir a los salones a escuchar recitales de música o de poesía, y al mismo tiempo encontrarse con gente de la alta sociedad?»

«No hablará en serio», le dije bastante enfadada aunque, hay que decirlo, ya no tan furiosa como antes.

«Por supuesto que no estoy hablando del presente, sino de cuando era usted más joven.»

«Esas reuniones perjudican a la sociedad. No hay que considerarlas el objetivo por el cual supuestamente se reúnen hombres y mujeres en suntuosos salones. Sería necesario examinar sus resultados.»

«¿A qué se refieren sus palabras?»

«Eso podrá decírmelo usted con más precisión. ¿Quién si no usted, que visita los grandes salones parisinos, sabe a qué me refiero? ¿Por qué no me lo cuenta?»

Carraspeó y pareció titubear, pero le clavé una mirada alentadora.

«Seguramente madame se refiere a los deslices románticos.»

«Una explicación delicada, pero acertada. Me ha comprendido. ¿Y qué piensa de la exhibición ostentosa de vestidos?»

«¿Qué tiene de malo? Contemplar la belleza alegra el espíritu.»

«Tampoco usted, al igual que todos los hombres, lo comprende. Por debajo de la envoltura literaria, lo que mueve a esas remilgadas, amantes de la cultura y de los libros, es la ambición de derrotar a la competencia: quién lleva el vestido más hermoso, quién tiene la alhaja más valiosa y quién se ha empolvado más perfectamente la cara. El interés por la creación literaria o por la música o la pintura es un apéndice sin importancia.»

«¿Y qué hay con ello?»

«Dios me guarde. No soporto la falsedad. Aborrezco la hipocresía. Más aún porque no me gusta la moda actual, los vestidos no tienen mangas, y en las noches frías las mujeres se contentan con ponerse chales transparentes de seda sobre los hombros. Se sacrifican por el simple afán de recibir cumplidos.»

«Me gustaría que madame me contara qué le gusta hacer.»

«Vivir auténticamente. Dejar que mis manos hagan su parte en este mundo. Orar cada día por el bienestar de mis hijos, nietos y bisnietos, que Dios les dé larga vida. Llenarme de satisfacción por lo que hacen. Ver los rostros de los jóvenes de mi familia, absorber de ellos la alegría de vivir y contemplar a través de sus ojos el mundo maravilloso que nos creó Dios. Tomar en mis manos el libro de los libros, ahondar en él y descubrir cada vez…»

Me detuve. Mi mirada cayó sobre el *Brent Spiegel* y el *Lev tov,* mi par de libros, mis amigos del alma. Parecían transmitirme una advertencia. De pronto me asaltó la sensación de haber sido engañada. ¿Cómo permití que me embaucara con sus falsedades? Conversábamos como si fuéramos viejos amigos. ¿Acaso debo olvidar cómo nos ha ultrajado? De ninguna manera. No lo dejaré salir de aquí victorioso.

Me miró, como esperando que siguiera sincerándome, pero pareció darse cuenta del cambio operado en mí.

«Creo que le he robado demasiado tiempo por hoy; debo despedirme.» Se puso de pie asiendo el ala del sombrero. Me planté frente a él.

«Quiero agradecerle a *madame* de todo corazón los momentos especiales que me ha brindado. En el mundo materialista que grita a mi alrededor, he sentido la necesidad de absorber algunos momentos de relativa cordura. Vuelvo ahora a París. Vine a Frankfurt por poco tiempo y decidí pasar por su casa para satisfacer la inquietud que se despertó en mí de percibir la vida auténtica, sencilla, correcta. Me alegro de mi decisión.»

«¿Seguirá usted tiranizándonos con su pluma?» Mi mirada expresaba reproche.

«No se enfade, *madame* Rothschild. No me atribuya poderes que no tengo; no gobierno nada y no puedo tiranizar a nadie.»

«El poder de la palabra escrita que se expande y llega a multitudes es más grande que el de cualquier gobernante sobre la Tierra. Usted siembra palabras saladas sobre heridas sangrantes.»

«Es mi deber presentar la realidad como la veo. *Madame* desprecia la hipocresía. Tampoco yo puedo ser hipócrita y presentar un cuadro que a mis ojos no es auténtico.»

«Puesto que sus ojos lo engañan, podría simplemente abstenerse de presentar el cuadro sin pecar de hipocresía. ¿Por qué escribir que "el fundamento secular del judaísmo es el egoísmo, su religión el comercio y su deidad el dinero"? ¿Acaso nos faltan enemigos para que también usted haya decidido unirse a ellos? ¿Por qué no deja de hacerlo?»

«*Madame* Gútel Rothschild, aprecio este intento suyo que me parece muy inteligente. Por favor, no vea en esto una descortesía de mi parte; permítame discrepar. Así como madame vive de acuerdo con los dictados de su conciencia, también yo tengo una conciencia que me señala el camino, y ella me exhorta a llamar la atención respecto a algunas situaciones, principalmente acerca de los males de la sociedad, todo ello con el objeto de intentar mejorar la justicia social. No estoy entre los que odian a los judíos, pero es un hecho que éstos respetan el dinero y el regateo. Es verdad que no tienen la culpa; las circunstancias los han llevado a ello: se les prohíbe el ejercicio de diversos oficios y profesiones y se han visto obligados a centrarse en el comercio y la banca. Sin embargo, el resultado es que el cristianismo satisface las necesidades espirituales de la sociedad, mientras los judíos se ocupan del lado práctico.»

«¿Y qué hay de malo en ello? Alguien tiene que hacerse cargo del lado práctico.»

«Sugiero que dejemos este debate abierto para mi próxima visita a Frankfurt.»

«No tengo interés en otro encuentro. Me basta con las palabras hirientes que ha lanzado en esta primera y última ocasión.»

«No fue mi intención herirla. Lamento que así vea las cosas, pero respeto su opinión y aprecio que me la haya dicho con franqueza.»

Se despidió con una reverencia y se dirigió hacia la puerta.

Sólo entonces percibí la presencia de Amschel en la entrada. Mi visitante saludó a mi hijo y éste lo acompañó afuera.

A su regreso, Amschel me lanzó una mirada severa. Sentí cómo luchaba consigo mismo para no arrojarme las palabras que tenía a flor de labios. Las que eligió fueron moderadas, pero me di cuenta de que no podía controlar el tono que las acompañaba.

«Mamá, es sólo un visitante. Tú sueles recibir amablemente a las visitas.»

«Un visitante que no ha sido invitado.»

«Muchos vienen a tu casa sin haber sido invitados, pero ninguno recibe semejante chorro de agua hirviendo.»

«No empieces con eso. Sabes que merece ser censurado. Me he comportado con más delicadeza y moderación de las que merecía.»

«*Mame,* te quiero mucho», declaró en voz alta, y enseguida añadió en un susurro, «especialmente en tu estado natural, cuando transmites afecto y alegría de vivir».

Rápidamente pasó a rogarme: «Sólo quiero pedirte una cosa. No dejes que la ira y los rezongos dominen tus hábitos de hospitalidad. Has adquirido fama de ser amable, y no es momento de cambiarla».

Me siento orgullosa de mi hijo aunque no esté de acuerdo con él. La delicadeza con que me ha lanzado un nuevo dardo de reprobación me ha hecho aceptarlo como un dardo de amor.

¿Será cierto que me he vuelto gruñona?

Lunes, 13 de tevet de 5605 [23-12-1844]

Mi querido Meir, no sé qué me pasa.

De pronto vienen a mi casa visitantes desconocidos, a mi avanzada edad, cuando ya no se necesitan nuevas relaciones sociales.

Sólo tres meses después de la sorpresiva visita del converso, tuve el placer de recibir a otro, el poeta Heinrich Heine. Escribo «placer» porque esa visita me infundió una sensación de bienestar y despertó mi simpatía.

Al contrario de los sentimientos que me inspiró su predecesor, la conversión de Heine no me afecta. Recuerdo muy bien cómo trabajó para publicar la justa causa de nuestros hermanos de Damasco. En vez de censurarlo, me compadezco de su situación. Me parece que está arrepentido de haberse bautizado, un paso que dio, como muchos otros, para entrar en la cultura cristiana, sólo que la nueva sociedad no vio en el certificado de bautismo un motivo para tratarlo como a un igual.

Llegó vestido con una chaqueta negra sobre una camisa con el cuello blanco esmeradamente planchado. Era la noche de *Janucá* y yo estaba de pie junto al alféizar de la ventana donde había puesto la *janukiá*, el candelabro de plata repujada con dos leones a los lados que conoces bien y que sigue acompañándome. El *shamash,* con el que se encienden las otras luminarias, se mantiene alto y firme, con las ocho copas en hilera en la parte inferior. Cada copa llena de aceite tiene una mecha de lino. La *janukiá* y sus decoraciones me sonríen seguras y transmiten estabilidad, mientras que yo, con las piernas surcadas por venas azules y adornadas con varices, les devuelvo una ligera sonrisa. Mi cuerpo se ha debilitado, y me cuesta permanecer de pie junto al candelabro.

En cuanto obtuvo permiso para entrar, Heine se tomó su tiempo para observar mi casa, demorándose en las cortinas blancas que había colgado en la ventana para la festividad de los macabeos, y me pidió estar a mi lado mientras prendía las luminarias.

Encendí el *shamash,* recité la bendición y Heine respondió «Amén». Encendí con él las luminarias, las bendije, y Heine respondió «Amén», y al final cantó conmigo el poema litúrgico *Maoz Tzur Yeshuatí.*

«El ritual de encender las velas de *Janucá* es precioso, hay que ser cuidadoso al anunciar el milagro, alabar a Dios y agradecerle los milagros que nos ha concedido», citó de pronto.

Lo miré asombrada. ¿Qué tiene que ver un judío converso con lo que ha dicho?

«Es de Maimónides», se apresuró a responder ante mi desconcierto, acompañándome al sillón. Me hundí en mi amada butaca, que desde hacía tiempo había tomado la forma de mi cuerpo. «Una hermosa frase, ¿no es cierto?», preguntó.

«Todas las palabras de Maimónides son hermosas y sabias; debemos aprenderlas y actuar según ellas», respondí.

«Tiene razón, señora Rothschild. La *Guía de los perplejos* es digna de ser leída atentamente, a pesar de que provoca polémicas.»

Señaló hacia la *janukiá.* «Beit Hillel.»

Fruncí el ceño en un gesto de interrogación.

Sonrió de una manera que me encantó. Con él se rio su mata de cabello dorado cuidadosamente peinado hacia ambos lados, cubriéndole las orejas. «Beit Hillel y Beit Shammai, las dos escuelas de pensamiento, divergían en la forma de contar las velas», explicó. «Beit Hillel decía: "Lo sagrado debe crecer, no disminuir", es decir, debe añadirse una vela cada uno de los ocho días de la fiesta, exactamente como usted lo hace. Y Beit Shammai decía: "Los becerros de la fiesta", como en *Sucot,* la fiesta de los Tabernáculos, cuando cada día sacrificamos un becerro menos que el anterior. El primer día, trece, y el último, siete. Así debe hacerse con las luminarias de *Janucá.*»

«¿Dónde aprendió todo eso?», no pude dejar de preguntar.

Volví a oír su hermosa risa.

«Nací judío y me siento judío. El cambio externo del bautismo no agrega ni quita nada.»

«Me parece que en su corazón extraña sus orígenes.» De pronto reparé en que seguía de pie y le indiqué con la mano que viniera a sentarse en una silla, a mi lado. Observé su rostro alargado y afable.

«Es cierto, señora Rothschild», respondió sentándose a mi lado. «Mis orígenes son como una roca sólida, no me los pueden arrancar. Extraño incluso mi nombre: Haim.»

«¿Se llama usted Haim, hijo?»

«En efecto.»

«Haim, que significa "vida". Y usted tiene todavía la vida por delante. Deseo que disfrute de lo bueno que le depare.»

«Le agradezco de todo corazón sus palabras. No estoy conforme con lo que hice. Fui bautizado, sí, pero vivo a expensas de judíos adinerados. De noche me levanto y me desprecio frente al espejo. Me digo que fui bautizado, pero que no me he convertido al cristianismo. Ahora judíos y cristianos me detestan por igual, nadie me ve como parte de la sociedad judía ni tampoco de la cristiana.»

Lo compadezco. Es tan sensible y talentoso… Me leyó algunas líneas de sus poemas, dos de las cuales me conmovieron enormemente: «Cuando de noche pienso en Alemania, no puedo conciliar el sueño».

Él, como mi visitante anterior, vive en París. Ha venido a visitar su tierra natal, y me habla de lo mucho que piensa en Alemania y en su preocupante situación política.

«Su escritura es conmovedora. Jacob me ha leído algunas de sus cartas; ¿de dónde saca la inspiración?»

«De mis grandes tormentos nacen mis pequeños poemas», respondió. Tuve que contener el impulso de acariciarle la mano y tranquilizar su alma atormentada.

«No debe tener siempre ese sentimiento de culpa; no le hace bien.»

«Le agradezco que se preocupe. Dios me perdonará; ésa es su profesión», me sonrió.

«Ciertamente, puede confiar en ello. Dios es misericordioso», le respondí, y de pronto recordé: «Seguro que le ha asignado algunos puntos a su favor por haber ayudado voluntariamente a los desafortunados judíos de Damasco».

«Le agradezco también esas palabras. Donde se propague la injusticia, debe ser desarraigada.»

«¿Acaso tenemos el poder de arrancar el mal de raíz? Jacob me citó sus palabras acerca de la quema de los libros. No vaticina nada bueno.»

«Temo el estallido del espíritu bárbaro que se oculta en el pueblo alemán. La quema de libros es una señal de lo que vendrá. Donde queman libros, también quemarán seres humanos.»

«¿No es ésa una profecía muy severa?»

«Me gustaría que los días venideros demostraran que he sido demasiado riguroso y que me he equivocado. Me angustia pensar que el futuro confirmará lo que he dicho, pero el corazón me dice que no nos sonreirá.» Su semblante se ensombreció.

«¿Por qué ha venido a verme?», pregunté para disipar las tinieblas de su rostro torturado.

«He venido a Alemania para ver a dos mujeres más valiosas que el oro», respondió. Parecía aceptar gustoso el cambio de tema. «Una es mi madre, una viuda que vive sola; haberla abandonado me hace sufrir. Así como, pese a haberme distanciado, conservo el judaísmo dentro de mí, llevaré para siempre conmigo el amor a mi madre. La otra es la señora Rothschild, a la que admiro por su sencillez. De ella hay que aprender el significado verdadero del patriotismo. Ha permanecido fiel a su lugar.»

Agité socarrona la mano, como queriendo rechazar aquellos elogios que no creía merecer. Pensé que seguro estaba en ello la mano de Jacob. Parece que mi hijo, que es un mecenas del poeta, exageró al hablarle de mí, y Heine quedó cautivado por la imagen ilusoria.

Nos miró largamente, a mí y al sillón en el que estaba sentada.

«Ese sillón verde», dijo, señalando mi vieja butaca, «me recuerda al de su hijo Nathan, que descanse en paz. Ahora entiendo por qué eligió tapizar sus sillones con terciopelo verde».

«Me sorprende usted. Él nunca me lo dijo.»

«Parece que usted influyó en sus hijos en algunas otras cosas sin que ellos se dieran cuenta. Pero acabo de recordar algo que pasó y que está relacionado con el sillón de Nathan. Me pregunto si debo contárselo o si hacerlo sería una molestia para usted.»

«Cuéntemelo. Me gusta escuchar; es un hábito que he adquirido a lo largo de mi vida. Y ciertamente mis oídos están más atentos cuando se trata de uno de mis hijos.»

Respiró y empezó su relato:

«Yo estaba en Italia. Entre otras cosas, un día fui a visitar a un podólogo. En el curso de la conversación surgió el tema de la familia Rothschild. El hombre me dijo que había tratado los callos de Nathan en su casa de Stoke Newington. Según él, Nathan se acomodó en el sillón verde, rodeado de sus asistentes, con la pierna estirada, y el resto del cuerpo dedicado a una única cosa: enviar mensajes a reyes de todo el mundo. El especialista lo miró, desvió la mirada hacia la cuchilla que tenía en la mano y pensó maliciosamente: "Heme aquí sosteniendo la pierna del hombre que tiene el mundo en sus manos, y yo tengo el poder de influir en esos reyes: si hago un corte profundo, provocaré la ira del hombre y haré que sea más cruel con los monarcas".»

Miré sus ojos bondadosos. Ahí está, sentado a mi lado como un viejo amigo y dibujándome un cuadro vivo de mi hijo muerto.

«¿Los callos lo hacían sufrir? Tampoco eso me lo comentó», le dije, y pensé cómo se habían endurecido los pies del bebé que tuve en mis brazos y besé repetidamente.

«A eso yo no lo llamaría sufrimiento, distinguida señora Gútel. Su hijo Nathan podía permitirse disfrutar de los placeres del mundo, pedir que le eliminaran de los pies las células muertas e inútiles y le renovaran el flujo sanguíneo. Exactamente igual que su hijo parisino, James, que tenga larga vida, quien regularmente va con su esposa Betty a los balnearios europeos para que las aguas termales les acaricien el cuerpo y alivien los dolores. Éstos son sólo parte de los placeres mundanos que también la señora Rothschild podría haberse permitido si les hubiera prestado atención.»

Se detuvo bruscamente y luego continuó: «Me conmueve la nobleza de su carácter. De toda la historia sobre el hijo que tiene el mundo en sus manos, justamente lo que le preocupa son los callos de sus pies. No en vano he dicho que la admiro».

Volví a agitar la mano como restándole importancia.

Heinrich hizo caso omiso de mi protesta y prosiguió. «Por favor, no me interrumpa, señora Rothschild. Permítame expresarle lo que tengo en el corazón. Usted vive en esta casa mientras su familia está cubierta de oro y plata en abundancia, y si quisiera podría ordenarle que se trasladara a una lujosa casa en una prestigiosa zona residencial.»

«¿Por qué todos se meten con mi casa?», me rebelé. «Maimónides dijo que una persona nunca debe comer si no tiene hambre, ni beber si no tiene sed. Y yo no tengo ni hambre ni sed de otra casa». Luego miré alrededor de la habitación y pregunté con un guiño, «¿mi casa no le resulta grata? ¿No es cálida y acogedora?»

«Ésa es precisamente la cuestión. Su casa es la más cálida del universo, y créame, conozco muchas. Vale más que todas las espléndidas torres que he visto en mis visitas a salones literarios y otros encuentros culturales. Espero no disgustarla si digo abiertamente que es aún más cálida que el elegante palacio de su hijo James, que visito con frecuencia. La admiro a usted por su normalidad. Por la humanidad que irradia. Porque es una mujer que ama y anhela la tranquilidad. Como yo, que ambiciono una casa modesta con un techo que la proteja, una cama cómoda, buena comida y flores en mi ventana. Vi la luz en sus ojos cuando encendía las luminarias de *Janucá,* y entonces comprendí el significado de ese ritual. Incluso a su edad, sigue manteniendo la tradición que ha practicado a lo largo de su vida.»

«¿Está haciendo mi elegía?», pregunté en broma.

«¡Dios no lo quiera! Le deseo muchos años más de actividad.»

Oh, ese Haim Heine es un *mensch,* una persona íntegra y honrosa, pensé. «No, no, hijo. No los necesito. Doy gracias al Altísimo por bendecir mi hogar y por haberme concedido muchos años para observar y sentirme satisfecha de lo que hace mi familia. Todos mis hijos son independientes y tienen grandes éxitos, realizan actividades internacionales con las que no tengo nada que ver. Ha llegado el momento de despedirme de este mundo. Estoy preparada para seguir el camino de todas las criaturas. También porque mi Meir sigue ocupando un amplio lugar en mi alma desde que nos dejó, ha llegado el momento de unirme a él en el más allá.»

Me levanté. De pronto me di cuenta de que no hablaba así con ninguno de nuestros hijos o nietos, y he aquí que con este extraño las puertas de mi corazón se han abierto sin reservas. ¡Cómo me ha podido pasar! El silencio es mi legado y no suelo exponer mis secretos.

También Heine se levantó y me ofreció el brazo mientras lo acompañaba a la puerta.

«Mire, yo no suelo hablar mucho», le dije con la mano en su brazo.

«Para hablar bien, hay que decir lo necesario, nada más», me sonrieron sus palabras.

«Tiene razón. Es lo que he hecho. Lo necesario y nada más.»

«Su esposo, Meir Rothschild, descanse en paz, me era muy querido. Ambos nos iniciamos como aprendices en un banco. Y vea usted qué asombroso. El aprendiz que se cuidó de mantener su judaísmo alcanzó la prominencia económica, y el que se hizo doctor en leyes tuvo que convertirse para encontrar trabajo, y aun así depende de la generosidad del hijo judío parisino del primer aprendiz. Debo decir que James es muy magnánimo conmigo.»

«Él lo tiene en gran estima y aprecia su talento.»

«Le agradezco mucho sus palabras. Señora Rothschild, ¿sería tan amable de compartir la cena con mi madre y conmigo? Puede usted confiar y estar segura de que mi madre no se comporta como su hijo; ella es estricta en el cumplimiento de la *kashrut*.»

«Su invitación me honra, y me gustaría mucho conocer a su madre. Pero no salgo de mi casa. A la hora de la cena como mis propios platos, a los que ahora se les ha añadido un insistente sabor de zalamería de manos de la criada cuya presencia me han obligado a aceptar. Dé recuerdos a mi familia de París.»

Asintió comprensivo. «Estoy habituado a la compañía de su hijo James en París, y les estoy muy agradecido, a él y a su bella y encantadora esposa, madame Betty Rothschild. Me encantará volver a él con saludos de su madre.»

«Muy bien, hijo», le contesté con franca satisfacción. Entonces recordé su poema "El ángel", que escribió para mi adorada Betty. «En cuanto a Alemania, no se preocupe: mis hijos no permitirán que estalle otra guerra», añadí.

Esta vez, su risa me gustó aún más que las anteriores.

Amschel estaba de pie en la puerta de entrada, con una amplia sonrisa en los labios.

Miércoles, 10 de iyar de 5609 [2-5-1849]

He convocado a nuestra familia.

Aunque no todos estaban libres para venir de todas partes de Europa, o por sus ocupaciones internacionales, me rodeaban muchos de mis seres queridos: hijos, nietos y bisnietos. ¡Qué pena que Sheinshe, Julie y Natán no estén conmigo! Y el año pasado nos separamos con pesar de mi nuera Eva.

Los miré a todos. Por enésima vez pensé qué hubiera pasado si mi padre no te hubiera concedido mi mano. ¿Cómo hubiera sido la familia que habría construido con otro hombre? ¿Cómo se vería el mundo si mis hijos no hubieran actuado unidos en la política?

Decidí que estas páginas serían las últimas que escribiría en el cuaderno antes de destruirlo, junto con sus predecesores, como te prometí, porque no debo dejar secretos. Prenderé fuego a las astillas de mis recuerdos.

Babette y Henriette prepararon una cena festiva y montaron una mesa espléndida. La última cena, me reí entre dientes, ahogando una tos de agotamiento.

Mi mano no tiene bastante estabilidad para sostener la pluma, así que acortaré las descripciones. Rodeada de amor dije: «Recordemos los mandamientos del Señor, y los del padre y abuelo Meir; es su legado para las generaciones venideras. Pero, por encima de todo, protejámonos de la asimilación. Tenemos el deber de preservar la continuidad del pueblo judío, de recordar quién fue el fundador de nuestra familia, y gracias a quién hemos llegado tan lejos. Respetemos su voluntad y su legado, y transmitámoslo a las futuras generaciones Rothschild.

»Una cosa más: Meir trajo honor y respeto a la familia, y sus hijos han aumentado las dimensiones del honor. Él comprendió que el dinero tiene poder y puede brindar honor a la familia y a la comunidad, pero la riqueza nunca lo cegó. Siguió llevando una vida sencilla y modesta. Sus descendientes se rozan con el gran mundo, y por tanto están influidos por los lujos e imitan el estilo de vida de los burgueses. Sin embargo, son diligentes y siguen trabajando incansablemente. Y esto me enorgullece. En cuanto a las mujeres: ninguna debe permanecer ociosa. **La mujer atiende los menesteres de su casa y no come el pan de la pereza**. La ociosidad es la madre de todos los males.

»Me explicaré. Mis hijos tienen riqueza y respeto. Han merecido títulos importantes, e influido en los líderes europeos. Organizan banquetes en los magníficos palacios que han construido, utilizan vajillas de plata y cuelgan suntuosos cortinajes de color púrpura. Incluso Natán, la paz sea con él, finalmente cedió a los dictados de la alta sociedad, se mudó a una lujosa mansión y les dio a sus hijos un pequeño carruaje tirado por cuatro chivos, y a Lionel, su primogénito, le compró hermosos caballos pura sangre, e incluso un caballo árabe del sultán de Marruecos. Aunque no me gusten los lujos, no decido en lugar de mis descendientes; son ellos los que determinarán si optan por una vida de pompa y circunstancias. Yo sólo pido que jamás olviden de dónde vienen, que se amen y respeten. Y que hagan obras de caridad, porque el caritativo tendrá hijos sabios, opulentos y expertos en nuestras historias y leyendas. La caridad salva de la muerte.

»Y otra más: hay que desconfiar de la falsa sensación de seguridad.

»Cuando parece que han terminado los problemas de los judíos, vienen a golpearnos nuevas calamidades. Así fue en 1819, luego en 1830, y otra vez el año pasado. Si parece reinar la calma, es muy posible que sea pasajera. Poco importa cómo vivamos —pobres en la Judengasse o ricos en fabulosos castillos—, siempre habrá quien nos difame y hostigue. Heinrich Heine nos advirtió de lo que puede pasar en un mundo en el que se queman libros. «Donde queman libros, también quemarán seres humanos», dijo. Quién sabe, tal vez dentro de cincuenta o cien años llegue algún loco y decrete la ejecución de ataques especiales sin precedentes. Y si decide que volvamos al gueto, yo ya estaré aquí, sepultada en el subsuelo. Ningún loco exhumará mis huesos.

Amschel frunció el ceño. «Mamá, ¿entonces no hay salida? ¿Es lo que quieres decirnos? ¿Que volvamos todos al gueto a esperar a ese loco?»

«No, hijo. Basta con que tu padre y yo estemos aquí. Pero hay una única salida para el futuro: vivir en nuestra tierra.»

«No lo entiendo. Si dices que no regresemos al gueto, ¿de qué tierra hablas?»

«De la tierra de nuestros antepasados, de la Tierra de Israel. Ése es el lugar de los judíos. Allí nadie podrá amenazar con exterminarnos.»

«¿Nosotros? ¿A la Tierra de Israel?»

«Sí, hijo mío. Si no en tu generación, en la de tus hijos o en la de los nietos que están aquí, a mi alrededor. Establecerse en la Tierra de Israel vale tanto como todos los preceptos de la Torá.»

Un fuerte acceso de tos salió de mi garganta y asustó a todos. Pedí que me llevaran junto a la ventana. Respiré hondo. «No, no quiero un médico; quiero aire», susurré. Abrieron la ventana de par en par y aspiré pequeños sorbos de la brisa que me esperaba.

Eso es todo. Ahora estoy sola. Reaparece la pérfida debilidad decidida a acosarme. ¡Qué terca es! Viene reptando hacia mí, se hunde en mí, entorpece mis movimientos. Las piedras sobre las que nos sentábamos en nuestra juventud nos han atacado en la vejez.

La caligrafía se burla de mí. Las letras bailan en la hoja de papel. Iré a la ventana.

No tengo fuerzas para llegar a ella. Me tiemblan las manos. Me duelen las piernas. Y también me irrita el roce del vestido almidonado en la piel.

Me sentaré a recuperar la fuerza.

Miro hacia delante y te veo a lo lejos. Estás en el horizonte, me llamas.

Espera, enseguida me reúno contigo.

• • •

Gútel falleció a una edad avanzada, a los noventa y seis años. Era el día 15 de iyar de 5609, 7 de mayo de 1849. Dentro de las paredes de su casa se encontraron cuarenta cajitas de terciopelo. Una para cada uno de sus hijos, nietos y bisnietos. En cada una figuraba el nombre del heredero.

Al abrirlas, quedaba al descubierto un gran tesoro de monedas, y encima, una hoja de papel doblada en la que figuraba el siguiente texto:

Querido descendiente de la dinastía Rothschild:

Este tesoro te pertenece. En el fondo están las monedas del amor. Algunas pasaron por las manos del ilustre fundador de la familia, Meir Rothschild, el mejor de los hombres.

Son monedas limpias y puras, ofrecidas por un corazón amoroso, a las que también yo añadí cada día mi moneda del amor.

Puesto que el Señor me ha dado muchos años de vida, he conseguido llenar una caja para cada orgulloso retoño de la familia Rothschild.

Guarda las monedas para el momento oportuno, y recuerda que el secreto del poder de la familia está en su unidad.

Con cariño,

Gútel,

viuda del honorable Meir Amschel Rothschild

Agradecimientos

El amor de la señora Rothschild nace del afecto a la familia de los fundadores —Gútel y Meir Amschel Rothschild— y sus hijos. Un afecto que fue creciendo durante la investigación, a medida que ahondaba en el conocimiento de los personajes y de los acontecimientos.

Deseo agradecer de todo corazón a las personas que me han acompañado en las diversas etapas.

En primer lugar, quiero expresar mi profundo reconocimiento a Barbara Rubert, que me abrió las puertas al mundo mágico de la Judengasse y me guio con gentileza y paciencia infinita por los recovecos del Museo de la Judengasse, construido en Frankfurt sobre los restos del hogar del fundador, Meir Amschel Rothschild, y de su esposa Gútel, quien inspiró la escritura de este libro.

Al doctor Yohai Ben-Guedaliah, director del Archivo Central para la Historia del Pueblo Judío (ACHPJ), por sus sabios comentarios.

Al maravilloso equipo de la editorial Yediot Sefarim. A la fuerza impulsora de esta obra, la editora de textos originales en hebreo, Navit Barel, por su asesoramiento profesional y por haber orientado y atendido el proceso de edición con guantes de seda. A la editora del libro, Dafna Shechori, por su acompañamiento permanente. A la editora lingüística Vered Singer, por su sensibilidad ante la palabra escrita. Al director general de la editorial, Dov Eichenwald, y al director de mercadotecnia, Eyal Dadush, por brindarme un cálido marco de apoyo y una atmósfera de familia.

Mi sincera gratitud a mi cuñada y a mi hermano, Avital y Avner Amrani, por la ayuda que me brindaron en todas las etapas y por haberse constituido en una biblioteca humana personal, siempre a mi disposición para responder a todas mis preguntas, deseos, dudas y vacilaciones.

Y por último, agradezco a mi querida familia —mi esposo Meir y mis hijos, Doron, Meital y Galit— por su estímulo y apoyo, sus consejos y profunda percepción, y sobre todo por su amor.

Índice